EN MÉMOIRE DE LA FORÊT

— Charles T. Powers —

EN MÉMOIRE
DE LA FORÊT

Traduit de l'anglais (États-Unis)
par Clément Baude

Directeur de collection : Arnaud Hofmarcher
Coordination éditoriale : Hubert Robin

© Charles T. Powers, 1997
Titre original : *In the Memory of the Forest*
Éditeur original : Scribner (Simon & Schuster)

© Sonatine, 2011 pour la traduction française
Sonatine Éditions
21, rue Weber
75116 Paris
www.sonatine-editions.fr

Pour Rachel.

Prologue

Nos forêts sont des lieux sombres, des lieux secrets, mais néanmoins des lieux fréquentés. Peut-être se méprend-on sur leur étendue tant l'image qui prévaut est celle d'un pays hérissé d'aciéries, de cokeries, d'usines fabriquant des tanks et des machines lourdes. Et pourtant elles sont vastes, ces forêts, il émane de leur tristesse mélancolique et méditative une telle impression d'isolement qu'on a du mal, pour certaines d'entre elles, à imaginer qu'un pied humain ait pu un jour fouler leurs feuilles mortes. Mais bien sûr il n'en est rien, car la Pologne est un vieux pays de la vieille Europe.

Dans une des régions qui bordent la frontière orientale, j'ai eu l'occasion de visiter une vieille forêt dont on disait qu'elle était la dernière forêt primitive d'Europe. Au cœur de ces bois épais, silencieux, que les lames ou les scies n'ont jamais touchés, avec ces chênes immenses et ces énormes pins effondrés qui pourrissent au sol pendant des décennies, on trouve des monticules circulaires, délicatement dessinés, qui peuvent parfois s'élever à deux mètres cinquante au-dessus du sol. Sur une de ces buttes, un chêne a poussé jusqu'à atteindre une hauteur de peut-être quarante mètres. Il doit avoir entre 600 et 700 ans. Son emplacement, précisément au sommet de la butte, est un petit mystère en soi : le gland est-il tombé ici par hasard ou a-t-il été planté ? Car sous ce tertre, protégés par les racines enveloppantes de ce géant, gisent les ossements aujourd'hui pulvérisés de quelques-uns de mes plus vieux ancêtres, chefs anonymes des tribus slaves qui ont marché, ou chassé ou combattu, non seulement dans cette forêt, mais dans les bois plus proches de ma maison, ceux que je connais, ou croyais connaître. Aujourd'hui je repense souvent à cela : il y a toujours eu quelqu'un ici, une trace, une empreinte de pas laissée au fil des saisons, des générations de feuilles mortes et de pourriture. Au cœur de cette immobilité vide, bruissante, attirante, il y a toujours eu quelqu'un.

1

Leszek

J'aimerais pouvoir vous raconter une histoire remplie d'espions et de péripéties internationales, comme j'aimais à en lire autrefois, dans des décors que je me plaisais à imaginer. Mais je suis sûr que je me tromperais dans les détails, que j'installerais des croupiers aux tables de blackjack ou des coyotes à Miami. Donc je ne le ferai pas. Ici, il sera question d'un village polonais, de péripéties locales, de corruptions mineures en vue de profits douteux, de châtiment et de pardon, d'un passé que l'on respecte ou que l'on redoute. Un jour, mon père m'a expliqué que notre histoire est comme une force derrière nous, qui nous pousse, invisible, voire inconnue de nous, mais dicte notre manière de vivre. À l'image de tant d'autres choses qu'il me disait quand j'étais jeune, j'y voyais là une idée simple, incontestable, une question d'adulte, comme la manière dont il prédisait le temps d'après la brume autour de la lune. Ce n'est que plus tard que je fus troublé, comme un avertissement que je n'avais pas su entendre. Aussi les événements qui se sont produits ici, aussi dérisoires puissent-ils paraître, sont-ils devenus pour moi – et peut-être pour nous tous – un combat contre le passé et les prophéties, contre l'histoire et l'avenir. Avec ses bottes crottées et son visage face au vent, mon père ne se trompait jamais sur le temps qu'il ferait.

Le village où je vis s'appelle Jadowia. Le nom vient d'un ancien mot polonais qui signifie « venin », référence, peut-être, aux serpents qui ont dû infester l'endroit au Moyen Âge, ou plus vraisemblablement à l'odeur de moisi, d'humidité et de décomposition qui émane parfois des marais et des champs détrempés alentour. Nulle péripétie géopolitique ici, même si, à travers les siècles, nombre d'armées ont écumé en tous sens nos forêts et nos fondrières, comme si notre terre pauvre était un trophée à elle seule plutôt qu'un rempart contre des pertes plus importantes. Ici, personne n'a plusieurs comptes en banque ni femmes fatales; ici, aucun client de casinos rutilants, aucun propriétaire d'hôtels tout en teck. Ces détails, je ne les retrouve que dans les thrillers occidentaux qui commencent à être traduits. Nos outils de mort, quoique parfois sophistiqués, ne sont pas à la pointe de la technologie. Je ferai donc avec ce que j'ai.

Je m'appelle Leszek. Comme mon grand-père, qui a aujourd'hui 74 ans et une tumeur grosse comme une amande au pouce droit. Et comme le fantôme de mon père, mort d'un cancer, je suis un paysan. Nous possédons en tout dix hectares et demi, répartis, à la polonaise, sur six champs; le plus éloigné – planté de seigle l'an dernier – est situé à dix kilomètres de la maison. Nous avons douze vaches, quatorze porcs, un cheval, un tracteur et une moissonneuse-batteuse d'occasion achetée il y a peu. À l'échelle locale, nous sommes raisonnablement riches, et en bons termes avec nos voisins, aux côtés desquels nous vivons depuis une époque dont même mon grand-père ne se souvient pas. J'ai 26 ans et il faut que je me marie.

Ma mère, Alicja, qui a toujours habité et travaillé avec nous, s'inquiète beaucoup de ce problème matrimonial. Bien entendu, elle n'est pas au courant – personne ne l'est, à ma connaissance – pour Jola. Aussi je la vois, les jours de marché ou à l'église, scruter la population déclinante des jeunes femmes du village, à la recherche d'une potentielle bru. Elle aimerait crier: « Il sait lire ! Et il ne boit pas ! » Elle a raison, mais ce n'est pas là le facteur essentiel; car en réalité sa quête parmi les bancs de l'église sombre, ou dans les quelques rues calmes du village, est vaine. Il n'y a pas beaucoup de jeunes femmes à marier ici. Toute une vie passée à voir leurs mères et leurs grands-mères se rendre au village, les jours de marché, dans des charrettes en bois tirées par un cheval ou par un tracteur, à côté d'un chargement de patates ou d'un cochon enfermé, cela laisse des traces. Hormis un bref automne doré et le printemps en fleurs, le temps est presque toujours gris et humide, et nos nuits sont vierges de tout néon. Même la triste Varsovie, à cent cinquante kilomètres de là, en deviendrait pleine de charme. Je le sais parce que j'y ai moi-même succombé un temps. Alors les jeunes filles s'enfuient, tout simplement.

Mais ma mère espère toujours que je rencontrerai quelque fleur de la campagne encore pure et inconnue. Son énergie est immense, intacte, malgré le coup qu'a été pour elle la mort de mon père il y a un peu plus d'un an. Bien que son corps s'épaississe, je vois toujours sur son visage – notamment quand elle rit, peut-être à une des blagues de mon grand-père lorsqu'elle reste dans la cuisine après dîner – une ombre de sa jeunesse, un vestige de la gentillesse des jeunes filles, le cercle de leur figure slave, doux et intelligent, un aperçu de ce qu'elle souhaite pour moi ou de ce que moi-même je me souhaite.

Elle ne se plaint guère, ou alors discrètement, en privé. C'est notre caractéristique nationale, je crois, que de nous lamenter en public seulement à certaines occasions : aux anniversaires des morts, à la Toussaint, au cimetière à Pâques ou à Noël. Nos femmes versent facilement leurs larmes, presque à la demande, sur les tombes froides de mars ou de novembre, mais le deuil privé demeure caché – c'est le cas de ma mère. Je ne lui ai pas parlé de la voix de mon père, mais je ne suis pas certain qu'elle l'entende comme moi je l'entends. Pour moi, elle est reconnaissable entre toutes, quand elle me parvient alors que j'attache la herse, que je soulève le foin ou que je remue la pâtée des cochons, mélange de son et de patates. Je ne crois peut-être pas aux fantômes, mais en une sorte de conscience, de prescience, en partie imagination, extrapolation, divination intuitive. Je suis convaincu que mon père, comme il me l'a un jour promis, ou plutôt prédit, est une présence, et beaucoup de ce qui va suivre – dans quelle mesure, je ne saurais le dire – vient de lui, à cause de lui. Mon père et moi, je l'ai toujours pensé, étions proches ; peut-être le sommes-nous encore.

Il s'appelait Mariusz. Avant que la maladie le frappe, il était charpenté et robuste. Il buvait rarement plus d'un verre de vodka rituel, et jamais je ne l'ai vu ivre, ce qui le distinguait de la plupart des hommes de la campagne, pour qui la boisson est un but dans la vie. Il avait des cheveux noirs, autre singularité dans notre région, et, encore plus étrange, des yeux vairons – l'un, le gauche, noisette, et l'autre bleu clair. Cette originalité dérangeait beaucoup. Nous sommes tous des campagnards, habitués aux maladies qui triomphent des remèdes maison – les attaques, les cancers, les maladies de peau, sans parler des accidents de la ferme : sur dix hommes adultes, vous n'aurez jamais plus de quatre-vingt-dix doigts intacts. Mais un homme aux yeux vairons était un phénomène rare, et je voyais toujours les gens scruter son visage avec une intensité particulière, comme si, tout en conversant avec lui, ils étaient plongés dans un abîme de fascination ou de réflexion. Mon père écoutait et parlait doucement ; les gens se confiaient à lui, les voisins, et d'autres villageois, venaient lui demander des conseils. Il en prodiguait peu, si je me souviens bien, mais il accordait toujours du temps et une écoute patiente, franche, et les visiteurs repartaient en général d'un pas plus léger, sinon éclairés, du moins soulagés.

Quand j'étais petit, je devais avoir 7 ou 8 ans, pendant une année, avec une quinzaine d'autres villageois, il fut membre du conseil municipal. Chaque mois, des heures durant, tout ce beau monde se réunissait pour débattre sans enthousiasme des réparations à effectuer sur la route ou de l'évacuation des fossés d'écoulement. Mon père fut élu président du conseil mais, au bout de quelques mois, se démit au profit d'un autre. Lorsque son mandat toucha à sa fin, il refusa de voir sa candidature renouvelée. C'était une période difficile pour nous, et ce fut sans doute pour cela qu'il abandonna. Il y avait d'autres raisons, mais je ne les ai découvertes que plus tard. Néanmoins, son abandon de ce mandat fantoche, où l'on ne faisait que valider mécaniquement des projets décidés en haut lieu, eut peu d'influence sur son statut au sein du village.

Période difficile pour nous, disais-je, car nous étions frappés par le malheur. Mais l'époque fut dure pour tout le monde. Le pays souffrait d'un mal étrange. Je ne savais pas vraiment de quoi il s'agissait, ni quelle en était la cause exacte, mais même enfant je le ressentais : une sorte de mal-être mêlé de nervosité, comme une incertitude sans fin. Par certains aspects, les paysans s'en tiraient mieux que les autres : nous avions toujours de quoi manger, même si ce n'était pas bon. Le boucher ne vendait que de la graisse de porc et les gens se nourrissaient de choux et de pommes de terre. Nous n'avions pas d'argent, nos voisins non plus, ce qui signifiait qu'il fallait vendre les bêtes en échange d'argent plutôt que de les tuer pour les manger. Non pas que l'argent coulât à flots, loin de là. D'autant, bien entendu, qu'on ne pouvait rien acheter avec. Impossible de trouver un sac de ciment, une centaine de briques ni un paquet de clous. Impossible de se racheter un seau à lait neuf. Quand la maladie frappait, on ne pouvait pas obtenir de médicaments même si on avait de quoi payer. La plupart des gens n'avaient pas les moyens de s'offrir une nouvelle paire de chaussures ; ils troquaient de vieux chandails troués contre deux douzaines d'œufs. Au village, lorsque de nouveaux objets étaient livrés au magasin des « produits ménagers » – un arrivage de chaussettes, de sous-vêtements ou d'ampoules –, ma mère faisait la queue pour recevoir un lot, peu importe de quoi. De retour à la maison, elle posait ses achats sur la table de la cuisine pour nous faire admirer, tels des trophées de chasse, les petits paquets emballés et ficelés dans du papier gris.

Et pourtant, personne ne mourait de faim, je crois, ni de froid faute de vêtements. Dieu sait que notre peuple avait connu pire, et les souvenirs étaient encore vivaces. Mais le pays, et la campagne telle que je la connaissais, semblaient pris dans les glaces. Année après année, les hivers s'étiraient interminablement sous une lumière grise. Dans les mines – quelque part au sud, m'avait-on expliqué – et les chantiers navals sur la côte, il y avait des grèves, des soldats en alerte et des histoires de policiers tirant sur la foule. Notre voisin, Powierza, fut arrêté et dut payer une amende car il avait abattu du bois de chauffage dans la forêt. Un autre fut emprisonné un mois pour avoir vendu un cochon à un habitant de Varsovie, lui-même interpellé lors d'un contrôle de police sur l'autoroute et interrogé parce qu'on le soupçonnait de se livrer au marché noir. Mon grand-père, maussade, furieux, se mit à élever des lapins qu'il vendait à nos voisins pour une bouchée de pain. Il les frappait à la tête à l'aide d'une bûche fendue, les fourrait dans un sac et les emportait dans la forêt de pins, sur les mêmes chemins qu'il avait empruntés quand il avait 35 ans et croyait qu'une poignée d'hommes comme lui pouvaient combattre les communistes avec des pistolets allemands et des fusils Springfield. Il se battait de nouveau contre eux avec un sac en tissu rempli de lapins morts. Je le revois partant dans la neige par le portail de derrière en début d'après-midi, revenir à la nuit tombée, entrer bruyamment dans la maison et arpenter la cuisine avec un air tellement satisfait qu'une demi-heure s'écoulait avant qu'il puisse s'asseoir et avaler la soupe préparée par ma mère. « Je vous jure, disait-il. Il fallait voir la tête de Dubinski! Sa vieille bonne femme et lui, ça fait deux mois qu'ils n'ont pas vu de viande. »

Naturellement, les autorités s'en seraient moquées, de ses lapins, même si elles avaient été au courant, ce qui devait d'ailleurs être le cas. Le geste de mon grand-père était symbolique et vain. Au bout d'un jour ou deux, il retrouvait sa morosité naturelle, comme l'ensemble du village et du pays. Le ciel d'hiver s'installait, la brume et le brouillard avalaient les cimes des arbres dans la forêt, l'horizon devenait à la fois plus proche et plus flou.

Dans une contrée aussi plate, le ciel est crucial – du moins à mes yeux. Or je retiens de cette époque qu'il semblait avoir disparu et s'être fondu dans la terre. Bien sûr, il n'était sans doute pas aussi implacablement blême, mais mes souvenirs et mon imagination se mêlent, comme les nuages que je voyais alors descendre des hauteurs et se dissoudre dans la brume des champs, effaçant la ligne qui les séparait.

C'était il y a des années de ça ; l'époque était très différente. Beaucoup de changements majeurs sont intervenus depuis.

Aujourd'hui, sur nos écrans de télévision, nous avons des policiers américains et des feuilletons qui narrent les aventures de familles texanes enrichies par le pétrole. On se demande si nos propres vies, elles aussi, vont changer. Nous avons un nouveau système politique. Une nouvelle ère s'annonce. Beaucoup d'entre nous doivent faire un effort pour y croire, et nombreux refuseront de le faire, ou ne pourront pas. Mon grand-père, par exemple, ne peut pas. Il a passé sa vie à labourer les champs comme s'il éventrait des Russes. Il ne croit pas que les bolcheviks soient partis, ni leurs sbires locaux, qui, dit-il, se sont cachés comme des tiques sur un chien malade. On peut les arracher mais leurs têtes sont encore là, sous la peau, où elles continuent de nuire.

Ainsi le passé s'accroche, trouve le moyen de nous rattraper. Le brouillard se dissipe lentement, dangereusement, pour laisser place, en fin de compte, à un autre brouillard qui plombe tout l'horizon.

Mais pour moi c'est une rancœur délétère. Et je me fais la promesse que ce combat ne sera pas le mien.

J'aurais du mal à l'expliquer, mais le jour où quelqu'un que l'on connaît meurt, le crépuscule est plus rouge et plus long que les autres soirs. La première fois que ça m'est arrivé, j'avais

8 ans : ma sœur Marysia est morte quand elle en avait 2. Elle était née avec un cœur défectueux. C'était cela, la période difficile dont j'ai parlé plus haut, une période scandée par ses crises violentes, par la maison silencieuse et surchauffée été comme hiver, bruissant des pas de mes parents qui marchaient à ses côtés en pleine nuit, les murmures, les tentatives affolées pour aller à l'hôpital ou chez le médecin, le tumulte des voisins arrivant avec des chevaux et des charrettes remplies de paille et de couvertures. En général, c'était Staszek Powierza, qui habitait la maison juste à gauche et qui avait un cœur aussi gros qu'une grange. Il arrivait dans la maison tel un coup de tonnerre et nous mettait tous en mouvement. Je ne participais pas à ces expéditions chez le médecin ; j'étais la plupart du temps caché dans l'ombre de l'angoisse de mes parents, qui jetait une lueur tamisée sur moi et sur la maison. Je restais dans mon coin et j'observais. Bien entendu, je travaillais plus dur que si cette calamité n'avait pas frappé notre famille ; j'accomplissais les corvées que mon père aurait faites seul et les tâches habituellement dévolues à ma mère : je trayais, j'allais chercher l'eau, je nettoyais, je cuisinais même des plats simples.

Un jour, alors que Marysia avait à peu près 1 an et se remettait – comme nous – d'une de ces crises qui la ravageaient, je m'allongeai à ses côtés dans le lit de mes parents et je vis ce qu'ils voyaient. À la peau fripée et serrée qui s'amassait anormalement sur sa tempe, je compris qu'elle ne grandissait pas et que ce qui ne fonctionnait pas, cette valve qui refusait de s'ouvrir ou de pomper comme il fallait, ne se réparerait jamais tout seul. Ma sœur n'allait pas survivre. Elle mourut à l'hôpital un an plus tard, un matin, tôt. Un homme de la ville ramena mes parents. J'entendis la voiture s'arrêter sur la route. Je fis le tour de la maison en courant, vis les branches du pommier ployant au-dessus du portail, puis mon père, avec ses bottes en caoutchouc et sa veste marron, soutenir ma mère, les yeux clos, qui marchait comme si elle avait pris trente ans en une journée.

En mémoire de la forêt

Ce jour-là, le crépuscule – on était début mars, les champs étaient encore couverts de vieille neige – irradia de rouge le ciel ; je le contemplai longtemps, d'une manière nouvelle, différente. La mort avait accompli sa besogne et je guettais tous les signes qui entouraient un événement aussi gigantesque. Je me rappelle avoir aidé Powierza et son fils Tomek, qui avait mon âge et allait à l'école avec moi, lorsqu'ils passèrent traire les vaches pour nous. Powierza faisait un boucan de tous les diables, bringuebalant les seaux et les bidons de lait, tandis que je nourrissais les poulets et les oies et transportais du foin pour Star et Piotr, nos deux chevaux. Je me rappelle avoir accompli ces tâches, et que les bêtes étaient calmes, dociles, ce qui était nouveau. Au milieu de ces bruits étouffés, je sortis de la grange avec des seaux de lait chaud qui me broyaient les épaules et levai les yeux vers un coucher de soleil tout en hauteur, zébré de nuages. Je le revois encore, me semble-t-il, dans ses moindres détails, avec ses nuances dorées et violettes. Et je revois aussi mon ami Tomek surgissant sans un bruit (ce qui n'était pas non plus dans ses habitudes), comme s'il remontait dans un aquarium de larmes, pour me prendre les seaux des mains.

Plusieurs années après, à la mort de ma grand-mère, je vis le même ciel rougeoyant le soir, alors que c'était l'été et que le crépuscule s'étirait jusqu'à 22 heures. Ma grand-mère était une femme sévère et très croyante qui faisait plus que son âge ; elle mourut tranquillement, sans souffrir, dans son sommeil. Grand-père, toujours digne et avare de ses larmes, reçut les amis, but quelques verres de vodka et se coucha avant la nuit. J'aidai mon père à traire et à accomplir les travaux de la ferme. Après le dîner, une fois le prêtre et les amis de mon grand-père partis, mon père et moi nous attardâmes un moment dehors. Il s'assit sur un seau renversé et alluma une cigarette. Si le temps ne changeait pas, me dit-il, on pourrait couper le seigle en quatre ou cinq jours ; et si on pouvait mettre la main sur du ciment, on pourrait commencer à faire le sol pour agrandir la porcherie.

Une brise légère agitait le faire-part de décès accroché par le prêtre sur le montant du portail, signe que la maison était en deuil. Je me demandai si mon père me parlerait de la mort de sa mère ; il ne le fit pas. Lui qui avait enterré un enfant, la disparition d'un parent lui semblait peut-être plus acceptable.

Des années plus tard, mon père tomba malade. Il accepta sans broncher le verdict de l'hôpital : il n'y avait rien à faire. Il n'afficha ni tristesse ni peur et paraissait convaincu qu'il affronterait l'heure de sa mort sans fléchir. Ma mère, elle, était terrorisée. Mon grand-père, bien que taciturne, devint tourmenté, désorienté, il se laissa gagner par une oisiveté solitaire et distante ; les coudes posés sur la barrière qui délimitait la basse-cour, il regardait loin vers la forêt. Moi aussi j'avais peur, mais je passais plus de temps avec mon père que quiconque, que ma mère même, qui ne pouvait s'asseoir à ses côtés sans verser de larmes. Quand je m'asseyais près de lui, on ne pleurait pas. On parlait surtout de la ferme. Fallait-il emmener au marché deux veaux ou trois ? Notre voisin Kowalski finirait-il par nous vendre les deux hectares et demi que mon père voulait lui acheter depuis trois ans ?

« Ne le lâche pas, me dit-il un jour. Il changera d'avis. C'est un bon terrain pour toi. Et un bon emplacement pour une maison. À l'extrémité nord, dans la montée.

– Je ne me vois pas travailler cette terre sans toi. »

Mes paroles me surprirent moi-même, trop lourdes de sens, trop directes. Je mis de l'eau dans mon vin.

« C'est-à-dire que ça fait beaucoup pour grand-père et moi.

– Je serai dans les parages. Ne t'en fais pas. »

Je lui jetai un bref coup d'œil, car il avait toujours parlé de sa mort en toute franchise, sans faux espoirs ni détours.

« Ne t'en fais pas, répéta-t-il. Quand je m'en irai, ce ne sera pas bien loin. Je serai dans les parages. »

C'est à peu près à cette époque, je crois, que j'ai commencé à réfléchir sérieusement à ce fameux champ – le champ jaune, je l'appelais, comme la couleur que ses herbes en friche prenaient en août. Je me surprenais à m'arrêter pour le regarder en passant devant, et je sentais sa terre avant même d'y avoir plongé ma main : un brun profond, riche. Il s'étendait en pente douce, du sud au nord, et recevait la chaude lumière méridionale du printemps jusqu'à l'automne. Le sommet en était bordé par une rangée de pruniers dont les fruits – les meilleurs du coin – mûrissaient en septembre.

Bien que ne le cultivant plus depuis des lustres, le vieux Kowalski avait toujours refusé de vendre son champ. Un jour, je l'avais vu repousser l'offre de mon père avec ce don de l'insulte qui passe parfois pour de la gouaille chez les campagnards les plus rustres. Il avait souri de tous ses chicots, donné une grande tape sur l'épaule de mon père et répondu : « Je le donnerais mieux à mes imbéciles d'enfants ou aux bolcheviks avant que de te le vendre, Maleszewski. » Mon père changea de sujet ; mieux valait ne pas insister au mauvais moment. Kowalski, en boitillant, lui donna une autre tape sur l'épaule. Je voulus y voir un geste amical, cependant, marchant derrière eux, je sentis qu'il l'avait frappé avec violence. Mon père le sentit aussi, mais il se tut pendant que Kowalski déblatérait.

« Non, non, Maleszewski. Pas à toi. Pas à un type qui a un œil marron et l'autre bleu. » Il ricana encore. « Comment je peux savoir de quelle couleur tu me vois quand tu me regardes, hein ? De la couleur d'un crétin ? » Il cracha un gros mollard. « Oui, il fait sacrément froid pour un mois d'avril. On n'est pas le 1er avril, dis ? » Il riait encore lorsque nous le laissâmes devant sa barrière.

Je n'avais encore jamais entendu personne s'adresser ainsi à mon père, ni même personne évoquer la couleur de ses yeux – hormis Powierza, peut-être. Pourtant, mon père sembla ignorer la remarque, de même que les tapes sur son épaule. Quelques minutes plus tard, je brisai le silence.

« Il est fou, papa.

– Il est vieux. C'est un vieux. Un pauvre bonhomme. »

Je savais ce à quoi renvoyait le mot « vieux » dans sa bouche : au Moyen Âge, à l'époque de la *szlachta*, du seigneur, du paysan asservi, à l'idée d'une population enfermée dans l'ignorance et la superstition, paralysée par la religion, l'alcool et la paresse. « Vieux » renvoyait à la vieille Pologne, aux vieux Slaves, à la liqueur de prune que plus personne ne faisait et à ces femmes habillées de vêtements tellement sales que leur ventre luisait, mais qui vous préparaient les meilleurs *bigos* de toute la chrétienté ravagée par le malheur. Kowalski, dont le nom était aussi répandu que les forges dont ses ancêtres s'occupaient jadis, était un vestige, un spécimen, têtu, caractériel, qui – invariablement – exigeait d'être respecté. Peut-être céderait-il avec le temps. J'avais une chance.

Alors, sans y être invité mais non sans espoir, je parcourais cette grande étendue de terre et passais la main sur les aigrettes et sur les épis d'orge dorés qui poussaient spontanément dans le champ bigarré derrière la haie. Je gravissais la pente et sentais sous mes pieds la montée, comme une présence vivante, comme si la terre respirait ; dans les muscles de mes bras et de mes jambes, j'en savourais toute la puissance, tout le potentiel. Assis derrière un prunier, j'admirais la descente en pente douce jusqu'au bosquet de tilleuls et de saules qui cachait le petit ruisseau en contrebas.

Un soir, j'y allai avec une houe à manche court et arrachai un carré d'herbe. Après avoir exposé la terre à l'air libre, je semai des graines d'orge, de seigle et de blé que j'avais prises dans ma poche. Je voulais voir ce qu'elles donneraient. Une fois cela fait, je m'assis pour observer le jour déclinant et j'écoutai, comme une musique, le vent léger qui bruissait dans les herbes et poussait les nuages vers la lune croissante.

Mon père mourut en septembre. Dans la campagne polonaise, c'est l'époque des brûlis ; l'air se charge d'une odeur de fumée à mesure qu'on rassemble les balles de grain en rangées sinueuses et qu'on y met le feu. Ces feux sont issus d'une vieille tradition, moitié purification, puisqu'ils débarrassent les champs des nuisibles, et moitié, j'en suis sûr, rituel marquant la fin et le recommencement des choses. Nos propres champs subissaient le même sort. L'après-midi de la mort de mon père, grand-père et moi étions dehors avec nos râteaux, dans la fumée et la lumière pâle de l'automne. Ma mère parcourut le kilomètre et demi qui séparait le champ de la ferme pour nous ramener à la maison. Quelques heures plus tard, le crépuscule fut conforme à mes prévisions, phénoménal, d'un rouge profond, mais voilé par la fumée qui dérivait dans le ciel en bandes roses et grises. Une fois de plus, je restai dans la basse-cour (pleine de poussière en cette fin d'été) et regardai. Je ne me sentais pas seul.

Nous vivions à côté de la famille Powierza. L'arrière de leur laiterie jouxtait presque celui de notre porcherie, ce qui laissait assez d'espace aux chats pour chasser et mettre bas en mai. Nous travaillions souvent ensemble et, parfois, partagions notre matériel ; nous vivions en bonne entente, mais personne n'aurait eu de mal à voir que les deux fermes étaient occupées par des gens très différents. Celle de Powierza était un fatras d'outils et de projets laissés en plan, où les équipements gisaient autour de leurs axes ou sur un tas de briques, en attendant une pièce manquante et le temps de l'installer. Son bûcher s'effondrait en une masse informe, les gonds aux portes de sa grange étaient cassés, des détritus qui pouvaient se révéler un jour utiles s'accumulaient partout, des bouts de ferraille et des outils rouillés étaient accrochés aux murs, sur des clous. Staszek Powierza avait l'âge de mon père. Malgré leurs caractères opposés, ils s'entendaient bien. Même s'il l'appréciait, mon père savait aussi à quel moment garder ses distances avec lui. « Il est comme la Pologne en guerre, disait-il. Courageux et fou. » Son teint pâle était constamment rougi par le vent ou le soleil. Massif, grand et carré, un jour agneau, le lendemain volcan, il se montrait obstiné et violent quand on touchait aux choses qui comptaient pour lui. Lorsqu'il fut arrêté après avoir coupé du bois dans la forêt d'État, il ne fit jamais amende honorable et alla même jusqu'à soudoyer un garde forestier pour pouvoir poursuivre son petit délit – qu'il ne considérait pas comme tel, de toute façon. « C'est censé être la forêt du peuple, nom de Dieu ! Et le peuple a froid. »

J'ai grandi avec son fils, Tomek, qui avait hérité de lui son tempérament revêche. Naturellement, dès que Tomek eut atteint l'adolescence, il se chamaillait tout le temps avec son père. Il savait, par instinct, comment le rendre chèvre. La méthode qui, chez moi, redoublait l'envie de travailler – les compliments paternels – incitait au contraire Tomek à cesser le travail, comme un repos bien mérité. Il prenait le vélo bringuebalant de la famille, allait au village pour faire réparer l'attelage de la charrue ou acheter un sachet de clous, une mission que son père lui avait peut-être confiée comme une récompense, et restait là-bas tout l'après-midi pour ne rentrer qu'une fois la traite terminée. Le vieux Powierza enrageait, hurlait, ronchonnait. Il aimait sa ferme, il aimait son fils, et il voulait que son fils aime la ferme. Il avait deux filles plus grandes ; elles s'étaient rapidement mariées et avaient quitté le village, ce qui faisait de Tomek le seul dépositaire de la maison, de la terre, du nom, de la lignée. Il le savait et résistait de toutes ses forces.

Powierza tenta, en vain, de remuer chez son fils la fibre de l'ambition et de l'émulation. Un jour, alors que nous étions gamins, il me demanda, devant Tomek, quelles notes j'avais à l'école ; quand je lui répondis, non sans fierté j'imagine, il me dit que son fils pouvait en faire autant, mais qu'il était paresseux et que, s'il travaillait dur à la ferme, il trouverait peut-être plus facile de réviser ses leçons. Puis il lui mit une fourche dans les mains et lui ordonna de nettoyer la grange. Un peu plus tard, une fois Powierza parti, j'entrai dans la grange et reçus en pleine tête un gros paquet de bouse. Tomek, le visage écarlate, la pelle

En mémoire de la forêt

verte à la main, était là. « T'es qu'un fils de pute, Leszek ! » hurla-t-il. Il me fonça dessus et nous nous roulâmes dans les stalles en nous échangeant des coups. Il me frappa au visage, mon nez pissa le sang, et il courut hors de la grange. Lorsque je racontai l'incident à mon père – c'était inévitable, puisqu'il m'avait surpris en train de traverser la cour couvert de sang et de fumier frais –, il secoua la tête. « Nom de Dieu, fiston, c'est un miracle qu'il ne t'ait pas enterré dans la bouse. »

Je devais avoir l'air dévasté, mais il me prit doucement par l'épaule, me conduisit jusqu'à la grange et me demanda de me nettoyer, loin des regards de ma mère. « Tes notes ne sont pas meilleures parce que celles de Tomek sont mauvaises. » J'étais furieux de cette injustice. « Tomek est ton copain, Leszek. C'est avec lui que tu dois être ami, pas avec son vieux père. » Mon nez sanguinolent frémissait de colère, mais je comprenais la teneur du message. Quelques jours plus tard, ma blessure guérie, je me rabibochai avec Tomek en lui expliquant, par une formule lapidaire, que j'étais désolé. De son côté, il ne dit rien mais accepta mes excuses.

Pendant des années, entre nous les choses fonctionnèrent ainsi. Il nous arrivait de travailler côte à côte, sans plus jamais nous battre. Nous allions à l'école ensemble mais, aussi naturellement qu'il s'asseyait au fond de la classe et moi au premier rang, nous suivions des chemins séparés : moi, je le reconnais, vers la normalité et le conformisme, lui furieux d'être enfermé et s'endormant sur les manuels. Il détestait l'école, la ferme, le village. Il voulait s'en aller. Quand il eut l'âge requis, il s'inscrivit à l'école technique d'une petite ville située non loin de Jadowia, mais ses résultats ne furent guère plus brillants. Les week-ends, il buvait et festoyait dans les grandes villes des alentours. Par miracle il échappa à un accident de voiture qui envoya deux de ses compagnons de beuverie à l'hôpital pendant de longues semaines ; il eut une ou deux altercations avec la police. Il commença à disparaître de la ferme, d'abord par intermittence, si bien que je ne savais jamais s'il était encore dans les parages ou pas. Au bout de deux ans, il partit pour la ville.

Je n'imaginais pas Tomek aller là-bas pour travailler dur – il en avait assez soupé à la ferme. S'écoula alors une longue période au cours de laquelle je ne le revis plus. Mais un jour, je le croisai par hasard au village ; il me dit qu'il pensait « faire du business ». À ce moment-là, des tas de gens en Pologne pensaient « faire du business », ce qui signifiait en général acheter et vendre, en s'appuyant sur divers réseaux pour obtenir des produits rares – depuis les jeans jusqu'aux cacahuètes en boîte – et les revendre dans la rue. Nous étions très peu nombreux à savoir ce que ça voulait dire, ou comment on faisait.

« Je connais un type, me dit-il, qui a rapporté dix mille couches jetables de Berlin et qui s'est fait cinq cents dollars en une journée. Tout le monde peut le faire.

– Mais il faut avoir de quoi acheter les couches à Berlin. Et un camion, ou une voiture.

– Bien sûr qu'il faut une voiture. Et il faut aussi payer un bakchich ou deux à la frontière pour ne pas rester coincé là-bas pendant deux jours. Mais il y a moyen. »

Je fus impressionné par ces renseignements, par la sérénité avec laquelle la corruption était envisagée et effectivement pratiquée. Je n'étais pas sûr d'en être capable, non pas en vertu de scrupules moraux, mais simplement par manque de savoir-faire.

« Ce n'est pas aussi simple, à mon avis.

– C'est toujours plus facile que de planter des pommes de terre.

– Et l'argent ? Pour acheter les couches ?

– Tu te trouves un associé. »

J'ignore s'il en trouva jamais un. Chaque fois que j'interrogeais Powierza au sujet de son fils, il ne savait pas grand-chose. Il parlait comme si Tomek avait des employeurs bien définis, quoique éphémères, et je crois qu'il l'imaginait travailler dans un bureau, un entrepôt ou tout du moins à une adresse précise. Je nourrissais quant à moi quelques doutes, car j'avais vécu quelque temps à Varsovie. Je comprenais ce qui la rendait attirante, et même le charme de ses facettes les plus sombres. Pendant une partie de mon séjour là-bas, Tomek s'y était aussi trouvé. Nos chemins ne se croisèrent jamais, même si une fois je m'étais lancé à sa recherche dans un immeuble délabré à l'est du fleuve, à Praga. Mais il n'y avait aucun Powierza sur les boîtes aux lettres et personne ne le connaissait. Je me dis qu'il avait déménagé et réalisé son rêve de disparaître dans la ville. Par cet aspect-là, au moins, il n'était pas différent de nos camarades de classe, dont la première ambition était de quitter le village.

On pouvait les comprendre. Nous avions passé toute notre vie à Jadowia, où il ne s'était jamais rien passé et où peut-être il ne se passerait jamais rien, où deux routes se croisaient au centre du village – juste devant le minable restaurant-bar « quatre étoiles » d'où les alcooliques locaux ressortaient chaque jour le visage bouilli. Trois ou quatre rues plus étroites partaient des axes principaux et se transformaient en pistes défoncées, près des dernières maisons, puis s'arrêtaient net ou s'enfonçaient dans la forêt sous forme de sentiers pédestres. C'était, comme le veut l'expression, un village d'une centaine de « feux ». Mais ce chiffre était généreux: parmi tous ceux qui allumaient les feux de cheminée, pas un visage, pas un nom ne nous était inconnu; pas un chien attaché dont les aboiements nous surprenaient quand on le croisait. Et pourtant, malgré tout ce que nous pensions savoir et tout ce que nous jugions d'une familiarité presque abrutissante, nous avions la mémoire courte et sélective. Nous ne pouvions connaître que ce que nous voyions de nos propres yeux. Ici, l'Histoire commençait après la guerre, dans la décennie qui avait précédé notre naissance. Tout le reste était lointain. Certaines maisons avaient été des magasins juifs, dont les devantures donnaient autrefois sur des étals où s'entassait le pain frais, où l'on tranchait la viande, réparait les montres, coupait le tissu, clouait des talons aux souliers. Parmi les gens qui habitaient aujourd'hui sous ces toits depuis longtemps réparés et agrandis, peu avaient connu le village avant guerre; et les anciens occupants de ces maisons et de ces boutiques (dont les entrées étaient maintenant protégées, à l'intérieur, par des crucifix) n'avaient laissé aucune trace ni, à notre connaissance, aucun descendant.

Bien sûr, il y avait des maisons récentes, disséminées au milieu des anciennes constructions en bois brut usé. Mais même celles-là, avec leurs briques et leur béton, avaient exigé tant d'années avant d'être achevées qu'elles paraissaient tout aussi vieillottes. Pour une génération qui rêvait de modernité, assoiffée de nouveauté, il n'y avait rien de reluisant dans ce village, et ça n'était pas près de changer. Si la modernité existait en Pologne, elle habitait en ville.

C'est pour toutes ces raisons que je suis parti, et parce qu'il fallait le faire – comme un rituel. C'était à la veille de mon vingt et unième anniversaire. Mon père, en bonne santé à l'époque, ne songea pas à me dissuader; à l'évidence, il ne doutait pas que je reviendrais un jour. Après avoir trouvé un emploi comme peintre en bâtiment pour une entreprise publique, je m'installai dans un hôtel pour travailleurs au cœur d'un quartier chaud de Praga, de l'autre côté du fleuve qui délimite le centre de Varsovie, avec deux compagnons venus d'autres coins reculés de la Pologne : l'un claquait tout son salaire en bière ou en vodka, se soûlait presque tous les soirs et les week-ends, l'autre faisait des cauchemars et hurlait souvent pendant son sommeil. Quand je ne travaillais pas, j'explorais la ville. Je prenais les tramways jusqu'au terminus, descendais et marchais des heures durant, jusqu'à l'épuisement, puis je remontais dans d'autres tramways qui finissaient par me ramener chez moi. J'arpentais des quartiers qu'aujourd'hui je ne saurais plus retrouver, j'errais dans les magasins, je me plantais sur le trottoir pour observer

―――― En mémoire de la forêt ――――

des carrefours bondés et des immeubles gigantesques, je scrutais les devantures sous des néons bruyants jusqu'à ce que je comprenne que les couleurs bigarrées n'étaient pas forcément synonymes de nouveauté ni de qualité. Je reluquais les filles de la ville, leur maquillage, leur coiffure, leur tenue, qui étaient indéniablement différents, beaucoup plus variés. Elles s'en souciaient davantage, faisaient des efforts pour se démarquer, même si, en les écoutant parler, je retrouvais souvent les accents et la syntaxe de la campagne. Quand j'en avais le courage, de temps en temps j'essayais d'en aborder quelques-unes, et de temps en temps, si j'étais aussi courageux que chanceux, elles me répondaient. Mais le courage et la chance se présentaient ensemble aussi fréquemment qu'une éclipse de soleil. Les filles de la ville avaient d'autres ambitions, et le petit peintre en bâtiment qui sentait la térébenthine et vivait avec deux autres types dans un hôtel pour travailleurs n'en faisait pas partie.

« Tu sais ce qu'on est ici ? me dit un jour celui qui criait en dormant. De la merde. Rien que de la merde. »

Quelques jours plus tôt, j'avais rencontré une fille dans un tramway. Elle avait des yeux et des cheveux foncés, et se mordillait les lèvres de ses dents magnifiquement blanches et petites. Lorsqu'elle me promit de nous revoir le lendemain, la tête me tourna. Elle me parla d'un café sur Nowy Swiat, près de l'université, où elle étudiait et où, j'en étais certain, de nombreux hommes la courtisaient. Je me dépêchai d'arriver au rendez-vous fixé et j'attendis une heure. Elle ne vint jamais. Je franchis les portes de l'université, pensant la surprendre en compagnie d'un bel étudiant. Je retournai au café et traînai autour de la file d'attente des bus, près de l'entrée, mais elle ne se manifesta pas.

« On n'est que de la merde », comme disait mon colocataire.

Alors je travaillai et mis de côté le peu d'argent que je gagnais. Je lisais dans les bibliothèques publiques, ou, vêtu de mon plus beau pantalon et d'un pull neuf, dans les cafés. J'écumais la ville en tous sens. Je voyais des pensions miteuses où d'horribles putains se crêpaient le chignon dans les couloirs. Parfois j'allais dans les hôtels chic, commandais un café au bar et décidais d'observer d'autres prostituées, plus jolies, mieux élevées. Elles ajustaient leurs jupes sur leurs bas noirs, fumaient des cigarettes et attendaient le client, pendant que je me demandais combien j'avais d'argent dans les poches et ce que cela m'offrirait si je trouvais le courage de passer à l'acte. Quelques rares fois, j'allais boire avec mes collègues, assis devant de hautes tables, dans des squares construits comme des enclos pour séparer une espèce d'animal antisocial de la population normale. La plupart du temps, le nombre de corps avachis après l'heure de la fermeture laissait penser qu'une bombe avait explosé et projeté les victimes, face contre terre, sur les trottoirs et les pelouses mal entretenues.

Au contraire de mes deux compagnons, je n'avais aucune rancœur contre la ville; mais elle n'était pas plus faite pour moi que pour eux. J'essayais d'y voir un nouveau (à mes yeux) genre d'espace naturel, avec ses propres bruits, ses odeurs, ses rythmes. Lorsque, au printemps ou en été, par la fenêtre ouverte, j'entendais les tramways crisser, j'associais toujours ce bruit à l'arrivée prochaine du beau temps. En hiver, le même bruit, plus étouffé et lointain, faisait naître en moi des images de réverbères froids, de grappes de gens debout, crachant de la buée, entourés par la neige noirâtre et les hautes fenêtres éclairées des immeubles. En voyant les voitures coincées dans les bouchons, je ressentais toute la nervosité et l'agitation qui faisaient l'atmosphère urbaine. En général, notre chambre, une simple pièce avec trois lits, trois étagères et une table, puait le linge sale et la nourriture que nous laissions dans la cuisine commune, où chacun de nous, à tour de rôle, faisait bouillir ses saucisses ou réchauffer sa soupe. L'été, avec les fenêtres ouvertes, c'était mieux, nos propres relents de sueur se mêlant à l'oxygène des arbres, au souffle des bus, aux odeurs des cuisines voisines, au désinfectant répandu dans les escaliers. Pour moi, c'était ça, la ville, et je me disais que si j'avais grandi là-dedans, je ne m'en rendrais peut-être même pas compte. Mais j'avais grandi à la campagne, au milieu des odeurs de la grange, du lait chaud dans les seaux, du bois brut et du cuir des harnais, de la terre après le passage de la charrue. Celles de la ville provenaient d'un autre sol, un sol pollué par les ordures, les embouteillages et le souffle rance des lieux fermés.

Un jour de printemps, j'achetai dans la rue quatre tomates et remontai les quatre étages jusqu'à ma chambre. La fenêtre était ouverte et les arbres, en fleurs. J'avais quitté mon travail de bonne heure, mes colocataires n'étaient pas rentrés. Je posai les tomates sur la table et en découpai une en deux. Je fus aussitôt saisi par son parfum. Je la mis sur une assiette ébréchée et je m'assis, un livre ouvert devant moi, tandis que l'odeur de la demi-tomate me montait à la tête. Au bout d'un moment, je la mangeai, puis hachai les trois autres et les dégustai lentement, méticuleusement. Mon colocataire alcoolique arriva et, marmonnant dans sa barbe, se mit en quête de son enveloppe toujours moins remplie d'argent sous son matelas. Le charme était rompu. Je compris qu'il était temps de m'en aller. Le lendemain, je démissionnai de mon travail et, une semaine après, je retrouvais ma campagne. Je l'avais quittée pendant un an et demi.

À l'époque, je ne pris aucune décision consciente au sujet de la ferme. Ma seule motivation était le rejet de la ville. En travaillant de nouveau la vraie terre, je commençai à comprendre – car mon regard s'affûtait sans même que je m'en rende compte – combien il était difficile d'être un bon paysan, combien cela avait *toujours* été difficile. Le système se transformait ; tout à coup, surgie de nulle part, une révolution était à l'œuvre ; on parlait de nouvelles possibilités. Encore plus brusquement, mon père tomba malade, à la vitesse de la foudre s'abattant sur un arbre. Il mourut à peu près aussi vite. Mon choix – inattendu, rapide, définitif – était fait. Je resterais là et m'occuperais de nos champs du mieux possible.

Au cours de ces mois-là, Powierza m'aida de mille manières, en prodiguant ses bons conseils et même son savoir, et il nous arrivait souvent de travailler ensemble. Je parvins à récolter trois champs de seigle et la quasi-totalité d'un quatrième avant qu'une magnéto cramée immobilise le tracteur et que deux jours de pluie incessante détrempent la terre. Aidés par les chevaux, nous sauvâmes ce qui restait après que la boue eut séché.

Pendant ce qui me parut durer des semaines, je ramassai les pommes de terre avec ma mère et mon grand-père. J'avais fait ça toute ma vie, mais à présent j'éprouvais à la fois une forme de pression et un sens du devoir accompli qui m'étaient encore inconnus. Certains soirs, une fois les autres tâches terminées, je me plantais devant le tas de patates entourées de paille et de terre, une pyramide longue de trente mètres qui m'arrivait jusqu'au torse. J'étais couvert de boue, j'avais les doigts en compote, mes muscles souffraient le martyre, et pourtant la douleur était agréable, riche et puissante, comme une voix. D'autres pommes de terre attendaient leur tour, assez nombreuses pour former un nouveau tas, aussi long que celui que j'avais sous les yeux; mais j'étais moins fatigué que pressé de me réveiller le lendemain matin. Et le lendemain matin, avec ma bêche ou à genoux dans la terre humide, en train d'entasser les pommes de terre, je me surprenais à anticiper le jour ou la semaine d'après, voire le printemps suivant, et à me demander si je sèmerais ce champ de pommes de terre ou si je le laisserais reposer une saison avant d'y replanter du blé. Une bonne récolte de blé pouvait-elle permettre l'achat différé d'une moissonneuse de pommes de terre? Ce champ était-il assez drainé pour supporter du blé pendant une année humide? J'imaginais mon père montrant le halo autour de la lune et annonçant de la pluie dans deux jours, ou prédisant un printemps sec parce que les chênes de la forêt retenaient leurs glands. Quant à moi, en son absence, je n'avais pas pris le temps de marcher dans la forêt. C'étaient là mes choix, mus par une logique implacable, et j'essayais de m'occuper des détails, d'anticiper les choses. Une ferme est un ensemble d'opérations, et le travail inachevé l'empêche de tourner. J'étais inquiet, bien sûr, mais confiant. Powierza, mon grand-père, ma mère, tous prêtaient l'oreille à mes projets et à mes idées, tous me donnaient des conseils. Mais c'était moi qui tranchais, et j'aimais ça. L'avenir m'appartenait.

L'hiver approcha. Tomek commençait à traîner plus souvent à la ferme, même s'il disparaissait plusieurs jours d'affilée, avant de revenir tantôt avec les poches pleines d'argent, un blouson en cuir tout neuf ou un beau chandail acheté en ville, tantôt plus discrètement, la tête amochée par trois jours de beuverie. Une fois, il débarqua à bord d'une vieille voiture dont la banquette arrière était couverte de bananes, encore exotiques pour nous ; fièrement, il les vendit à l'épicier du village. Pendant trois jours de pluie froide et de neige fondue, Tomek, Powierza et moi souffrîmes ensemble, d'abord en réparant le toit de la grange de Powierza, ensuite en rapportant le charbon pour l'hiver dans nos deux maisons. Tomek, enrichi par ses bananes, nous fit clairement comprendre que son séjour à la ferme serait bref. D'une humeur radieuse, il n'arrêta pas de nous faire rire et de nous offrir des bières, dans un sac en plastique, alors que nous faisions la queue pour le charbon. Une cohorte de charrettes, la plupart tirées par des chevaux, attendait aussi. Comme d'habitude, charger le charbon mettait moins de temps que de remplir la paperasse, tâche qui incombait au vieux M. Norbert, dont le visage buriné était noir de suie. Lorsqu'il installa le papier carbone dans son carnet de reçus, ses doigts tremblaient.

« Je pourrais t'avoir un ordinateur, Norbert, lui lança Tomek.

— Ah oui ? répondit l'autre sans détacher les yeux de son carnet. Tu pourrais pas plutôt m'avoir une bite en état de marche ? »

Un autre cheval de trait approcha de ses balances une charrette vide. Le paysan pencha la tête sur le côté et se moucha par terre. Nous rentrâmes à la maison et passâmes deux heures à déverser le charbon à la pelle, en plaisantant sur le fait que les choses seraient bien plus simples si Tomek pouvait nous avoir un ordinateur.

La vie continua ainsi, au gré des couleurs et des saisons ; la boue de l'hiver laissa place au vert du printemps, au jaune de l'été, au vieil or de l'automne. C'est alors que je découvris Jola, ou plutôt qu'elle me découvrit, d'abord dans une rue du village, puis dans la forêt, en lisière d'un champ. Peut-être était-ce un simple effet du ciel, mais on aurait cru que l'atmosphère de deuil et de chagrin se dissipait, qu'une nouvelle existence commençait, que la vie allait soudain de l'avant et se chargeait d'avenir, même si j'avais du mal à voir à travers tous ses méandres et ses nouvelles complications.

L'hiver réapparut et, un beau jour, en fin de matinée, alors que la neige fondue tombait dans la cour, deux voitures s'arrêtèrent devant la maison de Powierza. Je marchais vers la grange lorsque j'entendis un immense cri s'élever par-dessus les toits des remises, par-dessus la maison, par-dessus les dernières feuilles marron qui s'accrochaient au peuplier à côté de notre porte. Je n'avais jamais rien entendu de tel, mais je savais que c'était Powierza – un hurlement furieux et désespéré, comme surgi d'une grotte. Seule une horrible nouvelle avait pu le lui arracher. Je compris instinctivement qu'il s'agissait de Tomek.

On avait retrouvé son cadavre dans une forêt, pas très loin du village, la tête éclatée par un coup violent.

C'était en décembre. Derrière la neige fondue, la première véritable neige s'immisça, lâchée par un tapis de nuages livides, et la nuit tomba violemment, telle une immense couverture.

Il n'y eut aucun crépuscule tardif pour marquer la mort de Tomek.

J'aurais sans doute dû y voir un avertissement.

2

Deux heures avant l'arrivée des deux voitures – l'une appartenait au poste de police du village, l'autre au médecin – devant la maison de Staszek Powierza, le père Tadeusz Krol terminait son petit déjeuner au presbytère de l'église Saint-Bartholomé, en plein cœur de Jadowia. Comme à son habitude, il prenait un bol de *kasha* avec du lait chaud, un œuf poché et une tranche de pain grillé. Il en était à sa deuxième tasse de thé lorsque Mlle Jadwiga, la vieille bonne, entra d'un pas traînant dans la salle à manger où le prêtre, assis en silence, s'essuyait la bouche avec une serviette, son crâne chauve reflétant la lumière grisâtre du jour. Cette salle à manger, équipée d'une table assez grande pour accueillir toute la suite d'un archevêque, se trouvait au centre de l'imposant presbytère, le plus grand bâtiment de Jadowia hormis l'église adjacente qui, avec son double clocher en brique, toisait l'ensemble du village. Il comportait dix-huit pièces et constituait, d'après ce qu'en savait le père Tadeusz, le chef-d'œuvre de son prédécesseur, l'infatigable prêtre qui avait officié ici dix-neuf ans avant de mourir dans une des chambres, à l'étage. Mlle Jadwiga, faisant claquer sur le sol les talons de ses pantoufles en feutre, débarrassa les assiettes sales puis s'arrêta pour annoncer au père Tadeusz que quelqu'un souhaitait le voir.

« C'est Andrzej, dit-elle avec une grimace. Le plombier.
– On a un problème de plomberie ? »
Mlle Jadwiga récupéra son bol et sa soucoupe. « Il est passé la semaine dernière. Pour la cuisine. Peut-être qu'il veut qu'on le paie.

– Dites-lui que j'arrive. »

Il leva sa tasse de thé à mi-hauteur, entre la table et sa bouche. « Il me semblait qu'on l'avait payé la semaine dernière. »

Mlle Jadwiga, le sarrau gris un peu défait sur son dos tout menu, quitta la pièce sans un mot. Le père Tadeusz se rappelait clairement avoir payé Andrzej. Une fois l'évier débouché, le plombier était revenu au presbytère dans l'après-midi et avait réclamé son dû en expliquant sans ambages qu'il voulait des sous pour aller au bar. Il était déjà un peu éméché, mais pas plus que d'habitude, d'après ce que le prêtre avait pu constater. Il restait néanmoins le seul plombier du village et, au vu de sa consommation d'alcool, il travaillait plutôt bien. D'ailleurs, ses clients le payaient souvent en vodka, car ils estimaient, avec un pragmatisme généreux, que les choses se passaient mieux et coûtaient moins cher ainsi. Aucune maison de Jadowia – du moins aucune maison possédant une tuyauterie – n'avait échappé à une visite professionnelle d'Andrzej. Il était partout, avait remarqué le père Tadeusz : visible dans les rues du village à toute heure, sur le chemin d'une course à faire ou en en revenant, ou avec un groupe d'hommes près d'une cabane en bois, d'un tracteur cassé ou d'une roue de charrette décrochée, en train de faire passer une bouteille et un bout de saucisse grasse. Pourquoi, se demanda le prêtre, les hommes qui buvaient étaient-ils toujours attirés par les machines cassées ? Il termina sa tasse de thé et passa dans le bureau exigu, près de la porte de service du presbytère, où patientaient tous les visiteurs.

Andrzej se tenait debout devant la table éraflée, l'air penaud. Ses cheveux blond-roux étaient comme collés sur son front, là où sa casquette les avait comprimés.

« Andrzej, commença le père Tadeusz. Je croyais vous avoir payé la semaine dernière.

– Oui, mon père, vous m'avez payé, merci. Ce n'est pas pour ça que je suis là. C'est Krupik qui m'envoie. Il a besoin de vous. »

Krupik était le policier local.

«Ah oui ? Tout de suite ?
– Oui. Il s'est passé quelque chose. Un problème. Ils ont besoin d'un prêtre.
– Un accident ?
– J'imagine. Mais pas un accident de voiture. Quelque chose dans la forêt.
– Ah oui ?
– Une personne décédée, on peut dire, répondit Andrzej, s'excusant presque, comme si les oreilles d'un prêtre étaient trop délicates pour entendre une nouvelle aussi brutale.
– Un accident, dites-vous ?
– En tout cas, Krupik m'a dit d'aller vous chercher.»

Le père Tadeusz retrouva ses bottes de pluie, son manteau et ses gants, puis vissa sur sa tête son béret de laine noir. Il récupéra son sac d'huiles saintes et retourna au bureau. Andrzej le précéda dans le jardin de l'église, vers la rue. Il faisait gris ; une neige capricieuse venait s'ajouter à la fine couche déjà tombée pendant la nuit. Personne n'avait encore déblayé l'allée.

«Où va-t-on, Andrzej ?
– Sur la route de Lachow. Vers l'ouest. Krupik a envoyé sa voiture.»

Le père Tadeusz avait 62 ans. C'était un homme grand et mince, qui avait accompli sa carrière pastorale dans de petites paroisses, alors qu'il avait toujours rêvé d'œuvrer dans une grande ville, avec des bibliothèques, des musées, des théâtres. La cure qui s'en était le plus rapprochée l'avait envoyé en plein cœur du pays charbonnier, aux abords de Katowice, et il considérait son parcours ecclésiastique – au regard de ses ambitions de jeunesse – comme une déception, pour ne pas dire un échec patent. Cela faisait à peine deux ans qu'il vivait à Jadowia, mais il était conscient de ne pas y avoir fait son trou. Il était fort possible qu'Andrzej, qui marchait à présent à deux mètres devant lui et qui savait tout, fût de ceux qui le surnommaient «le prêtre invisible». Contrairement au père Marek, son prédécesseur, il ne se baladait pas partout au village, omniprésent, il ne bénissait pas la nouvelle photocopieuse de la mairie ; on ne le voyait pas non plus déambuler les jours de marché, acheter des oranges, écraser des tomates, soupeser la pulpe en louant « la terre nourricière de Dieu », comme l'avait toujours fait le père Marek, infatigable leveur de fonds et embrasseur de bébés.

En comparaison, il passait presque pour un reclus. Personne ne le croisait lors de ses promenades solitaires dans les bois, qu'il faisait d'un pas vif, jamais moins d'une heure, pour l'exercice, non pour la méditation. Il ne ralentissait la cadence qu'en entendant les corbeaux. C'étaient d'étranges créatures, méfiantes, et quand elles poussaient leur cri lugubre au milieu des arbres, il s'arrêtait pour regarder à travers les hautes branches. Au fond, les corbeaux l'intéressaient beaucoup plus que les humains de Jadowia. Il savait que c'était mal, il en avait honte, mais enfin c'était la réalité de ses sentiments, et il s'y résignait, comme devant la vieillesse. Il devenait vieux – non, se reprenait-il : il *était* vieux. Après quasiment quarante ans de prêtrise, avec la retraite qui approchait, il terminait sa carrière ici, à Jadowia, sa dernière paroisse. Avait-il perdu l'élan ? Avait-il cessé de s'inquiéter des sujets censés occuper les prêtres ? Conseiller des vieux : voilà à quoi se résumait sa mission à Jadowia, cette paroisse de vieillards. Et pour leur dire quoi ? Qu'ils avaient raison d'être malheureux ? Que leur village montrait tous les signes de l'agonie ? Ce qui leur manquait, bien sûr, c'étaient leurs enfants, qui avaient fui pour des villes plus grandes, qui ne revenaient pas souvent, même pour rendre visite. Là, traversant la rue avec sa canne, c'était la vieille Mme Daniszewska, veuve depuis trente ans – et depuis trente ans, se disait le père Tadeusz, elle allait à la messe tous les jours, même malade, même cassée en deux par l'ostéoporose comme une vieille carte à jouer. Et cette femme plus jeune qui se rendait chez le marchand de primeurs ? La connaissait-il ? S'appelait-elle Szymanska ou Stepanska ? Kasia ou Krystyna ? Aucune importance, pensa-t-il après avoir remarqué ses grosses baskets à rayures colorées : elle avait déjà un pied dehors, elle laissait le village aux grabataires et au prêtre qui dirait la messe à leur enterrement. L'an passé, il avait fait le compte, il y avait eu trois enterrements pour un mariage et quatre enterrements pour un baptême. La semaine de son arrivée, il avait découvert que le village pouvait se traverser à pied en cinq minutes, mais que pas moins de trois menuisiers y offraient leurs services pour fabriquer des cercueils. Il avait vu leurs enseignes qui couinaient toutes dès que le vent se levait. Hormis les vendeurs de vodka de contrebande, aucune autre corporation ne pouvait se targuer de posséder trois représentants à Jadowia.

Andrzej et lui montèrent dans la vieille Fiat de Krupik. Andrzej lui ouvrit la portière avec déférence. Dans un épais nuage de fumée de cigarette, ils roulèrent en silence vers l'ouest du village.

« Un accident », finit par marmonner le père Tadeusz. Personne ne lui répondit. Ce mot lui évoquait le souvenir d'une enfant de sa paroisse qui s'était électrocutée, bien des années avant. Une flaque d'eau, un fil de lampe usé : une petite fille blonde terrassée, une famille meurtrie. Ces gens-là vivaient à deux pas du presbytère, sans quoi il n'aurait jamais vu la scène. Il s'était précipité chez eux avant l'arrivée de l'ambulance et, plus tard, avait dit la messe d'enterrement, mais l'image qui lui glaçait encore les sangs, c'était l'horreur et la douleur sur le visage de la mère lorsqu'elle était rentrée du marché. Depuis, il priait souvent pour ne plus jamais assister à un tel spectacle.

Andrzej quitta la route principale. Après deux autres bifurcations, ils progressèrent cahin-caha sur une piste qui s'enfonçait dans la forêt. Devant eux, la fine couche de neige portait d'autres traces de pneus entrecroisées. Enfin, le père Tadeusz aperçut la jeep kaki de la police locale, accompagnée d'une autre voiture voilée par la brume. À l'instant même où Andrzej gara la Fiat, Krupik et son adjoint surgirent des bois.

« Par ici, mon père », dit Krupik. Il écarta quelques branches de pins et s'engouffra dans la forêt. Krupik, un alcoolique courtaud, adipeux et rougeaud, s'arrêta brusquement. Le prêtre faillit lui rentrer dedans et aperçut par terre une paire de souliers crottés, le bout dirigé vers le bas, un jean, un blouson vert. Il contourna Krupik et découvrit le reste.

D'abord intrigué, il fut rapidement pris d'un haut-le-cœur. Il déglutit lourdement, détourna les yeux, les baissa de nouveau. Ce ne fut pas tant le sang, mais son épaisseur, qui le frappa : il formait une flaque compacte, comme une glace fondue, épaisse, rose et rouge uniquement sur la neige. Puis il se rendit compte que ce qui semblait avoir fondu appartenait à un cerveau humain. Il remarqua les fragments jaunâtres d'un crâne fracassé.

« Approchez-vous », fit Krupik avec un regard en coin pervers. Le père Tadeusz recula face aux relents de vodka âcres qu'exhalait la bouche du policier.

« Qui est-ce ?

– Vous pouvez faire quelque chose, mon père ? demanda Krupik.

– Oui, bien sûr. »

Pendant quelques minutes, le père Tadeusz accomplit le rituel – les huiles, le missel, les prières, les rubans pliés et dépliés. Il se releva, s'éloigna des deux policiers pour se poster loin d'eux derrière les arbres, contempla le ciel à travers le maillage serré des branches de pins – une succession infinie et mouvante de croix – et respira à pleins poumons. Une odeur bizarre, atroce, imprégnait ses narines. L'air glacé lui fit du bien.

Il revint parmi les arbres en remettant son mouchoir dans sa poche.

« Vous le connaissez ? demanda-t-il.

– Il s'appelle Powierza. Tomek Powierza. »

Krupik se rendit compte que ce nom ne disait rien au prêtre.

« Ses parents vont à l'église, reprit-il. Lui, par contre, je ne pense pas que vous l'ayez vu souvent. »

––––––– En mémoire de la forêt –––––––

Ce matin-là, Zbyszek Farby fut réveillé tard par la radio de la cuisine. Sa femme était déjà debout. La radio diffusait un programme mêlant informations, musique et conseils domestiques pour les ménagères. Un auditeur recommandait de jeter une poignée de sel dans l'eau de la lessive, maintenant que l'hiver arrivait, pour éviter que les sous-vêtements ne gèlent sur la corde à linge. Farby écouta, ouvrit un œil face à la lumière grise qui filtrait à travers les rideaux tirés. Se rappelant soudain qu'il avait rendez-vous avec Jablonski, il comprit qu'il allait être en retard. Il se dégagea des couvertures, se redressa péniblement puis, l'œil toujours fermé pour mieux se concentrer, se faufila entre le lit, le bureau et la machine à coudre de sa femme, jusqu'à la salle de bains. Il avait mal au ventre, et les vapeurs mortelles de la distillerie lui embrumaient encore la vue et le cerveau. Il s'habilla. Il traîna assez longtemps à côté de la table de la cuisine pour finir par croquer un bout de saucisse et boire une tasse de café tiède. Tout en enfilant son manteau, il fila vers sa voiture et laissa sa femme refermer derrière lui.

Farby était le *naczelnik* de Jadowia, un statut équivalent *grosso modo* à celui de maire. Il ne s'agissait pas d'un mandat électif, même si c'était prévu pour bientôt. Petit, grassouillet, un visage rond, une chevelure sombre qui se clairsemait, il avait en permanence des traces de graisse de lard autour de la bouche et des taches récentes de nourriture sur ses vêtements. Roman Jablonski, le dirigeant de la coopérative agricole du village, à la fois le bienfaiteur de Farby et son pire ennemi, remarquait systématiquement la graisse sur son visage et lui dit même un jour que c'était la « traînée de bave » de Mlle Flak qui lui souillait le menton. Farby rougit car, en effet, il était amoureux de Zofia Flak, sa secrétaire à la municipalité. Pour elle, il avait pris l'habitude de s'asperger d'une eau de Cologne achetée au marché russe de Wegrow et baptisée « musc de Toscane ». Il gardait le flacon dans le tiroir inférieur de son bureau, sous un bric-à-brac de tampons à timbrer desséchés, de feuilles de papier et de boîtes à pilules. Sa femme inquiète ayant noté l'existence du nouveau parfum avant Zofia, Farby avait cessé pendant un temps de s'en mettre sur le visage. Mais quand il voyait ensuite Zofia au bureau, en train de se pencher en avant pour mettre ses bottes ou de chercher des documents dans le tiroir inférieur du meuble-classeur, avec son derrière charnu moulé par sa jupe marron, Farby sortait aussitôt le petit flacon comme s'il respirait des sels.

Il fantasmait sur Zofia Flak, sa chevelure blonde, son ample poitrine, il rêvait de s'échapper avec elle pour un week-end à Bialowezia. Ou dans une cabane en forêt. Il s'imaginait la nourrissant de feuilles de vigne ou de grenades (il n'avait jamais vu de grenades mais il avait lu que ça se faisait), de fraises et de gigot de sanglier. Ensuite, elle cuisinerait pour lui, lui donnerait à manger des *pierogis* et des bouts de saucisse, les doigts ruisselants de douceur et d'amour. Il devait bien reconnaître que Zofia était une jeune femme réservée, en apparence discrète ; mais il sentait en elle une grande profondeur d'âme, une qualité qu'elle-même ne soupçonnait pas. Il pouvait presque la goûter. Un jour, il en était convaincu, il lui dévoilerait ses sentiments et saurait éveiller ses appétits les plus enfouis. Voilà où le menaient ses pensées lorsqu'il arriva à la coopérative agricole. Il pénétra dans le bâtiment et s'assit devant le bureau de Jablonski, qui était occupé à signer des papiers et à donner des instructions à sa propre secrétaire, une femme à lunettes et aux dents proéminentes, dont le visage évoquait toujours chez Farby l'image d'un camion-benne Zastava filant à toute berzingue.

« Une fois de plus, monsieur le *naczelnik*, vous avez de la graisse de lard sur le menton », lui dit Jablonski. C'était devenu une phrase de salutation normale. Il n'avait même pas levé les yeux. Farby, l'air songeur, s'essuya la bouche d'un revers de manche en se disant que ça ne pouvait plus durer. La secrétaire rassembla ses papiers et quitta le bureau sans même daigner offrir un café au visiteur, comme l'exigeait la politesse

―――― En mémoire de la forêt ――――

élémentaire. Il savait que sa présence en ces lieux était devenue trop familière. Il décida de se rebiffer.

« Y a-t-il du café ce matin, monsieur le directeur ?
– Vous avez eu des problèmes cette nuit, monsieur le *naczelnik* ? répondit Jablonski, balayant sa question.
– Quels problèmes ?
– Je ne sais pas. Des problèmes. Vous avez eu des problèmes ? »
La secrétaire ouvrit la porte et revint avec des dossiers qu'elle balança sur la table. Farby regarda Jablonski les parcourir rapidement. L'homme avait le pouce exercé des bureaucrates habitués à tourner les pages. Une vie entière passée dans les bureaux, sous des néons blêmes et bourdonnants, avait rendu sa chair incolore et sa peau presque translucide, et donné à ses rares cheveux une couleur située entre le blond et le gris, comme son cuir chevelu. Dix ans plus tôt, Jablonski avait occupé le même poste que Farby aujourd'hui. En vérité, ce dernier devait sa situation au parrainage de Jablonski, mais les choses allaient maintenant dans une direction que ni l'un ni l'autre ne pouvaient maîtriser. Jablonski, tout aussi conscient que Farby de cette « instabilité », comme il disait parfois, faisait mine de jouir d'une supériorité à la fois naturelle et inébranlable. Farby, lui, éternel subalterne, créature de la hiérarchie par instinct comme par habitude, faisait profil bas et espérait ne pas voir sa position menacée.

« Monsieur le *naczelnik* aimerait un café, Grazyna.
– Avec du lait ? demanda-t-elle, comme si elle ne lui avait pas servi de café des centaines de fois.
– S'il vous plaît. »
La porte se referma.
« Alors ? fit Jablonski.
– Il n'y a pas eu de problème.
– Nos amis étaient contents ?
– Ils ne se plaignaient pas. »

Farby ne savait pas trop si le mot « content » pouvait s'appliquer à des Russes.

« Ils avaient l'air d'aller.

– Notre jeune collègue était là ?

– Oui.

– Je ne l'ai pas vu ce matin. Ce n'est pas son genre.

– La nuit a été longue. Il s'est peut-être soûlé avec eux. »

Farby n'avait qu'à penser à son propre estomac en feu pour connaître la réponse. Bien sûr qu'il s'était soûlé avec eux. Farby n'avait pas voulu passer la moitié de la nuit là-bas. Pour lui, la distillerie dégageait une odeur fétide, sans doute un effet collatéral du procédé de fabrication : elle produisait de l'alcool à base de seigle ou parfois de pommes de terre. Elle se trouvait à trois kilomètres du village, dans un horrible bâtiment carré, aussi obscur que le Moyen Âge, mais datant du siècle dernier. De la vodka pour une Pologne démembrée. Néanmoins, il ne s'agissait pas de vodka « finie ». Les grandes cuves, les chaudrons, les condenseurs, les réservoirs à fermentation, la tour de refroidissement, le réseau des tuyaux, des jauges et des valves, tout cela donnait pour finir un liquide clair qui bouillonnait, telle une source, d'un robinet sombre pointé vers le haut et enfermé dans une cage en verre, derrière le sceau officiel d'un inspecteur. Comme le trésor d'un musée. Czarnek, qui dirigeait l'établissement, parlait d'alcool « non rectifié ». De là, le liquide était transporté jusqu'à une autre usine qui faisait la vodka. Ou du moins une partie y était envoyée. « Pure à 92 %, expliqua un jour Czarnek à Farby. Vous pouvez la boire mais si vous en prenez trop, vous devenez aveugle. »

Naturellement, la distillerie appartenait à l'État, mais cela faisait des années qu'elle était dirigée par Czarnek. Farby se sentait toujours mal à l'aise devant lui. Il était trapu et fort, avec des cheveux et des sourcils d'un noir terne, des joues couvertes d'une éternelle barbe de deux jours, et constamment de mauvaise humeur, comme une bouilloire sur le point d'exploser.

Farby n'aurait pas su dire son âge, mais l'expérience de Czarnek semblait remonter à un passé lointain. Comme d'habitude, se souvint Farby, Czarnek l'avait taquiné.

« Alors comme ça, lui avait-il dit, Jablonski vous envoie ici un vendredi soir à minuit.

– Ça ne me pose pas de problème. »

Il n'avait pas voulu s'étendre sur le sujet. Chacun avait son rôle à jouer.

« Vous aussi, vous êtes là, Czarnek.

– Oui, mais c'est mon lieu de travail. Cet endroit ne fonctionne pas sans moi.

– Il y a certaines choses qui ne fonctionnent pas sans Jablonski.

– Ou sans que monsieur le *naczelnik* vienne huiler la machine, si c'est bien de ça qu'il s'agit. Vous huilez la machine, Farby, ou vous restez là à regarder ? Des gens qui regardent, on en a plein. La moitié du système est composée de gens qui regardent. »

Ils étaient dehors, les fesses posées contre l'aile de la voiture des Russes, à attendre qu'un réservoir d'eaux usées se vide. Il faisait froid. Les trois Russes étaient à l'intérieur avec le fils Powierza, en train de boire une belle préparation concoctée par Czarnek pour couvrir le goût de l'alcool. Une brume légère voilait la lumière crue du lampadaire au coin du bâtiment.

« On a tous notre petit jardin secret, pas vrai, Farby ? Ou deux petits jardins secrets. »

Farby aurait voulu être ailleurs, avec Zofia, dans un lit douillet, ou même chez lui devant la télévision. Penser à ces deux univers imbriqués mais irrévocablement distincts lui avait été agréable.

« Oui, dit-il, deux jardins.

– Deux jardins, deux boulots. Un boulot officiel et un boulot d'officiel. Un pour le système, l'autre pour les gens qui dirigent le système. »

Farby ne l'écoutait plus. Il se demanda s'il ne devait pas demander à Zofia de travailler jusque tard, un soir, la semaine suivante, et ce qu'il ferait si elle acceptait. Il lâcha un soupir.

« La vie est compliquée, Czarnek.

– Non, ce n'est pas la vie qui est compliquée, Farby. C'est la comptabilité. »

Et ce fut tout. Les deux hommes étaient rentrés à l'intérieur, finalement, pour boire avec Powierza et les Russes. Il ne les connaissait pas, ces Russes, mais Powierza semblait à l'aise avec eux. Derrière le bureau, on entendait le bruissement souterrain des liquides passant par des valves, des cuves, des tuyaux larges comme des seaux à lait. L'acier immaculé ou le cuivre lustré avaient laissé place à une rouille marron, épaisse, omniprésente, l'air était rendu âcre par la levure et la fermentation, le sol gluant de résidus qui se détachaient bruyamment des semelles. Le chien de Czarnek était resté couché près de la table pendant qu'ils buvaient, une heure, puis deux heures. Farby avait récupéré l'argent auprès d'un Russe qu'on appelait Misha, puis il avait fourré les billets dans sa poche de veste.

L'argent était toujours là, dans une enveloppe. Farby remit l'enveloppe à Jablonski.

Ce dernier jeta un bref coup d'œil à l'intérieur et la glissa dans un tiroir de son bureau. Il consulta sa montre.

« Allez me trouver Tomek Powierza, dit-il. Il faut que je lui parle. »

La porte s'ouvrit. La secrétaire entra avec un plateau en plastique sur lequel trônait une tasse de café.

« Ce n'est pas la peine, Grazyna. M. le *naczelnik* est pressé, ce matin. »

La maison de Czarnek n'était située qu'à trente mètres de la distillerie, mais elle était presque cachée par un bosquet de peupliers rabougris et hérissés de vieilles branches semblables à des moustaches de chat. Sombre et tapie dans l'ombre même en hiver, quand les arbres étaient nus, cette maison échappait aux regards ; son toit de tôle ondulée, tassé très bas sur une façade défraîchie et tachée de suie, décourageait les intrusions.

Pendant les vingt ans ou presque qu'il avait habité cette maison (de fonction), Czarnek n'avait fait aucun effort pour en égayer l'apparence. À l'exception de son chien, il vivait seul. Des bruits couraient, tenaces mais ne dépassant jamais le stade de la rumeur, au sujet d'une femme qui venait lui rendre visite de temps en temps. Mise à part cette conjecture fragile, on disait que l'hospitalité de Czarnek se limitait au domaine officiel de la distillerie, où, à sa manière un peu bourrue, il se montrait plein de vigueur auprès des paysans à qui il achetait pommes de terre et seigle, notant et pesant leurs livraisons, plaisantant avec eux et leur remettant non pas de l'argent liquide, mais des reçus pour des bons à convertir dans un bureau officiel ou à échanger contre des droits sur la pâtée pour les cochons qu'ils rapportaient ensuite à la ferme.

Les paysans le connaissaient sans doute mieux que quiconque à Jadowia, mais ça n'allait pas bien loin. Certains, qui vivaient sur les propriétés voisines, avaient l'habitude de voir Czarnek se promener en bordure de leurs champs avec son chien, un berger allemand foncé, presque noir, d'une taille impressionnante, ou disparaître dans la forêt, dont une extrémité en forme de doigt s'étendait presque jusqu'à sa maison et se recourbait le long du jardin de la distillerie. Czarnek possédait une voiture, une vieille Skoda tchèque crasseuse, qu'il n'utilisait que pour ses rares courses au village. On pouvait alors voir sa silhouette massive, au large dos enveloppé d'un manteau noir sale et luisant, arpenter d'un pas résolu les deux ou trois magasins vendant du sucre, du sel, de la farine, du café, des choux, et la boucherie, où il achetait des queues de bœuf ou du steak pour ses ragoûts. Chez les commerçants, pendant que les vieilles femmes devant lui scrutaient les balances et comptaient leurs billets fatigués, il restait silencieux et patient, avec sa chevelure noire en bataille tombant sur le col. Au moment de payer, il n'était pas désagréable, à proprement parler, mais il ne prenait pas son temps et n'invitait pas à la conversation. Les rares hommes présents dans la rue à ces moments-là, qui discutaient deux par deux, il les saluait d'un simple hochement de tête, et personne ne le voyait jamais au bar, pourtant le seul sanctuaire authentiquement masculin du village, bourdonnant de discussions aussi enflammées que confuses. De retour chez lui, Czarnek retrouvait son chien là où il l'avait laissé, allongé sur la planche du perron, montant la garde devant la maison obscure.

Ce matin-là – il faisait nuit, c'était l'hiver –, le chien abandonna sa paillasse et vint agiter sa queue contre le lit de Czarnek jusqu'à ce que ce dernier se lève et le laisse aller renifler l'air figé, la truffe dans l'herbe épaisse, puis foncer à l'arrière vers la petite barrière noire où, pendant la nuit, les biches s'étaient ébrouées et les sangliers avaient fougé.

Engourdi par le sommeil, Czarnek alluma le poêle et mit du café à chauffer. Soigneusement, il replia le livre, ouvert la veille au soir, remit les petites boîtes à leur place, dans le compartiment creusé à même le mur, derrière la tapisserie de Zakopane suspendue, celle-là même qui avait été accrochée au mur de Danusia et qui recelait aussi ses secrets. La vieille Danusia, avec ses saints, ses peurs, ses cachettes dans les murs, dans les granges, sous des montagnes de fumier. Il y avait encore des secrets enfouis dans les fondations des maisons, dans les pierres mêmes, leurs visages gravés et cachés. On était maintenant en décembre, et en décembre les esprits entouraient Czarnek. Il sentait en partie leur présence, lui aussi fantôme, à moitié comme eux. Le souvenir de certaines nuits noires de décembre avait commencé à lui revenir. Il ne savait pas pourquoi ces nuits lui réapparaissaient aujourd'hui encore, une fois de plus, avec une telle insistance qu'il en rêvait comme par le passé, quand il n'était qu'un adolescent marchant, trempé, dans ses couvertures fripées. Alors que l'afflux de sang dans sa tête se calmait, la petite maison de Danusia était silencieuse, à l'exception de son ronflement dans l'autre lit. Il se revit courir dans la nuit

——— En mémoire de la forêt ———

à travers des champs humides et labourés, l'horizon pâle de la forêt refusant de se rapprocher, ses pieds alourdis et souillés par la boue, ses jambes flanchant sous le poids. À présent, dans son rêve, il n'était plus le garçon qui courait, mais lui-même, adulte. Dans le rêve, il voulait hurler mais sa voix le lâchait.

Il termina son café. Le trajet jusqu'à la ferme de Karski, pour y chercher des œufs frais, lui prendrait vingt minutes. Il ferma à clé la porte d'entrée, fit le tour de la maison et s'engouffra dans la forêt. Son chien trottinait devant lui. Les feuilles mortes, durcies par le givre, crissaient sous ses pieds. Il suivit d'abord un chemin qu'il avait lui-même frayé de ses pas ; au bout de quelques minutes, le chemin croisa la première des routes étroites et rarement fréquentées qui coupaient la forêt à intervalles réguliers. D'un pas vif, il tourna à droite, puis à gauche, et emprunta un raccourci oblique sur un autre chemin qui fendait un bosquet de frênes et de chênes. Il s'enfonça ensuite au milieu des noisetiers et des charmes aux branches nues. Le chien s'arrêta une fois, lorsque trois chevreuils et un jeune faon levèrent soudain la tête, les oreilles en mouvement, avant de s'en aller en silence. Czarnek ne ralentit pas la cadence.

Autour de Jadowia les forêts formaient comme un immense labyrinthe anarchique, évoquant un liquide répandu sur le sol, sans motif apparent, où alternaient grandes étendues, bandes étroites et îlots perdus. Des peuplements de pins se mêlaient aux bouleaux sur les contours, puis laissaient place, au cœur des bois, à de vieux chênes et de vieux frênes, et se reconstituaient avant de se joindre à d'autres vastes peuplements. Entre les doigts de forêt, au milieu des trouées dans les arbres, on trouvait les fermes – maisons regroupées et granges de guingois, sans peinture – ou, beaucoup plus rarement, les champs plats, déserts, perdus, coupés des habitations des paysans qui fauchaient et labouraient à d'autres saisons. Kilomètre après kilomètre, la forêt se déroulait ainsi, erratique, informe, si bien que les villages tout entiers, y compris Jadowia et les hameaux voisins, les maisons, les granges et les remises isolées, les champs segmentés – tout paraissait proche de l'enveloppante forêt. Le chemin suivi par Czarnek l'éloignait de l'orée des bois. Sous les arbres, une vapeur légère s'élevait continûment du manteau de neige.

Ce fut le grognement sourd du chien qui l'amena jusqu'au corps de Tomek Powierza.

Il n'était pas très loin d'une de ces routes forestières aux ornières peu profondes que les paysans utilisaient, avec charrettes et chevaux, en guise de raccourcis entre les champs. Il venait même de voir des traces de voiture, peut-être plusieurs, lorsque son chien s'immobilisa, les oreilles dressées, avant de bondir hors de la route et de se coucher en poussant un grognement inquiet, ou menaçant. Czarnek s'arrêta aussi. Il regarda d'abord son chien, puis un peu plus loin. Il reconnut aussitôt les bottes, le jean délavé, le gros blouson vert clair. Il se rapprocha, vit la blessure, la matière jaune qui s'était caillée dans le sang comme du fromage.

Pendant quelques instants, il resta pétrifié au-dessus du corps. Le chien aussi se rapprochait, attiré par la blessure. « Ouste ! ordonna Czarnek en se redressant. Ouste ! » Il regarda tout autour, le tapis de feuilles mortes et d'aiguilles, l'épaisse forêt devant lui. Il n'y avait aucun bruit, à l'exception des pattes du chien qui fouinait parmi les feuilles. Czarnek recula lentement jusqu'à la route, jeta un coup d'œil à droite, à gauche, puis reprit en sens inverse le chemin jusqu'à la distillerie.

Deux paysans, Ratynski et Piwek, attendaient sur leur charrette, l'un devant l'autre, de charger des fûts de pâtées pour leurs porcs lorsque Czarnek traversa la pelouse. Bien que s'accrochant à l'herbe drue, la neige fine fondait dans la boue noirâtre de l'allée. Le vent s'était levé, la température baissait. Czarnek entendit Ratynski lui crier quelque chose. De se dépêcher, probablement.

Czarnek le snoba. Qu'il aille au diable, pensa-t-il. Il attendrait quelques minutes. Il déverrouilla la porte de la distillerie

——— En mémoire de la forêt ———

et entra. Les hautes fenêtres sales laissaient passer une lumière grise. Il commença à pomper le réservoir à pâtée, l'écouta tressaillir, hoqueter, s'arrêter ; il appuya de nouveau sur le starter. Cette fois, la machine fonctionna. Il actionna une série de robinets, versa de l'eau dans une bouilloire à thé et alluma le réchaud. Par la fenêtre, il vit Ratynski, son visage de paysan fruste tordu, les protège-oreilles de sa casquette pendouillant comme des oreilles de chien, recroquevillé sur le siège de sa charrette, en train de jacasser avec Piwek. Ratynski battait sa femme et son cheval ; c'était un sale type, avec un caractère de cochon. Il pouvait bien attendre. Czarnek enfila sa salopette. Cela faisait maintenant trois semaines qu'il la portait. Elle était raide de sueur et de crasse.

Il remplit les fûts pour Ratynski, puis pour Piwek, nota les chiffres sur un registre. Une fois Ratynski parti, il se rendit jusqu'au réservoir à pâtée avec deux bouteilles d'alcool dans la poche de son manteau.

« Est-ce que vous pouvez me rendre un service, Piwek ? »

Le chien de ce dernier, un roquet court sur pattes et à l'œil vif, était perché sur le siège de la charrette. Piwek, lui, se trouvait à l'arrière, occupé à refermer les couvercles de ses fûts. Il répondit par un regard méfiant.

« J'ai promis à Jacek Kozub de lui offrir ça pour ce week-end. Il a un baptême. » Czarnek brandit les deux bouteilles et vit Piwek les regarder fixement. « Vous vivez près de chez lui, non ?

– Trois kilomètres, ce n'est pas à côté, Czarnek. »

Celui-ci savait très bien où habitaient les deux hommes ; il avait prévu la réaction de Piwek.

« Dans ce cas, prenez la route de la forêt, dit-il. Tout droit jusqu'aux vieux pins, là où ils ont coupé l'année dernière, et puis à gauche sur la deuxième route. Vous arriverez à trois cents mètres de sa maison. Allez, Piwek... Il vous donnera à boire pour le dérangement. On est samedi. » Czarnek leva un peu plus haut les bouteilles, comme pour les lui remettre.

Piwek, l'œil allumé, se pencha pour les attraper. Il les fourra dans la paille de la charrette, puis grimpa par-dessus la banquette, s'assit et fit claquer sa cravache sur le dos de son cheval. « Hue ! À bientôt, Czarnek. »

Czarnek regarda la charrette s'éloigner. Il espérait que Piwek réussirait à suivre ses instructions et à ne pas succomber à la tentation de goûter à l'alcool sur la route. S'il obéissait à ses consignes, soit lui soit son chien trouverait le cadavre, et il le signalerait.

Il retourna à son bureau. La pièce, aussi ordinaire et miteuse qu'une station-service de campagne, n'avait pas changé depuis des années, à l'exception de la mousse des sièges qui commençait à percer le tissu élimé. Czarnek décrocha le téléphone, histoire de vérifier qu'il fonctionnait encore. Parfois, la ligne coupait pendant plusieurs jours d'affilée. Puis il attendit. Jablonski appela trois heures plus tard.

Un cône de lumière sur son épaule, Roman Jablonski était assis sur son grand fauteuil au revêtement de plastique. Sa femme s'était endormie devant la télévision plusieurs heures auparavant ; il l'avait réveillée et envoyée au lit. Il avait un registre de comptes ouvert sur les cuisses et, près de son coude, sur la table, se trouvaient un verre et une bouteille de vodka à moitié vide.

Il entendait le vent monter par rafales tranchantes. La pluie fouettait les vitres. Le radiateur poussait des grognements et, quelque part au sous-sol de l'immeuble, les tuyaux à vapeur comprimés protestaient contre les premières rigueurs de l'hiver. La salle des chaudières suintait comme une grotte, déversant un amas de résidus sulfuriques sur le sol. Cela faisait peu de temps que Jablonski et sa femme vivaient dans cet appartement, le seul dans tout ce bâtiment qui avait jadis hébergé le siège du parti à Jadowia. Il se composait de quatre pièces exiguës, dont la cuisine, avec son réchaud encastré et son ronronnant réfrigérateur soviétique. Les murs, qui n'avaient pas été repeints depuis des lustres, étaient d'un vert sinistre, et le sol en béton tapissé d'un linoléum qu'Anna Jablonski avait voulu égayer avec des tapis marron dépenaillés, vestiges de leur ancien logement, un appartement plus grand et plus chaud au-dessus de la clinique. Quand ils avaient dû déménager ici, elle avait pleuré et dit à son mari qu'elle voyait l'avenir d'un mauvais œil. Elle était inquiète, perdue. Ils avaient une dette envers lui, disait-elle. Ils n'avaient pas le droit de le traiter comme ça.

Elle voulait parler du système. Ils. Eux. Les autres. Les éternels mots de l'infamie, se disait Jablonski. Il scrutait le mur vert et sombre qui lui faisait face en remuant les lèvres. Il se faisait la réflexion que, au fil des années, des tas de gens l'avaient englobé, ainsi que sa femme, dans ce « eux ». Après tout, il avait servi le système toute sa vie.

Mais qu'est-ce que ça voulait dire, aujourd'hui, le système ? Il s'en faisait une idée claire et précise, autrefois. Mais tout semblait avoir sombré avec les efforts fournis pour gérer ce même système au jour le jour, pour l'ajuster aux crises récurrentes que ses responsables lui infligeaient. Pendant des années, le système avait fonctionné comme une voiture en panne, en bout de course, abîmée par des garagistes incompétents.

Dieu, quelle patience il avait fallu ! Il retira ses lunettes, se frotta le nez là où la monture lui faisait un peu mal, puis versa le fond de la bouteille dans son petit verre. Oui, des décennies de patience... Il repensa à son ami Zurek, bien des années auparavant. Combien de centaines, de milliers d'heures Zurek et lui avaient-ils passées, le derrière assis, à assister à toutes ces réunions ? Sessions plénières de conseils, de comités, de commissions, locales, provinciales, nationales ; discours soporifiques et débats oiseux qui débouchaient trois jours plus tard sur des recommandations ou des résolutions préalablement dictées par le sommet et qui, à moins d'une déclaration de guerre, ne changeraient jamais d'un iota.

―――― Charles T. Powers ――――

Il se souvenait de palabres interminables sur l'autonomie locale des procédures comptables au sein des bureaux départementaux de la voirie régionale. On citait Lénine. On citait les poètes polonais. On vilipendait Staline (après Khrouchtchev). On dénonçait la gabegie et la tyrannie des bureaucrates. Les petites rébellions soigneusement préparées étaient autorisées, pour faire bonne figure, peut-être pour distraire. Au bout du compte, les locaux gagnaient le droit de maintenir certaines méthodes de larcin au niveau du village. Car au fond il s'agissait de ça – à peu de chose près. Foutez-nous la paix, vous les gens de Varsovie, avec vos magasins de viande spéciaux et vos postes de télévision. Vous ne savez absolument pas ce dont nous avons besoin ici, ce qu'il faut faire pour obtenir un chargement de charbon dans un village de deux cents âmes à partir de novembre, quand toutes les réserves sont vides. Comme les autres, Jablonski savait ce qu'il fallait : un cadeau à droite, un service à gauche. Un demi-cochon. Une datcha d'été gratuite. Une prostituée. Une caisse de vodka.

C'était un jeune homme quand il avait commencé à assister à ces réunions, un sous-fifre appliqué apprenant le métier dans un bureau du district. Il observait, écoutait, allait boire avec les plus anciens, apprenait comment, selon l'expression consacrée, « travailler avec son foie ». Aujourd'hui, se dit-il, c'était son foie qui le travaillait. Il acceptait de monter avec des putains dans des suites d'hôtel à Lublin, tandis que les responsables de district de l'énergie se réunissaient à Matopolska. Il forniquait, buvait et passait trois jours de discussions sans fin avec une telle gueule de bois qu'il ne pouvait plus rien avaler et que son cerveau lui semblait emballé dans du papier aluminium brûlant. Au cours des séances matinales, il promenait son regard sur les tables disposées en fer à cheval et voyait les mains trembler au moment où les participants allumaient des cigarettes. Toute sa carrière, il avait ainsi participé à des réunions avec des hommes au visage semblable, le matin, à de la viande pilée, aux joues perlées de sueur froide à cause de leur foie épuisé, aux poches violet pâle sous les yeux. Pendant les pauses, l'odeur qui régnait dans les toilettes aurait pu émaner directement des enfers.

Dans les salles de réunion, certains hommes se levaient pour parler (car on était censé, plus ou moins, contribuer aux débats) et disaient n'importe quoi. D'abord, on s'exprimait toujours dans un jargon particulier. Certains savaient le manier à bon escient, les autres se contentaient de répéter les phrases à la mode. « Opportunisme droitier », « luxembourgisme », « aventurisme », « pensée utopique », « provocations matérialistes »... Chaque terme était une sorte d'abréviation : alignés ensemble, ils formaient une langue absurde, une terminologie à moitié intelligible, sortie tout droit de la revue théorique du parti, qui n'y comprenait sans doute rien non plus.

Ce que ces réunions – par exemple celle des représentants provinciaux du Comité polonais du front de l'unité nationale – lui apportèrent, c'étaient des relations. Il comprit très vite que c'était essentiel. C'est ainsi que, à 29 ans, il rencontra Zurek lors d'une de ces sessions qui s'étalaient sur deux jours, à Cracovie. Rencontre édifiante. Zurek avait deux ans de moins mais il était déjà secrétaire adjoint du parti dans une province agricole du nord de la Pologne. Jablonski l'avait entendu s'exprimer pendant la réunion. L'homme maîtrisait la rhétorique du parti. Ils avaient fini par être présentés dans une suite d'hôtel enfumée, tandis que leurs patrons respectifs, sur les immenses canapés au fond de la chambre, lutinaient deux jeunes femmes fournies généreusement par la direction de l'établissement : le patron de Jablonski susurrait à l'oreille de l'une pendant que l'autre fille, d'une main, caressait l'entrejambe de Zaremba (visiblement sans effet) et sirotait sa vodka de l'autre. Zaremba était le chef de Zurek, son guide. Il bascula la tête en arrière, sur le point de sombrer. La prostituée termina sa vodka et reporta son attention sur Zurek, assis avec Jablonski devant une table basse jonchée de verres, de bouteilles et de cendriers pleins à ras bord.

Zurek, bel homme, possédait en plus la vertu d'être relativement sobre. Mais il avait alors la tête aux tracteurs. Jablonski, lui, avait du mal à se concentrer.

« Tu pourrais en prendre deux ? demanda Zurek.

— Deux quoi ?

— Deux tracteurs. Tout neufs. Tout de suite, je veux dire. Ils sont à toi la semaine prochaine. En échange, je veux que tu me donnes huit tonnes de ciment.

— Et où est-ce que je trouve huit tonnes de ciment ?

— Je ne sais pas. Emprunte-les. C'est ton problème. Tu veux des tracteurs, moi j'ai besoin de ciment. »

La fille s'assit sur les genoux de Zurek. Zaremba dormait maintenant à poings fermés. L'autre femme avait renoncé ; adossée au mur, elle se remettait du rouge à lèvres. Le patron de Jablonski s'était également endormi. Après un autre verre de vodka, Jablonski emmena la fille au bout du couloir, puis dans sa propre chambre, et se jeta avec elle sur le lit simple. Elle était dodue, et lorsqu'elle enroula ses jambes autour de lui, il sentit ses socquettes blanches contre son corps. Le lendemain matin, il vérifia dans son portefeuille : il pensait que quelques billets avaient disparu mais n'en était pas sûr. Peut-être avait-il trop donné au serveur. Après tout, les putains aussi devaient manger.

Pendant la réunion, Zurek s'était penché vers lui, l'air confiant, pour lui reparler des tracteurs.

« Je te dis, ils sortent directement de l'usine, lui avait-il soufflé. Appelle-moi la semaine prochaine. Il me faut huit tonnes de Portland 150. Voilà ma carte. »

De retour chez lui deux jours plus tard, Jablonski envoya un camion à l'entrepôt local et ordonna que l'on prélève quatre tonnes de ciment, dans des sacs de cent kilos, sur le stock prévu par le conseil municipal pour la consolidation du pont sur la rivière Piwko. Le lendemain, il commanda deux tonnes supplémentaires auprès du village de Siwa en profitant de l'absence du « maire » — parti pour une réunion, évidemment. Il récupéra

En mémoire de la forêt

enfin deux autres tonnes chez Danko, à Growek, en promettant d'embaucher son idiot de neveu comme veilleur de nuit lorsqu'il sortirait de prison le mois suivant. Une belle leçon. Beaucoup plus simple que ce qu'il s'était imaginé. Dix jours après, Zurek lui fit parvenir les tracteurs. Le chef de Jablonski, à qui incombait la tâche d'allouer les tracteurs, se dit qu'il tenait là un magicien.

Jablonski fut flatté, mais il renvoya le compliment, conscient, même à l'époque, du danger que représentaient des louanges excessives. Cela aussi faisait partie du système. Il suffisait de voir Zurek aujourd'hui – une non-entité, presque. Les hautes ambitions étaient facilement anéanties, comme une mise en garde contre ceux qui montaient trop vite ou allaient trop loin. Non, le système exigeait de la prudence et une vision périphérique. Il s'agissait de faire profil bas.

Par instinct, Jablonski s'habillait dans des couleurs pigeon de ville et arpentait les couloirs sombres du pouvoir avec des chaussures à semelles de crêpe qui ne faisaient aucun bruit. Le teint pâle, les lèvres fines, il choisissait des lunettes à monture plastique transparente ; il pouvait se fondre dans n'importe quelle foule sans être remarqué, une qualité qui représentait, à ses yeux, la condition de la survie. Il y voyait un instrument de sélection naturelle face à la loi de la jungle.

Comme principe moteur de sa carrière, cela lui avait plutôt réussi. Pendant près de dix ans, il avait été le *naczelnik* de Jadowia. Il avait exercé le pouvoir, mais en ménageant toujours ses arrières. Certes, ce n'était pas le Politburo, mais Jadowia. Néanmoins il avait persévéré, survécu, au point de nommer son propre successeur, le terne et malléable Farby, et de se trouver un point de chute confortable, en l'occurrence à la direction de la coopérative agricole.

Il aurait pu faire mieux, pensait-il. Il était assez intelligent pour ça, mais l'intelligence ne garantissait rien. Non, il avait choisi la sécurité, la tranquillité. Il évoluait dans cet immense marécage boueux où les cartes maîtresses étaient la prudence et l'effacement.

Ou la dissimulation, se dit-il. Il termina son verre, se releva lentement, mit de côté son livre de comptes et se dirigea vers le placard de la cuisine où il gardait sa vodka. Deux bouteilles dormaient dans la pénombre, leurs étiquettes alignées comme des plastrons de soldats au garde-à-vous. Il allait piocher dans les provisions du dimanche. Il dévissa le bouchon. Dissimulation, prudence, instinct de survie. Oui, jusqu'ici, ça lui avait réussi.

Mais sa femme avait raison. Rien n'était plus sûr, la grande pyramide du pouvoir s'effondrait, rognée et taillée au sommet, réduite à l'état de sables mouvants à sa base, non loin de là où ses propres pieds cherchaient un appui solide.

Et qu'apprenait-il ? Que diable était-il arrivé à Powierza ?

Czarnek ne voulait pas s'étendre sur la question au téléphone, et Jablonski avait décidé de ne pas aller le voir tout de suite.

Il avait passé un coup de fil au poste de police et soumis à Krupik, qui lui devait un ou deux services, l'hypothèse selon laquelle le petit Powierza avait pu être victime d'un accident de chasse. Si Krupik avait décelé chez Jablonski la moindre volonté d'imposer sa version des faits, il n'en avait rien montré.

« Oui, avait-il répondu. Peut-être qu'un mari jaloux l'a pourchassé avec un tuyau en acier. » De surcroît, expliqua-t-il, aucun fusil n'avait été retrouvé, et Powierza n'était pas connu pour chasser ni courir les bois.

« Sa tête a été fendue en deux. On a intérêt à retrouver celui qui a fait ça avant le vieux.

– Qui ça ?

– Son père. Staszek. Il est en train de devenir fou. Il est déjà venu me voir trois fois. »

Jablonski éteignit la lumière et s'enfonça dans son fauteuil. Il retrouva l'obscurité et écouta le vent souffler.

3
Leszek

Les premiers jours qui suivirent la mort de Tomek, j'eus du mal à suivre le rythme frénétique de Staszek Powierza. L'accumulation des tâches agricoles et domestiques causée par la catastrophe nous envoyait, ma mère, mon grand-père et moi, chez les Powierza plusieurs fois par jour, entre les allées et venues des voisins à la fois compatissants et curieux. Un meurtre ! Mille spéculations, pensées macabres et peurs se déchaînèrent. Chez la plupart des visiteurs, la thèse récurrente voulait que Tomek eût été tué par des voleurs. Mais ils étaient bien en peine de dire ce qui avait bien pu intéresser lesdits voleurs, et encore plus en quoi un simple vol aurait exigé un coup d'une violence aussi destructrice. Parmi les gens avec qui je discutais, personne n'imaginait que le crime puisse trouver son explication dans les relations de Tomek au sein même du village, lesquelles, d'après ce que l'on savait, ne posaient pas problème. Non que Tomek fût particulièrement apprécié ni détesté ; en vérité il n'y avait pas grand-chose à dire à son sujet, ce qui ne faisait qu'accentuer le mystère, ou le caractère improbable, de sa mort. Pourquoi Tomek, et pas, par exemple, M. Zukowski, ou le jeune Krzysztof, ou Mme Hania ? demandaient les visiteurs. Personne n'était donc à l'abri ? Les journaux de Varsovie, du moins un ou deux, publièrent un entrefilet sur la mort de Tomek. Ils avaient la réputation d'annoncer sans cesse une explosion de la criminalité à travers tout le pays, notamment dans les grandes villes. La police, disaient-ils, ne faisait plus son travail ou était débordée. La décadence morale, selon eux, s'était accélérée. Désormais, la vague parvenait jusqu'à nous, comme un lointain phénomène climatique dont les répercussions traversent tout un continent.

Les sœurs de Tomek arrivèrent, d'abord celle de Varsovie, puis la cadette, qui vivait à Sopot, sur la Baltique. Elles paraissaient toutes deux étonnées, un peu désorientées face à ce retour au bercail, et pressées de repartir. Basia, la première, vint avec ses deux enfants mais sans son mari – en voyage d'affaires, dit-elle. Elle se disputait souvent avec sa mère, que j'entendis un jour se plaindre d'une voix pleine de larmes. « Il a fallu un événement pareil pour que tu remettes le pied dans cette maison. » La petite sœur, Teresa, passait son temps à négocier la paix entre elles.

Presque une semaine après le drame, j'aidai à porter le cercueil lors de l'enterrement. Les autorités avaient gardé le corps pendant plusieurs jours, en attendant l'autopsie. Le père Tadeusz dit la messe dans une église inhabituellement remplie, car la semaine écoulée n'avait pas dissipé l'étrangeté, le caractère inédit de cette mort, ni l'émoi spectaculaire qu'elle suscitait. Des vieilles femmes étaient là, qui n'auraient jamais reconnu Tomek dans la rue, et devant l'église j'entendis l'une d'elles déplorer que le cercueil dût rester fermé. « C'est à cause de l'état du visage », expliqua-t-elle. Bien sûr, elle aurait aimé le voir, ce visage, et je l'imaginais retenir ses larmes en passant devant le cercueil, étudier minutieusement le cadavre. Je l'avais moi-même vu, et je m'en serais bien passé. Mais deux jours avant, j'étais allé avec Powierza chez les pompes funèbres, invité, si je puis dire, à voir la dépouille.

« Tu veux le voir, Leszek ? » m'avait-il demandé.

J'étais réticent, j'avais les mains serrées, dans cette posture de soumission que l'on adopte naturellement en présence d'un mort préparé dans les règles de l'art. Pourtant, je connaissais cet endroit. Je repensais à ma sœur, à mon père, livides et distincts des êtres qu'ils avaient représentés pour moi.

Powierza m'observait avec insistance ; je n'avais plus le choix. Je m'avançai et regardai – un bref instant. Ma première pensée fut qu'il s'agissait bel et bien de Tomek, avec sa bouche charnue et le menton rond de son père ; mais au-dessus de la joue, tout n'était que réhabilitation maladroite, comme du plâtre défraîchi, rugueux et difforme, couvert d'une couche de maquillage tirant sur le bleu. Les cheveux manquaient, ou alors étaient bizarrement coiffés. Je reculai aussitôt.

Powierza resta sur place pendant que je me rasseyais. C'était bien Tomek. Je me rendis compte que j'avais gardé mes distances avec cette réalité, cet événement qui avait brisé mon voisin et ami, dont le regard, ces derniers jours, était comme hanté, enragé. Il avait vu le corps plusieurs fois, il avait dû l'identifier, il l'avait accompagné de la morgue aux pompes funèbres. Le choc initial s'était dissipé ; on aurait dit qu'il ne pouvait plus détacher ses yeux du cadavre. Maintenant que je voyais la violence dont Tomek avait fait l'objet, aggravée par la réparation grossière de ses chairs, je ressentais un peu la même colère impuissante. Je ne pouvais pas dire que Tomek était proche de moi, alors que, d'une certaine façon, nous avions grandi ensemble ; mais je pouvais dire que je savais tout de ce qu'il était, d'où il venait. En vérité je me sentais plus proche de son père, de ce voisin massif aux épaules voûtées, colérique mais toujours généreux, dont la douleur se diffusait en moi. Il finit par s'éloigner du cercueil et s'affala à mes côtés en laissant tomber lourdement ses mains inertes sur les accoudoirs.

« Si je savais qui a fait ça, Leszek, il ne passerait pas la nuit. »

Je ne lui répondis pas. Je me fis la réflexion qu'il aurait parlé en ces mêmes termes à mon père, mon père qui aurait été son confident et allié naturel. Lui aurait peut-être su quoi répondre. Pas moi. J'aurais pu dire, j'imagine : « Ça ne te ramènera pas Tomek. » Or j'en fus incapable. C'était le rôle des prêtres de dire ces choses-là. Je savais que Powierza avait une capacité d'indignation et une détermination que nulle platitude n'aurait pu émousser. J'entendais les ressorts de son fauteuil couiner sous son poids, et je sentais toute la force de sa résolution.

« Je me fous de savoir ce qui m'arriverait, reprit-il. Aucune importance. Si je savais qui a fait ça, il y aurait un autre meurtre. »

Ce jour-là, celui de l'enterrement, l'église fut aussi glacée qu'à l'accoutumée, et la messe dura des heures. Une prière spéciale fut dite par le père Jerzy, le nouvel assistant du père Tadeusz. Son message s'apparenta à une vague mise en garde, sous la forme d'une métaphore – l'arme secrète du prêtre engagé –, ce qui poussa le père Tadeusz à grimacer légèrement et à se concentrer sur les replis de sa soutane.

Au cours de la cérémonie et de la procession qui s'ensuivit, Powierza demeura muet. Sa figure ronde et rougeaude comme une lune peinte était impassible, mais je vis quand même ses yeux se mouiller. Il marcha jusqu'au cimetière derrière sa femme et ses filles, le regard droit. Devant la tombe, à ses côtés, je vis les trous creusés par la pioche dans la terre gelée. Powierza se retenait. Quand les gens s'approchaient pour lui exprimer leurs condoléances, il hochait la tête d'un air solennel. Les autres s'éloignaient rapidement, comme s'ils sentaient toute sa fureur contenue.

Le lendemain, nous nous revîmes chez moi. Nous étions dans la cuisine. Ma mère et mon grand-père étaient partis. Powierza s'assit à table pendant que je faisais bouillir de l'eau pour le thé. C'était le milieu de la matinée – la même heure, me dis-je, à laquelle, la veille, nous avions hissé le cercueil de Tomek hors de la charrette, puis l'avions porté sur nos épaules jusqu'à sa tombe et déposé sur les pieux en pin poncé, au-dessus du trou béant. Powierza posa sa casquette et me regarda.

« Tu as du nouveau ? lui demandai-je.

– Rien du tout. La police n'a rien. Krupik est un crétin. Tout le monde le sait. Pour lui, c'est une histoire de vol. J'ai appris par Andrzej que les flics pensent que c'est lié à une femme. Tu as entendu parler de quelque chose entre Tomek et une femme ?

– Une femme mariée ? »

Cela me semblait inconcevable. Fréquenter une femme mariée n'était pas une maladie contagieuse.

« Non, dis-je. Ça me paraît impossible.

– Il ne t'a jamais parlé d'une femme ?

– C'est un village, ici, Staszek. Qui veux-tu que ce soit ? Non, c'est absurde.

– Je sais bien. C'est Andrzej qui raconte ça, mais il a des antennes partout.

– Et Krupik ne t'a rien dit à ce sujet ?

– Non. Il pense que Tomek avait peut-être bu et que quelqu'un l'aurait détroussé. Ils ne savent pas encore pour l'alcool. Dans son sang. Le rapport du légiste n'est pas encore arrivé. »

Imaginer Tomek se soûler, voire s'effondrer ivre mort, n'était pas bien difficile, ni pour moi ni, j'en suis sûr, pour son père, même si je sais que ça le troublait. Mais qu'est-ce que Tomek aurait bien pu porter sur lui susceptible d'intéresser un voleur ? Je ne le voyais pas se promener avec cent dollars dans les poches.

Il était parti pour Varsovie le vendredi matin, soit la veille du jour où son corps fut découvert. Il avait simplement dit à son père qu'il reviendrait d'ici un ou deux jours. Powierza supposait qu'il avait marché jusqu'au village et, de là, pris le bus de Varsovie. Il y avait cinq bus par jour qui faisaient le trajet ; vu l'heure à laquelle il avait quitté la maison, Tomek avait pu prendre celui de fin de matinée et arriver à Varsovie en début d'après-midi.

Tout cela, Powierza l'avait signalé à Krupik. Ce dernier avait haussé les épaules. Et alors ? Tomek était peut-être allé à Varsovie, mais il n'était pas mort là-bas. Il avait été tué dans la forêt, tout près de Jadowia. Krupik se voyait mal faire le voyage jusqu'à Varsovie avec une photo du jeune homme et se promener en demandant aux passants si par hasard ils l'avaient croisé.

« Pour Krupik, dit Powierza, il semblerait que Tomek ait été tué là où on l'a retrouvé. Donc il pense qu'il faut mener l'enquête ici. »

— Charles T. Powers —

Cette « enquête » semblait s'être rapidement enlisée. Powierza avait raison au sujet de Krupik. Ce n'était pas un policier au sens strict, plutôt un gardien de la paix municipal, un reliquat du système, nommé à ce poste, si mes renseignements étaient bons, grâce au bon vieux réseau. Il était tout le temps là, aussi banal qu'un réverbère, bien que sans doute moins utile. Pour Krupik, une grande enquête revenait à pondre un rapport dès que des gamins caillassaient les fenêtres de l'école, puis à remettre ce rapport à son supérieur hiérarchique installé à Wegrow, à vingt-cinq kilomètres de là. D'ailleurs, Powierza s'était déjà rendu là-bas, dérangeant un inspecteur grisâtre qui, entre deux cigarettes, avait griffonné des notes sur un calepin et lui avait répondu que cela ressemblait à une affaire « difficile ». Ce qui signifiait qu'ils n'avaient ni suspects, ni espoir d'en identifier un.

« Est-ce que tu sais pourquoi Tomek allait à Varsovie ? lui demandai-je.

– Il ne m'a jamais dit. »

Powierza évita de croiser mon regard et porta le sien vers la fenêtre ; je voyais bien que l'émotion le submergeait. Il se reprit aussitôt. « Non, il ne m'a jamais dit. Il ne me parlait pas de ce qu'il faisait. Il devait m'aider à construire des clapiers à lapins que je comptais vendre à un type de Lachow, et puis il m'a expliqué qu'il allait à Varsovie et qu'il ne pourrait donc pas m'aider. C'est tout. Il est parti sans rien dire. »

Je n'avais pas de mal à imaginer la scène, la colère maussade de Powierza et l'insolence de Tomek. Leur éternelle rivalité.

« Tu ne sais pas du tout qui il pouvait aller voir à Varsovie ? Tu as regardé dans ses affaires ?

– Oui... Mais je n'ai rien trouvé. Il n'avait pas grand-chose. »

Il tira de sa poche une liasse de papiers sans importance, quelques numéros de téléphone griffonnés sur des tickets de cafés, deux cartes de visite. Tout cela ne nous disait strictement rien. Les cartes de visite comportaient des noms d'entreprises :

——— En mémoire de la forêt ———

Ogrod Impex, produits agricoles, et Wymania Kulturalnu, échanges culturels. Cinq numéros de téléphone recensés. À cette époque-là, bien malin celui qui aurait pu dire précisément en quoi consistaient les activités de ces entreprises. Cacahuètes du Sénégal, ordinateurs de Singapour, chaussures de sport yougoslaves, voitures volées en Hollande : tout était envisageable, du moment que c'était à prix cassé. Powierza ne s'était pas rendu au bureau de poste du village pour essayer de joindre ces numéros. Nous n'avions pas le téléphone, et celui du bureau de poste fonctionnait une fois sur deux. Les cartes de visite n'indiquaient pas grand-chose. À l'ère du commerce effréné, les gens distribuaient les cartes de visite comme des poignées de main. Je rendis la liasse de papiers à Powierza.

J'avais une vague idée de ce qu'il fallait faire ; j'avais lu suffisamment de romans policiers. Je me figurais très bien le détective privé dans son bureau miteux, avec des palmiers derrière la fenêtre. Il passerait des coups de fil, emmènerait sa berline dans les ruelles de San Francisco ou de Hollywood, monterait des escaliers, frapperait aux portes. Mais je savais que tout cela n'était que de la littérature, du divertissement. Ici, quand il arrivait malheur, les téléphones ne fonctionnaient pas, il n'y avait ni palmiers ni berline. Les gens se faisaient voler ou tuer, et personne ne se retrouvait en prison pour ces crimes. Dans le monde réel, j'avais deux veaux malades à l'intérieur de la grange, et il fallait que j'aille à l'autre bout du village pour trouver le vétérinaire. J'avais des courses à faire à la quincaillerie et chez le soudeur, je devais sortir environ une tonne de fumier de la grange, et le tracteur ne démarrait pas. Il fallait que je m'occupe de ma ferme, avec l'angoisse du travail qui s'accumule et des tâches qu'on remet à plus tard, une angoisse qui était le revers de mon indépendance. Les doigts rougeauds de Powierza tenaient toujours les papiers qu'il avait récupérés de son fils, sans bouger d'un iota, comme si l'existence de Tomek se réduisait maintenant à cette triste liasse. Je regardai un

— 65 —

moment la grosse main de Powierza, la manche sale et usée de son manteau, les bouts de papier. Je tendis le bras et repris les documents.

« Écoute, Staszek, dis-je, conscient de mon agacement, peut-être contre lui, peut-être contre moi-même. Est-ce que tu as vérifié s'il était bien monté dans le bus ?
– Comment je peux savoir ?
– Et si tu interrogeais le chauffeur du bus ? »

Je ne voulus pas accompagner Powierza. Cela lui ferait du bien, pensais-je, de s'occuper, de crever l'abcès. Peut-être était-ce dû au séjour que j'avais effectué à Varsovie, ou à une sorte de fatalisme que je percevais dans la vie qu'on y menait, mais je me disais que la mort de Tomek resterait une énigme. J'évitai d'expliquer à Powierza que retrouver l'assassin ne lui ramènerait pas son fils. Le goût des Polonais pour la vengeance a des racines profondes. Tomek, cependant, aurait très bien pu mourir dans un accident de voiture – il avait bien failli y passer un jour, m'avait-il dit. Dans ce cas, à qui Powierza s'en serait-il pris dans sa quête de justice ? Il n'aurait rien pu faire. La colère lui servait encore d'exutoire, de deuil, et d'ici quelques jours ou semaines il finirait par se consoler.

Pour moi, la mort de Tomek était irrationnelle, comme la foudre qui s'abat. Mais la plupart des gens ne pouvaient se satisfaire d'un tel constat. Il me revenait en mémoire une chose que le prêtre – le père Jerzy, le jeune, le potelé – avait dite à l'enterrement. À son accent, à sa manière de manier la langue, je voyais qu'il venait d'un village, sans doute comme le nôtre, mais plus à l'est, où les prêtres se considéraient souvent en guerre contre les communistes ou l'orthodoxie russe, en une querelle ancestrale, un combat pour la mère patrie. Au-dessus du cercueil, il avait donc dit : « La culture totalitaire favorise la solution totalitaire, la force, le meurtre. » Personne, dans l'assistance, n'avait compris. Des voleurs ? Le père Jerzy, me dis-je, était né cinq ans trop tard. Il avait manqué la plupart des grandes batailles de la révolution, ou les avait observées depuis son séminaire, à l'époque où la MSW, la police secrète, harcelait les prêtres engagés, allant même jusqu'à en assassiner certains. Comment le père Jerzy expliquerait-il le crime et l'assassinat dans cinq ans ?

Je repensais à mon père et à ses rapports avec l'Église. « La religion, c'est de la politique », disait-il. Il allait à l'église mais plus par devoir, me semble-t-il, qu'au nom d'une volonté réelle de participer aux rites. Il affirmait croire aux règles fondamentales édictées par l'Ancien Testament, par les dix commandements. Il m'avait expliqué que la plupart des religions partageaient certains principes, qu'elles condamnaient ensemble les mauvais comportements et encourageaient les actes vertueux, et qu'elles participaient donc de l'effort des hommes pour établir des règles de survie. Au-delà des principes communs, toutes les différences se réduisaient à des questions politiques, parfois immémoriales, vieilles rancœurs, vieux contentieux, mais quand même politiques. J'entendais de nouveau sa voix, comme s'il était juste derrière moi. Je me trouvais dans la grange, occupé à soulever la fourche de son crochet rouillé.

Les veaux avaient la diarrhée. Je réparai rapidement les dégâts et disposai de la paille propre. J'imaginais Powierza au village, debout à l'arrêt de bus, son visage écarlate tourné vers la route, attendant le bus à côté de ses voisins timorés et compatissants, eux-mêmes réduits à un silence intrigué et soulagés par cette diversion. Qu'il aille poser ses questions. Ça lui ferait du bien. Qu'il épanche sa rage. Lui aussi avait une ferme. Au bout du compte, c'était bien ça l'essentiel : qu'il continue de s'en occuper.

Les petits papiers relatifs à Tomek étaient toujours dans ma poche lorsque je me mis en route pour la clinique du vétérinaire, d'un pas pressé, car les veaux faiblissaient d'heure en heure – ils avaient l'œil luisant et le mufle sale. De la fièvre, à coup sûr.

Sans gravité si je m'en occupais à temps, mais le vétérinaire n'étant pas toujours à sa clinique, j'allais certainement devoir patienter. Ce qui, en l'occurrence, ne me dérangeait pas outre mesure. Car il y avait Jola.

Mon secret. Mon problème.

Je marchai vite, évitant le centre du village par un chemin qui traversait le champ derrière le bar et la boulangerie. J'empruntai ensuite la route pavée qui longeait le hangar municipal, où les machines rouillées gisaient dans la cour. Certaines étaient là, du plus loin qu'il m'en souvienne, depuis que j'étais gamin.

Le paysage marquait déjà le milieu de l'hiver ; il ne manquait plus que la neige. Le ciel était d'un gris sourd, il y avait de la boue entre les pavés de la route, une eau marron dans les empreintes de sabots des chevaux de trait. Les peupliers étaient humides, noirs, déplumés, et les champs détrempés se noyaient dans la brume. Sur ma gauche, à cinq cents mètres, s'étendait le village. Un cheval et une charrette se traînaient en s'éloignant, avec deux silhouettes sur la banquette, dont l'une inclinée sur le côté : un mari ivre ramené du bar par sa femme.

Le vétérinaire était probablement au bar aussi, ce qui expliquait mon détour loin du centre. Il reviendrait bientôt chez lui, mais je voulais arriver avant lui. J'avais développé, je m'en rendais compte, une connaissance intime de son emploi du temps – triste constat, car les activités de Karol Skalski n'étaient pas censées m'intéresser. Sauf qu'il était marié à une femme qui commençait à m'obséder. J'en étais transi, mais également inquiet, voire peut-être effrayé. Cela durait maintenant depuis des mois, même si j'avais commencé par nier et n'y voir qu'une passade, un jeu.

Je crois que Jola avait eu la même réaction au départ. Mais curieusement les choses changèrent. À présent, j'avais l'impression de naviguer dans une barque en haute mer, les flots apaisés, le brouillard tout autour de moi, la côte devenue invisible. Je ne savais plus très bien ce que Jola pensait.

———— En mémoire de la forêt ————

C'était une magnifique petite femme vive aux yeux foncés, qui pouvait se montrer un jour espiègle et matoise, le lendemain douce – presque évaporée –, avec un air gentil et surpris, comme ravie d'une découverte qu'elle aurait faite en son for intérieur et qu'elle ne pouvait partager avec autrui. Elle gardait toujours ses distances, et c'était cette réserve, ce mystère que je sentais en elle qui m'excitaient, qui me poussaient à la désirer toujours plus. Naturellement, elle partageait nombre de ses étonnements, combinaison fragile d'innocence et de sophistication, cette même sophistication, avec ses plaisirs nouveaux (du moins pour moi), qui m'avait attiré en premier. J'étais indéniablement naïf, paralysé, un peu troublé ; je ne mesurais pas les obstacles sur sa voie, sur notre voie ; je n'envisageais pas de mettre un terme à notre idylle. Certes, Jola était mariée, mais malheureuse dans son couple, unie à un homme qui passait le plus clair de son temps à boire et à la maltraiter. Bien que n'étant pas particulièrement croyant, je respectais les dix commandements, et je décrétai que je n'avais pas convoité la femme de mon voisin *parce qu'elle* était la femme de mon voisin. Je ne peux pas dire que cela m'absolvait, si tant est qu'une absolution fût nécessaire. Dans mon esprit, les choses ne s'étaient pas passées comme ça entre nous ; rien n'avait été calculé ni planifié. Nous nous retrouvions dans la nature – dans la forêt, pour être exact. Je n'avais aucune certitude, et mon expérience de l'amour était, disons... limitée. Pourtant, je me disais que le fait que je m'en émerveille autant signifiait justement quelque chose. Malgré le peu que j'en comprenais, je l'aimais.

La clinique était un édifice au toit plat, comme une boîte rectangulaire et fonctionnelle à deux niveaux, maculée de boue à sa base. Elle avait été construite quinze ou vingt ans plus tôt, ce qui en faisait l'un des bâtiments officiels les plus récents de Jadowia. Jola et Karol Skalski, ainsi que leurs deux enfants, vivaient dans un appartement à l'étage. En m'approchant, je vis que la voiture de Skalski n'était pas là. Sa charrette pour vaches traînait près de l'allée. Comme d'habitude, la porte de la clinique n'était pas fermée à clé ; j'appuyai sur la sonnette et entrai. Le cabinet était sombre, bien rangé mais non chauffé pour économiser le charbon. Des bassines en porcelaine étaient posées le long d'un mur. Sur le bureau en métal vert, vestige d'un surplus militaire, il n'y avait qu'un journal replié et un vieux microscope noir avec des vis en laiton dont Skalski se servait pour analyser les échantillons de viande de porc, les éleveurs locaux devant en effet avoir un tampon du vétérinaire s'ils voulaient vendre leur viande sur les marchés libres qui se multipliaient. Je m'avançai dans la semi-pénombre. La porte latérale du bureau s'ouvrit.

« Viens, m'ordonna Jola. Tout de suite. »

J'obéis. La porte donnait sur un couloir. Il y avait plus loin une petite pièce avec une machine à laver où régnait, dans l'odeur chimique et propre du savon, une atmosphère chaude, humide. Elle me poussa doucement, à reculons, dans un vieux fauteuil trop rembourré.

« Où sont les enfants ? dis-je.

– Ils dorment.

– Et ton mari ?

– Il boit.

– Qu'est-ce que tu fais ? »

J'essayai timidement de me pencher en avant. Elle pressa sa main contre mon torse, m'obligeant à capituler.

« Chhuttt... »

Quelques minutes plus tard, l'idée me vint – ce n'était pas la première fois – que j'étais peut-être devenu drogué. J'en montrais le symptôme le plus évident : je ne pouvais pas me détacher. Mes genoux tremblaient encore. Pendant ce temps, d'un pas décidé, elle était allée chercher du thé en haut ; je retournai dans le cabinet de la clinique. J'allumai la lumière, qui cracha quelques éclairs fluorescents et blêmes avant de ronronner doucement. Jola revint avec du thé.

« Il va bientôt être de retour », me dit-elle. Je la regardai, stupéfait. Calme, détendue, elle but son thé debout puis, avec le pied, fit pivoter un pauvre fauteuil aux roues couinantes et s'assit devant le bureau de son mari. Je me sentais physiquement apaisé mais psychologiquement fébrile. Quelques minutes plus tôt, elle m'avait happé comme si elle crevait d'envie de s'offrir à moi, et voilà qu'elle jouait presque les indifférentes, l'air d'avoir fait la chose la plus simple du monde : elle s'était amusée en exerçant son pouvoir sur moi. En un éclair, j'avais été adulé puis délaissé. J'eus une envie subite de la soulever et de la ramener chez moi, de la kidnapper. Je me disais qu'on avait déjà perdu assez de temps comme ça. Elle fouilla dans le tiroir du bureau et trouva une cigarette.

« Tu te sens comment ? demanda-t-elle.

– Impatient. »

Je crois qu'elle comprit ce que je voulais dire mais n'en montra rien. « Il sera là dans cinq minutes. Je crois. » Elle me sourit. « Je suis contente de te voir. Ça fait une semaine. Qu'est-ce que tu as fait depuis la dernière fois ? »

Je lui racontai l'enterrement de Tomek, la colère et le chagrin de son père. Elle en avait entendu parler, bien sûr. Grâce à son mari, qui arpentait sans cesse le village et la campagne alentour, elle était généralement parmi les premières personnes informées. D'un autre côté, il aurait fallu être mort pour ne pas être au courant du meurtre ni de l'enterrement.

« Le légiste a expliqué que Tomek était sans doute ivre, dit-elle.

– Ah oui ? »

Je ne savais pas.

« Karol a entendu ça quelque part... Peut-être par Farby. Je ne sais plus qui lui en a parlé. De toute façon, ça n'a rien d'original pour ce village.

– Et qu'est-ce que Karol a appris d'autre ?

— C'est tout ce qu'il m'a dit. Il me semble aussi que quelqu'un a raconté à Krupik que Tomek était au village ce soir-là, le soir de sa mort. Avant, je veux dire.

— Qui l'a vu ?

— Je ne sais pas. Il n'a pas dit le nom, je crois. »

Je repensai aux papiers dans ma poche. Skalski possédait un téléphone dans son cabinet, l'un des rares du village. Je jetai mon dévolu sur une des cartes de visite.

« Je peux me servir du téléphone ?

— Essaie toujours. »

Le téléphone, un vieux modèle de bureau avec plusieurs boutons pour lignes multiples, était posé sur un meuble entre les bassines. Des câbles superflus, raccordés à la va-vite, débordaient d'un central accroché au mur. Lorsque je soulevai le combiné, il n'y eut aucune tonalité.

« Tripote les fils », suggéra Jola.

J'entendis alors une tonalité, aussitôt évanouie dès que je composai le numéro. Je tripotai de nouveau les fils, la tonalité revint.

« Fais ton numéro lentement. »

Je composai l'indicatif de Varsovie. Lentement. Puis les chiffres indiqués sur une des cartes de visite, celle de l'entreprise Ogrod Impex. Après plusieurs cliquetis et autres bruits émanant du central mécanique de Lachow, j'entendis une série de sonneries très lointaines. Aucune réponse.

Je raccrochai. Je cherchais un autre numéro à composer lorsque j'aperçus les phares d'une voiture approchant dans l'allée. Il faisait nuit.

« Le voilà », dit Jola. Je rangeai les papiers dans ma poche. Skalski ouvrit la porte.

« Bonjour, Leszek », me lança-t-il avant de sourire à sa femme. Jola lui rendit son sourire, mais sans quitter son fauteuil. Le vétérinaire tenait deux enveloppes et une petite boîte, ce qui signifiait qu'il était passé par le bureau de poste. C'était un

En mémoire de la forêt

homme charpenté, corpulent sans être gros, malgré un visage épais et une bouche charnue. Il émanait de son corps une sorte de maladresse adolescente. Il laissa la boîte sur le plan de travail, mais trop près du bord, si bien qu'elle tomba dans une bassine. Il ne réagit pas, tira la deuxième chaise et s'assit en poussant un gros soupir. Son sourire était toujours là. Pour tout dire, le visage de Skalski était presque toujours souriant, ce qui expliquait entre autres pourquoi les gens l'appréciaient. Je voyais bien que son heure passée au bar l'avait mis en joie.

« J'espère ne pas t'avoir fait trop attendre », me dit-il. Il soupira de nouveau et secoua la tête, comme s'il savait que nous nous réjouissions de son emploi du temps chargé.

« Beaucoup à faire ? lui demandai-je.

– Beaucoup. Une cigarette, Jola ? Beaucoup, beaucoup. »

Il alluma la cigarette et laissa la fumée remonter dans ses narines, comme les acteurs dans les téléfilms.

« Ah ! tous ces gens... Ils veulent que tu viennes sur-le-champ mais ils se plaignent toujours de devoir te payer. Ils n'ont pas compris que les choses avaient changé.

– Moi aussi, j'allais vous demander de venir tout de suite, dis-je. Mais je vous paierai.

– Oh ! fit-il en agitant la main. Je ne parlais pas de toi. Tu sais comment sont les gens, n'est-ce pas ? Ils ont envie de discuter. Ils veulent en avoir pour leur argent, et tu te retrouves toujours en retard. C'est comme ça. Bon, qu'est-ce qui t'amène ? »

Je lui parlai de mes veaux. « Je crois qu'ils ont un peu de fièvre. Ils ne mangent plus. C'est arrivé seulement hier ou avant-hier, mais je me suis dit qu'il valait mieux que vous jetiez un coup d'œil. Je n'ai pas envie de les perdre. » Je m'aperçus qu'il avait lancé un long regard froid à Jola, laquelle lui répondit par une expression aussi peu amène. Le regard avait été bref, mais interrogateur, voire accusateur. Ma phrase fut suivie d'un petit silence.

« Très bien, finit-il par dire. Laisse-moi monter deux secondes et je suis à toi. Jola, il y a un paquet de viande dans la voiture. »

Les fermiers le payaient parfois de cette manière. Skalski et Jola se levèrent en même temps, mais il eut du mal à garder l'équilibre. Il referma la porte du couloir derrière lui, puis je l'entendis monter l'escalier d'un pas lourd. Jola resta un instant devant la porte d'entrée, puis se dirigea vers l'allée. « Au revoir », me susurra-t-elle en formant un baiser sur ses lèvres. Elle rentra dans la maison par une autre porte. Skalski redescendit au bout de quelques minutes. Il avait les cheveux mouillés, il paraissait plus frais. Je me dis qu'il avait dû pisser un bon coup et s'asperger le visage d'eau froide.

« Allons-y, dit-il. À la grange. »

Sa voiture, une vieille Fiat rouge, était de fonction, comme sa maison. Les vétérinaires de village étaient payés par l'État : tous les villages devaient absolument disposer d'un vétérinaire et la seule façon de les attirer était de leur proposer une clinique, un logement et un véhicule gratuits. Certains étaient efficaces, responsables et très utiles aux paysans ; d'autres étaient aussi paresseux que des voleurs. Skalski était correct, pas le meilleur certes, mais pas le pire non plus quand on arrivait à mettre la main sur lui et qu'il était sobre. Car il faut bien reconnaître qu'il était très porté sur la bouteille. Comme tous les vétérinaires ruraux, il faisait partie des notables du village, aussi éminent, d'une certaine manière, que le médecin. Il vivait là depuis huit ou neuf ans, et il était marié à Jola depuis quatre. Elle avait connu un premier mariage, dont était issue sa fille. Ensemble ils avaient eu un autre enfant, un petit garçon de 1 an et demi.

Skalski claqua la portière, appuya sur le starter et attrapa une cigarette dans sa poche de chemise. Très vite, mêlée à l'odeur herbeuse de vodka que dégageait son haleine, une épaisse fumée envahit la Fiat, aussi usée et informe qu'une vieille chaussure. Il s'y sentait plus chez lui que dans son bureau et, s'il semblait avoir du mal à tenir sur ses jambes, il maîtrisait très bien le volant. Il fonça sur la route en manœuvrant adroitement, presque avec grâce, entre les nids-de-poule et les ornières. Ce chemin, il l'avait emprunté des milliers de fois, comme toutes les routes de la région. Je ne quittais pas des yeux le faisceau des phares qui dansait sur la chaussée, pour ne pas le regarder, lui, le mari de ma... De ma quoi ? De ma maîtresse ? De mon amoureuse ? J'étais venu à pied jusqu'à la clinique pour la voir, au prétexte de devoir le consulter, alors que je savais pertinemment qu'une visite au bar eût été plus efficace. Dans ma nervosité, je le soupçonnais d'avoir très bien compris mon petit manège. Je me rendis compte qu'il roulait vite et ne parlait pas. D'habitude, il était très bavard.

Nous ne croisâmes aucune voiture en traversant le centre du village. Le bus du soir attendait à l'arrêt, moteur ronronnant, et recrachait une fumée de diesel dont l'odeur parvint jusqu'à nous. J'aperçus à la porte du bus une silhouette qui discutait avec le chauffeur. Skalski ralentit avant de tourner au coin et tendit le cou pour mieux voir.

« C'est Powierza, dit-il. Le pauvre. Il est en train de se rendre dingue.

– C'est dur pour lui. C'était son fils.

– Il n'avait qu'un seul fils, c'est ça ? Les familles étaient plus nombreuses, avant.

– Il a deux autres filles.

– Ce n'est pas la même chose pour lui, si ? Les filles s'en vont. Les femmes ne veulent pas vivre ici. C'est déjà assez dur de retenir les hommes. Comment veux-tu te trouver une femme ici ? »

Il coula un regard vers moi ; des cendres tombèrent sur ses genoux. Je ne répondis pas à sa question. Il se contenta de chasser les cendres avec sa main. Nous étions presque arrivés.

« La prochaine à droite », dis-je.

Grand-père était dans l'étable, agacé que je sois en retard pour l'aider à traire, mais content de voir Skalski, qu'il méprisait d'une manière gentille, taquine, comme il le faisait de toute personne associée dans son esprit à une institution socialiste.

« Où est-ce que tu l'as retrouvé ? me dit-il avant de tendre sa main au pouce gonflé pour saluer Skalski.
— Il s'est compliqué la vie, répondit Skalski. Il est allé à la clinique. »
Je le menai jusqu'aux veaux. Ils étaient tous les deux par terre, les pattes repliées sous eux. Dans la première stalle, Skalski donna un coup sur les flancs de Frieda et la poussa jusqu'à ce que ses pattes arrière se déplacent sur la paille. Elle baissa la tête, méfiante, et Skalski resta à côté d'elle tout en s'agenouillant pour inspecter son veau. Il se débrouillait bien avec les animaux. Il savait qu'une vache avait beaucoup de mal à vous donner des coups de pied si vous vous teniez près d'elle.
« Joli veau. » Il tâta le mufle, attrapa une oreille, tira sur une paupière. Il avait le coup de main, indéniablement. Il farfouilla dans sa trousse, sortit une seringue et du sérum, administra une piqûre. Grand-père vaquait à ses occupations : penché au-dessus des bidons de lait, il poussait de petits grognements en les soulevant, puis murmurait à l'oreille des vaches, douze frisonnes au dos large, grosses bêtes robustes qui donnaient du bon lait et que nous avions achetées une par une, année après année. Leur ruminement et leur souffle doux emplissaient la grange jusqu'aux charpentes, où des pigeons roucoulaient, perchés là pour la nuit.
« Mets plus de mélasse dans le fourrage des mères, me dit Skalski. J'ai donné des antibiotiques légers aux veaux ; ils devraient se rétablir d'ici un ou deux jours. » Il se leva et laissa son regard glisser sur l'ensemble de la grange, vers les culs des vaches au-dessus des stalles. Les ampoules qui pendaient au plafond jetaient une lumière douce, nébuleuse. Je les avais fixées avec mon père.
« Pas de mastites cette année ?
— Non.
— Bien. Ça devrait suffire. »
Je le raccompagnai à sa voiture, lui réglai son dû et le remerciai pour le déplacement.

« C'est chez Powierza ? » demanda-t-il en agitant son pouce vers le terrain derrière notre grange. Il connaissait la réponse, bien entendu. Je fis signe que oui.

« C'est une histoire affreuse, mais ne laisse pas ton voisin devenir dingue avec ça.

– Ça va aller. Il va se calmer.

– Il pose des questions à tout le monde, tu sais.

– Il essaie juste de comprendre ce qui s'est passé. Il n'est pas très aidé par Krupik.

– Qu'est-ce qu'il espère ? Krupik n'est qu'un flic de village. Il ne fera rien. »

Il haussa les épaules, posa sa trousse sur la banquette arrière de sa voiture et referma la portière.

« C'est tragique, je sais. Mais ce sont des choses qui arrivent.

– Ici ? Un assassinat ?

– On ne peut plus compter sur rien, si ? Le crime est arrivé chez nous. L'autre jour, un type a cambriolé la quincaillerie de Lachow. Il a brisé la vitrine et il s'est servi. En pleine nuit. Personne n'a rien vu. »

C'était la vérité. Tout le monde se plaignait de la criminalité – braquages, cambriolages, vols de voitures et même de tracteurs. Cependant, avec un meurtre, il me semblait qu'un palier supplémentaire venait d'être franchi.

« Le petit Powierza devait sans doute être ivre mort quand c'est arrivé, dit Skalski. C'est ce qu'a révélé l'autopsie.

– Comment le savez-vous ?

– J'ai un ami qui a un ami qui le sait. Le taux d'alcool dans son sang était de deux grammes. Avec ça, il ne pouvait même plus marcher. Ni même respirer.

– Tomek aimait bien boire un verre de temps en temps.

– Moi-même je n'ai rien contre. Parfois un peu plus. Mais deux grammes, c'est énorme. Deux grammes, ça te terrasserait un cheval.

– Et votre ami vous a dit autre chose ? »

Je ne voulais pas avoir l'air de dénigrer ses fréquentations.
« La bouillie qu'il avait sur le crâne.
– Eh bien ?
– Ils pensent qu'il a été frappé quelque part et ensuite balancé là. »

J'essayais de digérer l'information pendant que Skalski ouvrait la portière, s'installait au volant et baissait sa vitre.

« Attendez. Ils ont dit à quel endroit ?
– Ça, je ne sais pas. Peut-être qu'ils ne le savent pas non plus. »

Il mit le contact, alluma ses phares et commença à reculer dans l'allée avant de s'arrêter et de passer sa tête par la vitre. « La prochaine fois que tu veux me voir, passe au bar. Comme ça, tu ne seras pas obligé de marcher autant. » Son éternel sourire était comme gravé sur sa figure. Je voulus le sonder pour voir s'il exprimait autre chose, mais il faisait noir.

Il franchit le portail en marche arrière, braqua et prit la direction du village. Il y eut un temps d'arrêt, la flamme d'une allumette illumina son visage et il s'en alla.

C'est par accident que je l'ai rencontrée. Si je l'avais rencontrée quand j'étais à Varsovie, dans un tramway, en train d'écumer les rues pour trouver quelqu'un comme elle, est-ce que ç'aurait été plus par accident ? Si elle avait eu plus de chance, ç'aurait pu arriver. Je n'ai aucun mal à l'imaginer là-bas, dans la rue, dans le bus. J'ai étudié mon plan de la ville tout usé et je pense identifier le quartier dans lequel, d'après ses dires, elle habitait à l'époque, une zone construite pour les métallurgistes à Huta Warszawa, où les grues avaient installé des parois préfabriquées de telle sorte que les murs des immeubles ressemblaient à des maquettes d'enfants, où les balcons étaient encombrés de tricycles et de linge pendu, et la zone autour était sans arbres, marron, et parsemée de matériel de construction.

Mais notre accident s'est produit ici. Ou plutôt notre quasi-accident. En plein centre du village, un jour de marché – quand la circulation atteint son pic d'intensité à Jadowia. Les automobilistes déboulaient de toutes les fermes environnantes, impatients face à la lenteur des chevaux, des charrettes et des tracteurs. Les colporteurs russes qui vendaient des soutiens-gorge, des boîtes à outils et des réfrigérateurs achetaient à prix cassés à des contremaîtres biélorusses, traversaient la frontière et s'arrêtaient au marché de Jadowia, comme si, n'ayant plus d'essence ni de nourriture, ils ne pouvaient pas aller plus loin.

Jola était chez le marchand de pain avec sa fille ; celle-ci traversa la rue juste au moment où un bus tournait au coin pour quitter le village. J'étais là. Je fis simplement un pas sur la chaussée et soulevai la petite. Cela ne relevait pas de l'exploit héroïque – le bus avait largement le temps de freiner – et si je ne l'avais pas fait, quelqu'un d'autre s'en serait chargé. Je reposai la petite sur le trottoir et jetai un coup d'œil vers le visage exaspéré et gêné de sa mère : l'espace d'une seconde, j'eus le souffle coupé. Il y a certaines choses que l'on comprend immédiatement, sur le coup, si je puis dire. C'était l'été. Elle était court vêtue. Observée par tous les badauds agglutinés, comme toujours les jours de marché, elle rougissait. Ses yeux marron pétillaient. Son visage m'était inconnu, mais elle ne ressemblait pas à une nouvelle venue.

« Merci », me dit-elle. Puis plusieurs fois : « Excusez-moi, excusez-moi. » Elle administra à sa fille une petite fessée. La gamine n'eut pas l'air troublée et me lança un grand sourire, comme enchantée d'avoir fait ma connaissance.

Et ce fut tout – du moins au début. Pas d'autres paroles échangées, pas de présentations faites. Je la revis une semaine plus tard, encore un jour de marché, mais de loin. L'emplacement du marché, un terrain vague à côté de la place du village, était bondé. Dans la masse mouvante des passants, je la repérai : elle achetait des oranges. Je la regardai payer, tendre la main pour recevoir la monnaie, repartir avec ses sacs et disparaître derrière les charrettes, les camions et la foule. J'étais posté à l'autre bout, là où les paysans vendaient du fourrage ou des graines. Je devais justement en acheter pour les chevaux, mais rien ne pressait. Le vieux Zeus, un marchand barbu originaire de Wegrow, était en train de me proposer un prix. « Vous ne trouverez pas mieux, jeune homme. » Je lui dis que je reviendrais dans un instant et m'en allai ; il laissa une poignée de graines s'écouler dans leur sac.

Je la suivis à bonne distance. Je voulais juste la regarder. Elle acheta des pommes, fit brièvement la queue et ajouta des bananes à ses commissions. Elle avait une forme de légèreté, une grâce, une économie de mouvement qui la distinguaient des autres femmes. Elle était petite, avec des bras et des poignets fins, et en m'approchant d'elle, au moment où elle se pencha pour placer un sachet en papier rempli d'œufs au milieu de ses autres courses, je vis ses cheveux se détacher, dévoilant sa nuque longiligne et le petit duvet sur sa peau blanche. Je devais être perdu dans ma rêverie car en l'espace de quelques secondes je percutai un homme portant sur son dos un sac de pommes de terre et une grosse fermière faillit m'assommer. « On se réveille ! » grogna-t-elle.

Recouvrant mes esprits, je revins voir le vieux Zeus et lui achetai mes sachets de graines.

Mais l'image de cette femme, de son teint laiteux parfait, de ses cheveux aussi sombres que ses yeux, me hantait. Je n'eus pas grand mal à savoir qui elle était. Il me suffisait d'interroger Andrzej, le plombier.

« C'est la femme du vétérinaire.

– Elle est de Jadowia ?

– Oui. Son père travaille à l'usine de machines, à Lachow. Ils habitent sur la route de l'école. »

Puis, avec cette étrangeté qui donne l'impression, *a posteriori*, que les choses étaient prédestinées, je la revis un jour où je travaillais sur mon champ. C'était l'époque de la fenaison, il faisait très chaud, mais la pluie menaçait. J'avais terminé la moitié du champ et m'étais arrêté pour ajuster le galet de came sur la lame de la faucheuse ; j'étais à genoux, par terre, au milieu des insectes bondissants et de la poussière, et des gouttes de sueur tombaient de mon visage. Une fois le galet de came ajusté, je m'épongeai le visage et me dirigeai vers l'ombre fraîche des arbres en bordure du champ. Au moment de franchir les petits framboisiers, je la vis : elle marchait sur un chemin, en pleine forêt, sa fille devant elle. Elle tenait un panier dans une main et une fleur fanée dans l'autre. Elle me regardait.

« Bonjour ! me lança-t-elle. Il a l'air de faire très chaud chez vous. »

Je ne me souviens plus de ma réponse, mais j'allai à sa rencontre et acceptai la boisson qu'elle me proposait ; elle sortit de son panier une bouteille de jus de pomme et essuya un verre afin que je me serve. Je lui demandai son nom et lui donnai le mien.

« Oui, dit-elle, je sais. » Elle me fixait avec une telle intensité que je me sentis rougir.

« Moi aussi, répondis-je, je connaissais votre nom.

– C'est un petit village.

– Oui.

– Je ne savais pas que ce champ était à vous. Je viens souvent me promener ici. Il fait frais.

– C'est une très belle forêt.

– En automne, je viens ramasser des champignons. Ils sont magnifiques. Mais je ne vous avais jamais vu, avant. Dans le champ, je veux dire.

– J'étais en train de faucher.

– J'ai vu, oui. Ça fait un moment que vous êtes à la tâche.

– J'aimerais que ce soit terminé avant qu'il pleuve.

– Oui.

– Il va falloir que je râtelle d'ici un ou deux jours.

– Hmm. »

C'est comme ça que tout a commencé. Le surlendemain, je revins avec le tracteur et le fauchet latéral, et elle, avec sa fille. Le jour d'après, elle était seule.

Et ainsi de suite pendant plusieurs jours. On discutait en marchant dans la forêt. Elle était douce, drôle, curieuse des choses de la ferme et des bêtes, dont, à ma grande surprise, elle ignorait quasiment tout. Elle me rappela qu'elle était la fille d'un ouvrier, pas d'un paysan. Elle voulait savoir pourquoi presque toutes les vaches polonaises étaient noir et blanc.

« Il n'y a donc jamais de vaches brunes ?
– Si, mais en Pologne la plupart sont des frisonnes.
– Des vaches allemandes ? C'est bien la Pologne, ça. On les reçoit des Allemands, mais en noir et blanc.
– Non, c'est une race hollandaise à l'origine. Il faut croire que les Allemands s'en attribuent la paternité. Elles font beaucoup de lait, mais pas énormément de matière grasse. »

Elle voulait en apprendre davantage sur les sangliers de la forêt. Un jour, elle remarqua que des feuilles mortes avaient été retournées un peu partout.

« On dirait que quelqu'un a ratissé ici, dit-elle.
– Les sangliers.
– Comment est-ce qu'ils sont arrivés jusqu'ici ?
– Ils vivent là.
– À qui sont-ils ?
– À personne. Ils sont sauvages. Tu ne les as jamais vus ?
– Non.
– Tu n'as pas entendu parler des gens qui chassent les cochons sauvages ?
– Bien sûr. Mais c'est la même chose ? »

Elle voulait les voir. Je l'emmenai dans un endroit plus reculé de la forêt. À la lisière d'une petite clairière couverte de fougères, nous nous assîmes sur une souche et nous attendîmes patiemment, en silence.

« Ils viennent ici ?
– Patience. Ne dis rien. »

Elle regardait les arbres, et le ciel au-dessus, et je voyais que ses yeux absorbaient tout, comme s'ils découvraient la forêt

————— En mémoire de la forêt —————

pour la première fois. Quant à moi, je crois que je commençais à la voir et à l'envisager sous un angle différent, pareille à une fleur qui s'épanouissait. L'air était chaud et doux, l'été touchait à sa fin. Filtrés par les grands pins et les grosses branches des chênes, les rayons du soleil mouchetaient le sol. J'avais les yeux rivés sur le palpitement de sa gorge. Elle avait la bouche légèrement ouverte, un sourire très ténu soulevait ses commissures de lèvres. Elle paraissait heureuse, ravie. « Qu'est-ce que c'est ? » murmura-t-elle.

Mon regard suivit le sien. Le long de la clairière, une laie et sa portée traversaient la futaie. Les marcassins avaient leurs soies et ils fourrageaient tout seuls, mais toujours sous la surveillance de leur mère. Comme ils voient mal et que nous étions face au vent, ils continuèrent sans s'inquiéter. À une trentaine de mètres de nous, la laie sentit enfin notre odeur. Elle embarqua alors sa petite famille au petit trot, loin des regards.

Jola trouva le spectacle merveilleux.

« Ils viennent toujours ici ? À cet endroit même ?

– Pas toujours, non.

– Comment savais-tu qu'ils seraient là aujourd'hui ?

– Je l'ai deviné. Il y a eu une tempête hier. Tu n'as pas entendu le vent ?

– Non. Mais quel rapport ?

– Là, ce sont des chênes. Or les sangliers aiment les glands ; ils savent que le vent fait tomber les glands des chênes.

– Ils sont intelligents ?

– Tous les cochons sont intelligents.

– Comment le sais-tu ?

– Qu'ils sont intelligents ?

– Non, que le vent fait tomber les glands et que ça attire les sangliers. »

Je n'étais pas tout à fait certain d'avoir la réponse. Mon grand-père ? Mon père ? Je sais que je m'étais promené là avec les deux. Je me rappelais avoir vu des sangliers quand j'étais petit, et m'être promené seul parmi les arbres qui bruissaient dans le vent léger, comme aujourd'hui. La forêt m'apportait une vraie sérénité, le sentiment d'être chez moi. D'ailleurs c'était ce que j'éprouvais en ce moment même, assis sur cette souche à côté de Jola ; mon coude frôla le sien, je me sentis rassuré, j'y vis une invite. Alors je l'embrassai. Et elle ne fit rien pour m'en empêcher.

Nous continuâmes de nous revoir. Un après-midi chaud et nuageux, les baisers durèrent plus longtemps et se firent plus fougueux. Ses doigts froids déboutonnèrent ma chemise. Mes propres doigts, maladroits et nerveux, se débattirent avec les boutons de son chemisier jusqu'à ce qu'elle dégage ma main délicatement et, ses yeux plongés dans les miens, se déshabille elle-même. Nous avons fait l'amour sur la couverture qu'elle avait apportée dans son panier. Je me souviens qu'après nous avons ri, sans autres raisons que le pur plaisir, le soulagement, le relâchement, le courant d'air frais qui venait apaiser nos corps ruisselants de sueur.

L'été poursuivit son chemin, et nous le nôtre.

Je découvris des choses sur elle, par petits fragments. Elle était capable de jurer comme une charretière. Elle ne savait absolument pas reconnaître les champignons comestibles des vénéneux, elle les ramassait sans distinction. Elle avait une cicatrice sur le ventre, séquelle d'une appendicite opérée en urgence, et une tache de naissance en forme de petite feuille derrière la cuisse droite. Elle avait un derrière magnifique. Elle aimait rire et n'hésitait pas à rire de choses que je disais qui n'étaient pas censées être drôles. Au bout d'un moment, j'y pris goût. Et pourtant, elle avait sa part d'ombre, une mélancolie qui surgissait sans aucun signe avant-coureur, hormis une soudaine immobilité de son corps. Je lui parlais ; elle ne me répondait pas, le regard fixé sur un point à l'infini.

Elle évoquait rarement son premier mariage et son séjour à Varsovie, où elle était partie chercher du travail, sinon pour en parler comme d'une période malheureuse de sa vie. Elle en frémissait encore. Ce mariage, disait-elle, avait été absurde, une erreur. Son premier mari était parti à l'étranger, elle ignorait où. Elle avait alors fui la ville avec son enfant pour retrouver ses parents à Jadowia. Là, elle avait rencontré Skalski et l'avait épousé six mois plus tard. Avec le recul, nos erreurs paraissent tellement évidentes, tellement grossières, que l'on s'étonne encore, longtemps après, de les avoir commises. Jola n'en revenait toujours pas. Mais elle s'était retrouvée piégée chez ses parents avec une petite fille à charge. Skalski avait insisté ; pour elle, il avait représenté une échappatoire. Aujourd'hui ils avaient un enfant, un petit garçon de 1 an et demi. « Parfois, me dit-elle un jour, je me demande si je ne suis pas vouée à faire toutes ces erreurs l'une après l'autre. Si je ne suis pas en train de détruire ma vie méthodiquement. »

Elle me demanda alors si je connaissais Mme Slowik, une vieille femme qui habitait une maison minuscule, un taudis en réalité, à l'est du village, en lisière de champs abandonnés. Elle avait plus de 90 ans et était veuve depuis trente ou quarante ans. Jola lui apportait de la nourriture de temps en temps, surtout en hiver, lorsque la neige s'amoncelait sur les champs et que la vieille dame ne quittait jamais son unique pièce, sauf pour vider son seau de vidange, laissant une traînée de petites traces de pas jusqu'à ses toilettes. Elle restait toute la journée devant son poêle, à mettre des bouts de charbon, à se nourrir de pain trempé dans de la graisse de lard qu'elle faisait fondre dans une casserole noircie.

« Tu te vois finir comme ça ? me dit Jola. Non, tu comprends, les hommes ne se voient pas finir comme ça. Les hommes n'imaginent pas un avenir pareil, même si ce sera le cas. Pourquoi ? Je ne sais pas. Je crois que la plupart des hommes s'en moquent. Je trouve que ce sont des créatures solitaires ; vous êtes tous des créatures, dans ce sens. Je ne dis pas des bêtes. Mais les hommes ont une autonomie animale sur laquelle ils peuvent se reposer. Les hommes peuvent vivre dans des huttes et ils savent comment se débrouiller. S'ils vivent comme ça, c'est juste qu'ils sont excentriques, voire fous, et tout va bien. D'une certaine manière, ils s'occupent d'eux. Même si tu es triste pour eux, c'est différent. Alors que pour une femme, c'est pathétique. Quand je vois Mme Slowik, je trouve ça terrifiant. Elle peut à peine aller chercher son charbon. Ses mains sont noires de suie.

– Et toi, tu te vois finir comme elle ?

– Oui. Ce n'est pas du fatalisme, ni une conclusion inéluctable. Juste une possibilité. Une possibilité propre, peut-être, à toutes les femmes.

– Mais tu as des enfants. »

J'aurais voulu ajouter qu'elle avait un mari. Ou qu'elle m'avait, moi. Mais je ne dis rien.

« Mme Slowik aussi a des enfants, tu sais, rétorqua-t-elle. Trois. Ils sont tous partis – deux au Canada, l'autre dans la marine. Ils ont oublié son existence, ou alors ils s'en foutent. Inutile de leur en vouloir. Elle aimerait beaucoup les revoir et s'ils débarquaient demain, elle serait folle de joie et ne leur demanderait rien. Il ne serait même pas question de pardon, tu comprends ? Elle n'y penserait pas une seule seconde. Et il en irait de même pour moi, d'ailleurs. À sa place, si mes enfants revenaient, je serais surtout désolée de ne pas pouvoir les héberger. Tu vois ce que je veux dire ? J'aurais honte de ne pas m'être lavée depuis deux semaines ou de n'avoir rien à leur offrir à manger. Tu comprends ? Jamais un homme ne serait comme ça. Les hommes se disent que... Eh bien, que c'est la vie. Ils sont plus durs, plus forts. Ils meurent même plus jeunes, non ? Tu vois ? Je crois que c'est une bénédiction pour eux. Quand je vais rendre visite à la vieille Slowik, je le fais parce que je sais qu'elle est dans le besoin, mais aussi parce que je veux apprendre en l'observant.

– Apprendre quoi ?

— En mémoire de la forêt —

— À toujours garder mon charbon près de la porte.
— Quoi ?
— C'est ça, non ? Le sens de la vie, ce à quoi tout se résume au bout du compte. Tes quatre murs, ton petit feu. Toi. »
Là-dessus, elle me fit un grand sourire, comme pour montrer qu'elle plaisantait ; pourtant, quand elle disait ces choses, ce n'était jamais entièrement de la blague. « Du coup, j'essaie de voir comment je préparerai ma propre hutte le moment venu. Je glane quelques idées. » Elle éclata de rire. « Toujours garder son charbon près de la porte. »

C'était là en partie ce que j'aimais chez elle – ce regard sombre sur la vie, cette tristesse, cet humour. Je n'avais jamais entendu des propos pareils : ni chez les filles avec lesquelles j'avais grandi, encore moins chez les garçons, ni chez moi, autour de la table. La dureté qu'elle exprimait se mêlait à une tendresse, en une combinaison que je n'aurais pas pu concevoir auparavant. Je voulais à la fois la protéger contre ce qu'elle redoutait et bénéficier de sa protection, car je savais par instinct qu'une femme qui comprenait le monde en des termes aussi durs ne craindrait rien de ce qui *me* faisait peur, à savoir non pas la déchéance, ni l'avenir, mais l'absence d'une voix forte dans mon oreille. Je n'étais pas obligé de partager sa vision du monde – c'était quelquefois impossible – mais elle représentait toujours un point de vue, ma cloche dans le brouillard.

Je me retrouvais donc, quelques mois plus tard, au début de l'hiver, alors que le vent hurlait dehors, à contempler l'obscurité depuis mon lit et à méditer sur cette saison qui sentait bon le foin coupé, la terre et les aiguilles de pin desséchées au parfum légèrement acide. Allongé à côté de Jola, j'admirais la couleur de sa chevelure et de sa peau, l'harmonie merveilleuse des teintes de la nature, ses cils et ses lèvres, son iris et son front, et la terre au-dessous de nous, la belle symphonie des couleurs sur un bout d'écorce de chêne emmêlé par hasard dans une boucle de ses cheveux noirs. Je ne m'étais pas attendu à tout cela. Comment aurais-je pu deviner qu'il me serait à ce point impossible de m'en séparer ou difficile de plaider l'innocence ?

Powierza m'apporta son rapport comme si j'étais commissaire de police et que je connaissais la marche à suivre. Il avait été tenace et méticuleux. Pendant deux jours, il avait interrogé tous les chauffeurs de bus qui s'arrêtaient sur la place du village. Certains jours, six bus partaient pour Varsovie, d'autres jours cinq seulement. Parfois, la ligne ne fonctionnait pas. Les bus s'arrêtaient toujours quelques minutes, si bien que Powierza avait pu discuter avec les chauffeurs. D'aucuns se montrèrent désagréables et caustiques lorsqu'il leur demanda s'ils se rappelaient qui était monté à bord dans la nuit du 8 décembre ; ils le regardèrent comme s'il les avait sommés de dire quelle était la capitale du Pérou. L'un d'eux lui répondit que dans son bus « une famille de poulets à trois pattes » aurait tout aussi bien pu monter. Powierza n'avait pas trouvé ça drôle. Il avait posé sa grosse main sur le dos du chauffeur, sans violence, mais avec une certaine force, puis, se penchant par-dessus son épaule, lui avait montré une photo de Tomek. « Ce n'est pas un poulet à trois pattes que vous voyez là. C'était mon fils, et aujourd'hui il est mort. Je veux savoir si vous l'avez vu dans ce bus. »

Sans surprise, la plupart des chauffeurs affirmaient n'avoir pas travaillé ce fameux vendredi. Il devait donc aller consulter leurs collègues du vendredi. Puis l'un des chauffeurs lui expliqua qu'ils travaillaient deux jours de suite, puis se reposaient pendant une journée ; la meilleure chose à faire était encore d'aller au dépôt des bus, à Wegrow, de jeter un coup d'œil aux emplois du temps et de voir qui avait été de service ce jour-là. Powierza prit donc le bus en provenance de Varsovie, direction le dépôt de Wegrow. Assis à l'avant, à côté de la porte, il passa les quarante-cinq minutes du trajet à discuter avec le chauffeur, lequel, bien que réticent, l'autorisa à se rendre au garage et au dépôt avec lui. Là, dans un bureau sinistre tapissé de photos de filles nues, il trouva le responsable assis à une table en verre, une tasse de vieux café devant lui. L'homme n'avait pas envie d'être coopératif.

« Mais je l'ai persuadé, m'expliqua Powierza. Il m'a montré les carnets de route. » Cinq bus pour Varsovie étaient passés à Jadowia en ce fameux vendredi de décembre. Powierza nota les noms de chaque chauffeur. Celui du bus arrivé en début d'après-midi s'appelait Rybnik. Il vivait à Wegrow. Powierza marcha jusqu'à son domicile, un appartement situé aux limites de la ville. Il monta au deuxième étage et trouva Rybnik chez lui. Il me le décrivit comme un gringalet, « tout maigre, comme un moineau malade », qui devait paraître plus imposant sur son siège de conducteur que debout sur le seuil de sa porte, pantoufles aux pieds. Il hésita, mais ne s'opposa pas vraiment à ce que Powierza entre chez lui. Il y avait deux petits enfants en train de regarder la télévision ; la femme de Rybnik était manifestement sortie. L'homme éteignit la télévision et demanda aux enfants de quitter la pièce.

« Il avait peur, me raconta Powierza. Tu sais, la plupart des gens ordinaires ont peur quand des personnes bizarres viennent leur poser des questions. Ils ont l'impression que tout le monde appartient au MSW. Je lui ai expliqué que je cherchais mon fils. Je ne voulais pas lui dire que Tomek était mort, ça l'aurait encore plus effrayé. J'ai dit qu'il était parti de la maison, qu'il avait abandonné sa femme et son bébé, et j'essayais de savoir où il était. Ils vivaient chez moi, je m'étais disputé avec lui, c'était de ma faute, et il fallait absolument que je le retrouve. Je lui ai demandé si ça l'embêtait qu'on boive un coup et s'il pouvait aller nous chercher deux verres. »

Ils burent un coup. En général, les hommes du MSW ne buvaient pas pendant leurs interrogatoires, et Rybnik se détendit un peu. Ils parlèrent de la pluie et du beau temps, des prix qui grimpaient, des salaires misérables et injustes des chauffeurs de bus, des difficultés que rencontraient les paysans. Au bout d'un moment, Powierza lui montra la photo de Tomek. Rybnik la regarda pendant de longues secondes, puis la lui rendit. La photo, il est vrai, n'était pas très fidèle. «Je ne pourrais pas vous dire, répondit le chauffeur. Je ne reconnais pas ce visage.»

Powierza décrivit son fils : mince, blond, les yeux bleus, un jean, un blouson vert.

«Il a dû monter dans votre bus à Jadowia. Pour descendre à Varsovie, sans doute.

– Un blouson vert... Un blouson vert un peu brillant ?

– En nylon. Oui, donc brillant, j'imagine. Le genre de blouson qu'on achète à la ville.

– Il est maigre ?

– Oui.

– Montrez-moi encore la photo.»

Il l'étudia de nouveau et dit :

«Je me souviens peut-être de lui.

– Dans votre bus pour Varsovie ?

– Oui. Mais il n'est pas allé jusqu'à Varsovie.

– Ah bon ?

– C'est pour ça que je m'en souviens. Il voulait descendre de ce côté-ci de la rivière, à Anin, là où la route bifurque et part vers le pont Poniatowski. Il y a un feu rouge à cet endroit, et je dois tourner à gauche. Après, il n'y a pas d'arrêt sur trois cent cinquante mètres – c'est une grosse route. Or il voulait descendre là. Il m'a demandé de le laisser sortir. Mais c'est interdit par le règlement, vous comprenez. On n'a pas le droit de laisser un passager au milieu d'une intersection. Il aurait dû descendre à l'arrêt d'avant. Si je laisse quelqu'un sortir à cet endroit, on me retire mon permis. Alors j'ai refusé et je lui ai demandé d'attendre. Je comprends pourquoi votre fils est un vrai problème, monsieur Powierza. Il cherche les ennuis.

– C'est-à-dire ?

— En mémoire de la forêt —

– Il s'est avancé, s'est mis juste à côté de moi et a appuyé sur l'ouverture de secours. Comme ça. La porte s'est ouverte et il a sauté dehors pendant que j'attendais au feu rouge. Il s'est retourné vers moi et m'a dit : "Encore merci !" Si j'avais vu un policier à ce moment-là, j'aurais arrêté mon bus et je l'aurais fait verbaliser sur place. Oui, je me souviens de lui. Le blouson vert. Ça pourrait être votre fils ? »

Depuis ma visite à Jola et à la clinique, je n'avais composé aucun des numéros de téléphone que Powierza avait retrouvés dans les affaires de Tomek. Lorsqu'il m'eut raconté son entretien avec le chauffeur de bus, je me rendis au bureau de poste pour passer des coups de fil. Le numéro que j'avais essayé auparavant sonna de nouveau, lointain et saccadé, mais toujours dans le vide. Un autre numéro ne donna, lui, aucune sonnerie, malgré trois tentatives. Je jetai alors mon dévolu sur la deuxième carte de visite.

« Allô ? répondit une voix féminine.

– Bonjour, je vous appelle au sujet de Tomek Powierza. »

Je m'aperçus alors que je ne savais ni ce que je cherchais, ni quoi demander au juste.

« Qui ça ?

– Je vous appelle au sujet de Tomek Powierza.

– Vous devez vous tromper de numéro.

– Non, attendez, une seconde... »

La femme semblait impatiente, j'avais peur qu'elle raccroche.

« Est-ce que quelqu'un autour de vous connaît Tomek Powierza ? repris-je.

– Un instant. »

J'entendis des voix dans le fond, puis plus rien, comme si la femme avait placé sa main sur le combiné. Au bout de quelques minutes, une voix d'homme se fit entendre.

« Allô ? dit la voix. C'est Jablonski ?

– Jablonski ? Non, j'appelle au sujet de Tomek Powierza. »

Il s'éloigna du téléphone et je l'entendis demander : « Qui est-ce ? » Mais aucune réponse ne vint. Il s'adressa à moi. « Qui est à l'appareil ? »

Je lui donnai mon nom.

« Je cherche quelqu'un qui connaît Tomek Powierza. Est-ce qu'il travaille pour vous ?

– Vous vous êtes trompé de numéro, mon vieux. »

Et il raccrocha.

4

Le grand-père de Leszek aimait à considérer certains des champs de la ferme comme les siens, et quand il le pouvait, il préférait les travailler à sa manière. Leszek, lui, se contentait de les maintenir à l'état de pâturages. Quelques-uns se résumaient à d'étroites bandes plantées de céréales fourragères, un mélange d'orge, de seigle et d'avoine qui fournissait de quoi nourrir les bêtes en hiver. Le vieux labourait avec le cheval et coupait le foin à la faux, même s'il déléguait à Leszek quand « le jeune homme », comme il l'appelait parfois, était pressé. « Vas-y, alors », lui disait-il d'un air indifférent, comme s'il avait d'autres tâches importantes à faire. Il le laissait couper le foin avec la faucheuse et le regardait terminer le travail en vitesse, en manœuvrant le tracteur avec une indéniable habileté. Mais le grand-père choisissait toujours d'aller seul aux champs, la faux à l'épaule et la lime à aiguiser dans sa poche. Il parvenait peut-être à faucher un quart du champ, jusqu'à ce que Leszek arrive pour finir le travail, avec sa machine qui dévorait le terrain par bandes de deux mètres, en deux heures de temps, l'après-midi, juste avant la traite. Les herbes hautes tombaient sous la faucheuse comme un océan calmé par magie, mais le grand-père de Leszek n'en tirait aucune satisfaction. La faux coupait et envoyait le foin d'une manière qui lui convenait beaucoup mieux – plus lentement, certes, mais si le travail était bien fait, le foin, projeté par vagues irrégulières, séchait plus uniformément, comme son père et son grand-père le lui avaient appris. Pour lui, les vieilles méthodes étaient en harmonie avec les saisons, le soleil, le climat. Il savait qu'elles étaient moins efficaces ; mais elles avaient un avantage : elles étaient solitaires.

Être seul, c'était suivre ce qu'il considérait être la pente naturelle de sa vie. La plupart des hommes de son âge, ceux du village et des fermes environnantes, étaient arrivés d'ailleurs, et il n'avait jamais été proche d'eux. Sa propre famille habitait cette terre depuis si longtemps que personne ne savait avec exactitude quand elle s'y était installée. Les registres de mariage ou de naissance, conservés dans un vieux coffre en cuir tout craquelé, remontaient cent cinquante ans en arrière, puis devenaient muets. Sur ces documents desséchés, aux plis péniblement maintenus par des cordelettes qui se délitaient à chaque manipulation, l'encre effacée semblait lui parler. Pour Leszek en revanche, les caractères cyrilliques de l'ancienne administration russe étaient inintelligibles. À l'époque, lui expliquait souvent son grand-père, cette terre appartenait au comte Zamojski, dont le domaine s'étendait, vers l'est, aussi loin que les premières régions couvertes par les cavaliers de Lvov, et au nord presque jusqu'à la Lituanie. Le nom cité sur le document, et qu'il parvenait sans peine à déchiffrer, était celui de Zygmunt Maleszewski, son arrière-grand-père, dont il avait hérité le prénom.

Quatre générations plus tard, en tant que plus âgé des Maleszewski encore en vie, il était dépositaire d'une histoire, quand les autres étaient incapables d'en voir une au-delà de leur propre époque, de leur arrivée dans la région. Il se considérait relié à la terre et à la forêt par le sang de ses ancêtres. Combien pouvaient en dire autant ? Quelques-uns seulement. Un ou deux hommes. Quelques rares veuves, femmes abandonnées à leur sort depuis des années, des décennies, abîmées par le temps et vivant à l'étroit. Les fermes et les champs qu'elles possédaient jadis avec leur mari avaient disparu, comme leurs familles, comme leurs enfants, remplacés par des gens sans passé, venus d'ailleurs, issus de familles inconnues, dénués de tout sens des responsabilités, de tout sentiment d'appartenance. Ce n'était pas une question de statut, au sens strict, ni de naissance. Sa propre famille n'avait jamais appartenu à la noblesse – loin de là. La *gentry*, à la rigueur. Ça ne voulait plus rien dire mais c'était l'assurance d'un certain sens de l'ordre, d'un monde de responsabilités et de devoirs – la responsabilité de la collectivité à l'égard de l'individu et vice versa. Ou alors l'inverse ? Il ne savait plus très bien. L'essentiel était de faire partie d'une histoire attachée à un morceau de terre, avec ses creux et ses hauteurs, ses immenses chênes solitaires et ses forêts muettes, ses batailles perdues ou gagnées, ses silences et ses secrets.

★
★ ★

Comme d'habitude, il était debout et dehors avant tout le monde, en train de prédire le temps qu'il ferait sur la seule foi du jour qui se levait à peine. Avec un bruit de vieux os qui craquent, les dents jaunies de la jument broyaient la carotte qu'il avait sortie de sa poche. Rien de plus doux, se dit-il, que les naseaux d'un cheval. Tandis qu'un vol de corbeaux quittait la forêt en bordure du village à grand renfort de croassements rauques, il harnacha Star à la charrette et la mena au-delà de la barrière en l'écoutant lâcher des vents. Les pneus de la charrette ralentirent sur les ornières sableuses du chemin forestier mais Star, robuste en dépit du froid matinal, luttait sans se plaindre. Après huit cents mètres dans la forêt, le chemin devenait plus stable et serpentait à travers une trouée de champs. Grand-père se pencha sur le siège de la charrette, le menton en avant, les rênes dans les mains.

Toute la matinée, il chargea des bûches de pin en les empilant de manière à ce qu'elles tapissent entièrement le plateau étroit de la charrette. Il procéda avec lenteur, sans jamais surestimer sa force. Il aurait pu achever l'opération en moins d'une demi-heure, mais il n'avait aucune raison de se hâter. Le soleil transperça le tapis moelleux des nuages, puis se retira de nouveau. Il faisait frais, il n'y avait pas de vent, et l'orée des bois bruissait des dernières feuilles tombées des chênes. Une fois la charrette remplie, il s'assit sur la surface molle d'un des pneus. Il tira un quignon de pain de sa poche et, les yeux rivés sur la forêt, le mangea lentement, morceau après morceau. Puis, de sous le siège, il sortit une botte de foin qu'il laissa tomber par terre, pour la jument. À l'arrière de la charrette, il passa un bras à l'intérieur d'un creux situé sous les bûches entassées et, tout en les retenant de l'autre main, tira jusqu'à ce qu'un poids cède et glisse jusqu'à lui. Une dalle de pierre émergea, gris-vert, plate, partiellement recouverte par un sac en jute. Il la maintint quelques instants en équilibre sur le rebord du plateau et la hissa sur son épaule.

Sans s'arrêter en chemin, il la transporta sur quatre cents bons mètres dans les bois avant de faire une halte à côté d'un arbre et de poser la dalle contre le tronc, en équilibre sur son épaule. Lorsqu'il eut repris son souffle, vacillant sous le poids, il suivit une petite crête et se reposa encore, à l'affût du sifflement dans ses poumons. Il renouvela l'opération deux fois avant d'atteindre, enfin, un lieu de la forêt où le sol s'abaissait pour former une vaste dépression dont le centre était marqué par un creux de trois mètres de large, tapissé de feuilles mortes en son fond.

Il s'agenouilla au bord de ce creux, s'inclina comme pour saluer, puis fit coulisser la dalle de son épaule jusqu'à ses bras. Il la déposa délicatement par terre, descendit à reculons dans le creux et laissa la dalle glisser derrière lui. Il balaya les feuilles sur quelques centimètres carrés, posa la pierre, puis l'ensevelit de nouveau sous les feuilles mortes.

Il se releva et regarda autour de lui. Tout était très calme. Avec son pied, il foula le tapis de feuilles à plusieurs endroits pour tâter le rebord en pente du creux et sentit plusieurs autres pierres sous sa semelle. Il déplaça de nouvelles feuilles mortes sur la dalle qu'il venait de poser, si bien qu'aucun signe de passage n'était visible. Il grimpa hors du creux, qui semblait n'avoir été effleuré que par le vent. Il recula, en prenant soin d'effacer les traces là où il s'était agenouillé et avait laissé tomber la pierre, et vérifia que ses pas n'avaient pas laissé d'empreintes. Satisfait, il repartit à travers la forêt pour retrouver sa jument et le chargement de bûches qui l'attendaient.

Le père Tadeusz regardait par la fenêtre du bureau du presbytère lorsqu'il vit le père Jerzy se précipiter dans le bâtiment du catéchisme, de l'autre côté de la rue, suivi par plusieurs hommes qui entrèrent l'un après l'autre. Même si un ou deux d'entre eux ne lui étaient pas inconnus, le père Tadeusz, comme d'habitude, fut incapable de mettre un nom sur leurs visages. Sauf un : Aleksander Twerpicz, le grand maigre au regard fuyant qui avait créé la section locale du Comité citoyen et dont les activités publiques étaient tout de même remontées à ses oreilles. Car le Comité citoyen représentait la nouvelle donne politique, la voix de la délivrance après de longues années de maturation. Qu'était donc en train de manigancer le père Jerzy ?

Le père Tadeusz se demanda s'il devait intervenir. À contrecœur, il finit par se décider.

Il attendit jusqu'au soir, après son dîner composé de soupe, de pain grillé et de fromage. Jadwiga était partie. Dans le presbytère, le calme régnait. La seule lumière à la ronde, parmi les dix-huit pièces du bâtiment, provenait de la lampe de sa chambre. Comme souvent lorsqu'il était plongé dans une intense réflexion, le père Tadeusz arpenta les couloirs sombres. Tantôt il s'arrêtait, silencieux, immobile, et recommençait à faire les cent pas ; tantôt il entrait dans une chambre ou une salle de réunion, allait jusqu'à la fenêtre et observait, entre les rideaux tirés, la faible animation nocturne au-dehors. Il vit rarement plus d'une âme circuler. Une femme vêtue d'une grosse parka en nylon marcha d'un pas pressé, serrant contre elle un sac de nourriture achetée à l'épicerie. Un homme seul s'éloigna de l'arrêt de bus en titubant. Un des chiens errants courtauds qui hantaient le village passa en trottinant. Le père Tadeusz les aimait bien, ces chiens, vilaines créatures issues de croisements improbables, comme d'un berger allemand avec un teckel : courtauds, au poil épais, et rusés. Ils donnaient l'impression d'avoir un but, de se déplacer pour accomplir une tâche bien précise, comme s'ils avaient une mission à remplir, une affaire à mener. Il se demanda même pourquoi il n'avait jamais eu de chien. Bien qu'à sa connaissance aucune interdiction ne frappât la compagnie d'un chien, il semblait convenu que les prêtres ne devaient posséder ni chien ni animal d'aucune sorte. Ils devaient déjà mener le troupeau des hommes, après tout.

Il n'interrogea pas le père Jerzy ce soir-là. Il préféra attendre et voir si ce dernier viendrait vers lui, ce qui, bien entendu, ne se produisit pas. Mais le lendemain après-midi, en marchant de la porte latérale de l'église jusqu'au presbytère, il aperçut le père Jerzy debout sur le trottoir d'en face, en train de bavarder avec Twerpicz. À cette distance, Jerzy formait une silhouette noire immense au-dessus de Twerpicz, lequel, par contraste, ressemblait à un morceau de tuyau rouillé dans un pantalon en toile sale, son cou maigre dépassant d'un blouson marron taché. Le père Tadeusz se demanda si Twerpicz n'était pas plombier, tant il semblait à son aise dans des espaces exigus et truffés d'obstacles compliqués. Il remarqua aussi que le père Jerzy parlait et que Twerpicz écoutait.

Dans la soirée, après le dîner, il traversa la rue et frappa à la porte du jeune prêtre.

« Entrez. Je vous attendais. »

Il eut aussitôt l'impression que les choses s'engageaient mal. Le père Jerzy tenait la porte entrouverte, vêtu d'un tee-shirt des Cleveland Indians. Le père Tadeusz l'avait déjà vu avec un autre tee-shirt, des New York Mets cette fois. Sur un des murs

En mémoire de la forêt

était accroché un portrait du pape, et sur un autre une photo de Ronald Reagan découpée dans un magazine.

« Pourquoi m'attendiez-vous ?

– Je suis sûr que vous n'avez pas approuvé mon message sur l'avortement pendant les vêpres, vendredi. Vous aviez l'air mal à l'aise. Donc j'imagine que vous êtes venu me voir pour m'inviter à... un peu plus de retenue. Je me trompe ?

– Oh ! non, je n'ai rien à objecter à votre message. Disons qu'il était peut-être un peu cru. »

Il se souvenait en effet de la tirade sur « les chairs vivantes imbibées de sang et de membranes dans les poubelles des hôpitaux », mais ne voulut pas lui faire l'honneur de le citer. Lui-même était hostile à l'avortement, bien entendu, mais il n'aimait pas du tout le tour obsessionnel et macabre que la question prenait depuis quelque temps.

« On pourrait peut-être envisager des messages plus positifs.

– Quoi de plus positif que de mettre fin au meurtre d'êtres vivants ? »

Le père Tadeusz n'avait pas envie d'être entraîné vers une confrontation verbale. Une approche plus douce s'imposait.

« Vous avez raison, dit-il. Je me demande simplement s'il ne serait pas temps de revenir à une certaine normalité, à un esprit constructif. Les gens ont été assez secoués comme ça depuis quarante ans.

– Une certaine normalité ? »

Le père Jerzy s'enfonça dans son confortable fauteuil, les mains posées sur les accoudoirs. « Un esprit constructif ? Est-ce que vous trouvez normal et constructif que des fœtus soient jetés dans les incinérateurs de l'hôpital de Wegrow ? »

Le père Tadeusz secoua la tête. Non, se dit-il, le débat ne se situait pas là. D'ailleurs, il n'en sortirait pas vainqueur.

« Bien sûr que c'est horrible. Mais allez-y, dites tout ce que vous voulez sur l'avortement. Je n'ai aucune objection.

– Heureux de vous l'entendre dire, mon père.

– En revanche, je me demande s'il ne vaudrait pas la peine d'aborder aussi des questions quotidiennes. Est-il normal, par exemple, que les gens ne sachent plus travailler ? »

Le père Jerzy ouvrit la bouche pour répondre. Tadeusz leva la main.

« Il faut que les gens commencent à faire des choses par eux-mêmes, qu'ils prennent des initiatives. Ce village a besoin d'un tas de choses. Les gens sont pauvres, ici.

– Les *Polonais* sont pauvres. Pauvres parce que les communistes les ont volés pendant quarante ans. Ils ont détruit l'Église, encouragé l'effondrement de la famille, envoyé des Juifs bolcheviques et des tyrans staliniens afin qu'ils dirigent nos vies et suppriment la religion dans les écoles. »

Le jeune prêtre parlait comme s'il récitait un tract ou le discours fanatisé d'un bateleur. Le père Tadeusz se rendit compte qu'il ne lui avait pas prêté grande attention depuis qu'il était arrivé, six mois plus tôt, avec sa valise et ses cartons de livres. Au début, ils n'avaient abordé que des questions pratiques – les emplois du temps, le quotidien de la paroisse. Une semaine plus tard, lorsque le père Jerzy avait annoncé qu'il préférait loger dans la chambre de l'école, en face du presbytère, le père Tadeusz y avait perçu un signe implicite d'indépendance, voire de rejet, mais il avait décidé de ne pas se formaliser.

« On ne va pas continuer à les laisser s'en tirer comme ça, dit le père Jerzy, rompant le silence.

– Qui donc ?

– Les anciennes classes dirigeantes.

– Quelles anciennes classes dirigeantes ?

– Celles qui avaient la main sur tout.

– Parce qu'elles s'en tirent bien ? J'ai plutôt l'impression qu'elles sont condamnées.

– Serait-il possible que vous soyez naïf, mon père ? »

——— En mémoire de la forêt ———

Le père Tadeusz se tut quelques instants. Il réfléchit sérieusement à la question, mais sans grande envie d'y répondre. « Oh ! oui, il se peut que je sois naïf, finit-il par dire. Néanmoins, je crois que leur heure est passée.

– Si seulement c'était aussi simple... Vous devez savoir que ces gens-là sont en train d'ourdir leurs complots. Ils n'ont fait que changer le nom du parti et leur visage. Ils cherchent à se recaser pendant qu'il est encore temps. Ils conspirent pour préparer leur retour. Mais on doit les en empêcher. On *va* les en empêcher, d'ailleurs, et dévoiler leurs secrets et leurs crimes. »

Encore une fois, le père Tadeusz crut entendre un discours.

« J'imagine, dit-il, que leurs secrets seraient une perte de temps. Leurs crimes ont pour noms incompétence et bêtise. Je crois qu'il vaut encore mieux les oublier.

– Des avorteurs et des athées ! Ils ont détruit le tissu social ! Ils doivent payer.

– Mais comment ? Vous n'allez pas faire un procès à Lénine ou à vos professeurs, si ?

– Dommage pour Lénine, en effet, répondit l'autre avec un sourire. Non, il faudra punir les coupables.

– Qui, par exemple ?

– Les responsables. Ceux qui tenaient tout le système. »

Le père Tadeusz sentit monter en lui une envie inhabituelle d'en découdre ; il la contint aussitôt. En face de lui le jeune prêtre se laissa aller dans son fauteuil, détendu, manifestement content de lui. Il avait un visage pâle et lisse, comme de la pâte. Le père Tadeusz, lui, se sentait lourd sur son siège. Il n'avait posé aucune question sur Twerpicz, ni sur les réunions dans la chambre du père Jerzy, mais maintenant il connaissait la réponse.

« Et donc, dit-il, par où comptez-vous commencer ?

– Mais ici. Dès maintenant.

– Avec qui ?

– Le *naczelnik*, par exemple.

– Qui est le *naczelnik* ? »

Le père Tadeusz se rendit compte qu'il venait de trahir son désintérêt à l'égard de ce village – encore une faiblesse exposée au grand jour. Il avait rencontré le *naczelnik*, évidemment, mais il était incapable de se rappeler son nom. Il s'aperçut aussi que le père Jerzy avait déjà beaucoup manœuvré, qu'il était en réalité très en avance sur lui.

« Il s'appelle Farby.

– Ah ! oui, Farby. »

Il s'en souvenait : le gros de la mairie, avec ses bajoues toujours rougies par le feu du rasoir.

« Un petit bureaucrate.

– Oui, un bureaucrate. Et un possible criminel.

– Oui, il a sans doute dû accepter des pots-de-vin. Mais comme tout le monde à l'époque.

– Peut-être un peu plus que ça.

– Ah oui ?

– Je crois que tout le monde a constaté une augmentation de la criminalité. Vous-même, vous avez administré les sacrements à la victime d'un meurtre. »

Le père Tadeusz lui lança un regard surpris.

« Ils étaient peut-être bêtes, répondit-il. Ils ont peut-être reçu des pots-de-vin. Mais à mon avis ce ne sont pas des assassins. »

Le père Jerzy le fixait, impassible. « Il vaut mieux que je n'en dise pas plus. Sinon pour vous rappeler, bien entendu, que votre aide, voire votre aval, seraient les bienvenus. » Un petit sourire se dessina sur ses lèvres, aussi tranchant qu'une lame effilée.

Le père Tadeusz se détourna pour considérer un des coins de la pièce, là où le mur rencontrait le plafond. Son regard fut accroché par une tache brune, séquelle d'une fuite d'eau, qui ressemblait à une carte ancienne. Lorsqu'il revint vers le jeune prêtre, ce dernier avait toujours les yeux rivés sur lui.

Alors il prit congé. Il referma délicatement dans son dos, tirant la porte vétuste jusqu'à ce que la clenche se referme. D'un

―――― En mémoire de la forêt ――――

pas lent, il partit sur le chemin boueux qui menait au presbytère et regagna sa chambre, où il éteignit la lumière et s'assit au bord de son lit, dans le noir. Il revit la tête ronde du père Jerzy lui disant : « Il vaut mieux que je n'en dise pas plus. » Bien sûr qu'il en dirait plus. Rien ne pourrait l'arrêter.

Staszek Powierza poussa le portail de la vieille clôture qui s'affaissait devant la maison de Krupik. La voiture du policier, maculée de boue, se trouvant dans l'allée, Powierza sut que ce dernier était chez lui, même si personne ne répondit à ses coups à la porte. Il fit alors le tour de la maison, l'une des plus anciennes du village, qui avait hébergé des générations entières de policiers. Powierza ne se rappelait plus quand Krupik, venant d'un autre village et d'un autre métier, avait pris ses fonctions à Jadowia, mais cela devait remonter à cinq ou six ans. Les fenêtres de la maison, écrasées par les années, étaient de guingois. À son approche, une douzaine de poulets crasseux s'égaillèrent sur la boue compacte du jardin. Derrière la maison se trouvaient deux annexes, une remise et une petite grange, dont les planches très usées se couvraient, depuis la base, d'un tapis de mousse verte. Une voix sourde se fit entendre. Une porte branlante était entrouverte.

« Krupik ?
– Saloperie ! Fils de pute ! Qui est-ce ? »
La grange était plongée dans le noir, à l'exception du faible rai de lumière filtré par une fenêtre sale à l'autre extrémité. Powierza ne parvint pas à localiser la voix parmi le bric-à-brac d'outils de jardinage, de cartons, de vieux pneus et de ferraille. Puis il distingua la silhouette trapue de Krupik, vêtu de son manteau noir. Il tenait une pelle dans chaque main.

« C'est moi. Powierza.
– Oui ? Qu'est-ce que vous voulez ? »
Krupik se tourna et jeta un regard furieux vers la base de la paroi. Le champ de vision de Powierza se trouvant réduit par le

désordre et la pénombre, il ne voyait pas ce qui rendait Krupik aussi fou de colère.

« Une seconde ! fit ce dernier. J'arrive. »

Powierza ressortit et alluma une cigarette. Les poulets picoraient autour de la clôture. Les branches dénudées d'un vieux poirier ruisselaient de brume. Certaines des vitres à l'arrière de la maison avaient été remplacées par du carton. Un filet d'eau de vaisselle coulait sur le sol, entre la remise à charbon et la porte de derrière, charriant des pelures d'oranges flétries. Pendant une seconde, il aperçut le visage blême de Mme Krupik derrière une des fenêtres. Puis il entendit Krupik sortir de la grange.

« Nom de Dieu...

– J'espère que je ne vous dérange pas, s'excusa Powierza sur un ton conciliant, bien qu'il ne fît pas grand cas de l'emploi du temps de Krupik.

– Non. Qu'est-ce que vous voulez ? »

Powierza sentit dans cette phrase l'expression d'une angoisse de bureaucrate, comme une demande de paperasse, la malédiction de l'officiel à moitié illettré.

« Vous avez du nouveau ? »

Krupik lui lança un regard perplexe. Comment ça, du nouveau ? semblaient dire ses lèvres. Puis il se ressaisit.

« Non, rien de nouveau. » Sa mine crispée retrouvait peu à peu sa rondeur habituelle.

« Rien de plus. Malheureusement, rien du tout.

– J'ai découvert que Tomek est allé à Varsovie ce matin-là.

– Quel matin ?

– Le matin de la veille. Avant qu'on le retrouve.

– Je vois. Eh bien, je le noterai.

– Vous le noterez ?

– Dans mon rapport. »

Krupik paraissait concentré sur le bouton de la poche de veste de Powierza, comme s'il scrutait le ciel. Powierza mit la main dans sa poche et lui offrit une cigarette ; le policier accepta sans un mot.

« Est-ce que vous suivez d'autres pistes ?

– Tout est passé en revue, monsieur Powierza.

– Vous saviez qu'il était allé à Varsovie ?

– Oui, vous venez de me le dire. On peut peut-être demander à Varsovie de chercher de leur côté. »

Powierza toisa Krupik et le regarda fixement, sans rien dire.

« Nom de Dieu, Powierza. Je suis vraiment désolé, mais je vous ai déjà expliqué que je ne pouvais pas aller interroger les passants de Varsovie.

– Est-ce que vous savez si Tomek travaillait pour Jablonski ?

– Jablonski ? Je n'en ai jamais entendu parler, non. Pourquoi est-ce que vous ne posez pas la question directement à Jablonski ?

– Pourquoi pas vous ?

– Si M. Jablonski veut me parler, j'irai le voir. »

Sur ce, Krupik s'en retourna vers la grange. Il fit deux pas et se retourna. « La prochaine fois que je vois Jablonski, je lui en parle, d'accord ? » Il tira sur sa cigarette. « Je ne sais pas si ça changera grand-chose. En attendant, venez voir ça. Quelque chose s'est introduit ici et a creusé un trou en plein dans les fondations, à travers la pierre. »

Il fit signe à Powierza de le suivre à l'arrière de la grange. De grandes herbes mortes avaient été foulées. Au centre de la paroi, à sa base, il y avait un trou peu profond et plusieurs pierres de fondations jetées çà et là par terre. Les planches de la partie supérieure de la paroi, usées et couvertes de mousse, étaient intactes.

« Qui a pu faire une chose pareille ? demanda Krupik. Une bête ?

– Des objets ont disparu ?

– Non. Il n'y a rien à voler là-dedans. Et même pour ça, il suffit de passer par la porte, elle n'est jamais fermée à clé. »

Krupik étudia le trou et toucha, du bout du pied, quelques pierres. « Est-ce qu'un chien aurait pu faire ça ? »

Powierza examina les petites mottes de terre qui constellaient l'herbe juste à côté. Deux de ces mottes portaient la trace distincte d'un coup de pelle.

« Pour moi ce n'est pas un chien qui a fait ça, dit-il. Je vois plutôt des coups de pelle. Peut-être que quelqu'un cherche à faire s'écrouler votre grange. Des gamins ?
– Pourquoi ne pas y mettre le feu, tout simplement ? Pourquoi s'embêter à sortir les pierres des fondations ? »
Mais Powierza se moquait éperdument de la grange de Krupik. Il laissa donc le policier, la lèvre pendante, contempler tout seul ses pierres arrachées. La vue de cette terre retournée lui donna un haut-le-cœur. Il s'était rendu sur la tombe de Tomek à deux reprises depuis l'enterrement, la deuxième fois avec une pelle, pour arranger le travail des fossoyeurs, qui s'y étaient pris avec la même négligence que des cantonniers de village. Il avait râtelé une à une les mottes clairsemées afin de niveler la terre sous laquelle reposait son unique fils. Sa femme aussi avait fait le déplacement, mais seule, avec des fleurs achetées au village, deux lis en forme de trompettes, qui avaient gelé et s'étaient affaissés sur la terre brune. Maintenant que ses filles étaient reparties chez elles, Hania Powierza semblait s'être retirée dans les ténèbres de la maison.

Debout avec sa pelle devant la tombe de Tomek, Powierza n'avait pu penser qu'au silence, au poids et à l'obscurité que l'on devait éprouver sous terre. Les enterrements, les cimetières, les commémorations funéraires – jusqu'à présent, tout ce folklore ne l'avait jamais ému, et il s'était souvent interrogé sur son inaptitude au chagrin. Que serait devenu Tomek s'il avait vécu ? Powierza avait décrété que son fils serait revenu à la ferme – qu'il était même déjà sur le chemin du retour. Il n'avait fait que courir le monde, comme tous les jeunes. Il aurait fini par se marier et avoir des enfants portant son nom. Powierza, comme tout un chacun, avait du mal à accepter que sa famille puisse être frappée par la tragédie. Au pire, il aurait pu imaginer

— et encore, si un tel drame était possible — Tomek tué dans un accident de voiture, avec des voitures de police arrivant chez lui pour annoncer la mauvaise nouvelle. Ç'avait d'ailleurs été sa première intuition lorsque Krupik était arrivé en disant qu'il y avait eu un «accident». Son cri de révolte, il l'avait poussé en imaginant la voiture fracassée, la civière ensanglantée, les paysans et les camionneurs en train de fumer une cigarette sur le bas-côté d'une route mouillée pendant que les voitures avançaient au ralenti. Il n'avait pas compris la phrase de Krupik; et il ne comprenait toujours pas pourquoi le corps de Tomek gisait sous cette terre fraîchement remuée. De même, il ne pouvait s'empêcher de penser que certaines personnes savaient la vérité mais ne voulaient rien lui dire.

Il rentra chez lui en passant par le centre du village. C'était le milieu de la matinée. Devant le magasin qui vendait du pain et de la vodka, il retrouva l'éternelle foule des pochards; ils se retournèrent tous, comme s'il portait sur sa figure la marque de la tragédie. Il les regarda un instant; au moment où l'un d'eux le salua de la main, il préféra l'ignorer. Même s'il savait que les effectifs changeaient constamment au cours d'une même journée, ces hommes semblaient ne jamais bouger, comme si quelque règle secrète obligeait à une présence minimale en cet endroit à toute heure. Naturellement, il n'y avait là que des hommes, tant le niveau d'obscénité et d'alcoolisme décourageait la moindre présence féminine. Powierza entendit quelqu'un courir dans son dos : c'était Andrzej, le plombier. Ils se serrèrent la main.

«Du nouveau? demanda Andrzej.
— Sur l'enquête? Non.
— Ils ne trouveront jamais rien, fit Andrzej en le rejoignant. Comme d'habitude.
— C'est vrai.
— Bizarre. Et votre femme? Comment va-t-elle?
— Elle se remettra.»

Le car de Varsovie déboula au coin de la rue, lâchant un panache de fumée noire.

« La pompe que j'ai réparée chez vous l'été dernier, elle marche bien ?

– Oui, merci.

– Bien. Je me demandais... Est-ce que vous avez discuté avec Karol, le vétérinaire ?

– Non. Pourquoi ?

– Je l'ai entendu dire des choses l'autre jour.

– Quoi donc ?

– Je ne suis pas sûr d'avoir tout compris. Comme quoi lui aussi aurait entendu certaines choses. Il voit du monde, vous savez. Il est intelligent, malgré son penchant pour la bouteille. Très intelligent. Certains hommes intelligents sont comme ça. Surtout dans un village comme le nôtre. C'est leur manière de survivre.

– D'accord, Andrzej. Qu'est-ce qu'il a dit ?

– Je n'en suis pas sûr, mais il a parlé de camions. Des camions russes, peut-être.

– Oui ?

– Quelqu'un les voit régulièrement, ces camions. Je ne sais pas quand. Mais quelqu'un les a vus, peut-être plusieurs fois, sur l'ancienne route de la carrière, près de la distillerie. La nuit, je crois me souvenir. Enfin, vous connaissez Karol... Parfois c'est difficile de le comprendre. N'empêche qu'il entend des choses.

– La route de la carrière ? Mais il n'y a rien, là-bas, si ? »

Il s'agissait d'une petite carrière, qui fournissait autrefois du gravier pour les routes. Elle était désaffectée depuis vingt ans.

« Il y a la distillerie pas loin.

– La distillerie ? »

Au cours du silence qui suivit, Powierza sentit le regard d'Andrzej sur lui. Ce dernier haussa les épaules.

« Je ne sais pas... Je sais juste que là où votre fils, euh... est décédé... Eh bien, cet endroit n'est pas loin de la distillerie.

Et même tout près. J'ai simplement entendu parler de ça, donc je me suis dit que...
– Merci. »

Andrzej recula en traînant les pieds.

« Bien... J'ai du travail qui m'attend.

– Est-ce que mon gamin travaillait pour Jablonski ? »

Le plombier fourra ses mains dans ses poches et voûta les épaules pour se protéger du vent froid qui s'était levé soudain.

« Je ne saurais pas trop vous dire exactement.

– Comment ça ?

– Je l'ai vu une fois là-bas. Je réparais la chaudière. À la coopérative agricole. Je l'ai juste vu là-bas.

– Que faisait-il ?

– Rien. Il avait l'air d'attendre. Peut-être de discuter avec quelqu'un. Mais c'était il y a un petit bout de temps, déjà. Ce jour-là je ne lui ai pas parlé. »

Les rencontres entre Jablonski et Powierza étaient rares et brèves, car celui-ci mettait un point d'honneur à éviter autant que possible les notables du village ou des environs. À ses yeux, les gardiens des intérêts de l'État brillaient surtout par leur absence dans les moments importants et leur inefficacité face aux besoins de la population. Ils n'arrivaient même pas à installer des toilettes publiques sur la place, qui épargneraient aux femmes et aux enfants le spectacle des ivrognes locaux pissant contre les arbres les jours de marché. Son point de vue rejoignait l'opinion communément admise selon laquelle seul un lèche-bottes ou un attardé mental – voire les deux à la fois – pouvait occuper un poste exigeant d'appartenir au parti communiste. Sa propre arrestation, des années plus tôt, pour avoir coupé du bois sur ses terres, n'avait été due ni à une campagne officielle contre les profiteurs (même si cela existait aussi), ni à une accusation erronée selon laquelle il aurait revendu son bois. D'après lui, il avait été arrêté uniquement pour qu'un responsable officiel puisse démontrer son zèle de fonctionnaire vigilant, le genre de sbire du parti qui ne tolérait aucune remise en cause de l'approvisionnement du village en charbon. Pour le parti, soit vous brûliez du charbon, soit vous mouriez de froid. Mais l'arrestation n'avait fait que confirmer l'impression qu'elle aurait dû justement dissiper, à savoir que le pays souffrait de pénurie et qu'il était dirigé par des incapables.

Il savait que Jablonski était d'une autre trempe : loin d'être incapable, et rusé. Ancien responsable du parti à Jadowia pendant douze ans, il n'avait démissionné que lorsque le parti lui-même fut dissous. Au faîte de sa gloire, la simple présence de Jablonski aux réunions municipales suscitait un assentiment muet à toutes les décisions du jour, et il lui suffisait d'arriver dans la pièce pour que cessent aussitôt les discussions oiseuses. Sa réputation d'homme prompt à congédier les indociles et à assouvir sa vengeance semblait le précéder comme un nuage. On le savait caractériel, voire méchant avec son personnel, et il s'était rendu célèbre le jour où, plusieurs années en arrière, il avait donné un coup de pied dans le derrière de sa secrétaire, une avanie qui n'avait valu à cette dernière aucune compassion puisqu'elle passait pour aussi odieuse que son chef.

Powierza ne l'avait jamais craint, mais simplement ignoré. Désormais, il ne pouvait faire ni l'un ni l'autre.

Jola était assise dans la cuisine, un livre ouvert sur la table devant elle. Les enfants, Anna et Marek, étaient au lit, et le silence régnait dans la maison, hormis le ronronnement de la télévision du salon, où Karol dormait dans son gros fauteuil, alternant ronflements et quintes de toux. Jola laissa la télévision allumée pour couvrir les bruits de son mari tout en le berçant. Elle avait peur qu'il se réveille, comme il le faisait presque toujours les jours comme celui-là, quand il rentrait chez lui en titubant au milieu de l'après-midi, déjà bien essoré, et continuait de boire jusqu'à s'écrouler. Cette fois il avait pratiquement vidé une bouteille, hurlé pour qu'on lui serve son dîner, mangé à la va-vite, puis s'était affalé dans le fauteuil.

Certains jours – de chance, pensait Jola –, il dormait toute la nuit au même endroit ; le plus souvent, il se réveillait au bout d'une heure ou deux et se remettait à boire avec une détermination renouvelée et une humeur de dogue affamé. Jola essayait de se mettre au lit avant, histoire de ne pas croiser sa route. Quelquefois pourtant, même quand elle éteignait la lumière et faisait semblant de dormir, il déboulait, appuyait sur l'interrupteur et lui cherchait noise.

Elle n'arrivait pas à se concentrer sur son livre, un roman polonais glauque qu'elle avait pris par hasard à la bibliothèque. Elle sentait, comme une variation de pression barométrique, que la tempête menaçait. Son mari allait bientôt se réveiller. Combien de temps pourrait-elle encore supporter ça ? Elle ne pouvait tout de même pas se coucher une heure après le crépuscule et l'idée que cela puisse être une échappatoire, en tirant les couvertures sur sa tête comme une petite fille apeurée, lui faisait horreur. Elle avait tenté d'échafauder une stratégie, un plan pour quitter la maison. Toutes les options se révélaient compliquées. Elle aurait pu retourner chez ses parents, mais la situation n'y était pas meilleure. Elle y était allée ce jour-là, avec Karol : il avait bu avec son père, qui était dans un état aussi lamentable, peut-être pire, même s'il n'avait pas la méchanceté de Karol quand il se soûlait. Cependant, il restait bel et bien l'un des principaux compagnons de boisson de son père.

Que ferait Karol si elle s'en allait ? Elle craignait de le voir sombrer dans la folie et de devoir le bannir de la maison de ses parents. Sa mère, bien sûr, la soutiendrait, mais elle imaginait déjà les furieuses scènes de ménage en plein centre du village, où tous les voisins verraient Karol hurler et casser les portes, devant les gémissements de sa mère et l'apathie embrumée de son père, cependant qu'Anna irait se terrer, effarée et perdue, dans la chambre d'en haut. Pour les enfants, aucun havre de paix ne semblait s'offrir.

La tête dans les mains, les doigts comprimant son crâne, elle se demandait si elle n'en était pas réduite à rêver d'aventures. Pauvre, pauvre et gentil Leszek... Un innocent. Trop jeune. C'était sa voracité à elle, elle le savait, qui l'avait percuté de plein fouet. Le désespoir qu'elle ressentait, Leszek ne pouvait pas le comprendre; elle ne savait même pas si elle pourrait un jour le lui expliquer. Elle voulait qu'il comprenne. Il avait des projets, il était plein d'espoir. L'avenir s'annonçait radieux pour lui, son regard s'illuminait chaque fois qu'il parlait de ce champ qu'il voulait acheter, comme si c'était la panacée. Vraisemblablement, il finirait un jour par retomber sur terre et voir les choses de manière plus réaliste. Et elle finirait comme elle l'avait toujours imaginé dans ses pires moments de désarroi : sans rien du tout. Elle repensa à la vieille Mme Slowik dans son clapier, derrière les clôtures défoncées, entre ces quatre murs qui ressemblaient à une grotte noire de suie.

Karol toussa dans la pièce d'à côté, puis ses pieds heurtèrent la table : il se réveillait. Elle attendit, entendit une jambe tomber lourdement par terre, un grognement. De la télévision s'échappèrent une musique, puis des voix. Karol marmonnait devant le poste. Il se traîna jusqu'à la salle de bains. Elle ne leva pas les yeux lorsqu'il passa devant la porte. Elle songea une fois de plus à éteindre la lumière de la cuisine, à filer dans la chambre, mais préféra rester assise. Les pas de Karol retentirent de nouveau ; elle sentit son ombre, son souffle, à la porte.

« Ah ! te voilà, dit-il. Plongée dans un livre. » Il entra dans la cuisine. « Tellement intelligente, et de plus en plus. » Il se saisit d'une bouteille. Jola se demanda où diable il conservait toutes ces bouteilles.

Ça commençait toujours comme ça. Ils étaient enfermés dans ce cycle infernal. Alors elle ne bougea pas, résignée, prête à affronter sa colère et sa peur.

―― En mémoire de la forêt ――

Elle leva enfin les yeux vers lui. Son visage lourdaud paraissait plus gonflé que d'habitude ; ses grosses lèvres étaient rougies, ses yeux, pochés.

« Je lis, répondit-elle, pour ne pas penser à cet endroit. »

Il tira une chaise et s'affala. En sentant son haleine, elle se fit la réflexion qu'il n'y avait rien de plus horrible que cette combinaison fétide de toxines et de sang, d'alcool et de tabac, avec cet arrière-goût bilieux. Karol renversa la bouteille, donna un coup de paume sur le fond et dévissa le bouchon. Il se servit un verre.

« Bois un coup, va. »

Elle lui lança le regard le plus méprisant possible.

« Bien. Lis ton bouquin. Sois intelligente. Vois si tu peux y trouver des réponses. » Il vida son verre. Un filet de vodka s'écoula sur sa lèvre inférieure. Il passa un coup de langue dessus.

« Le village va commencer à devenir dingue, continua-t-il. Tu le savais ?

– Comment ça ? Cette maison est dingue, déjà. Pourquoi est-ce que je devrais m'en faire pour le village ? »

Son mari se servit un autre verre.

« Bon Dieu, Karol, mais tu n'en as jamais marre ? demanda-t-elle.

– Il m'en faudra plus avant que ça soit terminé.

– Avant que quoi soit terminé ? De quoi est-ce que tu parles ? »

Il ne répondit pas, momentanément absorbé par la cigarette qu'il essayait péniblement d'attraper dans sa poche de chemise. Il se leva pour aller chercher des allumettes à l'autre bout de la cuisine. Suivi par une traînée de fumée, il se rassit. Jola l'écoutait à présent ; elle sentit l'appréhension lui tendre la colonne vertébrale comme une corde de violon. Est-ce qu'il voulait parler d'elle ? Ou de Leszek et d'elle ? Ils n'avaient pas été assez prudents. Karol devait forcément finir par comprendre. Elle reprit la parole d'une voix apeurée.

« Qu'est-ce que tu veux dire, Karol ?

– Tellement intelligente, bordel », fit-il d'une voix pâteuse, alourdie par son magma mental.

Jola se demanda, comme il lui arrivait parfois, ce qui se passait dans la tête de son mari ; elle imaginait des zones entières de son cerveau ramollies par l'alcool, ou d'ores et déjà détruites. Cette image de sa détérioration la terrifiait autant qu'elle l'attristait, et parvenait même à éteindre momentanément sa colère.

« Karol, tu n'arrives même pas à parler.

– J'arrive très bien à parler, mon chaton... Oh ça ! Je peux parler. Je peux écouter, même. Et j'ai entendu certaines choses.

– Qu'est-ce que tu racontes ? »

Elle se dit que ça n'avait aucun rapport avec elle : Karol n'aurait jamais attendu ni laissé traîner les choses. Ou alors... Était-il prêt à la torturer à petit feu ?

« Ils vont choper Jablonski, dit-il avant de lâcher un rot et de tirer sur sa cigarette. Ils vont le choper, et Farby aussi, et Dieu sait qui d'autre... Quelle bande de cons. »

Jola poussa un soupir de soulagement. Pour la première fois depuis une heure (ses muscles du dos réagirent immédiatement), elle se détendit sur sa chaise. Elle écouta d'une oreille presque inattentive, comme on écoute les ragots.

« Qui ça, "ils" ? Et pourquoi est-ce qu'ils s'en prennent à Jablonski ?

– Les petits nouveaux. Tous ces vertueux réformateurs. Twerpicz et cet enfoiré de prêtre, comment il s'appelle... Jerzy. Le gros morveux. Et toute la bande. Ils vont le choper parce qu'il est là et parce que maintenant ils peuvent le faire. C'est dans l'air du temps. Ensuite, ils pourront prendre les choses en main.

– Et alors ? Ce sont tous des merdes.

– "Et alors ?" Pose-leur la question, va. »

Tête baissée, il tripota son verre avec ses gros doigts. « Et alors ? Une fois qu'ils seront lâchés, où est-ce qu'ils vont s'arrêter ? Hein ? Voilà une question que tu devrais te poser. »

Il leva les yeux vers elle sans rien dire, puis tendit son index vers le livre qu'elle lisait.

« Il a la réponse, ton bouquin ?

– Qu'est-ce que ça peut te faire s'ils attrapent Jablonski ? C'est une ordure et tout le monde le sait. Qu'est-ce que ça peut faire ?

– Tu n'as rien trouvé dans tes livres ? »

Il tourna les pages avec son pouce et se pencha vers elle au-dessus de la table. Il avait maintenant une voix plus douce. « Pas de réponses là-dedans ? »

Elle le dévisagea et retrouva, dans le rouge de ses paupières, dans les poches flétries sous ses yeux, une zone vulnérable qu'elle n'avait pas vue depuis longtemps.

« Ma chérie ? dit-il, ses yeux injectés de sang fixés sur les siens.

– Oui ? »

Elle fut prise d'un élan qu'elle n'arrivait pas à identifier. Compassion ? Tristesse ? Amour ?

« Ma chérie. »

Elle ne bougeait pas sur sa chaise mais sous son regard Karol semblait voûté, abattu, épuisé.

« Non, non, non », bredouilla-t-il. Il paraissait désormais très loin. « On se nourrit tous de la même bouillie dans ce village. » Il s'essuya la bouche d'un revers de main.

« Tout le monde est éclaboussé par la même fange. Même ton beau et jeune ami. Comment s'appelle-t-il, déjà ? Leszek ?

– Leszek ?

– Oui, Leszek. »

Jola le regarda fixement, d'un air impassible. Karol posa la tête sur la table et s'endormit en une seconde.

Jablonski avait son lumbago qui le reprenait. Lorsqu'il se pencha au-dessus des cartons, sa main droite, serrée autour d'un stylo à bille défectueux, se porta par réflexe sur le bas de son dos ; il appuya sur les muscles. Avec une grimace de douleur, il inspecta l'intérieur des paquets pour essayer de compter les poupées en plastique. C'était de se pencher et de se redresser qui lui faisait le plus mal. Il finit par s'agenouiller, puis jeta les papiers sur le sol crasseux et farfouilla parmi les billes de mousse qui restaient collées, véritable défi à la gravité, au dos de sa main droite. Dans la gauche, il tenait une liasse de papiers qui lui permettait de comparer les chiffres. Voilà donc où on en est, se dit-il. Non seulement la comptabilité – il y était habitué –, mais l'humiliation du travail d'inventaire et de vérification. Les gens le plumaient. Non, ils *se* plumaient : ils avaient chapardé pendant tant d'années que c'était devenu une seconde nature chez eux. Comme respirer.

Il était seul dans la réserve et marmonnait dans sa barbe. Deux pauvres ampoules accrochées à de longs cordons projetaient son ombre dédoublée devant lui. Aux murs, du sol au plafond, les casiers qui avaient jadis contenu des pièces détachées de tracteurs, de fauchets ou de tarières se languissaient dans la pénombre, couverts de graisse et de toiles d'araignées, vides pour la plupart. La coopérative agricole ne fournissait plus de pièces détachées. Les bureaux du bâtiment adjacent étaient également déserts. Ça aussi, il s'y était habitué. Roman Jablonski avait toujours travaillé tard.

Il crut entendre une porte claquer dans la partie du bâtiment dévolue aux bureaux. Il tendit l'oreille quelques instants, puis se remit à compter. Il brandit la feuille de papier à la lumière et lut les chiffres. Quatre douzaines, était-il écrit. Lorsqu'il se retourna, une silhouette se tenait dans l'encadrement de la porte : Czarnek, de la distillerie, immobile dans l'obscurité, faisant la moue. Jablonski se releva, tout étonné, avec une poupée en caoutchouc dans la main.

« Qu'est-ce que vous faites là ? » Il chaussa ses lunettes, relâcha la poupée dans son carton et balaya les billes de mousse blanches qui s'accrochaient encore à sa manche.

« Ne vous inquiétez pas. Je ne suis pas venu vous cambrioler, monsieur le directeur.

– Il est tard. Et ne m'appelez pas "monsieur le directeur".
– Il faut qu'on parle.
– Allons dans mon bureau. »

Les pieds plantés sur le sol, comme s'il ne voulait pas bouger de la porte, Czarnek considéra les cartons alors même que Jablonski s'approchait de lui. « Avec votre permission », dit ce dernier en éteignant la lumière derrière lui. Malgré ses bottes, Czarnek se déplaça sans bruit, presque mollement, tel un chat rôdant dans une chambre. Jablonski referma la porte et la verrouilla à l'aide d'un gros cadenas. Il sentait la présence de Czarnek dans son dos, comme une ombre.

Dans son bureau, il sortit une bouteille de la bibliothèque et remplit deux petits verres.

« Santé. Bien, dites-moi pourquoi nous devons parler.
– Vous êtes inquiet, monsieur le directeur ?
– Pourquoi devrais-je être inquiet ? Et arrêtez de m'appeler comme ça, bordel ! »

Czarnek but son verre et fixa Jablonski un long moment, sans rien dire. Ses yeux enfoncés étaient menaçants. Il reposa son verre bruyamment sur le bureau.

« Très bien, Romek. » Czarnek roula exagérément le R de « Romek », ce diminutif de Roman que Jablonski n'avait sans doute pas dû entendre depuis son enfance.

« Vous savez où se trouvait notre ami la nuit où il a été tué.
– Et alors ?
– Et alors d'autres personnes le savent.
– Par exemple ?
– Farby.
– Pourquoi s'inquiéter de Farby ?
– Parce que les gens vont commencer à poser des questions. Et s'ils remontent jusqu'à Farby, je serais idiot de ne pas m'inquiéter. J'ignore ce qui est arrivé à Tomek Powierza. Je ne veux pas le savoir. Mais je sais où il était, et si quelqu'un découvre qu'il se trouvait à la distillerie, qu'est-ce que je fais ?

– Du calme, Czarnek. Tenez, prenez un autre verre. »
Jablonski remplit les deux verres.
« Je couvrirai Farby.
– Les choses ont changé, Jablonski. Vous ne contrôlez plus ce village comme au bon vieux temps. Si Farby doit compter sur vous, autant qu'il soit perdu au milieu d'un marais. Quand vous dites "faites-moi confiance", ça signifie : "allez vous faire foutre". Et si vous croyez que je vais accepter de me retrouver tout seul dans la merde, Jablonski, je vous préviens... Ça va barder.
– Je m'occuperai de Farby, Czarnek. Ne vous en faites pas. C'est mon boulot. C'est moi qui gère cet endroit, comme je l'ai toujours fait. »

Jablonski fit tourner la bouteille de vodka dans sa main pour en étudier l'étiquette. Oui, pensa-t-il, je me suis occupé de ce trou perdu au milieu de nulle part pendant qu'un gouvernement de chiffes molles cavalait dans tout Varsovie pour implorer de lécher le cul de Bush à la télévision et pour inviter le Grand Électricien à les battre aux élections. Et à Jadowia, alors que les gens pleuraient sur le prix du pain et que les usuriers juifs de Washington faisaient tout pour que les prix continuent d'augmenter, c'est moi, Jablonski, qui faisais tourner la baraque.

« Je vois bien comment vous vous occupez de ce village, dit Czarnek. Vous ouvrez des petites boutiques un peu partout et vous les remplissez de saloperies importées de Berlin. Et pendant ce temps les tracteurs de la coopérative rouillent sous la pluie. Vous croyez que les gens vous adorent. Mais vous avez dormi toute l'année dernière ou quoi ? Tout le monde se fout de ce que vous dites. »

Jablonski dévisagea Czarnek. L'homme avait toujours été difficile – ça devait être dans ses gènes. Mais dans le temps on ne parlait pas comme ça, avec une telle insolence haineuse. Dans le temps, il n'aurait jamais laissé passer de tels propos ; il décida malgré tout de garder son calme.

───── En mémoire de la forêt ─────

« D'accord, Czarnek, vous avez raison. » Il but son verre et fit de nouveau pivoter son fauteuil ministre avant d'expliquer le b.a.ba. « Les gens ont la mémoire courte. Ou en tout cas ils le croient. Nous sommes censés vivre dans un monde nouveau. L'ère de l'information, ça vous dit quelque chose ? C'est-à-dire la haute technologie, les ordinateurs, toutes ces choses... L'information, voilà la clé. Vous comprenez, Czarnek ? L'information n'est jamais obsolète tant qu'elle reste l'information. Vous devriez comprendre ça. Surtout vous. »

Il se tortilla légèrement. Czarnek le fixait de ses yeux plissés. Il lui adressa un sourire placide.

« Je vais peut-être devoir bientôt commander des ordinateurs ici, reprit-il. Pour rester à la page. »

Czarnek ne répondit pas.

« Vous me suivez ?

– C'est vrai, ce qu'on dit ? demanda Czarnek.

– Sur les ordinateurs ?

– Comme quoi les vieux communistes ne changeront jamais. Pourquoi croyez-vous que vos secrets soient si puissants ? Vous pensez que vous êtes le seul ici à détenir des secrets ? Les gens n'ont plus peur de ça, vous savez.

– On verra bien, Czarnek. Mais personne ne viendra m'emmerder. »

Il croisa ses mains derrière la tête et fit couiner son siège en se penchant en arrière. « Par ailleurs, ils n'ont aucune raison de venir m'emmerder. Je ne suis qu'un individu ordinaire, sans importance, et je fais ce que je peux pour survivre. Aujourd'hui j'ai, combien... trente-quatre personnes sous mes ordres. Trente-quatre personnes à qui je donne de quoi nourrir leurs familles. Donc je contribue. J'accomplis ma mission. Tout change, et je participe au changement. Je rends service. »

Il se redressa soudain sur son fauteuil et regarda Czarnek droit dans les yeux. Sa voix se transforma en un murmure.

« Faites comme moi, mon cher. Dirigez votre usine d'alcool. Mêlez-vous de vos affaires. Ne venez pas ici en pleine nuit sur la pointe des pieds pour me menacer. Qu'est-ce que je sais des visites de Tomek Powierza sur les lieux de votre petit trafic ? Il n'y a aucun lien entre lui et moi. Il me rendait quelques services, point final. Il livrait des choses. Je l'ai dit à son père tout à l'heure. Oui, il est venu me voir. Un grand gaillard, un homme simple, un terrien, l'essence même du socialisme, j'ai trouvé. Donc je me suis montré très compatissant. Oui, Tomek livrait certains produits pour moi – des couches jetables, des cartons de shampooing, des choses comme ça. Je lui ai dit que j'étais désolé et ainsi de suite. Un homme bien. »

Il prit la bouteille et servit un autre verre.

« Non », fit Czarnek avant de se lever. Jablonski le regarda par-dessus ses lunettes.

« À votre place, Czarnek, si quelqu'un venait vous poser des questions, je ne parlerais pas beaucoup. » Il étudia le liquide transparent dans son verre.

« Que je sache, reprit-il, c'est vous qui avez retrouvé le corps, pas vrai ? Non, ne dites rien : officiellement, c'est le vieux Piwek. Je sais. Bien entendu, Krupik lui a demandé ce qu'il fabriquait dans les parages, puisqu'il n'avait rien à faire là sinon voler du bois ou être en chemin vers ailleurs que sa maison. Les prouesses de Krupik en tant que fonctionnaire sont loin d'être impressionnantes mais, à sa manière, il se débrouille. Alors il a interrogé Piwek. Et Piwek a répondu que c'est vous qui l'avez envoyé là-bas. Rien de plus. Et des empreintes de chien. »

Czarnek se rembrunit.

« Un gros chien. Comme le vôtre, peut-être. Oui ? Voilà une information, Czarnek. Un petit exemple, en somme. Alors faites attention, mon vieux. Personne ne sait où se trouvait le petit Powierza avant sa mort. Peut-être est-ce vous qui en avez eu marre de ses services ? Peut-être vous a-t-il caressé dans le mauvais sens du poil ? On connaît tous votre caractère, n'est-ce pas ? On ne peut pas dire que vous soyez un homme d'affaires très apprécié, pas vrai ? » Il prit une gorgée de vodka. « Et peut-être encore moins apprécié quand on connaît, disons... votre passé douteux. »

Czarnek se pencha et posa les poings sur le bord de la table, si bien que Jablonski ressentit une vibration, un frémissement léger, parvenir jusqu'à lui.

« Ne vous en faites pas, Czarnek, reprit-il en reculant un peu. Ne vous énervez pas. Et je vous sais gré de m'avoir rappelé que Farby n'est peut-être pas la personne la plus fiable du monde. Vous et moi, nous avons tout intérêt à regarder où nous mettons les pieds. »

Czarnek, furibond, se leva avant de se diriger lentement vers la porte. Jablonski remarqua une fois de plus la démarche souple de ce grand gaillard, le silence de ses pas. Un frisson le parcourut.

« Bonne nuit, monsieur le directeur, fit Czarnek. Savourez votre bouteille.

– Mais j'y compte bien. »

Oh ! oui, il comptait bien la savourer. Pas celle de l'étagère, mais l'autre, celle qui l'attendait au garde-à-vous au fond du placard, comme un soldat obéissant, de l'autre côté de la rue, dans son appartement au sous-sol de l'ancien siège du parti.

Mais d'abord il traversa les bureaux pour éteindre les lumières et repensa, chose normale vu les circonstances, au vieux Marcin, son mentor et son guide, son maître, son protecteur, disparu dix ans plus tôt. Marcin avait dirigé la section locale du parti pendant dix-sept ans, jusqu'à sa mort. Jablonski se le rappelait à la fin de sa vie, tout ratatiné, avec son visage de pomme flétrie. La lueur jaune qui émanait autrefois de ses yeux enfoncés s'était éteinte, aussi, au moment de l'agonie, pendant qu'il délirait – retombant en enfance, parlant de cerfs-volants, de pêche, de vélo sur les routes, l'été. Mais la dernière fois qu'il l'avait vu,

quelques heures avant la fin, Jablonski avait vu ressurgir un éclat de cette lueur diffuse, une dernière étincelle d'astuce. D'une voix éraillée, comme le bruit d'un mouchoir en papier qu'on froisse, Marcin lui avait dit :
«Prends les cartons, Roman.
– Je les ai. Ça y est. Comme vous me l'aviez demandé.»
Le vieillard avait oublié – après tout, il était à l'article de la mort. Les yeux de Jablonski s'étaient embués de larmes.
«Ah! bien. Protège-les, Roman.»
Les documents que contenaient les cartons reposaient maintenant au fond d'un placard, de l'autre côté de la rue, à l'intérieur d'un meuble-classeur à deux tiroirs de fabrication militaire dont les clés étaient cachées en lieu sûr. Cela faisait des années qu'il ne les avait pas consultés.

5
Leszek

Je partis pour Varsovie par le train. Il était rempli d'ouvriers et de veilleurs de nuit qui, travaillant deux jours puis se reposant les deux jours suivants, emportaient de quoi se nourrir pendant quarante-huit heures dans des sacoches élimées ou des sacs en plastique. C'était le matin, et l'humeur des passagers était aussi désagréable qu'un ventre affamé. Le long du fleuve, la fumée de charbon des centrales électriques déployait ses ailes sombres sur toute la ville, enveloppant les immeubles d'un voile gris marron, leur conférant une fragilité spectrale, laissant imaginer une ville de mirages qui s'étendait indéfiniment depuis son centre. Cette impression d'étalement n'avait rien d'illusoire, car des immeubles énormes trônaient en périphérie, immenses tours d'habitation rassemblées en grappes, où des milliers de gens s'entassaient dans de petites pièces, où les générations se bousculaient les unes les autres. À travers la vitre du train, la ville semblait inchangée sous sa gangue de boue hivernale et de crasse : une pauvre *babcia* dans son vieux manteau, sans cesse ravaudé, année après année.

La gare centrale nous déversa dans un dédale de couloirs souterrains peuplés de vendeurs à la sauvette, de pickpockets et d'enfants tsiganes pleurnichards. J'avais enfilé mon pull gris (que je considérais comme ma tenue de ville) et mon plus beau manteau qui, avec ses carreaux, portait la marque indiscutable de la campagne. En achetant le journal, j'imaginai le kiosquier jauger mes habits, ma coiffure et mes chaussures. Naturellement, il ne prêta aucune attention à moi, mais j'avais toujours cette impression désagréable en ville, une sorte de gêne mêlée d'excitation, et le soupçon que ce lieu possédait son propre code d'accès, pour moi à jamais inconnu. Agrippé à mon petit sac et à mon journal, je suivis la masse et ressortis dans la rue.

Les tramways jaune et rouge circulaient dans la rue Marszalkowska avec leurs gémissements électriques sourds et leurs cargaisons de visages indistincts. Je ne savais pas trop où aller, mais il fallait que je trouve un point de chute. Les hôtels du centre-ville étant trop chers, j'allais devoir traverser le fleuve jusqu'à Praga, à ma connaissance le seul quartier possédant des foyers ou des pensions pour travailleurs. Mais il était encore tôt ; je n'étais pas pressé. Je restai donc debout parmi la foule des usagers du tramway, au milieu de l'avenue, bousculé de tous côtés par les passants, par ces gens qui vivaient là et savaient où ils allaient, habitués à éviter les obstacles devant eux. C'était ma manière de m'acclimater à cette atmosphère urbaine, tout en souffles et en murmures, entre l'odeur des moteurs électriques des tramways ou des pots d'échappement et les bribes de conversations. Finalement, je me décidai à traverser l'avenue jusqu'au palais de la Culture, un gratte-ciel stalinien en forme de flèche planté tel un totem au centre de la ville. Autour de sa base, les stands des vendeurs à la sauvette s'étalaient comme un campement de cirque. Pendant mon absence, l'endroit s'était transformé en un gigantesque marché à ciel ouvert. Je me faufilai là-dedans, parmi les vestes en jean, les jupes et les manteaux en similicuir, les parfums, les produits cosmétiques, les savons et shampooings importés de l'Ouest, les radios, les lecteurs de cassettes, les pièces d'ordinateur et les jouets.

Refoulant les Russes plus loin, les commerçants polonais s'octroyaient le meilleur emplacement, à savoir les stands du milieu, pour y vendre des outils bon marché, des peignes et des brosses à cheveux, des petits sachets de vis et de boulons, des couteaux de poche ou de cuisine, des chaussettes, des sous-vêtements d'enfants, des casseroles, des poêles, des morceaux de tuyauterie, voire des scalpels et des instruments chirurgicaux – une sorte de paradis de la quincaillerie. Les Russes nomades étaient contraints de voyager léger : ils disposaient leur camelote sur des tables pliantes, des serviettes ou des revêtements en plastique, à même le trottoir, s'asseyaient en tailleur et bavardaient à voix basse en russe. Un défilé incessant de bottes crottées passait devant eux. De leurs grosses mains rouges, les femmes n'arrêtaient pas de remettre en place leurs petits objets et jetaient aux passants des regards qui frisaient le mépris. Les Russes et les Polonais ne s'aimaient pas beaucoup – une inimitié séculaire. La plupart des Polonais pensaient déceler une pointe de sarcasme dans la façon dont les Russes prononçaient la formule de politesse polonaise, soit « Pan », soit « Pani », c'est-à-dire, au sens strict, « seigneur » et « dame ». On était loin, naturellement, de « camarade ». Mais les railleries étaient réciproques. Mon grand-père me racontait souvent cette blague : si tu te retrouves dans une souricière et que tu es attaqué d'un côté par les Allemands, de l'autre côté par les Russes, sur qui est-ce que tu tires en premier ? « Les Allemands, répondait-il. D'abord l'effort, ensuite le réconfort. »

Je ne m'arrêtai qu'une seule fois, pour examiner une perceuse électrique et son jeu de mèches. « Ça, c'est bien, Pan », me dit l'homme assis derrière. Il serra le poing. « Costaud. » Je lui en demandai le prix. Elle ne coûtait pas cher. Les équipements soviétiques comme celui-là étaient réputés. Lourds, mais indestructibles. Les Russes étaient doués pour produire ce genre d'objets, même si au village personne n'aurait exhibé un bien de fabrication soviétique. Américain ? Ouest-allemand ? Alors oui, vous pouviez inviter votre voisin à admirer la perceuse en train de faire ses trous.

Tout au bout du marché, près du gratte-ciel, d'autres Russes proposaient des équipements militaires – jumelles, lunettes télescopiques pour tireurs d'élite, sacs, ceinturons, holsters, pardessus – qui attiraient une importante foule d'hommes, y compris des écoliers, qui tâtaient les pointes des baïonnettes et soulevaient les jumelles pour scruter les gens. Les vendeurs attendaient derrière des tables recouvertes de couvertures militaires vert-de-gris. L'odeur du tabac noir de leurs cigarettes empestait l'air ; ils formaient de petits groupes compacts, se passaient de temps en temps une bouteille, chuchotaient, se balançaient d'un pied sur l'autre, l'œil rivé sur les écoliers fascinés et chapardeurs. Moi-même j'avais du mal à ne pas être fasciné, car ces étranges accessoires de guerre, camouflages toile d'araignée, compas, sacoches aplaties et lunettes télescopiques, formaient l'attirail d'une institution qui, selon l'enseignement que nous avions reçu enfants, exigeait respect et gratitude. C'était la puissance soviétique qui nous avait délivrés de Hitler, qui avait lancé Gagarine dans l'espace et qui ensuite nous avait soumis à un joug d'une injustice flagrante. La première partie, nous l'avions apprise à l'école ; la seconde, autour de la table du dîner. Encore un an avant, quelqu'un qui vendait des lunettes militaires soviétiques eût été passible d'emprisonnement, accusé d'espionnage, de sabotage ou de divulgation de secrets d'État. Désormais, ces biens étaient vendus au vu et au su de tous, comme des bouts de la carcasse métallique d'une énorme machine, et il régnait dans ce quartier un parfum d'illégalité, sous le regard méfiant d'hommes aux trognes de fugitifs.

Je jetai un coup d'œil, avisai une paire de jumelles. J'aurais bien aimé les acheter, bien que sans trop savoir pourquoi – comme un jouet, j'imagine. Quand je les essayai, elles ne me parurent pas si puissantes que ça, avec leurs petits cercles de lumière qui dansaient au bout du tunnel obscur. Je les reposai.

« Combien ? fis-je.

– Sept cent cinquante, me répondit l'homme avec un regard hautain.

– Mille ?

– Bien sûr. »

Il savait que je plaisantais.

Pendant une heure, je flânai autour du marché, puis je marchai jusqu'aux abords de la vieille ville pour attraper un tramway et traverser le fleuve. J'avais hâte de poser mon sac et d'avancer dans ma mission ; il me fallait donc trouver une chambre. Je m'étais mis d'accord avec Powierza pour tenter de retrouver le bureau que nous avions contacté par téléphone. En discutant avec Jablonski, il avait juste appris que Tomek avait reçu ou livré des produits que Jablonski vendait dans ses magasins. Mais aux dires de ce dernier, Tomek n'avait pas travaillé pour lui au cours des dernières semaines. Il prétendait ne plus savoir où Tomek était allé faire ses « courses ». Cela remontait à trop longtemps, affirmait-il, et les commerçants de gros étaient si nombreux. Le marché était compliqué, truffé d'opérateurs qui faisaient des affaires une semaine et disparaissaient du jour au lendemain, soit à cause d'une faillite, soit pour réinvestir leurs profits dans un autre maillon de la chaîne commerciale. Tout était nouveau, ajoutait-il. Les gens qui commençaient par vendre du savon passaient ensuite aux parfums, puis aux blousons de cuir ou aux postes de télévision, nourrissant sans cesse l'espoir de gagner plus d'argent. Personne ne restait longtemps dans le même secteur. Certes, Jablonski pouvait très bien avoir menti à Powierza, mais son discours correspondait peu ou prou à la réalité. Le pays s'ouvrait. Le Far West renaissait à l'est : les entreprises poussaient comme des champignons et disparaissaient. Escrocs et margoulins de tout poil pullulaient. Opérateurs de change et banquiers improvisés avaient fui le pays avec des millions dans les poches et s'étaient envolés pour l'Amérique du Sud.

Je pris le tramway jusqu'à Praga, un quartier réputé depuis toujours pour sa population délinquante et devenu récemment le pré carré des bandes organisées, où les truands polonais s'étaient ligués avec une branche itinérante de la mafia russe. Praga avait en grande partie échappé aux destructions de la guerre ; ses immeubles étaient donc plus anciens, plus décatis, et des bouts de brique ou de maçonnerie se décrochaient régulièrement des façades. C'était la partie la plus pauvre de Varsovie, les rues étroites et bondées serpentaient dans des quartiers surpeuplés où le linge pendait aux fenêtres. Je me disais que ces rues devaient ressembler au Varsovie d'avant-guerre, sinon que les voitures et les camions avaient remplacé les chevaux et les charrettes. Ici, les vieillards et les infirmes étaient plus visibles, des personnages vêtus de longs manteaux fouillaient dans les poubelles, des veuves âgées se traînaient jusqu'au marché afin d'y glaner qui un navet, qui une carotte, comptant un par un leurs billets de cent zlotys chiffonnés, soucieuses d'économiser de quoi acheter quelques grammes de graisse de porc pour y tremper du pain. C'étaient ces gens-là qui étaient frappés le plus durement, ceux dont la présence fantomatique dans les rues rappelait ce principe ancestral que le socialisme était censé avoir éradiqué et qui revenait en force : la loi du plus fort. Les vieux semblaient mourir à petit feu devant tout le monde.

Je ne pouvais pas réintégrer mon ancien logement. Les chambres comme celle que j'avais connue étaient maintenant attribuées aux entreprises qui les louaient à leurs employés. Je connaissais quand même plusieurs hôtels dans le coin. Je me dirigeai vers le plus proche ; derrière la réception figuraient des panneaux en russe et en polonais. Lorsque je demandai s'il y avait des chambres disponibles, une femme au rouge à lèvres violet et aux cheveux teints en blond paille m'indiqua le tarif sans lever les yeux. Je lui dis que je prendrais la chambre pour deux nuits. Je payai et reçus une clé accrochée à un bloc en bois par une ficelle sale. La chambre se trouvait au deuxième étage, avec les toilettes au fond du couloir. Des rideaux grisâtres encadraient une fenêtre sale qui donnait sur l'arrière d'autres immeubles et d'autres fenêtres sales. Après avoir posé mon sac, je ressortis les bouts de papier et les numéros de téléphone.

Une affichette était scotchée sur le téléphone payant dans le hall : hors d'usage. La femme de la réception m'informa que

————— En mémoire de la forêt —————

les clients ne pouvaient pas utiliser son téléphone. Je me ruai jusqu'au bureau de téléphone public à trois rues de là, attendis mon tour et composai le numéro où l'on m'avait parlé de Jablonski.

Une femme me répondit par un simple « bonjour », sans prononcer le moindre nom d'entreprise.

« Excusez-moi, dis-je, mais je suis chez quelle entreprise ?
– Vous êtes chez Commerce Express.
– J'arrive de Wegrow.
– D'où ça ?
– De Wegrow.
– Oui ?
– Je suis en train d'ouvrir une boutique. On m'a donné ce numéro. Je cherche des produits à vendre.
– Quel genre de produits ?
– Plusieurs choses. »

Pendant que la ligne grésillait, j'essayai de m'imaginer des produits sur les étalages d'un magasin de campagne.

« Des savons, par exemple.
– Non, on ne fait pas ce genre de choses. Où est-ce que vous avez eu notre numéro ?
– Par une connaissance. Mais je me suis peut-être trompé. Vous êtes bien une entreprise de gros ?
– Oui.
– Spécialisée dans ?
– Dans les produits industriels légers.
– Je vois.
– Sans doute pas ce que vous recherchez. »

Sa voix s'attendrit.

« Pas de savon, donc.
– Pas de savon. Et des couches jetables ? »

Je me souvenais que Jablonski avait expliqué à Powierza que Tomek avait livré des couches en provenance de Varsovie.

« Ni couches ni savons. On ne fait plus ça depuis longtemps.

– Mais vous en avez vendu ?

– Il y a un petit moment, déjà. On travaille sur des produits industriels, maintenant.

– Quels produits industriels ?

– Des composants divers. Des choses et d'autres. Rien qui puisse vous intéresser, je pense. Désolée.

– Où est-ce que vous êtes installés ?

– À Anin.

– Quelle adresse ?

– Euh... »

Elle hésita.

« Rue Feliksowa.

– Au combien ?

– On n'a rien ici susceptible de vous intéresser.

– Oui, mais j'ai des amis qui pourraient l'être. Quels produits vendez-vous ?

– Des produits en acier usiné. Pour les usines et les équipements industriels. Engrenages, roulements et autres. Des produits en acier. »

Je sentais que sa patience s'épuisait.

« Des choses comme ça. C'est terminé ?

– Vous êtes à quel numéro de la rue Feliksowa ? dis-je en riant. Je vous enverrai une carte quand j'aurai ouvert mon magasin. Et comment vous appelez-vous ?

– Irena. Au numéro 65. Allez, bonne chance. »

Sur ce, elle raccrocha.

La journée touchait à sa fin, il faisait presque nuit, pourtant je voulais trouver la rue Feliksowa et localiser Commerce Express. Je me disais qu'un simple immeuble n'aurait pas grand-chose à m'apprendre, mais aussi qu'un détective aurait fait la même chose, et mon coup de fil me donnait justement l'impression d'en être un.

Ne sachant absolument pas où se trouvait cette rue, je retournai à mon hôtel pour consulter mon vieux plan de Varsovie. Or ce dernier n'englobait qu'une partie du quartier d'Anin et l'index ne mentionnait aucune rue Feliksowa. J'allais donc devoir prendre le bus et demander mon chemin une fois sur place. À l'arrêt de la rue désormais baptisée avenue Solidarité, j'attendis donc, harassé par le vacarme des voitures qui déboulaient du pont, en provenance du centre. Un léger brouillard s'installait, les chaussées étaient mouillées. Les arrêts de bus le long de la rue Targowa étaient bondés et les bus arrivaient en retard, surchargés. Je finis par me faufiler dans un bus qui partait pour Anin.

Je descendis près de la gare et demandai mon chemin. Après trois tentatives, une dame me dirigea vers la rue Feliksowa. Ses instructions n'étaient pas précises, mais elle savait que cette rue se trouvait dans un quartier en pleine rénovation. Il faisait maintenant complètement nuit. La gare trônait au milieu de vieilles bicoques, petites et misérables, aux jardins encombrés d'objets et aux arbres fruitiers rabougris, abandonnés à leur triste sort, le genre de maisons qui étaient autrefois campagnardes, avec des vignes vierges effondrées et des rosiers à moitié morts. L'asphalte noir des chaussées était bosselé mais, au moins, on trouvait des panneaux à chaque carrefour. Je suivis un parcours en zigzag, et les croisements se faisaient de plus en plus espacés. Il n'y avait pas de voitures, pas de passants, personne pour me renseigner. Finalement, je remarquai des maisons en chantier ; les rues étaient de plus en plus sillonnées d'ornières creusées par les camions transportant des briques et du bois. Devant un immeuble, je vis un homme qui chargeait des outils dans un fourgon. Lorsque je m'approchai de lui, il sursauta. Il me dit que la rue Feliksowa se trouvait une ou deux rues plus à l'est.

En effet, c'était une rue ancienne, mais bordée par des immeubles récents en crépi blanc. Certains d'entre eux étaient à l'évidence des commerces, bien que leur apparence extérieure ne laissât aucune indication quant à la nature de leur activité. Je finis par repérer un numéro inscrit sur la colonne d'une vieille maison à deux niveaux. Je continuai de marcher. Le numéro 65 correspondait à un immeuble récent. Au premier étage il y avait un balcon où pendaient des plantes mortes. Un muret courait tout autour de la façade, équipé d'un portail en fer forgé et d'un interphone éclairé sur la colonne. J'y trouvai deux noms : Patek et Commerce Express. Je me dis que Patek devait occuper l'appartement de l'étage. Dans la partie inférieure de la maison, il n'y avait aucune lumière visible. La rue était sombre, mais plusieurs voitures étaient garées non loin de là, notamment une vieille Mercedes noire très sale, une Lada russe, une Skoda et une petite Fiat.

Que pensais-je trouver là ? Après avoir appuyé sur le bouton de Commerce Express, je restai seul dans le silence de la rue, puis décidai d'inspecter l'intérieur des voitures. À travers les vitres de la Lada, je découvris une vieille carte fripée sur la banquette arrière, ainsi que des journaux et une casquette. Hormis un cendrier plein à ras bord, la Mercedes était vide.

« Je peux savoir ce que vous faites ? » La voix venait du portail derrière moi. Je faillis tomber à la renverse en me redressant devant la vitre de la Mercedes.

« Si vous ne vous éloignez pas de ma voiture, je tire. »

Je reculai et fis demi-tour.

C'était un homme trapu, vêtu d'un manteau en cuir. Je ne voyais pas ses mains mais j'étais sûr qu'il pouvait m'abattre sans aucune difficulté.

« Je vous demande pardon, répondis-je. J'ai appuyé sur l'interphone. »

Une main dans la poche, il entrouvrit le portail et me regarda droit dans les yeux, l'air menaçant.

« Vous appuyez sur l'interphone et ensuite vous regardez dans la voiture ? Qui êtes-vous ? Qu'est-ce que vous fabriquez ?

– Je cherche Commerce Express.

– C'est fermé, évidemment. Pourquoi est-ce que vous cherchez Commerce Express à cette heure-là ? Vous faites des affaires en pleine nuit, peut-être ?

– J'ai parlé avec Irena tout à l'heure. Au téléphone.
– Et elle vous a dit de venir ici le soir ? »
Il jeta des coups d'œil à droite et à gauche puis sembla se détendre, convaincu, visiblement, que je ne présentais aucun danger ni pour lui ni pour les voitures. Il avait de bonnes raisons d'être sur ses gardes : les vols de voitures devenaient monnaie courante.
« Je fais des recherches pour un ami, dis-je. Je voulais voir où vous étiez installés.
– La nuit ? »
Il s'approcha un peu plus.
« Oui, répondis-je. Je voulais juste retrouver votre bureau. C'est tout. »
Il me jeta un regard sévère.
« Eh bien voilà, vous l'avez retrouvé. Alors maintenant allez-vous-en et repassez plutôt aux heures d'ouverture.
– D'accord. Je vous remercie.
– Qu'est-ce que vous recherchez ?
– C'est quelqu'un qui a travaillé ici... »
Je ne savais pas trop quoi dire.
« Je vois. Vous êtes chauffeur... Vous voulez faire le chauffeur ?
– Mmm... »
Un marmonnement qui ne voulait dire ni oui ni non.
« Peut-être. Peut-être, oui.
– Vous avez une voiture ?
– Non. Enfin si... bientôt. »
Il rigola.
« Je vois. Pas pour le moment.
– Oui. »
C'était la bonne réponse, semble-t-il.
« Revenez demain. Après 8 heures.
– Parfait.
– Bonne soirée, dans ce cas. »

Je repartis vers le nord, non pas dans la direction d'où j'étais venu, mais vers la gare. Au bout de la rue, je regardai derrière moi. L'homme était toujours là ; il me surveillait de loin. Il allait certainement descendre à son portail toutes les demi-heures jusqu'au lever du jour. Il avait menacé de me tirer dessus – idée absurde, mais que je n'arrivais pas à chasser de ma tête. Autrefois, seuls les policiers possédaient des armes. La « milice », se faisaient-ils appeler, car cela accréditait l'idée qu'il n'y avait pas de criminalité domestique, mais uniquement des éléments subversifs infiltrés au cœur du système. Ce qui était plus ou moins vrai ; l'absence de criminalité était un des grands mystères du communisme. Désormais, les armes étaient en vente libre sur les marchés – des pistolets munis de cartouches au CO_2, qui tiraient des balles théoriquement non létales, et donc hors du champ des lois sur les armes à feu. Mais ces armes changeaient de mains et les journaux relataient certaines fusillades spectaculaires avec les forces de police. Sans doute que les nouveaux commerçants vendaient des pistolets militaires soviétiques, passés en contrebande par la frontière, cachés dans des vêtements pour bébés, derrière les icônes contrefaites et les perceuses électriques, puis échangés entre camionneurs sur les aires de repos au bord des routes. Oui, l'homme qui m'avait interpellé devait certainement être armé.

Le lendemain matin, la clientèle de l'hôtel se réveilla de bonne heure. Des bruits de pas résonnaient dans les couloirs. J'entendis l'occupant de la chambre du dessus marcher, trois pas dans un sens, une pause, puis trois dans l'autre sens. Je l'écoutai quelques instants en repensant à mon séjour à Varsovie, à ma petite chambre et à mes colocataires. Je songeai à passer leur rendre visite. Est-ce que Czeslaw pleurait toujours dans son sommeil ? Est-ce que la fille du tramway, l'ange aux yeux sombres, avait fini par descendre pour me chercher dans le café devant l'université ? Avait-elle balayé la salle du regard pour voir si le petit gars de la campagne l'attendait, assis à une table ?

Je me traînai hors du lit, m'habillai, bus un café, mangeai une tartine en face de l'hôtel et me dirigeai vers l'arrêt du tramway. Le temps était froid, gris, venteux ; même les écoliers qui montaient en pagaille dans le bus étaient réduits au silence par le climat rude. Je changeai de bus une fois et fis le trajet jusqu'à Anin. En plein jour, je vis que le coin s'était transformé en un quartier d'affaires. On rasait des maisons et on reconstruisait, des tas de sable et de parpaings isolaient les vieilles baraques, celles avec des poulets dans le jardin et des cages à l'arrière pour les pigeons domestiqués – un loisir de vieillards. Des voitures flambant neuves passaient lentement devant moi, leurs conducteurs prudents mais tout fiers de leur acquisition, soucieux de ne pas racler leur châssis contre la chaussée défoncée. Il y avait d'autres voitures devant l'immeuble de Commerce Express. La Lada avait disparu, la Mercedes était garée sur le trottoir d'en face. J'appuyai sur le bouton de l'interphone. Lorsque j'entendis la sonnerie, je marchai jusqu'à la porte située sur le côté de l'immeuble.

L'impression d'élégance feutrée donnée par la petite plaque en cuivre sur le portail se dissipa dès que je découvris l'intérieur : un vestibule aux murs vert pâle, comme dans un couloir d'hôpital, mal éclairé par un néon capricieux, trois chaises métalliques à la peinture craquelée, une porte à moitié fermée donnant sur un couloir. Je toussai et frottai mes pieds sur le lino pour signaler ma présence. J'entendis des voix. Une femme d'âge mûr, tenant une tasse de thé en équilibre sur une soucoupe, passa sa tête par la porte.

« Je peux vous aider ?
– Je viens de Jadowia.
– Oui ?
– Le village où habite M. Jablonski... »

Aucune réaction sur son visage. Avec quoi devais-je enchaîner? Il fallait que j'improvise, que je gagne du temps. « Je me suis dit que je pouvais voir monsieur... »

Toujours pas de réaction. Elle me laissait m'embourber.

« Monsieur... » Je me grattai le front pour faire croire à un simple trou de mémoire. Qu'est-ce que je faisais là?

« M. Bielski? finit-elle par proposer.

– Oui. Oui, je crois bien. Peut-être M. Bielski.

– Asseyez-vous. »

Elle me quitta en refermant la porte derrière elle. Je m'assis et écoutai les sonneries des téléphones, mais aucune voix ne filtrait des murs. Un homme avec un manteau en cuir déboula de l'extérieur, entra dans les bureaux et referma la porte. Ce n'était pas celui avec qui j'avais discuté la veille au soir. Il me jeta un vague coup d'œil en passant ; je sentais bien que je détonnais dans le paysage. Or je ne voulais surtout pas me faire remarquer. Tomek, un jour, était revenu de la ville avec une veste en cuir, différente du long manteau que portait cet homme. Mon manteau à carreaux en laine synthétique avait été fabriqué dans quelque usine d'État – une tenue de campagnard qui allait bien avec ma tête de paysan et mes cheveux hirsutes. Mes chaussures étaient noires, à bouts ronds, à grosses semelles : des godillots de paysan. J'étais un cul-terreux en pleine ville, débarqué d'un village où les maisons possédaient des poêles à charbon mais pas de téléphones, je nourrissais les porcs, je trayais les vaches, et mes grosses mains abîmées le prouvaient. Je les regardai, ces mains : des doigts épais, des ongles cassés éternellement sales, même après lavage. Je les fourrai dans mes poches et calai mes pieds sous ma chaise pour qu'on ne voie pas mes bouts ronds.

Au bout d'environ un quart d'heure, une secrétaire parut et m'invita à la suivre. Elle me conduisit à un bureau où un homme aux larges épaules, au front haut et à la chevelure noire dégarnie était en train de parler au téléphone. « Il peut aller se faire mettre! disait-il. Écoute-moi bien. Ne t'inquiète pas, il va

En mémoire de la forêt

comprendre sa douleur. » Il me fit signe de m'asseoir tout en hochant le menton devant son téléphone. « Commence et je m'en occupe. On se reparle bientôt. » Là-dessus, il raccrocha.

« Vous êtes venu pour me voir ?
— Monsieur Bielski ?
— Oui, je suis Bielski. Vous cherchez du boulot, c'est ça ?
— Peut-être. Je viens de Jadowia. Je m'appelle Maleszewski. Je crois qu'un de mes voisins a travaillé pour vous.
— D'où ça, dites-vous ?
— De Jadowia.
— Ah !... Jadowia. J'imagine que c'est Jablonski qui vous envoie.
— Je le connais.
— Vous avez une voiture ?
— Je ne sais pas si... Je ne sais pas en quoi consiste le travail.
— Où est-ce que j'ai encore... »

Il cherchait quelque chose sur son bureau, sans me prêter la moindre attention, ou presque.

« Vous savez conduire ? Vous avez le permis ?
— Oui.
— Je n'ai aucune bagnole ici, vous savez. Ce serait bien si vous en aviez une. Je l'ai déjà dit mille fois à Jablonski. »

La secrétaire montra sa tête par la porte. « Berlin », dit-elle. L'homme regarda les trois téléphones sur son bureau, s'excusa et quitta la pièce. J'entendais sa voix dans le couloir, mais pas assez distinctement pour comprendre ce qu'il disait. J'en profitai pour étudier son bureau jonché de papiers et de calepins. Dans mon dos, un canapé occupait toute la largeur du mur, et, devant lui, plusieurs tasses à café sales étaient posées sur une table. Le mobilier était tout neuf, comme le bureau en pin noir – le genre de meubles qui venaient d'arriver sur le marché. D'ailleurs, la pièce sentait encore la peinture. Je songeai un instant à farfouiller parmi les papiers mais je craignis d'être surpris par Bielski ou sa secrétaire. Je m'apprêtais à me pencher en avant pour tenter de lire le maximum de choses lorsque Bielski reparut.

« Vous pouvez revenir demain ? me demanda-t-il. Il faut que j'y aille. Mais j'ai peut-être quelque chose pour vous. Vous êtes sûr d'avoir le permis ? »

Je voulus produire mon permis ; il m'arrêta d'un geste de la main. « Très bien. Je dois y aller. Où est-ce que vous logez ? »

Je lui répondis.

« Il y a un endroit dans la rue Brzeska. Moins cher. Près du marché. Parfois, mes employés dorment là-bas. Redites-moi votre nom. »

Je le lui redonnai, puis lui demandai :

« Est-ce que Tomek Powierza a travaillé pour vous ?

– Qui est-ce ? »

Il rassemblait ses papiers et ne m'écoutait que d'une oreille.

« Mon voisin, dis-je. À Jadowia. Il a peut-être travaillé pour vous. »

Bielski récupéra un jeu de clés et sortit un paquet de cigarettes d'un tiroir.

« Il a été tué, repris-je.

– Tué ?

– Oui. Vous le connaissiez ? »

Il balayait du regard son bureau, comme s'il avait oublié quelque chose.

« Jamais entendu parler de lui. Comment il s'appelait, déjà ?

– Powierza. Tomek Powierza.

– Connais pas. »

Il referma brusquement le tiroir de son bureau. « Revenez demain, d'accord ? »

Il fila vers la porte et l'ouvrit pour moi.

Je retrouvai l'endroit que m'avait indiqué Bielski. Ce n'était pas à proprement parler un hôtel, mais un établissement à mi-chemin entre la pension et le foyer pour travailleurs où j'avais vécu un temps. L'immeuble de quatre niveaux en brique sombre et effritée, situé au bout de la rue Brzeska, au sud du marché, avait survécu à la guerre. C'était une rue très connue à Praga, censée abriter les voleurs et les trafiquants en tout genre. Un panneau jaune sale accroché à la façade de l'immeuble proposait des chambres à louer. Un homme au visage gris empocha mon argent – c'était deux fois moins cher que l'autre chambre – et fit glisser une clé vers moi. Le couloir qu'il surveillait tel un troll empestait la saucisse et le chou bouilli. Je trouvai ma chambre au deuxième étage, à peine plus grande qu'un placard, équipée d'une table, d'une chaise et d'un lit fatigué, avec un matelas en mousse.

En explorant les lieux, je découvris en bas une salle à manger : quatre murs verts et nus, quatre tables et, derrière, la cuisine, qui comprenait un grand évier couvert de chiffons en train de sécher et une gazinière à quatre plaques couverte de taches. En plein après-midi, la cuisine était vide, à l'exception de son mélange d'odeurs. Je compris plus tard que les habitants de l'immeuble venaient y préparer leur pitance, chacun dans son coin. Je me rendis donc au marché pour y acheter un morceau de fromage, quelques saucisses et une demi-livre de pain. Il faisait froid, il y avait du vent, la chaussée était verglacée. L'atmosphère du marché était aussi désagréable que le ciel. Deux rangées de Russes se faisaient face avec leurs gadgets et leurs curieuses panoplies d'outils. J'achetai une paire de cisailles à métaux au prix que m'avait coûté mon pain. Les Russes n'arrêtaient pas de discuter, stoïques dans cet endroit sinistre, habitués qu'ils étaient à connaître des moments plus durs et des froids plus rigoureux. De retour dans ma chambre, je m'affalai sur le lit et m'endormis rapidement. À la manière qui est souvent la mienne quand je fais la sieste, un peu comme si je flottais dans un endroit inconnu, pas totalement happé par mon lit, je rêvai de Tomek. Je le voyais debout au milieu des marchands russes, vêtu comme eux d'une chapka qui dissimulait son visage, si bien que ni lui ni moi ne nous reconnaissions. Il paraissait plus vieux et amaigri, le nez rougi par le froid, les yeux d'un bleu brillant et lumineux, le visage barré par une moustache. Il vendait une sélection de clés Allen et de jauges d'épaisseur, déployées dans ses mains comme des éventails, et j'essayais de m'approcher en jouant des coudes parmi la foule amassée autour de lui, pressé de lui acheter ses outils. Dès qu'un acheteur repartait, deux autres prenaient sa place. Mais je n'arrivais pas à l'atteindre, ni à me faire entendre.

Je me réveillai. Il faisait nuit, il y avait du bruit; je mis du temps à comprendre où j'étais. Un rai de la lumière du couloir passait sous ma porte. J'entendis des pas dans l'escalier, puis des voix russes sonores passer et s'évanouir.

Je tâtonnai pour trouver la lumière, en l'occurrence une lampe jaunâtre posée sur la table branlante à côté du lit, et rassemblai mes achats. Le couloir sentait la nourriture en train de cuire; je suivis l'odeur et les voix: elles provenaient de la salle à manger. Toutes les tables étaient occupées et l'air était complètement enfumé. Lorsque j'entrai, les conversations s'arrêtèrent un instant puis reprirent. Je repérai deux chaises vides à une table et m'en approchai, non sans saluer d'un signe les deux hommes déjà installés. Entre eux traînaient une moitié de pain, une boîte de sprats huileux et quatre bières. L'un d'eux m'indiqua les chaises vides. Je m'assis. Après une seconde d'observation, ils reprirent leur discussion en russe. Je me dis qu'ils travaillaient ensemble, partageant la chambre et la nourriture. Je déballai mon pain et ma saucisse, trouvai un couteau près de l'évier et me mis à trancher la *kielbasa*. Les Russes terminèrent leurs sprats, trempèrent des bouts de pain dans l'huile et finirent leurs bières. L'un deux, visage charnu, yeux rouges et tristes, comme démoralisé d'être loin de chez lui, admira les morceaux de saucisse qui s'étalaient sur le papier devant moi. Nos regards se croisèrent une fraction de seconde. Je fis glisser le papier vers lui.

« Je vous en prie.
— *Nie*. Merci. »
Il employait la forme abrégée en polonais, comme faisaient toujours les Russes. Ils se levèrent, ramassèrent leurs affaires et s'en allèrent, ne laissant derrière eux que des miettes de pain. Les conversations ne s'étaient pas arrêtées. Je dînai lentement et observai la scène. Des bouteilles apparurent sur deux des tables, la fumée s'épaissit. Une tablée dans le coin – égayée par deux bouteilles de vodka – semblait attirer l'attention et susciter les discussions les plus animées, à tel point que les hommes assis aux autres tables acceptaient de bon cœur un petit verre. Il y avait là un homme avec un torse massif et une voix forte qui inspirait manifestement le respect chez ses compagnons de tablée. C'était lui qui parlait. Les autres écoutaient, acquiesçaient, murmuraient *da, da*, puis éclataient de rire au moment où il terminait son histoire et levait son verre, avec un air sérieux, tel un humoriste. La vodka coulait à flots, les cigarettes s'allumaient sans cesse. Finalement, une fois les bouteilles vidées, seule cette table resta occupée. C'est à ce moment-là que quelqu'un parla de « la rue Feliksowa ». Je me rendis compte que j'avais déjà entendu ce nom pendant la conversation, mais que je ne l'avais pas saisi au milieu des phrases russes. Après tout, Bielski m'avait envoyé ici depuis la rue Feliksowa. Est-ce que ces gens-là travaillaient pour lui ? Je roulai mon papier en boule, débarrassai les miettes et, en rapportant le couteau vers l'évier pour le nettoyer, je passai juste à côté de la table.

« Bonsoir monsieur, me dit, en polonais, l'homme au torse massif.
— Bonsoir. »

Je nettoyai méticuleusement le couteau. Une fois cela terminé, je vis que l'homme me regardait. Il avait l'air volubile, rougeaud, bavard, un peu ivre.

« Comment vous trouvez la Pologne ? demandai-je.

– Chère.

– Pleine de Polonais », répondit celui – petit, au visage pointu et blond – assis en face de lui. Il s'appuya sur ses coudes pour verser le liquide argenté dans son verre sale.

« Asseyez-vous, me lança le gaillard. Je m'appelle Valentin.

– Leszek. Merci à vous.

– Youri », se présenta l'autre.

Nous nous serrâmes la main.

« À boire ?

– D'accord. »

Il me versa de la vodka.

« À la liberté, dit-il en riant. À la perestroïka !

– Au commerce libre », fit Youri. Nous bûmes. La vodka me coupa le souffle ; en toussant, je faillis tout recracher.

« Vous n'aimez pas ? demanda Valentin. C'est la vodka polonaise. Meilleure que la merde russe. Il n'y a pas de vodka en Russie maintenant. Très chère.

– Cadeau de Gorbatchev, dit Youri.

– Comme l'essence aujourd'hui. La vodka russe est comme l'essence. Elle nettoie les tuyaux. »

Youri éclata de rire et donna une grande tape sur la table. Valentin eut un petit sourire. Quant à moi, j'avais l'estomac en feu.

« D'où êtes-vous ? leur demandai-je.

– Près de Moscou, répondit Valentin. Vous connaissez ? »

Je leur dis que je n'avais jamais mis les pieds en Union soviétique. Youri m'expliqua que j'avais bien de la chance.

« Depuis quand êtes-vous ici ?

– Deux semaines. Cette fois-ci. Mais on vient souvent. Pour le commerce. »

Je leur dis que je les avais entendus parler de la rue Feliksowa. Est-ce qu'ils travaillaient pour une société là-bas ? Ils me regardèrent, puis échangèrent un petit coup d'œil ; je m'engouffrai dans la brèche.

«J'ai rencontré un certain M. Bielski. Je vais peut-être travailler pour lui. Vous le connaissez? Bielski? De la rue Feliksowa?
– M. Bielski. Oui, M. Bielski, répondit Valentin.
– Qu'est-ce que vous faites pour lui?
– On l'aide à devenir riche, expliqua Youri.
– Plusieurs choses. Du commerce. Prenez un autre verre.»
Il m'en servit un.
«Je vais ramener la vodka polonaise à la maison, dit Youri. Et *kielbasa*. Beaucoup de kilos de *kielbasa*. Presque aussi bien que l'argent. Mais plus difficile à transporter.
– Les Russes font aussi une saucisse dégueulasse, commenta Valentin.
– Ils ont oublié la recette. Mon grand-père faisait ça mais quand il avait les cochons. Mon enfance. La dernière fois que j'ai vu un cochon, j'étais enfant.
– Maintenant, votre grand-père fabrique des tracteurs.
– Ça ne se mange pas, les tracteurs, fit Youri. De toute façon il est mort.»
Il remplit de nouveau nos verres.
«Je suis prêt à rentrer chez moi, dit-il. C'est trou du cul du monde, mais c'est chez moi. Je veux élever des cochons, faire des saucisses, comme mes ancêtres.
– Tu es ivre, lui lança Valentin. Tu ne sais pas quel bout du cochon nourrir.
– Pas de problème! Les cochons savent, eux. À votre santé! Aux cochons!»
Je bus. Cette fois, la vodka passa plus facilement; l'alcool se fraya un chemin jusqu'à mon estomac et, une fois parvenu à destination, sembla s'échauffer comme du charbon liquide. Très bien, me dis-je: j'allais procéder tranquillement. Je n'avais pris qu'une seule cuite dans ma vie. Avec Tomek, justement. Il avait volé une bouteille dans la remise à charbon du forgeron et nous l'avions sifflée dans une grange, avec un autre garçon du village.

Je me souvenais de la lumière, cet après-midi d'été, qui transperçait les planches du fenil. Pendant un moment, j'avais cru pouvoir m'envoler ; et puis j'avais tout vomi.

Youri continua, devint sentimental, parla des cochons, de son grand-père, des Russes et de leur terre, de ses souvenirs de cueillettes de champignons, des forêts de bouleaux. Valentin l'encouragea, puis fit son rabat-joie.

« Mais ils sont tous radioactifs maintenant, tes champignons. Ils donnent le cancer.

– Buvez, dit Youri.

– À votre santé ! me lança Valentin.

– Aux champignons, fit Youri.

– Aux cochons.

– Au commerce libre. »

Ils poursuivirent ainsi sur leur lancée et moi je les écoutais, sans être attentif à chaque instant, mais presque. Au bout d'une heure, l'employé au visage gris éteignit les lumières et nous montâmes dans leur chambre.

Des sacs de voyage remplis étaient empilés dans un coin. Valentin écarta des tas de vêtements sales à coups de pied et, d'un des sacs, sortit une nouvelle bouteille. La chambre comprenait deux lits, aussi rudimentaires que le mien, ainsi qu'une chaise. Valentin m'invita à m'y asseoir. « *Pozhalzta* », me dit-il.

Nous nous assîmes. Youri servit la vodka. Mes jambes étaient engourdies.

« Alors, me dit Valentin. Tu es chauffeur ? Pour Bielski ? Travail intéressant.

– Tu as un pistolet ? demanda son ami.

– Non. J'en ai besoin ?

– Non, répondit Valentin. Youri aime les jouets. Pas nécessaire.

– Je peux avoir un pistolet pour toi, fit Youri. C'est mieux avoir un pistolet. Insiste pour avoir un.

– Pourquoi est-ce que j'en aurais besoin ? C'est dangereux de faire le chauffeur ?

— Tu es sur les routes, parfois la nuit. C'est une précaution, mais pas nécessaire. Youri exagère. »

Je leur demandai ce qu'ils livraient pour Bielski.

« Des petits produits manufacturés, fit Valentin.

— Composants, précisa Youri.

— De quoi ?

— Produits en acier.

— Pour la réexportation.

— Pour la réexportation où il y a besoin.

— Il y a toujours besoin de ces produits, expliqua Valentin.

— Il y a toujours demande.

— On dirait que vous faites du trafic d'opium.

— Un peu comme l'opium, oui.

— C'est bon, l'opium, observa Youri avant d'éclater de rire. Tu en as, tu veux encore plus. Mais ça, pas fumer, pas injecter. »

Il rigola de nouveau.

« Tu le mets directement dans ton sang », enchaîna Valentin. Ils s'amusaient vraiment et jouaient les mystérieux pour me faire marcher. À ce moment-là, mon cerveau était à peu près aussi paralysé que mes jambes. Valentin servit une nouvelle tournée. Youri rigolait encore.

« Directement dans le sang », fit-il. Il avait le visage complètement rouge, à force de rire et de tousser en même temps.

« Dans le ventre ! »

Il voulut attraper la cigarette dans sa bouche, mais celle-ci resta collée sur sa lèvre et tomba directement dans son verre de vodka.

« *Fuck !* lâcha-t-il en anglais.

— Le crâne, c'est bien aussi », continua Valentin. Youri attrapa le mégot dans son verre et avala cul sec, avec les cendres et le reste.

Je fus pris de nausée. La moquette marron sale et les murs jaunes menaçaient de tourbillonner. Je fixai mes yeux sur la lampe. Les nerfs de mon visage me chatouillaient ; je me sentais sur le point de vomir. J'attrapai la chaise et m'y agrippai.

« Ça n'a pas l'air d'aller, mon ami, dit Valentin. Reprends de la saucisse. Tu as un peu de saucisse, Youri ? »

Ce dernier fouilla dans un sac. Lorsque je levai de nouveau les yeux, il tenait une tranche de saucisse grasse entre son pouce et la lame de son couteau suisse. Graisse de porc et vodka – une coutume campagnarde. Je m'exécutai. Qu'est-ce que je fabriquais là ? Je m'assis quelques instants. Tandis que Youri et Valentin discutaient en russe, j'essayais de ne pas faire attention à eux. Au bout d'un moment, Valentin souleva la fenêtre. Je respirai un peu mieux et ma nausée s'apaisa. Qu'est-ce que je *fabriquais* là ? Mes deux compagnons semblaient se disputer, presque en silence, comme par respect pour ma pauvre tête retournée. Je repensai à la blague de mon grand-père sur les Russes et les Allemands. J'aimais bien ces deux Russes-là ; ils avaient été gentils avec moi. L'air frais du dehors m'enhardit.

« Vous connaissez Tomek Powierza ? dis-je, interrompant leur conversation.

– Qui est-ce ? répondit Valentin.

– Un ami. Il a peut-être travaillé pour Bielski. Il venait du même village que moi. Un Polonais. Vous l'avez rencontré ? Il a peut-être livré des choses pour Bielski. »

Les deux visages restèrent impassibles.

« Beaucoup de gens travaillent pour Bielski, dit Valentin.

– Est-ce que vous avez entendu dire que quelqu'un qui travaillait à son service s'est fait tuer ? Assassiner ? »

Ils échangèrent un regard, en silence. Valentin fit signe que non.

« Insiste pour pistolet, me dit Youri. S'ils ne te donnent pas, viens me voir. Je trouverai pour toi.

– Vous n'avez jamais entendu parler de lui ? »

Je passai de l'un à l'autre ; leur incompréhension paraissait sincère.

« Non », insista Valentin.

La graisse de lard médicinale avait cessé d'opérer. Tout ce que je voulais, c'était m'allonger, dormir. D'un pas mal assuré, je me levai pour prendre congé ; mes hôtes m'accompagnèrent à la porte en me glissant des mots d'amitié et d'encouragement. Je parvins à remonter sans leur aide et à ouvrir ma porte. Une fois dans ma chambre, j'ouvris grand la fenêtre et sortis ma tête : l'air froid sentait le charbon, mais plus la cigarette, au moins. Trois étages plus bas, une partie de la rue luisait encore de verglas. Un taxi passa, suivi par une voiture de police. Ensuite, plus rien. Il était tard. Un chat se faufila à travers une porte. Une neige épaisse et tourbillonnante tombait sur le trottoir. Mon souffle lâchait de la buée dans la nuit. Quelque part, j'entendis le bruit d'une poubelle en métal qu'on déplaçait, répercuté le long des murs de l'allée. Toute la ville semblait endormie, à l'exception des policiers, des chauffeurs de taxi et des hommes qui toussaient dans des chambres enfumées comme celle au-dessous de la mienne. Des gens qui faisaient des affaires. Je me demandais si, de l'autre côté du fleuve, le nouveau président était toujours debout, rêvant de boire un verre avec ses vieux amis intellectuels ou avec les conducteurs de chariots élévateurs sur les chantiers navals. Le président Walesa, devenu gros, rêvant de conduire sur les routes la nuit, comme il le faisait jadis, ou de partager une vodka avec son nouvel ami George Bush. Ou revivant son toast à la reine d'Angleterre, ou son discours devant le Congrès américain. Imaginez donc ! Un petit Polonais ordinaire, né dans la tourbe. Ils adoraient ça, en Amérique ! Un président né au milieu des marécages, à l'aise à la campagne, dans les forêts, près des rivières, à la pêche. Il aimait la pêche.

Mais pas la chasse.

Seuls les présidents communistes s'adonnaient à la chasse. Brejnev. Jivkov. Gierek. Dans la vieille forêt de Bialowieza, suivis par une cohorte d'assistants, en train de traquer le bison ou le sanglier. Avec des armes à feu, tirant des rafales.

Des armes à feu ?

Peu à peu, mes idées se remettaient en place.

Mais bien sûr... C'étaient des armes à feu !

Ça paraissait logique : de la Pologne, elles partaient vers l'est. Sans doute à partir d'une usine d'armes légères installée quelque part. Tout le monde savait que les fabricants commençaient à être fauchés – c'était dans les journaux. Les anciens clients n'avaient plus le droit de leur acheter des armes, si bien qu'ils se tournaient maintenant vers la fabrication de machines à coudre. Mais là encore, il n'y avait pas de clients.

Depuis la Pologne jusqu'au chaos des républiques soviétiques, où tout était possible et où toutes les frontières ressemblaient à des passoires. L'Arménie, l'Azerbaïdjan... Et même jusqu'en Croatie. Le Sri Lanka. Les Kurdes. Qui pouvait savoir ? Peut-être même jusqu'à Belfast. Youri avait raison : il n'y en avait jamais assez. Il y aurait toujours des acheteurs. Et ici, en Pologne, des usines entières remplies de fusils et de pistolets, sans personne à qui les vendre. Sauf peut-être à Valentin et à Youri. Ou à Bielski.

Mais Tomek ? Je n'avais pas de mal à l'imaginer en train de se livrer à une activité qui, d'un point de vue strictement technique, flirtait avec la légalité, même marginalement – faisant passer une caisse d'alcool en contrebande ou glissant quelques marks dans la main gloutonne d'un garde-frontière. Mais quelque chose de vraiment dangereux ? Quelque chose d'aussi sérieux que les armes ? C'était tout de même un autre niveau. Mon esprit se perdit en conjectures.

Je m'enfonçai sous les draps, trop épuisé pour me déshabiller.

Le lendemain matin, Valentin et Youri avaient disparu – du moins à 7 heures, lorsque je me réveillai. J'avalai un morceau de pain sec et du thé non loin du marché, puis me rendis directement à Anin. À peine avais-je franchi l'entrée de Commerce Express que Bielski sortit de son bureau en compagnie d'un groupe d'hommes, dont un que je pensais avoir vu la veille, à l'hôtel, en train de discuter avec Youri et Valentin. Je n'eus pas le temps d'étudier son visage de plus près : dès que Bielski m'aperçut, il demanda aux hommes de s'en aller. Puis il se tourna vers moi.

« J'ai parlé avec Jablonski.

– Ah oui ?

– Il sait qui vous êtes, mais il ne vous a jamais envoyé ici. Vous ne travaillez pas pour lui.

– Je n'ai jamais dit ça.

– Eh bien, vous ne travaillerez pas pour moi non plus. Retournez dans votre ferme. »

Il m'ouvrit la porte. Je restai immobile un long moment.

« Est-ce que vous connaissiez Tomek Powierza ? lui demandai-je.

– Tout ce que je sais, cher ami, c'est que vous allez foutre le camp. Tout de suite. Et ne revenez pas. »

L'homme au long manteau de cuir se glissa derrière Bielski et observa la scène. Je m'avançai jusqu'à la porte.

« Je veux juste vous poser des questions sur mon voisin, dis-je.

– Au revoir. »

Mon départ fut accompagné par le bruit de portières que l'on claquait. À l'hôtel, Youri et Valentin ne se trouvaient plus dans leur chambre. Lorsque j'interrogeai le vieux bonhomme de la réception, il me répondit qu'ils étaient partis.

Je récupérai mon sac et filai à la gare pour prendre le train. Bizarrement, je me sentais comme un fuyard, un peu honteux, même. Je n'avais quasiment rien découvert de nouveau. Et visiblement mes recherches maladroites étaient remontées aux oreilles de Jablonski. Je n'y voyais pas une bonne nouvelle. Le train était en retard, rempli d'hommes qui avaient l'air écrasés par la ville. Comme moi.

6

Le *naczelnik* Farby consacrait toute son attention et son sérieux aux réunions du conseil municipal concernant l'entretien des équipements, mais il mettait toujours un point d'honneur à arriver avec cinq minutes de retard et débarquait dans la sinistre salle de réunion, située à l'arrière du « centre culturel » du village, avec une précipitation à la fois brusque et affairée. Zofia Flak, toujours digne de confiance, l'avait prévenu, si bien qu'il avait tout son temps pour traverser la place depuis son bureau. Il venait de feuilleter un magazine où alternaient des articles sur les voitures – comment les réparer et les customiser – et des photos de femmes presque nues. Les légendes précisaient qu'il s'agissait de femmes polonaises, mais Farby les soupçonnait d'être plutôt suédoises ou allemandes, voire originaires d'un autre pays où les femmes étaient décadentes et blondes, car il ne croyait pas qu'il pût y avoir autant de fortes poitrines dans toute la Pologne. Bien sûr, se disait-il, Zofia aurait pu faire ces photos, mais elle n'accepterait jamais une chose pareille. La perspective le plongea dans une rêverie que Zofia elle-même interrompit en lui annonçant que le conseil municipal allait débuter. Il tua cinq autres minutes en allant aux toilettes, en mettant son manteau et son chapeau, puis en retournant à son bureau pour récupérer les documents nécessaires. Il traversa la place, d'abord lentement, puis d'un pas plus pressé, afin d'arriver avec cet air d'autorité empressée qu'exigeaient les circonstances.

Tous les membres habituels étaient là : Barski, le pharmacien, au premier rang, en train de faire des messes basses avec

Kluzewski, le marchand de primeurs ; trois paysans, Hajnek, Halski et Halek, les trois H, assis au troisième rang, comme toujours, avec un siège libre entre chacun. Il y avait aussi Mme Gromek, la retraitée secrétaire du conseil municipal, que ses cheveux gris courts et son regard sévère faisaient ressembler à un Staline sans moustache : vétéran de ces réunions, son regard seul était un avertissement contre toute erreur de procédure. Derrière elle, affalé, se trouvait Niechowski, le gérant de la quincaillerie, et, à côté de lui, Ortowski, de la coopérative agricole, qui était l'oreille de Jablonski. Farby s'avança d'un pas décidé jusqu'à la table centrale. Il perçut immédiatement un silence inhabituel. Il posa sa chemise remplie de documents et prit place face au groupe.

« Nous devons nous occuper aujourd'hui d'un problème qui dure depuis longtemps. »

Il promena son regard autour de la salle et vit que Barski commençait à chuchoter avec Kluzewski.

« Si vous êtes prêts...

– Le compte rendu, l'interrompit Mme Gromek.

– Ah ! oui, le compte rendu. Monsieur Barski, le compte rendu. »

Barski lut le compte rendu de la dernière réunion.

« Bien, conclut Farby quand ce fut terminé. Maintenant, passons aux fosses d'évacuation sur la route de Wegrow. »

Il prit sa liasse de papiers, passa devant chaque rangée et, mouillant son pouce, compta les feuilles.

« Vous trouverez là... Est-ce que Korczak est avec nous aujourd'hui ? Non ? Bien, vous trouverez là un résumé de l'opération précédente, pour information. »

Les feuilles furent distribuées et chacun des membres les étudia. Personne ne se souvenait précisément de ce qui avait été dit, même s'il était vrai, comme le disait Farby, que des heures et des heures de discussion avaient été consacrées à cette fosse d'évacuation sur la route de Wegrow, ainsi qu'à d'éventuelles résolutions visant à une étude plus approfondie de la question.

« La fosse d'évacuation de la route de Wegrow traverse le marais du Soleil et le ruisseau de Slowik », commença Farby. Il avait regagné sa place et reposé devant lui les exemplaires superflus du « résumé » sur les documents empilés.

« Suite aux fortes pluies de l'été dernier et à la surcharge de travail des équipes du village, l'ouvrage n'a pas pu être achevé. C'est-à-dire qu'il n'a même jamais démarré. Le travail a été inspecté par le chef d'équipe – je crois que les inspections ont eu lieu en juillet et de nouveau en août. En juillet, il a été constaté que les fosses étaient trop humides et en août ils n'avaient pas assez d'ouvriers à cause des vacances ou d'engagements ailleurs.

– Monsieur le *naczelnik*, intervint Kluzewski. Pourquoi est-ce que les directeurs de l'équipement laissent toujours leurs employés partir en vacances quand il y a des ouvrages importants à réaliser ? »

Kluzewski appartenait déjà au conseil municipal quand Farby était au collège. Il connaissait parfaitement la réponse à sa question : les vacances c'étaient les vacances, et les équipes étaient de toute façon payées, qu'elles fassent le travail ou non.

« C'est vrai, insista Halek, dans la rangée des paysans. Kluzewski a raison. Et pourquoi est-ce qu'on en parle aujourd'hui alors que l'hiver commence, qu'il fait froid et que l'agent de l'équipement va nous expliquer que le sol gelé les empêche de travailler ? »

Un murmure approbateur parcourut la salle. Farby fut un peu décontenancé. Cette réunion était une simple routine ; il n'avait pas l'habitude d'entendre s'élever des voix. « On ne peut pas modifier le calendrier des vacances, répondit-il. Vous savez aussi bien que moi qu'il est fixé depuis longtemps. »

Il se pencha sur son dossier, à la recherche de quelque chose.

« Ces enfoirés ne travaillent jamais, même quand ils ne sont pas en vacances. »

Farby ne réagit pas mais il avait reconnu la voix de Niechowski. Il se demanda quelle mouche avait piqué tout ce beau monde.

« Très bien, très bien », dit-il. Il retrouva le papier qu'il cherchait et se redressa en le tenant devant lui. Il sentit en même temps qu'un rire réprimé agitait l'assistance. Avec une certaine inquiétude, il comprit qu'on se moquait de lui.

« D'après mon mémorandum, vous verrez que le conseil, à ma requête... »

Il s'arrêta un instant pour que les gens intègrent bien son initiative. « Qu'à ma requête dûment acceptée, le conseil s'est plaint que les fosses n'aient pas été nettoyées en juillet, lorsque le kilomètre de route qui sépare la grange de Kowalski du marais du Soleil a été inondé. Une copie de ma requête a été transmise à Korczak, du service de l'entretien. »

Farby scruta l'auditoire.

« Je note, au passage, l'absence de Korczak aujourd'hui. »

Pourquoi ne pas laisser à Korczak, se disait-il, le soin de recevoir les doléances ? Il embraya.

« Suite à l'action de ce conseil – et à mon enquête personnelle sur le sujet... Suite à cela, une nouvelle inspection a eu lieu en août. »

Farby jeta la feuille de papier sur la table et porta sur l'assistance un regard satisfait.

« Mais en août c'était sec ! » Halek, encore... Il habitait au bord de la route de Wegrow et se rappelait très bien l'inondation. Se fiant aux expériences passées, il avait toutes les raisons de croire que la route serait encore impraticable au printemps suivant, dès que les fossés obstrués refouleraient de nouveau.

« Oui, c'était sec en août, répondit Farby. Le rapport d'inspection indique que c'était sec. »

Il ne put contenir l'accent véhément de sa voix. Il se demanda ce qui, décidément, se passait.

« Ils ont donc pensé qu'il n'allait plus jamais pleuvoir ? fit Niechowski.

– Si c'était sec, pourquoi n'ont-ils pas travaillé à ce moment-là ?
– Requête !
– Une seconde, rétorqua Farby, la main levée.
– Il est temps de les renvoyer !
– Il a raison !
– Une seconde ! Les équipes de chantier ont droit à leurs vacances. Et elles les ont toujours prises en août. »
Des rires fusèrent en même temps – mauvais, sarcastiques.
« Requête !
– Il devrait être réprimandé.
– Qu'on le renvoie ! »
Farby sentit la moutarde lui monter au nez. Tenant dans ses deux mains les liasses de papiers, de rapports et de requêtes anciennes, il fusilla du regard les membres du conseil, qui semblaient parler tous en même temps. L'espace d'un instant, affolé, il crut que c'était lui qui était visé.
« Renvoyer qui ?
– Korczak ! »
Ce fut un soulagement. Naturellement, le conseil ne pouvait pas renvoyer le *naczelnik* – il le savait bien. Mais on pouvait toujours lui rendre la vie compliquée, et ce n'était pas le moment de chercher les ennuis. Korczak ! Mais oui, Korczak ! Bien sûr ! Une réprimande ! Ça ferait l'affaire.
« Y a-t-il une requête pour transmettre officiellement une réprimande à M. Korczak, en tant que directeur du service de l'entretien ? »
La voix de Farby, qui retrouva de l'assurance après un départ hésitant, fut celle d'un juge demandant à l'accusé de se lever pour entendre le verdict du jury.
« Qu'on le renvoie !
– Y a-t-il une requête ?
– Requête ! »

Il se dit que Jablonski devait forcément être derrière tout ça. Et cette vieille chouette de Mme Gromek n'aurait jamais participé au raffut sans le feu vert de Jablonski. Farby, encore tout rouge et se demandant comment il allait pouvoir rédiger une réprimande absurde à l'encontre de Korczak, traversa la place jusqu'à son bureau, mais d'un pas pressé cette fois. Il était furieux. En tournant au coin de l'immeuble, il vit Twerpicz sortir en trombe et foncer dans la direction opposée, loin du centre du village, comme pour ne croiser personne. Rêvait-il ? Voyant Twerpicz jeter un coup d'œil derrière lui, il se retint de lui hurler dessus, comme après un voleur. « Petit enfoiré », marmonna-t-il plutôt dans sa barbe. Il pressa le pas. Zofia était debout devant son bureau, le visage perplexe. Elle tenait un bout de papier.

« Qu'est-ce qui se passe, Zofia ?

– Twerpicz vient de passer. Il exige de pouvoir consulter certaines archives.

– Quelles archives ?

– Il a apporté une lettre. Du Comité citoyen.

– Ah oui ?

– Il affirme que le comité demande à voir les archives du service de l'équipement du village. En particulier "les contrats avec les fournisseurs et leurs factures".

– Qu'il aille au diable.

– Et les livres de comptes de la distillerie. »

Farby voulut parler mais sa gorge nouée n'émit qu'un faible râle. Il dut s'y reprendre à deux fois.

« Zofia, dit-il. Je vous aime. »

Plus tard dans la soirée, alors qu'il n'arrêtait pas de revoir la scène dans ses moindres détails, il crut que Zofia avait fondu sous ses yeux. Elle avait lâché la lettre de Twerpicz sur la table, marché vers lui, pris sa main et l'avait mené jusqu'à son bureau. Elle avait refermé la porte, toujours sa main dans la sienne, puis, à peine le verrou mis, s'était collée tout contre lui. Elle était douceur et plénitude, générosité et bonté. Il avait senti sa chaleur à travers la fine laine de son chandail.

L'instant n'avait pas duré longtemps – quelqu'un déboula dans l'autre pièce en toussant bruyamment – mais il avait scellé leur destin. Farby avait regardé les yeux de Zofia : ils étaient mouillés de larmes, des larmes de joie, et il avait cru sentir son cœur battre la chamade. Elle s'était ressaisie avant de remonter pour affronter le monde corrompu.

À présent, assis seul chez lui pendant que sa femme dormait dans la chambre, il essayait de trouver une solution. De toute évidence, Jablonski le sacrifierait. Il ne lui avait pas parlé ; ça ne lui apporterait rien de s'entretenir avec lui. Il ne se ferait plus jamais humilier. Désormais, il se défendrait. Et surtout, il défendrait ce qu'il commençait à considérer comme sa « nouvelle » personnalité, sa nouvelle existence, sa vie aux côtés de Zofia. Il pourrait encaisser la trahison de Jablonski. Il était inquiet, bien sûr, mais il sentait en lui une nouvelle énergie. Force ! Courage ! Dans la nuit presque noire, son torse se bomba, sa mâchoire se serra. Pour la première fois depuis bien des années, se dit-il, il commençait à se sentir – presque – heureux.

Quand le silence régnait dans la distillerie, Czarnek entendait l'orge qui levait. Il avait découvert cela des années auparavant, un jour qu'il se trouvait en bas, dans la salle de maltage – un lieu humide, chaud, où la lumière chiche passait à travers les fenêtres sales du sous-sol, et dont le sol en ciment était couvert de graines en train de germer, dégageant une odeur d'humus, comme des fleurs mêlées de pourriture ou le tapis de la forêt lorsqu'on ratisse les feuilles avec les doigts pour dévoiler la terre au-dessous. Une odeur chargée, ni propre ni sale, mais écrasante, nécessaire, réelle. Pour Czarnek, si quelque grande force naturelle, comme la gravité, possédait une odeur, elle ressemblerait à celle-là, à la fois complexe et fondamentale. Un procédé antique, déjà décrit (à ce qu'on lui avait raconté un jour) dans le Livre des morts des Égyptiens : l'orge répandue, humidifiée et remuée à la pelle. Il en allait de même ici. Amidon, sucre, enzymes. Les cellules qui se divisent et se reconstituent, couche après couche. S'il observait attentivement, comme il le faisait en ce moment, assis par terre, adossé au mur, il pourrait voir le processus à l'œuvre et le mouvement quasi invisible, comme des taches devant ses yeux. Le bruit qu'il entendait ressemblait au tic-tac d'une petite montre.

Ici, un boisseau d'orge donnait quasiment deux boisseaux de grain germé. Le malt de l'enzyme, ajouté à l'amidon de pomme de terre, se transformait en sucre simple, qu'on mélangeait ensuite à de la levure pour la fermentation dans des cuves de deux mille litres – et pendant vingt-quatre heures il bouillait tout seul, dégageant des quantités de dioxyde de carbone qui s'évacuaient des réservoirs, nuage invisible que son poids atmosphérique faisait chuter et s'accumuler au sol, repoussant l'oxygène au-dessus. La salle de fermentation pouvait tuer sans peine un chat enfermé toute une nuit à l'intérieur. Voire une vache.

Fermentation, ébullition et distillation, hydraulique et chimie, molécules brisées, reformées, chaînes comportant de nouveaux maillons, eau et éthanol, cousins germains liés entre eux par un échange d'atomes, carbone et hydrogène. Qui décidait de cette redistribution ? La pourriture ou la croissance ? Czarnek était assis au milieu de tout cela, transformé en alchimiste par le seul contrôle des manettes, entouré de procédés où une particule de matière se nourrissait d'une autre pour se transformer en autre chose.

Au bout du compte, il y avait le produit : l'esprit, comme une chose qui possède une existence par-delà son aspect physique. Une fois terminé, il ressortait bouillonnant d'un bec de la taille d'un doigt d'enfant, en montant et en descendant doucement, aussi limpide et net qu'un ruisseau de montagne, enfermé dans sa cage de verre, comme une relique vénérée.

Il était produit à partir d'une matière qui ressemblait à de la boue. Ou à de la cire de parquet. Et c'était avant tout un poison. Un autre cycle de destruction et de décomposition.

Czarnek reposa sa tête contre le mur, ferma les yeux et inspira longuement.

S'il existait un descriptif du poste de Czarnek, ou s'il avait dû en rédiger un, on aurait lu, dans la partie dévolue aux « tâches annexes », l'obligation de travailler et de coexister avec Jablonski, avec ce vieux furet méchant de Marcin et tous ceux qui leur succéderaient. Les cajoler, se tenir tranquille, garder son emploi – méthode éprouvée, que l'on produise de la vodka, des tracteurs ou des chars d'assaut. Dans ce système au génie propre, rien n'échouait. Jamais. Tout était simplement réévalué. Personne ne perdait son travail, sauf en cas d'insubordination grave. Czarnek suivait donc les règles du jeu telles qu'il les comprenait : parfois insolent, jamais désobéissant. Toutefois, le système se montrait indulgent jusqu'au jour où il sentait une menace : dès lors, plus personne n'était indispensable. Et Czarnek sentait que ce jour était arrivé.

Une catastrophe avait eu lieu ; il était mûr pour le sacrifice. Un corps avait été découvert dans les bois, la « réévaluation » s'enclenchait, et plusieurs pistes remontaient jusqu'à la distillerie. Jusqu'à lui.

Comme d'habitude, Jablonski sauverait sa peau. Aucun document ne le confondrait. C'est ce qu'il lui avait dit, en personne ; et sur ces questions-là, on pouvait le croire. Peu importe que la moitié du village le considérât comme un escroc : il n'y aurait jamais la moindre preuve tangible contre lui.

Czarnek ne craignait pas qu'on l'accuse de meurtre – pas directement. Pour lui, une telle éventualité relevait de l'inconcevable. D'une certaine façon, le meurtre de Tomek Powierza était absurde. Il ne pensait pas que Jablonski fût derrière ce crime mais il était prêt à parier sa distillerie que celui-ci savait de quoi il retournait, que la mort du jeune Powierza était due aux manigances entre Jablonski et les Russes, et que ces derniers ne remettraient pas les pieds à Jadowia de sitôt. Ces derniers temps, les Russes ressemblaient aux brigands dans les westerns américains : ils traversaient la frontière dans leurs voitures rafistolées et déguerpissaient aussi sec. Dans combien de trafics trempaient-ils ?

L'avidité de Jablonski le poussait dans une autre direction. C'était le pouvoir qui l'intéressait : l'influence, sa réputation, son statut au sein du village, si minuscule fût-il. Jadowia était tout simplement son terrain de jeu, son arène. Il y avait passé presque toute sa vie d'adulte. La situation évoluait-elle ? Qu'à cela ne tienne, il évoluerait avec elle, prendrait même parfois les devants, s'enrichirait, si telle était la nouvelle condition du succès. La survie : voilà le talent que ses aînés du parti lui avaient transmis comme un héritage. Jablonski se voyait comme l'incarnation de l'ancien régime autant que sa victime. Rongé par la faiblesse du système, par son apathie, par sa répugnance à prendre des décisions.

Czarnek sentait bien le danger. Jablonski n'accepterait jamais d'être barré. Si un meurtre isolé – si tant est que ce fût bien le cas – déclenchait une enquête autour de la distillerie, alors Jablonski prêterait son concours mais s'exonérerait de tout reproche, se présenterait en héraut de la justice et en pourfendeur de la corruption. Il mènerait l'assaut et réunirait autour de lui les autorités comme l'opinion publique. Il prendrait ses distances avec Farby et Czarnek, les laisserait se faire traîner jusqu'au tribunal, voire en prison. Et tout le village applaudirait. Farby était un imbécile. Quant à son propre sort, Czarnek ne se faisait aucune illusion. La plupart des gens, pensait-il, le considéraient comme un solitaire suspect, un personnage douteux, une sorte d'ermite. Sans doute que tous ceux qui avaient affaire à lui ne l'aimaient pas. Antipathie compréhensible, se disait-il, puisque lui-même les haïssait aussi – collectivement plus que personnellement – depuis son enfance. À la différence près que lui savait pourquoi.

Eh bien les choses ne se passeraient pas comme l'entendait Jablonski. Pas cette fois. Czarnek ne le permettrait pas. Si on le traquait, il obligerait tous les villageois à se souvenir. Or c'était précisément ce qu'ils détestaient le plus.

Il avait commencé à visiter de plus en plus souvent cet endroit de la forêt. Le silence y était toujours profond. Les vieux pins, bordés par des tilleuls, des hêtres blancs et des bouleaux, étaient protégés par des fourrés de baies rouges qui s'accrochaient à sa chemise quand il les traversait. Une fois les épines dépassées, il retrouvait le calme et une teinte dominante de bleu-vert pâle qu'il s'imaginait être la couleur du sable au fond de l'océan. Le lichen qui envahissait l'écorce des pins se détachait, couche après couche, dans le bleu clair de cette mer ; du côté ombragé des troncs, la mousse était d'un vert vif, presque olive près du sol. Tombant d'en haut, la lumière humide de l'hiver dansait sur les aiguilles de pin tremblantes. Distant, capricieux, le vent chantait dans les branches. D'une direction difficilement identifiable parvenaient des bruits lointains, le vrombissement d'un camion, le chant d'un coq, brouillés puis chassés par le vent. Le silence reprenait ses droits.

Devant lui, le terrain était inégal. Sous un manteau de givre et d'aiguilles séchées, des buttes et des dépressions ondulaient, intactes mais comme marquées par la main de l'homme, dues au hasard mais trop accidentées pour avoir été modelées par la seule nature. À l'orée des pins, Czarnek, les mains sur les hanches, contempla le spectacle. Son chien le rejoignit et s'assit à ses côtés.

Les pierres les plus proches luisaient, mouillées par le givre fondu, mais ne montaient pas plus haut que ses chevilles. Des petits vieux, s'imagina-t-il. Il les voyait, vêtus de noir, en train de discuter le long des rues boueuses. Ils se connaissaient les uns les autres, se rendaient ici régulièrement, ensemble, à mesure que chacun, l'un après l'autre, venait y reposer. Puis de nouveau dans les rues, hochant le menton, bavardant, se disputant. Il les revoyait dans ses souvenirs, qui s'éloignaient, secouaient la tête, puis s'arrêtaient pour lancer un dernier mot, un argument définitif.

À l'époque, toutes les constructions étaient en bois, avec des enseignes peintes au-dessus et à côté des portes : bottier, tailleur, boulanger, fabricant de bougies, boucher. Son père à lui vendait des casseroles et des poêles, des lanternes, de la ferraille, des pièces de poêle à charbon, des tabliers, de longues cuillers en bois, du kérosène dans une cuve au robinet de cuivre poli par l'usage, des cruches et des carafes, des clous, des bidons à lait, des pelles, des fourches. Il y avait une porte étroite qui poussait trois notes grinçantes quand on la poussait et deux quand on la tirait, une fenêtre qui se baissait vers l'extérieur et que, l'été, on fixait à l'aide d'un crochet pour en faire un éventaire sur la rue. Dès qu'il faisait chaud, le village était plus calme qu'à l'accoutumée, car les paysans et leurs familles étaient occupés aux champs. Alors, tous les volets du quartier s'ouvraient, et son père sortait, se promenait, discutait, un œil toujours sur sa porte au cas où un client important passerait ; sa mère, elle, restait à l'intérieur, derrière le comptoir, le plus souvent assise, pendant cette heure où son mari aimait à bavarder dans la rue. Elle cousait, reprisait les chaussettes, recevait les clients et donnait des instructions à son fils occupé à épousseter les rayons et à nettoyer le sol avec un balai deux fois plus grand que lui. Elle portait un foulard sur la tête. Parfois, il levait les yeux et la voyait qui le regardait, les mains sur les genoux. Surprise en flagrant délit d'admiration de son fils, elle se ressaisissait. « Balaie dans le coin, Chaim, lui disait-elle. Balaie. »

Chaim. Sa vie antérieure. Il se souvenait notamment des rayons inférieurs. En cachette de sa mère, il empilait les

—— En mémoire de la forêt ——

petites boîtes de peinture métalliques sur les étagères en bois sombre et en faisait des donjons, des remparts, des forteresses, chaque étagère traçant la frontière d'un royaume ennemi.

« Rebecca ! Chaim est couché par terre, disait alors un client. Il va bien ?

— Il rêvasse... Chaim, lève-toi et va chercher ton père. »

Alors il sortait du magasin en faisant couiner la porte. Son père traînait dans la rue, devant la boulangerie de Gutzel, avec Meir, Belzer et Szuster ; ils parlaient des affaires et des impôts, ou des mauvaises nouvelles d'Allemagne récemment apportées par un marchand itinérant. De petits hommes vêtus de gabardines noires. Meir arrêtait de triturer sa barbe et lui pinçait la joue quand il se présentait devant eux. « Maman veut te voir », disait-il à son père.

De petits hommes vêtus de manteaux noirs. Son père avait des cheveux roux raides. Ceux de sa mère, tels qu'il se les rappelait, étaient soyeux et noirs, aussi brillants que les rubans de satin dans la boutique de Meir. Elle avait une peau claire et pâle.

Ses parents n'étaient pas là, sous les pins. Pas davantage que Meir, Gutzel, Belzer, Szuster. Les pierres sombres, trapues, humides, c'étaient leurs pères, leurs grands-pères, leurs oncles, les plus anciennes se trouvant ici même, devant Czarnek, sur la bordure ouest. Il s'avança encore ; sous ses chaussures, la terre cédait comme de l'éponge. Les pierres moins anciennes avaient une forme plus précise, elles ressemblaient moins à des souches émoussées qu'à des tablettes, plus hautes, plus plates. Les inscriptions étaient devenues illisibles. Avec les années, certaines des pierres s'étaient effondrées, mais toutes penchaient sur un côté et s'enfonçaient dans la terre sableuse et tapissée d'aiguilles, quelques-unes couvertes de mousse ou zébrées par le lichen bleuâtre qui s'asséchait ou prospérait selon la saison. Le terrain montait et descendait. Des creux, certains hauts comme le mollet, marquaient l'affaissement de la caisse à l'intérieur, et les vieilles pierres se recroquevillaient sur elles-mêmes et s'enfonçaient dans le sol. Czarnek se déplaça lentement parmi elles, identifiant leur disposition comme des constellations, comme des familles.

Puis il s'arrêta. Devant lui se trouvaient quatre pierres : trois inclinées sur un côté et la dernière à terre.

Il en manquait donc une. À son emplacement, Czarnek ne vit qu'un espace vide et sombre, où la mousse et les aiguilles entouraient une couche de boue humide, grêlée par des trous d'insectes : c'est là que la pierre avait reposé, à plat, pendant des années. Quelqu'un l'avait donc soulevée et déplacée. Il scruta la terre pour voir si la pierre avait été traînée quelque part dans les alentours. Mais non. Lentement, il reprit sa marche parmi les pierres, entre les pins, pour inspecter chaque mètre carré, plusieurs fois, systématiquement. Il ne la retrouvait pas. En revanche, il découvrit un autre espace vide, avec de nouveau l'impression qu'il manquait une pierre, quasiment de la même taille, qui elle aussi avait reposé à plat sur la terre. Cette fois, pourtant, la boue était moins humide : celle-là avait dû être enlevée avant l'autre. Au-delà des pins, il ne vit rien. Pas le moindre signe. Ni pierres, ni marques, ni traces de charrette ou de camion. Il chercha des empreintes, mais s'aperçut que ses propres pas n'en avaient laissé aucune sur les feuilles mortes ou les aiguilles.

Il marcha jusqu'à l'orée des pins pour embrasser du regard l'immobilité bleu-vert ; un frisson le parcourut, comme le pressentiment d'un danger ou d'une menace imminents, comme si, rentré chez lui, il découvrait que sa maison avait été visitée et cambriolée.

Noël, puis le nouvel an, arrivèrent. Le mois de janvier s'installa avec ses brumes et ses ciels vaseux. Le père Tadeusz trouva les célébrations religieuses étrangement discrètes, comme si le village était agité, soucieux, inquiet pour son avenir. Peut-être, pensait-il, que « l'ancien temps », comme disaient certains, avait le mérite, au moins, de simplifier l'existence. À l'époque, l'Église était un refuge, une immense tente dressée face à l'idéologie athée, qui donnait lieu à une dévotion plus simple. Il anticipait déjà l'objection du père Jerzy : les gens n'avaient rien d'autre à se mettre sous la dent. Depuis quelque temps, il lui arrivait souvent de s'imaginer débattre avec lui ; il était étonné de voir à quel point le jeune prêtre refusait de comprendre que, plus les gens étaient libres, moins ils se reposaient sur l'Église et plus ils s'en éloignaient. Déjà dans les villes, on parlait de cette perte de prestige, même si le clergé se démenait pour peser sur tous les aspects de la vie quotidienne. On voyait par exemple, dans les journaux nationaux, des photos de prêtres en train d'asperger d'eau bénite des camions de pompiers flambant neufs. Le père Tadeusz voulut même vérifier, chiffres à l'appui, qu'il y avait moins de communiants aux messes de Noël et du nouvel an. Il ne fut pas démenti : une baisse de 20 %. On apportait moins de bouquets de fleurs pour décorer l'église et, si les offrandes augmentaient, ce n'était dû qu'à la dévaluation de la monnaie car en valeur réelle elles avaient diminué d'au moins 30 %. C'était dû en partie à la paupérisation générale du pays. Mais le prêtre sentait bien qu'il y avait autre chose. Les gens avaient la tête ailleurs.

« L'heure des règlements de comptes sonnera », lui prédit un jour la vieille Mme Dabrowska. Elle lui empoigna le bras et l'attira près d'elle ; en sentant son menton piquant frôler sa joue, il ne put s'empêcher d'avoir un mouvement de recul. Elle avait une haleine fétide, qui sentait le lait tourné. C'était après la messe, le jour de l'an, alors qu'il se tenait devant les grandes portes en bois entre les deux clochers sombres. « C'est une tragédie pour les Polonais, lui dit-elle d'une voix stridente et fêlée, cri d'étourneau dans un corps de pigeon gris. Ils ne connaissent plus le sens de l'action de grâce. » Elle donna des coups de canne sur le sol en pierre. « Mais ce n'est pas votre faute, mon père. »

Jusque-là, il n'avait jamais pensé que ce fût sa faute. Mais il considérait comme un don de la prêtrise le fait de voir la sagesse surgir de partout, des jeunes comme des vieux, d'une rencontre fortuite dans la rue, d'un message trouvé dans un livre de prière ouvert au hasard. Peut-être, après tout, que *c'était* sa faute, qu'il s'était montré trop complaisant, convaincu que les gens trouveraient toujours Dieu et l'Église au cœur de leur vie, et que lui, en tant que prêtre, n'avait qu'à administrer les sacrements, ouvrir les portes et attendre, ce qui n'exigeait ni réflexion, ni action, ni méditation sur les problèmes rencontrés. Trop longtemps, il avait été absorbé par son propre désir de culture, d'érudition silencieuse ; trop longtemps, il avait ruminé sa déception de ne pas avoir reçu la charge ou la paroisse de ses rêves. Pendant que Mme Dabrowska descendait l'escalier et remontait l'allée entre les arbres, dernière personne à quitter l'église (et première à y entrer), il était resté figé sur place. Le messager du jour, se dit-il. Oui, il s'était ennuyé ici, traversant sa dernière cure tel un somnambule. Il n'avait laissé aucune trace. Il avait rêvassé, à peine conscient des choses. Il croyait que tout continuerait comme avant, et lui avec. Or rien ne continuerait comme avant, et lui non plus.

Les coups à la porte surprirent Andrzej au moment où il enfilait son chandail, prêt à partir vers la place du village. Il était censé entamer un nouveau chantier à l'école primaire, un chantier qu'il avait essayé de repousser le plus possible. Une tâche ingrate : de la boue, des tuyaux rouillés et des petits espaces qui puaient les relents d'égout. Trois jours de corvée qui exigeraient l'assistance d'un autre ouvrier – et bonne chance pour en dégotter un, sachant que personne ne voulait plus travailler. Alors qu'il essayait péniblement de mettre ses chaussures, les coups redoublèrent.

« Monsieur Andrzej ! »

C'était Mme Skubyszewski, une dame très âgée aux cheveux blancs comme la neige, qui habitait à deux maisons de là avec son mari, un vieil homme terrassé par plusieurs attaques, quasiment incapable de marcher et dont les paroles, quand elles sortaient de sa bouche, étaient intelligibles de sa seule femme. C'étaient de pauvres retraités, comme presque tous les vieux, qui vivaient au milieu de leurs souvenirs de jeunes professeurs. Tenant son manteau bien serré autour du cou, elle semblait affolée.

« Monsieur Andrzej, venez vite. Il est arrivé quelque chose à notre maison. »

Andrzej fut soulagé. Il pensa tout de suite à une canalisation gelée – excuse parfaite pour remettre encore au lendemain le chantier de l'école. Il était désolé pour Mme Skubyszewski, qui avait été l'institutrice de son propre père. Sa main striée de veines bleues s'agitait sur le col de son manteau. Andrzej lui sourit pour la rassurer.

« Très bien, ne vous en faites pas. Un tuyau cassé ? Pas de problème, je vous le répare.

– Ce n'est pas un tuyau, Andrzej, c'est notre maison. Comment dit-on, déjà... Le fond de la maison.

– Bon, allons voir ça. »

Ils traversèrent le jardin du voisin. Andrzej se baissa sous les branches nues d'un poirier. Ils entrèrent par le portail des Skubyszewski.

« Là », indiqua-t-elle.

Leur maison était une de ces constructions de plain-pied en bois, avec un toit de tôle ondulée, qui avaient poussé dans tout le pays après la guerre, et dont la peinture aux murs s'était écaillée depuis belle lurette. Les pierres qui servaient de fondations provenaient des environs, grossières et rectangulaires, comme de gros pains aplatis, et devenues vert foncé avec le temps. Mais la structure de ces fondations avait été brisée. Des pierres étaient tombées par terre et juste au-dessus de la jointure de la semelle de fondation il y avait un trou assez grand pour laisser passer un homme. Bien que le bois fût robuste, à cause du poids les solives et la planche à recouvrement penchaient de quelques centimètres. La fenêtre au-dessus – celle de la cuisine, se rappelait Andrzej – avait également souffert : une des vitres était cassée.

« Andrzej, se plaignit Mme Skubyszewski, quelqu'un est en train de détruire notre maison. »

Andrzej, accroupi, observait le trou.

« Pardon ?

– Cette nuit... »

Elle pleurait presque, et sa main continuait de trembler sur son col. « Lukasz, reprit-elle, faisant référence à son mari. Il a entendu... Cette nuit, il a entendu quelqu'un creuser. Il m'a réveillée, mais j'ai cru qu'il rêvait. » Elle hésita et réprima un sanglot. « Andrzej, qu'est-ce que ça veut dire ? »

Trois jours plus tard, Karol Skalski se rendit en voiture à la ferme de Janek Piwek pour inspecter des carcasses de porc. Maintenant que les paysans avaient le droit de vendre leur viande au marché de leur choix, il se livrait de plus en plus à cet exercice. Pendant qu'il triait les carcasses éviscérées et entassées sous une bâche sale dans la charrette de Piwek, ce dernier se plaignit d'un incident survenu dans son étable à vaches.

« Je ne pense pas que ce soit un blaireau. Il n'y a plus de blaireaux dans le coin, si, docteur ? » Karol détacha quelques bouts de chair de porc pour les examiner au microscope. Piwek n'arrêtait pas de parler, surtout à lui-même.

« Non, ça m'étonnerait, lui répondit quand même le vétérinaire.

– C'est ce que je me suis dit. Vous savez, le vieux Kurski, il a l'âge qu'avait mon père. Il vit ici depuis l'époque où Pilsudski était encore en culottes courtes. Eh bien, il n'a jamais vu le moindre blaireau en trente ans ! Alors j'ai dit à Marek qu'il n'y avait pas de foutus blaireaux ici. Non, celui qui a fait le coup marche sur deux jambes.

— Mais quel coup ?
— Il a arraché des pierres aux fondations. Il a creusé et il les a enlevées, d'après ce que je vois. Trois pierres, il me semble. Et il est reparti avec. Pourquoi est-ce qu'on me ferait ça ? »
Karol termina son inspection, nettoya ses lamelles à l'eau de la pompe et rangea le microscope dans son étui en toile. Puis il fit le tour de l'étable avec Piwek pour aller voir le trou dans les fondations.
« Elle date de quand, cette étable, Piwek ?
— Oh ! là... Je n'en sais rien. »
Il gratta son menton velu. Il lui manquait deux doigts à la main gauche, séquelle d'un accident de tronçonneuse.
« Elle a peut-être 40 ou 45 ans.
— Elle a été construite après la guerre, donc ?
— Oui, c'est ça. Après la guerre. Je ne m'en souviens pas vraiment, sauf que ç'a mis du temps parce qu'on n'avait presque aucun matériel. Et un jour, pendant qu'il la construisait, mon vieux s'est bourré la gueule, il est tombé de la poutre maîtresse et il s'est cassé la clavicule. »

7
Leszek

Je voyais le temps maussade de l'hiver imprégner le village, dont l'humeur générale correspondait à la saison. Les ornières dans les basses-cours se couvraient d'une pellicule de glace matinale qui fondait sous le crachin. Il faisait frisquet et humide, mais pas assez froid pour que s'installe un manteau de neige purificateur, et les jours qui passaient demeuraient simplement dépouillés et sombres. L'atmosphère morose était tout à fait normale en cette période de l'année, alors que les vacances étaient passées et que l'hiver s'étirait vers des Pâques encore lointaines. Tout le monde se plaignait. Les prix augmentaient, les bus ne marchaient pas ou tombaient en panne sur la route de Wegrow ou de Varsovie, les salaires étaient gelés. Cependant, cette mauvaise humeur de saison et cette bougonnerie généralisée s'accompagnèrent cette année-là d'un sentiment de malaise latent.

Il y avait l'affaire des pierres de fondations, qui, au bout de quelques jours, fut considérée comme relevant d'un geste délibéré, puis comme un véritable phénomène. Tel que je l'entendis de la bouche d'Andrzej, le plombier, Krupik fut parmi les derniers à comprendre que la découverte étrange qu'il avait faite dans sa grange s'était plus ou moins reproduite dans trois autres lieux. Non sans surprise, ce fut Andrzej qui l'en informa, un matin, après l'avoir aidé à faire démarrer sa voiture de police bloquée depuis deux jours. Pour fêter ce petit succès, Andrzej sortit une bouteille de sa sacoche à outils. Pendant qu'ils buvaient, il évoqua les fondations des granges de Piwek et des

Skubyszewski et annonça une découverte similaire, entre-temps, dans la remise située derrière la boulangerie. Krupik n'en croyait pas ses oreilles.

« Il est arrivé la même chose ici ! s'écria-t-il. À moi aussi, on m'a fait le coup !
— Je sais.
— Venez voir. »

Krupik conduisit Andrzej jusqu'au trou, qu'il avait comblé à la va-vite avec de vieilles briques.

« Ça s'est passé la semaine dernière. J'ai dû être la première victime.
— Victime ?
— Le premier à qui c'est arrivé. »

Sur ce, il passa devant Andrzej et fonça vers sa voiture, dont le moteur tournait à plein régime sur la route.

« Excusez-moi, mais il faut que j'aille voir les autres victimes. »

Krupik s'en alla donc rendre visite aux Skubyszewski, à Piwek et à la boulangerie ; chaque fois, on pouvait le voir arpenter les lieux du crime en griffonnant sur un calepin. Il traversa les jardins, étudia les pieux des clôtures branlantes afin d'y déceler des traces de passage, chercha des empreintes sur les parterres de fleurs boueux, s'accroupit devant les fondations endommagées et médita ce vaste mystère. Il inspecta les maisons adjacentes, du moins dans le village, mais fut incapable de trouver quelqu'un se souvenant d'avoir noté ou entendu quelque chose, à l'exception du vieux Skubyszewski, dont l'élocution endommagée exigeait que sa femme joue les interprètes. Pendant plusieurs jours, Krupik arpenta le village et s'arrêta çà et là pour explorer les allées et les chemins. Son travail de policier fut l'objet des railleries de la part des buveurs de vodka au bar et des badauds, mais l'énigme qui le taraudait devint vite un vrai sujet de réflexion.

Karol Skalski, qui, entre ses visites aux paysans et ses consultations à la clinique, faisait le plein au bar plusieurs fois par jour, entendit beaucoup de choses, qu'il rapporta à Jola, et que Jola

―――― En mémoire de la forêt ――――

me rapporta. On soupçonna d'abord des farces de gamins ; mais personne ne voyait qui, parmi les rares adolescents du village, aurait pu avoir assez d'énergie pour accomplir de tels exploits. Creuser dans les fondations de vieilles maisons semblait une bien curieuse occupation pour des jeunes garçons désœuvrés.

La piste animale fut envisagée. On parla des ours, jusqu'à ce que Karol – consulté en tant que spécialiste des comportements animaliers – explique que les ours bruns, bien que visibles parfois dans les bois, ne s'aventuraient presque jamais en ville ; et s'ils le faisaient, ils avaient plutôt tendance à fouiner parmi les ordures. De même, la piste des sangliers fut évoquée puis rapidement écartée.

Il fallait en conclure que le coupable – ou les coupables – était un bipède, ce qui ne fit qu'attiser les spéculations. Le vol était une possibilité. Mais le vol de quoi ? Même Krupik, qui continuait d'attacher une grande importance à son propre statut de première victime, ne put déplorer aucune disparition parmi les outils cassés et la ferraille de sa grange. Il dressa, autant que sa mémoire le lui permettait, un inventaire de tous les objets qui s'y trouvaient et suggéra, sans grande conviction, qu'une hache manquait peut-être à l'appel. Cependant, il fut bien en peine d'expliquer pourquoi un voleur se serait embêté à ce point alors que la porte était grande ouverte. Sur les autres sites, aucun vol ne fut constaté.

Il était donc manifeste que quelqu'un cherchait quelque chose. Quelque chose de caché. De l'argent enterré quelque part ? De l'or ? Des bijoux ?

« Les fantômes ! » Ce cri retentissant, ou cet avertissement, fut poussé dans le bar par Marek Bartowski, un infirme de 74 ans maigre comme un clou, aux joues mangées de barbe, qui n'avait plus que trois dents et dont la voix ressemblait au bruit de la craie sur un tableau noir. Des années plus tôt, il avait travaillé comme maçon et aidé à construire les clochers jumeaux de l'église. Le tabac avait jauni ses doigts, détruit ses poumons et réduit ses colères, jadis célèbres, à de pauvres râles. Un calme inhabituel envahit la salle enfumée.

« Les esprits ! coassa-t-il. Ils reviennent. »

Les plaisanteries ne furent pas longues à fuser, mais moins méchantes que ce que Bartowski lui-même aurait pu redouter. L'humeur blagueuse laissa en effet place à la grande question, celle qui était restée en suspens après le cri rauque de Bartowski. Le silence qui suivit fut progressif, lent à s'installer. Car la référence au trésor poussa la conscience collective des clients du bar à chercher loin et à se demander : si c'est un trésor, à qui appartient-il ? Personne ne répondit.

Jola me raconta qu'elle avait ri quand son mari lui avait rapporté les propos de Bartowski. Mais Karol, la voix sobre malgré son œil torve, l'avait aussitôt mise en garde. « Si j'étais toi, je ne rigolerais pas trop. »

*
* *

J'entendis cela un peu de loin, car Jola avait posé sa tête sur mon torse nu, et je rêvassais, je voyageais, tout heureux. Notre lit était un matelas rempli de paille avec une couverture en plumes, le tout étendu sur des planches dans un refuge de chasse à l'abandon. À travers des fenêtres sales, la lumière grise de midi nous enveloppait. De la mousse et de l'herbe jaunie poussaient sur les planches grossièrement sciées, ainsi que sur le chaume moisi du toit ; des toiles d'araignées en sommeil s'accrochaient sous les avant-toits, en compagnie des feuilles prises au piège et des mouches mortes l'été précédent. Depuis plusieurs semaines, ce refuge était notre antre, à l'intérieur duquel nous venions nous blottir et nous réchauffer. La couverture, aussi rouge foncé que chaude, enveloppait nos corps enlacés. Dans le froid de cette hutte, j'avais beau voir la buée de mon souffle à la lumière du jour, je pensais au printemps. Et à l'été.

―――― En mémoire de la forêt ――――

L'été, par un doux après-midi de septembre, quand les feuilles des saules se balançaient au-dessus du ruisseau et que celles des peupliers scintillaient au soleil comme des miroirs, j'avais emmené Jola jusqu'au champ jaune. Elle s'était allongée, les yeux clos, les bras croisés derrière la tête, et je m'étais assis à ses côtés. Autour de nous, l'herbe nous cachait. Je vis une coccinelle remonter sur le bras de Jola et j'imaginai une maison qui se dresserait un jour au sommet du champ, derrière nous. Je lui demandai si cela détruirait la perfection de ce lieu. Elle me répondit qu'en effet c'était un champ magnifique, parfait. Sa voix était douce, un peu ensommeillée.

« Un champ parfait, insista-t-elle. Ne le gâche pas.

– Du blé ou du seigle ?

– Pourquoi pas du seigle ? fit-elle, songeuse.

– Ou bien des fleurs sauvages ?

– Non, sourit-elle, les yeux toujours fermés. Le seigle, c'est bien. »

Le seigle que nous produisons donne un pain lourd, contrairement au pain blanc à base de farine de blé que l'on apprécie presque partout dans le monde. Notre pain fait le poids d'une petite brique, il dégage une amertume qui vous râpe le fond de la langue. Créé par Dieu et les immémoriales cuisines slaves pour accompagner la sauce du porc qui a cuit lentement avec le céleri-rave, l'ail et l'oignon, il est dense et rudimentaire, long à mâcher.

En juillet, le seigle arrive à hauteur des cuisses, tout vert ; puis, en l'espace de deux semaines, sous l'action du soleil et de la sécheresse, il jaunit. Quand l'été battait son plein, on regardait le ciel pendant que la maturation avançait, comme de l'or sur de l'or ; on regardait passer les nuages à mesure qu'on s'intéressait de plus en plus à l'or du champ – non pas à cause de son prix, qui demeurait inchangé, mais parce qu'il y avait un moment, un jour optimal, voire peut-être une heure optimale, pour la récolte. Je revois mon père, et à ses côtés mon grand-père, dans le champ jusqu'aux hanches. Mon grand-père tordait les épis sur eux-mêmes : s'ils se cassaient, alors l'heure était venue, comme il disait, de «porter le fer sur la tige». On travaillait dur, ensemble, sans un mot, concentrés et appliqués sous le soleil, dans la poussière.

Avec son pied, Jola caressa l'arrière de mon mollet. Je m'étais endormi, je rêvais.

«J'ai faim, dis-je. Pas toi ?
– Non.»

Elle s'agita et posa sa tête sur l'oreiller.

«Je rêvais de nourriture, repris-je. Et du champ.
– Le champ ?
– Oui. Quand on s'asseyait là-bas ensemble. Tu te rappelles ?
– J'ai vu Mme Kowalski à la boulangerie, l'autre jour. Elle disait que son mari n'allait pas bien.
– Elle te l'a dit à toi ?
– Non, elle ne me connaît même pas. Elle discutait avec une voisine. Elle se plaignait de son mari, comme quoi il est malade et impossible à vivre. Il l'insulte sans arrêt, disait-elle. La voisine lui a répondu : "Peut-être que son état va encore empirer." Et elles ont toutes les deux rigolé.
– Il insulte tout ce qui bouge. Il a dû la rendre folle.»

Je me demandais dans quelle mesure il était vraiment malade. Il était peut-être un peu fou mais paraissait aussi robuste qu'un vieux chêne.

Jola regarda par la fenêtre ; une fois de plus, son air distant reprit le dessus.

«Tu sais, dit-elle, il est bizarre en ce moment. Je crois qu'il sait quelque chose.
– Karol, tu veux dire ?
– Oui. Il est au courant de quelque chose. Mais je ne sais pas de quoi.
– Il t'épie ? Il te suit ?

En mémoire de la forêt

— Non, il ne ferait jamais une chose pareille. Je ne sais pas ce qu'il sait, mais j'ai l'impression qu'il sait. À sa place, moi aussi je saurais. Pas toi ? »

Je n'en avais aucune idée. Je me fichais bien qu'il soit au courant.

« Il est triste, Leszek.

— Oui.

— Je veux dire par là qu'il y a de la tristesse en lui. »

Elle avait raison, bien entendu, même si je ne voulais pas le reconnaître, ni réfléchir trop longtemps à la nature de cette tristesse et aux conséquences que cela avait sur Jola et moi. Pourtant, j'avais pressenti l'imminence de cette conversation avec elle, comme un craquement dans les planches sur un petit pont de bois.

« Je m'en fous, Jola.

— Tu ne devrais pas. »

Elle se redressa, son dos nu face à moi, cachant ses seins avec la couverture.

« Ce n'est pas facile pour moi.

— Comment ça ?

— C'est dur. Beaucoup plus que je ne le pensais.

— Quitte-le, alors. Quitte-le.

— Pour aller où ? Chez toi ? Dans ta maison ? Avec ta famille ? Ils n'accepteraient jamais une chose pareille. » Elle se tourna vers moi ; son visage était fatigué.

« Sois réaliste, Leszek.

— Mais je le suis.

— Non, tu ne l'es pas. Pense un peu à ce village, ne serait-ce qu'une petite minute. Il a trop de souvenirs, il ne pardonne jamais rien. Dans une ville, tu peux disparaître. Mais pas ici.

— Ce n'est pas grave.

— Si, justement. J'ai déjà commis trop d'erreurs, Leszek. Un paquet d'erreurs, les unes après les autres. Est-ce que c'en est encore une autre ?

– J'espère que non.

– Qu'est-ce que tu en sais ? Je suis plus vieille que toi. Tu devrais te trouver une jolie jeunette, tu devrais l'épouser et commencer ta vie avec elle. Quand tu dis que tu m'aimes, est-ce que tu sais de quoi tu parles ? Avec quoi est-ce que tu peux me comparer ? Est-ce que tu as déjà aimé avant moi ? Est-ce que tu as déjà perdu la tête pour une fille ? Non ! Tu m'as dit ça, et je te crois, mais ça me fait un peu peur. Je me demande si tu sais ce que tu fais. Je me suis déjà assez trompée comme ça dans ma vie, et aujourd'hui j'ai la responsabilité de ne pas commettre une nouvelle erreur. Je ne veux pas te faire de mal. J'ai peur de te faire du mal.

– Pourquoi ?

– Parce que ça te changerait. Ça détruirait quelque chose de bien en toi.

– Dans ce cas, évite de le faire. Rends-moi heureux.

– Si je faisais comme tu veux, je te ferais peut-être encore plus mal.

– Tu tournes autour du pot.

– Non, Leszek, j'essaie de te dire quelque chose.

– Que tu ne m'aimes pas ?

– Ce n'est pas ça. Ce n'est pas ce que je veux dire. C'est plus compliqué. »

Elle baissa la tête. Je venais de lui dire que ce n'était pas grave ; pourtant, dans quelque recoin bien caché de ma tête, je savais que ses inquiétudes étaient réelles. Jola n'avait rien d'un esprit irrationnel.

Je l'attirai contre moi. Elle ne m'opposa aucune résistance ; ce fut comme si nous plongions dans un tourbillon de chaleur et de couleurs sourdes. Ses yeux devinrent doux, voilés, et ses bras m'enveloppèrent. L'espace d'un instant, le monde se réduisit à ce cercle de souffle et de lumière. La perspective de devoir y renoncer me paraissait inconcevable.

Nous restâmes longtemps ainsi, sans mot dire. Après quoi, rhabillée et emmitouflée dans son manteau, sur le pas de la porte ouverte, Jola se retourna vers moi ; derrière elle, la forêt était plongée dans le silence et la brume.

« Il faut que je me dépêche, dit-elle. On doit réfléchir à tout ça. Tous les deux, mais surtout moi. Essaie de comprendre, je t'en supplie. » Elle posa ses doigts sur ma bouche et me pinça le lobe de l'oreille. Mes yeux suivirent le rouge de son écharpe, seule tache de couleur dans la pénombre. Puis les arbres l'engloutirent.

Le vieux cadenas rouillé que j'avais exhumé d'une caisse à outils dans la grange reposait sur ma paume comme une pierre, rouillé mais bien huilé à l'intérieur. Je l'accrochai au verrou et donnai des coups de pied dans les feuilles mortes autour de la porte, car il fallait toujours donner l'impression que l'endroit était abandonné et désert. En m'éloignant, je me retournai pour y jeter un ultime coup d'œil. Les contours du refuge semblaient se dissiper et disparaître peu à peu ; je m'en allai, à la fois soucieux et confiant, comme si je possédais un joyau pillé dans un château.

Les jours qui suivirent, je ne quittai pas la ferme. Avec le directeur de l'usine de tracteurs de Lechnow, j'avais convenu de lui fabriquer quarante palettes de chargement. Il me proposa un prix correct et je disposai d'une montagne de planches de pin. Cela faisait une rentrée d'argent liquide en saison basse. Je m'attelai donc à la tâche dans un espace à découvert derrière le fenil. Après avoir construit un nouveau jeu de chevalets de sciage, je passai la première journée à découper les planches, puis la deuxième à les clouer ensemble. Pendant que je sciais et donnais des coups de marteau, lentement, méthodiquement, j'essayais de réfléchir à ma situation. Certes, je ne faisais pas de grands progrès. D'un autre côté, je me disais que certaines choses ne se règlent pas par l'intelligence, mais seulement avec des sentiments et du temps. Les palettes s'entassaient, j'aimais la sensation du pin brut sous mes doigts, du marteau qui enfonçait les clous. Le problème de Jola, de la conduite que je devais adopter, me taraudait. J'envisageai, un moment, d'aller voir Karol. Mais cela revenait à décider à la place de Jola, à précipiter une explosion qu'elle ne semblait pas prête, du moins pour l'instant, à supporter. Ni moi, d'ailleurs, peut-être. Je ne savais absolument pas quand je la reverrais ; je savais seulement que l'on trouverait une solution.

Elle avait également raison au sujet de ma famille, c'est-à-dire de ma mère. Celle-ci aurait fini par accepter Jola, bien sûr, mais je n'osais même pas imaginer quel supplice ce serait de lui annoncer, de lui expliquer, de vaincre ses réticences. Ces derniers temps, elle se montrait distante, pensive. Je finis par comprendre pourquoi : à la même époque, deux ans plus tôt, les médecins nous avaient annoncé la maladie de mon père et son horrible pronostic. Cela avait marqué le début de sa déchéance inexorable.

Tandis que je travaillais, le champ de Kowalski recommença à m'attirer, tel un mirage. Mon père avait vu dans ce champ quelque chose d'important pour moi ; il avait compris, sans faire de longs discours, qu'il représentait une étape vers la formation de ma propre existence. « Agis », me disait sa voix. À présent, je considérais ce bout de terrain comme une offrande à Jola, une promesse faite à nous-mêmes, l'annonce que le monde ne nous était plus fermé et que tout était possible.

Je décidai donc d'aller rendre visite à Kowalski. Mais au préalable je tins à finir de fabriquer les palettes et les livrai, en deux voyages, à l'usine de Lechnow. Le directeur y jeta un bref coup d'œil, fut satisfait du résultat et me paya sur-le-champ.

« Tu cherches du boulot ? me demanda-t-il.
– Ici ?
– Oui. J'ai besoin de gens qui veulent travailler. »
Je déclinai son offre et lui expliquai que je tenais une ferme.

« Passe me voir quand tu en auras marre. »

Je n'avais pas revu Kowalski depuis la mort de mon père. Je ne savais pas si j'allais être bien reçu, ni même si Kowalski serait assez vaillant pour me voir. Je me souvenais des manières traditionnelles : c'était moi qui allais le solliciter, le supplier.

Je marchai jusqu'à sa ferme avec une demi-livre de bon café dans les mains.

Malgré le chien qui aboyait en tirant sur sa chaîne, j'entendis Kowalski se disputer avec sa femme à l'intérieur. La porte fut ouverte brutalement. Mme Kowalski me dévisagea, sans me reconnaître, jusqu'à ce que je me présente ; alors elle me fit signe d'entrer et me conduisit jusqu'à la cuisine. Je fus étonné par la mine de son mari : il semblait avoir énormément vieilli et maigri. Il avait une peau d'olive, des cheveux jaunâtres, et sa vieille chemise était constellée de bave. Madame, enfermée dans un silence dur, hocha la tête lorsque je lui offris le café, puis disparut sans un mot.

« Ton père n'est plus là, maintenant », me dit Kowalski.

Me posait-il une question ? Avait-il besoin d'une confirmation ou énonçait-il un fait reconstitué par sa mémoire défectueuse ?

« Il est parti. Où ça ?

– Oui. Il est mort.

– La pluie. Un vrai temps de chiottes. Argh. »

Il s'enfonça sur son siège.

« Putain de cheval. Aucun cheval ne peut travailler avec ce temps de chiottes. Il est mort, alors ?

– Oui. Il y a quelque temps, déjà.

– Eh bien voilà. Le travail n'est jamais fait. Jamais terminé. »

Pendant un moment, la conversation se poursuivit sur ce mode : les chevaux, les récoltes, le temps. Pourtant, Kowalski n'avait ni chevaux ni récoltes, et le temps n'avait pas été particulièrement mauvais. C'était une autre sorte de mauvais climat qui régnait dans sa tête. Avec sa femme qui récitait des prières, ses enfants partis pour de bon, ses bêtes réduites à quelques poulets et à un chien enchaîné, sa vie n'était plus qu'un concentré d'infirmité, de colère et d'incompréhension. Ou presque, car il recouvra un semblant de raison après avoir bu un peu de thé. Je me demandai s'il mangeait. Malgré un visage et un torse encore jeunes, il était devenu aussi flasque que de la gélatine. Dans un coin de la pièce, le vieux poêle en porcelaine sur lequel reposait une casserole ébréchée était froid. Kowalski traînait ses pieds enveloppés dans plusieurs couches de laine effilochée.

« Non, dit-il. Je ne crois pas.

– Pardon ?

– Pas tout de suite. Je ne te le laisserai pas. »

Ses yeux se plissèrent, comme s'il était revenu sur terre et ne rêvait plus de ce cheval perdu. « C'est bien ça, oui ? Le champ du haut. Mon champ. Celui que tout le monde veut. Je sais. Magda ! » Il appelait sa femme. « Magda, donne du thé à ce monsieur ! Du thé, nom de Dieu ! »

Un marmonnement se fit entendre dans la pièce voisine.

« Nom de Dieu. »

Des pieds se traînèrent, une soucoupe et une tasse atterrirent sur la table, puis une main fine et noueuse versa un thé aussi noir que du café.

« Tu es quelqu'un de bien ? » Kowalski s'avança sur son siège. « Tu n'as pas les yeux de ton père, si ? Laisse-moi voir. »

J'évitai son regard. C'en était trop pour moi. Je voulus me lever, mais il me retint par le bras.

« Tu ressembles à un Polonais. Des yeux bleus. Pas des yeux de Juif, pas des yeux de bolchevik de merde. » Il s'enfonça de nouveau dans son siège. « Quelles putes, ces bolcheviks. » Il fut pris d'une longue quinte de toux grasse. « Temps de cochon. On ne peut rien planter avec ce temps. »

Mon père disait toujours que les gens têtus, ceux qui ne lâchent jamais rien quand ils se disputent avec vous, se battent en général contre eux-mêmes, confrontés qu'ils sont à un doute ;

et avec un peu de patience et de compréhension, on peut simplement attendre qu'ils changent d'avis. Je n'étais pas sûr, pour le coup, que ce raisonnement s'applique à Kowalski, mais j'avais l'impression de voir le visage de mon père, calme et mélancolique, comme s'il me guidait.

« Monsieur Kowalski, dis-je. Je veux faire de votre champ ce qu'il était autrefois. Un champ cultivé. » Il frotta encore ses pieds par terre, comme pour les réchauffer sur le sol lisse. Il me regarda droit dans les yeux.

« J'essaierai de vous proposer un bon prix, repris-je.

– Oh! on a payé le prix, ça oui...

– Pardon?

– Il a plu ce matin.»

Or il n'avait absolument pas plu. « Avec ses yeux, reprit-il, ton père la voit de quelle couleur, la pluie, hein? Ce putain de cheval. Il est trop vieux. Pas avec ce temps-là. Sur ses pattes arrière, oui. » Il donna une tape sur l'accoudoir de son siège; du tissu élimé s'envola un nuage de poussière qui resta suspendu en l'air, éclairé par la lumière du jour. « Je vais réfléchir, jeune Maleszewski. Reviens un jour où je ne suis pas aussi fatigué. Et ne change aucune couleur, d'accord? Bien. Je vais voir. Putain de cheval. Magdusiu! Nom de Dieu!»

Je m'en allai, sa voix résonnant toujours dans mes oreilles. Le vieux Kowalski, fou et désintéressé de tout, pouvait léguer ce champ à ses enfants disparus (s'il les retrouvait), ou à l'État, ou à sa femme. Celle-ci terminerait sa vie dans la maison, elle irait à l'église et allumerait des cierges pour ses saints. Pendant ce temps, le champ serait délaissé et se couvrirait de pousses de peupliers.

J'avais peut-être une chance, même si je ne voyais pas bien sur quoi elle reposait – était-ce le délire superstitieux de Kowalski au sujet des yeux de mon père? Je ne voulais pas de leur maison. L'argent que je leur donnerais, si la banque acceptait de me le prêter, suffirait à leur confort – ou à celui de sa femme – pendant un bon moment. Mais je percevais chez Magda, à la manière abrupte dont elle avait posé la tasse et la soucoupe devant moi, une réticence aussi forte que chez son mari. Elle ne m'avait pas adressé un seul sourire, ni avec le thé, ni en m'ouvrant la porte, ni en recevant mon cadeau sans valeur, mais uniquement une sorte de croassement lorsque j'avais fait intrusion dans son univers de porc salé et de soupe aux choux. Elle me dit au revoir de la même manière, en claquant violemment la porte derrière moi, cependant que le chien recommençait à tirer sur sa chaîne.

Le dimanche d'après, ma mère me demanda de l'accompagner à l'église, chose que je faisais de moins en moins souvent depuis un an. Nous nous y rendîmes à pied ensemble et nous installâmes au milieu du brouhaha, des bancs qui couinaient et des gémissements tristes de l'orgue. Pour moi, assister à un service religieux s'apparentait toujours à ça, peut-être depuis l'enterrement de ma sœur : un prélude à la tristesse, où les notes de l'orgue étaient autant de larmes contenues. La plupart de ces visages, je les avais toujours vus, et pourtant ce matin-là je fus frappé par le fait que je les connaissais à peine. On visite les granges ou les cuisines de nos voisins, on voit les mêmes charrues cassées, la même vaisselle ébréchée, et malgré tout on ne sait rien de leurs malheurs.

Au troisième rang à gauche de la travée centrale, je trouvai la vieille Mme Urban, émaciée et fatiguée, comme un petit oiseau, avec son écharpe, ses joues creuses et son regard en coin. Je repensai à une scène à laquelle j'avais assisté chez elle. Veuve – son mari était mort dans la neige, ivre, congelé sur la route en revenant du village –, elle vivait avec son fils qui, maintenant adulte, suivait le même chemin paternel, vers le même destin enneigé. Janek, c'était son nom, avait vendu toutes les vaches de la famille, sauf une. Ils élevaient des abeilles et vendaient le miel qu'ils tiraient de leurs ruches peintes aux couleurs pastel.

Un jour, je m'étais arrêté pour en acheter, comme le faisait mon père, en rentrant à la maison. Je voyais de la fumée s'élever de la cheminée ; le chien enchaîné jappa à mon arrivée. La porte de la grange, qui ne tenait plus que par un gond, grinçait sous l'effet du vent. Janek était couché sur l'herbe, face contre terre. Il roula des yeux lorsque je voulus le réveiller, mais il était ivre mort et ne voyait plus rien. Ayant aperçu du mouvement derrière la fenêtre de la cuisine, je frappai à la porte. Lorsque Mme Urban finit par ouvrir à contrecœur, je vis qu'elle avait les deux yeux au beurre noir, dont l'un presque fermé. « Je suis tombée », me répondit-elle lorsque je lui demandai si tout allait bien. Quant à Janek, toujours étalé dans l'herbe derrière moi, aucune discussion ne fut nécessaire. Je pris moi-même le miel à l'aide d'un pot que sa mère me tendit par la porte entrebâillée ; en échange, elle referma sa main sur l'argent que je lui donnai. J'étais déjà remonté sur mon tracteur lorsque je me rendis soudain compte que les contusions de la vieille dame n'étaient pas dues à une chute, mais à son ivrogne de fils. Depuis, j'avais appris que leur dernière vache avait été vendue et que Janek Urban, qui n'avait que trois ou quatre ans de plus que moi, ressemblait à un vieillard à l'article de la mort. Peut-être était-ce pour cette raison que notre église nous accueillait avec une telle tristesse. Était-ce partout la même chose ? Je ne voulais pas le croire. Et ici non plus, il n'en serait pas toujours ainsi.

Ce fut le jeune prêtre, le père Jerzy, qui dit la messe. Au départ je n'y prêtai guère attention, mais je m'aperçus peu à peu qu'il s'agissait d'un de ses sermons politiques « au service de la patrie ». Visiblement, il atteignit son but, car les gens avaient l'air de l'écouter. Pour la première fois, je remarquai qu'Aleksander Twerpicz, pourtant peu assidu à la messe, était assis de l'autre côté de la travée, légèrement plus avancé, et revêtu de son plus bel habit du dimanche. Il avait les bras croisés sur son torse, comme s'il se sentait vulnérable ici, dans un environnement aussi peu familier.

« Ils ne fuiront pas, pas plus qu'ils ne se cacheront au milieu du troupeau, lança le père Jerzy d'une voix stridente. Ils seront marqués, non par les insignes chatoyants de leur statut, mais par la souillure de leurs injustices, et ils seront convoqués afin que tout le monde voie. Il est temps que la vérité, qui se répand dans tout le pays, se répande aussi dans tout notre village. »

Ma mère, qui n'arrêtait pas de gigoter à côté de moi, me donna un petit coup de coude. Je lui jetai un regard en biais et elle acquiesça sans détacher ses yeux du prêtre. Il était en train de parler de la corruption. J'avais un peu perdu le fil, mais il évoquait « l'entente entre plusieurs membres de l'équipe dirigeante du village pour vendre du matériel à des prix élevés à nos propres entreprises publiques ». Un souffle d'agitation, comme une bourrasque, passa sur l'assemblée.

« Voilà ce que l'on sait, et nous ne pouvons que commencer à imaginer la corruption qui gît sous la surface, sous leur arrogance insolente, tant ils étaient certains de ne jamais devoir rendre compte de leurs actes et de leurs manigances. Nous avons trop longtemps toléré leur arrogance et leur vénalité, leur mainmise sur les emplois subalternes, leurs profits engrangés aux dépens de l'intérêt général. Assez de leurs crimes ! » Il s'interrompit. « Assez de morts violentes. » Un murmure parcourut l'église. Le visage joufflu du père Jerzy était rouge et luisant.

« Leur heure a sonné, reprit-il, car la volonté de donner un grand coup de balai se manifeste enfin parmi nous. » Il tendit le bras vers le centre de l'église et posa son regard sur Twerpicz. C'était l'annonce officielle – s'il en fallait une – de l'alliance conclue entre les deux hommes. Cette bénédiction par le regard devait être vue de tous ; elle sembla pourtant prendre Twerpicz par surprise. Il se redressa sur son banc, lui aussi rouge comme une pivoine. Mais il avait le sourire aux lèvres.

L'effet était saisissant. Moi-même, je ressentis toute l'excitation du moment. Il y avait peu de chances pour que Powierza fût dans l'église, mais je jetai quand même un coup d'œil autour de moi. Le père Jerzy avait été à deux doigts de désigner des coupables pour le meurtre de Tomek. Était-ce le fond de sa pensée ou, au contraire, l'outrance métaphorique de son sermon ? Et qu'entendait-il faire de ses accusations de corruption ?

Un peu hébété après la messe, Twerpicz attira autour de lui un petit groupe de personnes. Peu d'entre elles discutèrent avec lui mais, de toute évidence, elles voulaient lui serrer la main et voir, derrière ses lunettes sales, l'incarnation du « coup de balai ». Il devint une sorte d'objet de curiosité, comme s'il avait tiré le numéro gagnant à la loterie nationale.

D'un autre côté, les murmures dans l'église n'indiquaient en rien un assentiment unanime des fidèles, et je lus clairement de l'inquiétude sur les visages de certaines personnes qui restaient dans leur coin à observer Twerpicz et à discuter avec leurs amis à voix basse. Quels anciens arrangements risquaient d'être détruits si un gigantesque coup de balai citoyen s'annonçait ?

L'effervescence ne faiblit pas une fois que les fidèles se furent dispersés dans les rues du village et qu'ils s'attardèrent devant leurs maisons pour discuter avec leurs voisins, alors que le temps se faisait tout à coup plus chaud et plus beau, comme un enthousiasme soudain. Sur le chemin de la maison, ma mère bavarda avec ses amies ; quant à moi, je me dépêchai de rentrer pour rejoindre au plus vite Powierza. En les quittant, je les entendis quand même parler du prêtre.

Je trouvai Powierza dans sa grange. Pendant que je lui racontais le sermon du père Jerzy, il était assis sur un bidon de lait, hagard, les yeux cernés.

« Jablonski n'est toujours pas là, dit-il.

– Tu penses qu'il s'est enfui ?

– Non, non. Pas lui. Il paraît qu'il est encore en voyage d'affaires. »

Cela faisait plusieurs jours, en effet, que Jablonski était absent, apparemment parti le lendemain ou le surlendemain de mon retour de Varsovie. Powierza et moi avions décrété qu'il n'y avait pas grand-chose à tirer du coup de fil passé entre Bielski et Jablonski chez Commerce Express, à Varsovie. Mon errance là-bas avait seulement permis de confirmer que les deux hommes se connaissaient. Il était aussi vraisemblable que Tomek, en rendant des services à Jablonski, avait eu vent des magouilles de Bielski, quelles qu'elles aient été. Hormis cela, nous avancions dans le brouillard. J'avais rapporté à Powierza mes conversations avec les Russes et le trafic d'armes auquel je les soupçonnais de se livrer; mais il ne s'agissait que de suppositions, qui n'établissaient aucun lien direct ni avec Tomek ni avec Jablonski.

Il se releva et longea les stalles dans un sens, puis dans l'autre.

« Jablonski est de mèche, dit-il.

– Comment ça ?

– Avec le prêtre. »

Il sortit pour se planter face au soleil, les yeux plissés. « Je parierais que le prêtre ne sait rien du tout. » Depuis quelques jours il était déprimé, à sa manière, incohérente, émotive. Il semblait retrouver maintenant une sorte de fureur contenue.

« Tu sais ce que c'est ? » L'onde de colère redonna à son épais visage sa couleur normale.

« C'est de la politique, dit-il. C'est tout. »

*
* *

Le lendemain matin, je me rendis au village à pied. C'était jour de marché, les rues étaient bondées, mais il régnait une excitation inhabituelle, et des groupes plus importants qu'à l'accoutumée s'étaient formés devant la boulangerie, l'arrêt de bus et l'entrée du bar.

Je mis du temps à le comprendre, mais j'avais raté l'événement majeur de la matinée.

Juste après l'ouverture de la mairie à 8 heures, deux voitures, deux Polonez, l'une rouge, l'autre bleue, avec des plaques officielles du gouvernement, étaient arrivées en trombe. Des hommes en sortirent, armés de dossiers et de mallettes, et se regroupèrent maladroitement devant Twerpicz et un autre homme sorti de la mairie pour les accueillir. Ils se serrèrent la main et entrèrent en file indienne.

Plusieurs badauds postés sur le perron du bar prétextèrent des requêtes à la mairie mais trouvèrent porte close. Après plusieurs coups répétés, un visage inconnu parut dans l'embrasure de la porte entrouverte pour annoncer que les bureaux étaient momentanément fermés et disparut aussi sec.

Au bout d'une heure, les hommes repartirent. Zofia Flak, la secrétaire, les accompagna et referma la porte à clé derrière elle. Personne n'avait vu le *naczelnik* Farby. Les deux véhicules firent demi-tour dans la rue et quittèrent le village comme ils étaient venus, en évitant le grand carrefour du centre où les curieux observaient la scène.

On me raconta que quelqu'un avait couru à la coopérative agricole pour apprendre la nouvelle à Jablonski (ou pour rapporter sa réaction) et découvert qu'il était toujours en voyage d'affaires.

Je me rendis au bar, un peu ralenti devant la porte par une femme en sueur qui tirait son mari dehors. Il résistait, comme un bateau dont les chaudières auraient éclaté, mais sa femme finit par prendre le dessus. La journée avait toutes les chances de ressembler à cela, avec des tas de bonshommes titubant dès avant 15 heures. Dans le bar il y avait foule, ça fumait, ça parlait fort. Agnieszka, la femme du patron, et sa fille Helena, toutes deux rouges de fatigue et épuisées par les hurlements incessants, servaient les bières sur des plateaux surchargés. Les fenêtres étaient couvertes de buée, l'odeur de sueur se mêlait à la fumée.

« Hé ! Agnieszka ! Ça y est, Janusz l'a retrouvé ? » cria quelqu'un, déchaînant un éclat de rire général. Janusz était le mari d'Agnieszka, le propriétaire officiel du bar, mais c'étaient sa femme et sa fille qui faisaient tourner la baraque.

« On le saura le jour où les murs s'écrouleront ! » Nouveaux rires. Agnieszka, mâchoires serrées, préféra les ignorer.

« Hé ! donnes-en une à Janusz ! Il travaille trop, le pauvre. » C'était Gorski : il se saisit d'une bière sur le plateau de Helena et se traîna jusqu'à la porte de service en versant de la bière sur le sol poisseux.

« Où est Janusz ? demandai-je.

– Il creuse, répondit Gorski. Il creuse. Son premier boulot depuis des années. »

Je le suivis. Gorski, une bière dans chaque main, ouvrit la porte d'un coup d'épaule et la franchit péniblement, en déversant la moitié de la bière. Je me penchai et vis Janusz à genoux dans une petite tranchée peu profonde à la base du bâtiment. Il tenait une pioche à mi-hauteur du manche, prêt à cogner sur les pierres des fondations.

« Fous le camp, Gorski ! » s'écria-t-il. Ce dernier, les yeux vagues, se laissa lourdement tomber sur un tas de terre fraîchement creusée. Janusz avait le visage tout sale et les mains couvertes de boue.

« Qu'est-ce que tu fais, Janusz ? demandai-je.

– À ton avis ?

– Tu installes de la plomberie ?

– Va te faire foutre. »

Il donna un coup entre les pierres. « Va-t'en. » Il dégagea la pioche en ahanant.

De retour à l'intérieur, je vis Karol Skalski, sa trousse de vétérinaire dans une main et un verre de vodka dans l'autre. Il venait d'arriver, car je ne l'avais pas vu entrer ; il m'aperçut tout de suite. En un éclair, en moins d'un éclair même, nous nous regardions droit dans les yeux sans la moindre lueur de sympathie, un bref instant neutre qui signifiait la reconnaissance de quelque chose qui transcendait nos relations. Comment cette

sensation passa entre nous, je ne saurais le dire. Était-ce dû à mon expression ou à la sienne ? En tout cas il s'avança vers moi. J'attrapai une bière sur le plateau d'Agnieszka.
« Janusz creuse, dis-je.
– Je sais. Il n'est pas tout seul.
– Comment ça ?
– Il y a d'autres gens qui creusent.
– Où ça ?
– Dans leur maison, dans leur grange.
– Mais pourquoi donc ?
– Le butin. »

*
* *

Cette nuit-là, la première des portes fut attaquée. Ou plutôt les premiers montants de porte. Avec un marteau, un pied-de-biche et un gros craquement sonore, le vieux bois sec fut défoncé, laissant une entaille jaune vif sur les planches extérieures usées et dévoilant sous cette plaie un cube creux, semblable à une boîte, une niche de la taille d'un poing d'enfant, bien usée et sombre, comme les bardeaux des plus anciennes maisons du village.

8

Radom le soir. Un brouillard zébré de néons avait envahi la place sous la fenêtre de l'hôtel. Cela faisait des années que Jablonski n'était pas revenu. Après deux nuits passées ici, il se demandait pourquoi il avait fui les grandes villes pendant si longtemps. Question d'argent, bien sûr : il en fallait pour bien vivre dans une ville polonaise. Combien avait-il dépensé la veille au soir ? Il n'osa même pas faire le compte. Les filles prenaient leur part et c'était bien normal. Non, ce fut la note du bar de l'hôtel qui le fit bondir. Zurek avait consommé au moins la moitié mais, vu les circonstances, c'était à Jablonski de régaler. Sois raisonnable, se dit-il, à la fin tu seras gagnant. Et puis c'étaient les affaires. En Amérique, on appelait ça les « frais déductibles ».

« Ça fait combien, Roman... Neuf ans ? lui avait demandé Zurek.

– Sept, je crois. Le congrès de Tarnow. Tu étais à Plock, à ce moment-là.

– Mon Dieu, oui. Plock. Quelle ville de merde. Tu n'as pas changé, tu sais. Tu t'es un peu dégarni. Comment va la vie à la campagne ? »

Ils se trouvaient au bar de l'hôtel Warszawa, en face de celui, quasi identique, où Jablonski avait réservé une chambre. Une idée de Zurek. Il était connu dans ce bar, évidemment, une salle pleine de recoins sombres (où les lumières baissaient encore un peu plus après 22 heures), le rendez-vous des locaux et des hommes d'affaires de passage. Jablonski, arrivé en avance, s'était installé non loin de la porte, pas sûr, après toutes ces années, de reconnaître Zurek du premier coup. On sentait dans la salle une vraie fébrilité, manifeste dans les marques de convivialité forcées, bruyantes. Les visiteurs allemands, pour la plupart jeunes et promis à une belle carrière au sein du département achat de leur entreprise, avaient des porte-monnaie bourrés à craquer dans les poches et des contrats vierges dans les mallettes qu'ils avaient laissées à leur hôtel. Jablonski n'avait jamais connu Radom sous cet aspect. Ses souvenirs, vieux de vingt ans, lui avaient laissé l'image d'une ville avec des halls d'hôtels sinistres puant l'eau de Javel, hantés par des indics ou des policiers en civil, aux chaussures à semelles de caoutchouc, qui s'espionnaient les uns les autres tels des chats méfiants.

À présent les groupes s'affairaient, quatre ou cinq hommes du côté polonais face à deux ou trois Allemands, voire quelques Italiens. À grand renfort de tapes dans le dos et d'éclats de rire, ils traversaient la salle pour aller commander leurs premières tournées : bouteilles de vodka (polonaise) disposées devant eux, accompagnées de plateaux de bière (allemande) et de petits bols remplis de chips. Désormais, se dit Jablonski, l'argent coulait à flots. On le voyait aux chaussures, aux mocassins à glands qui avaient remplacé les semelles de caoutchouc gris, surtout chez les jeunes Polonais, qui aimaient à porter des chaussettes blanches pour mettre en valeur le cuir souple. Et ce malgré les taches de boue. Les Allemands étaient plus discrets – comme toujours, non ? – mais ils portaient de l'or aux poignets, sous des manchettes blanches amidonnées, et ils tendaient leurs pardessus légers à un serviteur polonais. Où étaient passés les bons vieux costumes gris synthétiques d'antan ? Jablonski promena son regard sur la salle. Certes, il restait toujours le sien : cela faisait maintenant douze ans qu'il le portait, un costume où il n'y avait pas la moindre fibre naturelle. Si on l'approchait d'une flamme, il risquait de fondre plutôt que de brûler. Il y en avait quelques autres ici ou là. Pas tout à fait des dinosaures, pas tout à fait morts. Peut-être était-ce un avantage, par certains côtés, que d'avoir une allure ringarde. Les jeunes requins à chaussettes blanches et mocassins vous ignoraient ou vous méprisaient. Les jeunes aimaient faire des voyages d'affaires en Italie ou en Suisse et revenir en avion, les bras chargés de cadeaux dans des sacs en plastique énormes qui ressemblaient eux-mêmes à des cadeaux, siglés aux grandes marques à la mode.

Les yeux plissés, Jablonski observa les groupes qui trinquaient et s'allumaient des cigarettes mutuellement. Qu'ils aillent se faire foutre. Leurs femmes pouvaient se servir des sacs pour rapporter les oignons qu'elles avaient achetés au marché.

Ils étaient censés bâtir, ces petits morveux opportunistes, un nouvel ordre économique. Ils se comportaient comme si l'ordre ancien n'avait plus aucune utilité. Mais qu'en savaient-ils ? Il avait fallu quarante-cinq ans à ce pays pour se reconstruire après la guerre. Et voilà qu'en l'espace d'un an tout ça était balayé d'un simple revers de main. Anéanti. Et ceux qui avaient construit le pays, qui avaient voulu le voir fonctionner, qui avaient alimenté les fournaises, versé le ciment et extrait le charbon, ceux-là avaient été mis au rebut en même temps que les machines rouillées. Jablonski les avait vus, ici comme dans toutes les autres grandes villes, avec leurs visages blancs comme des linges, leurs cheveux devenus jaune sale, leurs yeux vides. La nouvelle mentalité faisait d'eux – si tant est qu'elle s'intéressât à eux – des instruments de l'oppression et des pilleurs de ressources naturelles. Qu'ils aillent penser ce qu'ils veulent, pensait Jablonski. On a dirigé les usines, se disait-il, on a sorti l'acier, et si une succession de gouvernements incompétents et de mendiants sans tripes bradaient les efforts des gens qui, comme lui, étaient supposés gérer l'économie publique, eh bien on ne pouvait pas décemment leur reprocher, à ces gens, de vouloir se débrouiller tout seuls. Là-dessus, il regarda l'un des jeunes requins polonais bondir pour aller saluer deux Allemands qui venaient d'entrer. Il était aux petits soins avec eux. Il fit signe à un serveur de prendre immédiatement leur commande.

« Ne t'en fais pas, Roman, lui dit Zurek. Les Allemands les boufferont comme des amuse-gueules.

– Et ils prendront le pays tout entier pour le dîner. »

Zurek haussa les épaules et sirota sa vodka.

« Mieux vaut être exploités par des Allemands plutôt que par personne.

– Cette fois ils auront le pays sans tirer un seul coup de feu. Ils vont tout simplement le racheter à bas prix. Ça coûte beaucoup moins cher que de bâtir une armée.

– Tu préférais les Russes ?

– Aujourd'hui, oui. Ils sont encore plus dans la merde que nous. Je croyais que c'était impossible.

– M'en parle pas... Moi aussi je pourrais appeler les Allemands à l'aide. Mon usine est au bord de la faillite. »

Depuis trois ans, Zurek était le directeur adjoint d'une usine qui fabriquait des rouages de machines pour le marché soviétique – rouages de tours, de perceuses à colonne, d'équipements pétroliers, d'embrayages de grues géantes. Or il n'y avait plus de marché soviétique, mais des marchés russe, ukrainien, lituanien, tous aussi taris les uns que les autres. Les Bulgares, les Slovaques et les Hongrois s'étaient également retrouvés sans le sou. Les Russes n'arrivaient plus à payer ce qu'ils avaient commandé l'année précédente, des produits pourtant empaquetés et prêts à partir. Zurek n'avait même pas besoin d'entrer dans les détails. Deux ans plus tôt, l'État aurait remboursé les pertes et tout le monde aurait continué de travailler. Dorénavant, après trente années de production et malgré un passé glorieux, les gens devaient sauver leur peau par tous les moyens. Marche ou crève.

« La moitié des salariés est en congé volontaire, expliquait Zurek. L'autre moitié vient juste pour balayer. Du coup, l'usine est très propre. Ça oui.

– Et pas d'Allemands, de Suisses ni d'Italiens ? »

Jablonski ne put s'empêcher de le taquiner. Zurek n'était devenu ni un vieillard chenu, ni pâle comme un cachet d'aspirine. Il avait toujours ses cheveux noirs et, s'il trouvait le moyen, il était disposé à rejoindre, les yeux fermés, la cohorte des jeunes à mocassins. Mais son usine ne produisait rien d'utile à l'ouest de la ligne Oder-Neisse, et ses alliances s'étaient volatilisées. Deux ans durant, il avait même appartenu au Comité central, un des plus jeunes membres d'une troupe de quatre cents personnes. Il avait eu son billet en main mais le train n'avait jamais quitté la gare. Sa minuscule usine, qui pendant trois décennies avait péniblement dégagé un profit, si modeste fût-il, était à l'arrêt.

« J'ai un projet pour toi, Zurek, fit Jablonski.

– Je t'écoute.

– Tu as des livraisons à faire à tes anciens clients ?

– Non. Pas de paiement, pas de livraison.

– Mais tu as des produits que tu pourrais livrer ?

– Six mois de production. Sur des palettes. Jusqu'au plafond.

– Et tu as des camions. Et des caisses entières remplies de rouages. Et tes anciens clients qui ont commandé mais ne peuvent pas te payer.

– Ils ne peuvent pas et ne pourront ni ne voudront peut-être jamais. Comment savoir ce qui va se passer là-bas ? C'est le bordel complet.

– Mais tu pourrais les livrer ? En théorie ?

– En théorie, oui. Même si, entre nous soit dit, je ne suis pas sûr qu'on puisse acheter le carburant.

– Mais tes camions roulent ? S'ils ont du carburant, je veux dire ?

– Bien sûr. Les mécaniciens n'ont rien d'autre à faire. Nos camions, c'est peut-être le seul bien convertible qu'il nous reste.

– Tu as des clients en Géorgie ? À Tbilissi, par exemple ?

– J'ai des clients partout où il y a une cheminée d'usine.

– On se reprend un verre, Zurek ?
– Allez, on commande une bouteille.
– C'est moi qui régale. »

Zofia Flak ouvrit grand la porte de la maisonnette et se jeta dans les bras accueillants de Farby. Il émanait d'elle une chaleur particulière – celle de l'excitation et de l'effort. Comme toujours, Farby sentait le cœur de la jeune femme battre contre son torse. Et ça le mettait dans tous ses états.
« Je croyais que tu n'arriverais jamais jusqu'ici, dit-il.
– Je suis venue dès que j'ai pu.
– On ne t'a pas suivie ?
– Personne n'est au courant.
– Tu es sûre ?
– Oui, j'ai vérifié.
– Il est tard. Je m'inquiétais vraiment. »

Il était environ 19 heures, mais la nuit était tombée depuis trois heures, et Farby faisait les cent pas comme un prisonnier dans sa cellule. Ils se trouvaient en pleine campagne, à cinquante kilomètres de Jadowia. Lui était là depuis trois jours. Arrivé lundi soir en hâte, quelques heures après que les autorités du district eurent séquestré son bureau, il n'avait pas quitté les lieux. Par bonheur, ce jour-là il s'était présenté en retard à son travail : le flotteur du réservoir des toilettes s'était bloqué et sa femme avait insisté pour qu'il le répare avant de partir. Les deux bras mouillés jusqu'aux coudes, il avait donc décroché le téléphone et entendu la mise en garde de Zofia : « Va à Rutno, lui avait-elle dit, et attends. Au magasin. Attends-moi, j'arrive... Zbyszek ? » Puis : « Je t'aime. »

Tous les autres problèmes lui avaient paru accessoires en regard de cette déclaration d'amour fracassante. Presque étourdi, il avait obéi aux consignes de Zofia, rabattu le couvercle du réservoir des toilettes, s'était essuyé les bras, avait enfilé son manteau et dévalé les escaliers jusqu'à sa Trabant, laquelle avait, Dieu merci, comme par miracle, démarré du premier coup. Il avait emprunté des routes secondaires jusqu'à Rutno, traversé lentement le petit village, où il n'y avait qu'un seul magasin. Jugeant imprudent de traîner là-bas toute la journée, il était reparti dans la forêt et avait attendu la tombée de la nuit, sur un chemin, avant de revenir à Rutno. Lorsque Zofia était arrivée, elle avait couru vers la voiture, s'était penchée à travers la vitre et l'avait embrassé. « Suis-moi. Vite. »

Depuis, il ne l'avait plus quittée.

Cette maison d'été avait appartenu à la famille de Zofia ; elle l'appelait sa « maison de vacances », idéale pour les promenades en forêt et la cueillette des champignons. Maintenant que son père était mort, les gens n'y allaient plus guère, et jamais en hiver. Il y avait tout de même une plaque en céramique pour la cuisine et une pyramide de bois de chauffage derrière la maison. Ce soir-là, Zofia apporta un peu de nourriture, et le lendemain un peu plus.

Farby se rendait compte qu'il était devenu un fugitif. Que fuyait-il ? Il ne savait pas trop. Sa femme ? Assurément. Les autorités ? Peut-être. Mais il avait de quoi se défendre.

Aussi bizarre que cela puisse paraître, même à ses propres yeux, il était heureux. Momentanément piégé dans cette maisonnette, à se balader en permanence avec une couverture sur les épaules, il se sentait malgré tout soulagé, libéré. Il était éperdu d'amour, et Zofia aussi. C'était un de leurs deux sujets de conversation : l'amour et le reste.

« Tes tétons sont incroyables, Zofia. On dirait des framboises parfaites. »

Elle avait calé son dos contre une pile d'oreillers ; il avait posé sa tête sur son ventre dénudé et elle lui caressait les cheveux.

Elle sourit, comme enchantée par sa propre immodestie, voire par la justesse des paroles de Farby. Elle se dit qu'ils étaient peut-être en effet parfaits, ses tétons. Puisqu'il le disait. Elle sourit encore plus.

« Tu es tellement gentil. Comment est-ce que j'ai fait pour attendre aussi longtemps ?
— Et moi, alors ?
— Tu étais si occupé. Tu travailles tellement... Je pensais que tu ne m'avais jamais remarquée, comme si je n'étais qu'un meuble.
— Un meuble, oui. Un meuble dont je rêvais d'ouvrir tous les tiroirs.
— Viens là », dit-elle en l'attirant contre elle et en se retournant sur le dos.

Il fallut ensuite aborder les questions pratiques. Zofia savait que personne ne recherchait activement Farby, en tout cas pas pour le moment. Connaissant la lenteur de la machinerie bureaucratique, elle était convaincue qu'il n'y avait ni poursuites judiciaires ni mandats d'arrestation en cours. Elle espérait même que les dossiers examinés par les contrôleurs du district seraient indéchiffrables. Kukinski, le responsable à la toute petite voix, s'était montré presque gêné quand il lui avait demandé les archives des approvisionnements et des acquisitions. Il lui avait parlé avec une extrême courtoisie, commençant chaque phrase par un timide : « S'il vous plaît, sans vouloir vous déranger... » L'effrayant Twerpicz l'avait même vu plusieurs fois en tête à tête, dans un coin, pour lui donner des conseils ou des consignes — Zofia ne savait pas. Elle avait retrouvé les dossiers demandés qui, en vérité, n'étaient pas bien nombreux ; elle avait beau les avoir classés elle-même, elle n'avait qu'une vague idée de leur contenu. Après une nouvelle demande polie, Kukinski avait voulu inspecter en personne les meubles-classeurs. Une énorme liasse de documents, qui aurait pu remplir un tiroir entier, avait fini par repartir avec eux. Le quatuor, qui comprenait deux hommes qu'elle soupçonnait d'être des policiers, n'avait rien fait laissant penser qu'elle était elle-même visée par une enquête.

En revanche, elle avait sa petite idée sur ce qui les intéressait. Elle savait que certaines factures n'étaient pas tout à fait exactes. Le chasse-neige, par exemple : acheté comme neuf, mais en réalité d'occasion – et même vieillot, comme pouvaient l'attester certaines factures de réparation. Elle ignorait si les quatre types avaient fourré leur nez là-dedans. Tout pourrait être justifié, pensait-elle. Plus ou moins.

« Pour que ça corresponde à la masse salariale », lui dit Farby. Et la masse salariale ? Il y avait toujours quelque chose : les urgences, le toit de l'école primaire qui avait rompu sous la neige l'année d'avant. Il s'en souvenait bien.

« Et le toit de chez ta mère », lui rappela-t-elle. Reconstruit avec la main-d'œuvre municipale et peut-être grâce aux ressources du village. C'était une vieille dame pauvre. De même pour le goudron déposé et étalé dans l'allée de Farby.

« C'est Jablonski qui est derrière tout ça, dit Zofia. Tu le sais, n'est-ce pas ?

– Mais pourquoi est-ce qu'il fait ça ?

– Pour sauver sa peau. »

Farby fut intrigué. Il lui raconta alors l'affaire de la distillerie. Naturellement, Zofia n'en avait jamais entendu parler. Bien que choquée, elle saisissait la logique du procédé : Jablonski s'était servi de Farby comme d'un pion. Jablonski était tout simplement un voyou. Elle voulut encore une fois serrer Zbyszek dans ses bras.

« Donc tu vois, moi aussi je sais des choses », dit Farby. La perspective le soulageait. Il voulait qu'elle se sente rassurée.

Zofia s'apprêtait à lui donner une tranche de saucisse froide lorsque sa main s'arrêta soudain en l'air. Farby avait les yeux fermés et la bouche ouverte.

« Mais Jablonski n'y a pas pensé de son côté ? »

Il rouvrit les yeux et referma la bouche. Il ne sut pas quoi répondre.

Une fois de plus, ce fut Andrzej le plombier qui informa le père Tadeusz. Ou plutôt, il lui apprit la nouvelle lorsque leurs routes se croisèrent, ce qui lui ferait se demander, plus tard, si Andrzej n'avait pas été envoyé par la Providence pour être l'informateur attitré du vieux prêtre – peut-être délibérément – indifférent qu'il était. En effet, Andrzej apparut soudain derrière le presbytère, sur le chemin qui servait de raccourci entre le centre du village et certaines des maisons anciennes au sud-ouest. Le père Tadeusz, une nappe d'autel dans les bras, se dirigeait alors vers l'entrée latérale de l'église. Andrzej le salua en baissant sa casquette puis, après quelques phrases polies, lui expliqua qu'il venait de s'épuiser en aidant son cousin Pawel à réparer un pan de sa maison qui avait bien failli s'écrouler. Il se dirigeait maintenant vers la maison de Janek Smurc, où la même chose s'était produite. Ensuite, s'il faisait encore jour, il avait promis d'aider Kazimierz, lequel avait commencé à creuser devant sa maison et, pour l'instant, ne pouvait plus ouvrir sa porte.

« Pourquoi donc ?

– Les fondations se sont enfoncées. Comme chez mon cousin, sauf que lui, sa porte est de l'autre côté, si bien qu'il peut au moins aller et venir. Sa femme passe son temps à lui jeter des choses au visage. Elle pense qu'il est devenu fou.

– Parce qu'il répare sa maison ?

– Non, parce qu'il creuse les fondations pour trouver de l'or ou des pièces de monnaie, des choses comme ça.

– De l'or ? Mais pourquoi cherche-t-il de l'or ?

– Pas seulement de l'or... Des bijoux, peut-être. Des objets précieux cachés. Dans les vieilles maisons. »

Le père Tadeusz clignait des yeux. Il ne comprenait décidément pas.

« Les autres personnes que vous avez citées... Elles cherchent de l'or aussi ?

– Bien sûr.

– Je ne comprends pas. Pourquoi est-ce que tous ces gens creusent leurs fondations ? Pour trouver un trésor ?

– De l'or, vraisemblablement.
– Très bien, mais... pourquoi ? Qui a dit qu'il y avait de l'or ? »
Le père Tadeusz commençait à s'agacer. Andrzej fit la grimace.
« Eh bien, ce sont les vieilles maisons, mon père. Les vieilles maisons. Vous comprenez... Là où habitaient les Juifs. Avant la guerre. »
Il recula d'un pas. Sur le visage du père Tadeusz, l'impatience avait laissé place à l'étonnement. Il pencha la tête sur le côté, comme pour capter un son lointain.
« Je dois y aller, mon père.
– Vous dites que d'autres font la même chose, Andrzej ? Ils cherchent de l'or ?
– Oui, mon père.
– Et ils sont nombreux à faire ça ?
– Quelques-uns. »
Ce jour-là, et le lendemain, le père Tadeusz chercha la maison de Pawel Stepien, ainsi que plusieurs autres, et rencontra des attitudes qui allaient de la détermination assumée à une certaine gêne. Pawel Stepien était « parti se soûler », lui dit Magda, sa femme, aussi furieuse que l'avait dit Andrzej.
« Le mur de la chambre a failli s'écrouler, expliqua-t-elle. Les photos sont tombées par terre. Mes figurines aussi ! Elles sont cassées. J'ai dit à Pawel que c'était de la folie. Mes parents se sont installés ici après la guerre et je suis née là, dans cette chambre. Il n'a pas à creuser cette maison, ce n'est pas la sienne. Et puis il n'y a pas d'or enterré dans cette maison.
– Je suis navré, madame Stepien. Mais qui lui a raconté qu'il y avait de l'or ici ?
– Il a entendu ça au bar. C'est une vieille légende. Quand j'étais petite, j'ai entendu ce genre de choses mille fois. Et aujourd'hui ça revient. Allez savoir pourquoi.
– Il était censé être où, cet or ?
– Les gens disaient qu'il était caché à l'intérieur des murs, ou dans des endroits comme ça. Entre les pierres des fondations.

— Mais pourquoi ?
— Les Juifs. Vous savez bien... Ils ont caché leurs affaires, leurs objets précieux.
— À cause de... »
Le père Tadeusz bredouilla ; il ne savait pas quel terme employer.
« À cause de la guerre ?
— On dit qu'ils étaient avares, qu'ils ne faisaient pas confiance aux banques — ce que, entre nous, on peut difficilement leur reprocher. Mais ils ont aussi caché des choses à cause des Allemands, quand la guerre, euh... est arrivée. Ici, je veux dire. »
Le père Tadeusz percevait bien la gêne de Mme Stepien. Elle n'arrêtait pas de regarder ailleurs et ses grosses mains pétrissaient l'ourlet de son tablier qu'elle avait ôté à l'arrivée du prêtre.
« Est-ce que quelqu'un a découvert de l'or ? demanda-t-il.
— Pour l'instant ? Non, je ne crois pas. Quand j'étais jeune, il y avait des bruits qui couraient. Enfin, c'était il y a longtemps, j'étais gamine. Mais j'ai vécu dans cette maison toute ma vie, avec ma famille, et s'il y avait eu de l'or ou des bijoux cachés ici, on l'aurait su. Mais vous comprenez, mon mari, que Dieu lui pardonne, passe trop de temps au bar et pense qu'il peut recevoir sans rien donner. J'ai beau lui parler, il ne m'écoute pas. »
Elle se mit à sangloter. Ils étaient tous les deux au centre de la cuisine en désordre, où la table était encore jonchée de vaisselle sale. Un chat blond somnolait dans un coin. Le père Tadeusz voulut la réconforter, et cependant il brûlait d'en savoir un peu plus.
« Je sais, c'est difficile, dit-il.
— Sans lui, je ne suis bonne à rien.
— Vous savez qui vivait dans cette maison avant que votre père s'y installe ?
— Je ne les ai pas connus. C'était avant ma naissance.
— On ne vous a jamais rien dit sur eux ?

— Ils s'appelaient les Bernsztajn, c'est tout ce que je sais. Le mari réparait des montres et des horloges.

— Vous savez ce qu'ils sont devenus ? »

Elle leva brusquement les yeux vers lui, comme surprise par sa question ; il vit alors les larmes qui mouillaient ses yeux.

« Non, mon père. Il a dû leur arriver la même chose qu'à tous les autres, j'imagine. »

La même chose qu'à tous les autres.

Il n'y avait pas de passé ici. Pas d'archives. Pas de monuments. Il se rendit à la bibliothèque, mais l'endroit n'était pas censé être le dépositaire de l'histoire de Jadowia. Conservés au premier étage de l'immeuble qui abritait également le camion des pompiers volontaires, les livres, propriété du « centre culturel » de Jadowia, se réduisaient à quelques rayons de romans et de manuels techniques ou scolaires. On y trouvait Hemingway et *Les Raisins de la colère* (en deux exemplaires), ainsi que des études sur les maladies des volailles et la digestion des bovins. Dans un recoin éloigné, un étudiant pouvait lire les critiques sophistiquées de Marx et de Lénine telles que formulées par les *politburos* polonais (depuis 1958) et l'Académie nationale des sciences. Lorsque le père Tadeusz demanda à la jeune responsable de la bibliothèque si son établissement possédait une histoire de Jadowia, elle lui adressa un regard vide et répondit que tout était là, dans les rayons. Elle n'avait jamais entendu parler d'un quelconque livre sur la question. « On est là uniquement pour divertir », dit-elle.

Il quitta le centre culturel, longea l'église et emprunta le chemin habituel qui le menait vers la forêt, celui de sa promenade quotidienne. Qu'il était ignare ! Comme il s'était peu soucié de comprendre ! Comme il avait été satisfait, comme il s'était complu dans sa déception ! Il avait toujours cherché à se protéger contre son environnement, à faire le strict minimum, à repousser tout engagement au-delà de sa charge pastorale.

Il avait cessé de chercher dans les yeux d'autrui la souffrance ou le besoin, ce que, jeune prêtre, il faisait si naturellement. Il vivait dans ce village depuis bientôt trois ans... Qu'en connaissait-il ? Que savait-il de Jadowia pendant la guerre ? S'était-il lassé de cette proximité de la guerre, comme il soupçonnait la plupart des Polonais de l'être ? Il s'enfonça profondément dans le calme des bois, sous le ciel gris et la frondaison des pins.

Il savait seulement ce que tout le monde savait – sinon moins. Avant la guerre, la plupart des villages de la région, mais aussi plus à l'est et au sud, étaient peuplés de Juifs. Ils possédaient des maisons et des magasins. Ils tenaient les petits hôtels le long des routes qui menaient à Zamosc, à Bialystok, jusqu'à Vilnius, Kiev et Lvov. Puis ils disparurent dans les trains, des trains qui roulaient sur une voie ferrée encore existante, la ligne principale entre Varsovie et Bialystok, une voie toute droite qui passait à huit kilomètres au nord de Jadowia. À l'époque, les trains passaient sans cesse sur cette ligne mais ils n'arrivaient pas à Bialystok. Ils s'arrêtaient en fait à Treblinka, localité maquillée de telle sorte qu'elle ressemble à un petit village de campagne ordinaire. Cinquante kilomètres séparaient cette gare fantôme, ces fausses façades, de l'endroit où le père Tadeusz interrompit soudain sa promenade et leva les yeux, comme il l'aurait fait en entendant le croassement d'un corbeau.

Il allait devoir interroger les vieux, ceux qui avaient été là, qui se rappelaient. Il allait devoir reconstituer l'histoire tout seul.

Ce soir-là, il rendit visite à Mme Skubyszewski.

Les épaules enveloppées d'un châle au crochet, elle était confortablement installée sur son rocking-chair. Pendant qu'elle parlait de détails auxquels elle n'avait pas repensé depuis des années, ses mains noueuses jouaient avec les replis de sa robe en imprimé rose. De temps en temps, elle se levait pour aller retrouver, au milieu de ses nombreux meubles sombres, une vieille photo, un livre, dans le bureau ou dans sa bibliothèque vitrée. Puis elle se rasseyait et reposait ses cheveux blancs sur le dossier en cuir. Enfoncé dans un siège bien rembourré, son mari Lukasz émettait de temps en temps des sons que le père Tadeusz ne pouvait déchiffrer.

« Oui, chéri, monsieur le curé a du thé, dit-elle. Il me demande si je vous ai servi du thé.

– Je comprends. Merci. »

Elle avait un visage peu commun à la campagne, des traits délicats, fins, ceux d'une aristocratie disparue. Un visage éduqué, cultivé, avec un maillage de rides autour de sa bouche et de ses yeux clairs, vifs, bleus comme les carreaux de céramique hollandaise.

« Oh! dit-elle, il y a tant de souvenirs. » Elle s'excusa plusieurs fois de ne pouvoir les raconter dans l'ordre. Lukasz fut pris d'une quinte de toux, longue et bruyante, comme s'il était à l'article de la mort. Sa femme se leva pour l'aider à surmonter sa crise en lui donnant un mouchoir et en fixant un bouton de son chandail.

« Quatre-vingt-dix, dit-elle en se rasseyant.

– Pardon?

– Quatre-vingt-dix ans. Lukasz a 90 ans. »

Elle en avait trois de moins. Ils étaient amoureux depuis l'école. Elle retrouva de vieilles photos dans une boîte à rangement en bois, de celles qu'on ne fabriquait plus depuis des lustres; elle lui montra aussi, sur le mur du couloir, un cliché encadré des instituteurs de l'école primaire de Jadowia, pris dans les années trente. « Lukasz était le directeur à l'époque. » Elle le désigna sur la photo, grand gaillard baraqué avec une belle tignasse noire.

Le village était plus peuplé, dans le temps. Plus important qu'il ne l'était aujourd'hui.

Et plus juif? Oui, répondit-elle, on pouvait dire ça. Sa voix fluette vacilla légèrement, et le père Tadeusz se cala au fond de son siège pour l'écouter. Les Juifs, raconta-t-elle, habitaient pour la plupart dans le village. Ils étaient rarement paysans. Ce n'était pas leur domaine. Les paysans, c'étaient les Polonais, en majorité pauvres; ils travaillaient la terre et les forêts dans la campagne environnante et venaient au village pour acheter des articles de quincaillerie ou des chaussures quand ils le pouvaient, et des vêtements et du pain.

Les Juifs leur achetaient des céréales, des œufs, des fruits et légumes. Et à leurs propres marchands, ils achetaient des produits de la ville. Ils cuisaient le pain et réparaient les souliers. Ils vendaient des aiguilles, des boutons, des bonbons, du thé. Ils faisaient crédit. Ils prêtaient de l'argent. Oh! non, ils n'étaient pas riches. Certes, d'aucuns le prétendaient, mais si c'était vraiment le cas, ça ne se voyait pas. Ils avaient des enfants, beaucoup, dont certains portaient des guenilles et des vêtements trop petits. Chez les adultes aussi, il y avait des loqueteux. C'était la crise économique dans le monde entier, et pas seulement en Pologne.

Sans parler des maladies, des rhumatismes articulaires aigus, de la tuberculose. Elle se rappelait encore l'angoisse sur les visages des mères, les enfants qui traînaient derrière les rétameurs ambulants avec la goutte au nez et leurs yeux immenses, leurs joues hâves, leurs bouclettes. Non, non, ils n'étaient pas riches. Ils étaient aussi pauvres que les autres, mais différemment. Les Juifs vendaient, les Polonais labouraient. Mais de maigres profits dans les deux cas, à cause de la crise internationale.

Presque tous les Juifs – sinon tous – savaient lire. Leurs enfants étaient éduqués. Pas les paysans, pas autant. Ce qui faisait une grande différence. Il y avait une séparation entre catholiques et Juifs, entre agriculteurs et marchands. « Vous devez savoir de quoi je parle, mon père – vous êtes polonais. » Le vieux système de classe : la noblesse, l'aristocratie, la bourgeoisie, les Juifs, et au bas de l'échelle les paysans. Il y avait une

En mémoire de la forêt

différence, bien sûr. Des rancœurs, peut-être. Des suspicions, des superstitions. Mais c'étaient les années trente. Et la catastrophe imminente, rappelez-vous, avec cette Allemagne devenue folle. Bien entendu il y avait encore l'espoir, ou l'illusion, si vous préférez, que les choses s'arrangeraient mais, honnêtement, même un imbécile aurait senti l'inévitable arriver.

S'appelait-il Klejn ? Ou Klemztejn ? Elle ne savait plus. En tout cas, les gens le surnommaient Moishe le Boulanger. Elle se souvenait du mois d'octobre de cette année-là. Oui, 1939 ! Bien sûr. Les échanges de coups de feu toute la nuit, le tir nourri des canons, les gens terrorisés, cachés dans les caves et sous les lits, la nuit noire uniquement éclairée par les éclairs dans le ciel, d'abord à l'ouest, puis à l'est, et toutes les lumières éteintes, à l'exception des lanternes de Moishe, dont la boulangerie se trouvait juste en face de leur maison. Elle était toute seule ce soir-là – son mari s'étant engagé comme volontaire, il était alors en train de battre en retraite vers l'est, à travers la Silésie, avec des divisions entières de l'armée polonaise –, mais elle avait osé regarder par la fenêtre, et même sortir en pleine nuit. Les obus sifflaient au-dessus du village avant de retomber plus loin dans la forêt. Elle vit de la lumière chez Moishe, et la silhouette du boulanger qui allait et venait derrière la vitre opaque. Au matin, dans le silence et la chaleur de l'automne le plus torride depuis vingt ans, sur l'étal de Moishe, à la disposition de chacun, il y avait du pain pour tout le monde. Lorsqu'on lui demanda comment et pourquoi il avait cuit du pain toute la nuit, il répondit que c'était pour ne pas devenir fou à cause de la peur.

Puis les Allemands arrivèrent, ici comme dans les villages des alentours. Au bout de quelque temps, Moishe et sa famille, ainsi que tous les Juifs et leurs familles, furent confinés dans quelques maisons ceintes d'une clôture en fil de fer barbelé de trois mètres de haut. Les Juifs des plus petits villages environnants furent également rassemblés et parqués. Seuls les enfants parvenaient à s'échapper pour acheter ou mendier de la nourriture. Environ un an plus tard, en 1941, les Juifs furent emmenés jusqu'à la place du village, tout près de l'arrêt de bus. Là où se trouve aujourd'hui l'arrêt, raconta-t-elle, c'était un des côtés du nouvel enclos. Ils y furent parqués, et d'autres les y rejoignirent. Un jour, ils furent obligés de partir, tous, sur la route qui menait à la voie ferrée. Elle connaissait un homme, un paysan, aujourd'hui mort depuis longtemps, qui faisait partie des Polonais auxquels les Allemands ordonnèrent de suivre cette colonne humaine, avec leurs charrettes, et de ramasser les cadavres des Juifs abattus en allant vers les trains. Sa charrette arriva à destination, avait-il expliqué, chargée comme une barque, si bien qu'ils durent, lui et les jeunes garçons qui l'accompagnaient, passer une corde au-dessus de la cargaison afin qu'elle ne tombe pas.

Cela, elle ne l'avait pas vu ; on le lui avait raconté. Mais elle y croyait, car elle avait entendu les premiers coups de feu à l'orée du village, et les suivants, de plus en plus lointains à mesure que la colonne avançait. Elle vit ce qui arriva par la suite sur la place boueuse, où il ne restait plus un seul brin d'herbe alors même qu'on était en septembre : les Juifs affamés avaient dû manger toute l'herbe qu'ils n'avaient pas foulée. Lorsque la place fut vidée et que les coups de feu se furent éloignés avec les Allemands, le portail métallique de l'enclos était encore là, ouvert, sans surveillance. Les Polonais entrèrent. Armés de bâtons, de houes et de pelles, ou à mains nues, ils creusèrent la terre à la recherche d'objets enfouis, de pièces de monnaie, d'or, d'argent, convaincus d'y trouver des trésors. Ils avaient vu de l'argent passer à travers la clôture, la nuit, en échange d'un demi-pain, d'une pomme, d'un navet. Un collier contre la vie d'un fils, une perle pour une pomme de terre. Elle avait regardé les Polonais franchir le portail grand ouvert et se jeter sur la boue séchée, voûtés, silencieux, comme des écureuils, creuser avec leurs bâtons pour exhumer des pièces crottées, des petits objets enveloppés de haillons.

En mémoire de la forêt

Tout le monde était pauvre, dit-elle. Vous devez bien le comprendre. Tout le monde était désespéré.

« Et les gens ont retrouvé... ces objets ?

– Je ne sais pas, répondit-elle. Je n'ai pas supporté le spectacle, et je n'ai jamais posé la question. »

Mme Skubyszewski connaissait aussi la signification des montants de porte fracassés ; si d'autres la connaissaient également, elle avait été la première à l'énoncer. Il y avait certes des gens plus âgés qu'elle à Jadowia. Elle avait l'avantage non seulement d'être plus jeune, mais d'avoir l'esprit alerte et la mémoire claire. Elle en parla à son voisin, puis au boulanger en face de chez elle (le quatrième occupant de l'emplacement jadis habité par Moishe) et au jeune médecin de la clinique où elle allait chercher les médicaments de Lukasz. Assise dans son salon – il était tard pour elle –, elle s'en ouvrit donc au père Tadeusz, qui ne comprit pas tout de suite ce dont elle parlait, tant les nouvelles locales mettaient du temps à parvenir jusqu'à lui.

« C'est arrivé dans quatre maisons. Celle des Smorenda, celle des Kowalczyk, celle des Sylski, tout près d'ici, à deux portes de chez le boulanger. Et chez Jasnowicz, la vieille Mme Jasnowicz, pas loin de la clinique. Vous voyez ? »

Le père Tadeusz fit signe que non.

« Des vieilles maisons. Des maisons juives.

– Ah !

– Les mezouzas.

– Les quoi ? »

Mme Skubyszewski se leva pour s'occuper de son mari qui s'était endormi dans son fauteuil. Elle remonta la couverture en laine sur ses cuisses.

« Les mezouzas, expliqua-t-elle. Toutes les maisons juives en possédaient une, dans une niche, sur le chambranle de la porte. Elles contenaient des parchemins miniatures. Les écritures saintes. La Torah, c'est bien ça ? Ou la Bible ? Des versets

bibliques dans des petites niches aux montants des portes. Chaque maison juive avait la sienne.
– Elles sont toujours là ?
– Recouvertes, pour la plupart. Ou enlevées. Les gens ont déménagé et réparé des choses, parfois en remplaçant les portes. Mais d'autres se sont contentés de les recouvrir. Pour eux, ça ne signifiait rien, vous comprenez, ces traditions, ces objets. Et ils ne voulaient plus voir ça, ils ne voulaient plus qu'on leur rappelle certaines choses. Alors ils les ont recouvertes.
– Qu'on leur rappelle quoi ?
– Qu'il y avait des gens qui étaient... qui ont disparu. Ou tout simplement que des gens ont vécu un jour dans ces mêmes maisons où ils *vivent* aujourd'hui. Qui a envie de s'en souvenir chaque fois qu'il franchit le seuil de sa porte ? Il valait mieux les recouvrir et ne plus voir ça. Entre nous, mon père, avez-vous déjà vu des traces de cette période ?
– Non.
– Il y avait un cimetière quelque part. À l'ouest du village. J'imagine que la nature y a repris ses droits. Mais non, vous avez raison, il n'y a aucune trace. Vous comprenez mieux maintenant ?
– Il n'y a que ces quatre maisons ?
– C'est ce que j'ai cru comprendre. Je suis allée jeter un coup d'œil sur toutes les maisons, sauf celle de Smorenda. Je n'ai pas pu marcher aussi loin. On m'a décrit la scène.
– Mais il n'y a pas que ça. Y a-t-il d'autres maisons... »
Il hésita un instant sur le terme qu'il voulait employer et se rendit compte qu'il avait assimilé depuis longtemps le fonctionnement, non seulement de ce village, mais du pays tout entier. Il eut du mal à prononcer le mot.
« D'autres maisons *juives* ?
– Oh ! oui. Une douzaine. Une vingtaine. Peut-être même plus.
– Donc il pourrait y avoir de nouveaux... incidents ? »
Le rocking-chair cessa de se balancer. Pour la première fois, le père Tadeusz perçut le tic-tac d'une pendule quelque part dans

——— En mémoire de la forêt ———

la pièce, comme si le temps lui-même s'était caché parmi les meubles, les images encadrées et les souvenirs.

«Je crois qu'il y a quelqu'un qui est en train de s'en souvenir, dit Mme Skubyszewski.

– Y a-t-il eu...»

Il hésita encore.

«Y a-t-il eu le moindre... survivant?

– Pas que je sache.

– Mais de qui s'agit-il, alors?»

Mme Skubyszewski reposa sa tête chenue contre le dossier de son fauteuil. «Je ne sais pas, mon père.»

9

Leszek

L'agitation diffuse qui s'était emparée du village me faisait penser à une étable dans laquelle se serait introduit un chien bizarre. Il y avait comme un malaise. Des rumeurs couraient : on parlait de sommes d'argent disparues dans les bureaux de la mairie, on annonçait des arrestations imminentes. La disparition du *naczelnik* et ses liens avec l'enquête étaient évoqués, mais ils n'étaient pas au centre des spéculations, car en réalité personne ne prenait Farby au sérieux ; tout le monde voyait en lui un second couteau. Plus marquante fut la crainte, répandue comme une épidémie de grippe, de voir certaines maisons du village réclamées par les familles de leurs propriétaires d'avant-guerre. Les Juifs. Rien ne venait étayer cette peur, sinon les étranges dégradations infligées à quelques portes de maisons. On attribuait cette conclusion à Mme Skubyszewski, et nul ne la contestait. Néanmoins, personne n'avait encore reçu la visite d'étrangers ni d'avocats représentant des citoyens américains ou israéliens ; personne n'avait vu des inconnus errer dans le village en voiture, à la recherche de repères familiers. Mais les gens gardaient l'œil ouvert, à l'affût du moindre signe.

Les jours de marché, les bruits se répandaient encore plus vite, enjolivés et amplifiés à mesure qu'ils passaient du vendeur de fourrage au boucher, puis au boulanger, au bar et à l'arrêt de bus.

« J'ai entendu dire qu'ils reviennent déjà en Hongrie, nous expliqua, à Powierza et à moi, le boulanger Janowski.

– Mais qui ça ? demanda Powierza.
– Les Juifs, pardi ! »
Powierza, qui mangeait un beignet, semblait ne pas l'avoir entendu.
« Ils arrivent aussi en masse à Prague, continua Janowski. Ils cherchent les cadastres de l'époque. Ils veulent récupérer leurs anciennes propriétés. »
Powierza pourlécha ses doigts couverts de sucre.
« Personne ne viendra, Janowski.
– Pourquoi ?
– Pourquoi est-ce qu'ils reviendraient à Jadowia ? Tout le monde a envie de se tirer d'ici.
– Pas moi. Où est-ce que j'irais ?
– Tu as interrogé la mairie, n'est-ce pas ? Qu'est-ce qu'ils t'ont répondu ?
– Rien. Ils n'ont pas d'archives. Il n'y a rien. Tout ce qu'ils font, c'est boire du thé et s'inquiéter à cause du jeune prêtre.
– Pourquoi te faire du souci, alors ? Personne ne va te prendre ta boulangerie.
– Qui peut me le promettre, Staszek ? Toi, peut-être ? Et si quelqu'un débarque et me traîne au tribunal ?
– Est-ce que quelqu'un est passé te voir ? Est-ce que tu as reçu des visites étranges ?
– Non, personne n'est venu. Mais quelqu'un a creusé dans les fondations de ma remise. Quelqu'un est en train de faire des recherches dans les vieilles maisons. Qu'est-ce qu'on doit en conclure ? »

Le surlendemain, au soir, Powierza me confia qu'il considérait toute cette affaire comme une pure « folie », par quoi il entendait que c'était une façon de détourner l'attention du problème central. Il était convaincu que les autorités, d'une manière ou d'une autre, avaient un lien avec la mort de Tomek, ou du moins qu'elles cherchaient à nous distraire de leurs propres difficultés.

« Ils veulent qu'on regarde ailleurs, me dit-il. Le père Jerzy est en train de semer la panique chez eux. » Le ton incontestablement admiratif de sa phrase me surprit.

« Tu disais pourtant qu'avec le père Jerzy c'était seulement de la politique. Je croyais que tu ne l'aimais pas.

– Il n'est pas si mal. Il est jeune, mais il voit juste à propos de ces gens. »

Je n'en revenais pas. Depuis que je le connaissais, Powierza avait toujours incarné pour moi la tradition du Polonais râleur, y compris dans ses railleries cyniques à l'encontre du père Jerzy. Pourquoi avait-il changé du jour au lendemain ?

« Tu as discuté avec lui ? »

Il y eut un bref silence, comme s'il ne voulait pas me répondre. Nous étions dans sa cuisine. La télévision ronronnait dans la pièce d'à côté, où sa femme était assise, son tricot sur les genoux. Powierza posa ses deux coudes sur la table et tripota une bouteille de bière entre ses énormes mains.

« Oui. Je l'ai vu. Lui au moins, il ira au fond des choses, Leszek.

– Comment ça ? Qu'est-ce qu'il va faire ? »

Son regard s'illumina. Je sentais qu'il retrouvait son énergie d'antan et que le bon vieux Powierza revenait, avec sa voix tantôt calme, méfiante, tantôt tonitruante, scandée par des coups de poing sur la table. Il me répondit presque en murmurant.

« Ils examinent tout. Tout ce que les autres ont acheté et vendu.

– Qui ça, les autres ?

– Mais les responsables du village ! Farby. L'équipe des cantonniers. Tu sais bien... Korczak, et Tarnowski, des magasins municipaux. Ils vérifient où ils ont acheté le charbon et combien ils l'ont payé. Et l'essence vendue en douce, comme le diesel. Ça fait beaucoup d'argent, depuis le temps. Beaucoup d'argent.

– Qui en a profité ? »

Il haussa les épaules. « Qui sait ? » Il se tortilla sur sa chaise, tout en grattant l'étiquette de la bouteille avec son pouce.

Je repensai à Korczak, le responsable des équipements du village, avec ses sourcils épais, connu pour être simplet mais sympathique, qui envoyait sur les chantiers ses cousins ou les fils idiots de certains privilégiés en échange d'une poule ou d'une belle tranche de lard. Il vivait avec sa femme au bout du village, dans une maison miteuse et presque écrasée par les camions-poubelles fièrement stationnés à côté. Tarnowski, quant à lui, dirigeait les magasins détenus par la municipalité, au nombre d'une demi-douzaine et situés dans un rayon de huit kilomètres autour de Jadowia. Dans mon souvenir, il portait invariablement la même chemise vert pâle et le même costume lustré depuis des années. Il avait six enfants, dont deux étaient infirmes et attardés. Il me semblait être une cible bien pitoyable pour tant d'efforts.

« Les amis du père Jerzy ont tous les dossiers, dit Powierza. Mais ils sont sans doute falsifiés, n'importe comment. Du coup, le père Jerzy dit qu'ils vont aller chercher directement les personnes concernées. Il pense qu'elles parleront.

– Comme qui, par exemple ? Korczak ?

– Il ne m'a pas dit. Korczak, ça me paraît évident. Ou Farby. Et d'autres encore.

– Jablonski ?

– Je ne sais pas. Peut-être.

– Il doit être au courant de tout ce qui se passe dans le village.

– Tu sais qu'il dirigeait un abattoir clandestin ? Si, je t'assure. Il y a des années de ça. Quand la viande était rationnée et que tout était contrôlé. Ton père et moi, à l'époque, on ne pouvait même pas emmener un cochon de l'autre côté de la route. Tout fonctionnait au marché noir. C'est comme ça qu'ils vont avoir Skalski.

– Skalski ? »

Je fus incapable de dissimuler ma surprise.

« Karol Skalski, le vétérinaire, oui. C'est lui qui organisait tout ça. »

En mémoire de la forêt

Je ne sais plus trop ce que me raconta Powierza par la suite, mais il était évident qu'il ne connaissait aucun détail de l'affaire. J'avais le cerveau en ébullition. Powierza savait-il de quoi il parlait ? Et le père Jerzy lui-même ? Le rationnement de la viande avait cessé plusieurs années auparavant. Certes, la pratique avait perduré longtemps après l'abolition de la loi martiale, mais tout ça commençait à dater. Sur le papier, cela paraissait logique : Karol était très bien placé pour l'organiser et savoir comment procéder. Mais après ? C'était de l'histoire ancienne.

En quittant la cuisine de Powierza, j'étais perdu, décontenancé. Jola était-elle au courant de ces histoires ? Je m'arrêtai un instant devant le portail affaissé qui séparait la basse-cour de Powierza de la nôtre. La fenêtre de la cuisine laissait passer une lueur jaune et, derrière les branches agitées du peuplier, la lumière tremblotait dans la chambre de mon grand-père à l'étage. Un vent froid arrivait du nord en sifflant, tel un train au loin. J'étais abattu, gagné par un mauvais pressentiment à cause de ce que Powierza avait dit ou n'avait pas dit, à cause de ces puissances soudain déchaînées. Et je savais par instinct que, si ses propos concernant Karol Skalski étaient vrais, mes perspectives d'avenir avec Jola s'en trouvaient non pas éclaircies, mais assombries. La dernière fois que je l'avais vue, j'avais déjà perçu chez elle un élan de compassion pour son mari : s'il lui arrivait des ennuis – du genre de ceux évoqués par Powierza –, elle resterait à ses côtés.

Pourquoi ces anciens méfaits, réels ou imaginaires, devaient-ils prendre une telle importance aujourd'hui ? Toute cette « enquête », s'il s'agissait bien de cela, me paraissait aussi absurde qu'infondée. Je repensai à Farby et à sa tête de citrouille placide : bientôt il serait balayé, écrasé lors des élections prévues à l'automne. Korczak ? Idem. Tarnowski ? Je l'avais encore vu ce matin-là, en train de pédaler sur son vieux vélo pour aller au travail, la goutte au nez et les mains rouges sur le guidon, avec un ridicule bonnet vert vissé sur les oreilles. Savait-il qu'il allait être mêlé à tout cela et peut-être poursuivi en justice ? Était-ce donc ça, la « révolution » ? J'avais du mal à y croire.

J'avais encore les yeux au ciel lorsque j'entendis un bruit de ferraille en provenance des granges. Me demandant si une vache s'était échappée de l'étable, je rebroussai chemin et trouvai mon grand-père dans l'abri couvert qui reliait les deux granges, en train de farfouiller derrière un tas de vieux bois. Il n'y avait pas de lumière mais je n'eus aucun mal à le reconnaître à sa silhouette, ses épaules voûtées, son vieux manteau et sa casquette.

« Qu'est-ce que tu fais, grand-père ? »

Il me répondit en marmonnant un juron ; je m'aperçus que je l'avais surpris.

« Tout va bien ?

– Bien sûr que oui.

– Je ne savais pas que tu étais sorti. »

D'ordinaire il se couchait tôt, juste après le dîner.

« Je suis parti faire un tour », dit-il en émergeant d'un recoin de l'abri. La scie de long et la hache, généralement accrochées au mur, gisaient sur le tas de bois ; il les récupéra et les remit sur leur clou. D'habitude, je l'aurais laissé vaquer à ses occupations, mais cette fois j'avais envie de lui parler, ou plutôt d'entendre son bougonnement se transformer, comme ça lui arrivait parfois, en un monologue. Il était plus loquace dans la journée, surtout le matin et quand il pouvait faire une pause au soleil, entre deux corvées, adossé à une roue de charrette ou assis sur un bidon de lait.

« Tu rentres ?

– Oui. »

Il marcha jusqu'au banc disposé contre l'abri et j'entendis des clous tomber dans une boîte en métal. Nous retournâmes vers la maison.

« Qu'est-ce que tu faisais ? demandai-je.

– La clôture.

– En pleine nuit ? »

Je ne lui demandai pas de quelle clôture il parlait. Il était déjà assez bougon comme ça.

« Je voulais prendre l'air. Tu es allé chez Powierza ? »

Il changeait de sujet. Sa clôture, c'était sa clôture. Point final. Il était de mauvais poil, mais ça ne me dérangeait pas. J'appréciais mon grand-père, même si ce n'était pas de l'amour. On n'apprécie pas toujours les gens que l'on est censé aimer. N'importe comment, j'avais la tête à Powierza.

« Je l'ai vu, dis-je. Il se remet, j'ai l'impression. »

Nous entrâmes dans la maison, ôtâmes nos manteaux et nous rendîmes à la cuisine, encore chauffée par le dîner.

« Il va faire de la politique, c'est ça ? » demanda-t-il.

Je commençais tout juste à penser la même chose.

« Comment tu as deviné ? »

Il haussa les épaules. Je servis du thé qui chauffait sur le poêle. Il versa trois cuillerées de sucre dans sa tasse et posa ses mains autour, levant son énorme pouce. « Il ferait peut-être mieux, d'ailleurs, dit-il. Ça n'a jamais été un vrai paysan. » À ses yeux, on ne pouvait pas être un paysan digne de ce nom – voire exercer n'importe quel autre métier – en travaillant dans des granges qui ressemblaient à des décharges.

« Je voudrais te demander quelque chose, dis-je.

– Quoi donc ?

– Qu'est-ce qui se passe dans le village ? Je ne parle pas de la politique, mais de cette histoire de Juifs. Pourquoi tout le monde est si inquiet ?

– Parce que ce sont des paresseux qui préfèrent passer leur temps à jacasser et à s'inquiéter plutôt que d'accomplir un travail utile. S'il y avait une bonne raison, pour le coup ils feraient mieux de s'inquiéter, en effet.

– Mais il n'y a pas de raison ?

– Non. Si vraiment les Juifs s'apprêtaient à revenir, ce qui n'est pas le cas, alors là, oui, ils auraient de quoi avoir peur. Mais aucun Juif ne reviendra ici. »

Je pouvais comprendre : pourquoi revenir ici, hormis pour quelques vieilles maisons ?

« Ç'a été un cauchemar pour eux. À leur place, est-ce que tu reviendrais ?

– J'imagine que non.

– Non, tu ne reviendrais jamais. Je peux te le garantir.

– Dans ce cas, pourquoi les gens creusent dans leurs maisons ? Qu'est-ce qu'ils cherchent ? C'est vrai qu'il y a de l'or ou je ne sais quoi ?

– Bien sûr que non. Les Juifs n'avaient pas d'or. Les gens de ce village sont des ignares et des hystériques. Ils se croient à la loterie, avec un gros lot mystérieux à la clé. Ils n'ont aucune idée de ce qu'était la vie en ce temps-là. Ils ne se souviennent plus, ou ils sont arrivés d'ailleurs, ou alors ils croient aux âneries que le gouvernement leur a servies pendant des années. »

Il voulait parler de la propagande officielle contre les Juifs, qui dans le passé avait ressurgi plusieurs fois, par vagues.

« Ils ont transformé les Juifs en monstres uniquement pour servir leurs intérêts. Les Polonais aiment croire aux monstres et aux contes de fées. Les monstres, c'est encore mieux : ça les soulage, ça leur donne de bonnes excuses.

– Pour faire quoi ?

– Pour se plaindre. Parce qu'ils survivent et que le reste de la planète ne se montre pas assez compatissant avec eux. Parce qu'ils ne sont pas considérés comme des victimes. Ils ont l'impression qu'on leur a volé ça. Les Polonais sont toujours là. Pas les Juifs. Dis-moi un peu : à ton avis, qu'est-ce qui rend la Pologne célèbre dans le monde ? »

J'essayais de comprendre où il voulait en venir.

« Copernic ? répondit-il. Lech Walesa ?

– Le pape, fis-je.

– *Ach*, dit-il avec une grimace. D'accord, le pape. Et quoi d'autre ? »

Je n'avais aucune réponse.

« Auschwitz : voilà. Auschwitz, Treblinka, Sobibor. Les camps. Six millions de Juifs sont morts et le monde entier pense qu'ils sont tous morts en Pologne.

– Ce n'est pas la faute de la Pologne.

– Non, mais il y a certaines choses dont les gens ne veulent pas se souvenir.

– Par exemple ?

– Je ne sais pas... C'est compliqué. Beaucoup de choses.

– Mais quoi ?

– Le fait qu'ils se soient installés dans les maisons des Juifs. Qu'ils aient incendié leurs temples. Qu'ils aient volé les stèles de leurs tombes pour construire des maisons, des granges.

– Ils ont fait ça ?

– Oui, ils l'ont fait.

– Après la guerre, tu veux dire ?

– Après, pendant. Qui sait ? Dans cette partie de la Pologne, il y a plus d'une grange qui a été construite grâce à des tombes. »

Il se leva et poussa la chaise sous la table.

« Je suis fatigué, Leszek.

– Pourquoi ont-ils fait ça ?

– C'était une période horrible. Tu en as entendu parler des milliers de fois. Les gens ne trouvaient pas de quoi se nourrir. Il n'y avait même pas de briques. On se débrouillait comme on pouvait. J'ai bien cru que ta grand-mère et ton père allaient crever de faim. J'ai eu peur pour nous tous. »

Il s'arrêta à côté de la porte de la cuisine, sans un regard pour moi. « Bonne nuit, fiston. »

J'entendis le craquement des marches sous ses pas, puis la porte de sa chambre s'ouvrir et se refermer. Il avait raison – j'en avais déjà entendu parler. Au déclenchement de la guerre, mon grand-père était dans l'armée. Il battit en retraite avec des unités qui se disloquèrent à mesure qu'elles filaient vers l'est, à travers la Poméranie et la Mazurie. Coincé entre les armées allemande et russe, il finit par trouver provisoirement refuge dans les forêts qui couvraient la partie orientale de la Pologne. Des années durant, des bandes de partisans, dont celle qu'il dirigeait, se battirent dans toute cette région, harcelant les Allemands, les Russes, puis, à la fin, se harcelant entre elles. Les partisans vivaient de la terre et utilisaient leur connaissance du terrain et des forêts pour faire des coups de main et se cacher aussitôt. La plupart de leurs actions furent inefficaces mais, au moins, ils ne se rendirent pas. Pendant quelques mois, mon grand-père vécut avec ses hommes dans un campement au cœur de la forêt, à une dizaine de kilomètres de notre maison, où ma grand-mère et mon père demeurèrent toute la durée de la guerre.

Cette histoire-là, je la connaissais grâce à mille récits que j'avais entendus, enfant, à la fin des dîners dominicaux, quand mon père et mon grand-père reculaient de la table pour fumer leurs cigarettes. Ils tiraient un fil de leur mémoire – un nom, un lieu – et je les écoutais tisser une trame dont je n'ai jamais vraiment pu avoir une vue d'ensemble. Je croyais qu'ils s'adressaient à moi, qu'ils faisaient cela pour mon édification ; or en vérité ils parlaient entre eux, au-dessus de ma tête, se disputant parfois à propos d'une date, d'un nom de lieu, d'une séquence d'événements – autant de choses qui me paraissaient absurdes, mais semblaient essentielles à leur mémoire, à leur compréhension. Ces récits me tenaient en haleine, je passais de l'un à l'autre pendant qu'ils corrigeaient, amplifiaient, insistaient. Grand-père était le plus bavard, j'imagine parce qu'il en avait vu davantage. Ma grand-mère, elle, ne parlait jamais beaucoup, et pourtant c'était elle qui rectifiait et tranchait les débats sur la chronologie, comme si sa mémoire était la référence indiscutable. Mon père avait 6 ans en 1940, un fait qui paraissait s'être ancré dans mon esprit depuis ces conversations, car encore aujourd'hui, pour calculer son âge, je commence par soustraire six années à 1940. Ses histoires avaient la simplicité des ombres projetées contre un mur, mais il connaissait celles de grand-père tout aussi bien. Ma mère, plus jeune que mon père de cinq ans et née dans une petite ville située à soixante-cinq kilomètres de Jadowia, ne pouvait que rapporter les expériences vécues par sa famille. Elle et moi, nous ne faisions qu'écouter.

J'avais beau avoir entendu maintes fois ces récits, je m'en souvenais sous forme de fragments. J'appris ainsi que, un soir, mon grand-père était revenu à la maison avec un demi-sanglier : ma grand-mère l'avait accueilli avec un couteau de boucher dans une main et une bougie vacillante dans l'autre, jusqu'à ce qu'elle reconnaisse ce visage qu'elle n'avait pas vu depuis plus d'un an. Ou encore que grand-mère regardait par la fenêtre le jour où le redouté commandant Haupt en personne, à l'entrée de notre maison, avait fumé des cigarettes devant le pare-chocs de sa voiture pendant que ses hommes pillaient nos granges et en ressortaient avec quatre poulets et une oie. Ou alors l'histoire de mon grand-père s'endormant dans une meule de foin, en Mazurie, et découvrant à son réveil une compagnie de soldats allemands en train de bivouaquer au bout du champ : il avait dû s'enterrer dans la meule et attendre deux jours avant que les Allemands s'en aillent.

Pourquoi tant de ces récits me paraissaient-ils si décousus ? Pourquoi n'avais-je jamais posé de questions ? Je repensai à Powierza, méditant dans sa cuisine, s'efforçant d'élucider la mort de son fils. Voilà un homme qui agissait, qui faisait des choses. Comme mon grand-père à l'époque. Je décidai alors de monter à sa chambre et de frapper à la porte. Il était couché et lisait un vieux journal.

« Parle-moi des Juifs », dis-je.

Il replia son journal et le posa sur sa table de chevet.

« Qu'est-ce que tu veux que je te dise ? Ils ont souffert, ils sont morts.

– Dis-moi comment ils vivaient. »

Il tendit le bras vers la lampe.

« Une autre fois. Il est tard.

– À quoi est-ce qu'ils ressemblaient ? »

Il trouva l'interrupteur. La lumière s'éteignit.

« À des gens normaux, Leszek. Des hommes, des femmes, des enfants. Ils n'avaient rien de bien mystérieux. »

Lorsque je me réveillai le lendemain matin, il était déjà parti avec son cheval et sa charrette. Je pris ma décision : j'essaierais de parler avec lui avant la fin de la journée.

Entre-temps, deux événements se produisirent. D'abord, une réunion municipale. Ensuite, une convocation pour une discussion avec Roman Jablonski.

Normalement, la réunion du conseil municipal, censée se tenir une fois par mois, n'aurait pas attiré suffisamment d'observateurs pour remplir ne fût-ce qu'un banc de l'église. Mais le parfum du scandale avait garanti une affluence record. Les attentes du public furent décuplées par les rumeurs qui circulaient dans le village, dont celle voulant que le père Jerzy en personne prendrait les commandes. D'autres disaient que Twerpicz, adoubé par le jeune prêtre, serait son porte-parole. On racontait aussi que le conseil, en une manœuvre visant à avoir barre sur les activistes du Comité citoyen, convoquerait une séance à huis clos, interdite au public, et présidée, en l'absence de Farby, par la sévère Wanda Gromek, pilier de la politique locale depuis vingt ans, en sa qualité de doyenne. Toute la semaine, elle s'était paraît-il entretenue avec les autres membres du conseil. Visiblement, elle élaborait pour l'équipe en place une ligne de défense contre les accusations de collusion avec Farby. Quant à ce dernier, il fut dit, puis démenti, qu'il s'était rendu, ou du moins qu'il était en de bonnes mains, et qu'il arriverait à la réunion pour rejeter les responsabilités sur les autres membres de l'équipe dirigeante.

Je n'avais pas assisté à une réunion municipale depuis le lycée, lorsqu'on m'y avait forcé, avec ma classe. Cette fois, je n'aurais manqué l'occasion pour rien au monde. Au milieu de la confusion et des rumeurs qui planaient sur Jadowia, on sentait

En mémoire de la forêt

flotter un parfum de vengeance, de colère et d'ambition qui produisait une forme d'anarchie diffuse. Rien n'exprimait cela de manière plus vive que l'évocation, souvent répétée, d'un besoin urgent de « remettre de l'ordre ». Bien entendu, il n'existait aucun consensus – en tout cas pas détectable – quant à la forme que devait revêtir cet « ordre » ou à l'identité de ceux qui devaient le restaurer. Même si je ne m'étais jamais beaucoup intéressé à la politique, nul besoin d'être grand clerc – dans ce pays de contestataires invétérés – pour comprendre que ceux qui détenaient le pouvoir allaient vite déchanter.

Une heure avant le début de la séance, une foule de soixante ou soixante-dix personnes se rassembla devant la salle de réunion, dans le même bâtiment qui abritait le camion des pompiers et la bibliothèque. Jan Moskal, le fabricant de cercueils et chef des pompiers bénévoles, avait profité de l'occasion pour ouvrir les portes de la caserne et sortir son camion, lequel cracha paisiblement sa fumée de diesel noire jusqu'à ce que Lech Matusak, accompagnant un groupe d'hommes en provenance du bar, le somme de couper le moteur. Moskal sortit du camion et briqua les pare-chocs à l'aide d'un chiffon doux.

« Fais-le briller, Moskal ! lui lança Matusak. Wanda va bientôt devoir le mettre au clou ! »

Moskal fronça les sourcils et, sous l'œil d'une bande de petits garçons, briqua de plus belle.

« Il doit être déjà hypothéqué, me dit Janowski. Probablement par le parti. Ou par Jablonski. »

Adossés à la voiture de police de Krupik, au bout de la route, nous attendions avec les autres. Aucune trace de Krupik. Je cherchai du regard Powierza : il n'était pas là non plus. Il n'y avait pas un souffle de vent, la fumée des cigarettes imprégnait l'air. Quelques petits flocons de neige commençaient à tomber.

Stefan Wilk, le vendeur de saucisses, nous rejoignit. Son magasin jouxtait la boulangerie de Janowski. Ces deux-là se chamaillaient depuis des années, en voisins dignes de ce nom, mais le boulanger, dans un état d'agitation extrême depuis qu'il avait découvert les dégâts infligés aux fondations de sa remise, sembla tout heureux de voir Wilk, comme si leurs éternelles bisbilles faisaient de celui-ci un témoin potentiel en sa faveur. Janowski tenait une enveloppe compacte d'où l'on voyait dépasser des feuilles de papier. Il était en train de monter son dossier contre X, tel un général préparant sa défense face à un ennemi invisible.

« Des relevés fiscaux, dit-il en brandissant l'enveloppe. Vingt-cinq années d'impôts. Tout est là. » Il donna une tape dessus.

« Des factures d'électricité, des factures de charbon. Tout !

– C'est bien, Jozef, répondit Wilk. Tu n'auras aucun souci à te faire.

– Avec ce que j'ai là-dedans, je suis prêt à me battre contre tous les complots du monde.

– Tu as vu le graffiti sur le mur de l'arrêt de bus ? Quelqu'un a écrit : "Les Juifs au gaz".

– Non ?

– Si.

– Qui a fait ça ? demandai-je.

– Comment savoir ? fit Wilk.

– À ton avis ? dit Janowski.

– Des gamins, proposa Wilk.

– Pas si sûr », répondit Janowski. L'espace d'une seconde, l'idée me traversa qu'il était peut-être le coupable, ou du moins qu'il ne désapprouvait pas le geste. Si Janowski était inquiet – pour ne pas dire affolé –, il voulait avoir du monde à ses côtés.

« Ils sont de retour à Prague, dit-il. Comme je te l'avais dit, Leszek. Et à Budapest, aussi. Si, je t'assure. J'ai lu ça. Varsovie, Pareil. Et maintenant ici.

– Comment le sais-tu ? »

Il me regarda comme si j'étais un enfant un peu simplet.

« Qu'est-ce qui s'est passé, au juste, Jozef ? insistai-je. Avec toi, je veux dire. Il y avait une mezouza ?

– Il n'y avait pas de mezouza. Il m'est arrivé la même chose qu'aux autres. Les fondations de ma remise. Creusées. Défoncées.
– Seulement la remise ? Pourquoi pas le bâtiment principal, la boulangerie ?
– Les fondations de la boulangerie sont en brique, avec du mortier. Alors que pour la remise, ce sont des pierres. Je ne sais pas pourquoi. Mais il y a un rapport, tout le monde le dit. Un rapport avec les Juifs. »

Puis, baissant d'un ton : « Il y a, comment dire... une cinquième colonne. Un agent infiltré. Je le sais. »

Wilk leva les yeux au ciel mais ne dit rien.

« J'aimerais bien jeter un coup d'œil à ta remise, dis-je. Tu es d'accord ? »

Il regarda au bout de la rue : Mme Gromek arrivait. « Ma remise ? Avec plaisir. »

Mme Gromek dépassa les grappes de gens. S'il y avait eu le moindre doute quant à l'état de siège dans lequel se trouvait l'équipe dirigeante du village, ce doute se dissipa dès l'instant où elle arriva. Les voix se turent, tous les regards la suivirent jusqu'à l'entrée. Tenant un attaché-case en plastique usé, elle marcha vers la porte sans un mot, suivie de Kazimierz Paszek, le secrétaire du conseil municipal, souriant, hochant le menton tout seul, comme pour démentir le moindre lien avec la silhouette qui le précédait. La porte se referma derrière eux. Puis, rapidement, se succédèrent les autres membres du conseil : Samborski, Trela, Matlak, Struszek et Bartkowski. Ce dernier, qui cinq ans plus tôt avait mené à la faillite un élevage de volaille national – ça paraissait impossible, pourtant il l'avait fait –, laissa la porte entrebâillée. La foule en profita pour s'engouffrer à l'intérieur du bâtiment. J'entrai parmi les derniers, avec Wilk et Janowski. Avant d'arriver à la porte, je vis quelques personnes regarder soudain au bout de la rue : le père Jerzy avançait, entouré d'une petite escorte composée notamment de Twerpicz. Juste derrière eux, qui les toisait tous, figurait Powierza.

« C'est le père Jerzy !
— Et Twerpicz !
— Soyez béni, mon père.
— Faites-les avouer ! »

Il y eut de grands éclats de rire et des encouragements tandis que la foule se séparait en deux. Des mains voulurent attraper le prêtre par le bras, lui serrer la main, donner des tapes dans le dos de Twerpicz. J'entendis quelques applaudissements, auxquels le prêtre répondit par d'humbles hochements de tête. Twerpicz, bousculé par ses partisans, semblait surtout soucieux de ne pas perdre de vue la soutane du père Jerzy. Powierza, enfin, souriait et marchait aux côtés de ce dernier.

Malgré le monde, la salle était aussi glacée qu'un réfrigérateur à viande. Deux longues tables, avec des rangées de bancs, étaient installées à l'avant. Derrière l'une d'elles, toujours en manteau, Mme Gromek sortait des documents de son attaché-case. « Est-ce qu'on peut avoir un peu de lumière ? » dit-elle. Paszek bondit et remonta l'allée centrale.

« La lumière ! hurla-t-il.
— Vous avez de quoi payer ? » répondit quelqu'un, ce qui déclencha une vague de rires. Néanmoins, la lumière se fit.

Mme Gromek tapa avec son marteau et demanda à Paszek de lire l'ordre du jour. On apporta d'autres bancs de l'extérieur, ce qui incita Mme Gromek à exiger un peu de silence au fond de la salle. Le groupe du père Jerzy était assis sur un côté. Twerpicz glissait de temps en temps des mots à l'oreille du jeune prêtre. Le reste de l'assistance les regardait, plein d'espoir.

« Nous allons commencer, dit Mme Gromek, par la discussion du plan concernant le nouveau centre commercial de Jadowia, question déjà abordée, les membres du conseil s'en souviennent, bien sûr, lors de la précédente réunion. Monsieur Matlak, je crois que vous aviez quelques remarques à faire sur l'accès au site proposé.

– Camarade présidente, merci. En effet, j'aurai quelques questions au sujet des limites du site, pour être exact.
– Madame la présidente. »
Twerpicz s'était levé. Wanda Gromek était absorbée par les documents devant elle. « Madame la présidente ! »
Matlak se moucha. Mme Gromek leva enfin les yeux.
« Vous n'avez pas la parole, camarade Twerpicz.
– *Monsieur* Twerpicz, s'il vous plaît, madame Gromek. J'exige d'entendre dès maintenant le rapport sur l'état financier de la municipalité.
– Ce n'est pas prévu dans le cadre de cette séance... *monsieur* Twerpicz. L'ordre du jour est formel. Je vous demande donc de ne pas couper la parole. »
Twerpicz ne se rassit pas.
« Je pense que cette question devrait être mise à l'ordre du jour immédiatement, à la lumière de certains événements récents dans ce village.
– Vous n'avez pas encore été élu au sein de ce conseil, monsieur Twerpicz. Par conséquent, ce n'est pas à vous de décider. »
Un petit rire sarcastique parcourut la salle. Puis quelqu'un s'écria : « Dites-nous qui est en train de nous voler ! »
Twerpicz se baissa pour discuter quelques instants avec le père Jerzy.
« Nous exigeons d'entendre un bilan financier.
– En temps voulu, répondit Mme Gromek, toutes les questions seront abordées...
– Où est Farby ? cria quelqu'un dans un coin de la salle.
– En attendant, continua Mme Gromek, donnant un coup de marteau et haussant la voix, nous ne céderons pas à l'anarchie ! Monsieur Matlak, veuillez procéder, s'il vous plaît. »
Matlak se remit à parler mais, même autour de la table du conseil, personne ne semblait l'écouter. Remarquant que le curé de la paroisse, le père Tadeusz, était seul dans un coin reculé de la salle, je me demandai pourquoi il n'avait pas rejoint le groupe

rassemblé autour du plus jeune prêtre, à l'instar de Powierza qui, les bras croisés et la tête haute, ressemblait à une montagne au milieu des autres. Un brouhaha constant accompagna Matlak tandis qu'il indiquait les dimensions du « centre commercial », lequel, en réalité, n'était rien de plus qu'un nouveau site pour le marché hebdomadaire, de plus en plus important chaque année. D'ailleurs, continuerait-il de s'agrandir une fois que les Russes ne viendraient plus y vendre tournevis et petites culottes ? À deux places de moi, les genoux serrés et les mains nerveuses, Janowski était en train de sortir des feuilles de papier de sa grosse enveloppe. Lorsque Matlak s'interrompit, Janowski bondit.

« Madame la présidente, lança-t-il d'une voix frêle. Je veux savoir ce qui se passe avec les Juifs. »

Il y eut d'abord un silence épais, puis des jappements dans le public.

« Oui, c'est vrai !

– Qu'est-ce qui se passe ? reprit Janowski. Que font les autorités ?

– Vous faites référence, j'imagine, aux... aux événements récents, fit Mme Gromek.

– Oui. Que faites-vous pour y remédier ? J'exige de savoir. »

Comme sa main tremblait, il fit tomber une partie de ses papiers par terre. Je fus attendri par sa nervosité, même si j'avais du mal à comprendre son angoisse. Je l'aimais bien. À ma connaissance, il était honnête, travailleur.

« Il me semble que M. Bartkowski dispose peut-être de renseignements là-dessus », répondit Mme Gromek.

Twerpicz bondit à son tour.

« Madame la présidente, hurla-t-il, est-ce que cette question figure à l'ordre du jour ? J'insiste pour obtenir une réponse à nos demandes pour un bilan financier complet !

– Nous sommes passés à un autre sujet. Monsieur Bartkowski ?

– Oui, fit ce dernier. Des mesures ont été prises. »

Un silence attentif s'ensuivit. Mais Bartkowski, de toute évidence, n'avait rien d'autre à ajouter.

« *Quelles* mesures ? insista Janowski, la voix de nouveau tremblante.

– Peut-être que l'agent Krupik... »

Bartkowski le chercha du regard dans l'assistance. Krupik se leva lentement d'un banc tout au fond de la salle, comme s'il sortait de sa tanière.

« La police, dit-il, c'est-à-dire moi-même, mène une enquête approfondie sur ces phénomènes déplorables qui, bien entendu, nous inquiètent au plus haut point. Et nous faisons preuve du plus grand sérieux dans nos investigations. »

Sur ce, il s'interrompit, mais sans se rasseoir.

« Et alors ? s'écria quelqu'un. Qu'avez-vous découvert ?

– Nous sommes, enfin... Je suis actuellement en train d'analyser les rapports et les données à notre disposition. Comme vous le savez peut-être, l'hôtel de police a été, et ce n'est pas un hasard à mon avis, la première cible de ces, euh... de ces attaques, et je peux vous assurer que des mesures spéciales ont été et seront prises concernant la sécurité de ce bâtiment. Au cas où il subirait de nouvelles attaques. »

Quelques grognements et gloussements accueillirent ces phrases. Janowski se leva de nouveau et cria :

« Mais qu'est-ce qui se passe ?

– Je travaille sur l'hypothèse selon laquelle des forces subversives sont à l'œuvre. »

Krupik parlait lentement, comme s'il s'armait d'une grande patience.

« Peut-être qu'on a affaire aux menées d'une... cinquième colonne.

– Cinquième colonne de quoi ?

– Je crois que nous aurons la réponse d'ici peu. Nous explorons toutes les pistes et procédons à une analyse complète de la situation. »

Sur ce, il se rassit.

« Camarade présidente, peut-on poursuivre la discussion sur le centre commercial ? » demanda Struszek, flagorneur devant l'Éternel, qui travaillait pour le frère de Mme Gromek dans une usine de briques non loin de Jadowia. « J'ai longuement étudié la question de la production de recettes par cette nouvelle entité, en ne perdant pas de vue la volonté de corriger les défauts de l'ancien système, et j'aimerais présenter au conseil un certain nombre de projections détaillées... »

Une fois encore, la salle marqua ostensiblement son désintérêt. Je vis le père Tadeusz abandonner son coin isolé, se diriger vers la porte et s'en aller en la refermant derrière lui. Sur un des bancs du fond, une bouteille passa de main en main avant d'être rangée sous une veste en velours élimée. Les hommes s'essuyaient les lèvres et murmuraient. Andrzej le plombier se glissa à l'intérieur de la salle et longea le mur. Le groupe du père Jerzy était en pleine discussion autour de lui. Mme Gromek observait le spectacle avec ses yeux mi-clos.

Je me levai pour partir. J'avais quelque chose à faire, et la bisbille entre les partisans du père Jerzy et Mme Gromek avait toutes les chances de se poursuivre après la réunion. Au moment où j'arrivai devant la porte, Andrzej m'arrêta.

« Je te cherchais, Leszek. Je suis censé te donner ça. D'accord ? »

J'acceptai l'enveloppe qu'il me colla dans les mains. À cet instant précis, une clameur s'éleva dans la salle, suivie par des applaudissements.

Le père Jerzy était maintenant debout. Struszek avait cessé de parler.

« Nous pensons que cette affaire a assez duré, madame la présidente, commença le prêtre. Nous, représentants du Comité citoyen, sommes ici pour demander poliment un rapport complet sur l'état financier de l'administration du village.

– Vous n'êtes pas à l'ordre du jour, mon père.

– Et j'ajouterai que nous sommes prêts à demander l'intervention immédiate de l'autorité suprême si ce rapport sur votre gestion pitoyable et corrompue n'est pas présenté dans les plus brefs délais. Dans ce cas, le Comité citoyen, sous la houlette de M. Twerpicz, produira son propre rapport.

– Vos prérogatives, mon père, ne s'étendent pas à cette institution. Quant à l'autorité suprême à laquelle vous faites référence, peut-être faut-il la chercher dans le bâtiment même où vous ourdissez vos cabales... »

Des acclamations et des huées montèrent dans le public, comme si nous assistions à un combat entre deux braillards au fond d'un bar. Mme Gromek fit retentir son marteau. « Vous aurez peut-être besoin d'aide pour retrouver le chemin de votre église, où malheureusement vos menées subversives et perturbatrices sont tolérées. » Elle hurlait à présent, et son visage était rouge de colère. Elle donna un nouveau coup de marteau. « La séance est ajournée. »

Le bâtiment se vida rapidement, au milieu des rires de l'assistance, qui aurait préféré voir le combat se poursuivre. Au moins il y avait combat, et d'autres rounds s'annonçaient. Mme Gromek et le conseil municipal s'éclipsèrent, peut-être par une porte de service. Le père Jerzy et Twerpicz quittèrent les lieux, entourés d'une foule de curieux et d'admirateurs ; les autres regagnèrent le bar ou le village. Je perdis de vue Powierza, même si je le soupçonnais d'être reparti avec le groupe du père Jerzy. Je cherchai Janowski ; lui aussi s'en était allé. Je marchai jusqu'à la boulangerie et le retrouvai dans sa boutique éclairée, derrière le comptoir, tandis que la nuit s'installait.

J'empruntai l'allée pour rejoindre l'arrière de la boulangerie. La remise était en bois, avec une porte cadenassée et des fondations en pierre sombre. Je dus longer trois de ses murs avant de trouver le lieu du crime. Un assemblage de briques grossier avait été utilisé pour remplacer les pierres manquantes, sur une brèche d'environ quatre-vingt-dix centimètres de long et d'une épaisseur correspondant *grosso modo* à deux rangées de briques. Les fondations originelles avaient été faites avec soin et talent : des pierres de formes diverses, les unes rondes et grosses comme des ballons de football, les autres plus plates et rectangulaires. Pour moi, c'était le genre de pierres que l'on trouvait dans les champs ou au fond des rivières – qui sait à quelle époque elles avaient été posées là ? Mais c'était un autre genre de pierres que je cherchais. À quatre pattes, je finis par trouver mon bonheur. Elles étaient disposées à intervalles irréguliers, mais toutes à un certain niveau, encastrées dans le mur à environ quarante-cinq centimètres du sol, à la même hauteur que l'assemblage de briques. Les faces en étaient rugueuses, bien que manifestement travaillées au maillet et au ciseau, et elles s'alignaient de manière décousue le long du mur des fondations.

Il me fallait un levier, un bâton ou un pied-de-biche, pour détacher une de ces pierres, ce qui était possible puisqu'elles n'étaient cimentées entre elles par aucun mortier et ne tenaient que par leur seul poids et les couches de mousse humide. Par bonheur, tout jardin de village possède son tas d'objets mis au rancart. Près de la clôture du fond, je trouvai un bâton solide et un bout de cornière recourbé. Je les emportai jusqu'à l'arrière de la remise, loin des regards qui passaient par la fenêtre de la boulangerie. Je choisis une pierre qui me semblait pouvoir être détachée sans que la rangée au-dessus ne s'éboule et je la soulevai délicatement par les bords. Au bout de quelques minutes, en creusant avec le bâton, le bout de cornière et mes doigts, la pierre commença à bouger. Centimètre par centimètre, je déplaçai un côté, puis un autre, si bien que la pierre finit par dépasser de cinq bons centimètres. Je ne relâchai pas mon effort. Les corbeaux croassaient derrière moi, dans l'arbre aux branches nues, et se préparaient pour la nuit. Encore deux ou trois centimètres et la pierre glissa plus facilement. Je pus donc enfin la tirer vers l'extérieur par à-coups, avec mes mains. Je m'arrêtai lorsqu'elle fut dégagée de quinze centimètres – je ne voulais pas la sortir entièrement, de peur que le mur s'effondre. La face supérieure de la pierre était lisse. En dessous, par contre, je sentis que la surface était gravée d'une forme régulière, assez profonde. Des mots inscrits dans la roche. Tout en m'allongeant sur le dos pour observer cette face inférieure, je retrouvai des allumettes dans mes poches, car il faisait déjà trop nuit pour y voir clair. Protégeant la flamme entre mes deux mains, j'étudiai la surface de la pierre au-dessus de moi.

Je ne parvins pas à déchiffrer l'inscription – il se peut même que je la lisais à l'envers. Mais j'étais sûr et certain que c'était de l'hébreu.

Avec mes pieds, je poussai la pierre de nouveau dans le mur. Elle s'y encastra beaucoup plus facilement qu'elle n'en était sortie. Refaisant le tour de l'édifice, je repérai une douzaine ou une quinzaine de pierres de même taille et de même forme. Il s'agissait vraisemblablement de ce que mon grand-père m'avait décrit : des stèles utilisées comme pierres de fondations.

Je repartis par l'allée, puis la rue, en me demandant si tous les autres incidents récemment signalés relevaient du même phénomène – d'anciennes pierres tombales que quelqu'un extrayait des fondations. Si Krupik le savait, en tout cas il n'en avait pas parlé directement, et je n'avais entendu personne d'autre évoquer la présence de stèles dans les fondations. S'il s'agissait bien de cela, qui se cachait derrière ces incidents ? Et pourquoi ? Pourquoi maintenant ? Quel lien y avait-il avec les revêtements de portes arrachés, avec les mezouzas dévoilées ?

Au moment de traverser la rue près de l'arrêt de bus, je vis Andrzej entrer dans le bar. Je repensai à l'enveloppe qu'il m'avait remise. Avec le tohu-bohu qui avait accompagné la fin de la réunion, je l'avais fourrée dans ma poche de chemise et l'avais oubliée. À la lumière du réverbère, je l'ouvris. Elle contenait un petit message écrit à la main :

> Cher Leszek Maleszewski,
>
> J'aimerais discuter avec vous d'une question qui nous intéresse tous les deux. Si vous en êtes d'accord, je serais heureux de vous recevoir à mon bureau vers 18 heures, ce soir.
>
> Roman Jablonski

Il était bientôt 18 heures. Je relus le message, inquiet. Que me voulait Jablonski ? Je repérai un banc tout cabossé devant la place et m'assis. Jablonski voulait sans doute m'interroger sur mes petites recherches à Varsovie. Et alors ? Je n'avais rien commis de répréhensible, et Jablonski ne pouvait rien me faire. Je restai assis plusieurs minutes. De l'autre côté de la place, des ivrognes rejoignirent la rue en titubant, les lumières du bar s'éteignirent, et Mme Agnieszka ferma la porte à clé en dernier. J'avais peut-être tout intérêt à ignorer le message de Jablonski, ou du moins à consulter Powierza au préalable. Après tout, il ne s'agissait pas d'une convocation de la police. Je pouvais y aller ou ne pas y aller. Mais il était possible qu'en y allant j'apprenne des choses intéressantes. C'est alors que je vis Andrzej marcher vers le sud, vers chez lui. Les ivrognes disparurent l'un après l'autre dans la nuit ; je me retrouvai tout seul sur la place. Oh ! et puis... me dis-je. J'irais voir Jablonski.

Bien qu'il n'y eût aucune voiture dans l'allée, la coopérative agricole était éclairée. Je frappai à la porte, n'entendis rien, puis la poussai et signalai ma présence.

« J'arrive ! » entendis-je au bout du couloir. Jablonski sortit d'un bureau, vêtu d'un cardigan gris, et me dévisagea par-dessus ses lunettes.

«Leszek, dit-il d'une voix chaleureuse, comme s'il me connaissait depuis longtemps. Entrez, entrez.» Je le suivis au fond du couloir jusqu'à son bureau. «Je vous en prie, asseyez-vous.» Je crois que ça faisait des années que je n'avais pas vu Jablonski de près – peut-être même depuis mon enfance, pendant la brève période où mon père avait fait partie du conseil municipal. En tout cas il n'y avait aucune raison pour que je lui aie laissé un quelconque souvenir. Il ne semblait pas avoir changé : toujours élancé, des cheveux fades et dégarnis, un teint pâle, des yeux bleu clair derrière des lunettes à monture transparente. Sur son bureau se trouvaient un cendrier plein (qu'il vida devant moi), quelques papiers et des dossiers, enfin un petit plateau en plastique avec deux verres et une bouteille de vodka. La pièce où il travaillait était bien rangée, propre, dépourvue de tout objet superflu.

«Vous buvez quelque chose, Leszek?

– Non, merci.

– Si ça ne vous dérange pas, je vais me servir un verre. Vous êtes sûr?

– Oui. Allez-y, je vous en prie.

– À la vôtre.»

Il but et reposa son verre sur le bureau.

«Vous allez bien?

– Oui, merci.

– Et votre famille?

– Oui, je vous remercie.

– Heureux de l'entendre. Écoutez, Leszek, je suis un homme direct, alors je ne vais pas y aller par quatre chemins. Je sais que vous vous intéressez à la mort de votre voisin, le jeune Powierza. Vous avez mené certaines recherches à Varsovie, paraît-il.

– Oui, je...

– Peu importe. Je suis au courant, naturellement. Je ne sais pas si vous avez l'intention de me mettre dans une situation embarrassante – non, ne dites rien, ce n'est pas la peine. Je vous dirai juste que vous auriez tout aussi bien pu me contacter directement et, par la même occasion, vous épargner un certain nombre d'ennuis.

— Je n'avais aucune intention de vous mettre dans l'embarras, monsieur Jablonski. C'était...

— Peu importe. Je vous le répète : je suis au courant. Ce que je veux, Leszek... ou je devrais peut-être vous appeler monsieur Maleszewski : vous êtes un homme accompli, maintenant. Ce que je veux, monsieur Maleszewski, c'est que tout cela cesse. Immédiatement. Et je suis prêt à prendre les mesures nécessaires à cette fin. Je ne parle pas de l'affaire Powierza, du moins pas en tant que telle. Je ne sais rien là-dessus. Comme je l'ai dit à son père, le petit Powierza a un peu travaillé pour moi. En vérité, Tomek était un jeune homme limité, ce que je n'ai évidemment pas dit à son père. Mais encore une fois, ce n'est pas ça qui m'ennuie. C'est plutôt l'atmosphère générale, ce climat hostile qui semble s'être abattu sur nous, cette impression d'un champ libre pour la calomnie et le scandale. Tout ça ne peut mener qu'au pire. J'ai la ferme intention de faire cesser tout cela. Et je compte sur votre aide. Je compte, si je puis dire, sur votre bon sens. »

J'étais éberlué par son discours, mais sa conclusion me sidéra encore plus. Je ne savais pas si j'étais furieux ou tout simplement frappé de stupeur.

« Et comment imaginez-vous cela ? demandai-je. Qu'entendez-vous par mon "aide" ?

— Vous êtes un jeune homme intelligent. Je ne pense pas que vous ayez envie de voir se prolonger ce climat délétère, cette manière de remuer les cendres inutilement. Vous êtes sans doute trop jeune pour vous rappeler l'époque des grands procès spectaculaires, qui reste un épisode peu glorieux de notre passé socialiste. Parfois, je me demande même si on ne repart pas dans la même direction. Sous un visage différent, bien entendu. Quoi

En mémoire de la forêt

qu'il en soit, je souhaite noter votre soutien dans mes efforts pour que tout cela n'arrive pas ici.

– Je vous demande pardon, monsieur Jablonski, mais je ne comprends pas. D'abord je ne vois pas pourquoi je vous aiderais, ni pourquoi j'en aurais envie. »

Il se servit un autre verre de vodka et me dévisagea.

« Vous ressemblez beaucoup à votre père. »

Je ne répondis rien.

« Vous êtes plus grand, bien sûr. Mais vous avez la même charpente. La même façon de parler. Vous savez que je connaissais bien Mariusz ?

– Il a fait partie du conseil municipal, un temps.

– Bien sûr. Mais je le connaissais en dehors de ça. Assez bien. En fait, il travaillait pour moi. Ou plutôt on travaillait ensemble. Tendus vers le même objectif. »

Il sourit.

« Oui, on pourrait dire ça comme ça.

– Il est resté quatre ans au conseil.

– Le conseil, oui... Un mandat symbolique, en vérité. Dans les faits, sa contribution a été beaucoup plus importante. Vous le saviez ?

– Il a refusé de renouveler son mandat.

– J'imagine qu'il a pu présenter les choses sous cet angle, en effet. Mais je répète, le conseil était une contribution avant tout symbolique, publique.

– Il y a eu d'autres... contributions ?

– Et pas des moindres. Votre père travaillait pour le parti : voilà ce que je veux vous dire, Leszek. Ah ! ça y est... Je me remets à oublier les formules de politesse. Le souvenir de votre père, sans doute. Je l'aimais beaucoup. C'était une époque difficile, fin des années soixante, début des années soixante-dix. Le pays avait besoin de partenaires et de citoyens vigilants, ce que je pouvais comprendre. Comme votre père. Même dans un petit village comme le nôtre, on devait tous faire appel à nos, comment dire... à nos yeux, à nos oreilles. Il y avait des trafics, de la subversion, de l'agitation et, bien qu'on ait fait de notre mieux, je dirais que la preuve de notre manque de vigilance est fournie par le désordre dont nous héritons aujourd'hui. Hélas. Mais au moins nous avons essayé. Et votre père y a participé, oui. Du mieux qu'il a pu. »

J'avais l'impression d'avoir les doigts gelés, comme si j'étais assis dans une grotte humide. Mes oreilles bourdonnaient.

« Comment ça, "participé" ?

– Il espionnait, comme diraient les gens aujourd'hui, dans ce climat relativiste et *impitoyable*. Il donnait des renseignements sur ses voisins.

– Foutaises !

– Non, monsieur Maleszewski, ce ne sont pas des foutaises. J'appellerais ça des renseignements utiles et salutaires. Généreux. »

Il tambourina avec ses doigts sur le bureau et répéta le mot.

« Généreux. Patriotique, même. Mais maintenant on n'appellerait pas ça comme ça, n'est-ce pas ? Quoi qu'il en soit, votre scepticisme est parfaitement naturel. Prévisible, je dirais. Attendez. Laissez-moi vous montrer quelque chose. »

Il ouvrit la chemise calée sous son coude et fit glisser un papier sur le bureau.

Je découvris un rapport tapé à la machine sur un papier à l'en-tête de telle sous-direction du ministère de l'Intérieur, bureau de tel superviseur, et puis des chiffres, des cases remplies de dates, encore d'autres numéros, le tout dans un sabir de bureaucrates. Parmi ceux qui figuraient en bas, un nom retint aussitôt mon attention. « Powierza, Staszek. » Puis : « Sujet paysan fermier Powierza... sciage de bois non autorisé à la vente... arbres abattus et dissimulés à la date mentionnée plus haut... » Sous ce nom tapé à la machine, celui de Mariusz Maleszewski, suivi de sa signature. Oui : sa signature. Compacte, ramassée.

Je froissai le document et en fis une boule que je jetai sur le bureau de Jablonski.

« Ça mérite d'aller à la poubelle.
— Doucement, dit-il en récupérant la boule de papier. Du calme. »
Il étala de nouveau le papier et me le rendit.
« Continuez. Prenez-le et lisez-le autant que vous voudrez. N'importe comment, c'est une photocopie. Et, comme vous le comprendrez, j'en suis sûr, une fois que vous serez calmé, il y en a encore plein d'autres du même acabit. Plein.
— C'est un tissu de conneries, dis-je. Je n'en crois pas un mot.
— Si vous n'étiez pas au courant, alors je vous assure que vous allez bientôt l'être. Si vous voulez, je peux déposer les autres dans votre boîte aux lettres. Histoire de vous épargner de nouvelles visites...
— Vous pouvez les accrocher aux réverbères, si ça vous chante... Les gens s'en moquent. »
J'avais du mal à respirer.
« Personne ne gobera ça.
— Ils ne s'en moquent pas et ils goberont. Et vous le savez pertinemment, je pense. Les gens croient tout ce qu'on leur dit, mais surtout le pire. Je vais vous laisser un peu de temps pour y réfléchir. Votre réaction est parfaitement normale. Néanmoins, malgré votre jeune âge, vous êtes d'une belle maturité. Vous travaillez dur, m'a-t-on dit. Vous êtes sérieux, et sobre, contrairement à la plupart des habitants de notre pittoresque petite bourgade. Vous avez, oui, bien sûr... un avenir. Vous ne vous en rendez peut-être pas compte, mais ici les gens voient en vous un leader potentiel. Un peu comme votre père, d'une certaine façon. Pas par tous les aspects, naturellement.
— Vous ne savez rien de mon père.
— Oh ! plutôt deux fois qu'une... Dans une certaine mesure, je le respectais. Laissez-moi simplement vous dire qu'il avait du potentiel mais que, au bout du compte, il n'a pas eu le cran ni la détermination qu'on aurait pu attendre de lui. »

J'avais envie de le rouer de coups. Je voulus me lever, mais mes pieds n'étaient plus synchrones.

« Attendez, reprit-il. Une dernière chose. Ne dites rien, écoutez-moi bien et allez-vous-en. Retenez Powierza. Comment ? me direz-vous. Faites-le, tout simplement. Parlez-lui, dites-lui ce que je vous ai raconté, si vous en avez envie. Racontez-lui ce que vous voulez. Il est votre voisin depuis la nuit des temps, et toute sa vie il a été ami avec votre famille. Il vous a aidés, vous et votre famille, plus d'une fois. Attendez ! Un instant, je vous prie. Il y a d'autres dossiers, sur d'autres personnes. Et ça ne soulagera personne de savoir les autres malheureux. Alors arrêtez ça, et pour de bon. Faites marcher votre cervelle. »

Finalement, je parvins à me remettre debout. Je sentais le sang cogner dans mes tempes, j'avais la gorge sèche, je n'arrivais pas à retrouver ma voix.

Jablonski se leva à son tour.

« Oui, continua-t-il, faites marcher votre cervelle. Essayez de penser aux conséquences et, ah ! oui... Essayez de vous montrer un peu plus prudent que vous ne l'êtes dans vos relations senti-mentales. Certes, la femme du vétérinaire est une fort belle personne, mais quand même...

– Vous me dégoûtez, Jablonski.

– Parfois la vie est compliquée, monsieur Maleszewski. Dans ces cas-là, l'essentiel est de persévérer et d'avoir les idées claires. Je vous souhaite une bonne nuit. »

Je m'avançai jusqu'à la porte et marchai cinquante mètres sur la route avant de me plier en deux, là, en pleine nuit, pour vomir la bile qui remontait de mon estomac vide.

10

Le père Tadeusz quitta la réunion, traversa d'un pas rapide le village, dépassa l'échoppe du fabricant de cercueils et l'embranchement qui conduisait à la clinique du vétérinaire, puis emprunta la route de l'ouest, au beau milieu des champs. Au loin, il aperçut un pan de la forêt qui émergeait derrière une bifurcation, un peu comme la proue d'un grand bateau noir. La campagne était quasiment déserte. Il vit un camion rouler à toute vitesse en direction de la ville et croisa un paysan à bord d'une charrette tirée par un cheval aux naseaux fumants. Avec le froid, la boue avait durci. Une petite neige se mit à tomber au moment où il atteignit l'orée de la forêt, à plus d'un kilomètre et demi de la dernière maison de Jadowia. Il quitta la route. L'herbe cédait difficilement sous ses pieds.

C'était sa deuxième visite en deux jours. Il avait découvert cet endroit la veille, après sa promenade dans la forêt qui enveloppait le village, une promenade qui ne lui faisait croiser que deux routes importantes, si bien qu'il avait été tout étonné de tomber sur ce lieu, comme s'il s'était attendu à un avertissement, un repère ou un signe dans le relief et la topographie. En réalité, son attention avait été attirée par deux corbeaux qui n'arrêtaient pas de croasser pendant qu'il marchait. Les cherchant du regard au-dessus des arbres, il avait entraperçu leurs ailes noires qui se découpaient sur un bout de ciel sombre. C'est alors qu'il avait vu où il était, au milieu de pins plus grands, plus vieux, près d'une clairière tavelée, dépourvue de sous-bois et constellée de formes obscures, dans un silence tellement dense que son souffle s'était arrêté une seconde avant de quitter sa bouche, comme si l'air lui-même était rationné.

Avec les nuits d'hiver qui tombaient vite, il avait décidé de rentrer chez lui au plus vite. Il était resté éveillé un long moment sur son lit.

Il s'enfonça dans la forêt, cherchant à refaire le même parcours que la veille, et se fraya un chemin parmi les ronces et les branches cassées. Son pas régulier ne produisait d'autre son que le doux murmure des feuilles humides et givrées sous ses pieds. La pâle lumière marine de la pineraie fut en vue. Il s'arrêta. Un vent très léger sifflait dans les hautes branches, accompagné de craquements, comme des bruits de gréement. Sans savoir pourquoi, le père Tadeusz eut l'impression de ne pas être seul. Il enjamba une grosse souche, longea un massif de ronces tout sec et arriva au talus terreux qui entourait le vieux cimetière, semblable à un muret qui se serait écroulé.

Il vit d'abord le chien, qui le regardait, l'oreille dressée. Un berger allemand à la robe foncée. Peut-être grogna-t-il, peut-être pas. L'instant d'après il aperçut l'homme, ou plus exactement son dos et son manteau noir, car il était accroupi, ou agenouillé, occupé avec ses mains. Puis il entendit – distinctement cette fois – un grognement menaçant sortir de la gueule du berger allemand qui le fixait sans bouger. L'homme, toujours à genoux et à hauteur du chien, se redressa et se retourna. Son visage était difficile à discerner, avec ses sourcils épais et ses cheveux foncés qui dépassaient d'une casquette noire de marin. Lentement, il se mit debout.

Quelques secondes plus tôt, le père Tadeusz aurait pu faire demi-tour et essayer de repartir en douce, car la scène qui se jouait devant lui semblait relever d'une intimité qu'il ne fallait pas troubler. Mais il n'eut d'autre choix que de faire un pas en avant. Lorsqu'il posa son pied sur le sol spongieux, il dénoua son écharpe afin de bien mettre en évidence son col de prêtre.

« Bonjour, dit-il.

―――― En mémoire de la forêt ――――

– Bonjour. »

La voix de l'homme était profonde, rauque. Il s'avança à son tour et s'arrêta, imité par son chien. Au bout de quelques pas, le père Tadeusz s'arrêta aussi. Il fourra les mains dans ses poches et tourna la tête exprès, pour mieux considérer le sol ondulant, les pierres sombres, le ciel au-dessus des pins. Il voulait donner l'impression d'être un promeneur arrivé là par hasard, simple marcheur sur un sentier de forêt, même si l'idée paraissait d'autant plus ridicule qu'il n'y avait pas de sentier.

L'homme lui jeta un regard méfiant. Ses mains couvertes de boue séchée pendaient à ses côtés.

« Intéressant, fit le prêtre.

– Je vous demande pardon ?

– Ce lieu. C'est... très calme, ici. Paisible. »

L'homme demeura immobile, muet.

« Je suis le père Tadeusz. De l'église. De Jadowia.

– Oui.

– Je n'ai appris l'existence de cet endroit que récemment. Alors j'ai eu envie de voir.

– Vous êtes déjà venu ici ? demanda l'autre sur un ton neutre.

– Hier, seulement. Je voulais le revoir.

– Seulement hier ? »

Le ton était sceptique. Le père Tadeusz y vit comme une brèche, une lanterne dans la nuit.

« Oui. Pour la première fois. Et vous ? » Il avisa les mains de l'homme.

« Vous êtes en train de...

– De remettre de l'ordre.

– Je vois.

– Il y a des vandales qui viennent ici. »

L'homme se déplaça légèrement sur le côté, comme pour dévoiler ce qu'il masquait de son corps, mais de quelques centimètres seulement. Le père Tadeusz s'approcha de lui, avec circonspection, tandis que l'homme regardait d'un air embarrassé la terre et une dalle incurvée à côté de lui.

« Des gens qui viennent déranger les choses, dit-il avant de reculer. Ici, c'est un lieu pour les morts. On devrait le...
– Respecter.
– Le laisser tranquille. »

Plus qu'une nuance, c'était une rectification. Le prêtre fut frappé par les sillons qui creusaient le visage de l'homme, pareil à un dessin à l'encre noire sur un parchemin jauni. Les sourcils broussailleux, les cheveux bouclés et les rides autour des yeux formaient un tableau dont il émanait non seulement une certaine dureté, mais une sorte de férocité – la tête d'un prisonnier accusé à tort.

Il se retourna brusquement et siffla son chien.

« Un instant, s'écria le père Tadeusz. Qui êtes-vous ?
– Personne. Je vis près d'ici, c'est tout.
– Quel est votre nom ?
– Czarnek.
– Je suis le père Tadeusz.
– Oui, vous l'avez déjà dit.
– Ah ! oui... Pardon.
– Au revoir.
– Attendez... Où habitez-vous ?
– À la distillerie. Juste à côté. »

D'un geste du menton, il indiqua la direction. « Je dois y aller. »

Il repartit sans un regard, avec le chien qui trottait à ses côtés, et disparut parmi les arbres.

Le cheval et la charrette attendaient, cachés dans les bois, à quatre cents mètres derrière lui. Le grand-père de Leszek observait le cimetière depuis une dépression dans le terrain de la forêt. Il n'entendit pas ce que disaient les deux hommes, mais il les reconnut. Le prêtre, se rendit-il compte, était l'homme qu'il avait croisé sur la route. Il identifia Czarnek grâce à son gros berger allemand. Cela expliquait les traces sur le givre et dans la boue : celles des pattes du chien et les empreintes des grosses chaussures.

Il était invisible, il le savait, à cent mètres d'eux, voire davantage, et le vent arrivait de face, si bien que le chien n'avait pas senti sa présence. À cette distance, ils ne verraient rien. C'était là son domaine. Ici, il savait comment bouger, comment rester immobile et comment ne jamais casser une branche sous ses pieds – un don qu'il n'avait jamais oublié.

Il reconnut dans le creux où il se trouvait une ancienne tranchée-abri. Pas la sienne, ni celle d'un de ses hommes. Celle de Blaski, pensa-t-il. Blaski du parti des travailleurs polonais. Pauvre imbécile de stalinien. Les communistes – ceux-là mêmes pour qui il avait cru se battre – le fusillèrent après la guerre. Ils jetèrent son cadavre dans une fosse et versèrent du jus de citron dessus.

Son regard suivit l'ancienne ligne de défense, ces trous orientés vers le nord-ouest qui formaient une sorte d'arc de cercle. Les gens ne savaient plus ce que représentaient ces tranchées, quand bien même on en trouvait dans toute la forêt. Les hommes de Blaski, se dit-il, avaient dû rester là des journées entières. Si on creusait dans la terre, on avait toutes les chances de retrouver des vieux bardas, mais aussi des couteaux cassés, des douilles, peut-être des os – avec ces tombes anonymes derrière. Il essaya de se rappeler qui était où, par rapport à ce qu'il savait à l'époque. Dieu seul s'en souvenait. Ç'aurait pu être Blaski, ç'aurait pu être n'importe qui. Peut-être des Allemands. Non, en Pologne, les Allemands ne creusaient pas, ils *s'installaient*. Ils restaient. Ils assassinaient. Et puis ils repartaient en courant, bien sûr. Ils faisaient n'importe quoi, vers la fin. Démoralisés. On ne pouvait pas tuer comme ça sans devenir dingue.

Il étudia l'ancienne ligne de défense, le flanc gauche arrondi. Ç'avait été une bonne position, pour tout dire. Avec ses hommes, il en avait creusé souvent des pareilles. C'était un hiver comme celui-là, aussi. Un hiver de pluie et de boue. Son nom de guerre, Corbeau, ressemblait à un code radio. Corbeau à Renard, Aigle à Corbeau. Il recevait les ordres d'Aigle mais jamais il ne le rencontra ni ne connut son véritable nom. Il avait été tué, paraît-il. Mais on ne savait jamais. L'Armée nationale, les Bataillons paysans, la Garde populaire (la bande à Blaski). Socialistes, nationalistes, anarchistes, monarchistes même, gauche et droite. Des combattants déplacés de l'avant à l'arrière et vice versa, d'une unité à l'autre. Une discipline lamentable. Tout le monde s'espionnait. On s'écharpait pour la nourriture, les allégeances locales, les renseignements. Il se rappelait avoir mené un raid, un jour, pour voler une radio dans une unité de la Garde populaire de Blaski. Ils les avaient ligotés et étaient repartis avec la radio, sans effusion de sang. Ils se battaient tous pour la Pologne, d'une manière ou d'une autre, mais en fin de compte ils se battaient *sur le dos* de la Pologne. Chacun voulait avoir la mainmise, décrypter les ordres codés envoyés par les quartiers généraux, puis improviser, modifier, donner des consignes, prendre de court tel ou tel rival. Aujourd'hui c'était facile d'oublier le danger, la vitesse à laquelle on pouvait être découpé en morceaux, alignés contre un mur ou devant la fosse qu'on venait de creuser pour sa tombe. Ses hommes, une fois, avaient fait dérailler un train de ravitaillement allemand juste devant le dépôt de Siedlce, puis, alors qu'ils repartaient en courant, ivres de joie, insouciants, persuadés de s'en être sortis indemnes, ils s'étaient fait bloquer à un virage par deux camions entiers de soldats de la Wehrmacht. Les Allemands les avaient acculés dans une carrière et Corbeau avait perdu son sens de l'orientation. Gorski était déjà mort à l'époque, Dieu le bénisse, lui qui n'aurait jamais déchiffré une carte de travers. Corbeau avait voulu s'échapper vers le ruisseau qui se jetait dans la Liwiec mais, Gorski n'étant pas là, il avait mal lu la carte et ils s'étaient retrouvés faits comme des rats. Il avait quand même réussi à escalader une paroi rocheuse, les doigts écorchés et pissant le sang sur la pierre, pendant que la moitié de ses hommes se faisaient capturer plus bas. On leur avait attaché les chevilles aux camions, huit d'entre eux plus ou moins encore vivants, puis ils avaient été traînés sur huit kilomètres, jusqu'au centre de Siedlce, et exhibés à la foule, comme un avertissement lancé à ceux qui voudraient s'en prendre à la colonie pénitentiaire de Pologne. Ou comme un châtiment durable infligé à tout chef qui lirait une carte de travers.

C'était le début d'une sale période et le pire était encore à venir. Déjà, il repensait à la tête de Gorski sur ses genoux. Ce jour-là, aux abords de Siedlce, il vit Pawel, son lieutenant, prendre à gauche et se retourner pour constater, avec étonnement, que Corbeau fonçait sur la droite. Pawel voulut crier pour l'avertir, mais se ravisa. Il suivit son chef et revint à Siedlce au bout d'une corde. Des décisions improvisées, des mauvais choix, des mauvaises surprises, il y en aurait encore bien d'autres.

Après Siedlce, ils hantèrent pendant longtemps les forêts de Jadowia. Ils étaient presque chez eux. Et ce jusqu'à la fameuse nuit dans le champ, à l'orée de la forêt, avec les lampes torches, les hurlements, les aboiements des chiens.

Des bergers allemands, naturellement. La bave aux lèvres.

Le petit garçon était affolé, ses yeux immenses brillaient, roulaient, comme ceux d'un poulain dans une écurie en flammes, sa peau était aussi pâle que la lune, son crâne tondu, ses mains presque des serres.

Il s'appelait Chaim. Comment s'en souvenait-il encore, lui qui oubliait dans l'après-midi ce qu'on lui avait raconté le matin ? Devait-il abattre le veau pour Dabrowski cette semaine ou celle d'après ? Comment s'appelait le prêtre, déjà ? Pourquoi lui semblait-il parfois être sourd à certaines voix mais entendre le moindre souffle du vent dans la forêt ? Parce qu'il entendait ce qu'il voulait entendre. La surdité des vieux, ça s'apprenait. En allait-il de même pour la mémoire ? Un art à part entière ?

Il oubliait ce qu'on lui avait dit la veille, mais pas ce qui s'était passé quarante ans avant. Sourd aux voix des hommes parfois, mais jamais à la forêt.

À présent la forêt murmurait, les aiguilles de pin chantaient. Il était assis depuis un bon moment. Il se releva sans faire attention au craquement de ses genoux raides et contempla, au loin, la clairière baignée de lumière.

Elle était déserte maintenant, il le savait. Les hommes étaient partis. Corbeau marcha sur la terre molle couverte de mousse et constata que la dernière pierre qu'il avait enlevée avait été remplacée.

Très bien, se dit-il. Plus qu'une et ce sera terminé.

Il en choisit une autre, qu'il pouvait soulever plus facilement. Il était fatigué. Il la décolla du sol et la hissa, croisant ses doigts dessous, pour la transporter à travers la forêt jusqu'à sa charrette.

Au bout de plusieurs jours la femme de Farby, gonflée de rancœur pour son mari et de haine à l'encontre de ses voisins, et qui n'aimait rien tant que voir les autres rabaissés, téléphona à sa sœur, résidant à Gdynia, pour lui annoncer son arrivée. Elle rangea ensuite ses affaires, trouva un grand carton pour le poste de télévision et retira le petit pécule qu'elle possédait sur son compte en banque à Wegrow. De retour à Jadowia, doublement exaspérée par la lenteur et le retard du bus, elle entra en grande pompe dans le bâtiment de la mairie (où son mari l'avait toujours dissuadée de mettre les pieds) et abattit ses deux mains sur le guichet de la réception avec une telle force que Mme Teresa, occupée à épousseter un bureau, renversa la bannette à courrier. Zofia leva soudain les yeux.

« Bon, lança Mme Farby, je quitte le village. Si quelqu'un voit l'autre petite merde, dites-lui que je suis chez ma sœur. » Et elle repartit. Le lendemain, encombrée par ses valises et sa télévision rangée dans un carton ficelé, elle montait à bord du bus pour Varsovie.

Farby parut soulagé lorsque, ce même soir, Zofia lui annonça le départ de sa femme. Zofia, elle, était moins confiante. « Tout va bien, la rassura-t-il. C'était son écran de télévision, n'importe comment.

– Ce n'est pas le problème, Zbyszek. J'ai peur qu'elle finisse par te manquer. Est-ce qu'elle te manquera ?

– Non, ma chérie, répondit-il en tendant le bras au-dessus de la petite table pleine de miettes pour caresser sa main douce et charnue. Elle était incapable de faire un gâteau à la graine de pavot digne de ce nom. Et puis tu es là. »

Le visage de Zofia s'illumina, mais le voile d'inquiétude ne se dissipa pas entièrement. Elle essayait d'anticiper, d'échafauder un plan. Plus de dix jours avaient passé depuis l'arrivée de Zbyszek ici, dans la maisonnette d'été. Derrière, la réserve de charbon et de bois de chauffage s'était amenuisée et Zbyszek paraissait tout dépenaillé, même s'il semblait plutôt calme. C'était ça qui inquiétait le plus Zofia.

« Il faut que tu te fasses couper les cheveux », lui lança-t-elle, presque l'air de rien, comme si elle parlait toute seule.

Il sourit et haussa les épaules.

« Apporte-moi des ciseaux demain, répondit-il enfin. Tu pourras me les couper.

– Je crois qu'il faut qu'on agisse, mon Zbyszek. Je crois qu'il est temps. »

Elle lui avait déjà raconté la séance du conseil municipal, en en soulignant l'atmosphère accusatrice, anarchique, la volonté qui s'y était exprimée de voir la justice rendue, la demande, oui, d'un procès. Elle sentait bien l'humeur du village et se percevait elle-même comme une figure presque importante, une sorte de célébrité, quand elle faisait ses courses, s'arrêtait à la boulangerie où Janowski semblait prêt à voler à son secours, ou à l'épicerie, où les autres femmes reculaient d'un pas et faisaient mine d'observer le boudin tout en l'épluchant du regard pendant qu'elle achetait son fromage et son lait. Elle se rendait compte que les gens ne savaient pas s'ils devaient la considérer comme la simple employée d'une municipalité malmenée, comme une héroïne, une victime ou une sorcière. Ils se montraient polis avec elle mais ne lui posaient aucune question. Elle trouvait cette ambiguïté intéressante, excitante même ; presque inconsciemment, elle en venait à prendre davantage soin de son apparence, à rajouter un peu de bleu sur ses paupières, à choisir un joli foulard pour accompagner son chandail. Elle portait aussi de la lingerie plus fine, achetée à Wegrow, mais bien sûr cela ne concernait que son grand secret, Farby en personne, un secret dont elle était sûre que personne ne l'avait percé. Par précaution, elle s'était même mise à acheter des denrées supplémentaires pour lui hors de Jadowia, sur la route de la maisonnette, où elle arrivait toujours, invariablement, le cœur pantelant.

Jamais elle n'avait connu ce genre d'aventure ; jamais elle n'avait vécu d'histoire d'amour digne de ce nom. Elle se sentait transportée mais elle voulait en même temps protéger leur liaison et, pour cela, garder la tête froide. Il fallait procéder par étapes, réfléchir à l'avenir. C'est à cette fin qu'elle imagina un plan.

« Je pense qu'on devrait aller voir le prêtre », dit-elle.

Farby s'arrêta soudain de mâcher le bout de saucisse qu'il avait dans la bouche. Il imagina aussitôt des sacrements, la confession. Il eut du mal à déglutir. Cela faisait au moins quinze ans qu'il n'avait pas mis les pieds dans une église.

« On devrait peut-être attendre que les choses se décantent, ma chérie.

– Non, je crois qu'il est temps. »

Lisant l'inquiétude sur le visage de Farby, elle comprit d'où venait le malentendu.

« Mais non, chéri, je ne te parle pas de nous. Enfin si... mais pas pour... Pas pour ça.

– Ah !

– Je veux parler du père Jerzy. Je pense que ce serait utile, que ça pourrait nous aider. Écoute, Zbyszek, tu ne peux pas rester

En mémoire de la forêt

éternellement comme ça. On doit faire quelque chose, et je crois qu'il aura peut-être besoin de nous. Ou du moins de toi.

– Tu veux dire qu'il a besoin de mon arrestation.

– Je veux dire qu'il a besoin de renseignements.

– Mais il les a déjà.

– Quoi donc? Il n'a que des papiers. Des registres. Je les ai vus. Qui pourrait y comprendre quoi que ce soit? Ce qu'il a, ce sont surtout des ragots et des soupçons. Et l'air du temps avec lui. Comme tout le pays en passe par là en ce moment, il se dit: "Pourquoi pas ici? Pourquoi pas lui?" Il remonte les gens à bloc. Comme au spectacle.

– Quelqu'un m'a balancé. Jablonski, certainement.

– Peut-être bien. Mais tu peux te battre. Comme tu l'avais dit, tu te rappelles?

– C'est possible. Pour le prêtre, en revanche, je ne suis pas sûr. Il veut me traîner au tribunal et placer cette petite merde de Twerpicz aux commandes.

– C'est ce que croit Twerpicz. En attendant, Twerpicz ne l'aide en rien. Il n'est qu'une façade.

– Un opportuniste, oui! Jusqu'ici, il était incapable de faire le moindre boulot.

– Ce sont tous des opportunistes. Mais c'est sur le prêtre qu'on doit concentrer nos efforts. Et ce dont il a besoin en ce moment, ce sont des renseignements. Du solide. Il est obligé de poursuivre sur sa lancée.

– Et tu crois qu'on devrait les lui donner?

– Je pense que je ferais bien d'aller le voir, dit-elle. À mon avis, on peut trouver un arrangement.

– Pour obtenir quoi?»

Zofia se leva et fit le tour de la table jusqu'à lui.

«Qu'est-ce que tu veux?» demanda-t-elle à voix basse.

D'une main, elle caressa les cheveux ébouriffés de Farby. Le pauvre, pensa-t-elle, il a besoin de prendre un bain. De son autre main, elle déboutonna son gilet et regarda Farby, dont les yeux étaient rivés sur ses doigts. Le gilet fut ouvert. D'un magnifique soutien-gorge en dentelle tout neuf, les seins de Zofia se soulevèrent fièrement.

« Qu'est-ce que tu veux, Zbyszek ? murmura-t-elle. Dis-moi ce dont tu as le plus envie. » Il leva la tête vers elle, bouche entrouverte.

« Dis-le-moi et je te le donne.

– Passe-moi le beurre. » Elle gloussa, ravie.

*
* *

Jola n'entendit pas le cheval et la charrette arriver dans l'allée de la clinique. Elle était en haut, à l'appartement, en train de couper des carottes et du céleri-rave pour une soupe. Le bébé dormait, Anna jouait avec ses poupées dans sa chambre et Karol était dehors. C'était une journée froide et nuageuse. Jola espérait qu'une couche de neige viendrait recouvrir la boue et le champ sinistre qui, derrière la fenêtre de la cuisine, s'étendait jusqu'à la forêt. C'est alors qu'elle entendit un premier coup à la porte qui reliait la clinique à l'escalier de l'appartement ; elle descendit pour ouvrir.

Un vieil homme affublé d'un manteau râpé et d'une trogne de paysan ivrogne se tenait devant la porte, la casquette dans les mains, l'air tout penaud. Jola crut pouvoir le reconnaître – mais ils étaient si nombreux à avoir cette tête-là.

« Je vous demande pardon, madame, dit l'homme en faisant un pas en arrière.

– Oui ?

– Veuillez m'excuser, mais je suis venu... »

Il heurta la table d'examen en métal, s'agrippa d'une main, puis la retira aussitôt, comme si elle le brûlait.

« Je suis venu...

– Mon mari n'est pas là pour le moment.

– Oui, je sais.
– Je peux vous aider ?
– C'est lui qui vous demande. Enfin... Je me suis dit qu'il fallait que je vienne vous chercher. Il est... Votre mari est chez moi. Je m'appelle Piwek, madame. Mille excuses. Il est chez moi. C'est-à-dire que votre mari n'a pas l'air d'aller bien.
– Vous voulez dire qu'il a bu ? C'est ça ?
– Oui, c'est ça. »

Piwek regarda ses bottes crottées de boue. Une des semelles était décollée à l'avant.

« Il a un peu bu, oui. Mais c'est... Il n'est pas bien, madame. Il demande à vous voir. J'ai pensé qu'il valait mieux que j'aille chez vous. Pour vous emmener jusqu'à lui.
– Vous voulez que je vous accompagne ? C'est ça ?
– Oui, madame. »

Piwek pétrissait sa casquette et gardait la tête légèrement baissée, comme un serf de l'ancien temps rendant visite à son maître. Jola le dévisageait et tentait de comprendre ce qui se passait. Elle pouvait imaginer sans difficulté que Karol s'était enivré jusqu'à l'abrutissement. Mais quelles que fussent les quantités d'alcool qu'il ingurgitait, il avait toujours réussi à rentrer chez lui tout seul.

« Il s'est fait mal, monsieur Piwek ?
– Pardon ?
– Est-ce qu'il s'est blessé ? Est-ce qu'il a cassé la voiture ?
– Non, madame, la voiture est chez moi.
– Donc il se porte bien ?
– Non, madame. Il est peut-être malade. Il vous appelle. Il est incapable de bouger. Dans la grange. Il demande à vous voir, vous comprenez ? Alors j'ai jugé bon de venir.
– Vous êtes venu avec votre charrette ? »

À travers la fenêtre de la clinique, elle put voir en effet le cheval, un alezan à crinière blonde aux naseaux fumants.

« Pourquoi est-ce que vous ne l'avez pas amené ici en voiture ?

– Je ne sais pas conduire, madame. Et puis il ne veut pas bouger. »

Jola avait l'impression de tourner en rond. Que devait-elle faire ? Elle ne pouvait ni abandonner les enfants, ni les emmener avec elle. Pourquoi devait-elle se déplacer ? Si Karol était étendu quelque part, ivre mort, dans un tas de fumier, il n'avait qu'à y rester le temps d'être suffisamment sobre pour retrouver son chemin. Elle n'allait pas laisser les enfants pour aller jouer les infirmières de son mari soûl. Elle avait assez donné comme ça.

« Monsieur Piwek, je ne peux pas venir avec vous. J'ai mes enfants ici. Vous comprenez ?

– Oui, madame.

– Retournez là-bas et donnez-lui du café. Attendez qu'il cuve et dites-lui de rentrer à la maison. Je ne peux rien y faire. »

Elle s'avança jusqu'à la porte et ouvrit. « Merci. Je suis désolée pour vous que vous ayez fait tout ce trajet. »

Piwek regagna d'un pas hésitant sa charrette, en ratant la marche métallique pour la première fois. Ses mains burinées s'affairèrent sur les rênes.

« Attendez, monsieur Piwek. Attendez. »

Sans trop savoir pourquoi – peut-être quelque chose dans les grosses mains agitées de Piwek, ou les efforts qu'il avait dû consentir pour venir en dépit du froid –, Jola changea soudain d'avis. « Attendez-moi. » Elle rédigea un mot pour sa mère, lui disant, sans autre explication, qu'elle devait absolument venir s'occuper des enfants pendant qu'elle, Jola, se rendrait chez Piwek. Dehors, elle lui indiqua laborieusement le chemin de la maison de sa mère. « Amenez-la ici, dit-elle à Piwek, et ensuite je vous accompagnerai. »

Piwek, visiblement soulagé, commanda à son cheval de prendre un trot rapide et s'en alla. Un quart d'heure plus tard, ils étaient de retour. Jola aida sa mère à descendre.

« Où vas-tu ? lui demanda celle-ci. Il y a un problème ?

– Je ne sais pas, maman. C'est Karol.

– Eh bien quoi ?
– Je ne sais pas. Ne t'en fais pas. Je reviens dès que possible. »
Elle grimpa sur le siège de la charrette, où était étendue une vieille couverture. Le manteau de Piwek puait la sueur et le feu de bois. Lorsque la charrette démarra brusquement, Jola s'accrocha au siège, puis fourra ses mains sous son manteau. Pendant tout le trajet, Piwek ne lui adressa pas la parole, trop timide, semble-t-il, ou épuisé par ses douloureuses explications. Jola ne voyait pas quoi lui dire non plus. Elle remonta son col autour du menton, sentant son propre souffle réchauffer son cou, et fixa son regard sur le bord de la route qui défilait. Elle s'efforçait de ne pas imaginer le spectacle qui l'attendait, sinon pour admettre que, d'une certaine façon, les forces de son existence atteignaient un point critique, la poussaient dans une direction inconnue. Elle ne savait même plus tout à fait pourquoi elle faisait le déplacement, pourquoi elle se dérangeait. Peut-être pour constater *de visu* l'étendue des dégâts. « Allons voir le pire », dit-elle d'une voix sourde qui la surprit mais que Piwek sembla ne pas entendre. Il cria à son cheval : « Allez, hue ! » Ses joues mangées d'une barbe de trois jours s'activaient comme s'il mâchait du cuir.

Ils contournèrent le village, dépassèrent les champs désolés à l'ouest, filèrent vers le nord à travers bois sur une route éventrée et gelée, puis franchirent le portail d'une petite maison jaune entourée de granges et de remises délabrées. Une fumée de charbon ocre s'élevait de la cheminée. La voiture de Karol, maculée de boue mais intacte, attendait dans la basse-cour. Un bâtard, très court sur pattes, se mit à japper et à tirer sur sa chaîne. Jola descendit de la charrette.

« Où est-il ? demanda-t-elle.

– Par ici, madame. »

Arqué sur ses jambes aux bottes en caoutchouc, Piwek la guida vers la plus vaste des granges, ouvrit la porte et la suivit à l'intérieur. La grange était sombre : seule une ampoule pendait aux chevrons, et quelques rais de lumière s'infiltraient par les planches ébréchées. Jola ne vit aucune trace de Karol.

« Docteur! s'écria Piwek. Votre femme est là. » Il se dirigea vers une cloison tout au fond de la grange. Quatre vaches attachées au mur s'agitaient dans la fange de leurs stalles. Jola lui emboîta le pas.

Karol était assis sur une balle de foin, la tête entre les mains. Il ne leva pas les yeux.

« Docteur...
– Karol? »

Il ne bougeait pas. Jola lui toucha l'épaule. Ses cheveux étaient collés, mouillés par les sueurs froides. « Karol... » Il souleva sa tête. Jola fut effarée: il avait les yeux rouges, des cernes noirs, le teint blafard.

« Mon amour, dit-il.
– Karol, qu'est-ce qui ne va pas? » demanda-t-elle en s'agenouillant.

Les lèvres du vétérinaire s'entrouvrirent, mais aucun son n'en sortit. Piwek se tenait derrière eux et observait la scène.

« Monsieur Piwek, lui lança Jola. Veuillez me laisser seule avec lui, je vous prie.
– Bien, madame. Il est peut-être malade?
– Oui, je pense. Merci. Je vous demande de nous laisser, maintenant. »

Mais Piwek ne bougea pas d'un pouce.

« S'il vous plaît! lui ordonna-t-elle sèchement.
– Oui, madame. »

Là-dessus, il partit en traînant des pieds. Jola le suivit du regard jusqu'à ce qu'il ait refermé la porte de la grange. Elle se tourna vers son mari.

« Karol? »

Il avait les yeux fixés sur le sol. Depuis tout le temps qu'ils étaient ensemble, elle ne l'avait jamais vu dans cet état. Elle l'avait vu s'effondrer par terre, ivre mort, tituber dans des

— En mémoire de la forêt —

escaliers, heurter des portes, trébucher sur un obstacle aussi ridicule qu'un tapis, tenir des propos incohérents, vomir effroyablement dans la salle de bains ; elle avait enduré ses sarcasmes, ses insultes, ses menaces, le fiel qu'il répandait sur tous les objets autour de lui, animés comme inanimés – jusqu'à l'air qu'il respirait. Pourtant, aussi incontrôlable, aussi méprisable, aussi révoltant, aussi pitoyable fût-il, il y avait toujours quelque chose en lui qui trahissait une force, une volonté, une puissance cachées. Jola sentait justement que cette force le lâchait, comme épanchée de son corps, et ce constat fit vibrer une corde au plus profond d'elle. Elle posa une main sur son épaule, qui céda comme du sable. Il se tourna lentement sur le côté et se dégagea de la balle de foin. Elle lui souleva la tête avec effort pour la maintenir bien droite.

« Karol, redresse-toi. Parle-moi. »

Les yeux de Karol s'ouvrirent. Il puait l'alcool mais ne semblait pas tout à fait ivre, du moins pas à la manière que Jola lui connaissait. Des deux mains, elle attrapa sa veste et le hissa juste assez pour qu'il puisse s'adosser contre le foin. Elle jeta un coup d'œil autour d'elle et découvrit une tasse en fer-blanc accrochée au mur ; elle la remplit d'eau à l'abreuvoir. « Tiens, dit-elle. Bois, Karol, bois. »

Elle porta la tasse à ses lèvres. Il but. Elle lui baigna le visage d'eau froide. Il tressaillit, cligna des yeux et recouvra peu à peu ses esprits.

« Jola...

– Allez, Karol. Reprends-toi. Rentrons à la maison. Viens. »

Elle lui saisit le bras ; il ne fit aucun effort pour se lever.

« Attends, Jola. Laisse-moi m'asseoir. Viens à côté de moi. Il faut que je réfléchisse.

– Qu'est-ce qu'il y a ? »

Il répondit par un grognement.

« Tu me diras ça à la maison », fit-elle en le soulevant. Cette fois, il lui facilita la tâche en s'agrippant à un pieu. « Viens jusqu'à la voiture, reprit-elle. Je vais conduire. »

Elle parvint à le faire sortir par la porte de la grange, puis à le mener jusqu'à la voiture. Piwek surgit de la maison pour l'aider. Elle le remercia, s'installa au volant, fit demi-tour et s'en alla. Karol s'allongea sur le siège un petit moment, les yeux clos, en jouant des mâchoires et en remuant sa langue pour retrouver les sensations de son visage.

« Jola ?

– Oui. »

Elle vit qu'il avait les yeux grand ouverts et qu'il fixait la route.

« Il y a un problème.

– Je sais qu'il y a un problème. Il y a toujours des problèmes. On ne peut plus continuer comme ça. On ne peut plus. »

La tête de Karol reposait contre la vitre entrouverte, par laquelle le vent venait plaquer ses cheveux gras sur son visage.

« Tu es en train de te tuer, Karol. De *nous* tuer, tous les deux.

– Je suis désolé, Jola. Je comprends ce que tu dis. Je suis tellement désolé. »

Il regarda Jola. Ses yeux étaient humides, jaunâtres. Elle voyait bien qu'il était malade comme un chien et que son foie n'en pouvait plus. Mais quel foie aurait pu résister à tant d'assauts ?

« Je sais, je sais... Je suis désolé, vraiment, Jola. Je ne sais pas comment te le dire... Je suis capable de m'améliorer, ça, je peux te le promettre. Je suis tellement désolé. J'ai agi comme un fou, comme un imbécile. Je t'en prie, crois-moi. Je t'aime. J'aime les enfants. Mais il y a autre chose, Jola. Autre chose. »

Ils venaient d'arriver à la clinique et empruntaient l'allée.

« Autre chose ? fit Jola en coupant le moteur. Quelle autre chose ? Comment ça ?

– Des choses dont tu n'es pas au courant. Jablonski... Des choses que j'ai faites pour lui – avec lui.

– Par exemple ?

– Pour gagner un peu d'argent. Plusieurs choses. Maintenant, il y a une enquête. Il y a du grabuge, Jola. Il va y avoir du grabuge. »

Soudain, quelqu'un frappa à la vitre. C'était la mère de Jola, en manteau, l'air soucieux. Elle ouvrit elle-même la portière.
« Tout va bien ?
– Oui, maman. Viens, je te ramène chez toi. Karol, rentre à l'intérieur pendant que je raccompagne maman. »
Elle sortit de la voiture et aida Karol à s'en extraire. Il tenait déjà mieux debout. À mi-chemin de la maison, elle lui dit : « Allez, rentre. Je reviens tout de suite. Vas-y. »
Sur le court trajet jusqu'au village, Jola ne dévoila rien à sa mère, laquelle, ayant passé le plus clair de sa vie devant le visage amer et moustachu de l'ivrognerie, lui offrit son silence en guise de conseil, le seul valable qu'elle connût. Certes il y avait l'église, et la Sainte Vierge, mais elle préféra éviter le sujet. Son seul commentaire, au moment où Jola arriva devant sa maison, fut :
« Il a l'air d'aller de plus en plus mal, non ?
– Oui.
– Que Dieu lui vienne en aide. »
Elle referma la portière derrière elle.

De retour à la clinique, Jola fut étonnée de trouver Karol au lit, ses vêtements pliés sur une chaise, les draps tirés jusqu'au menton. Il s'était endormi. Pendant quelques minutes, elle s'assit à ses côtés pour observer son visage ravagé et hâve sur l'oreiller. Puis elle éteignit la lampe et le laissa.

Lorsque le message parvint à sa porte, dans une petite enveloppe coincée au-dessus de la poignée et sur laquelle figurait une belle écriture, le père Jerzy considéra l'invitation de Jablonski comme une demande de paix transmise par un adversaire lointain. Il sentait que les forces des ténèbres battaient en retraite, cherchaient un terrain d'entente, voulaient négocier.

Il s'estimait en position de force. Pour lui, la requête tombait à point nommé. Il songea à convoquer sa « commission d'experts », comme il avait poussé son groupe à se baptiser. Tout le monde avait applaudi. Twerpicz, très vite, avait même pris l'habitude de l'appeler par ses initiales, la CE, cédant à la mode des acronymes qu'on retrouvait dans les journaux nationaux, rêvant même du jour où ces initiales seraient immédiatement identifiées par les journalistes et les présentateurs de télévision dans tout le pays. Un mouvement surgi de la base et tutoyant les sommets de la politique. Qui pouvait prédire l'avenir ? La CE croyait officiellement être un groupe sans leader, où toutes les décisions étaient le fruit du consensus, sans même que les mains aient à se lever dans la salle. Quelqu'un avait même suggéré, un jour, une telle ânerie. Naturellement, avait remarqué le père Jerzy consterné, l'idée en revenait à Twerpicz. Il avait noté aussi que Powierza, lui, le paysan, toujours plus impressionnant, n'avait pas songé un instant à faire une proposition aussi creuse. On ne pouvait pas mener une opération comme celle-là sur la base d'un vote démocratique. Oh que non ! Pas en Pologne. Pas avec des Slaves. En Norvège, peut-être, oui. Quoi qu'il en soit, et si délicieuse que fût la perspective de partager la nouvelle avec la CE, le père Jerzy préféra agir sans délai. Il n'y avait pas de temps à perdre. Le message de Jablonski l'invitait à « passer » en début de soirée, et l'après-midi touchait déjà à sa fin. Trop tard pour prévenir tout le monde.

En apparence, il était calme. Il rangea son bureau, récupéra les chaussettes sales et les caleçons éparpillés dans sa chambre. Ensuite, il fit les cent pas, échauffé par l'enchaînement des événements qu'il avait lui-même déclenchés. Personne ne pouvait ignorer son talent de stratège et d'organisateur, son habileté manœuvrière, cet éveil des consciences qu'il appelait de tous ses vœux, cette torpeur qu'il avait secouée dans un village engourdi. Pourtant, il décida de rester modeste. Modeste, oui, mais déterminé. Calme, serein, mais intraitable. Discret – il avait besoin de travailler là-dessus, il le savait –, mais énergique. Les évêques s'en rendraient compte, inévitablement. Certains d'entre eux désapprouveraient, bien sûr, mais il fallait bien reconnaître que l'Église était un marché comme

——— En mémoire de la forêt ———

un autre, une arène. Des gladiateurs en soutane ? Non. Des marchands ? Pas davantage. Plutôt des designers travaillant au sein d'une grande multinationale et soumettant leurs idées aux responsables du marketing. Tout était une question de stratégie – oui – la voie à suivre ! Il serait dans le camp du mouvement. L'implacable raz-de-marée le portait.

Il n'avait pas prévu la visite de Zofia, et encore moins les renseignements aussi précieux que surprenants qu'elle lui avait communiqués. Surgie de nulle part ! Il en avait conclu que la chance souriait bel et bien aux audacieux. Jablonski et Farby vendaient l'alcool de la distillerie à des trafiquants, depuis des années, à tel point que Farby ne se rappelait plus quand tout avait commencé. Sauf que, avec le chaos qui régnait en Russie et les frontières ouvertes, les acheteurs étaient désormais des Russes assoiffés de vodka, et les sommes en jeu avaient triplé du jour au lendemain, puis encore triplé. Les camionneurs venus de Géorgie et d'Ukraine versaient l'alcool dans de faux réservoirs à essence ou dans des barriques à double fond censées contenir de l'acide sulfurique, du sulfite de cuivre ou de l'huile lubrifiante. Pour le reste, lui avait expliqué Zofia, c'était simple comme bonjour : de fausses déclarations d'expédition, des écritures douteuses sur une feuille de papier, des coups de tampon, et tout était en ordre. Le crochet par la distillerie, ou la carrière toute proche, était un détour bien connu des camions sur la route entre Varsovie et Tarnopol, uniquement limité par les capacités de la distillerie elle-même. D'autres détails semblèrent un peu plus nébuleux aux yeux du père Jerzy (ou à ceux de Zofia, voire de Farby lui-même), des questions touchant aux inspecteurs de l'État, ou à leur absence, à leurs rapports manquants ou falsifiés. Simple corruption de fonctionnaires, vraisemblablement, même si Zofia insista pour dire que Farby ignorait tout de ces malversations.

Néanmoins, le jeune prêtre en conclut que Farby ne cherchait pas à embarquer tout le monde dans sa noyade, mais à s'accrocher à un vestige de l'épave qui lui permettrait de regagner le rivage sain et sauf. Et cela lui plut énormément. Il avait vu assez de feuilletons américains – il adorait ça – pour comprendre les concepts d'indic (un mot qu'il adorait), de plaider coupable, d'immunité en échange de renseignements. Et tout ça dans les lumières tamisées de *Kojak*, de *Barnaby Jones* et de *Dallas*! Il fallait être un grand pays, pensait-il, pour diffuser de telles innovations aussi facilement. Il s'empara de l'idée avec une telle vitesse, en plein milieu d'une phrase de Zofia, que celle-ci resta assise à le regarder, d'abord consternée, ensuite avec un sourire satisfait. Transie par cet arrangement, presque euphorique, elle abattit alors sa dernière carte.

« Tomek Powierza était mêlé à tout ça, dit-elle.
– Qui donc ?
– Le fils Powierza. Celui qui a été assassiné.
– Quoi ? Vous en êtes sûre ?
– Il était là-bas le soir de sa mort.
– Farby l'a vu ?
– Oui, mais rien de plus. Il ne sait pas ce qui s'est passé. »

Elle expliqua que le sort du jeune Powierza s'était forcément joué après le départ de Farby. De même que ce dernier n'avait aucune idée du rôle exact de Tomek dans ces manigances, sinon qu'il servait peut-être de « dénicheur » pour les Russes – un démarcheur, en somme. Quant aux trois Russes à la mine patibulaire, Farby ne les avait jamais vus. Il n'avait pas non plus accusé, directement ou indirectement, Jablonski.

« C'est juste que nous, enfin... Zbyszek est en train de devenir le bouc émissaire. C'est injuste, vous ne trouvez pas ? Vous vous en rendez bien compte, n'est-ce pas, mon père ?
– Il me semble, oui.
– Tous les problèmes de la municipalité, les mauvaises habitudes, eh bien voyez-vous il n'a fait qu'en hériter. Et aujourd'hui certaines personnes, je ne dis pas vous personnellement, font tout reposer sur lui, et ce n'est pas juste.

———— En mémoire de la forêt ————

— Je comprends, madame, fit le père Jerzy en posant sa main sur celle de Zofia.
— Il doit se défendre, répondit-elle, les yeux mouillés.
— Et nous aider dans cette... cette transition difficile.
— Et envisager l'avenir. »
Une larme coula sur la large pommette de Zofia.
« Peut-être qu'une petite boutique quelque part... suggéra le prêtre. En remettant les compteurs à zéro.
— Dans le sud, on pensait. »

On avait largement dépassé l'heure proposée par Jablonski et, plus important, la tombée de la nuit, lorsque le père Jerzy se mit en route pour la coopérative agricole. Contrairement au père Tadeusz, qu'il considérait comme l'ermite du presbytère, il connaissait bien les routes secondaires du village et n'avait envie ce soir-là de croiser personne. Le bar devait avoir fermé ses portes, les gens dînaient, et les écrans de télévision clignotaient derrière les fenêtres comme des feux de cheminée bleus. Les bons paroissiens hochaient la tête dans leurs fauteuils, ignorant qu'un acteur essentiel de l'histoire de Jadowia marchait juste devant chez eux, avec toute la détermination du combattant pour la liberté. Il se disait qu'il lui faudrait se souvenir de cette soirée, prendre des notes, consigner ses sentiments. Un journal intime présenterait peut-être un intérêt majeur, un jour, qui recenserait toutes ces choses – les peupliers mélancoliques aux troncs chevelus, les chiens qui aboyaient au loin, ses propres pas... Quelqu'un le suivait-il ? Il s'arrêta, tendit l'oreille, n'entendit rien. Il reprit sa marche. La fenêtre éclairée de la coopérative se trouvait devant lui, tout droit ; une ampoule terne brillait au-dessus de la porte. Il traversa le jardin et se plaça sous le cône de lumière.

« Bonsoir, mon père. »
La voix surgit sur sa gauche, dans le noir. Le père Jerzy ne put s'empêcher de sursauter en laissant échapper un petit cri.

Sa main, sur le point d'atteindre la porte, tressaillit. Il aperçut alors Jablonski, qui semblait se matérialiser de derrière les ténèbres.

« Doux Jésus ! s'exclama le prêtre.

– Excusez-moi, mon père. Je ne voulais pas vous faire peur.

– Juste ciel.

– Je suis confus. Je revenais du garage. Je pensais que vous ne viendriez peut-être pas. »

Jablonski ouvrit la porte mais s'interrompit pour saluer quelqu'un sur la route. Le père Jerzy vit vaguement la silhouette d'un homme qui saluait en retour. Quelqu'un, donc, l'avait *bel et bien* suivi. Fallait-il y voir une coïncidence ?

« Je vous en prie, fit Jablonski. Entrez donc.

– Qui était-ce ? »

Jablonski referma derrière le prêtre.

« Oh ! c'était le plombier. Andrzej. Il habite à côté.

– Il travaille pour vous ?

– Andrzej ? rigola Jablonski. Non, Andrzej travaille pour lui-même, c'est-à-dire pour tout le monde. C'est le seul plombier du village. Notre dernier monopole ! Si on excepte l'Église, naturellement. »

Le père Jerzy entra dans le bureau. Il s'attendait à trouver un endroit plus impressionnant, plus en accord avec la réputation de Jablonski. Or rien n'y suggérait l'autorité ni le pouvoir. La table était ancienne, usée, taillée dans un mauvais bois éraflé, aux bords noircis par les brûlures de cigarettes. Aucun signe d'une quelconque nostalgie pour la suprématie du parti ne venait orner les lambris déformés aux murs ; les étagères contenaient des liasses de dossiers et des piles de papiers dans des cartons. Pour s'asseoir, il y avait deux chaises en bois devant le bureau et, derrière, un fauteuil plus grand, plus confortable, un peu affaissé sur un côté et dont la mousse transperçait le capitonnage fatigué. Lorsque Jablonski s'y installa, le père Jerzy remarqua la présence d'un trou large comme une pièce de

— En mémoire de la forêt —

monnaie dans la manche de son pull gris informe. Il s'habillait comme un vieil instituteur, pensa-t-il. Et pourtant, malgré son aspect terne, Jablonski dégageait quelque chose de tranchant. Était-ce sa petite pique sur le monopole de l'Église ? Le prêtre éprouva le besoin de gagner en assurance, de rappeler la force de son statut. Il avait la haute main ; il incarnait le coup de balai, le vent du changement. Il esquissa un sourire.

« Enfin nous nous rencontrons », dit-il en s'asseyant, à l'invitation de son hôte, sur l'une des chaises raides et grinçantes. Derrière les lunettes à monture transparente, les yeux de Jablonski brillaient.

« Oui. J'avais hâte. Pour tout vous dire, je m'attendais à une visite de votre part depuis longtemps. Mais chaque chose en son temps. Vous êtes nouveau ici, et il reste beaucoup de choses à apprendre.

– Je considère mon arrivée récente ici comme un atout.

– Mais certainement. Un regard neuf, non pollué par... comment dire ? Par le passé, par les complications.

– Oh ! je ne vois rien de bien compliqué.

– Vraiment ? fit Jablonski en décroisant les mains. Bien, dans ce cas vous apprenez vite.

– Ce que je vois, c'est un village qui commence tout juste à se secouer de sa torpeur, à entrevoir l'avenir. C'est comme si les gens sortaient de sous une couverture sans se rendre compte de ce qu'on leur inflige depuis quarante ans.

– Et c'est vous qui soulevez la couverture pour eux avant de refaire le lit », dit Jablonski en se retenant de rire. Il fit pivoter son fauteuil et se baissa pour attraper une bouteille de vodka sur l'étagère, comme s'il récupérait un poisson hameçonné dans un seau.

« Vous m'accompagnez ?

– Non, merci.

– Vous n'y voyez pas d'inconvénient ? Puis-je vous offrir du thé ?

– Non, je vous remercie. »

Jablonski se servit, leva son verre en direction du père Jerzy et but.

« Vous disiez donc, mon père ?

– Si nous allions droit au but, monsieur Jablonski ?

– Bien sûr.

– Parfait. L'heure a sonné pour vous et votre engeance. Le Comité citoyen demandera une évaluation complète de l'action municipale, y compris pendant la période où vous avez officié en tant que *naczelnik* et dirigé les affaires du village, ainsi que les archives du parti qui a agi sous votre houlette, et celles de la coopérative agricole, qui fut jadis – quoi qu'elle soit devenue depuis – une entreprise publique. Nous mettrons au jour toutes les activités, et toutes les irrégularités, qu'elles soient anciennes, récentes ou actuelles. La vérité sera révélée dans toute sa nudité. Alors les gens comprendront la vraie nature, et surtout la cause, du fléau qui s'est abattu sur eux.

– Je ne vais jamais à l'église, mais j'ai quand même droit à mon petit sermon, répondit Jablonski avec un petit sourire. Vous croyez que les gens considèrent ce "fléau" comme un grand mystère ? Quelque chose qui nécessite une explication du clergé, au même titre que l'Immaculée Conception ?

– Ce n'est pas une question de mystère, monsieur Jablonski. Vous et vos sbires avez transformé les gens en somnambules. Ils sont ahuris, engourdis. Non pas qu'ils ne sachent pas : ils ont cessé de voir depuis tellement longtemps qu'ils ont oublié comment faire fonctionner leurs yeux. Ils doivent comprendre qu'ils n'ont plus aucune raison de vivre en ayant peur de vous. Et si je peux jouer un rôle là-dedans, alors j'y verrai ma petite contribution.

– Vous êtes trop modeste, mon père.

– Je ne fais que mon devoir. C'est la mission de l'Église que de pourvoir au bien-être des hommes.

– Ah ! oui... Peut-être que nous aborderons ce sujet.

— Peut-être, en effet, au cas où le sujet vous intéresserait subitement. Mais il est d'autres questions d'ordre pratique dont je devrais peut-être vous informer. »
Il s'interrompit pendant que Jablonski buvait et reposait son verre.
« Je vous en prie.
— Nous avons trouvé dans la comptabilité, reprit le prêtre, certains éléments, confirmés par des entretiens que nous avons eus, qui attestent l'existence d'un système de pots-de-vin grâce auquel les profits ou les surplus des entreprises contrôlées par la municipalité étaient dissimulés ou recyclés. Des dessous-de-table étaient reversés à des officiels du village, parfois sous la forme de faveurs, de cadeaux, de voyages, bref toutes ces petites attentions que les Américains nomment "adorables arrangements". Ces officiels voyaient leur maison réparée, se faisaient livrer du charbon gratis, recevaient des rations supplémentaires de viande ou se faisaient construire une datcha dans un coin perdu. Un échange de bons procédés. Donnant-donnant. Y compris des contrats d'achat de farine, de ciment, de parpaings, des contrats routiers — et j'en passe. Il ne fait aucun doute que des sommes d'argent étaient versées en contrepartie. Si je vous dis tout cela, ce n'est pas parce que vous n'êtes pas au courant, bien au contraire, mais pour vous faire comprendre que nous le sommes également. »
Il inspira longuement. « Au courant », ajouta-t-il. Il recula sur sa chaise, épuisé.
Jablonski le scrutait d'un air vaguement perplexe, comme s'il observait une espèce rare de papillon de nuit aux ailes noires et à tête de lune.
« Intéressant », dit-il. Il semblait attendre la suite.
« C'est tout ? Ou peut-être avez-vous un texte à réciter sur la troisième loi de Newton ?
— Je vous demande pardon ?
— Il y a encore d'autres choses ?

– Puisque vous me posez la question, oui. Le trafic de la distillerie. Eh oui... Ça aussi, tout le monde est au courant. Une magouille en place depuis longtemps, des ventes illégales d'alcool à des trafiquants soviétiques, à des voyous. Comme d'habitude, l'État est complice d'une tentative d'empoisonnement et d'affaiblissement moral de la société. Sans même parler, mais je crois inutile de vous le rappeler, de cette affaire de meurtre.»

Aucun signe d'agitation ne paraissait perturber le calme de Jablonski. Au-dessus de ses lunettes incolores son haut front pâle ne trahissait pas la moindre tension ni la moindre appréhension. De son côté, le père Jerzy sentait sa propre sueur couler le long de ses côtes, comme des morceaux de glace. Il avait trop parlé et se retrouvait sans munitions. Il s'était attendu à voir son interlocuteur en lambeaux, à entendre une supplique, un appel à la clémence, à la négociation, à une collaboration renforcée... Or Jablonski restait d'un calme olympien, d'une impassibilité absolue. Le père Jerzy avait la bouche en coton ; il regarda Jablonski atteindre la bouteille de vodka et remplir son verre.

« Maintenant vous aurez peut-être envie de m'accompagner, mon père ? » Le prêtre ne répondit pas. Jablonski versa de la vodka dans un deuxième verre qu'il fit glisser sur le bureau. « Tenez. » Comme s'il offrait un verre de lait à un enfant.

Le père Jerzy avala une petite gorgée et sentit sa bouche s'enflammer. Malgré ses efforts, il ne put s'empêcher de tousser.

« Détendez-vous, mon père. Vous êtes encore un jeune homme, et le monde est trop grand pour vous. Je me souviens qu'il m'arrivait de partager un verre ou deux avec le père Marek. Dieu ait son âme. Un homme bien, un homme sensé. Bien sûr vous n'avez pas pu le connaître, mais il était très aimé ici. J'imagine que vous avez entendu parler de lui ?

– Oui, le presbytère a été construit sous son égide.

– En effet. Un bien bel édifice. Il était infatigable, cet homme. Et jamais fatigant. Il avait une patience infinie, et le sens des réalités aussi. C'est une qualité qui devient rare, vous ne trouvez

——— En mémoire de la forêt ———

pas ? Le sens des réalités. D'ailleurs, pardonnez mon indiscrétion, mais je me demandais... Quelles sont vos relations avec le père Tadeusz ?
– C'est mon confrère. Nos relations sont cordiales, naturellement.
– Seulement cordiales ? J'aurais pensé qu'il était un exemple pour vous. »
Jablonski décela chez le jeune prêtre une lueur d'agacement, une légère crispation des lèvres.
« Que voulez-vous dire ? demanda le père Jerzy.
– Il a... comment expliquer ça ? Une vraie qualité "pastorale". Il est calme. Apaisant. Je trouve que c'est une vertu chez un prêtre. Mais ce n'est pas votre tasse de thé, n'est-ce pas ?
– Je crois qu'on peut affirmer, sans trop s'avancer, que vous n'avez pas en face de vous le père Tadeusz, si c'est cela que vous espériez.
– Je vois, répondit Jablonski avec un sourire. Très bien. Mais il y a d'autres considérations qui entrent en ligne de compte, pas vrai ?
– D'autres considérations ?
– L'Église, j'entends.
– Eh bien ?
– Votre place en son sein. Votre propre avenir. Je veux dire par là que vous avez de l'ambition, de toute évidence. Des choses à faire. Cela aussi, c'est une vertu admirable chez un homme – quoique étrange, en effet, chez un prêtre. Néanmoins vous n'avez pas envie de voir l'action que vous menez ici entraver votre carrière et devenir un fardeau sur vos épaules. »
Le père Jerzy voulut intervenir mais Jablonski, d'un geste de la main, le pria de le laisser poursuivre.
« Excusez-moi, je digresse. Je vous parlais du vieux père Marek, de ce remarquable sens des réalités qui le caractérisait. Voyez-vous, ça me manque. Je crois qu'il y avait à l'époque une meilleure compréhension de ce qui était requis pour participer

à un projet collectif serein. Je dois vous dire, mon jeune ami : les défis étaient immenses, mais l'esprit de coopération qui nous animait était souvent enthousiasmant – pas toujours, bien sûr, mais souvent. C'est ce genre de choses, j'imagine, que vous appelez aujourd'hui "pots-de-vin". J'adore toutes ces expressions qui nous arrivent directement d'Amérique. Quant à moi, je parlerais plutôt de simple gestion.

– Vous appelez ça de la gestion ?

– Disons, si vous préférez, l'administration exercée de façon créative et sous pression. Je ne vais pas encombrer votre esprit avec toutes ces nuances – vous essayez déjà de saisir trop de choses en trop peu de temps – mais, si vous en avez l'occasion, réfléchissez-y. Vous auriez été tout jeune homme à l'époque, peut-être même inconscient de votre vocation naissante. Imaginez un peu : vous voulez de la farine, du charbon ou du ciment. Je crois que vous avez mentionné ces produits-là. Ou encore des parpaings pour construire une nouvelle école, voire votre maison. Un chasse-neige ? Un camion de pompiers ? Comment croyez-vous qu'on trouve ces équipements de base ? Sur le marché de la grand-place ? En contactant tout simplement les fournisseurs à Hambourg, par exemple ? À Rotterdam ? S'il vous plaît, monsieur, en échange d'un fourgon rempli de zlotys polonais – soit l'équivalent en valeur d'un même volume de fumier tout chaud – auriez-vous la gentillesse de nous envoyer l'un de vos camions de pompiers tout neufs ? Pas de camions de pompiers ? Un wagon de farine, dans ce cas ? Et, au passage, quelques-uns de vos jolis carrelages hollandais pour les cheminées du nouveau presbytère de Son Éminence ? En plus d'un fourgon rempli de briques rouges ? »

Le père Jerzy ouvrit encore la bouche. Sur son large front, ses sourcils indiquaient déjà une interrogation ou une protestation de sa part. Mais Jablonski leva de nouveau la main.

« Vous voyez, mon père : tout est une question d'improvisation. Ce n'est pas votre faute si vous mettez du temps à le comprendre : vous avez été bercé au séminaire. Comme un enfant, si je puis me permettre, et n'y voyez aucune insulte de ma part. Vous avez été abreuvé pendant vingt ans d'un catéchisme censé combattre les vices d'un système soi-disant athée. Mais j'aimerais souligner, si vous m'accordez cette petite parenthèse qui n'en est pas vraiment une, que ce fameux système que vos frères et vos maîtres du séminaire ont honni pendant tant d'années était, en réalité, votre meilleur allié. Comme ils sont enthousiasmants, vos prêtres radicaux et leurs sermons sur la mère patrie ! Encore mieux que la télévision ! Aujourd'hui je découvre dans le journal des photos de prêtres en train de prier pendant l'ouverture d'un siège de campagne électorale, ou aspergeant d'eau bénite des camions-poubelles et des ambulances flambant neufs. Autrement dit, ils éclaboussent dans tous les sens ! Ils haranguent les gens à propos de l'avortement, ils se plaignent du matérialisme et de la cupidité du monde, alors qu'ils ont prêché pendant des années sur les vertus de l'initiative individuelle et de la libre entreprise. Et pour quel résultat ? »

Il remplit le verre du père Jerzy, puis le sien.

« Monsieur Jablonski, votre vision cynique des choses ne...

– Un instant, mon père. Je ne vous ai pas coupé la parole. Laissez-moi encore une minute. Je disais donc... Oui, quel résultat ? Eh bien, on ne peut pas dire qu'il soit difficile à voir, surtout par le clergé, n'est-ce pas ? Les gens s'éloignent, la fréquentation des églises s'effondre. Oui, on peut lire les chiffres dans les journaux. Il y a des enquêtes. Les "fidèles" sont dégoûtés, ils se tournent vers d'autres choses. Ils en ont marre de vous, mon père. Et pourtant vous êtes incapable de vous taire. Vous avez envie d'exulter, d'être entendu, mais surtout de récolter les lauriers. Vous voulez entendre les applaudissements de la nation reconnaissante. Dites-moi si je me trompe ! Dites-moi, cher père Jerzy, que vous ne vous considérez pas, ici à Jadowia, comme le chevalier blanc. »

Le prêtre mit quelques secondes avant de répondre.

« Les choses sont complexes, finit-il par lâcher. C'est une période de tâtonnements. Des ruptures sont à l'œuvre. Mais le peuple sait qui dit la vérité : il sait qui a gagné, qui finira par l'emporter.

– Le peuple... Oui, Staline en parlait souvent, du peuple. Mais maintenant, puisque vous l'invoquez à tout bout de champ, le peuple regarde ce que vous faites. Il doit y avoir autant de prêtres dans les couloirs du Parlement qu'au palais de l'archevêque. Vous pensez avoir gagné, comme s'il s'agissait d'un combat de boxe, d'un match de football ou d'une armée en marche. Mais vous ne voyez pas la réalité, mon père. Vous n'avez pas gagné. Ou alors par forfait de l'adversaire. Peut-être que ça ne fait aucune différence à vos yeux, étant donné votre inclination à la complaisance et votre envie de renverser les rôles, mais laissez-moi vous dire, cher ami, que vous n'avez fait qu'assister à un désastre, un accident de train, si l'on veut, dû à l'incompétence, à la faiblesse, à la naïveté, à la veulerie, à l'illusion du compromis. Nous avons perdu face à nos propres décideurs, épuisés par leurs propres cajoleries. Mais si vous préférez parler de victoire... Parfait. Disons simplement que l'illusion, comme la grippe, est une maladie qui frappe en aveugle. Alors aujourd'hui, mon père, et j'en ai bientôt terminé, aujourd'hui votre camp tient sa chance. Mais d'après ce que j'ai vu jusqu'à présent, ici ou chez nos voisins, je vous donne moins de temps qu'à nous. Ensuite, nous regarderons les fascistes de la dernière heure se mettre en marche, abrités comme toujours derrière une façade respectable, derrière un objectif national de la plus haute importance. Mais essayez donc. Nous vous observerons avec intérêt. Et nous nous en irons en silence. »

Tout à coup, Jablonski avança son fauteuil, en un geste d'une rapidité savamment étudiée, presque serpentine. Les deux coudes posés sur son bureau, la tête basse, il fixa le prêtre de ses yeux gris et froids.

─── En mémoire de la forêt ───

« Nous nous en irons en silence, mon jeune ami. Tranquillement. Vous m'entendez ? Sains et saufs.
– Exempts de toute responsabilité ? Sans devoir répondre d'aucun crime ?
– Sans devoir répondre du combat que nous avons mené, mon père. Tranquillement. Sains et saufs. Je ne devrais pas être obligé de vous rappeler l'essentiel.
– À savoir ?
– Vos responsabilités. Votre administration de la paroisse. Sa réputation.
– Le père Marek, vous voulez dire ?
– Oui. Le père Marek Stolowski, cet homme éminent. Dix-huit ou vingt ans passés dans ce village. Vous ne devineriez même pas le nombre de gens qu'il a baptisés ou enterrés ici... On lui doit le plus grand presbytère construit entre ici et Varsovie. »
Jablonski s'enfonça lentement dans son fauteuil.
« Avec ces belles cheminées, et tout ce marbre dans le vestibule. Les miroirs de la salle à manger ! J'étais là au moment de la consécration. Il en était très fier. Il était radieux, il considérait ça comme son monument. Moi-même j'y voyais un monument à la coopération. Comment une si belle chose aurait-elle pu voir le jour autrement ? Un monument, vous dis-je, à la coopération sociale paisible.
– *Sa* coopération ? C'est cela que vous sous-entendez ?
– Réciproque, on pourrait dire. Mais de votre point de vue, oui, en effet : *sa* coopération.
– Mais il est mort, monsieur Jablonski. Aujourd'hui ça n'a plus aucune importance.
– Vraiment ? L'Église est peut-être en train de mourir aussi, mon père, mais j'imagine que vous n'avez pas envie d'être celui qui poussera dans le précipice son antenne locale. Ni de fragiliser votre position par simple complicité. Ou en jouant les oiseaux de mauvais augure. Vous pensez que vous obtiendrez beaucoup de vos supérieurs en déshonorant les morts ? Vous

croyez que les évêques apprécieront votre travail ? Et les fidèles du village ? Votre propre crédibilité s'effondrerait sans espoir de rémission. Les gens ont la mémoire longue ici, mon père, je vous assure. Le père Marek est mort il y a seulement deux ans. En travaillant, si je puis dire, jusqu'au bout.

– Pourquoi devrais-je vous croire ?

– À cause de l'avenir, mon père. Parce que vous allez vous rendre compte que votre avenir n'est pas dans le passé. »

Jablonski se tourna subitement vers l'étagère et jeta sur le bureau une enveloppe jaune bien tassée.

« Tenez, dit-il. Des photocopies. Il y a un sujet sur lequel j'aimerais attirer votre attention. Un ancien maître d'école avait utilisé le ronéo de l'église pour reproduire des tracts religieux truffés de commentaires politiques sournois et les distribuer régulièrement en douce aux jeunes de la chorale de l'école, qu'il dirigeait. Il a eu la maladresse de faire ça dans l'enceinte de l'école. Naturellement, cela ne pouvait plus continuer. C'était un homme âgé, seul. Après son renvoi, il s'est mis à boire et il a fini par se donner la mort. Une affaire bien triste. Tout le monde avait été pris d'un élan de sympathie pour cet homme.

– Et le père Marek vous avait-il informé ? Des activités de cet instituteur ?

– Eh bien, je suis convaincu qu'il avait dû le mettre en garde et qu'il a dû prendre cette décision le cœur lourd. Si je ne me trompe pas, c'est lui qui avait officié lors de l'enterrement. Délicate attention de sa part. Mais je vous en prie, lisez vous-même. Si j'étais vous, je ferais tout de même attention à conserver ce document en lieu sûr. »

Jablonski était content de lui. Une bonne journée de travail. Mais fatigante. Il sourit en repensant à la méfiance affichée par le père Jerzy, si facilement manipulée, si adroitement conduite à sa propre perte. Ah ! la jeunesse ! Son énergie insouciante !

──── En mémoire de la forêt ────

En silence, seul, il trinqua à la mémoire du vieux Marcin, l'éternel Marcin avec sa face jaunâtre, ses yeux creusés et sa peau bien tendue sur son crâne chauve – rabougri, aurait-on dit, par les années passées à jouer sur l'échiquier des hommes.

On verra bien, se dit-il. Le vieux aurait peut-être admiré ce coup-là.

Oui, il était fatigué, prêt à aller se coucher. Ce serait un vrai soulagement pour lui de tout plaquer, *enfin*! De faire autre chose, de gagner sa vie, de se détendre un peu, de voir quelqu'un d'autre s'épuiser à essayer de diriger le pays.

11
Leszek

Pour moi, la politique s'était toujours résumée à un bruit lointain. Comme tout le monde, je tenais le système en piètre estime. Lorsque l'ordre ancien s'effondra par le sommet, j'eus l'espoir de pouvoir mener une vie de paysan «normale». Aujourd'hui, je me rends compte que je ne faisais alors que répéter bêtement ce que les gens disaient: désormais nous allions mener une vie «normale». Quand j'essaie d'y voir un peu plus clair, il se peut que notre conception de la normalité fût extrêmement vague. Pour ma part, je souhaitais acquérir de nouvelles terres. Le champ de Kowalski me semblait être une première étape parfaitement réaliste, dès que j'aurais réuni la somme – ou contracté l'emprunt – nécessaire. Je comptais aussi racheter de nouveaux équipements. J'imaginais déjà une grande serre où je ferais pousser des légumes vendables sur les marchés toute l'année, car j'y voyais une source de profit aussi importante que la viande ou les produits laitiers, sans compter que ç'aurait signifié un usage productif des longs mois d'hiver. J'étais impatient mais j'entendais bien garder le cap, me diversifier autant que possible tout en restant prudent. Mon intérêt pour la politique se bornait au simple espoir de voir, au moins, le nouveau système encourager les projets, les investissements et le développement. Une certaine sécurité, un peu de confort, du travail bien fait – tout ça paraissait envisageable.

En revanche, les moyens d'y parvenir et la mécanique à mettre en place m'intéressaient peu. J'écoutais les hommes politiques et je votais. Ceux qui étaient élus faisaient leur travail, je faisais le mien. Je ne m'attendais pas à ce que leur action et la mienne suivent un cours ascendant, linéaire, ininterrompu. J'étais un paysan, je travaillerais la terre. Ils étaient suffisamment rares, ceux qui avaient réussi à faire ça – en fait depuis que la science et la machine avaient remplacé la superstition, la tradition et la charrue tirée par les chevaux. Mais quelques siècles en arrière, les céréales originaires de cette même contrée (ou non loin de là) avaient nourri la moitié de l'Europe et fait gagner des fortunes aux armateurs et aux banquiers hollandais. C'était toujours le même pays, et c'était un pays que je connaissais. Sans aller jusqu'à amasser des fortunes, la perspective de trouver un peu de sécurité grâce au travail bien fait semblait désormais réaliste.

Mon père, lui, n'avait jamais pu rêver de cela et n'en avait jamais parlé – de même qu'il ne parla jamais, j'imagine, d'acheter un jour une Mercedes. Pour lui, témoignant d'un sens de la précision hérité de son propre père, le paysan travaillait au jour le jour, d'une année sur l'autre. De temps en temps, il s'offrait une machine d'occasion ou envisageait d'acheter de meilleures terres (surtout le champ de Kowalski), mais son horizon était limité et bouché.

Je pensais l'avoir toujours connu d'une tristesse et d'un mutisme profonds – ou me faisais-je une image différente de lui maintenant, une image ternie par les révélations de Jablonski ? Moi-même, j'avais ressenti cette mélancolie dans le passé, que j'attribuais toujours à la mort de ma sœur, l'événement déterminant de ma jeunesse ; et cette impression de silence n'avait jamais tout à fait quitté notre maison. Je ne sais pas comment les autres familles font face à ce terrible drame, mais je me disais que si la nôtre avait été plus nombreuse, nous aurions mieux encaissé le choc, parmi les cris des autres enfants, les célébrations des anniversaires, des fêtes, l'école, les premières communions, bref toutes les péripéties, joyeuses ou non, d'une grande tribu bruyante. Bien au contraire, nous étions murés

—— En mémoire de la forêt ——

dans le silence et l'introspection. Mais peut-être était-ce dû à une chose que je n'aurais jamais pu soupçonner.

Il se peut que ma mémoire me joue des tours, cependant je crois me souvenir que mon père riait davantage quand j'étais petit, avant la mort de ma sœur. Je me rappelle qu'il m'avait offert un camion tout en fonte avec lequel j'adorais jouer en me faufilant sous les meubles. Je me souvenais aussi d'avoir fabriqué le berceau de Marysia avec lui. Le calme qu'il dégageait me laissait penser qu'il savait tout faire. Pendant plusieurs semaines, deux ou trois heures par jour, nous travaillâmes dans la grange, à percer des trous pour les chevilles qui formaient les côtés du lit. Mon père me montrait comment utiliser un vilebrequin, et je le regardais manier la scie à découper le long des lignes tracées au crayon, afin de donner forme aux entournements de la tête de lit. Nous marchions ensemble jusqu'au village, munis d'un morceau de chêne pour choisir la bonne couleur, nous achetions du papier de verre (chez Nardow, le fabricant de cercueils), nous revenions à la maison et nous décapions le bois. À la fin, assis sur une caisse, il me guida pendant que j'appliquais la couleur. Ce devait être une surprise pour ma mère, et elle n'eut pas le droit de voir le berceau avant qu'il fût terminé. Elle était enceinte à l'époque ; son ventre était tellement énorme et dur que j'avais des frissons chaque fois qu'elle me laissait sentir les coups de pied du bébé. Elle était radieuse. Une fois le berceau prêt, le bois luisant et doux au toucher, nous le transportâmes jusqu'à la maison. Nous demandâmes à ma mère de s'asseoir sur le canapé du salon, les yeux fermés, pendant que nous installions l'objet devant elle. Lorsqu'elle ouvrit les yeux, elle rit et pleura en même temps. Mon père s'adossa au chambranle de la porte, souriant, un copeau de bois accroché à la manche de son chandail, et me félicita pour mon travail.

Quels secrets nous cachait-il alors ? Ou était-ce plus tard ? En parcourant les documents salis que j'avais rapportés du bureau de Jablonski, mes doigts tremblaient. Le silence qui régnait dans la maison me semblait épaissi par cette pile de secrets. Il en émanait un air vicié, comme des radiations toxiques. Assis en tailleur sur mon lit, je disposai les feuilles de papier devant moi, en pleine lumière. Elles ressemblaient à des copies carbone, de tailles et de formes différentes, sans ordre particulier. Les dates s'étalaient sur une quinzaine d'années, celles de mon enfance et de ma jeunesse. De toute évidence Jablonski avait choisi de me montrer un simple échantillon. Les dernières pages correspondaient-elles à la fin de son mandat ? Il n'y avait pas de conclusion manifeste, uniquement les expressions routinières, renseignements apparemment tirés d'un suivi constant, comme les étapes d'un travail en cours. Les notes sur Powierza étaient identiques aux autres : concises, mais trahissant une observation attentive. « Sujet fermier paysan Powierza, Staszek, résidant route de Lipki, a abattu huit pins sylvestres d'une longueur approx. de 12 mètres. Arbres situés dans le quart NE de la forêt qui borde ruisseau Piwki et route de Wrona. Le fermier paysan a abattu les arbres avec hache et scie de long entre le 1er et le 10 novembre. Troncs abattus déplacés jusqu'à un renfoncement adjacent à la propriété de la route de Lipki entre le 12 et le 16 novembre, avec cheval et chaînes. »

Tout en bas, dans une petite case, les initiales de mon père. Cette signature, je l'avais souvent vue.

Elle figurait d'ailleurs sur toutes les autres pages, où étaient cités d'autres noms ; j'en reconnus quelques-uns, mais pas tous. Une remarque de deux lignes rappelait que Mme Wanda Gromek avait recueilli chez elle un voyageur dont la voiture était immatriculée à Poznan. Une autre mentionnait qu'un commerçant aujourd'hui à la retraite recevait des colis d'Angleterre, remis en mains propres par un chauffeur de bus de la ligne Varsovie-Wegrow. Une autre, enfin, indiquait le poids d'un chargement de farine de seigle livré à la boulangerie de Janowski, précédée du commentaire suivant : « comme exigé dans la section 6 ».

Mes yeux tombèrent sur un nom qui m'avait d'abord échappé : Wojciech Kowalski. Je mis quelques instants à me souvenir que le vieux Kowalski avait en effet un fils prénommé Wojciech, sans doute le même qui, malgré les espoirs entêtés de son père, se désintéressait totalement de la ferme familiale. Le rapport disait : Wojciech « a été approché, il coopérera », le tout suivi d'une date. Cela remontait à huit ans. Huit ans ? Wojciech Kowalski était donc revenu au village et avait été « approché » ? Approché dans quel but ? Quelle coopération attendait-on de sa part ? Est-ce que mon père était lié à cela ?

Tout en essayant de contenir le haut-le-cœur qui me soulevait, tremblant comme si j'étais sous une pluie glacée, je cherchai parmi les pages, étudiai les signatures avec le secret espoir d'en trouver une fausse. Mais non : jusque dans leur concision, ces notes portaient la marque de mon père. Submergé par une honte sans nom, je me rendis compte que Jablonski m'avait passé des documents authentiques.

Je ne pus m'empêcher de pleurer face à la réalité accablante que représentaient ces pages. Mon père. Mon père si fort, devant moi, transportant les seaux de lait dans ses grosses mains calleuses, ses épaules semblables à des poutres en chêne, ses pas lourds comme des pierres sur la terre meuble. Derrière lui, mes pieds ne laissaient aucune trace. Il pouvait soulever un veau sans gémir. Dans sa main musclée, le stylo ressemblait à un fétu de paille, écrabouillé, réduit à cette simple patte de mouche qui formait sa signature, sa marque distinctive.

À qui était-il destiné, ce gribouillis serré ? La combinaison des lettres et des chiffres contenus dans les cases – section 6, département 2, section 11 – ne semblait indiquer aucun lieu où je pouvais imaginer mon père. Je me figurais un dédale de couloirs sombres, où des portes closes donnaient sur des pièces enfumées, aux tables poissées de thé et d'indifférence. Est-ce que les originaux de ces documents s'étaient frayé un chemin jusqu'à ces bureaux sinistres, à Wegrow, à Siedlce, voire à

Varsovie ? Jusque dans quelque gigantesque dépôt consacré à de futures persécutions ? Ces renseignements avaient-ils vocation à être utilisés contre les personnes visées ou contre celles qui les recueillaient ? Peu importe, après tout, car rien n'était perdu dans le processus : les informations étaient entreposées quelque part, invisibles mais dangereuses. Ici, à la campagne, il nous était presque impossible d'imaginer une chose pareille, comme si nous étions isolés par les forêts environnantes. Isolés, aussi, par la conviction que chacun connaissait chacun, ou croyait le connaître.

J'entendis notre coq chanter dehors, alors qu'il faisait encore nuit. Une nouvelle journée s'annonçait. Affronter cela en plein jour paraissait impossible. À qui me confier ? À Powierza, évidemment. Qui d'autre ? Et ce constat, aussi, m'arrêtait net dans mon élan car à part lui je n'avais en réalité personne. Si Tomek avait été en vie, il aurait pu être – un jour – assez proche de moi. Tant d'autres s'en étaient allés, à la ville, à l'usine ou à l'étranger, avec la diaspora des loufiats et des travailleurs de nuit. Je comptais en parler à ma mère mais pas tout de suite ; j'étais sûr, sans bien savoir pourquoi, qu'elle n'était pas au courant de cette histoire. Un jour, mais pas maintenant. Grand-père aussi, peut-être, même si ce que je m'imaginais de sa réaction me stoppait net. Il avait passé sa vie à maudire les communistes et leurs œuvres. Pour lui, ils représentaient une malédiction tombée sur la planète, et en particulier sur son pays. Il haïssait moins Hitler pour son invasion de la Pologne que pour avoir dupé Staline, ce qui avait empêché les Alliés de détruire non seulement les nazis, mais aussi les ignobles bolcheviks.

Je ne pouvais pas concevoir un seul instant qu'il ait eu vent des activités de mon père. Ils avaient eu des relations parfois tendues, ponctuées par des périodes d'éloignement réciproque ou des querelles au sujet des champs et des bêtes, du calendrier des semailles et des récoltes, et ces frictions les avaient parfois amenés à ne plus se parler pendant trois jours. Peut-être que tous les parents qui vieillissent aux côtés de leurs enfants disposent d'un indicateur mesurant le fossé entre ce qui devrait être et ce qui est. Pour autant, leurs bisbilles n'ébranlèrent jamais la considération et le respect profonds qui les unissaient. À une époque difficile à déterminer précisément, le balancier s'était déplacé du vieux vers le jeune, avec un aplanissement progressif des aspérités, voire une forme de douceur. « D'après ton père... » me disait justement mon grand-père quand, ensemble, nous nous lancions dans une tâche en suivant les instructions de mon père. Certes, à ce moment-là celui-ci était déjà malade, mais la déférence de grand-père ne semblait mue ni par la compassion ni par la pitié, plutôt par l'acceptation tacite d'un rôle secondaire qui lui offrait l'avantage de ne plus avoir à décider. Plus que jamais, mon grand-père avait envie de suivre son propre chemin. Rien, chez lui ou dans mes souvenirs de lui avec mon père, ne trahissait l'amertume ni la rancœur qui auraient résulté d'une rupture politique entre eux. Non, grand-père ne pouvait pas savoir.

Le coq chanta de nouveau. Les premiers rayons gris éclairèrent le ciel. J'éteignis la lumière. Au terme de cette longue et triste nuit, je pris une résolution : je ne savais pas quoi faire, ni comment, mais je ne participerais pas au chantage de Jablonski, ni à ses manigances, quelles qu'elles fussent. Je tenterais de résister sans causer de tort et de souffrance, mais je me promis de ne pas céder. D'une manière ou d'une autre, je le combattrais.

Néanmoins, avant de pouvoir envisager quoi que ce soit, il fallait que je voie Jola. Épuisé, je me couchai sur les documents éparpillés et essayai de dormir une petite heure.

Nous nous vîmes dans la cabane. Elle me fit attendre une heure, au cours de laquelle je commençai à me dire qu'elle ne viendrait pas. Le coup de téléphone que je lui avais passé depuis le bureau de poste avait été bref, mais suffisamment pressant pour vaincre ses réticences. Je prenais toujours bien soin de l'appeler quand j'étais sûr et certain que Karol serait absent de la maison, c'est-à-dire, généralement, quand je l'avais vu, à pied ou en voiture, dans le village. Ce matin-là, je n'avais pas pris cette précaution. Jola m'expliqua qu'elle avait entendu la sonnerie du téléphone au moment où Karol quittait la maison.

« Il faut que je te voie tout de suite.
– Impossible ce matin.
– Tout de suite. Je t'en supplie, c'est important. »

Elle surgit enfin au milieu des arbres, plus pâle qu'à l'accoutumée, les yeux un peu cernés. Manifestement, elle était fatiguée et d'humeur fébrile. Lorsque je l'embrassai, la froideur de ses lèvres et son visage légèrement tourné sur le côté trahirent un changement aussi perceptible qu'un nuage masquant soudain le soleil. Je voulus la conduire jusqu'à la porte de la cabane ; elle retira sa main brusquement.

« Non, dit-elle. Restons dehors. » Elle s'assit sur une grosse souche qui faisait office de banc à côté de la porte.

« Tu as entendu des choses ?
– À quel sujet ?
– Sur nous. »

Elle eut un regard perplexe. Elle croisa ses bras fermement sur son ventre. « Non, rien du tout, fit-elle d'un ton agacé. Mais le contraire ne m'étonnerait pas. Vu que je fais n'importe quoi de ma vie, j'imagine que tout le monde est au courant. » Elle se pencha en avant et baissa la tête ; je m'accroupis devant elle et soulevai son menton, m'attendant à trouver des larmes sur ses joues. Or je n'y vis que de l'épuisement, et quelque chose de nouveau, comme une détermination que je ne lui connaissais pas. Je posai les deux mains sur ses joues. Elle recula, se cognant la tête contre les planches usées de la cabane.

« Quoi ? demanda-t-elle. Qu'est-ce qui se passe ? Qu'est-ce que tu as entendu ?

– Jablonski est au courant. Pour nous deux. »

Elle ne répondit rien mais ses joues s'empourprèrent lentement.

« Comment le sais-tu ?

En mémoire de la forêt

— C'est lui-même qui me l'a dit. »
Elle se leva pour se placer dans mon dos, face à la forêt.
« Ça ne m'étonne pas de cette petite ordure. Quand est-ce que tu l'as vu ?
— Hier soir. »
Les bras toujours croisés, elle demeurait immobile.
« Si lui est au courant, repris-je, quelqu'un d'autre l'est aussi. Est-ce que Karol a raconté des choses ?
— Mon Dieu.
— Il t'a dit quelque chose ?
— Non, pas directement. Je ne sais pas, Leszek... Il a des problèmes. Peut-être qu'il est au courant. J'imagine que oui. Oh ! et puis ça n'a aucune importance. »

Je voulais lui dire que pour moi non plus ça n'avait aucune importance, que j'étais prêt à les emmener loin, elle et ses enfants, à braver toutes les tempêtes. Pourtant, bien que ne voyant pas son visage, je savais que ce n'était pas ça qu'elle sous-entendait. Je la serrai contre moi ; elle garda les bras ballants. Pendant quelques instants, nous n'échangeâmes aucune parole ; je fermai les yeux et espérai de nouveau humer ce parfum d'été, d'herbe et de terre : je ne sentis que l'odeur de l'amertume et de l'éloignement. Elle se dégagea de mon étreinte.

« Qu'est-ce qui s'est passé ? Qu'est-ce que Jablonski t'a dit ? »
Je lui racontai tout : la discussion avec Jablonski, le dossier rempli de documents, sa remarque caustique, à la fin, sur « la femme du vétérinaire ». Jola m'écouta en silence, fermant de temps en temps les yeux d'un air consterné. Je lui parlai de la signature de mon père sur les rapports mesquins, les noms des voisins et victimes inconscients du danger : Powierza, Janowski, Mme Gromek, Kowalski.

« Et Dieu sait qui d'autre, dis-je. Je pense que ça n'est qu'une partie. De la deuxième vie de mon père.
— Kowalski ?
— Oui. Kowalski, Powierza, Gromek...

– Mais Kowalski était du nombre ?
– Oui.
– C'est peut-être pour ça qu'il refuse de te vendre son champ. Après ton père, il te le refuse à toi. Tu comprends ?
– Mais pourquoi ?
– Parce qu'il sait, sans doute. Il sait que ton père lui a fait du mal.
– Mais comment ça ? Il est impossible de savoir à quoi correspondaient ces rapports.
– Peu importe, dit Jola. Il y a quelque chose... Quelque chose qu'ils savent, *eux*. Que Kowalski sait. Une compromission, une insulte idiote, n'importe quoi ! Quelque chose qu'ils peuvent utiliser. Peu importe de quoi il s'agissait. »

Quelques heures auparavant, je me disais encore que tout cela n'avait aucune importance. Or c'était absurde. J'avais maintenant honte de ma passivité, de ma naïveté.

Jola regagna le banc et se recroquevilla, repliée sur ses bras croisés, le regard perdu parmi les arbres.

« C'est pire depuis qu'il y a eu les changements, dit-elle. Pire que tout. Karol l'avait prédit... Il a raison : tout est toujours aussi pourri. Sauf qu'aujourd'hui on a la chance de pouvoir le sentir. J'en ai marre, Leszek. Je ne veux plus avoir ça sous les yeux. Je veux m'en aller.

– Mais t'en aller où ? C'est ici qu'on habite.
– C'est ici que *tu* habites.
– Pas toi ?
– Je te l'ai déjà dit, Leszek, je veux arrêter. On s'en va. Karol, les enfants et moi. On s'en va.
– Qu'est-ce que tu racontes ?
– Je te le répète : je n'en peux plus de cet endroit.
– Je t'en prie, Jola, tu n'es pas obligée de faire ça. »

J'avais beau me rendre compte que j'aurais pu tout aussi bien parler à une montagne ou protester en tombant d'une falaise, je décidai de continuer.

―― En mémoire de la forêt ――

« On a fait des projets, toi et moi. On peut faire notre vie ensemble.
– Non, Leszek. Tu as fait des projets. Tu as ta vie ici. Pour moi ça n'a aucun intérêt de te voir comme ça, en cachette, au milieu de la forêt. Je ne suis pas surprise que Jablonski soit au courant. Ce qui m'étonne, c'est plutôt que tout le village ne le soit pas.
– Mais qu'est-ce qui s'est passé ? Pourquoi maintenant ?
– Ce n'est pas seulement maintenant. J'ai essayé de t'en parler, mais tu ne veux rien entendre. Tu ne veux pas voir les choses en face et parfois j'ai l'impression que tu ne veux pas vivre dans le réel. Tu ne peux pas faire comme si les choses autour de toi n'existaient pas – ce village, ta famille, la mienne...
– Mais tu disais que...
– Je sais. Disons que je ne savais plus où donner de la tête. Moi aussi, je me suis emballée. J'ai voulu y croire. Comme un rêve qui deviendrait réalité, comme un conte de fées qu'on aurait lu ensemble. Je suis désolée.
– Pour moi ce n'était pas un conte de fées. »
Elle me tourna le dos.
« Jola...
– Je suis désolée. Je t'aime, si tu veux tout savoir. Là n'est pas le problème. »
Sur ce, elle se retourna et essuya violemment ses yeux à l'aide d'un mouchoir roulé en boule. « Il faut que j'y aille. »
Je tendis le bras pour saisir ses épaules. Elle échappa à mes mains sans peine, comme de la fumée.
« Laisse-moi partir, susurra-t-elle. C'est mieux comme ça. »
Elle me contourna et s'en alla dans la forêt. Je restai pétrifié jusqu'à ce que je n'entende plus le bruit de ses pas sur les feuilles mortes.

Le soleil avait disparu derrière les bas nuages sombres de l'hiver. Un vent froid et vif sifflait dans les arbres. Devant moi, la porte de la cabane était toujours close, car je ne l'avais pas ouverte avant l'arrivée de Jola. De ma poche, je sortis la clé émoussée. La vieille serrure se laissa faire sans effort, à tel point que je me demandai, l'espace d'un instant, si la porte avait été vraiment fermée. Je me dis que nous avions peut-être été suivis. La serrure avait certainement été crochetée, l'intérieur de la cabane inspecté, les couvertures sur le lit retournées, par Jablonski ou un sbire qu'il avait dégotté pour cette besogne.

Mais tout paraissait en ordre : le petit lit était fait et la couverture rouge usée jusqu'à la corde n'avait pas bougé. Je m'allongeai et regardai la charpente du toit, perdue dans la pénombre. Je repensai aux jambes de Jola se soulevant au-dessus de moi, à ses lèvres traçant des formes sur mon torse et sur mon ventre, au contact de sa peau contre la mienne, au frôlement de ses doigts, à nos frissons dans cette pièce cotonneuse et perdue où l'on oubliait le monde extérieur. Je repensai au champ jaune au mois d'août, à la pente douce de la colline dorée où nous nous allongions côte à côte, cachés par l'herbe bruissante, les yeux au ciel. Sa main sur ma jambe. Son sourire mutin. J'avais cru que tout cela m'appartenait : le ciel, le champ, elle.

Je me sentais idiot. On ne m'avait pas pris pour un idiot : *j'étais* un idiot.

Je roulai sur le côté et m'endormis.

À mon réveil, la journée touchait à sa fin. Je quittai la cabane, sortis de la forêt et empruntai la route grossièrement pavée jusqu'au village. L'horloge fêlée de l'église sonna : il était 17 heures, il faisait nuit. De faibles lueurs jaunes brillaient aux fenêtres. Aux devantures des magasins, les néons fluorescents émettaient une horrible lumière blême. Je traînai dans la rue, presque en étranger, ou comme si je découvrais pour la première fois ces clôtures cassées, ces tas de ferraille derrière chaque maison, ces poubelles absurdes repeintes pour ressembler à des pingouins, ébréchées, rouillées, débordant d'ordures. Je contemplai les rues désertes, les maisons basses, les vitrines

En mémoire de la forêt

sales, l'église d'une noirceur écrasante, avec une tristesse que je n'avais encore jamais éprouvée. Il fallait que je rentre chez moi, que j'aide à traire et à nourrir les bêtes, mais je m'arrêtai sur le côté est de la place centrale et m'assis encore une fois sur le banc cassé dans la pénombre, pour regarder. En face, le bar était en train de fermer. Les éternels habitués sortaient en vacillant comme des brindilles pendant qu'ils allumaient des cigarettes, suivis de Jadwiga qui se penchait pour fermer la porte à clé. Un par un, les hommes s'en allèrent d'un pas mal assuré. Quant à moi, au milieu des détritus soufflés par le vent, j'étais incapable de bouger, paralysé par tant de désolation. Au bout d'un moment, j'entendis des voix; je vis alors un groupe de collégiens qui se rassemblaient autour du vieil arrêt de bus en béton, tout au bout de la place. Leurs voix et leurs éclats de rire montaient ou disparaissaient au gré du vent. Ils se rapprochèrent de la paroi de l'arrêt de bus. L'un d'eux poussa un cri, puis il y eut des rires, enfin un autre cri. Ils s'en allèrent bruyamment, derrière le bar, dans la nuit. Sur ce, je me levai et traversai la place jusqu'à l'arrêt. À la faible lumière du réverbère, je découvris sur le béton une inscription encore dégoulinante, faite à la bombe noire : « Les Juifs à la douche. »

Je trouvai un bout de papier journal et tentai d'effacer la peinture, mais je ne réussis qu'à faire de grosses taches. Les cinq mots étaient toujours là, incrustés dans le béton poreux.

Je fonçai alors chez moi, presque en courant. Ma mère avait commencé la traite. Elle me demanda sèchement où j'étais passé. Je m'excusai sans lui répondre. Grand-père n'était pas là. Il était parti dans l'après-midi, m'expliqua ma mère, et n'avait pas encore refait surface.

« Tous les hommes sont occupés dehors, il faut croire », dit-elle. Elle quitta alors la grange, me laissant terminer le travail; j'étais à la fois impatient d'en finir et pas pressé de rentrer. Lorsque je retrouvai enfin la maison, mon bol de soupe attendait sur la cuisinière et ma mère était partie se coucher.

J'avais déjà éteint ma lampe lorsque j'entendis mon grand-père en bas, puis ses pas, lents et fatigués, dans l'escalier. Que faisait-il ? Réparait-il encore une clôture en pleine nuit ? Coupait-il du bois alors qu'il y en avait déjà plein ? Est-ce qu'un jour j'allais devoir sortir au milieu de la nuit pour partir à sa recherche ? Il referma sa porte. La maison s'enfonça dans le silence. Trois personnes vivaient sous ce toit et aspiraient la nuit, seules. Est-ce qu'à l'autre bout du village, par-dessus les toits sombres, les arbres pelés et la place semée de détritus, Jola était elle aussi couchée, les yeux ouverts ? Et si oui, qu'éprouvait-elle ? Du soulagement ?

Je me réveillai en pleine nuit avec des bouts de mon rêve dans la tête, fragmentés comme des bris de verre. Deux images : un jouet d'enfant et mon père. Le jouet était le camion en fonte que, petit garçon, j'avais l'habitude de traîner derrière moi des heures durant. Dans le rêve, malgré mes protestations, mon père me le prenait et me demandait d'attendre. Mais lorsque je partais à sa recherche, il était dans la grange, où il essayait de transformer le jouet en un véritable camion. Son visage montrait de la consternation et de l'angoisse, car l'objet avait grandi, mais sans pour autant atteindre les dimensions d'un vrai camion. Ses pièces, pare-chocs, radiateur, portières, étaient éparpillées ; mon père ne savait plus comment faire. Il levait les mains devant moi. Elles me paraissaient rabougries, incapables, légèrement tremblantes. L'ancien jouet refusait de devenir un vrai camion, un objet utile : on ne pouvait plus lui redonner sa forme originelle. Ce n'était ni un jouet ni un vrai camion. Tout n'était que confusion, désordre inutile, grotesque, et mon père ne pouvait que contempler la scène, muet et horrifié.

12

La disparition de Farby n'avait d'abord pas beaucoup inquiété Jablonski. Les sous-fifres restaient des sous-fifres et se comportaient comme tels – c'était là un principe éternel. On ne pouvait pas tout contrôler, tout diriger. Toute cette paperasse insensée... Vous installiez un type sans ambition et il fonctionnait comme un rouage, éternellement, petite pièce de rien du tout dans une machine hermétique. Une petite goutte d'huile de temps en temps et le tour était joué. Farby. Où était Farby?

On ne pouvait pas tout contrôler... La phrase lui revint en mémoire. Les circonstances imprévisibles. Le désir. Ou, pire encore, l'amour. Il ne savait plus comment il avait découvert le pot aux roses, ce qui avait attiré son attention. Il n'avait rien remarqué de spécial, pourtant. Peut-être était-ce leur morphologie. Ils allaient très bien ensemble. Il avait juste sorti une blague, un jour, aux dépens de Farby, et celui-ci avait rougi. Une phrase lancée au hasard, simplement, et en retour, un cri du cœur étouffé, le cœur de Farby, tout mou, lent, entouré de graisse. Les femmes, naturellement, finiraient par le perdre.

Jablonski avait demandé au policier Krupik ce qu'il savait – il aurait tout aussi bien pu interroger un arbre. Mettez un imbécile dans une voiture de police et voilà ce que vous obtenez : un imbécile dans une voiture. Krupik avait passé son premier mois à la briquer tous les jours. Pas tout à fait l'idéal, mais les bons candidats au poste n'étaient pas légion. Il ne fallait ni un local ni un irresponsable, mais un idiot placide, étranger au village. Krupik satisfaisait à ces critères, sinon qu'il était d'une bêtise hors du commun. Et Jablonski se serait bien passé de cette prouesse.

Pas l'idéal.

Il était temps de se débarrasser de Farby. Et pour ça, il en avait l'intime conviction, Zofia représentait la clé. Sans code secret, cette fois. Jablonski se demandait ce qu'elle pouvait bien trouver à Farby. Des bouts d'œuf séchés autour de la bouche. Un homme d'appétit, certainement.

Il convoqua Andrzej. Celui-ci déposa sa grosse sacoche à outils sur le deuxième siège du bureau et observa en silence Jablonski remuer les feuilles devant lui et finir par lever les yeux.

« Je suis censé être à l'école, lui dit Andrzej.

– Encore la chaudière ?

– Oui.

– Il faudrait la remplacer. »

Andrzej haussa les épaules.

« Ils devaient déjà le faire l'été dernier.

– Et aussi l'été d'avant. »

Andrzej leva les paumes au ciel pour dire son impuissance.

« Oui, fit Jablonski. De toute façon, ce n'est plus mon travail.

– C'est vrai.

– Où est Farby ?

– Je ne sais pas, répondit Andrzej.

– Quelqu'un le sait forcément.

– Varsovie ? »

Jablonski réfléchit. Non, les grandes villes effrayaient Farby. Là-bas, il serait encore plus perdu qu'à Jadowia. « Ça m'étonnerait, répondit-il. Difficile de trouver de la bonne *kielbasa* à Varsovie. »

Andrzej garda le silence.

« Il faut absolument que je lui parle. Je dois le retrouver. »

Andrzej se tortilla sur son siège, toujours muet.

« Mlle Zofia, reprit Jablonski. Vous pensez qu'elle pourrait savoir ?

– Vous pourriez lui poser la question. »

Le ton et la rapidité de la réponse prirent Jablonski de court. Il n'avait jamais connu Andrzej désinvolte. Il voulut déceler sur son visage une trace de sarcasme ou de naïveté (en partant de l'hypothèse peu probable qu'il en ait eu l'intention), mais sous la casquette enfoncée, les traits anguleux du plombier affichaient une neutralité totale.

« Je ne crois pas », répliqua Jablonski sans dissimuler son propre sarcasme. Il ramassa les papiers sur le bureau et les aligna bien droit, en un geste censé rappeler le coup de marteau du juge – bien, continuons.

« Pourquoi est-ce que vous n'essaieriez pas de voir, dit-il d'une voix impérieuse, ce que vous arrivez à découvrir ?

– Vous voulez que *moi* je demande à Zofia ? »

Jablonski se pencha vers lui. Son visage montrait maintenant une réelle inquiétude.

« Qu'est-ce qui ne va pas, Andrzej ? demanda-t-il sur un ton doux et sincère.

– Rien. »

Le plombier sortit une cigarette de sa poche de chemise et l'alluma.

« Allons, Andrzej. Qu'est-ce qui vous dérange ? »

Les yeux d'Andrzej se posèrent sur la fenêtre sale qui filtrait la lumière sourde du jour.

« Pourquoi ça recommence ? fit-il. Je pensais que c'était terminé. »

Jablonski s'enfonça dans son fauteuil, accompagné par le grincement des ressorts.

« *'A luta continua.* »

Andrzej lui lança un regard perplexe, plissant les yeux devant le nuage de fumée qui s'élevait de sa cigarette.

« C'est de Che Guevara, je crois. Ou de Castro ? La lutte continue, ça veut dire. Mais j'ai toujours trouvé que ça sonnait mieux en portugais. »

Le père Tadeusz tenta de mener l'enquête aussi discrètement que possible. Il s'aperçut toutefois que dans un village comme Jadowia la discrétion était presque impossible. Il se rendit d'abord chez Mme Skubyszewski, mais sa visite impromptue sembla la surprendre et la troubler tout à la fois. Elle passait une mauvaise journée. Son mari était cloué au lit par un rhume et n'arrêtait pas de la solliciter. La maison sentait le renfermé et le médicament. N'importe comment, la vieille dame expliqua n'avoir aucun souvenir d'un élève nommé Czarnek – même si elle s'empressa de préciser que sa mémoire était loin d'être infaillible. Elle avait eu trop d'élèves, pendant trop d'années. Le père Tadeusz l'interrogea sur la distillerie ; elle ne savait rien, sinon que la fabrique était « très, très ancienne ». Il entendit alors une longue quinte de toux déchirante en provenance de la chambre.

« J'ignorais qu'elle fonctionnait toujours, dit-elle.

– Maman ! hurla son mari.

– Excusez-moi, mon père. »

Elle se leva pour aller voir son mari. Le père Tadeusz l'imita, mais pour prendre congé.

« Pardonnez-moi, madame Skubyszewski. Je n'aurais pas dû passer sans prévenir. Je voulais simplement faire appel une fois de plus à vos souvenirs.

– Maman !

– Il a attrapé un rhume terrible. Il ne va pas bien du tout.

– Une dernière chose, si vous me permettez. Est-ce que vous vous rappelez s'il existait un cimetière juif à Jadowia ? Je ne vous parle pas du vieux cimetière. Y en avait-il un autre ici, dans le village ? »

——— En mémoire de la forêt ———

Une nouvelle quinte de toux retentit, qui fit frémir Mme Skubyszewski pendant qu'elle tenait la porte d'entrée ouverte.
« Quoi ? Ah ! oui, le cimetière. Oui, oui, il y en avait un.
– Où ça ?
– Près de la clinique, je crois. Oui, quelque part vers là-bas.
– Maman !
– Merci, madame. J'espère que votre mari se remettra vite.
– Dieu soit loué.
– Dieu soit loué. »

Il emprunta la même rue jusqu'à la clinique, un bâtiment à deux niveaux peint en jaune sale. Des voitures maculées de boue étaient garées tout près, ainsi que deux charrettes et leurs chevaux. Du côté le plus proche du centre du village, il y avait une vieille grange et trois remises décaties qui appartenaient à la maison voisine. De l'autre côté se dressaient des fondations en béton inachevées. Le père Tadeusz se rappela qu'il s'agissait du chantier à l'arrêt d'une crèche – si son souvenir était bon – pour lequel l'argent avait manqué. Un tas de parpaings traînait près du mur des fondations, au milieu des mauvaises herbes, et la zone alentour avait été aplanie par une niveleuse ou un tracteur. Une rangée de vieux peupliers rabougris bordait le terrain à gauche comme à droite. Une clôture de barbelés se déployait au fond. Au-delà, un champ désert.

Le prêtre regagna son presbytère à pied en se disant que c'était une erreur de se fier à la mémoire de Mme Skubyszewski. Mais à qui d'autre pouvait-il se fier ? Il se rendit une fois de plus à la bibliothèque du village, avec l'espoir de dénicher d'anciennes cartes de Jadowia parmi l'étrange assortiment d'ouvrages théoriques communistes et de romans à l'eau de rose. La jeune employée au regard vide se montra pessimiste, mais elle le laissa jeter un coup d'œil. Ses recherches furent aussi brèves que vaines.

Voyant que la boulangerie de Janowski était vide de clients, il entra pour acheter un petit pain au lait et lui posa une question.

« Est-ce que vous connaissez l'homme qui travaille à la distillerie ? Il s'appelle Czarnek, je crois.

– Czarnek, répondit Janowski après avoir décliné la pièce que lui tendait le prêtre. Oui, il dirige la distillerie.

– Oui, c'est ça.

– Eh bien ?

– Je me demandais juste si vous le connaissiez.

– Il vient de temps en temps. Pourquoi ?

– Il vit ici depuis longtemps ?

– Oh ! que oui. Depuis toujours, j'ai l'impression. Il ne parle pas beaucoup. Il a un chien, un gros chien noir. Qui l'accompagne partout. Mais pourquoi toutes ces questions, mon père ? Un problème ?

– Non, pour rien. Je viens de le rencontrer, nous avons un peu discuté. C'est tout.

– Ce n'est pas un bavard. C'est incroyable qu'il ait parlé, même avec vous, mon père. Je crois que je ne l'ai jamais vu à l'église. Qu'avait-il à dire ?

– Oh ! vous savez... Les politesses d'usage. »

Sur ce, le père Tadeusz remercia le boulanger pour le pain au lait et s'en alla.

Toutes ses recherches ultérieures – et elles ne furent pas nombreuses – se déroulèrent selon le même schéma. Il parla de Czarnek à Barski, le droguiste, et bien sûr à Andrzej, le plombier : dans les deux cas il obtint les mêmes réponses que celles fournies par Janowski. Il en conclut que ce silence avait pour origine le climat créé par le père Jerzy et sa clique. Lui-même n'avait aucune responsabilité là-dedans, et pourtant il ne s'était pas assez démarqué de leurs manigances. Comme la méfiance régnait, les gens voulaient savoir pourquoi il posait toutes ces questions. Lui-même ne souhaitant pas s'expliquer, il cessa. Il devait bien admettre, aussi, qu'il n'était pas très doué pour faire parler les gens et aborder des sujets graves sous forme de conversations anodines. Pour lui, il était là, son grand échec en tant que prêtre : cette incapacité à établir avec les gens un lien qui les fasse sortir de leur réserve, qui les pousse à se dévoiler et à alléger leurs souffrances. Pourquoi l'avait-on empêché de mener une vie de méditation, au milieu des livres et des documents poussiéreux, alors que seul cela semblait lui convenir ? Une vie passée à réfléchir sur l'histoire théologique, loin des questions posées par les vivants, auxquels il n'avait aucune réponse à donner ?

Il décida quand même de poser une dernière question aux services de la mairie, qui devaient pouvoir lui répondre. En effet, il n'avait pas identifié – ou plutôt il avait oublié de demander – le prénom de Czarnek. Or il en aurait besoin. Une femme se leva lorsque le prêtre fit son entrée dans le bâtiment. Elle lui sourit d'un air familier.

« Vous êtes... » Il fit mine de chercher son nom.

« Zofia Flak. » Le père Tadeusz sentit son parfum quand elle approcha de la réception.

« Oui, mademoiselle Flak... Pourriez-vous m'aider sur un petit point ?

– Avec plaisir, mon père, si je peux vous être utile. »

Elle s'empara d'un stylo, prête à noter.

« De quoi s'agit-il ?

– M. Czarnek, qui travaille à la distillerie... Pourriez-vous me donner son prénom ?

– Naturellement. J'imagine que le père Jerzy aimerait savoir. »

Elle coula un regard en biais vers une dame qui passait la serpillière sur le sol du hall, puis elle se pencha vers le prêtre jusqu'à ce qu'il sente la chaleur de son souffle.

« Il s'appelle Krzysztof.

– Vraiment ?

– Oui. Krzysztof.

– Je vous remercie.

– Mais de rien. »
Il se leva pour partir mais se ravisa.
« Une dernière chose...
– Oui ?
– Auriez-vous des cartes anciennes du village dans votre bureau ?
– Des cartes de Jadowia ? dit-elle en riant. Vous avez peu de risques de vous perdre, ici.
– Non, des vieilles cartes. Avec les églises, les bâtiments, tout ce qu'il y avait avant.
– Mais qui remonteraient à quand ?
– À avant la guerre.
– Oh ! non. Nous n'avons rien qui date de l'avant-guerre. Tout a été emporté ou détruit. »

Elle lui jeta un regard intrigué. De toute évidence, elle essayait de comprendre ce qui intéressait tant le père Tadeusz. « Je crains qu'il n'y ait rien de tel à Jadowia. Peut-être qu'aux archives régionales, à Siedlce ? Peut-être là-bas, oui. »

Il la remercia encore et s'en alla. Lorsqu'il referma la porte, Zofia Flak était toujours debout, en train de le regarder.

*
* *

Il fut surpris par la facilité de la chose. Le lendemain, il se rendit à Siedlce en voiture. Au siège du district, on lui indiqua rapidement le sous-sol. Au bout du couloir, il tomba sur un vieil homme longiligne, en tenue de concierge, qui lisait le journal derrière un bureau ; derrière lui, des étagères remplies de dossiers se perdaient dans l'obscurité. Il s'approcha du guichet, écouta la requête du père Tadeusz puis, sans un mot, disparut pendant cinq minutes dans le dédale des étagères. Le prêtre regretta de ne pouvoir errer lui-même dans cette jungle de papier. Mais le vieil

———— En mémoire de la forêt ————

homme ne l'ayant pas invité à le suivre, il attendit sagement, les mains sur le guichet.

Le bruit des pas traînants de l'employé sur le béton ciré annonça son retour. Il avait dans les mains un étroit carton rempli de minces dossiers, chacun relié par des rubans poussiéreux.

« Jadowia, dites-vous ?
– Oui.
– Ça devrait être là-dedans. »
Il passa les dossiers en revue. « Voilà. » Il en sortit un, tira sur le ruban et ouvrit. À l'intérieur se trouvait une épaisse feuille de papier pliée en quatre.
« Quelle est la date ? demanda le père Tadeusz. Est-ce que c'est indiqué ? »
Le vieil homme tira de sa poche de chemise une paire de lunettes et se pencha sur la carte.
« 1929.
– Parfait.
– Vous pouvez vous installer, si vous voulez. »
Le prêtre étala la carte sur la table derrière lui et s'assit.

C'était une carte officielle, du gros papier à dessin aux lignes bleues tracées à la main avec un té et une règle plate graduée, et une belle écriture manuscrite de topographe. Étonné par la superficie du village tel qu'il était représenté là, il se rendit compte qu'il n'avait jamais vu une carte actuelle de Jadowia. Pendant quelques instants, il fut perdu, avant de repérer l'intersection centrale des routes nord-sud et, juste à côté, distinctement marquée d'une croix, l'église.

Au nord de celle-ci, la place ; au nord-est de la place, la municipalité. Son doigt suivit la route qui partait de la place vers l'est, jusqu'au cimetière principal, qui figurait bien sur la carte, à son emplacement actuel. Il rebroussa chemin jusqu'à la place, puis de nouveau l'église, et continua en direction du sud. C'est alors qu'il tomba dessus : un carré, avec un tracé irrégulier du côté ouest, et clairement désigné comme le «Cimetière juif», symbolisé par une étoile de David.

Pendant quelques minutes, il essaya de visualiser les bâtiments environnants. Bien qu'une structure fût dessinée, aucun signe ne représentait la clinique. La carte indiquait la situation des édifices, mais seuls quelques-uns étaient accompagnés d'un nom – les bâtiments publics. Pour déterminer la situation exacte du cimetière, le père Tadeusz avait besoin de trouver un point de repère encore existant.

S'aidant de la main, il considéra encore une fois l'ensemble de la carte, en quête d'autres repères. Il repartit de la place centrale, suivit sa main jusqu'à son côté nord, puis à gauche et à droite, s'arrêtant parfois pour fermer les yeux et se figurer les rues telles qu'il se les rappelait. Sur celle qui partait de la place vers l'ouest, il découvrit un nouveau bâtiment accompagné d'une étoile de David. Il chercha au bas de la carte une légende explicative mais ne trouva rien de tel.

Il se releva. Le vieil homme s'était replongé dans son journal.

«Monsieur, dit-il, pourriez-vous m'aider, s'il vous plaît?»

L'employé se redressa sans un mot, ôta ses lunettes et se dirigea vers lui.

«Vous connaissez bien ces cartes?»

L'homme baissa les yeux.

«Qu'y a-t-il?

– Ça, fit le prêtre en montrant du doigt l'étoile de David. Qu'est-ce que c'est?»

L'employé déplia ses lunettes et les chaussa.

«L'église pour les Juifs, répondit-il. Comment dit-on, déjà...

– Une synagogue?

– Oui! Une synagogue.

– Je peux vous demander un autre renseignement?»

L'homme le regarda, dans l'attente de sa question.

«J'aimerais localiser ce point. Pouvez-vous me dire à quelle distance exacte il se trouve de l'église?»

L'employé baissa les yeux vers la carte, retourna à son bureau et récupéra une règle. «Où étions-nous?»
Le père Tadeusz montra le cimetière, la synagogue et l'église.
L'homme prit les mesures et plaça sa règle sur l'échelle.
«Trois cent cinquante mètres jusqu'à la synagogue, dit-il avant de prendre une autre mesure. Et quatre cent vingt-cinq mètres entre l'église et le cimetière. À peu près.»
Le père Tadeusz nota les chiffres dans un petit carnet.
«C'est tout? demanda le vieil employé.
– Oui, je vous remercie. Merci beaucoup.»
L'homme acquiesça et rangea délicatement ses lunettes. Il resta aux côtés du prêtre pendant que celui-ci repliait la carte et la remettait dans son dossier cartonné.
«Ils reviennent, mon père?
– Je vous demande pardon?
– Les Juifs. Est-ce qu'ils reviennent? Pour essayer de reprendre leurs biens? C'est vrai?
– Non, je ne crois pas.
– C'est ce que j'ai entendu... Ils vont revenir. Et vous savez pourquoi?
– Non, répondit le père Tadeusz en lui rendant le dossier.
– Comme d'habitude. Ils veulent récupérer leur argent.»

Le lendemain après-midi, le père Tadeusz descendit au sous-sol du presbytère et y passa six heures d'affilée avant de s'apercevoir qu'il avait sauté son dîner. Il s'obligea alors à interrompre ses recherches, abandonnant quelques instants une foultitude de cartons et d'archives, puis remonta les marches d'une manière qui ne lui ressemblait pas, deux par deux. Jadwiga était partie pour la journée mais lui avait laissé un bol de soupe sur la table avec du pain et un petit pot de lait. Il s'assit et mangea rapidement, sans faire attention à la soupe refroidie et au pain rassis. Ce qui était, là encore, surprenant, car il mangeait toujours à la même heure, avec une ponctualité à laquelle sa gouvernante avait dû s'habituer très vite. La nourriture apaisa son esprit survolté, à tel point qu'il se balança en arrière, les deux bras tendus et posés sur la table, et se fit la réflexion que sa routine quotidienne, rodée au cours des deux dernières années, aussi imperceptible à ses yeux que la course de la petite aiguille d'une horloge, s'était en effet sérieusement modifiée ces jours derniers. Il se couchait plus tard, se levait plus tôt et exécutait à la va-vite des tâches qu'il avait toujours accomplies avec méticulosité. Les promenades qui auparavant ponctuaient chacune de ses fins d'après-midi à Jadowia étaient maintenant erratiques, irrégulières. Il sortait davantage, se montrait plus observateur, plus attentif. À la fin de la journée, quand il éteignait la lampe de sa chambre, il fermait les yeux, recru d'une bonne fatigue mais conscient de son manque de sommeil et pressé d'arriver au lendemain. Ses rêves étaient marquants et, d'une façon qu'il avait du mal à expliquer, agréables.

Après vingt et un ans de sevrage, il avait repris la cigarette. L'envie avait resurgi de nulle part, comme ça, au débotté, après un dîner. Le lendemain, passant devant un magasin, il entra et acheta deux paquets. Désormais, il aimait fumer une cigarette après les repas, puis tard le soir; même s'il avait arrêté au motif que le tabac était un luxe inutile et un danger pour sa santé, ces considérations n'entraient plus en ligne de compte. Les volutes autour de ses narines, la brûlure dans la gorge, tout cela lui faisait maintenant l'effet d'une délivrance. Il alla jusqu'à penser qu'il l'avait bien mérité, quoique sans savoir pourquoi – hormis qu'il avait dépassé « l'âge mûr ». Ce soir-là, il laissa tomber les cendres sur la soucoupe de sa tasse de thé vide et repensa à demander à Jadwiga de lui poser un cendrier près de son assiette. Il emporta la vaisselle dans la cuisine, noya son mégot dans l'évier puis redescendit dans la réserve humide au sous-sol.

Il avait mis du temps à la localiser. Les archives récentes de la paroisse, celles qui remontaient à cinq ou dix ans, étaient conservées dans le petit bureau à l'étage, et il avait écumé chacune des seize pièces de l'édifice avant de penser au sous-sol. Il recherchait les registres des baptêmes, des confirmations et des enterrements ; il les retrouva en face de la chaudière, dans une pièce fermée dont la porte céda avec un long grincement et qui semblait n'avoir pas été visitée depuis des années, peut-être depuis la construction même du presbytère. Il fut parcouru d'un petit frisson d'excitation en voyant les étagères bourrées à craquer, les cartons entassés, les piles de vieux recueils de chants, de missels, d'affichettes, dont les étiquettes jaunies portaient une écriture élégante et fanée, rédigée à l'encre de Chine avec une plume à bout carré. L'air renfermé, qui sentait le papier en décomposition, emplit ses poumons. Pendant quelques minutes, il resta au milieu de la pièce pour s'en imprégner, comme si, tel l'érudit venant enfin de comprendre la clé de l'énigme, il avait découvert un trésor de volumes anciens. En s'effritant sous son pouce, les pages des vieux cantiques donnaient un son liquide, comme l'eau sur les pierres, et dégageaient une fine poussière qui lui chatouillait le nez. Il voulut ensuite comprendre dans quel ordre était rangée la pièce, tout en se disant : « Je ne suis pas pressé. »

Il commença par les enterrements pour sentir physiquement les registres et procéder avec méthode, par cercles concentriques. Il jeta son dévolu sur le volume qui englobait la période 1935-1937. Il maintint d'abord le registre ouvert contre l'étagère mais, lorsque le poids lui devint pénible, il alla dégotter dans le couloir une vieille chaise en bois. Assis sous la lumière du plafond, le volume posé sur ses cuisses, il commença à tourner les épaisses pages.

Quelques lignes brèves recensaient chaque enterrement, avec le nom du défunt, l'année de sa naissance et celle de son décès, le nom du survivant le plus proche – ou des survivants, dans certains cas. Même si l'écriture changeait de temps en temps, il fut frappé par l'élégance du trait, son uniformité, ses petites fioritures. Il se dit au passage que l'art de bien écrire était en voie de disparition. Les auteurs de ces lignes n'étaient pas identifiés, mais il partait du principe qu'il s'agissait des prêtres qui officiaient aux messes d'enterrement.

Dans ces entrées, rien n'indiquait l'importance ni le statut des défunts. Le registre, à l'image de l'événement qu'il consignait, mettait tous les hommes sur un pied d'égalité. Et le nom de Czarnek ne figurait pas parmi les morts.

Le père Tadeusz poursuivit. Le registre qui concernait les années de guerre débutait en 1938. Il avait entendu dire que, en temps de guerre, hormis les soldats, chacun retardait sa dernière heure, comme si la mort naturelle était moins prioritaire. Les gens étaient trop occupés à survivre pour mourir. Confirmant cet adage, le registre en question était plus mince, même s'il ne touchait pas l'ensemble de la population, puisqu'il ne recensait que les individus ayant reçu les derniers sacrements de l'Église. Là encore, nulle trace d'un quelconque Czarnek.

Idem pour le reste des années quarante. Toutefois, les registres retrouvaient de l'épaisseur après la guerre, comme pour rattraper le temps perdu et récolter une moisson plus fournie. Cette fois, l'écriture semblait plus pressée, plus nerveuse. À la toute fin des années cinquante, il trouva enfin le nom : Danusia Czarnek. Date de naissance : 1893. Date de décès : 7 mars 1959. Survivant le plus proche : Krzysztof Czarnek.

Il se mit alors en quête de registres plus anciens, ceux qui concernaient les baptêmes et les confirmations. Ils ne commençaient qu'en 1911. Il les feuilleta rapidement, sans retrouver le nom. De toute manière, Czarnek était sans doute un nom d'époux. Un peu étourdi par ses recherches, il posa le registre à côté de lui et remonta l'escalier pour avaler un déjeuner tardif.

De retour à la réserve, à cette odeur d'encre séchée, de vieux papier et de reliures flétries, il reprit ses recherches. Il repensa au visage de Czarnek. C'était une supposition mais, à en juger par les rides autour de ses yeux et par sa corpulence, celui-ci devait avoir une cinquantaine d'années. Le père Tadeusz ouvrit le registre des baptêmes et, commençant par l'année 1935, parcourut les pages où étaient nommés les nouveau-nés, leurs parents et leurs grands-parents.

Maintenant qu'il avait compris le fonctionnement des registres et oublié sa volonté initiale de procéder avec méthode et réflexion, il fut plus rapide. Il alla jusqu'aux années cinquante : il n'y avait aucun Krzysztof Czarnek, ni aucune Danusia signalée comme étant sa mère – pas le moindre Czarnek.

Les listes des confirmations mirent encore moins de temps. Là non plus, pas de trace de Czarnek.

Rien de tout cela ne permettait de tirer des conclusions définitives. La famille de Czarnek pouvait très bien être arrivée d'ailleurs, de n'importe quel coin de Pologne. Après tout, c'était la guerre, avec son cortège de drames et de séparations. Et pourtant... Le père Tadeusz avait l'impression que ce n'était pas cela qu'il avait trouvé, ni n'avait pas trouvé, que ce n'était pas ce qu'il attendait.

Il entendit des bruits de pas au-dessus de lui, la porte d'entrée qui s'ouvrait. Il était tard. Même si la réserve ne comportait aucune fenêtre, il savait qu'il faisait nuit. Une voix l'appela par son nom. C'était le père Jerzy.

Il se tut quelques instants, laissant ses yeux se promener sur les vieux registres et cahiers étalés par terre. Le père Jerzy se fit de nouveau entendre.

« Je suis là ! » Il regagna le couloir. Au-dessus, les pas s'arrêtèrent.

« Je suis là, mon père. »

Le père Jerzy parut dans la lumière, en haut de l'escalier, visiblement hésitant.

« C'est vous, père Tadeusz ?

– Oui, je suis là. »

Il commença à monter mais le père Jerzy descendit l'escalier, le croisa d'un air indifférent, embrassa du regard la réserve, avec les registres ouverts un peu partout, puis, les yeux plissés, avisa le père Tadeusz.

« Que faites-vous, mon père, si je puis me permettre ? »

Le père Tadeusz s'épousseta les mains et rentra dans la pièce.

« J'ignorais l'existence de toutes ces archives ici, dit-il. J'étais en train de les parcourir. Elles remontent assez loin.

– De la comptabilité, j'imagine ?

– Surtout des baptêmes et des enterrements, je crois, fit-il avec un sourire, espérant détendre l'expression sévère du père Jerzy. Le vieux commerce des naissances et des morts.

– Je vois. Figurez-vous, mon père, que je suis venu pour vous parler d'un sujet plus concret.

– Ah oui ?

– Oui. Vous faites des recherches sur un certain M. Czarnek, l'homme qui dirige la distillerie. N'est-ce pas ? En tout cas, vos investigations sont remontées à mes oreilles. Et j'aimerais savoir pourquoi vous vous intéressez à ce problème. »

Le père Tadeusz se sentit rougir. Pendant quelques secondes, il dut se mordre la langue pour ne pas répondre sèchement. Après tout, il était le plus âgé des prêtres de cette paroisse. Quels que fussent ses doutes à son sujet, il n'avait jamais tenté de refréner les ardeurs du père Jerzy. Et voilà que celui-ci se mettait à lui dire quoi faire. Il prit une longue inspiration pour se calmer.

« Problème ? Mais je ne vois pas de quel "problème" vous voulez parler. J'ai simplement demandé quel était son prénom. Je l'ai rencontré brièvement, il a éveillé ma curiosité. En quoi cela devrait-il vous déranger ?

– Cela dérange la commission d'experts si votre curiosité fait obstacle à nos propres recherches. Aussi vous serions-nous plus que reconnaissants de coordonner vos activités avec les nôtres. Si vous souhaitez vous joindre à nous, travailler pour nous au service de la réforme, alors je suis sûr que votre contribution sera plus que bienvenue. »

Sur ce, il ramassa un des registres empilés par terre, jeta un coup d'œil sur l'étiquette de la reliure et le laissa retomber comme un sac.

─── En mémoire de la forêt ───

« En quoi la question que j'ai posée au sujet de M. Czarnek vous dérange-t-elle ?
– Oh ! je suis certain que vous connaissez la réponse.
– Je vous assure que non. »

Le père Jerzy grimaça – signe d'une impatience mal contenue.

« Comme beaucoup de gens s'en sont rendu compte il y a déjà bien longtemps, dit-il, la distillerie est au centre d'un trafic. Pour vendre de l'alcool en toute illégalité. À des contrebandiers, à des trafiquants russes. Au profit d'un certain nombre de personnalités officielles. Et tout cela avec le concours, bien entendu, de l'homme qui dirige la distillerie. Vous ne devriez pas être surpris... La commission a travaillé sans relâche sur cette question.

– Vous êtes une commission, maintenant ?

– Coopération et coordination sont nécessaires si l'on veut dénoncer et sanctionner cette corruption aux ramifications aussi profondes qu'étendues. »

Le père Jerzy s'interrompit et longea l'étagère en passant en revue les grands registres à la reliure sombre.

« Vous disiez que vous n'aviez pas étudié les livres de comptabilité présents ici ?

– Je ne crois pas qu'il y en ait.

– Possible. Il nous faudra faire l'inventaire. Si mes soupçons se confirment, ils ont peut-être été retirés.

– Quels soupçons, mon père ?

– Des archives falsifiées, peut-être.

– Des archives de l'église ?

– Je le crains.

– Tout ça n'a que trop duré, mon père. De quoi parlez-vous ?

– Mais de cet endroit ! répondit le père Jerzy avec un grand geste du bras. De cet édifice ! »

Un silence gêné s'installa. Finalement, le père Tadeusz dit, de sa voix la plus sereine :

« Poursuivez. »

— J'ose espérer que les archives comptables n'ont été ni retirées ni manipulées d'une quelconque manière. »

Le père Jerzy le regarda fixement, comme s'il attendait de lui des aveux.

« Mon Dieu. Auriez-vous l'obligeance d'aller droit au but ?

— La construction de ce presbytère a été financée par l'argent de la trahison, mon père. Oui, grâce à la coopération du père Marek Stolowski avec les dirigeants communistes du village et du district. Il n'était que la marionnette du parti.

— J'ai du mal à y croire.

— Vraiment ? Alors à votre avis comment est-il possible que le père Marek ait pu se faire bâtir le plus grand presbytère dans un rayon de deux cents kilomètres alors que l'église n'avait même pas droit à un permis de construire pour un bûcher ? Comment croyez-vous qu'elle a été construite ?

— Je ne m'étais jamais posé la question, mon père.

— Elle a été construite grâce à la collusion, à la connivence, à la collaboration avec les athées. Le bon vieux père Marek, le grand ami du président du parti, a contribué à éloigner l'instruction religieuse des écoles. Il a fait en sorte que ceux qui contestaient les diktats du parti soient révoqués, persécutés, voire poussés au suicide. Il a couvert les avortements pratiqués à la clinique du village. Voilà comment le presbytère a été construit et comment l'église est restée en bon état. Un monument vide à la gloire de Jablonski et de tous ses sbires. »

Non sans mal, le père Tadeusz réprima une envie de répondre vertement en qualifiant les propos du père Jerzy de puérils et d'absurdes. Il parvint tout de même à se contenir. Son visage était impassible.

« Je sais tout, mon père, reprit l'autre en baissant d'un ton. Mes sources sont plus que fiables. Ces renseignements devaient d'abord servir à exercer un chantage, à acheter d'autres silences. Mais avec moi ça ne marchera pas.

— Je comprends. Qu'allez-vous faire ?
— Pour l'instant, nous recueillons des preuves. Je pense que vous êtes au courant. Une fois que nous aurons fait cela, nous déballerons tout – je dis bien *tout*. En public. Nous enverrons les coupables derrière les barreaux. Tous les membres de la municipalité. Tous ceux qui ont travaillé avec eux : les responsables des travaux publics, les membres du conseil, le patron de la distillerie, le vétérinaire du village... Jadowia sera enfin nettoyé et dirigé au nom et en vertu des valeurs démocratiques et chrétiennes. Responsabilité et moralité. L'église se purgera et se rachètera elle-même. Peut-être que certains seront choqués mais au bout du compte on verra en nous un modèle à suivre.
— Un modèle à suivre ? »
Le père Tadeusz trouva l'expression étrange.
« Oui. Ou plutôt un paradigme. Un schéma d'action pour l'avenir dans ce pays. Les gens verront ce qui a été fait ici, l'Église verra le renouveau produit par nos efforts. On parlera de nous et on nous comprendra. » Il s'arrêta pour fourrer les mains dans ses poches. « Sans doute que les journalistes ne vont pas tarder à venir nous voir. »
Le père Tadeusz n'y avait pas pensé. Mais oui, ça paraissait logique.
« Et après ce renouveau, mon père ? Il restera encore quelqu'un ? Une fois que vous aurez envoyé tout le monde en prison ?
— J'ai peut-être un peu trop insisté sur l'idée de châtiment. Voir les gens souffrir ne m'intéresse pas. Ce n'est pas le but, n'est-ce pas ? Ce qui m'intéresse, c'est la vérité. Au fond, je me moque bien de savoir quel sera le verdict des juges, et même de savoir s'il y aura un verdict. Mais au moins la vérité pourra surgir dans un tribunal. Vous ne croyez pas ?
— Disons que je n'en suis pas si sûr.
— Dans ce cas, où trouver la vérité ?
— Je ne pense pas que je chercherais la vérité, mon père. Pas comme vous l'entendez. »

Le père Tadeusz regarda ses propres mains, couvertes de la fine poussière des registres.

« Il y a la vérité du Christ, reprit-il en hésitant. Il a enseigné le pardon.

– Oui. Il a aussi chassé les marchands du temple. Mais nous ne sommes pas là pour avoir une discussion théologique, si ?

– Peut-être pas, mais nous sommes des hommes de religion.

– Nous sommes des hommes de religion qui vivent dans le monde réel. Nous avons des devoirs. Et l'un de ces devoirs a pour nom vérité.

– Ou mémoire fidèle.

– Mémoire ?

– C'est bien de ça qu'il s'agit, non ? Une version revisitée de la vérité ? Est-ce que vous n'êtes pas en train d'obliger les gens à se souvenir des torts qu'on leur a causés ? Ou qu'ils ont causés ? Je me demande vraiment si tout ça est sain, et même juste.

– Je parlerais de bonne leçon, si vous préférez. Un peu de mémoire en guise de prévention. Afin que ça ne se reproduise plus.

– Ne vous arrêtez pas au milieu du gué. Une fois que vous avez commencé, est-ce qu'il suffit de tracer une ligne quelque part et de siffler la fin de la partie ?

– Où la traceriez-vous, cette ligne ?

– C'est bien ce que je vous demande. Les Juifs, par exemple ?

– Eh bien ?

– Avant la guerre, quatre-vingts pour cent des habitants de ce village étaient juifs. Vous le saviez ?

– Et alors ?

– Alors ils ont disparu. Et rien n'est là pour marquer leur souvenir, hormis, bien sûr, des slogans haineux griffonnés à droite et à gauche.

– C'est de l'histoire ancienne, mon père.

– Vraiment ?

En mémoire de la forêt

– Oui, vraiment. Les Polonais en ont marre d'être tenus responsables de ce qui est arrivé aux Juifs. Ce n'était pas notre faute. Ça suffit.

– Suffisant pour qu'on accepte d'effacer leur souvenir ?

– Je ne peux pas répondre d'événements qui se sont produits avant ma naissance. Il est déjà assez difficile de savoir la vérité sur ce qui se passe ici depuis dix ans.

– Je ne suis pas sûr que la vérité se décrète, mon père. On ne peut pas la siffler comme un troupeau de brebis. »

Le père Tadeusz se sentait tout à coup abattu, car s'il avait bien une certitude concernant l'Histoire, ou l'étude, ou les « faits » tels qu'ils se transmettaient à travers les strates du temps, c'était celle-là.

« La vérité a sa propre âme. Son propre chemin.

– C'est d'une grande profondeur, mon père. Et c'est très pratique, aussi. Donc on ne fait rien, si je comprends bien ? Oh ! la belle justification du *statu quo* que voilà... Eh bien j'ai trop à faire pour m'en contenter. Si une approche plus active vous dérange, alors vous m'en voyez désolé. Nous avons un plan à exécuter.

– Ah oui ! Le paradigme... Et vous comptez le décliner ailleurs ? Dans des villes plus grandes, peut-être ?

– Partout où mes compétences pourront servir, répondit le père Jerzy avec un haussement d'épaules. J'irai où l'on m'enverra.

– Oui, je sais que vous le ferez. Et avec succès, j'en suis convaincu. »

Lorsque le père Tadeusz se leva pour prendre congé, il surprit le regard étonné, presque perplexe, du jeune prêtre ; c'était la première fois qu'il voyait l'ombre d'un doute effleurer son visage, comme un désir effréné d'être conforté dans ses opinions.

« Je le pense vraiment, mon père. Je suis convaincu que vous rencontrerez le succès. Partout où vous irez.

– Merci. »

Le père Jerzy était aux anges.

« Il se fait tard... Je vais monter me coucher. Je vous laisserai tout cela. La porte est toujours ouverte, que je sache. Donc si le cœur vous en dit... »

Au moment de s'avancer vers la porte, une dernière question le titilla.

« Et le père Marek ? demanda-t-il.

– Advienne que pourra.

– Je vois. »

Ils se souhaitèrent bonne nuit. Le père Tadeusz emprunta l'escalier. Il laissa la lumière allumée dans le couloir afin que le père Jerzy puisse retrouver le chemin de la sortie, puis remonta dans sa chambre et s'agenouilla. Il pria un long moment et mit encore plus de temps à trouver le sommeil.

Il ne se faisait pas d'illusions : il ne recevrait aucun traitement de faveur de la part de sa hiérarchie. Son expérience passée l'en avait convaincu. Il avait fait part de ses souhaits concernant son affectation et n'y avait jamais rien gagné en retour. L'évêque Krolewski, avec son front lisse et ses joues taillées à la serpe, ses cheveux blancs impeccablement coupés ras, ses yeux bleus intelligents et compréhensifs, avait écouté ses requêtes sans broncher. Au bout du compte, il n'avait rien cédé – souriant, gentil, mais résolu. La consigne était tombée plus tard : on obéit aux ordres. L'évêque l'exigeait, et c'était mieux ainsi.

La dernière fois, le père Tadeusz avait obéi, sans ardeur pour défendre ses arguments, sans envie de se battre. Il avait bien tenté un coup de fil mais le secrétaire de l'évêque, qui jouait remarquablement son rôle de filtre, l'avait interrogé sur la raison de son appel. En bonne doublure de son supérieur, il lui avait dit d'une voix onctueuse :

« Puis-je vous demander quelle question vous souhaitez aborder ?

– Ma charge.

— Il est occupé aujourd'hui et demain. Ensuite, il part pour une retraite à Torun. Mais je ferai en sorte que votre message lui soit transmis. »

Le message avait bien été transmis : le père Tadeusz n'avait pas obtenu la moindre réponse et n'avait plus cherché à influer sur les volontés de l'administration ecclésiastique. Il avait fait ses valises pour Jadowia et s'en était allé sagement. Et sage, il l'était resté depuis. En tout cas, sa hiérarchie devait voir les choses ainsi.

Comme un signe de la Providence, l'ancien secrétaire était absent ou avait été remplacé, car le père Tadeusz tomba cette fois sur son interlocuteur au bout de seulement trente secondes. La voix de l'évêque était toujours soyeuse. Il prit bien garde de ne pas le bousculer, ni d'adopter un ton suppliant pour demander une audience : il s'agissait de parler affaires. Par bonheur, il obtint un rendez-vous rapidement, sans difficulté. « Demain à 14 heures ? Ça me va très bien, lui dit l'évêque. Si ça vous laisse le temps de venir en voiture jusqu'ici. Parfait. Au plaisir de vous voir, mon père. »

Le privilège de l'âge, se dit-il. Ça devait tout de même jouer.

*
* *

Powierza se demandait encore pourquoi il n'avait pas noyé tous les chatons au printemps dernier. Il avait dû oublier. Maintenant, les granges regorgeaient de chats. Ils le regardaient en coin, un peu inquiets, avec leurs yeux jaunes et leur robe tigrée, créatures chétives qui glissaient comme des ombres, lui donnant l'impression d'avoir des hallucinations. Ils étaient presque sauvages, leurs griffes étaient pareilles à des hameçons et leurs dents, à des clous de tapissier. Au moins, les souris ne feraient pas de vieux os.

Il parlait tout seul. La ferme partait à vau-l'eau. La laiterie était sale. Heureusement que c'était l'hiver : en été, on n'aurait même pas pu rester à l'intérieur, à cause des mouches. Les portes se dégondaient, le tracteur avait une de ses vieilles roues crevée et ne tenait plus que sur une patte. Il l'avait repeint l'année d'avant, pensant pouvoir maquiller son usure et le revendre en l'état. Mais la peinture ne vendait jamais rien, en tout cas pas un tracteur. Il aimait ça, pourtant, revêtir la rouille et le cambouis d'une belle couche de rouge régulière, à la bombe, qui luisait jusqu'à ce que la peinture sèche et que la graisse s'infiltre. Il aurait mieux fait de nettoyer son tracteur avant.

Il pensa repeindre aussi la chambre de Tomek. Il en parla à Hania, qui ne répondit pas, comme si elle ne s'intéressait plus à lui. Tout bien réfléchi, elle lui lança un regard chargé de reproche, celui de ne pas avoir repeint la chambre avant, quand Tomek était encore vivant. Manière de lui dire que, s'il y avait pensé un peu plus tôt, Tomek serait *encore* vivant. Hania avait débranché son cerveau. Elle restait là, avec son tricot, et regardait vaguement l'écran de la télévision. Ou la fenêtre. Elle ne disait pas grand-chose, ne parlait pas de son fils. Elle écrivait des lettres aux filles. Tricotait des chandails pour ses petits-enfants.

Powierza décida qu'il repeindrait quand même la chambre. La semaine prochaine, peut-être. Il ne savait pas pourquoi. Quand les filles viendraient, qui sait ?

Il n'y avait pas grand-chose dans la chambre. Un grand poster d'une moto américaine accroché au mur, avec du scotch qui rebiquait. Un lit. Des étagères. Un placard rempli de vêtements Il en avait parlé avec Hania mais elle n'avait rien fait. Il décida de s'en charger lui-même ; il trouva un carton et y rangea tous les habits. Une fois le carton plein, ne sachant qu'en faire, il le laissa là, par terre, à côté du lit. Il venait de le transporter dans la grange, où il n'y avait pas de place non plus. Il passa à autre chose et se lança à la recherche de son démonte-roue, pour le tracteur.

*
* *

En mémoire de la forêt

Ce fut donc dans la grange qu'Andrzej trouva Powierza, un bras en appui sur la roue, et poussant son pied sur le démonte-roue pour dévisser l'écrou. Celui-ci se détacha avec des petits grincements, comme des canards en train de nasiller.

« Vous voulez le vendre ? demanda Andrzej en se débarrassant de sa sacoche.

– Vous voulez l'acheter ? fit Powierza avant de poser le démonte-roue sur l'écrou suivant.

– Belle peinture, en tout cas. Je demanderai autour de moi.

– Qu'est-ce qui vous dit que je veux le vendre ?

– Vous ne voulez pas ? »

De nouveau, Powierza appuya son pied sur le démonte-roue.

« Je le vendrai au bon prix. Parlez-en.

– D'accord, je le ferai.

– Je ne veux pas avoir d'emmerdes. »

La foutue machine avait presque 15 ans ; personne ne voulait d'un tracteur aussi vieux.

« Pas de problème. Ça me fait plaisir. »

L'écrou se détacha et le démonte-roue tomba lourdement sur la terre battue. Powierza rajusta sa casquette et dévisagea Andrzej.

« Pourquoi est-ce que vous feriez ça ?

– Pour rendre service. »

Powierza ramassa le démonte-roue.

« Vous avez un boulot à faire près de chez moi aujourd'hui, Andrzej ?

– Non. Je voulais vous parler de quelque chose.

– Des tracteurs ?

– Non. »

Andrzej souleva une vieille caisse en bois pour s'asseoir dessus, puis il ouvrit sa sacoche et sortit une bouteille de vodka qu'il passa à Powierza.

« Vous vous souvenez que je vous avais parlé de la carrière ?

– Oui.

– Vous devriez y faire un tour demain soir. »

Il récupéra la bouteille, essuya le goulot avec sa manche et avala une gorgée.

« Pourquoi donc ?

– Il y a des camions qui vont venir.

– Quels camions ?

– Plusieurs camions différents. Je pense que ça peut vous intéresser. »

Powierza dégotta une autre caisse et s'assit à son tour pour faire face à Andrzej, séparé de lui par la sacoche et la bouteille. Il croisa les bras. Le plombier ôta sa casquette, passa une main dans ses cheveux gras et se pencha en avant, les coudes sur les genoux.

« Des camions, fit Powierza.

– Oui.

– Je suis allé jeter un coup d'œil à la carrière mais je n'ai pas trouvé grand-chose. Des traces de roues, peut-être. Anciennes.

– 23 h 30, demain soir. Jablonski doit rencontrer, pas loin de Wegrow, un camion en provenance de Radom. Je le sais parce qu'il voulait de l'essence pour sa voiture ; il m'a demandé d'aller en chercher. Je lui ai répondu : "Monsieur le directeur, où est-ce que je peux trouver de l'essence ?" Il était nerveux, le téléphone sonnait, et sa secrétaire lui a dit que c'était Radom au bout du fil. Alors il m'a dit : "Rien à foutre ! Je dois croiser un camion de Radom demain soir et j'ai besoin d'essence pour faire l'aller-retour jusqu'à Wegrow. Je n'ai pas le temps de chercher, alors trouvez-moi ça tout de suite !" »

Andrzej prit une autre gorgée et continua.

« Il se déplace très rarement. Et quand il le fait, il n'a jamais d'essence. Il faut toujours que quelqu'un aille lui en chercher. Donc j'ai pris un bidon jusqu'au service de l'équipement et j'ai rempli dix litres.

– Et comment savez-vous qu'il y aura des camions à la carrière ?

— Parce qu'ils vont toujours là-bas.
— Pour quoi faire ?
— Du business, répondit Andrzej avec un petit sourire. Comment savoir ? L'un des camions est un camion militaire Sovietov. Fabrication russe.
— Russe ? Mais comment est-ce que vous le savez ?
— C'est ce qu'on m'a dit. Avant, les camions étaient russes, je crois. Toujours en pleine nuit.
— Pourquoi est-ce qu'ils vont tous à la carrière ?
— Avant, c'était pour la distillerie. Elle se trouve juste à côté. Mais là, ce n'est pas pour la distillerie.
— Qui vous a dit ça ?
— Personne. Mais le camion qui vient de Radom est polonais. Les camions russes étaient des camions militaires. Venus d'Allemagne, en général.
— Comment est-ce que vous le savez, Andrzej ? »

Powierza le regardait avec méfiance. Andrzej émit un petit bruit guttural, comme le gémissement interrompu d'un chien.

« Certaines nuits, je reste debout. Je garde les yeux ouverts. »

Powierza s'essuya la bouche et reprit la bouteille. Il scruta Andrzej, dont le visage légèrement ridé, surtout autour des yeux, demeurait serein. Ce n'était pas tout à fait un visage insouciant, mais il aurait sans doute pu l'être avec quelques verres de plus. Un visage dont l'état normal était la sérénité, non l'inquiétude. Un visage accommodant.

« Je ne comprends toujours pas pourquoi vous me racontez tout ça.

— Parce que, fit Andrzej en remuant maladroitement sur sa caisse.

— Parce que quoi ?

— Parce que je suis un homme utile, voyez-vous. Je me rends utile. Je sais comment faire. J'étais utile à Jablonski. Pour des bricoles. Mais il est fini maintenant, vous comprenez ? Même lui le sait. Quand il a quelques vodkas dans le sang, il en parle.

Il me paie à coups de vodka. Quoi qu'il en soit, moi aussi je sais qu'il est fini. Il est amer. Et un peu fou, aussi, à toujours parler de Cuba. Mais vous êtes un homme intelligent, monsieur Powierza. Je peux vous appeler Staszek ? Oui ? Vous, vous avez un avenir. Les gens vous respectent. Je le sais. Ils parlent de vous comme du futur maire. Et je peux aider, je peux rendre service. Je suis comme tout le monde, j'ai besoin d'avoir un avenir. Je vois bien où souffle le vent. Donc je suis là Disponible. Vous pouvez comprendre ça, oui ? »

Il leva la bouteille.

« Qu'est-ce qui est arrivé à mon fils, Andrzej ?

– Je ne sais pas.

– Andrzej...

– Je vous jure, Staszek. Je n'en sais rien.

– Et Jablonski ? Est-ce qu'il a quelque chose à voir là-dedans ?

– Non. Jablonski a plein de choses à se reprocher, mais pas ça. À mon avis.

– Qui, alors ?

– Les Russes, peut-être. Ce sont des criminels et ils s'en foutent.

– Quels Russes ?

– Comment savoir ? »

Andrzej vit le visage de Powierza s'empourprer.

« Sincèrement, Staszek. Comment savoir ? Le pays est truffé de voyous et de mafiosi qui viennent ici pour leurs trafics. Qui peut dire ce qu'ils fabriquent et où ? Ils arrivent comme des nuages de criquets et ils n'ont aucun scrupule.

– Et Jablonski ? Vous croyez qu'il a des scrupules ?

– Il a trop peur d'avoir des ennuis. Ce n'est pas sa méthode. Il aime rester dans les coulisses, invisible. Il peut être méchant, mais je ne crois pas qu'il tue. »

Powierza se tut pendant plusieurs secondes. Un chat passa dans son champ de vision. Au fond, il partageait l'opinion d'Andrzej sur Jablonski. Cela faisait trop longtemps qu'il habitait Jadowia pour ignorer que ce qui intéressait Jablonski – lui aussi

installé depuis des lustres – était de savoir, pas de tuer. Et justement, que savait-il ? Telle était la question.
« Demain soir ? demanda Powierza.
– Oui, je crois bien, répondit Andrzej.
– Vous viendrez avec moi. »
Andrzej leva les yeux, manifestement surpris.
« Vous viendrez avec moi », répéta Powierza.
Andrzej réfléchit un instant. Son visage avait retrouvé son impassibilité naturelle. « D'accord. »
Powierza laissa ses énormes mains pendre entre ses jambes.
« Bien.
– Monsieur Powierza ?
– Oui ?
– C'est une affaire importante. Pour Jablonski, je veux dire.
– Pourquoi ?
– Parce qu'il sera là en personne. D'habitude, il me semble qu'il ne se déplace pas. »
Powierza imagina le tableau : le directeur de la coopérative dehors, en pleine nuit, avec une forte envie de boire, dans sa petite Fiat toussotante.
« Ce que je veux dire, Staszek, c'est que vous devriez être prudent. Qu'est-ce que vous comptez faire ?
– Je ne sais pas. J'irai voir ce qui se passe. »
Il se frotta la figure avec les deux mains, comme pour se réveiller.
« Vous avez une lampe torche, Andrzej ?
– C'est la moindre des choses pour un plombier.
– Elle est puissante ?
– Non, c'est une petite.
– Dans ce cas, j'emprunterai celle de Maleszewski.
– Maleszewski ?
– Mon voisin, dit Powierza. Leszek. »

13
Leszek

Le givre matinal recouvrait les bordures des vitres de la cuisine. Mon grand-père regardait dehors ; il avait déjà enfilé son manteau, sa casquette et ses bottes. Il trempa un dernier bout de pain dans son thé au lait – son petit déjeuner traditionnel.

« Bobinski veut un veau, dit-il.
– Aujourd'hui ?
– Oui. »

Bobinski était un commerçant de Wegrow qui de temps en temps achetait une carcasse de veau, à nous ou à d'autres paysans. La rumeur prétendait que ces veaux étaient destinés à l'ambassade d'Italie à Varsovie, bien que Bobinski prît soin de ne jamais révéler l'identité de ses clients, de peur de les perdre. Il était dur en affaires, mais mon grand-père lui avait toujours vendu à de bons prix, et ce pendant des années. Généralement, il abattait le veau le matin et Bobinski arrivait le lendemain pour récupérer la carcasse équarrie. Grand-père s'attelait à cette tâche avec beaucoup de soin – c'était un excellent boucher – et, parfois, je l'aidais ou le regardais faire, assis à ses côtés. C'était une bonne occasion de discuter avec lui.

Ce jour-là, nous procédâmes d'abord à la traite et à la nourriture des bêtes. On était en février, le temps était sombre, nuageux, et l'horizon vers l'ouest, au-delà des champs, plombé par le brouillard. Dans la forêt un peu pentue qui s'étendait derrière nos granges, une bande de corbeaux se chamaillait. En transportant la dernière fourchée de foin du fenil jusqu'à l'étable, j'entendis mon grand-père affûter ses couteaux sous la voûte qui séparait la remise à outils de la grange.

Le veau avait maintenant presque 4 mois – un de ceux que le mari de Jola avait inspectés alors qu'ils étaient âgés d'à peine 2 semaines. Je le détachai de la stalle où il se tenait près de sa mère et l'emmenai de l'autre côté de la cour. Il était mignon, un mâle aux poils noirs et blancs encore doux et frisés, au mufle gris, humide, respirant la santé. Grand-père attrapa la corde d'une main et, de l'autre, avec l'extrémité contondante de sa hache, lui donna un coup sec au sommet de la tête. Le veau s'affaissa sur ses genoux et tomba sur le côté. Mon grand-père l'égorgea avec un de ses couteaux, faisant couler le sang sur la terre à gros bouillons. Il souleva le veau par ses pattes arrière afin que le sang coule vers le bas, loin de lui.

Je n'ai jamais vraiment aimé tuer les veaux. Non pas que je sois une mauviette. On ne grandit pas dans une ferme sans voir des bêtes mourir. L'abattage du cochon était un spectacle fréquent, bien entendu. Nous ne gardions jamais de bouvillons pour la viande. Les génisses, nous les élevions et les gardions pour en faire des vaches laitières ; les bœufs, nous les abattions et les vendions à Bobinski – deux ou trois fois par an –, et j'étais toujours un peu mélancolique quand l'une de nos vaches donnait naissance à un mâle. Mais cela faisait des rentrées d'argent liquide, précisément ce dont j'aurais besoin si je voulais un jour acheter le champ de Kowalski. Ou du moins c'est ce que je croyais. En attendant, je regardais le sang du veau qui s'écoulait et s'épaississait par terre.

« Qu'est-ce qui ne va pas, petit ? demanda mon grand-père. Tu n'as pas l'air dans ton assiette ces derniers temps. Qu'est-ce qui te turlupine ? »

Une rafale de vent s'engouffra sous la voûte, déposant des bouts de paille et de la poussière sur la mare de sang. Mon grand-père s'éloigna et fit passer le bout d'une corde dans une poulie suspendue à la poutre du hangar. Il avait le dos tourné vers moi.

Chaque fois que sa veste en velours se soulevait avec ses bras, je voyais les pièces sur le derrière de son pantalon. Il secoua la corde pour défaire un nœud. Dans un recoin sombre du hangar, il récupéra un seau et deux grosses casseroles en émail, les posa par terre et me jeta un regard perplexe.

« C'est papa, dis-je.

– Eh bien quoi, fiston ?

– J'ai entendu des choses. »

Il retourna vers le banc et revint avec ses couteaux. Il les installa sur une souche retournée dont il se servait comme d'un tabouret et observa le veau couché dans la poussière. De l'étable, on entendit sa mère pousser une longue complainte.

« Quelles choses ? »

Je ne savais pas quoi répondre. Je voulais surtout entendre un démenti. Je ne pus que regarder ses bottes.

« Tu me préviendras quand tu seras prêt », dit-il. Il retourna le veau par ses pattes avant et le tira vers lui, sur le dos. Il planta le grand couteau dans la chair du cou, prit sa hache, la tint près de la lame et trancha les os du cou. Il plaça enfin la tête du veau à côté.

« On entend beaucoup de choses ces temps-ci », reprit-il. Avec son vieux couteau à dépecer dont la lame était effilée par des années d'affûtage, il coupa dans la peau à hauteur du ventre. « Mais en général, ce sont des âneries de culs-terreux. » La lame remonta dans une patte de devant et décrivit un cercle autour du jarret. « Racontées par des culs-terreux. » Puis ce fut au tour de l'autre patte de devant. De nouveau, le fil de la hache, les sabots découpés.

« Des rumeurs. Les gens racontent les histoires qu'ils ont envie d'entendre.

– Parfois. »

Il retroussa la peau. Une vapeur légère s'en éleva.

« Qu'est-ce que tu as entendu, Leszek ?

– Que papa travaillait pour le parti. Qu'il faisait des choses pour eux.

– Vraiment ? »

La pointe du couteau s'agitait entre le muscle et la peau, au niveau de l'épaule ; la peau s'amassait sur le poignet de mon grand-père et pendouillait jusqu'au sol.

« Pour Jablonski, dis-je.

– Quel genre de choses ?

– Comme quoi il espionnait les gens et faisait des rapports. Il les épiait et donnait des renseignements sur eux. Les gens lui parlaient, il transmettait. Toutes sortes de gens. Même Powierza.

– Qui t'a raconté ça ?

– Jablonski.

– Et tu le crois ?

– Il m'a montré des documents, grand-père. Il y avait la signature de papa sur tous les papiers. Je les ai vus ! Avec sa signature ! Pas difficile à reconnaître.

– Il a fait ça, Jablonski ?

– Oui.

– Quand ?

– Avant-hier.

– Et pourquoi ?

– Parce qu'il veut quelque chose. Il veut que je calme Powierza.

– À propos de Tomek ?

– Je ne sais pas. À propos de tout. Des enquêtes. Il m'a expliqué qu'il y avait une chasse aux sorcières, que tout le monde persécutait les communistes, et que si ça ne s'arrêtait pas, les gens allaient payer. »

Pendant que je parlais, je regardais le visage de mon grand-père. Il poursuivait sa besogne, mais les traits de son visage étaient durcis par une férocité rapace. Vu de profil, son nez aquilin se réduisait à un trait blanc, la peau tendue. Il venait de retirer la peau de la carcasse ; il la posa à plat, replia les pattes vers le centre et l'enroula.

―――― En mémoire de la forêt ――――

« Tu savais ? demandai-je. Tu étais au courant de tout ça ? »
Il se redressa, attrapa la corde et fit un nœud autour des pattes antérieures. « Donne-moi un coup de main. » Je me levai à mon tour pour maintenir le veau en l'air tandis que mon grand-père nouait la corde à un poteau. La bête dépecée, pâle et bleuâtre, pendait au bout de la corde. Il l'immobilisa avec sa main.

« Grand-père ?
– Oui ?
– Tu me réponds ? Est-ce que tu savais que papa faisait ces choses ?
– Qu'est-ce qu'on sait, fiston ? répondit-il en triant ses couteaux.
– Et maman, elle savait ?
– Je ne pense pas.
– Ça veut dire que *toi* tu savais, n'est-ce pas ? »

Il récupéra son couteau et tailla dans le ventre. La masse bleue des boyaux dégoulina, luisante et frémissante, pareille à un être vivant, dégageant de la vapeur dans l'air froid. Il cala la grande casserole en émail sous les pattes de derrière, la mâchoire serrée comme s'il mordait dans un tendon, réprimant des paroles qu'il ne voulait pas prononcer. C'était sa manière d'exprimer sa colère, mais je ne savais pas qui elle visait – moi, mon père, Jablonski, quelqu'un d'autre ? Je sentais qu'il allait bientôt exploser ; au point où j'en étais, je ne reculerais pas.

« Il t'en avait parlé ? demandai-je.
– De quoi donc ?
– Bon Dieu, mais qu'est-ce que j'en sais ? Est-ce qu'il t'a dit qu'il espionnait Powierza ? Qu'il l'a dénoncé parce qu'il avait abattu des arbres dans la forêt ? Qu'il surveillait les gens ? Qu'il gardait un œil même sur Mme Gromek ? Et sur le fils du vieux Kowalski ? Kowalski détestait papa. C'est pour cette raison ? Tout ça, il te l'a raconté ? »

Mon grand-père me regarda sans bouger, planté dans ses bottes en caoutchouc, le couteau dans sa main couverte de sang et de boyaux. Nous étions face à face. Un bout de matière animale maculait les poils blancs de son menton.

« Je ne veux pas connaître les détails, répondit-il. Je n'ai rien demandé.

– Mais tu savais ? »

Il se retourna vers la carcasse et usa de son couteau pour découper des tissus conjonctifs. Les viscères se détachèrent et pendouillèrent au-dessus de la casserole.

« Il travaillait pour eux, non ? fit-il. Il était membre de leur conseil.

– Le conseil municipal, tu veux dire ?

– Oui. Appelle ça comme tu voudras.

– Mais ça, c'était avant. Il en a été membre pendant, quoi... deux ans ? Comme plein de gens. Ensuite, il est parti.

– Oui.

– Qu'est-ce qui s'est passé, alors ? Pourquoi est-ce qu'il aurait fait ça ?

– Quoi donc ?

– Mais bordel ! »

Je donnai un grand coup de pied dans la casserole, qui valdingua à quelques mètres. Au moment où mon pied heurta la casserole, le couteau de mon grand-père tranchait le dernier nœud de tendon et de cartilage, si bien que les boyaux tombèrent lourdement sur ses bottes. Il ne bougea pas d'un pouce ; il constata simplement l'étendue des dégâts sur ses bottes. Le silence s'installa. J'avais honte de moi.

« Pourquoi est-ce que tu ne dis rien ? lançai-je. À qui d'autre est-ce que tu veux que je parle ? »

Sur ce, il se décida à aller récupérer la casserole ; j'étais pétrifié sur place, paralysé par mon coup de sang. Quand la colère se manifestait dans notre maison, elle laissait vite place au silence. Mon grand-père revint sans un mot et remplit la casserole de grandes poignées de boyaux. Je me penchai pour l'aider.

« Je suis désolé, dis-je.

— Ce que je veux dire, Leszek, c'est : qu'est-ce qu'il a vraiment fait ? »

Des bouts de chair tremblotaient sur son menton, trahissant sa fébrilité. Ce vieillard qui était pour moi, et sans doute pour tous ceux qui le connaissaient, solide comme un roc semblait soudain ébranlé. Ses yeux ridés étaient maintenant rougis, las. « Est-ce qu'il a fait du mal à quelqu'un ? insista-t-il. Est-ce que c'est vraiment important ? »

Je ne trouvai aucune réponse.

« Je ne sais pas ce qu'il a fait. Il n'en parlait pas. Ou alors il faisait comme si je ne savais pas. Ton père a supporté de nombreux fardeaux. Il en avait vu de belles – trop sans doute. Quand il était petit, il a vu des choses que personne ne devrait voir. Il les a gardées pour lui. Il était fort, il avait sa vision du monde. Il n'était pas de ma génération. Quand les pères parlent, Leszek, leurs fils n'entendent que des âneries. Il n'était pas non plus de ta génération ; il a subi le pire. Il est arrivé entre toi et moi. Ni mon époque ni la tienne. Sa génération a toujours subi le pire. Il faut que tu comprennes ça.

— Mais pourquoi ? Pourquoi est-ce qu'ils ont subi le pire ?

— Parce qu'ils ont essayé de croire, non ? »

Il leva sa main au pouce enflé et se frotta la joue. Je tendis le bras pour enlever le bout de chair sur son menton. « On leur a fait croire à coups de marteau. Ils avaient envie d'y croire, alors ils ont mis la main à la pâte. » Là-dessus il se releva, et ses genoux craquèrent comme des brindilles sous un tapis de feuilles mortes.

« Il fallait redoubler d'efforts : voilà ce qu'ils pensaient. Ils ont voulu faire fonctionner le système, ils ont tout encaissé, et ils ont subi le pire. Ton père n'était pas comme les autres. Au moins, il n'a pas passé toute sa vie à détourner les yeux, lui. Pas vers la fin. À ce moment-là il avait compris, Dieu merci.

— Mais pourquoi ? Pourquoi faire des rapports à Jablonski, à la police, au parti ou à je ne sais qui ?

– Qu'est-ce que Jablonski t'a raconté ?
– Je ne le lui ai pas demandé. J'étais trop en colère. Surtout, je ne voulais pas le croire.
– Mais tu l'as cru ?
– Je te répète qu'il m'a montré des papiers, avec la signature de papa partout.
– Donc le vieux directeur révèle ses secrets.
– Il faut croire.
– Les secrets qui l'arrangent. Les secrets utiles. Tu vois à quel point c'est une bande de salauds ?
– Je le savais déjà. Mais j'ignorais que mon père en faisait partie. »

Grand-père s'arrêta devant la carcasse, ramassa sa hachette à manche court, puis donna quelques coups secs pour trancher l'os et le cartilage du poitrail. Il écarta les côtes. De la moelle jaillit un sang rouge vif. Dans le trou béant, les poumons gisaient, intacts, et les veines et les vaisseaux dessinaient une carte. Le cœur, au centre, s'accrochait.

« Tu aurais préféré ne pas savoir ? » demanda-t-il.

Je m'étais posé la question ; je n'avais pas de réponse.

« Je veux juste comprendre pourquoi. C'est tout.

– Il vaut mieux se dire qu'ils l'ont berné. Ou qu'il a voulu y croire. Parce qu'il pensait que ce serait mieux. Vouloir croire est une chose très puissante, et pas mauvaise en tant que telle. Les hommes veulent toujours croire en quelque chose, Leszek. Toujours.

– Et pas les femmes ? »

Une vision de Jola me traversa. Elle n'était pas du genre à croire.

« Les femmes ont plus de jugeote, répondit-il. Lénine aurait dû être une femme.

– Mais papa n'en parlait jamais, de tout ça. Il n'a jamais essayé de se défendre.

―― En mémoire de la forêt ――

– Parce que je parlais plus fort que lui. Voilà pourquoi. Il a travaillé pour eux un temps, il a fait partie de leur conseil municipal. À ce moment-là, je lui ai dit que ses malheurs ne faisaient que commencer. Mais il ne m'a pas écouté. Je peux te jurer que ton père s'est défendu, jusqu'à se casser la voix. On s'engueulait dans les champs jusqu'à ce que lui et moi ne disions plus rien. Plus un mot. Mais jamais à la maison. Du moins de *son* côté. Et puis on a arrêté. De s'engueuler. Il y a déjà longtemps.
– Pour quelle raison ?
– Par lassitude. Pour lui comme pour moi. Tout le pays en avait marre.
– Je ne pense pas qu'il y ait cru. Je ne vois pas comment.
– Mais parce que tu as grandi à ton époque, Leszek. Mieux vaut se dire qu'il y croyait. C'est préférable.
– Est-ce que c'est censé rendre plus digeste ce que m'a raconté Jablonski ?
– Ce n'est pas si simple. Tu es un jeune homme à présent, mais encore un gamin comparé à ce que ton père a connu, à ce que tout le monde ici a connu. Ne le prends pas mal : c'est comme ça.
– J'ai passé ma vie à écouter ce que les gens ont connu. Est-ce qu'un jour ça s'arrêtera ? Est-ce qu'on ne peut pas passer à autre chose ?
– Tu n'entends que ce que les gens te racontent mais ils ne te disent pas tout. Ce dont ils ne veulent pas se souvenir, ils le taisent. Aujourd'hui, les jeunes croient que tout ça s'est passé dans un livre, et un livre pas très honnête, en plus. J'ai vu tes manuels scolaires. Ici, on a les pieds dans le passé jusqu'au cou. Il est partout autour de nous, et on ne le connaît pas. On n'a pas envie de le connaître, pas envie de s'en souvenir.
– Le présent, c'est le présent. Moi j'ai envie d'avoir une ferme. J'en ai marre d'entendre à quel point ç'a été dur. Je ne veux pas...
– Je sais ce que tu veux. Tu veux aller de l'avant, bâtir une ferme moderne. Mais pour l'instant tu es empêtré dans tout ce... »

Il agita le bras en direction du village.

« Dans toutes ces âneries. Et la raison de tout ça, c'est l'Histoire, dont la moitié est un tissu de mensonges, l'autre moitié inspirée par la volonté de ne pas se rappeler le pire. Tu sais quoi ?

– Dis-moi.

– C'est devenu automatique, maintenant, d'oublier certaines choses. Les gens n'ont même plus besoin de se forcer. »

Il sectionna les artères du cœur. Un mince filet de sang noir gicla et s'écoula sur son poignet. Au milieu de ce silence, le vent gémit soudain à travers les brèches du toit en tôle, comme un orgue. Je savais quelle question je devais poser. Mon grand-père l'attendait, mais il continuait de manier son couteau.

« Quels sont les souvenirs dont tu ne parles jamais ?

– Des choses que ton père a vues. Tous ces Juifs parqués comme des bêtes affamées. La nourriture qu'il nous apportait dans la forêt. Et encore d'autres choses dont je suis heureux qu'il ne les ait pas vues.

– Lesquelles ?

– Oh ! des choses que j'ai vues ou faites avec d'autres personnes que je n'ai plus jamais croisées ensuite. Et dont je n'ai jamais reparlé. Et qu'il vaudrait mieux que j'oublie. »

J'attendis en silence. Il déposa le cœur dans la casserole, tira sa hachette du billot, la rangea à côté et s'assit. Il sortit le foie de la bassine et, tout en cherchant avec ses doigts la vésicule biliaire pour la découper, se remit à parler.

« Je me souviens de ces foutues migraines. Chaque jour on vivait avec, tous. Uniquement à cause de la tension. Je revois Gorski marchant dans la forêt, devant moi, en train de se tenir la tête d'une main, comme si elle allait tomber. » Il termina sa besogne et laissa retomber le foie dans la casserole à côté du cœur.

« Quand j'ai un mal de tête comme ça aujourd'hui, j'arrête tout et je vais me coucher. Et le froid, aussi... Il faisait tout le temps froid, même cet hiver-là, qui pourtant n'était pas rude. Et ça nous faisait mal au ventre, comme si on crevait de faim, alors qu'on mangeait. La plupart du temps, on ne savait pas ce qu'on faisait.

– Et qu'est-ce que vous faisiez ?

– On tuait des Allemands. On croyait faire beaucoup plus, on croyait aussi que les autres faisaient beaucoup plus. On a réussi quelques coups. La caserne de Siedlce, par exemple. En général, on repartait tout de suite, sans savoir où étaient nos propres hommes, ni où étaient les Allemands. Ils patrouillaient pour nous retrouver. Ils nous ont coincés trois ou quatre fois, voire plus. Comme on connaissait la forêt, on avait nos chances. On ne pouvait pas les laisser capturer un seul d'entre nous.

– Tu me l'as déjà raconté, grand-père.

– J'ai dû abattre Gorski, me dit-il sèchement, comme me reprochant ma remarque. Et ça, je te l'ai déjà raconté ?

– Non, jamais.

– Tu veux connaître l'histoire ? fit-il, toujours irrité.

– Oui, répondis-je sur un ton contrit.

– Un matin, les Allemands nous ont attaqués au réveil. Comme ça.»

Il claqua des doigts.

«On avait une échappatoire. Mais Gorski a été touché. Dès le départ. Deux ou trois balles tout en haut de la jambe. Elle était presque sectionnée, il saignait comme un porc. On ne pouvait pas l'emmener. Mais on ne pouvait pas les laisser le torturer. J'ai réglé le problème en une minute, Leszek. Il regardait ailleurs. Je lui ai tiré une balle derrière la tête. On s'était mis d'accord là-dessus avant. Les Allemands l'auraient tué à petit feu. Il n'a rien senti, rien vu venir. Et il m'aurait fait la même chose si j'avais été blessé. Pas de discussion. Mais je sens encore la détente sous mon doigt. Encore aujourd'hui. Je vois toujours le trou dans sa casquette. C'est tout. On a réussi à s'en tirer. Tous. Sans une égratignure. On était six ou sept. Rien. Je ne sais pas pourquoi.

– Et personne...

– Personne n'a rien dit. Moi je n'ai rien dit. Mais ça me revient de temps en temps. Sa casquette sur les feuilles mortes. En laine, verte. Je la revois plus souvent qu'avant. Ça s'est passé à treize ou quinze kilomètres d'ici.

– Tu n'en avais jamais parlé ?
– Non.
– Même à papa ?
– Non.
– Et si c'était à refaire aujourd'hui, tu le referais ?
– Je n'ai plus 30 ans. Je n'y pense pas en ces termes. J'en garde juste l'image. Je suis triste, triste qu'il ait dû mourir. Mais ce n'est pas l'essentiel. Je le revois. Je dois me souvenir de cette histoire. Je l'ai oubliée pendant des années, et puis elle m'est revenue. Comme un cauchemar. Je ne sais pas pourquoi. Parce que je suis vieux, peut-être. Je n'ai pas cherché à m'en souvenir. Quelque chose m'y a fait repenser. Maintenant je *veux* m'en souvenir.

– Pourquoi ?
– Parce que c'est la vérité. C'est ma vie. Ç'a été un épisode, mais il fait partie de ma vie. Pas *toute* ma vie, mais quand même. Et celle de personne d'autre. Quand je partirai, ce souvenir partira avec moi. Parfois je me dis que ce n'est pas une bonne chose. Je ne parle pas de moi, mais de cet instant-là, du trou dans la casquette de Gorski. »

Deux chats de la grange vinrent renifler autour des casseroles sanguinolentes. Je les chassai en faisant du bruit. Grand-père ne bougea pas. Ses grosses mains tachées de sang pendaient entre ses genoux. Il se racla la gorge et cracha derrière lui, dans la paille.

« Ton père, reprit-il.
– Oui ?
– Quelquefois, il nous apportait à manger. Tu le sais, ça. Du pain, des morceaux de viande. Tu les connais, toutes ces histoires ?
– Oui.

―――― En mémoire de la forêt ――――

– Et tu sais où on était ?
– Pas loin d'ici.
– À deux ou trois kilomètres. Entre la route du nord et le Piwko. En pleine forêt, dans les pins, après la frênaie.
– Oui. »
Je voyais bien l'endroit dont il parlait, on me l'avait souvent montré. Les trous dans lesquels lui et ses hommes s'enterraient étaient encore visibles, renforcés sur un côté, face au sud, aux champs et aux frênes droits comme des piquets. Au-delà des champs, c'étaient encore d'autres arbres, puis le village. Difficile de voir dans ces tranchées un vestige de la guerre ; elles ressemblaient à des nids, de la taille d'un homme, peu profondes, remplies de feuilles, protégées contre l'érosion.
« On avait une cache où il pouvait déposer la nourriture. » Mon père, âgé de 8 ans, avec un ballot déguisé en bois de chauffage, faisait la navette jusqu'à un trou dissimulé sous un arbre pourri.
« ... Un vieil arbre.
– Oui.
– La plupart du temps, on ne le voyait pas. C'était plus sûr pour lui si on n'était pas là. Mais parfois je le voyais, une petite minute. Pour l'embrasser. Une ou deux fois, je l'ai regardé sans bouger. Pour le protéger. Un petit soldat de 8 ans... Il était prudent, rapide. Il ne perdait pas de temps, avançait discrètement, si bien que même un écureuil ne l'aurait pas vu. Il était fort, avec des épaules larges. Il ne nous appelait pas, ne jetait pas un seul coup d'œil autour de lui, ne faisait aucun bruit. Il accomplissait sa mission et il repartait. »
Mon grand-père semblait s'être entièrement replongé dans ses souvenirs. Il serra son pouce gonflé, comme pour le soulager, ou le choyer, en un geste que je ne lui connaissais pas. Il leva ses yeux humides vers les poutres du plafond.
« Un jour, il a amené un petit garçon avec lui. Un petit qui avait le crâne rasé. Un Juif. »

Tout ce qui précédait, je l'avais déjà entendu, à la table du dîner, dans la charrette, ou au milieu des ronces qui griffaient mon pantalon pendant que mes pieds foulaient les aiguilles de pin – quel que fût l'endroit que mon grand-père choisissait pour me raconter ses souvenirs. Mais cette histoire-là, je ne la connaissais pas.

« Rasé.

– Qui ça ? demandai-je.

– Le petit garçon que Mariusz avait ramené. Je n'avais jamais vu ça. Mariusz lui a retiré sa casquette ; il avait des yeux immenses, noirs comme du charbon, et un crâne d'œuf.

– Qu'est-ce qu'il faisait avec papa ?

– Comment est-ce qu'il avait *trouvé* ton père ? Je n'en sais rien. Sans doute en cherchant de la nourriture ou en quémandant. On n'avait pas le temps de poser des questions. À ce moment-là, les Juifs étaient tous rassemblés au centre du village. Ils ne pouvaient pas s'enfuir. Mais les gamins arrivaient à se glisser dehors. Ils s'échappaient à travers les clôtures, attrapaient de la nourriture partout où ils le pouvaient et la rapportaient pour leurs familles. Ils crevaient de faim, là-dedans. J'imagine que le petit avait dû passer sous les barrières, de nuit sans doute. Je ne suis pas sûr. Il avait à peu près le même âge que Mariusz. Il faisait la même taille, en tout cas. »

Mon grand-père cracha de nouveau dans la paille. Sa main massait toujours délicatement son pouce énorme ; maintenant il parlait plus doucement, si bien que je devais tendre l'oreille.

« Il était très calme. Un petit garçon très calme.

– Pourquoi est-ce qu'il est venu vers vous ?

– Il y avait un plan. J'ignore comment, mais son père avait réussi à soudoyer un des gardes. Ça arrivait de temps en temps. Les Juifs devaient donner de l'argent, ou de l'or ou autre chose. Et l'autre détournait les yeux. En tout cas, le petit a dû franchir la clôture, approcher quelqu'un ou le mettre en contact avec son

En mémoire de la forêt

père. Je ne sais pas. C'est impossible de savoir. Mais il avait de l'argent sur lui. Il me l'a montré. Il me l'a donné.
– À toi ? Mais pour quoi faire ?
– Pour obtenir de l'aide. Il voulait qu'on l'aide.
– Beaucoup d'argent ?
– Je ne sais plus. Une poignée de billets.
– Tu les as refusés ?
– Oui, ça n'avait aucune utilité pour nous. On n'avait pas besoin d'argent.
– Et qu'est-ce que tu as fait ?
– Je lui ai dit de garder son argent.
– Non, je veux dire... Est-ce que tu l'as aidé ? »

Il me regarda un instant puis scruta la cour avec une telle fixité que je me demandai si quelqu'un avait franchi le portail. Or il n'y avait là que la jument de mon grand-père, immobile, attachée à sa longe, tête baissée.

« Tu as accepté de l'aider ? Tu n'as pas refusé, quand même ?
– Non. Je n'ai pas refusé. »

Mon visage dut alors montrer une forme de soulagement.

« Est-ce que tu sais, me dit-il aussitôt, le nombre de fois où je regrette d'avoir accepté ? »

Je ne répondis rien.

« Voilà le genre de choses que tu n'entends jamais, Leszek.
– Continue de me raconter.
– C'était prévu pour le lendemain soir. Le petit garçon, ses parents et ses trois sœurs. Ils avaient un plan. Ils voulaient s'infiltrer derrière nous et partir vers le nord. Je ne sais pas où. Ils pensaient peut-être trouver quelqu'un qui les emmènerait – un parent, qui sait ? Ou alors essayer de se cacher. Peut-être qu'ils ne savaient même pas où ils allaient, mais ils envisageaient de payer un paysan afin qu'il cache deux des sœurs chez lui, et un autre pour la dernière. Ils avaient peu de chances d'y arriver. Pas les parents, en tout cas. Mais là où ils étaient, ils n'avaient *aucune* chance. Tout le monde le savait.

Les trains partaient déjà pratiquement chaque jour. Chargés de Juifs. À l'époque, on ignorait tous où ils allaient, mais c'était à Treblinka. Dans tous les villages, les Juifs étaient affolés. Eux, ils savaient. Alors ils tentaient le tout pour le tout. Ils voulaient passer derrière nos lignes et trouver la bonne direction. On ne pouvait pas les emmener – impossible. Ils le savaient aussi. On pouvait juste leur faire traverser la forêt, peut-être leur dessiner une carte. Rien de plus.

« Ils devaient profiter de l'obscurité pour obliger le garde à leur tourner le dos, et ensuite rejoindre les abords du village, puis les champs. On était censés faire le guet pour eux. On ne pouvait pas aller les chercher mais le petit garçon connaissait le chemin. Mariusz ne devait en aucun cas être mêlé à cela. Le petit garçon savait comment faire. Il devait les emmener. Au bout du compte, il devait courir droit devant lui et nous prévenir. »

Il s'interrompit quelques secondes, se frotta les tempes et reprit son récit.

« On était tout près du village. Les Allemands patrouillaient, ils savaient que nos hommes allaient et venaient, entraient et ressortaient. Nous, on ne savait jamais quand et pourquoi ils patrouillaient. Je suis sûr que des gens nous dénonçaient en échange d'argent ou de petites faveurs. Il y avait des sympathisants, bien sûr. Des collaborateurs. Des lâches qui pensaient que les Allemands resteraient définitivement ici. On ne pouvait faire confiance à personne. On devait toujours être sur nos gardes, à chaque instant, tous les soirs. Parfois, si on les entendait suffisamment tôt, on avait des endroits où nous cacher ; on n'était pas nombreux, donc on pouvait se déplacer rapidement en cas d'alerte.

« N'oublie pas qu'on menait nos propres opérations, aussi. Des actions à accomplir. De temps à autre, les Allemands déboulaient sans prévenir. Il y avait des messagers qui passaient d'une unité à l'autre. À environ douze kilomètres plus à l'est, il y avait un groupe plus important, et un autre, aussi, au nord de Bowaszki, à une dizaine de kilomètres à l'ouest. Ceux de Bowaszki étaient très actifs à ce moment-là, et ils étaient pressés de tous les côtés. Ils avaient engagé quelques combats les jours précédents, ils reculaient. On avait reçu l'ordre de les rejoindre le lendemain matin. L'ordre est arrivé le lendemain matin du jour où j'ai parlé avec le petit garçon, et on devait partir le soir même, puis faire la jonction avec le groupe de Bowaszki. Ensuite, on devait se déplacer ensemble et retrouver un groupe encore plus important avant de lancer une action commune. On ne savait pas en quoi consistait cette action – c'était presque toujours comme ça – mais le messager nous avait fait comprendre qu'il fallait absolument atteindre le point de rendez-vous au grand complet et qu'on devait surtout éviter tout accrochage avec les unités allemandes.

– Qui donnait ces ordres ? »

Ma question sembla l'agacer ; il leva les mains au ciel.

« Le commandement, répondit-il. Il y avait une hiérarchie qui, parfois, fonctionnait mal à cause du manque de communications, des luttes internes et des conflits. Mais on n'avait que ça. Il fallait obéir. Tu comprends ?

– Oui.

– On ne devait pas bouger avant la nuit. Gorski voulait décoller sans attendre, comme on avait dit. Mais j'ai refusé. C'était ma décision. On était sept, en comptant le messager, qui devait nous accompagner. Alors on a attendu. On était très nerveux. Les hommes l'étaient toujours avant une action parce qu'ils ne savaient pas de quoi il s'agissait et qu'il valait toujours mieux s'activer plutôt qu'attendre sans rien faire. Alors, à la tombée de la nuit, j'ai étiré tout le groupe sur une longue ligne, afin que personne ne parle, et on a attendu.

« Il faisait nuit noire. Pas de lune, pas de lumière. Mais le vent s'est levé. Très fort. Il sifflait dans les arbres. À un moment donné, j'ai entendu des camions sur la route, en provenance du village.

— Des Allemands ?

— Bien sûr. Personne d'autre n'avait de camions. Je les ai entendus rouler sur la route et ensuite plus rien. Les autres aussi les avaient entendus, ils étaient aux aguets. Moi, j'étais au centre de la ligne, je surveillais le champ. Aucun signe ni du petit garçon, ni de sa famille. Rien du tout. Je voyais seulement la silhouette des arbres à l'autre bout du champ. Gorski était avec moi, c'est lui qui avait notre lampe, très puissante – le seul équipement valable dont on disposait. On la protégeait, mais on n'a pas osé l'utiliser à ce moment-là. Finalement, j'ai cru voir quelque chose dans le champ. C'étaient peut-être eux, mais je n'en étais pas certain. Alors un de nos hommes, sur le flanc droit, est arrivé en trombe dans la forêt en expliquant qu'une grosse patrouille allemande s'avançait vers nous. Quarante ou cinquante soldats. Et au même instant, je les ai entendus arriver. Quarante types en tenue de combat, ça fait du bruit, même avec du vent.

« Pendant ce temps, les hommes du flanc gauche arrivaient aussi en courant. Les deux frères Nowak, Pawel et Lech, suivis des autres, nous ont dit qu'une autre patrouille s'approchait de leur côté. Et ces Allemands-là avaient dû repérer quelque chose car tout à coup je les ai entendus crier.

« Si bien qu'on s'est retrouvés coincés entre deux patrouilles allemandes. Elles étaient toutes les deux à moins de cent mètres de nous, en tenaille. Les gars se sont mis à armer leurs fusils. Je leur disais, à voix basse, de ne pas tirer, de ne pas nous faire repérer. C'est là que Gorski a dit : "Regardez !" C'était le petit garçon, dans la frênaie. Il regardait en direction du champ et agitait les bras.

« J'ai bondi, j'ai attrapé le petit et je l'ai ramené avec nous. Il se débattait comme un chiot, il gémissait, mais je ne l'écoutais pas. Les Allemands se rapprochaient. On les entendait des deux côtés, leurs voix, le bruit de ferraille de leurs équipements. Gorski me disait qu'il fallait bouger. Les hommes étaient sur le point de déguerpir ou de faire feu. Dans les deux cas, c'était la mort assurée.

« Alors je suis passé à l'action. Tout en maintenant le petit garçon sous mon genou, j'ai pris la lampe torche des mains de Gorski, je l'ai braquée vers le champ et je l'ai allumée. Ils étaient là. Cinq visages. Un homme, une femme, des enfants. Livides, pétrifiés. Je leur ai crié en allemand : *"Achtung ! Alt !"*

« Aussitôt, d'autres cris ont retenti à droite et à gauche. Une seconde lampe s'est mise à éclairer le champ, puis une autre, en face. Et toujours plus de hurlements. Ensuite il y a eu des coups de feu, et ils sont tombés, la mère et les enfants. Les Allemands sont sortis des bois de chaque côté pour foncer vers eux. La dernière chose que j'ai vue, c'était le père, debout, seul. Tout s'est terminé par des coups de feu. »

Mon grand-père s'arrêta un instant. Il inspira longuement, une fois, deux fois. Quant à moi, j'étais glacé d'effroi.

« Après, je n'ai plus rien vu. On a battu en retraite dans la forêt, rapidement, en silence, et au bout d'une centaine de mètres on s'est mis à courir aussi vite que possible sur un kilomètre. Les Allemands ne nous avaient pas vus. Ou s'ils nous avaient vus, ils nous avaient oubliés. » Il avait les yeux toujours rivés sur les poutres, dans la pénombre, au-dessus de nos têtes. Pendant un long moment, le silence s'installa entre nous.

« Et le petit garçon ? finis-je par demander.

– Tu sais, Leszek, j'aurais pu me battre contre eux. J'aurais pu en tuer quelques-uns et on aurait pu s'en sortir, du moins une partie d'entre nous. Mais j'aurais échoué dans ma mission. Le capitaine Maleszewski aurait manqué le rendez-vous, on aurait raconté qu'on ne pouvait pas compter sur Corbeau. Naturellement, les hommes ont trouvé ma manœuvre brillante, comme si je l'avais planifiée. *"Corbeau les a encore bien eus"*, ils disaient. »

Sur ce, mon grand-père ramassa la hache et fit lentement tourner le manche en bois usé entre ses mains.

« Tu sais quel était mon but ? Ce n'était même pas de survivre, figure-toi. Non, j'étais obsédé par l'idée de me trouver là où il le fallait, avec mes hommes. La fierté... Je croyais que c'était important ; or ça n'avait aucune importance. Finalement, la grande opération prévue n'a jamais eu lieu. Il y a eu des bisbilles, des complications, je ne me souviens plus trop pourquoi. Uniquement l'attente, les discussions, les messages, les allers-retours, toujours la même chose, tout le temps. On marchait, on se cachait, on attendait, on allait ailleurs, et puis encore ailleurs, et mon "succès" n'avait aucun sens car c'était la confusion la plus totale. Ensuite, les Russes sont arrivés...

– Et le petit garçon, qu'est-ce qu'il est devenu ?

– Cette nuit-là, je l'ai fait emmener en lieu sûr. Je n'avais pas le choix.

– En lieu sûr ? Comment ça ?

– Ç'a duré toute la nuit, répondit mon grand-père en jetant la hache sur le côté.

– Qu'est-ce que tu en as fait ?

– Je l'ai confié à quelqu'un.

– À qui donc ?

– À une femme.

– Laquelle ?

– Une vieille dame... Non, d'ailleurs, pas si vieille à l'époque. Plus âgée que moi. Je savais qu'elle le recueillerait.

– Raconte-moi.

– Des hommes ont déposé le petit chez elle et sont repartis. Je pensais qu'ils allaient se faire tuer en chemin mais ils sont revenus sains et saufs. Ç'a été une longue nuit. J'ai réussi à faire en sorte qu'on reparte avant l'aube. Et on est arrivés à temps. Pour rien. Je me rappelle qu'on a tué un lièvre et qu'on l'a mangé sur le chemin. Cru. Je me souviens du sang sur le visage de Gorski. Mais pas au moment où il le mangeait. »

La voix de mon grand-père devint lointaine, presque comme dans un rêve.

« Plus tard. À la lumière de la lanterne. J'ai vu le sang sur ses joues pendant qu'il dormait, épuisé d'avoir couru toute la nuit. En voyant sa tête, je me suis rappelé qu'on avait mangé le lièvre cru, sur la route. Et je me suis rendu compte que ce sang, je l'avais aussi sous mes ongles.

– Grand-père, où est-ce que vous avez emmené le petit garçon ? Qui était cette femme ? Elle vivait près d'ici ?

– Pas loin, oui. Ça fait longtemps qu'elle est morte maintenant. Pour ce qui est du petit, je n'ai pas cherché à savoir. »

Il secoua la tête brusquement, comme s'il s'arrachait au sommeil. Il se redressa et ramassa son couteau sur le billot.

« Ton père savait tout ça. Il a vu les cadavres de la famille du gamin traînés par les pieds derrière une charrette ; ils sont passés devant les maisons, autour de l'enclos où les Juifs regardaient à travers les barbelés. La charrette et le cheval appartenaient au père de Powierza. Les Allemands l'ont obligé à faire ça. Ils se sont bien assurés que tout le monde voie que c'étaient cet homme, sa femme et leurs filles, des gens que tout le monde connaissait parce qu'ils tenaient une boutique. On venait lui acheter des denrées pendant qu'elle faisait la monnaie et ficelait les paquets. Ton père a vu toutes ces choses-là. Plus tard, il m'a raconté qu'il m'avait désobéi. Il les avait accompagnés jusqu'à l'orée des bois, en bordure du village, et il s'était caché. Il avait entendu les coups de feu. Mais je ne lui ai jamais dit ce qui s'était passé, Leszek. Je ne lui ai jamais rien dit d'autre là-dessus. Ce qu'il avait vu de ses yeux était déjà assez horrible comme ça. »

Il tendit la main vers la carcasse dépecée.

« Je lui ai caché un secret, et il t'en a caché un autre. On a toujours gardé nos visages impassibles pour ne pas nous trahir. »

Puis il se tut. Il en avait terminé ; il se remit au travail. Je savais qu'il n'en reparlerait plus. Je restai assis un long moment, les yeux tournés vers le coin sombre et désordonné de la remise, et j'entendis le sifflement du couteau, comme s'il arrivait de très loin.

« Va me chercher un baquet propre à la laiterie, me dit mon grand-père. Et un seau d'eau, aussi. »

*
* *

La routine peut être une échappatoire. Pendant quelque temps, je m'y réfugiai comme dans une bulle, en m'absorbant dans mes tâches quotidiennes. Je fourchais le fumier, je réparais l'échelle du fenil, je préparais la pâtée pour les porcs, je changeais l'huile du tracteur, je remplaçais la courroie de son ventilateur, je fendais du bois pour le feu, je nettoyais la laiterie. Mais les images qui me hantaient, c'étaient les visages blêmes sur le champ, un petit garçon au crâne rasé, des faisceaux de lumière balayant les arbres, autant de visions qui luttaient contre d'autres : l'attitude froide et impassible de Jablonski, curieusement imperturbable, sans âge, les vieux dossiers étalés sur mon lit, les lèvres pâles et boudeuses de Jola, comme dans un rêve, me disant sans arrêt que tout ça n'était qu'un fantasme, une manière de fuir le réel.

Le travail à la ferme, c'était bien le réel, mais la hache qui se fichait dans le bois ou la clé anglaise qui serrait les écrous incrustés de cambouis dans le moteur du tracteur ne pesaient pas lourd face à ce sentiment écrasant qui était le mien d'être entouré de souvenirs, de malentendus et d'illusions cultivées aussi soigneusement qu'un potager. Et au premier chef par moi-même.

Quand je pensais à Jola, j'étais effaré par mon ignorance et mon arrogance. J'avais totalement méprisé sa vie avant moi et nié la force de sa conscience et des souvenirs qu'il lui faudrait emporter avec elle. Je pouvais toujours me dire – j'avais essayé de le faire – que ses vieux souvenirs étaient mauvais et méritaient d'être oubliés, qu'ensemble nous allions les remplacer par de nouveaux, de beaux souvenirs : mais partout autour de moi le passé resurgissait, affleurait comme des cailloux sur un chemin. La mémoire avait un avenir autant qu'un passé.

Je me demandais si je pourrais garder cela à l'esprit ou passer à autre chose.

C'est alors que je me rendis chez Powierza. Il avait beaucoup d'avance sur moi, comme d'habitude. Mais ça ne me surprenait plus.

14

« On importera du chocolat de Suisse.
– De Belgique. Une fois, j'ai acheté du chocolat belge, à Varsovie. Il était meilleur que celui de Wedel.
– Ah! Wedel... soupira Farby. Je l'adore, celui de Wedel! Je veux t'emmener là-bas et te verser du chocolat chaud dans la bouche, à la petite cuiller.
– On pourrait en faire, tu sais, dit Zofia.
– Du chocolat chaud? Tu as apporté du chocolat?
– Non. Dans notre magasin, je veux dire. On pourrait fabriquer notre propre chocolat, en plus des bonbons. Imagine un peu l'odeur... Rien que ça, ça ferait venir les clients, sans parler des touristes. Été comme hiver.
– Des paquets-cadeaux de plusieurs tailles.
– Les skieurs en hiver, les randonneurs en été.
– Des touristes allemands. Et les Italiens. Ils vont beaucoup à Zakopane. Ils adorent la montagne.
– Ils adorent le chocolat, aussi. Tu as déjà goûté le chocolat de Pérouse?
– Qu'est-ce que c'est?
– Un chocolat italien... J'en ai eu, un temps. Pas aussi bon que le chocolat suisse ou belge, mais pas mal. Il y avait des pistaches à l'intérieur.
– Je préfère les amandes ou les noisettes.
– Si le chocolat est bon, le meilleur, c'est encore nature.
– Bien sûr. Tu le laisses fondre dans ta bouche... »

Ils se turent quelques secondes. Le pied de Zofia caressait la cheville de Farby sous les draps.

« Les chocolats fourrés aussi, c'est bon, dit-elle.

– Lesquels tu préfères ?

– Ceux à la crème, évidemment. »

Farby se retourna sur les oreillers et sa main gauche se fraya un chemin jusqu'à l'aisselle gauche de Zofia. Elle fit glisser la sienne sur le ventre de Farby, puis sur son torse. Il ne put réprimer un petit bruit de satisfaction, comme un ronronnement de chat.

« Il va falloir qu'on fasse beaucoup de travaux, dit-elle. On aura besoin de jolis rideaux et de petites tables de bistrot. Trois ou quatre, pas plus, pour que les gens puissent s'asseoir. » Elle se redressa, dégageant ses seins des draps. Farby résista à la tentation de les empoigner à deux mains.

« Il va y avoir beaucoup de travail, Zbyszek. Mon oncle ne s'en est pas occupé pendant des années. Pour l'instant, il n'y a que des magazines et des souvenirs. C'est sinistre.

– Il ne doit même plus s'en rendre compte. Tu ne m'avais pas dit qu'il était presque aveugle ?

– Il est surtout vieux et fatigué.

– Tu es sûre qu'il ne va pas le vendre à quelqu'un d'autre ? À un homme d'affaires allemand, par exemple ?

– Non, il déteste les Allemands. Même leur fric. En plus, il me l'a promis. On lui versera un loyer jusqu'à ce qu'on gagne assez pour le lui acheter. Tout est clair entre nous. Il n'a pas besoin de beaucoup d'argent, tu sais. Zbyszek, il faut vraiment que tu voies ça... C'est un endroit parfait. Et on sera au milieu des montagnes. »

Elle se recoucha et tira les draps sur son menton ; elle regardait au loin, comme si la lampe projetait des images des montagnes du Sud sur le mur de la maisonnette.

« Dans combien de temps ?

– Je ne sais pas. Pas trop longtemps, j'espère. »

Elle fronça les sourcils.

« Je crois que Jablonski essaie de te retrouver.

– Ça devait bien arriver, tôt ou tard.

– Oui.

– Il s'est passé quelque chose ? Qu'est-ce qui te fait dire ça ?

– Oh ! non, c'est mon intuition... Je vois beaucoup Andrzej traîner dans les parages.

– Il te suit ?

– Non. Il traîne. J'en déduis qu'il observe. »

Farby admira le profil de Zofia pendant que ses jolies petites dents mordillaient sa lèvre inférieure.

« À mon avis, reprit-elle, il n'aurait même pas besoin de me suivre pour faire le lien, si ?

– Non. »

Ils restèrent couchés un long moment sans rien dire. La lumière de la lampe de chevet vacilla. Dehors, le vent se levait. Ils entendirent la fine neige fondue caresser la fenêtre. Farby se blottit encore un peu plus sous les draps chauds.

« Tu savais que la meilleure huile pour le chocolat provient de la graisse des bébés phoques ? dit-il.

– Non.

– C'est la vérité. Les phoques à selle, pour être précis.

– D'où viennent-ils ?

– De Russie, de Norvège, de ces coins-là. Je l'ai lu dans le *National Geographic*.

– Il faudra qu'on s'en procure. On fera uniquement le meilleur chocolat. »

Zofia roula sur le côté et vint se lover contre Farby, la main posée sur son torse.

« Et le meilleur beurre.

– Pas de problème.

– Il nous faudra aussi de grandes casseroles en cuivre.

– On les aura.

– Et du cacao d'Afrique.

— Bien entendu.
— Et la crème ?
— Euh... Eh bien ?
— Tu apprendras à la préparer ? »

La bouche de Zofia frôla sa joue et remonta jusqu'à son oreille, qu'elle mordilla doucement. « Oui, répondit-elle. J'y travaille. »

Le père Tadeusz partit de chez lui de bonne heure. Comme toujours quand il devait prendre la route – c'était rare –, il roula lentement et prudemment, essuyant sans cesse son pare-brise avec le revers de sa manche, la tête bien au-dessus du volant, comme si une seconde d'inattention risquait de projeter sa vieille Fiat noire dans le fossé ou contre la rambarde.

Ce matin-là, il pleuvait ; chaque voiture qu'il croisait lui envoyait un jet de boue, que ses essuie-glaces se chargeaient ensuite de bien étaler sur le pare-brise. Les villages surgissaient à travers la grisaille et disparaissaient dans le nuage de ses pneus arrière. En en traversant un, il doubla un cheval et une charrette dont l'occupant, un paysan, portait une veste en jean détrempée. Le visage du vieil homme, lorsque le prêtre arriva à sa hauteur, affichait une hostilité certaine. Le père Tadeusz l'imagina animé d'une haine froide, frustré d'être trop âgé pour posséder un jour une voiture ou un tracteur, de ne jamais pouvoir y arriver, de devoir continuer comme il l'avait toujours fait. Qu'importe les révolutions, les promesses de lendemains qui chantent, les sacrifices exigés par les politiciens pour un avenir meilleur... Depuis le début, tout n'avait été que sacrifices, et ce paysan n'avait que son canasson et sa charrette bosselée à sacrifier.

Le père Tadeusz arriva à Lublin deux heures avant son rendez-vous prévu avec l'évêque. Il ne savait pas exactement quoi faire, ni quoi dire. Il avait médité sur la question, il était resté éveillé sur son lit, les yeux au plafond, mais il n'avait toujours pas la réponse, il ne savait pas si le père Jerzy avait raison ou tort, ni même s'il devait écouter ses propres intuitions. Au début, il s'était dit que rien de bon ne sortirait de la croisade du prêtre, s'il s'agissait bien de cela, visant à «révéler» le passé. Les accusations contre le père Marek, mort depuis belle lurette, l'avaient incité à demander audience à l'évêque. Puis le doute s'était immiscé en lui, au sujet non pas tant de ses convictions – il restait convaincu que le père Jerzy se fourvoyait – que du bien-fondé de son intervention. Si les forces de la vie sont déterminées par la volonté divine et créées par la sagesse de Dieu, ne valait-il pas mieux les laisser agir seules ?

Il s'assit un moment dans la cathédrale où, malgré la pénombre, luisaient les ors anciens et les cierges vacillants, où l'air sentait la cire et le marbre froid, où l'espace voûté résonnait de pas invisibles et des échos lointains du bois qui craquait. N'était-il pas juste, comme l'affirmait le père Jerzy, que le péché fût puni et les coupables désignés à la vindicte ? Nourrissait-il une hostilité de principe à l'encontre des ambitions du jeune prêtre, ou était-il jaloux de son énergie et de son engagement ? Le père Jerzy ne l'avait-il pas aussi, avec une force inédite, éveillé au monde qui l'entourait ? N'avait-il pas tiré grâce à lui – ou à cause de lui – des enseignements importants ?

Il pria. Il dit le rosaire. Pas de réponse. Mais des questions, encore et toujours.

Il se retrouva dans le parc attenant à l'église. La pluie avait cessé. Une brume légère s'élevait parmi les branches des arbres. Il s'assit sur un banc et, quelques instants plus tard, aperçut sur un autre banc, non loin de là, un vieux couple. Celui-ci devait être là depuis quelque temps mais il semblait s'être matérialisé en une fraction de seconde.

La femme tournait le dos à son mari, qui avait la tête baissée, comme en pénitence. Le père Tadeusz se rendit vite compte que l'homme ne faisait que regarder par terre. Ils avaient tous les deux les cheveux blancs et portaient des tenues grises, ou dans les tons gris – même l'écharpe marron de la femme tirait vers le gris. Leurs visages étaient blêmes : celui de la femme particulièrement abîmé, tandis que son mari avait la tête d'un homme ayant passé sa vie entre quatre murs, derrière un bureau.

Le père Tadeusz se fit la réflexion que des gens comme ceux-là, le pays en comptait maintenant des millions. Pour eux, c'était terminé. L'homme avait consumé dans une cause perdue son ambition, qui devait se limiter à peu près à la simple survie. La femme n'avait sans doute jamais cru à cette utopie et pourtant elle ne parlait jamais, elle était résignée, elle acceptait sa triste part dans le souci permanent de son mari de toujours être prudent face à l'autorité – heureux de pouvoir passer trois ou quatre semaines chaque été au bord d'un lac, dans une petite maison encore imprégnée par l'odeur des occupants précédents et où ils laissaient leur propre odeur à la famille de fonctionnaires qui leur succéderait.

Désormais, les enfants de cette femme ne croyaient plus en rien – ni à l'ancien système, ni au nouveau, ni en l'Église, ni en Dieu –, rien sinon partir et gagner de l'argent. Leur fille faisait des ménages en Allemagne, leur fils vendait des vêtements pour bébés, des montres et de la vodka Bison expédiés à l'étranger dans des sacs de sport en toile.

Aujourd'hui, se dit-il, le vieil homme est mal en point. Il imaginait très bien la scène : l'homme se réveille en pleine nuit, se promène en pantoufles dans son appartement sombre jusqu'à se rendormir au fond d'un fauteuil. Sa femme le retrouve là aux aurores ; il est tellement pâle que, l'espace d'un instant, elle le croit mort. Quand il finira par s'en aller pour de bon, elle sait pertinemment qu'elle le retrouvera dans le même état, aussi gris que la lumière d'hiver. Ils sont tous deux malades, elle le sait aussi, et elle s'en moque. Le père Tadeusz détourna la tête et préféra regarder, par-delà les arbres nus, les voitures qui passaient à toute vitesse.

Il y eut un bruit dans l'allée du parc. Un éclat de rire joyeux. Deux jeunes mères tournèrent au coin, chacune poussant un landau ; l'une parlait, racontait quelque chose, et l'autre riait, les joues toutes rouges. Elles passèrent d'un pas tranquille, sans prêter attention ni au prêtre ni au vieux couple, puis s'assirent tout au bout de l'allée, en balançant les landaus d'avant en arrière. Le père Tadeusz jeta un coup d'œil à sa montre. L'heure avait sonné.

Le siège de l'évêché se trouvait à une rue de là. Il eut à peine le temps de s'asseoir dans la salle d'attente que la porte s'ouvrit. L'évêque lui décocha un grand sourire.

« Entrez, mon père. Je suis bien content de vous voir. »

Jola fit le tri dans leurs affaires, méthodiquement, la tête froide, sans hésiter. Elle se disait qu'elle était née pour faire ses bagages. Dans toutes les pièces de l'appartement traînaient des cartons de vêtements. Les vieilles valises, celles qu'elle avait jadis emportées à Varsovie puis rapportées, étaient ouvertes sur le lit, remplies des affaires de première nécessité. Karol était parti à la ville pour régler les détails. Sa fille se trouvait chez sa mère, à l'écart, et le bébé dormait. Jola n'avait encore rien dit à ses parents. Elle leur expliquerait au dernier moment – pas avant.

Pas de temps à perdre en mélodrames.

Ses parents pourraient récupérer le reste de ses affaires plus tard.

Pour la première fois depuis des mois, elle se sentait vivante, énergique, décidée. Elle avait enfin l'impression de maîtriser son destin, si incertain fût-il. Elle avait rangé et fait le tri avant l'aurore, pièce par pièce, tiroir par tiroir, abandonnant les vêtements d'été, les sandales des enfants, les robes et les chaussures qu'elle ne mettait plus. Maintenant que tout ça était dans les cartons qui resteraient, elle sentait une légèreté, proche du soulagement, une nouvelle énergie dans les bras et les jambes, comme une athlète prête pour la course.

C'était surtout le mouvement qui l'animait et la soulageait tout à la fois ; c'était l'idée de *partir*, peu importe où, qui lui donnait force et détermination. Le tumulte qu'elle imaginait dans les aéroports et les gares, les gens qui s'en allaient, arrivaient, attendaient, les voyageurs perdus ou impatients, au milieu de leurs enfants et des tas de bagages, les destinations annoncées solennellement, comme une parole divine, par des haut-parleurs invisibles – tout ça l'excitait au plus haut point. Ce serait peut-être Hambourg, ou le Danemark ou la Suède. Tel avait été le marché conclu avec Karol au tout début, jusqu'à ce que cet accord tacite se perde en cours de route, noyé dans la routine et dans l'alcoolisme de son mari. Une chose après l'autre. Le refus de Karol de chercher du travail ailleurs – ce qui n'avait rien d'utopique pour un vétérinaire chevronné comme lui – l'avait irritée, effrayée et, au bout du compte, déprimée. Ce n'était pas ce qu'ils s'étaient dit : l'idée était de partir, de fuir ce village, les parents de Jola, ces champs plats et détrempés, ces forêts brumeuses, lugubres. Aujourd'hui elle retrouvait l'espoir, comme si elle l'avait occulté pendant longtemps, comme si une rafale de vent venait de balayer le brouillard devant elle.

Peut-être était-elle vouée à toujours rêver d'un avenir qu'elle n'arrivait pas à se figurer. Elle ne fonctionnait pas comme Leszek. Peut-être était-elle, au fond, une nomade. Elle ne fonctionnait pas comme Karol, non plus, mais il y avait quelque chose en lui qui l'attirait. Quelque chose de physique, sans doute, mais derrière cela il y avait la perception d'un danger. Peut-être vivrait-elle constamment dans le danger, ou dans la recherche du danger, ou dans ses environs. Leszek avait pu incarner cela, au début, mais c'était terminé. Karol, lui, en revanche, *était* le danger. Elle l'avait senti dès le départ, sans même comprendre. Sa manière de boire en était le meilleur symptôme – il portait ça en lui. Elle était allée vers lui pour échapper à ses parents, et vers ses parents pour échapper à la tristesse de Varsovie. Mais elle sentait aussi chez son mari cette force séduisante, une puissance qui allait au-delà de la protection et, assurément, du réconfort. Quelque chose de dissimulé.

Elle n'agissait pas toujours en envisageant les conséquences de ses actes, mais plutôt au gré d'une connaissance instinctive de ce dont elle avait besoin, comme si la nature elle-même l'y poussait.

Elle se dépêcha. Elle triait sans pitié, ne retenant que les affaires indispensables au voyage et à une existence rudimentaire. Parmi les jouets abandonnés, les couvertures repliées et les vieilles chaussures déformées, elle tailla dans le vif non seulement de sa vie, mais de la vie de son mari et de ses enfants. Lorsqu'elle récupéra la vieille poupée en chiffon de sa fille et décida de la ranger dans un carton qu'elle n'emporterait pas, elle se demanda quand même si elle n'était pas en train de transmettre à sa petite son propre sentiment de déracinement.

Non, se rassura-t-elle, elle s'opposera à moi et, au moment de décider de sa vie, elle choisira de faire tout le contraire de sa mère et s'établira dans un endroit fixe, avec un homme fixe. Elle saura ce qui lui conviendra le mieux.

Jola enfouit la poupée sous un tas de couvertures et continua de ranger.

★
★ ★

Czarnek ouvrit l'armoire aux vieux livres. Il les avait presque tous sauvés des flammes. Ramassés dans les cendres. Les livres brûlent mal. Quelques-uns avaient survécu. Leurs bords avaient été carbonisés, mais nettoyés depuis bien longtemps. Une écriture qu'il ne pouvait pas déchiffrer. Au nombre de quatre. Quels livres trouve-t-on dans les décombres d'une synagogue incendiée ? Il s'y était introduit à la pâle aurore. Une fumée atroce s'élevait des poutres, des cendres, des clous tordus. Il garderait à jamais en mémoire la forme de l'édifice, la charpente noircie des murs de soutènement. Qui l'avait incendiée ? Les Allemands ou les gens du village. Les Allemands semblaient avoir disparu, occupés ailleurs. Sur un autre front. Il ne savait pas quand ils étaient partis. La veille ? Dans la nuit ? Il n'osa pas demander. Il risquait d'être reconnu. La plupart des barbelés étaient encore sur la place. Il vit le coin de celle-ci, toute une partie ravagée, pillée, abandonnée, qui n'avait plus de raison d'être. Le village était calme. Si quelqu'un le repérait, il ferait mine de farfouiller, de trier, comme n'importe quel mendiant. Il se rendit compte que tout avait déjà été pillé. Des poutres déplacées, des traces de pas. Pour y trouver quoi ? Il savait, maintenant : de l'or. Ils cherchaient de l'or. Ils étaient fous, perdus par leurs superstitions, leurs légendes, leur jalousie, leur inextinguible cupidité. De l'or ! Les gens vendaient des casseroles et des poêles, travaillaient jour et nuit, habillaient leurs enfants de haillons, gagnaient leur vie en réparant des souliers, raccommodaient de vieux habits, conservaient les clous tordus dans des vieilles boîtes, nourrissaient leurs familles de soupe aux choux... et les autres les soupçonnaient de cacher de l'or ! Ils avaient brûlé le temple pour le trouver, ou regardé avidement d'autres le faire, puis ils avaient passé au peigne fin les cendres à la recherche de morceaux fondus, emportant dans leurs mains noires des bouts de laiton, traînant derrière eux du bois encore intact pour faire du feu.

Il se rappelait encore la chaleur sous ses pieds – elle lui avait transpercé les semelles. Il avait voulu se coucher dans la cendre douce, entre les piliers affaissés, et s'endormir. Il avait voulu se couvrir la tête de cendres, comme un vieil homme en deuil, mais il ne l'avait pas fait.

Parti à la faveur de l'obscurité, il était rentré à la maison en plein jour. Danusia fondit en larmes lorsqu'elle le vit, elle qui croyait qu'il avait été raflé et emmené ; elle le serra fort dans ses bras, en pleurant, et lui fit promettre de ne plus jamais faire une chose pareille, de ne plus jamais filer en douce pour se retrouver à la merci de gens qui n'auraient nulle merci, de gens qui pouvaient le trahir, ou le vendre, ou l'enlever, ou le pousser à l'arrière d'un camion. Il était à elle maintenant, et vice versa, et il en serait toujours ainsi. Elle était sa mère, ou sa gardienne, s'il préférait, voire sa tante, la sœur de sa mère, tuée pendant la guerre (s'ils voulaient jouer le jeu jusqu'au bout), morte comme son propre mari. Dorénavant, ils s'appartenaient l'un à l'autre, et à personne d'autre. Le comprenait-il? Ils seraient l'un à l'autre, ils se protégeraient mutuellement, et tant que les autres autour d'eux le comprendraient, tant qu'eux-mêmes chériraient cette promesse, il ne lui arriverait rien. Et elle aurait quelqu'un, un fils; et lui aurait quelqu'un, une mère, pour le nourrir et le laver, lui donner de quoi se vêtir, de quoi étudier, un toit au-dessus de la tête et un lit dans lequel dormir, de la soupe quand il serait malade, des jeux de petit garçon. Est-ce qu'il pouvait le comprendre?

Elle lui avait arraché de ses mains noircies les livres brûlés, qui s'étaient retrouvés sur l'allée boueuse où elle s'était élancée à sa rencontre. Il avait levé ses bras ballants d'une manière hésitante, incertaine, pour toucher le corps haletant de Danusia, en une étreinte enfantine. Elle avait ramassé les livres pour lui, mais les avait ensuite gardés cachés.

Décide-t-on de quoi que ce soit à 10 ans? Était-ce une décision, ou le sommeil, une lassitude, une envie de dormir, de rêver, ou encore une capitulation?

Elle était tellement différente d'*elle*, beaucoup plus grosse, plus grande. Elle ne sentait pas pareil. *Elle* avait disparu. Parfois, dans son sommeil, il pleurait en pensant à elle.

«Oui, oui, je sais, disait-elle.
– Maman.
– Oui, oui. Tout va bien.
– Maman...
– Oui.»

Les feuilles des arbres enveloppaient la petite maison, les couvertures enveloppaient son lit, les saisons se succédaient, les années aussi. Ils survécurent. Ils continuèrent comme ça. Il était tantôt son fils, tantôt son neveu, ce qui n'avait pas grande importance dans un pays tellement gorgé de mort, d'orphelins, d'amours brisées, d'amours exhumées des décombres et de la boue. Peu importe qui ils étaient aux yeux du monde : à la maison elle était Maman, comme s'il savait sans même en parler, comme s'il comprenait ce nouveau nom qu'il venait de recevoir et la disparition définitive des bouclettes qu'il portait autrefois derrière les oreilles.

Il avait un nouveau nom et aussi une nouvelle date de naissance, chaque fois que l'exigeait l'école ou l'espace vide sur un formulaire officiel. Il ne s'en souvenait jamais ; sans l'ombre d'une hésitation, elle indiquait le soir où il était arrivé chez elle. Il avait donc pour date de naissance celle du décès de sa famille, si bien que sa propre vie, à la fois fausse et réelle, commençait le jour où sa famille biologique avait cessé d'exister. Des vies achevées, une vie ressuscitée : cet échange, il ne pourrait jamais le décrire avec des mots capables de traduire les sons dans sa tête.

Et maintenant ce jour anniversaire approchait, comme des pas pourchassés par les rafales d'une mitraillette.

Avec le laiton, le cuivre, un épais fil à souder et des morceaux de plomb, le marteau et le chalumeau portatif, il s'attela à la tâche dans la salle de la distillerie, la nuit, une ampoule nue au-dessus de la tête, la colonne de condensation à l'arrêt, la flamme du chalumeau réduite à un petit point bleu, le cuivre et la soudure ramollissant et fondant avant de tomber, le tout accompagné par un crépitement incessant, sur les couches de journaux étalées sous son établi de fortune. Le marteau imposa sa marque ronde sur les jointures malléables. La chaleur et la fumée dégagées par le plomb fondu lui tordaient le visage pendant que, penché sur son ouvrage, il essayait de donner forme à la tige, au tube et au godet en suivant le dessin de mémoire. Il apprenait à travailler le métal sur le tas, en ajoutant de vieux raccords de plomberie en laiton piochés parmi une collection amassée dans une cantine en bois depuis des lustres. C'étaient des objets récupérés çà et là : les vieux tuyaux, robinets de purge et autres éléments trouvés au fond d'une poubelle dans la remise crasseuse de la distillerie, des objets jetés au cours de soixante, de quatre-vingts années, voire plus, de travaux de plomberie et de réparations provisoires, des bouts de métal désormais chauffés, tordus, martelés et joints ensemble pour produire une forme que personne n'avait jamais imaginée lors des improvisations hydrauliques menées ici pendant tout ce temps-là.

Il lui fallut quatre jours – ou nuits – passés à travailler bien après minuit ; chaque fois, l'ouvrage et les traces de son travail étaient dissimulés à la vue des ouvriers et des visiteurs diurnes. Une fois qu'il l'eut achevée, il souleva sa création – devenue lourde – et la transporta jusqu'à sa maison adjacente. Là, il la déposa sur l'espace qu'il avait débarrassé en bas du placard aux vieux livres. Puis il en ferma la porte à clé, comme il l'avait toujours fait.

15
Leszek

Tard le soir, dans ma chambre, je remis les documents extraits du dossier de Jablonski à leur place, sous mon matelas. J'eus l'impression de les sentir et de les entendre grincer pendant que je me retournais. Je n'arrivais pas à dormir.

En m'agitant, je repensai à un événement qui s'était produit à l'école primaire, alors que je devais avoir 10 ou 11 ans. J'avais dans ma classe une petite fille du nom de Teresa Majek. Un jour de marché, son père donna un grand coup de poing dans le visage de sa mère, en pleine rue, au centre du village, devant des dizaines de badauds. Mme Majek tomba à genoux sur le trottoir sale, la figure et les vêtements couverts du sang qui pissait de son nez. Ma mère, qui avait assisté à la scène, accourut avec d'autres femmes pour l'aider, tandis que les hommes éloignaient son mari titubant.

Naturellement, dès le lendemain tout le monde à l'école fut au courant de l'incident, quand bien même nous ne l'avions pas vu. Certains élèves médisaient dans le dos de Teresa, d'autres la regardaient d'un air curieux, sans rien dire. Quelques-uns, bien entendu, la charrièrent à propos de son père, désormais surnommé « le champion de boxe ». Et Teresa, une fille boulotte et pas très gracieuse, version miniature de sa mère, sans beaucoup d'amis, se contentait de passer devant ses bourreaux, le visage livide, mortifiée. Au milieu des rires, personne ne venait la voir pour la réconforter et lui dire que tout s'arrangerait. Pendant plusieurs jours, elle ne remit pas les pieds à l'école.

Sa famille habitait toujours le village, ses parents étaient toujours ensemble, son père s'imbibait toujours de vodka les jours de marché.

J'ignorais où se trouvait aujourd'hui Teresa Majek, mais elle devait avoir quitté Jadowia bien des années plus tôt. Je me demandais ce que j'aurais ressenti à cet âge-là si mon père avait commis un geste ignoble au vu et au su de tous – s'il avait été arrêté pour avoir braqué une banque ou s'il avait régulièrement battu ma mère. La honte eût-elle été moins violente ? S'en remettait-on ou fallait-il quitter son village ?

Les enfants sont cruels, mais en réalité pas beaucoup plus que les adultes. Simplement ils sont plus francs, plus candides, moins prudents dans leurs opinions. Pouvais-je attendre davantage des habitants de Jadowia si Jablonski laissait entendre que mon père avait été un mouchard ? J'imagine que ce qu'il fit aurait peut-être été mieux accepté autrefois, ou du moins aurait paru moins choquant. Les temps avaient changé. Il est sûr qu'à l'époque il aurait trouvé des soutiens, en tout cas parmi ses voisins. N'empêche : il aurait été l'objet de tous les ragots et le village s'en serait donné à cœur joie.

J'étais presque certain que mon grand-père avait raison quand il disait que ma mère ignorait tout des activités parallèles de mon père. L'aurait-elle su qu'elle n'aurait pu le cacher, tant elle montrait facilement ses émotions et ses angoisses. Elle avait beaucoup d'amies dont elle goûtait la compagnie et les commérages sur le chemin du marché ou de l'église, et elle jouissait auprès d'elles du prestige d'être une présence énergique, organisant des petites fêtes de bienfaisance, des balades pour aller cueillir des myrtilles ou des virées à Wegrow, en bus, afin d'y acheter des pelotes de fil et des boutons pour ces chandails qu'elles tricotaient sans cesse. J'imaginais l'effet que les révélations de Jablonski auraient eu sur la vie de ma mère. Ces femmes ne l'auraient pas méprisée : elles auraient compati avec elle et se seraient demandé, entre elles, dans quelle mesure elle avait su ou aidé son mari, consciemment ou non, dans ses « activités ». Pauvre Alicja, auraient-elles dit. Déjà un enfant mort, et maintenant son mari qui meurt d'un cancer, et dans ces conditions. Elles auraient expliqué qu'il avait été tué par le remords, comme une punition divine. Pauvre Alicja... Elle avait forcément dû soupçonner quelque chose.

Toutes ces réflexions me retournaient le ventre, car je savais qu'elles étaient aussi vraies que la cruauté des enfants à l'encontre de Teresa Majek. D'ailleurs, ma mère aurait souffert autant que Teresa. Je l'imaginais marcher seule sur la route du village jusqu'à la ferme, devant les maisons de ses amies, sans chercher un regard amical aux fenêtres, sans s'arrêter pour discuter, mais poursuivant son chemin, le visage figé dans ce masque désabusé et résolu dont je me souvenais encore. L'idée de revoir ce masque, l'idée qu'il puisse réapparaître pour un temps indéterminé, me glaçait le sang.

Dans mon cas, les choses étaient plus simples. Quoi que mon père eût fait, c'étaient ses affaires, pas les miennes, et je pouvais surmonter les conséquences de ma découverte. Il était mort ; j'avais ma vie à mener. Peut-être irais-je chez Kowalski pour lui dire que je savais pourquoi il avait refusé de vendre à mon père. Pour me confesser à lui, en somme. Kowalski voulait qu'on reconnaisse les torts qui leur avaient été faits, à lui et à son fils. Je me disais qu'il méritait bien ça.

Pour ma mère, il en allait autrement. Peu importe son innocence, elle était impliquée par son mariage même. Je choisis – et je mis plusieurs jours à prendre conscience de ce que j'avais dû sentir de façon instinctive dès le début – de ne rien lui dire, de garder tout cela secret.

Il allait donc falloir passer certains accords.

Jablonski avait été clair. Je devais persuader Powierza d'abandonner toute enquête ou accusation potentielle contre les autorités du village, au premier chef Jablonski lui-même.

En cas d'échec de ma part, celui-ci dévoilerait publiquement le passé trouble de mon père. Plus j'y pensais, plus la menace de Jablonski me semblait vaine et bizarre. Sans douter une seule seconde de son empressement à salir la réputation de mon père – ou d'un autre –, je trouvais que c'était mal connaître Powierza. Sauf erreur de ma part, l'idée le ferait rire ou le mettrait dans une colère noire : mais dans les deux cas je ne l'imaginais pas fléchir. Or Jablonski devait forcément savoir que cette tête de bois de Powierza ne pliait jamais face à l'autorité. Tel que je le connaissais, il n'avait peur de rien.

En revanche, Jablonski avait raison, me semblait-il, sur un point : parmi les réformateurs, c'était bien Powierza, et non le père Jerzy, qui tenait le haut du pavé. À peine arrivé, tout imbu de sa personne et désireux de frapper un grand coup, le jeune prêtre avait lancé le mouvement. Mais Powierza, l'homme du cru sans antécédents politiques ni ambitions manifestes, était devenu le sage, le centre de gravité moral du village. Et il portait en lui une blessure – le crâne fracassé de son fils – qui non seulement lui valait la sympathie des autres, mais lui conférait une sorte d'aura. Je voyais bien comment les gens l'abordaient dans la rue : ils se montraient respectueux, parlaient doucement, et même sur le ton de la confidence, posaient une main timide sur sa manche, comme pour l'interrompre juste le temps d'une dernière remarque, d'un dernier conseil. Powierza avait assez d'autorité pour freiner les investigations du père Jerzy, quelles qu'elles fussent. Il n'avait qu'à dire : « Ça suffit. » Il pouvait rappeler que des élections arrivaient bientôt, d'ici quelques mois. Il pouvait expliquer qu'un peu de patience épargnerait bien des ennuis à tout le monde. Et les gens l'écouteraient.

Minuit. Minuit passé. Des chiens aboyaient au loin, s'appelaient, se répondaient. Où avait disparu mon sommeil ?

Dans la lumière du matin, le bois brut de la grange paraissait gris cendré. L'abreuvoir était couvert d'une mince pellicule de glace, aussi fragile que du verre. Le souffle des vaches montait dans la pénombre, parmi l'odeur du lait, la puanteur des stalles humides, le bruit de la bouse sur la paille, les couinements des porcs rendus hystériques par l'arrivée de mon grand-père avec les seaux, pour leur petit déjeuner. De la poussière de foin tombait du fenil, comme de la neige par une journée sans vent.

« De la neige ? demandai-je.

– Ce soir. »

Il empila les seaux, essuya du purin sur sa main. « Avant la tombée du jour. » Rectificatif de sa part. Il avança jusqu'à la stalle de sa jument ; deux carottes dépassaient de sa poche.

Je déposai les bidons de lait sur la route, pour la tournée du matin. En face, une famille de geais cajolait dans les peupliers. Des corbeaux survolèrent, en formation, le champ qui s'étendait par-delà. La campagne se déployait, ouverte et silencieuse, les troncs des bouleaux se découpaient contre les pins plus lointains. En les regardant, je compris comment mon grand-père savait qu'il neigerait dans la soirée : la brume s'était levée. Il semblait comprendre toutes ces choses sans même réfléchir. Les nuits d'été, il savait que la pluie approchait parce qu'il n'y avait pas de rosée sur l'herbe ; il déchiffrait les anneaux autour de la lune – anneaux larges, serrés, absents ; il interprétait la manière dont un épi d'orge s'émiettait dans sa main.

Au moment de regagner l'allée, je vis qu'il était sur le départ. Il tira doucement les rênes de Star et s'élança sur la route pour vaquer à ses affaires. Il était temps que je m'occupe des miennes. Je me rendis chez Powierza.

« Entre, me dit-il. Justement, je comptais passer chez toi. » Il tenait une tranche de pain pliée en deux. Ses vieilles bretelles pendouillaient à sa taille et il portait un maillot de corps à manches longues retroussées. Un bout de saucisse traînait sur l'assiette de son petit déjeuner. Il se leva, trempa sa tranche de pain dans une tasse de café et l'engloutit.

« Tu voulais me voir ? demandai-je.

— Oui. Un café ?

— Avec plaisir. »

Il me trouva une tasse. Il ne restait plus que quelques gouttes de café.

« Merde...

— Ça ira très bien. »

J'avais envie qu'il m'explique pourquoi il me cherchait mais d'un autre côté je n'étais pas sûr de vouloir savoir. Il fallait que je lui parle, et ça allait être déjà suffisamment difficile sans digressions. Je le regardai se déplacer dans la cuisine et ne vis aucun signe inquiétant sur son visage. Il avait l'air pressé, rien de plus.

« Je voudrais t'emprunter ta vieille lampe, dit-il.

— Laquelle ?

— La torche, avec la grosse batterie. Tu te souviens ? Tu en avais une.

— Oui. Bien sûr. Si je la retrouve.

— Et j'ai besoin de toi, aussi, rigola-t-il.

— Moi ?

— Tu veux m'aider à faire quelque chose ?

— Quoi donc ?

— Une aventure, peut-être. Cette nuit.

— Qu'est-ce que c'est ?

— Un petit rendez-vous, répondit-il, les yeux pétillants. On va faire un peu d'espionnage. Tout le monde s'espionne, dans ce village. Du coup, on va espionner nous-mêmes. Qu'est-ce que tu en dis ? »

Je pris cette allusion à l'espionnage comme une accusation déguisée. Jablonski l'avait-il rencontré ? Lui avait-il déjà tout raconté ?

« Qui espionne ? » demandai-je.

Il se planta devant l'évier et nettoya le dépôt au fond de sa tasse.

« Dieu seul le sait. Tout le monde sauf toi et moi, j'imagine. »
Il me fit un clin d'œil, récupéra sa chemise sur le dossier de sa chaise et l'enfila.

« C'est ce soir, reprit-il. Voilà pourquoi on aura besoin d'une bonne lumière. Tu viendras avec moi ?

– Seulement si tu m'expliques de quoi il s'agit.

– Bien. »

Il se rassit face à moi et croisa les bras.

« Il s'agit de Jablonski. »

Je déglutis lourdement, mais sans rien dire.

« Il manigance quelque chose. Quelque chose dont j'ai entendu parler. Je ne sais pas ce que c'est. Un trafic, peut-être. Tout ce que je sais, c'est que ça implique un certain nombre de camions censés arriver cette nuit dans l'ancienne carrière, à l'ouest du village. Tu connais l'endroit. Près de la vieille distillerie.

– Quels camions ?

– Je n'en sais pas plus. Mais Jablonski doit être au rendez-vous. Alors je te pose la question : qu'est-ce que Jablonski peut bien aller fabriquer dans une carrière, à minuit, avec des camions ? Je croyais qu'à cette heure-là il était trop soûl pour pouvoir marcher...

– À toi de me le dire.

– Je ne sais pas, mais ça peut être intéressant d'aller jeter un coup d'œil, tu ne crois pas ? »

Je ne m'y attendais pas du tout. Que faire ? Devais-je l'interrompre pour lui faire mes aveux ? Je sentais bien qu'il n'était pas porté à l'indulgence à l'égard de Jablonski.

« Bon ? dit-il. Ne reste pas assis bêtement, Leszek. Qu'est-ce que tu en penses ?

– Je ne sais pas. En quoi cela te concerne-t-il ? Il doit sans doute faire son business.

– Oui, mais quel genre d'affaires se font à minuit dans un lieu où personne ne peut rien voir ? Pourquoi pas en plein jour, à la coopérative agricole ? Pourquoi à minuit et au milieu de nulle part ? »

Je voulus dire : « Et alors ? » Mais comme j'étais déjà trop contrariant, je me retins.

« Comment as-tu découvert ça ? demandai-je plutôt.

– Par Andrzej, le plombier. Il semblerait qu'il fait des petites courses pour Jablonski depuis plusieurs années. »

En effet, c'était Andrzej qui m'avait transmis la convocation de Jablonski. Que faisait-il d'autre ? Espionnait-il Jola ? M'espionnait-il ? Je suivais trop de pistes à la fois.

« Il est venu te voir ?

– Oui, répondit Powierza en riant. Il m'a dit qu'il aimait se rendre utile. "Je suis un homme utile", voilà ce qu'il prétend. Il m'explique aussi qu'il va m'aider à vendre mon tracteur. Bizarre.

– Vendre ton tracteur ? Pourquoi donc ?

– Ce putain de tracteur a 15 ans. Ça fait des années que j'essaie de le revendre. Pour en racheter un neuf. »

Je me rappelais le jour où il l'avait acheté. Les gens étaient venus chez lui uniquement pour admirer la bête, en faire le tour sans dire grand-chose, caresser la peinture et les énormes crampons des pneus. Ce qui me fit penser que personne, à l'époque, ne pouvait s'acheter un tracteur. C'était presque inconcevable.

Powierza nous aidait à labourer les champs ; mon père montait sur le tracteur à ses côtés.

« C'est là qu'il m'a tout raconté, reprit-il. L'histoire des camions. En me disant que ça pourrait m'intéresser. Un camion polonais en provenance de Radom et un camion russe. Comme quoi Jablonski devait les rencontrer à la carrière.

– Mais il ne t'a pas dit pourquoi ?

– Il ne sait pas. Il n'a aucune idée de ce que les camions transportaient.

– Et tu le crois ?

– À quel sujet ?

– Le fait qu'il ne sache pas.

– Je m'en fous. Je le crois pour les camions. C'est assez simple. Je vais le faire venir avec nous.

– Andrzej ? Mais pourquoi ?

– Pourquoi pas ? Comme une sorte de test, si tu préfères. Si on doit rester debout après minuit pour rien, autant qu'il vienne avec nous. Si c'est un mensonge de sa part, je me suis dit qu'il ferait marche arrière et changerait sa version.

– Et il est d'accord ? Il nous accompagne ?

– Oui. »

Les yeux fixés sur lui, j'hésitai un instant. Il avait l'air aussi peu perturbé, ou nerveux, que s'il s'agissait d'aller nourrir ses cochons. Le moment était-il venu pour moi de tout lui dire ? Cela changerait-il quelque chose ?

« Staszek, commençai-je, est-ce que tu as parlé avec Jablonski ? »

Il fit non de la tête.

« Pas depuis notre discussion au sujet de Tomek. Je ne l'ai même pas revu.

– Moi je l'ai revu. »

Il semblait ne pas m'avoir entendu. Il contemplait la lumière grise dehors à travers la fenêtre cerclée de givre.

« Quatre mois, dit-il.

– Pardon ?

– Ça fera quatre mois demain. »

Il parlait de Tomek.

« Staszek... J'ai vu Jablonski. Je lui ai parlé.

– Ah oui ? »

Il promena son regard autour de la cuisine, comme pour revenir progressivement dans la conversation.

« Jablonski ? Tu as parlé avec lui ?

– Oui. C'est lui qui m'a demandé d'aller le voir.

– Et à quel propos ? »

Une idée me traversa l'esprit, une idée qui me fit aussitôt honte : je pouvais décharger les crimes imputés à mon père sur Powierza, en déclarant que c'était ce dernier que Jablonski avait dénoncé devant moi. Et j'aurais pu le faire – cette histoire de tracteur me taraudait – si j'y avais vu une issue, une manière d'avancer qui aurait mis fin à toute cette affaire, à ce cycle d'accusations, de révélations et de hontes enfouies. Mais ça ne pouvait évidemment pas marcher. Je voulais simplement m'éloigner de tout cela, m'envoler au-delà de cette fenêtre givrée, des fourrés sombres, des fossés argentés, jusqu'au champ pentu, pour voir mes bottes fouler cette herbe d'hiver dont j'avais compris qu'elle ne serait jamais mienne. Je ne sais pas ce qu'exprimait mon visage, au juste, mais c'était peut-être bien le regard vide d'un imbécile.

« Tout va bien ? me demanda Powierza en me touchant le bras. J'ai l'impression que tu as besoin de sommeil, fiston. Tiens, je te refais du café. » Il se leva et attrapa la casserole.

« Bon et Jablonski, alors ?
– Tu savais que c'était mon père qui t'avait envoyé en prison ?
– Qu'est-ce que tu racontes ? »

Il fit volte-face pour me regarder dans les yeux. Son visage à contre-jour devant la fenêtre ressemblait à une éclipse.

Je lui répétai alors tout ce que Jablonski m'avait révélé. Il m'écouta sans rien dire, sans trahir le moindre signe de nervosité ou d'indignation, comme si je lui racontais l'intrigue d'un feuilleton télévisé ou une histoire arrivée à de vagues connaissances dans un lointain village. Au bout d'un moment, il s'occupa du café et revint s'asseoir à la table.

J'en arrivai au piège tendu par Jablonski : le chantage – mon chantage. Je ne pus m'empêcher de bredouiller. J'avais beau vouloir poursuivre, je dus m'interrompre. J'avais besoin de souffler.

« Donc on sait maintenant ce qu'il veut, dit Powierza à ma place.
– Oui.
– Le silence en échange du silence.

– Exact, confirmai-je, tout honteux.
– Eh bien nous aussi, on peut négocier.
– Comment ?
– En jouant le même jeu avec eux.
– C'est-à-dire ?
– L'offre et la demande. »

Il se leva pour servir du café chaud.

« Comme le système qu'ils ont toujours prétendu haïr. Comme le capitalisme. On achète bon marché et on vend cher. Tu comprends ?

– Non.

– Ils achètent à un prix donné, celui qu'ils ont fixé, mais ils vendent à un autre prix. Et si tu n'es pas content, tu peux aller voir ailleurs. Sauf qu'il n'y a pas d'ailleurs. C'est leur monopole.

– Tu parles comme mon grand-père.

– Exactement. Il a tout compris.

– Mais ils ne sont pas aussi idiots qu'il le dit.

– Oh ! que si ! C'est pour ça qu'ils aiment détenir un monopole. Quand tu as le monopole sur tout, tu n'as pas besoin de réfléchir. Tu peux être un âne dans tous les domaines. Tu peux même nommer Farby ministre des Finances. »

La pique me fit sourire.

« Oui, reprit-il. Premier ministre, même ! Sans problème. Pas besoin d'avoir un costume propre pour déposer une gerbe sur la tombe du soldat inconnu. On a eu pire. »

J'avais du mal à ne pas rire, d'abord en imaginant Farby, morne et hagard, en train de conduire les affaires du pays avec un sandwich au bacon dans la main. Mais c'était aussi un rire de soulagement, de gratitude à l'égard de Powierza, de cette montagne d'homme, indomptable, indulgent, que j'avais le privilège d'avoir pour voisin. Je me rendis compte que ça faisait plusieurs jours que je n'avais pas ri.

« Il n'y a qu'une seule chose, continua-t-il. Tu dois être assez malin pour savoir garder ton monopole.

– Mais eux ne le sont pas. Ils l'ont perdu, non ?

– Ils ont perdu le pouvoir, mais pas l'instinct. L'instinct de survie. C'est différent, tu comprends ? Ils ont perdu le pouvoir parce qu'ils se sont retrouvés fauchés. C'est en cela qu'ils sont bêtes. Ils n'ont jamais su comment gérer une affaire, pas même une ferme. Alors un pays, tu penses ! Ensuite, c'est Moscou qui s'est retrouvée fauchée. Jamais ils n'avaient cru qu'une chose pareille pourrait arriver un jour. Mais l'instinct est toujours là. C'est comme un renard pris au piège : il se bouffera la patte s'il le faut.

– Et il restera infirme toute sa vie.

– Oui, et il remerciera Dieu d'avoir encore trois pattes valides.

– Tu dis qu'on peut négocier avec Jablonski ? Ce n'est pas lui qui négocie avec nous, plutôt ? Ou avec moi, du moins ?

– On peut peut-être lui donner sa propre patte à bouffer. Et on verra bien. On va l'observer ce soir. »

Pendant quelques secondes, je me tus ; je ne voyais pas trop quelles manigances pouvaient se tramer autour de la carrière.

« Est-ce que tu savais pour mon père, Staszek ?

– On en reparlera plus tard. Pour le moment, on a des choses à faire.

– J'ai envie d'en parler, moi. Tu étais au courant, n'est-ce pas ? »

Il ne me répondit pas.

« Quand je t'ai raconté, tout à l'heure, tu n'as pas eu l'air...

– Je savais que j'avais été arrêté à cause de lui.

– Comment ça ?

– C'est lui qui me l'a dit.

– Quand ?

– Juste avant sa mort.

– Il t'a dit autre chose ? Il t'a raconté le reste ?

– Il m'a parlé de moi. Il m'a demandé aussi de ne rien dire. Surtout pas à toi. Voilà. J'ai tenu parole. Et je la tiendrai. Il n'y a rien d'autre à ajouter.

– Et moi, Staszek, qu'est-ce que je fais ? Qu'est-ce que je dis ?

– Oublie tout ça pendant un moment, Leszek. Tu réfléchis trop. Tu le sais, non ? Dans ta tête, ça doit ressembler à un vieux placard, avec plus de saloperies dedans que dans ma grange. Pour l'instant, il n'y a rien à faire. Allez, voyons voir où est cette foutue lampe. »

Sur ce, il se leva et décrocha son manteau de derrière la porte.

Cela faisait un bout de temps que je n'avais pas vu cette lampe dont parlait Powierza. C'était une boîte rectangulaire rouge, avec une poignée et une ampoule, dont la peinture était écaillée et la bordure en chrome ébréchée. Suivi de Powierza, je me mis à chercher dans tous les tiroirs et les placards de la maison, puis dans les granges, où je finis par mettre la main dessus, à l'intérieur d'une caisse placée sous un établi, au milieu des chiffons et des tuyaux rouillés. Naturellement, elle ne marchait plus. La batterie, une vieille pile sèche très lourde recouverte de papier, était morte.

« On va en trouver une autre, dit Powierza.

– Où ça ? Pas à Jadowia, en tout cas.

– À Wegrow, alors. On y va.

– Est-ce qu'on en a vraiment besoin ? demandai-je, toujours sceptique.

– Bien sûr, Leszek, répondit-il avec une patience étudiée, comme s'il s'adressait à un enfant. Il fait noir, la nuit. Allez. »

Nous arrivâmes sur la place du village au moment où le bus pour Wegrow s'apprêtait à démarrer. Nous courûmes pour le rattraper. Le trajet dura vingt minutes ; le bus étant bondé, nous ne parlâmes pas beaucoup. Son épaule massive me coinçait contre la vitre, ce qui me permit de voir défiler les champs mouchetés, les pans de forêt derrière eux, et, le long de la route, les granges décaties et la fumée de charbon jaune qui s'élevait au-dessus des fermes. Tout au bout d'un chemin, un cheval tirait lentement une charrette et son propriétaire transi de froid.

« Comment va ton grand-père ? » me demanda tout de même Powierza. Ce fut la vue de cette charrette qui lui fit penser à lui. Depuis notre longue discussion, mon grand-père semblait un peu en retrait, absorbé par ses souvenirs et ses promenades solitaires.

« Il va bien, répondis-je.
– Il reste un peu dans son coin, ces derniers temps, non ?
– Il préfère être seul.
– Parfois je le croise sur sa charrette. Mais j'ai l'impression qu'il ne me voit pas.
– Il n'y voit plus très clair, je crois.
– Tu parles ! Je l'ai aperçu l'autre jour au bord de mon champ, celui du nord. Je sortais des bois et je l'ai vu sur sa charrette. Il déchargeait quelque chose. Des broussailles, je crois. Il était à quatre cents mètres de moi. Quand il m'a vu, il est venu me parler. »

Il éclata de rire.

« Il m'a dit que l'hiver allait être sec.
– En général, il ne se trompe pas.
– Il découpait des pieux pour la clôture.
– Il m'en a parlé, oui.
– Pourtant vous n'avez pas de clôture là-bas, si ?
– Non, pas là-bas. Il compte peut-être les vendre. »

J'imaginais mon grand-père, bien campé dans ses bottes, en train de bougonner, à l'abri de sa solitude. « C'est l'hiver. Ça l'occupe, de découper des pieux de clôture. »

Le bus entra dans Wegrow. Nous descendîmes sur la place centrale. Wegrow, la plus grosse ville de marché dans un rayon de cinquante kilomètres, beaucoup plus grande que Jadowia, paraissait presque engorgée par rapport à nos petites rues désertes. Powierza se faufila parmi les badauds, direction la première quincaillerie venue. Celle-ci semblait ne vendre que du savon en poudre et des ustensiles de cuisine en plastique : nous nous en allâmes sans même demander des piles. Powierza emprunta une ruelle encombrée qui partait en courbe derrière la place. Sur ces quelques mètres de trottoir pavé, on se serait cru dans une des anciennes rues bondées de Praga, à Varsovie, de l'autre côté du fleuve. Or c'était bel et bien la campagne, et les gens portaient des tenues à la fois plus sommaires et plus criardes qu'en ville. Leurs visages étaient certes moins blêmes, mais rougeauds, nourris à la pomme de terre, au porc salé et au chou, avec des yeux moins vifs que ceux des citadins nerveux et agités. Ils parlaient fort, avec rudesse.

Tout autour, des devantures surchargées affichaient des panneaux en carton, orange vif et verts sur fond noir. Une boutique sur deux crachait une musique métallique forte, si bien que l'ensemble de la rue était envahi par une véritable cacophonie. D'anciens garçons de ferme vendaient des cassettes audio sur des stands improvisés à côté des voitures garées, tandis que leurs mères, tantes ou grandes sœurs faisaient de la retape pour des casquettes cousues à la machine, aux couleurs aussi criardes que les panneaux des magasins. Elles farfouillaient dans des cartons où il était inscrit « Made in Bangladesh » et brandissaient des mitaines, des gants ou une pile de casquettes de base-ball. Affairées, anxieuses, méfiantes, murmurantes, elles palpaient les produits d'une main et, de l'autre, fourraient des liasses de billets dans leurs poches de manteau.

La circulation nous ralentissait, certes, mais nous étions tout aussi attirés par ces *objets* destinés à être soulevés, tenus, achetés, par ce festival de couleurs, cette profusion de produits proches du rebut dont on n'avait pas besoin mais qu'on pourrait peut-être un jour utiliser ou donner en cadeau – un jouet, une nouveauté, un petit gadget. D'ailleurs, Powierza en profita pour s'arrêter devant un stand et choisir une paire de gants tricotés couleur pastel qu'il souhaitait offrir à sa femme. Pour ce faire, il m'emprunta quelques billets, les mit dans sa poche et s'arrêta un peu plus loin devant une vitrine où des cassettes pornographiques allemandes ou hollandaises côtoyaient des ouvre-bouteilles et des robots mixeurs. Il entra dans la boutique, reçut une réponse lapidaire au sujet de la pile électrique, puis s'attarda un peu devant les jaquettes des films pornographiques, cuisses mûres et aguicheuses emprisonnées derrière des vitrines fermées à clé. Il avait un sourire matois. Je l'attrapai par la manche et le ramenai vers la rue. « Tu ferais mieux d'acheter des gants, Staszek », lui dis-je.

Nous continuâmes à marcher entre les vendeurs à la sauvette et les boutiques, jusqu'au bout de la rue, où la foule se faisait moins compacte et où des bâtiments plus anciens trônaient comme des falaises sombres et érodées derrière un rivage bariolé. On découvrait là les trognes grimaçantes des hommes plantés devant les portes, l'alcool agissant sur eux comme une loi de gravitation multipliée, tirant leurs chairs vers le sol, ralentissant leur débit autant que leurs mouvements. Une vieille femme toute pâle qui tenait en laisse un minuscule chien apeuré les contourna. Les devantures tristounettes n'avaient pas changé, perdues parmi les étalages où se vendaient choux, betteraves, céleris-raves et autres patates terreuses typiques de l'hiver slave. Powierza entra dans un magasin de plomberie, évita les lavabos et les cuvettes de toilettes gisant par terre tels des monuments funéraires, puis montra sa pile électrique au patron. « Vous savez où je peux en trouver une comme celle-là ? »

L'homme posa un rouleau de câble en cuivre et prit la pile dans sa main crasseuse. Il l'étudia de près avant de la rendre.

« Au magasin d'électricité.

– Où est-il ?

– Un peu plus loin, répondit-il avec un hochement de menton, et ensuite à droite. »

Nous repartîmes, maintenant ralentis par le pas lent des petits vieux, prîmes la première à droite et tombâmes sur une rue bordée d'austères façades en brique : des bâtiments officiels, trapus, vierges de toute enseigne commerciale. Revenant sur nos pas, nous repérâmes une allée étroite. Quelques mètres plus loin, dans la pénombre et l'odeur puissante des poubelles à peine vidées, un petit panneau indiquait un passage à travers une cour. Un escalier descendait jusqu'à une échoppe à moitié en sous-sol, avec une fenêtre éclairée et une porte mal fermée.

Derrière un comptoir étroit, un homme aux yeux bouffis et aux cheveux gris leva les yeux. Sur l'établi qui lui faisait face, une série de petits objets – des moteurs désossés, des câbles, de vieux outils – semblaient pétrifiés sous sa lampe, semblables à des figurines miniatures. Ses mains, arrêtées un instant dans leur élan, replacèrent sans un bruit l'outil et l'objet qu'elles tenaient. Il régnait en ce lieu un calme étrange, étouffé, accentué par la musique classique qui sortait d'un poste invisible. L'homme plissa les yeux pour mieux considérer le grand visage de Powierza.

« Je cherche une pile. Est-ce que vous en avez une comme celle-là ? »

L'homme se leva de sa chaise avec délicatesse, comme si le silence était un rideau qu'il ne voulait pas ouvrir. Powierza lui donna la pile et brandit la vieille lampe de poche.

« C'est pour cette lampe.

– Hmmm. »

L'électricien posa la pile sur son établi et l'examina à la lumière. « Peut-être bien. » Il disparut à l'arrière de sa boutique, parmi des rangées d'étagères. La porte d'entrée ne laissait passer qu'un rai de lumière. Powierza, planté au milieu de la pièce, maniait la lampe dans ses mains. Je notai que le poste invisible diffusait de la musique sacrée – une messe, en réalité. Les murs n'étaient pas tout à fait nus : une image de la Vierge dans un cadre poussiéreux et une autre du pape, avec sa mitre et un ostensoir, découpée dans un magazine ou un calendrier. Et dessous, sur l'établi, un petit cadre contenant la photo en noir et blanc d'une femme âgée.

Rien ne semblait à vendre. Les objets étaient simplement posés sur des étagères, des objets vaguement électriques – mais l'électricité avait toujours été un mystère pour moi, une sorte de science occulte. Depuis que, enfant, j'avais touché une clôture électrifiée dans la laiterie, j'étais incapable de dire si tel fil était inoffensif ni s'il pouvait me tuer ou me projeter à l'autre bout de la pièce.

« Qu'est-ce qu'il fait dans cet endroit ? demandai-je à Powierza.
– Il répare des choses. Regarde... Une montre, un ventilateur. Des éléments de radio, à l'ancienne. Je ne sais pas très bien... » Il baissa d'un ton. « Tout ça m'a l'air un peu miteux. »

Je repensais à la rue bruyante que nous venions de parcourir, où les radios en plastique flambant neuves, les postes de télévision et les lecteurs de cassettes cassaient les oreilles, comme du papier qu'on frotte contre un micro. Tous ces appareils étaient des circuits imprimés, fabriqués sur des lames en plastique vert qui ressemblaient à des schémas de villes miniatures. Je les avais vus sur les marchés aux puces de Varsovie, vendus par des gamins portant des vestes militaires russes et des casquettes qui disaient « Peur de rien ». Dans ce lieu minuscule, en revanche, c'était une musique plus douce qu'on entendait – elle semblait d'ailleurs prendre de plus en plus d'ampleur. Je notai alors que le vieil homme était ressorti discrètement de son arrière-boutique et qu'il se tenait face à l'étagère qui tapissait le mur, une main suspendue devant la radio que je n'avais pas encore localisée. Powierza voulut dire quelque chose mais le vieil homme l'interrompit en levant le bras. « Un instant », dit-il. Une voix s'éleva du poste et l'homme, sans bouger, ferma à moitié les yeux. Personne n'osa parler. La voix de la radio s'envolait, flottait comme une hirondelle poussée par le vent, piquait, voletait, tombait. L'homme actionna le bouton.

« Mozart, dit-il.
– Pardon ? fit Powierza.
– Mozart », soupira l'électricien en s'avançant vers nous. C'est alors que je vis qu'il boitillait légèrement. Il tenait une pile carrée dans sa main gauche.

« Vous l'avez ? voulut savoir Powierza.

– Voyons voir. »

Il installa la pile dans la lampe. Ce faisant, la manche de son bras gauche fut accrochée par un objet et remonta, dévoilant une série de chiffres tatoués sur son avant-bras. Je n'avais encore jamais rien vu de tel. Ni lui ni Powierza ne semblèrent y prêter attention, ce dernier étant entièrement absorbé par l'ampoule. Puis la manche retomba et recouvrit le tatouage.

« Essayons. » Il trouva l'interrupteur ; aucune lumière ne vint.

« C'est peut-être l'ampoule, tenta Powierza.

– Plutôt la corrosion. »

L'homme ouvrit le boîtier et en retira la pile avant de se rasseoir devant son établi. N'y avait-il que les Juifs à avoir été tatoués dans les camps de concentration ? Je promenai de nouveau mon regard autour de la pièce, sur les images de la Vierge et du pape, sur le petit atelier bien rangé, enfin sur l'électricien lui-même, sa tête penchée sur la lampe, ses cheveux blancs dégarnis. Bien sûr, des Polonais étaient morts dans les fours crématoires et avaient dû creuser leur propre tombe. Mais à ma connaissance ils n'étaient pas tatoués. Si cet homme était juif, pourquoi toutes ces images pieuses ? J'essayais de comprendre quelle pouvait être sa vie. Je l'imaginais vivant seul dans une ou deux pièces exiguës, quelque part non loin de là, avec une plaque pour la cuisine, un fauteuil recouvert d'une housse, des livres, une radio et peut-être un tourne-disque pour écouter Mozart.

« Depuis quand êtes-vous installé ici ? » lui demandai-je. Concentré sur son travail, il ne semblait pas m'avoir entendu.

« Monsieur, repris-je plus fort, depuis combien de temps êtes-vous dans cette boutique ?

– Ça fait des années, fit-il sans même lever les yeux. Longtemps.

– Depuis la guerre ?

– Après la guerre. »

Ses mains touchaient les outils avec une grâce contenue, précise, une économie de geste. Il démonta la lampe, frotta les bornes à l'aide d'une brosse métallique et reconstitua le tout. Il se leva. « Voilà. » L'ampoule s'alluma.

« Un petit peu de corrosion, dit-il. Vous avez intérêt à la garder dans un endroit sec.

– Combien est-ce qu'on vous doit ? » demanda Powierza. L'homme nous indiqua le tarif. Je sortis mon argent lentement, en comptant. Je voulais l'interroger sur son tatouage, sur la guerre, sur sa vie, mais je ne voyais pas comment le faire avec tact, et Powierza, impatient de s'en aller, s'avançait déjà vers la porte. Je posai mes billets sur le comptoir. Nous le saluâmes et nous partîmes. Dès que nous eûmes traversé la cour, je m'arrêtai soudain.

« Staszek... Une seconde, s'il te plaît.

– Quoi donc ?

– Juste une seconde. Attends-moi ici. »

Je retournai dans la boutique. L'homme parut surpris en me voyant ouvrir sa porte.

« Excusez-moi, monsieur. Je voudrais vous demander quelque chose.

– Oui ?

– J'ai vu le tatouage sur votre bras.

– Oui ?

– Excusez-moi si je vous parais... indiscret. Mais je voulais savoir... Avez-vous été déporté dans un camp de concentration ?

– Pourquoi voulez-vous le savoir ? fit-il après un temps d'hésitation.

– Je n'ai jamais rencontré quelqu'un qui...

– Qui a des chiffres sur son bras ?

– Oui.

– Je vois, dit-il en me scrutant pour déceler sur mon visage une bonne raison de poursuivre. Oui... À Auschwitz.

– Est-ce que vous êtes...

– Un survivant, oui.
– Enfin, est-ce que vous êtes...
– Vivant ? Oui, je suis vivant. »
Il eut un sourire las.
« Pour le moment.
– Juif, je veux dire. Est-ce que vous êtes juif ?
– Je suis né juif.
– Et aujourd'hui ? demandai-je en hochant le menton vers les images saintes. Vous êtes catholique ?
– Je suis un vieil homme, surtout. Et je suis en Pologne. Vous comprenez ? »
Je ne dis rien.
« Non, vous ne comprenez sans doute pas. » Il manipulait le petit moteur électrique qui était posé sur l'établi juste devant lui.
« Il n'y a pas de Juifs en Pologne. Ou pas assez, en tout cas, pour mériter d'être recensés. Vous le savez, n'est-ce pas, jeune homme ?
– Oui, monsieur.
– Je crois en Dieu.
– Oui.
– Mais je ne suis pas tout seul. Je suis un Juif qui croit en Dieu, si vous préférez. Peu importe comment je pratique ma foi, non ? À vos yeux, j'entends. Ou aux yeux de quiconque.
– Bien sûr. Je voulais juste...
– Je crois en Dieu. Je crois en la musique. C'est peut-être la même chose, d'ailleurs. Je prie avec les Polonais. Je prie parce que je suis en vie.
– Mais vous auriez pu partir, n'est-ce pas ?
– En Israël ? Vous pensez que je n'ai rien à faire ici ?
– Non... ce n'est pas ce que je voulais dire. Mais vous avez changé, vous avez dû changer de religion ?
– Ah oui ? »

Ses yeux cernés me fixèrent. « On respire tous le même air. » Il se leva et éteignit la lampe au-dessus de l'établi. Dans le peu de lumière qui restait, émise par un néon au plafond, il ressemblait à un spectre, blafard.

« C'est une longue histoire, reprit-il. Mais entre nous, ça n'est pas si intéressant que ça.

— Je suis désolé de vous avoir dérangé. »

Il coupa la radio. Je pus voir la peau blanche de son avant-bras, mais pas les chiffres. « Ne vous en faites pas, me dit-il. Au revoir. »

Powierza s'était déjà éloigné dans la rue.

« Qu'est-ce que tu fabriquais ?

— Je voulais le payer un peu plus. Il avait l'air d'en avoir besoin. »

Powierza me regarda comme si j'avais perdu la raison, mais il ne dit rien jusqu'à ce que nous ayons atteint le bout de la rue.

« C'est un Juif, tu sais.

— Comment le sais-tu ?

— J'ai vu son tatouage. Et il nous a fait payer plus cher. »

Je ne répondis pas. « Allez, me dit-il. On va se boire un café. »

Dans un petit hôtel qui donnait sur la place, une *kawiarnia* vendait des gâteaux, du café et de la vodka. C'était une vaste salle bondée et enfumée, avec de gros rideaux élimés qui protégeaient l'entrée contre le froid et des fenêtres couvertes de buée. Nous étions à peine assis que je repérai un visage familier ; au bout de quelques secondes, je mis un nom dessus. Il s'agissait de Bielski, l'homme des bureaux de Commerce Express, à Varsovie. Je m'aperçus aussitôt que l'homme qui l'accompagnait, assis le dos tourné vers nous, n'était autre que Roman Jablonski. Je relevai mon col bien haut et déplaçai ma chaise sur le côté, afin que Powierza fasse obstacle entre Jablonski et moi.

« Staszek, dis-je. Ne te retourne pas, mais Jablonski est là.

— Où ça ?

— Tout au fond de la salle. Il est en train de discuter avec le type que j'ai vu à Varsovie.

— Quel type ?

— Il s'appelle Bielski. Il travaille pour l'entreprise commerciale, tu te souviens ? C'était un des numéros de téléphone de Tomek, un de ceux qu'on a composés.
— Celui qui t'a chassé de son bureau ?
— Exactement.
— Et qu'est-ce qu'ils font ?
— Ils bavardent. »
Je coulai un regard par-dessus l'épaule de Powierza.
« Ils boivent de la vodka, je crois.
— Où est la serveuse ? Moi aussi, je prendrais bien une vodka. »
Bielski et Jablonski, tous deux encore en manteau, étaient penchés au-dessus de leur petite table. Une serveuse leur apporta deux autres verres de vodka. Des volutes de fumée s'élevaient au-dessus de Jablonski, qui parlait pendant que Bielski l'écoutait en hochant la tête, comme un poulet en train de picorer. La serveuse vint à notre table.
« Une vodka, s'il vous plaît, demanda Powierza.
— Et un café. »
La jeune femme débarrassa plusieurs tasses sales.
« Ils s'en vont », dis-je à Powierza. En effet, les deux hommes se levaient. Tandis que Jablonski écrasait sa cigarette et boutonnait son manteau, Bielski posa quelques pièces sur la table. Ni l'un ni l'autre ne jetèrent le moindre coup d'œil dans notre direction. Quant à moi, tête baissée, je les regardai ouvrir le rideau de l'entrée et s'en aller. Powierza était déjà debout quand la serveuse arriva avec son plateau. Il repoussa le verre de vodka.
« Paie-la, Leszek. » Je m'exécutai et rattrapai Powierza sur le trottoir. Bielski et Jablonski se trouvaient à cinquante mètres devant nous. Le premier, plus grand, faisait de grands gestes avec ses mains gantées. Puis ils s'arrêtèrent pour se faire face sur le trottoir éventré. Bielski agitait à présent un jeu de clés. Il se tenait debout à côté d'une Mercedes foncée, sans doute celle que j'avais vue à Varsovie, dans le quartier de Praga. Powierza et moi nous arrêtâmes devant une devanture vide. Bielski monta à bord

de la voiture et Jablonski repartit d'un pas pressé. Bielski passa devant nous en faisant vrombir son moteur et tourna au premier croisement. Jablonski continuait de marcher.

« Voyons voir où il va », dit Powierza.

Nous le suivîmes à bonne distance.

Il traversa la rue et retrouva sa petite Fiat toute crottée, à moitié garée sur le trottoir. Il ouvrit la portière, récupéra un bout de bois sur la banquette arrière et fit le tour pour allumer le starter à l'arrière de cette voiture ridicule. Il s'installa au volant, claqua la portière et passa devant nous, son visage brouillé par la vitre sale.

Nous repartîmes vers la place pour prendre le bus du retour. Il se faisait tard, il y avait du monde qui attendait, la nuit tombait vite. Les marchands ambulants rangeaient leurs cartons, leurs sacs en nylon, leurs tables pliantes. Le bus arriva enfin et nous fîmes tout le trajet jusqu'à Jadowia debout, coincés au milieu de l'allée centrale. Lorsque, une fois descendus, nous longeâmes la coopérative agricole, la lumière était allumée dans le bureau de Jablonski et sa voiture était garée devant son immeuble, sur le trottoir d'en face. Nous nous séparâmes devant la maison de Powierza – nous avions tous les deux du travail à faire.

« Passe vers 23 heures, me dit-il.

– On devrait peut-être le surveiller. Jablonski, je veux dire.

– Non. Peu importe. On ne peut pas le suivre à pied. On ira à la carrière. Andrzej nous retrouvera là-bas. »

J'avais complètement oublié Andrzej. Powierza, qui tenait la lampe de poche, essaya de l'allumer. Dans la nuit noire, elle projeta un étroit faisceau vers les arbres de l'autre côté de la route.

Je me sentais fatigué, inefficace, et je dus me forcer pour les travaux de la ferme. Dans un roman policier, le détective aurait plaqué Jablonski contre sa voiture et l'aurait obligé à parler. Mais nous n'étions pas dans un roman policier : je n'imaginais pas Powierza, et moi encore moins, plaquer quiconque contre sa voiture. Au contraire, je me retrouvais dans une grange glacée, accroupi dans le fumier jusqu'aux chevilles, en train de nettoyer les pis d'une vache du Holstein.

Ç'avait été une drôle de journée, et elle était loin d'être terminée. J'avais rencontré le premier Juif de ma vie, à ma connaissance, sans savoir quoi lui dire, ni quoi penser de ses propos, quand bien même je venais d'un village jadis peuplé de centaines de Juifs. Powierza prétendait qu'il nous avait fait payer trop cher. C'était absurde, mais d'une absurdité banale. « On respire tous le même air », m'avait dit le vieil homme.

Peut-être fallait-il trouver dans cette simple phrase une explication. Nous ne connaissions que l'absurde, le mythe. Et l'autojustification. Nous cherchions avidement une explication à la disparition des Juifs et cela impliquait, pour une majorité de gens, une cause plus évidente, plus profonde et plus ancienne que Hitler, une raison expliquant pourquoi, quand ils étaient *encore* là, ils constituaient une telle force, une telle présence dans des endroits aussi minuscules que Jadowia. (Ils cachaient de l'or – de l'or! – dans les murs de leurs maisons.) Nous avions besoin de comprendre pourquoi nous leur achetions *à eux* et pourquoi nous leur vendions *à eux*, pourquoi eux savaient lire et pas les Polonais, pourquoi eux faisaient des affaires pendant que les Polonais labouraient leurs champs. Dans les villes, où il n'y avait pas de champs, peut-être qu'il en allait différemment, qu'on expliquait autrement pourquoi les Polonais catholiques étaient des Polonais (et pas simplement des catholiques), alors que les Polonais juifs demeuraient des Juifs. Les Polonais et les non-Polonais. Aujourd'hui c'étaient les Polonais et les Absents, les Polonais et les Disparus.

Ou presque. Ce qui nous restait à présent, c'étaient des histoires d'or caché et des vieilles pierres dans les murs des fondations. Une mémoire enfouie et utilisée à des fins pratiques.

Pour mon dîner, j'engloutis trois bols d'un épais ragoût et quelques tranches de pain épaisses. Ma mère me regardait, heureuse de voir que j'appréciais son ragoût. « Tu as retrouvé l'appétit », me dit-elle. Grand-père mangea peu et se contenta de lire le journal de l'avant-veille. Ma mère empila la vaisselle et se retira dans le salon pour regarder un feuilleton australien qui faisait l'objet d'un véritable culte national. Mon grand-père alla se coucher ; je montai dans ma chambre, m'étendis sur le lit, tout habillé, et m'endormis aussitôt. Lorsque je me réveillai, la maison était silencieuse. Il était 22 heures passées. Je me levai, enfilai deux chandails, deux paires de chaussettes et descendis les marches discrètement. Je chaussai mes bottes, mis mon manteau et un bonnet en laine, vissé sur mes oreilles. Dehors, pendant que je dormais, il s'était mis à neiger. La fine neige continuait de tomber et couvrait le sol d'une couche de cinq centimètres.

Lorsque j'arrivai chez Powierza, Andrzej était assis dans la cuisine. Il se leva précipitamment et me tendit sa main, que je serrai. Il était maigre comme un clou et portait des vêtements usés jusqu'à la corde. Son haleine sentait la vodka, mais il avait le regard alerte, aussi vif qu'un écureuil.

« Monsieur Leszek... Comment allez-vous ?

– Il fait froid ce soir. »

Powierza débandla du salon, en train de mettre un gros chandail en laine.

« On devrait y aller, dit-il.

– Attendez. Il faudrait peut-être préparer un plan, non ? »

Powierza s'appuya contre le carrelage blanc de son poêle Le feu était presque éteint. Il se pencha pour prendre une poignée de charbon et l'enfourna dans le foyer. Il referma le carreau d'un coup de pied.

« Je n'ai pas de plan, Leszek. On va voir ce qui se passe, tout simplement.

– Andrzej, dis-je, qu'est-ce qu'il doit se passer avec ces camions ?

– Powierza vous a expliqué, non ?
– Oui, confirma Powierza, je le lui ai dit.
– Maintenant vous en savez un peu plus ?
– Non, me répondit Andrzej.
– Vous avez revu Jablonski ?
– Non. Je crois qu'il a été absent presque toute la journée. Sa voiture n'était pas là quand je suis passé devant sa maison en venant ici.
– On n'a rien à faire de spécial, insista Powierza. On va aller là-bas et voir ce qui se passe. C'est tout. Allons-y. »
Il attrapa son manteau.
« Tu viens avec nous ? me lança-t-il.
– Maintenant que j'y suis.
– Parfait. »
La neige, poussée de biais par l'inlassable vent du nord, s'accumulait dans les ornières gelées. Nous nous élançâmes sans un mot. Aux abords du village, toutes les maisons étaient plongées dans l'obscurité. Pourtant, malgré le rideau de neige, les éclairages nocturnes de l'épicerie et de la boulangerie se détachaient. Nous contournâmes le village par le nord, en suivant des chemins familiers, jusqu'à ce que nous croisions la route du nord et poursuivions le long d'un champ bordé par la forêt. Le vent, que n'arrêtait aucun obstacle, me faisait pleurer. Powierza, qui n'avait pas encore touché la lampe de poche, commença à l'allumer de temps en temps pour mieux voir le chemin et les immenses pins. Nous continuâmes sur plusieurs centaines de mètres jusqu'à l'extrémité du champ, traversâmes un bosquet, où nos jambes furent meurtries par les épines, puis nous nous frayâmes un chemin parmi les arbres et les feuilles mortes gelées, avant d'atteindre une étroite piste de terre. Powierza prit à gauche et nous mena, une minute plus tard, à une laie marquée par deux ornières jumelles. Il hésita un instant et consulta Andrzej pendant que je levais les yeux vers

les hautes branches et écoutais le vent gémir dans les pins. Je ne savais pas où nous étions. Après une minute de palabres, nous continuâmes dans la forêt jusqu'au croisement suivant. Il me vint à l'esprit que nous ne devions pas être loin de l'endroit où le cadavre de Tomek avait été découvert. Dans cette partie de la forêt, les sentiers formaient un quadrillage irrégulier, tracés des décennies auparavant par les forestiers et principalement empruntés par les paysans, avec chevaux et charrettes, comme des raccourcis pour rejoindre leurs champs ou le village. Nous prîmes encore à gauche. Au bout d'une centaine de mètres, Andrzej s'arrêta derrière Powierza, pointa le doigt vers la droite, au-delà des bois, et dit : « Là-bas. »

Powierza alluma la lampe de poche. On ne voyait aucun chemin digne de ce nom. Sous les arbres, le sol s'abaissait puis semblait s'élever de nouveau. Une fois de plus, Powierza ouvrit la marche, d'un pas lent, dans les broussailles. Des branches me giflaient le visage, des brindilles gelées craquaient sous nos pieds. Lorsque nous remontâmes la pente, la forêt s'éclaircit et nous nous retrouvâmes parmi de hautes herbes desséchées, au bord d'une sorte de clairière.

C'était la carrière. Au-dessus, le ciel était encadré par les contours de la forêt sur trois côtés ; en face de nous, à l'autre extrémité, se trouvaient l'entrée et la route qui y conduisait. La surface de la carrière était aussi désolée qu'un paysage lunaire, trouée de cratères, irrégulière. Hormis la neige tourbillonnante, on ne distinguait aucun mouvement – ni camion ni aucun autre véhicule. Powierza nous fit signe de le suivre. Nous longeâmes le bord de la carrière vers la gauche jusqu'à en atteindre l'extrémité sud et nous nous arrêtâmes derrière d'épais buissons. « Là, dit Powierza. On va se poster là. Comme ça, on pourra voir la route. »

La neige fouettait nos visages. Quand elle tombait sur les feuilles mortes et sur l'herbe gelée, on croyait entendre un murmure permanent qui augmentait puis diminuait. Andrzej s'arc-bouta contre le vent et releva le col de sa veste. Je dénouai mon écharpe et la lui tendis.

«Non, ça ira.

— Allez, prenez-la.»

Il tremblait de froid.

«Merci», finit-il par dire avant de mettre l'écharpe autour de son cou. Powierza s'éloigna de quelques mètres et s'assit, les mains dans les poches, la lampe de poche posée par terre entre ses bottes.

«Quelle heure est-il ? demanda-t-il.

— 23 h 30», répondis-je.

Andrzej attrapa une cigarette et l'alluma. «Une clope?»

Je fis signe que non.

Il profita de la brève flamme de son allumette pour me jeter un petit coup d'œil.

«Je crois qu'on va avoir un nouveau vétérinaire, non? dit-il.

— Pardon?

— Je crois qu'il va y avoir un nouveau vétérinaire, répéta-t-il avant de lâcher une toux grasse. Puisque Skalski a quitté le village.

— Karol Skalski? Comment ça, il a quitté le village?

— Oui. Il est parti. Avec sa petite famille.

— Sa famille?»

Il tira une longue bouffée sur sa cigarette, dont le bout incandescent éclaira son œil plissé et humide.

«Je me suis dit que ça pouvait vous intéresser.»

Je ne pus que déglutir lourdement, incapable de parler.

«Avec les enfants? demandai-je au bout d'un moment.

— Et sa femme.»

Je tournai la tête face au vent glacé. Dans mon dos, je l'entendis dire: «Je suis désolé.» Je revins aussitôt vers lui. Il me fixait des yeux, pour jauger ma réaction. Je compris alors qu'il savait, que c'était lui qui renseignait Jablonski, dont il était les yeux et les oreilles, le messager, le mouchard. Il nous avait suivis, épiés, dénoncés à Jablonski. Je m'approchai de lui et l'attrapai par les revers de son manteau. Un bouton sauta. Nos visages se touchaient presque.

« Quand ça, Andrzej ? Quand est-ce qu'elle est partie ?
– Cet après-midi.
– Où ça ?
– À Varsovie.
– Où ça, à Varsovie ?
– Je ne sais pas. Pour retrouver son mari. Ils quittent le pays.
– Comment le savez-vous ?
– C'est ce que j'ai entendu.
– Vous êtes au courant de tout, pas vrai, Andrzej ? Rien ne vous échappe. »

J'avais envie de l'étrangler.

« Je sais que vous étiez amis, tous les deux. Je me suis dit que ça pouvait vous intéresser. » Avec lenteur et prudence, il coinça sa cigarette entre ses lèvres et me saisit fermement le poignet.

« Vous étiez amis, non ?
– Chut ! » siffla Powierza.

Au loin, j'entendis un bruit de moteur. Andrzej recula. Je le lâchai.

« Quand est-ce qu'ils vont partir, Andrzej ? »

La cigarette au bec, il me dévisagea.

« Peut-être demain.
– Nom de Dieu mais vous allez la fermer, oui ? » fit Powierza.

La pente qui ondulait derrière nous nous empêchait de voir la route. Soudain, les feux de jour orange d'une cabine de camion apparurent parmi les arbres. Les phares s'allumèrent, puis s'éteignirent, et le camion manœuvra lentement vers la carrière, en se traînant sur le sol irrégulier, jusqu'à l'entrée. Une fois celle-ci franchie, il s'arrêta, mais sans couper le moteur. Pendant quelques minutes, il ne se passa rien ; le conducteur ou ses éventuels passagers demeuraient invisibles dans l'obscurité de la cabine. Une portière claqua. Une vague silhouette solitaire fit le tour du camion. La portière claqua de nouveau, le moteur fut enfin coupé. Sur le toit de la cabine, les feux orange étaient toujours allumés, laissant voir la neige tourbillonner dans un halo jaune.

Powierza, accroupi dans un buisson, me tira par la manche et se pencha vers Andrzej.

« Est-ce que tu sais qui c'est ?

– Non, fit Andrzej. Mais je crois que le camion est polonais.

– Comment le sais-tu ?

– Le camion russe est plus gros. Attendez. Écoutez. »

C'était le crépitement de machine à coudre caractéristique d'une petite Fiat. Elle surgit sur la route, en feux de position, entra dans la carrière et freina.

« Jablonski. » Andrzej et Powierza prononcèrent le nom en même temps. Le moteur s'arrêta, les phares s'éteignirent. Un bruit de portière, et je vis une vague silhouette se diriger vers le camion. Puis deux autres portières claquèrent, à la suite ; quelqu'un passa le long du côté passager et rejoignit les deux autres personnes derrière le camion. Les deux grosses portes furent ouvertes et une lampe torche, passant d'une main à une autre, éclaira l'intérieur. Ensuite, les trois hommes restèrent debout, à la lumière des feux arrière de la remorque. De toute évidence, ils attendaient la prochaine arrivée.

« C'est Jablonski ? demandai-je.

– Oui, c'est bien lui », me dit Andrzej.

Plusieurs minutes passèrent. Derrière le camion, les trois hommes faisaient les cent pas. Jablonski – je croyais Andrzej sur parole – regagna sa voiture, chercha quelque chose à l'intérieur, puis revint. Il était maintenant minuit passé de quelques minutes. Sur ce, un autre camion se fit entendre au loin, plus bruyant, plus gros, plus lent : un diesel qui roulait au pas. Il était précédé par une voiture d'un modèle reconnaissable entre tous avec sa forme carrée : une Mercedes. Le camion était un gros poids lourd, constitué d'une haute cabine blanche aplatie à l'avant et d'une remorque qui paraissait interminable. La Mercedes guida le camion dans l'allée, tourna à droite et s'arrêta. Les autres hommes commencèrent à diriger le poids lourd jusqu'à ce qu'il se gare parallèlement au premier camion. Les portières de la Mercedes s'ouvrirent. Quatre hommes en sortirent.

Lentement, je me relevai, car notre position, sur la bordure non éclairée de la carrière, semblait protégée. En bas, les deux groupes d'hommes se retrouvèrent, tandis que les freins pneumatiques du gros camion sifflaient et crachotaient. Des voix nous parvenaient, indistinctes, comme des bouts de papier balayés par le vent. Le chauffeur du poids lourd descendit de sa cabine et retrouva les autres. Après une brève accolade, des ordres furent donnés et tout ce beau monde se sépara. Les portes de l'énorme remorque s'ouvrirent. Quelques hommes grimpèrent à l'intérieur et commencèrent à décharger ce qui ressemblait à des caisses en bois, suffisamment lourdes pour qu'ils doivent s'y mettre à deux ou trois.

Powierza se redressa. « Tu entends ce qu'ils disent ? » Je fis signe que non.

« Tu les as reconnus ?

– C'est Jablonski, là ? »

Pendant que leurs acolytes s'activaient, trois hommes restaient sur le côté. Jablonski, un petit chapeau sur la tête, paraissait minuscule face aux deux autres, vêtus de longs manteaux en cuir qui brillaient dans la nuit.

« Je parlais des autres, précisa Powierza. Est-ce que c'est le type avec qui il discutait tout à l'heure ?

– Je crois bien. Et il me semble que la Mercedes, c'est sa voiture.

– Il faut qu'on descende un peu plus. On ne voit rien, d'ici. »

Il regarda tout en bas de la paroi de la carrière. « Allez, on descend. » La pente, couverte de broussailles éparses entre les pierres, n'était pas particulièrement raide, mais le terrain était traître. «Comme ça, on pourra les observer de derrière ce tas de gravier, là-bas.» Il fit deux pas en avant et jeta un coup d'œil dans mon dos.

«Andrzej, toi tu restes là.
– D'accord, dis-je. On y va.»

Prudemment, nous descendîmes la pente en nous accrochant aux herbes et aux buissons. Au-dessous de nous, le déchargement se poursuivait ; désormais, les caisses sortaient des deux camions avant d'être empilées par terre, en pyramides. Nous étions à mi-pente lorsque le pied de Powierza heurta une grosse pierre qui s'en alla rouler bruyamment jusqu'en bas. Alors que je me baissais derrière lui, les yeux rivés sur Jablonski – que je distinguais nettement, à présent – et ses deux collègues qui supervisaient le déchargement, Powierza se coucha sur le flanc et resta immobile. L'un des deux hommes, me sembla-t-il, fut surpris par le bruit, mais n'y prêta guère attention. Les trente derniers mètres de la pente étaient faits de caillasse et de gravier, sans nulle part où nous abriter. Une fois en bas, nous pouvions nous cacher derrière le monticule de gravier. Pendant quelques minutes, nous attendîmes là, en imaginant le bruit que ferait la moindre pierre déplacée.

«Je vais y aller en premier», dis-je. Je passai devant Powierza et me lançai, à moitié accroupi, les pieds vers l'avant. Lorsque j'atteignis le couvert du monticule de gravier, je vis Powierza me suivre avec la même démarche ; de là où je me trouvais, sa grosse silhouette était plus que reconnaissable. En entendant le bruissement léger de cailloux qui roulaient, je priai pour que les hommes devant nous regardent dans une autre direction. Powierza finit par me rejoindre, pantelant. Je grimpai au sommet du monticule et observai la scène.

Le déchargement semblait terminé. Il y avait plusieurs empilements de caisses, et certains des hommes étaient adossés contre elles, en train de fumer, cependant que Jablonski et les deux autres passaient parmi les piles en éclairant des étiquettes à l'aide d'une lampe torche. Debout sur les hayons des camions, deux types attendaient des instructions.

Powierza rampa pour se placer à côté de moi. Sa lampe frottait doucement le gravier.

« Qu'est-ce qu'ils font ? »

Je ne répondis pas – il voyait aussi bien que moi ce qu'il se passait. Nous étions encore à trente ou quarante mètres d'eux et n'entendions rien de ce qu'ils disaient. Un des hommes qui accompagnaient Jablonski commença à inspecter la remorque du poids lourd, puis celle de l'autre camion. Un de ceux qui attendaient sur les hayons lui tendit la main pour le hisser. Il disparut à l'intérieur, le faisceau d'une lampe torche perçant l'ouverture comme la foudre un ciel d'été. Il réapparut sur le hayon, aboya un ordre, et les hommes commencèrent à ramasser de longues caisses en bois pour les charger à bord du petit camion. L'homme à la lampe torche les regarda faire pendant quelques minutes puis sauta à terre. Il me rappelait quelqu'un, mais je n'arrivais pas à le remettre. Ce n'était pas tant son visage, que je distinguais mal, mais plutôt son port de tête ou sa dégaine. Il s'en alla rejoindre Jablonski. Ensemble, épaule contre épaule, ils s'éloignèrent des camions.

« Leszek, me dit Powierza, il faut qu'on voie ce qu'il y a dans ces caisses. » Il me serra le bras.

« Je suis sûr que ce sont des armes.

– Probablement. »

La taille des caisses correspondait à des armes, en effet, mais elles pouvaient aussi contenir mille autres choses, licites ou illicites.

« Leszek, il faut qu'on sache.

– Pourquoi ? dis-je, exaspéré, me demandant ce que ça changerait, pour moi comme pour lui. Et comment ? »

Question plus pertinente.

Il me serra le bras encore plus fort. « Pourquoi ? Parce qu'ils ont tué mon fils. Il était avec eux, il les connaissait.

Et comment ? Je ne sais pas. Je vais peut-être aller voir et tenter ma chance. » Il s'accroupit et, l'espace d'un instant, je crus qu'il s'apprêtait à dévaler le monticule de gravier. Je l'attrapai par la manche. « Attends. »

Je vis que Bielski avait retrouvé Jablonski et son comparse, celui que je n'arrivais pas à replacer. Powierza ne tenait plus en place. La neige avait redoublé d'intensité. Les hommes qui avaient sorti du poids lourd les caisses en forme de cercueils, longues et étroites, les chargeaient à présent dans le petit camion. Jablonski et les deux autres se séparèrent : il se dirigea vers sa voiture, Bielski et le troisième larron vers les camions. Ces derniers discutèrent un peu, puis Bielski courut pour rattraper Jablonski. Ils montèrent ensemble dans la Fiat et repartirent.

L'opération avançait méticuleusement, lentement, dans le bruit des lourdes caisses glissant à l'intérieur du camion, et il restait encore plusieurs grosses piles à charger. Alors une idée me traversa. Je ruserais, et Powierza devrait trouver la force de soulever une des caisses. J'étais sûr qu'il en était capable, à condition que je fasse diversion. Je lui proposai aussitôt un plan. Je prendrais la lampe torche, ferais le tour de la carrière et, une fois de l'autre côté, éclairerais brusquement les camions. Pendant que les hommes regarderaient dans ma direction ou s'avanceraient vers moi, Powierza pourrait subtiliser une des caisses, en espérant, bien sûr, qu'ils ne tenaient pas un compte précis de leur cargaison.

« Et s'ils ne vont pas vers toi ? me demanda Powierza.

– Alors c'est moi qui marcherai vers eux. Ne t'en fais pas : ils iront dans ma direction. Tu n'auras qu'à attendre la lumière. »

Je m'emparai de la lampe et remontai la pente jusqu'à Andrzej, toujours tapi dans les buissons. « Restez ici », lui dis-je avant de reprendre le chemin par lequel nous étions arrivés, en bordure de la carrière. J'avais du mal à marcher sur le sol irrégulier et les branches de framboisiers m'éraflaient le visage, si bien qu'il me fallut plusieurs minutes pour atteindre le côté opposé de la carrière. Là, la descente était plus facile. Derrière moi, le vent sifflait continûment dans les cimes des pins. Les phares des camions formaient au loin un halo brumeux. Je n'arrivais pas à repérer le monticule de gravier où j'avais laissé Powierza mais, compte tenu de ma position en hauteur, je me dis qu'il verrait la lumière. Je calai la lampe contre mon torse et l'allumai.

Le faisceau, puissant et dense, atterrit sur le flanc du camion. Pendant une ou deux minutes, je ne remarquai aucune réaction, aucun mouvement. De même, avec le vent dans mon dos, je n'entendis pas le moindre bruit. Néanmoins, je gardai la lampe braquée vers les hommes, en attendant que quelque chose bouge, qu'une lumière me cherche, qu'on crie après moi. Mais il ne se passait toujours rien.

Faisant attention à mes pas, et ma lampe toujours dirigée vers les camions, je descendis la pente et me dirigeai lentement vers ceux-ci. J'étais encore à une centaine de mètres lorsque je m'aperçus que les hommes s'étaient installés, en deux groupes séparés, à chaque extrémité du poids lourd. Ils me regardaient. Tous. Je m'arrêtai net.

« Ne bougez pas. » La voix venait de la gauche, un peu derrière moi ; une fraction de seconde plus tard, le rayon d'une puissante lampe torche m'aveugla.

« Éteignez votre lampe et jetez-la par terre. Tout de suite. » J'essayais d'identifier cette voix. Au moment où j'y parvins, j'entendis un bruissement dans mon dos et ressentis une douleur très vive à l'arrière de mon crâne. Mes genoux flageolèrent, je ne voyais plus rien.

Quand la vue me revint, je découvris une vague forme au-dessus de moi, un visage qui reflétait une lumière indirecte. Derrière, il n'y avait que l'obscurité et des flocons de neige tournoyant dans la nuit froide. Je sentis quelque chose de mou sur ma nuque. Une main. Puis j'entendis une voix russe, suivie d'une réponse, enfin des pas qui s'éloignaient. Mon crâne souffrait le martyre, harassé par une douleur brûlante, liquide. Je fermai les yeux. Il me semblait que j'étais par terre. Mais où ?

« Monsieur Leszek. » Encore cette voix. La main souleva doucement ma tête. « Monsieur Leszek. »

Je rouvris les yeux. Le visage confus tanguait devant moi. J'eus un haut-le-cœur. De la bile me remontait dans la gorge.

« Leszek, qu'est-ce que tu fais, hein ? Tu devrais être à ta ferme, non ? Te mêler de tes affaires, traire tes vaches. Allez, réveille-toi. »

J'avais l'impression de loucher car au-dessus de moi deux moitiés de visage s'agitaient, mangées de barbe noire, sentant légèrement la vodka, chacune illuminée par une dent en or.

« Voilà. » Il souleva ma tête. Une flasque surgit sous mon nez. « Viens. Tu t'en souviendras. Bois. Voilà... »

La vodka m'incendia la gorge. Je toussai et recrachai.

« C'est mieux. »

Il se déplaça légèrement. Je m'aperçus que j'étais étendu en partie sur sa jambe tendue. Il me souleva par le col, d'une seule main, et cala sous mon crâne un manteau roulé en boule. C'était Valentin.

Je l'avais vu pour la dernière fois dans la chambre d'hôtel, à Varsovie, au milieu des vapeurs de vodka. Peut-être était-ce la vodka, justement, qui me rafraîchit la mémoire : Valentin parlant de ses mystérieuses affaires et m'aidant à redescendre jusqu'à ma chambre.

« Valentin ?

– Oui, c'est moi. »

Il me regarda par-dessus la flasque en argent, petite touche d'élégance cabossée, puis avala une grande gorgée. Son corps m'empêchait de bien voir mais les camions devaient être encore là. Peu à peu, malgré la douleur dans ma tête, je recouvrai mes esprits. Où était Powierza ? Je voulus me redresser ; la main de Valentin m'en empêcha. « Du calme. » Calée sous sa ceinture, je vis la crosse d'un pistolet.

« Aide-moi à me relever », lui dis-je en essayant de bouger. Il garda sa main sur mon torse, sans violence mais fermement.

« Repose-toi un peu, Leszek. Tu as reçu un coup. Là. Une autre gorgée. Il fait froid, ici. »

J'avais l'impression d'avoir le crâne fendu. Je me demandais si je saignais. Je passai ma main derrière la tête – aucune trace de sang. En revanche, mon bonnet avait disparu.

« Tu t'es fait cogner. Je suis désolé. Maintenant dis-moi, Leszek, qu'est-ce que tu fais ici à cette heure ? » Il baissa les yeux vers moi en inclinant un peu la tête sur le côté. La lampe torche posée par terre se mit à rouler. Lorsqu'il la récupéra, je pus voir son visage plus clairement. Il attendait ma réponse.

« Laisse-moi me relever, insistai-je.

– Tu as le temps... J'imagine que tu étais là pour poser les pièges à renard ? Tu fais ça, non ? Des pièges à renard dans la forêt ? Tu dois les vendre cher, les peaux de renard d'hiver, non ? J'en ai vu à Praga. C'est de la bonne fourrure, le renard polonais. Pas aussi bien que le renard russe, mais bien quand même. »

Je ne dis rien. Je me relevai péniblement. Cette fois, il ne m'en empêcha pas.

« Alors, reprit-il, j'ai raison, oui ? Tes pièges à renard sont en place ? La chasse a été bonne ?

– Oui.

– Bien. C'est ce que je pensais. Mes collègues seront très intéressés. Et rassurés. Tiens. »

Il me tendit la flasque. « Quand tu iras mieux, retourne dans la forêt et va vérifier le reste de tes pièges. Après, rentre chez toi et mets-toi au lit. D'accord ? »

Je bus à la flasque, de bon gré ; la chaleur dans ma gorge me fit du bien. Ma tête cognait toujours. Je passai de nouveau une main sur la grosse bosse au sommet de mon crâne.

« Qu'est-ce que tu fais là, Valentin ? » Je voyais les autres hommes s'activer autour des camions. L'un d'eux monta dans la cabine du poids lourd.

─────── En mémoire de la forêt ───────

« Du business, Leszek. Pas intéressant pour toi. Tu pièges les renards, tu te souviens ? Je vais leur dire ça, ne t'inquiète pas. Quelle chance de retrouver mon vieux copain de cuite ici. »

Il me donna une grande tape sur la jambe et éclata de rire.

« Mon vieux copain de cuite ! Tu sais, l'autre fois, je me suis demandé si tu allais te réveiller le lendemain.

– Oui, je me suis réveillé. Mais c'est maintenant que j'ai mal à la tête.

– Désolé. Ça va aller mieux. Je te dis, on a eu de la chance. Ç'aurait pu être pire.

– C'est toi qui m'as frappé ?

– Non, un de mes associés. J'ai braqué la lampe sur ton visage. Mais je ne t'ai pas reconnu tout de suite.

– C'est Youri ?

– Tu te souviens de Youri ? Non, pas Youri. Lui, il aurait pu te tirer une balle dans la tête. Par accident, bien sûr. Youri est là, mais il est occupé. Il faut qu'on termine tout ça et qu'on reparte, Leszek. Il y a peut-être d'autres gens qui piègent les renards dans la forêt. Est-ce qu'il y a d'autres trappeurs près d'ici, Leszek ?

– Non.

– Bon. J'espère que tu dis la vérité. »

Sa main s'accrocha à sa ceinture et caressa la crosse du pistolet, en un geste peut-être inconscient – ou non.

« J'espère que tu dis la vérité, parce que je quitte la Pologne cette nuit. Je passe la frontière avec le petit camion. Un arrêt en Ukraine, et puis chez moi. Et après, tu sais quoi, Leszek ?

– Non ?

– Brooklyn ! Je vais à Brooklyn.

– En Amérique ?

– Brooklyn, New York, États-Unis d'Amérique. Ma nouvelle adresse.

– Tu as le droit d'aller là-bas ?

– Et pourquoi pas ? Il y a des tas de Russes à Brooklyn. Plein de Polonais aussi, je crois. On s'entend mieux quand il n'y a pas de frontière entre nous. Finies les vieilles histoires... Là-bas, je commence un nouveau business. Un restaurant, je pense.

— Tu comptes y rester ?

— Pourquoi pas ? Je fais ce business, je gagne de l'argent, après j'investis pour moi-même. C'est plus facile, je crois, dit-il avant d'éclater de rire. C'est le rêve de l'Amérique, non ?

— Le rêve américain, tu veux dire.

— Oui, le rêve américain de quitter le cauchemar russe. Peut-être que, quand je serai vieux et riche, je reviendrai. Pour rendre visite. Et aller pisser sur la tombe de Lénine. Encore un peu ? »

Il me tendit la flasque en la secouant. « Ah ! terminé. » Il la retourna au-dessus de sa bouche ouverte, puis la remit dans sa poche.

« Je dois y aller, Leszek. Lève-toi. Tu peux ? »

Il empoigna mes deux mains et me releva. J'étais patraque mais je tenais debout.

« Ça va ?

— Ça va. »

Il me considéra des pieds à la tête, comme prêt à me rattraper au cas où je tomberais.

« Maintenant », dit-il en se baissant pour ramasser son manteau, celui qui m'avait servi d'oreiller. Il l'enfila, reprit sa lampe torche, puis la mienne, qu'il reposa dans ma main. « Maintenant, tu pars par là. » Il me prit par les épaules et me fit faire demi-tour : devant moi il y avait la pente de la carrière et, au-delà, la forêt. « Tu repars par là. Tu vas inspecter tes pièges à renard et tu continues. D'accord, Leszek ? Compris ? » Il tapota la crosse de son arme.

« Tu sais que j'ai ça ? fit-il sur un ton presque désolé.

— Oui, compris.

— Bien. Va-t'en, maintenant.

— Valentin ?

— Oui ?

— Mon ami Tomek, celui qui a été assassiné, et dont je t'avais parlé à Varsovie. Qu'est-ce qu'il lui est arrivé ? »

Pendant quelques secondes, Valentin ne dit rien. J'aurais aimé voir ses yeux, mais il avait toujours ses mains sur mes épaules.

« L'argent, finit-il par répondre. Quoi d'autre ? J'ai entendu seulement ça, Leszek. C'étaient des Géorgiens. Et on ne joue pas avec les Géorgiens, pas vrai ? Staline était géorgien. »

Je me retournai lentement et il me relâcha. Il me regardait fixement.

« Ton ami aurait dû le savoir, mais il était jeune. Il a voulu obtenir quelque chose, et alors... » Il haussa les épaules. « Ils s'en foutent, les Géorgiens. Mais ça, c'est ce que j'ai entendu, Leszek. Des rumeurs. De toute façon ils sont partis, maintenant, et peut-être même morts après s'être battus avec Gamsakhurdia. Ou avec les Tchétchènes. Une guerre civile ou une autre. Oublie-les et souviens-toi de ton ami. D'accord, Leszek ? Passe me voir à Brooklyn. »

Il me prit encore par les épaules, m'attira contre lui, me donna une accolade à la russe, puis, en deux temps trois mouvements, me fit pivoter.

« Va-t'en, maintenant ! On est pressés. Pars ! »

Je me mis en route.

« Au revoir, Valentin.

— Rendez-vous à Brooklyn ! »

Je commençais à remonter la pente sans un regard en arrière lorsque j'entendis les deux camions se remettre en marche. Une fois en haut, je me retournai et vis au loin Valentin qui courait vers eux. Il s'arrêta un instant devant le poids lourd et la Mercedes, puis s'installa à bord du petit camion. La voiture précéda le reste du convoi sur la route. De là où j'étais, je pus suivre les phares jusqu'à la route principale, celle qui, tournant à gauche, menait à Jadowia. Le vent étant retombé, j'entendis les camions prendre à droite, vers la route qui rejoignait l'autoroute et, toujours plus à l'est, la frontière. Certes, cette autoroute allait aussi à Varsovie, vers l'ouest. Mais comme disait Valentin, peut-être que le chemin le plus court vers Brooklyn, New York, États-Unis d'Amérique, passait non pas par Varsovie, mais par l'est.

Quant à moi, c'était bien à Varsovie que je devais me rendre.

J'allumai la lampe torche et la braquai vers l'autre côté de la carrière. Aucune réaction. J'étais encore trop loin. En redescendant, j'entendis Powierza m'appeler. Andrzej et lui étaient par terre, je les voyais dans le faisceau de lumière. Alors que j'allais vers eux, mon pied buta sur une racine et je dévalai la moitié du talus, avec la lampe qui roulait devant moi. Powierza me sortit du gravier.

« Je l'ai eue ! me dit-il. Ils ne m'ont pas vu. Ils n'ont pas fait le compte. » Il me donna une grande tape dans le dos. « Je l'ai eue ! »

Mes jambes tremblaient. Je dus m'asseoir. Il se pencha au-dessus de moi.

« Qu'est-ce qui t'est arrivé ? » demanda-t-il.

Je pris le premier bus pour Varsovie. Je n'étais repassé chez moi que pour me changer, avant le lever du jour, et j'étais reparti aussi vite. J'avais seulement croisé mon grand-père. Je lui avais expliqué que je partais pour la journée, sans préciser où. Il ne m'avait demandé aucune explication, s'était contenté de ronchonner et s'en était allé vers la grange.

Le bus, arrivé en retard, roula avec une lenteur exaspérante. Aux abords de la capitale, où les arrêts étaient bondés, les passagers montaient comme s'ils allaient tous à la guillotine, s'agglutinant au milieu de l'allée centrale et se poussant les uns les autres avec un air renfrogné. Dans les rues, la circulation gonflait, s'arrêtait, avançait de quelques mètres, s'arrêtait de nouveau. Des vendeurs de journaux à la criée se faufilaient entre les voitures. À un énorme carrefour, le bus dut attendre deux feux rouges avant de pouvoir bouger, et je me mis à imaginer des avions qui s'envolaient, des trains qui quittaient la gare et Jola qui s'éloignait de moi, hors d'atteinte. J'avais encore la migraine, ma bosse me faisait toujours mal. J'avais faim, mauvaise haleine, les nerfs à vif. Avec tout ce monde entassé dans le bus, il faisait une chaleur de bête et l'air se raréfiait. Je me levai, perdis immédiatement ma place et décidai de descendre au prochain arrêt pour attraper un taxi.

Il me fallut dix bonnes minutes pour en trouver un de libre parmi les dizaines qui passaient en trombe. Lorsqu'il pila le long du trottoir, j'indiquai au chauffeur la gare centrale; la course dura vingt minutes, au milieu d'un trafic incessant.

Une fois devant la gare, je me précipitai à l'intérieur, espérant presque trouver Jola en train de m'attendre avec ses enfants et sa valise, son visage inquiet se déridant quand elle me verrait courir vers elle. Or ce que je vis en premier, ce fut un groupe de femmes tsiganes qui mendiaient par terre, leurs jupes et leurs enfants sales étalés autour d'elles. Je me frayai un chemin à travers la foule qui se pressait vers les quais. Je trébuchai sur des sacs, des valises et des enfants, mais je ne trouvai pas Jola. Juché sur un banc, je scrutai le hall jusqu'à ce qu'un policier me demande de redescendre. Après un dernier tour dans l'immense salle, je me rappelai soudain qu'il y avait un sous-sol; je fonçai dans l'escalier, non sans bousculer d'autres Tsiganes et leur marmaille, et parcourus, en vain, les quais du niveau inférieur.

Je remontai en regardant autour de moi, si bien que je n'arrêtais pas de bousculer des voyageurs. Ils m'aboyaient dessus avec un air méprisant, mais je n'avais pas le temps de m'excuser. Je décidai d'aller vérifier à l'aéroport. Ce fut une nouvelle course en taxi, longue et coûteuse.

Si je connaissais bien la gare, en revanche l'aéroport fut pour moi une découverte. Deux terminaux, l'ancien et un flambant neuf, se partageaient les vols. Jetant d'abord mon dévolu sur le plus récent des deux, avec ses nombreuses portes d'entrée, je me retrouvai dans un univers tout en chrome, en métal rose et en verre, un lieu beaucoup trop policé pour la Pologne et son chaos congénital. Cependant je ne savais pas du tout où aller, ni où Jola pouvait aller, ni où son mari pouvait l'emmener. Il y avait des vols pour Londres, Helsinki, Budapest, Bucarest (destination peu probable), Milan, Bruxelles, Francfort, Copenhague. La liste des destinations n'arrêtait pas de changer, avec un bruit de claquement de dents, sur un tableau gigantesque. Lentement, je longeais les comptoirs, les files d'attente et les valises. Je voyais des familles nombreuses et je les observais comme si, à leur façon de s'organiser, de gérer enfants et valises, elles pouvaient m'indiquer où et comment partirait Jola. Je fis deux fois le tour du terminal et ressortis pour surveiller les nouveaux arrivants en bus ou en taxi. De retour à l'intérieur, je m'approchai du comptoir de la Lufthansa où s'enregistraient les passagers pour Francfort. Sous les regards suspicieux des autres, comme si je cherchais un moyen de resquiller, je scrutais les voyageurs qui tendaient leurs billets et posaient leurs bagages sur le tapis. Je faisais tache au milieu de ces gens, avec leurs costumes trois pièces, leurs pardessus et leurs mallettes.

« Monsieur ? » dis-je à l'agent, un Polonais content de lui et fier de son bel uniforme. D'une main, il tapotait sur un clavier d'ordinateur et, dans l'autre, tenait une poignée d'étiquettes à bagages. Il ne leva même pas les yeux de son écran. Je m'aperçus alors que ma requête était parfaitement inutile. Qu'allais-je lui demander ? « S'il vous plaît, monsieur, où se trouve Jola Skalski ? » Je sortis du nouveau terminal et traversai une zone boueuse, jonchée de débris de chantier, pour rejoindre l'ancien.

Celui-ci semblait presque hanté par son propre vide et par les rares voyageurs qui attendaient. Il me fallut à peine une minute pour en faire le tour.

Je m'en allai et humai l'air froid de Varsovie, qui sentait le kérosène et une lointaine fumée de charbon. Les avions qui décollaient fendaient le ciel en faisant trembler les vitres derrière moi. Je songeai à passer au crible les hôtels. Mais lesquels ? Certainement pas les établissements de luxe, et les hôtels bon marché, je m'en souvenais, étaient éparpillés dans toute la ville. Pendant quelques minutes, je fis les cent pas sur le trottoir, à la recherche d'une solution. Pour finir, je décidai de retourner à la gare.

Je me disais que Karol n'avait pas les moyens de partir en avion. Les billets coûtaient une fortune. Non, quelle que fût leur destination, ils prendraient forcément le train. Moi-même, je n'avais presque plus d'argent – tout avait disparu entre les mains des impitoyables taxis. Je pris un bus. En réalité je n'avais plus le choix. Mais je me fis enfin la réflexion que, si je les retrouvais, ce serait dû au hasard, non à la rapidité, et que me dépêcher ne m'aiderait en rien.

Je mis plus d'une heure pour regagner la gare.

Les femmes tsiganes étaient maintenant cernées par des policiers ; quatre ou cinq agents tout penauds se tenaient autour d'elles, obligées, en attendant les ordres, de rester assises par terre. Elles riaient, poussaient des cris, se moquaient de la police. Je restai planté là une ou deux minutes, en essayant de retrouver un peu de calme et en me disant : « Mon Dieu, faites qu'elle soit ici. »

Je marchai lentement jusqu'au centre de la gare. C'est alors que je tombai sur eux.

Un vrai tableau de l'exil. Ils étaient assis comme des réfugiés au milieu de leurs bagages, la grosse tête de Karol toisant les autres. Jola, qui regardait ailleurs, était à peine visible derrière la grande carcasse de son mari. Réagissant presque à un signal mystérieux, ce dernier leva les yeux au-delà du marbre sale et des bagages entassés, au-delà de la foule agitée qui nous séparait, et me fixa. Pendant quelques instants, nous restâmes figés. Puis, sans un mot pour Jola ni un coup d'œil derrière lui, il se leva et s'avança vers moi d'un pas lent et régulier, toujours en me regardant. Il avait l'air calme, posé, et, d'une manière que je ne lui avais encore jamais connue, déterminé. Son visage ne trahissait ni colère ni agressivité, à la fois triste et résolu.

« Leszek, dit-il simplement.
– Karol.
– Tu es venu voir Jola ?
– Oui.
– Je préférerais que tu t'abstiennes. »
Sans rien dire, je jetai un coup d'œil dans son dos, vers le banc qu'il venait de quitter. Jola était en train de rajuster la tenue de son petit garçon. Elle ne m'avait pas vu.
« Je préférerais que tu t'abstiennes, répéta-t-il. Mais sache que je ne t'en empêcherai pas. Si tu t'y sens obligé.
– Oui. »
Je voulus passer devant lui.
« Mais écoute-moi, d'abord.
– D'accord.
– J'étais au courant pour toi. J'ai compris ce qui se passait. »
Ses yeux étaient fatigués, mais pas luisants comme je les avais toujours connus, à cause de l'alcool. Il sortit une cigarette de sa poche ; lorsqu'il voulut retrouver une boîte d'allumettes, ses doigts tremblaient. Il se contenait grâce à la seule force de sa volonté. Autour de nous, les gens s'activaient. Une femme essaya de faire enfiler un manteau à son petit garçon mais, n'y arrivant pas, le secoua violemment par le bras.
« Tu ne croyais tout de même pas que j'allais laisser faire ça, si ?
– C'est le choix de Jola, non ?
– Oui. C'est son choix. Et elle a décidé qu'on partait. On quitte Jadowia. On quitte la Pologne.
– Vous la forcez ?
– Ce n'est pas ton problème. Mais si tu veux savoir, non, je ne la force pas. »
Il recracha un nuage de fumée.
« Tu es comme un voleur, tu sais ? Un cambrioleur. Tu es entré dans ma maison et tu as essayé de me voler ma femme. Pas seulement ma femme, d'ailleurs. Ma vie. Tu n'as eu aucun égard pour sa famille, ses enfants, ni même pour elle.

— Je ne veux faire de mal à personne, Karol. Ni à vous ni aux enfants.

— Qu'est-ce que tu en sais ? Qu'est-ce que tu sais de la souffrance ? Tu pensais vraiment t'en tirer avec ton petit secret et ta petite aventure sans que personne ne sache ? Tu pensais vraiment que vous pouviez continuer de rester cachés dans la forêt, au milieu des arbres ? Sans conséquences ? Sans dommages ? Qu'un jour vous alliez sortir de la forêt tranquillement, bras dessus, bras dessous, et que tout irait bien, et que tout le monde serait content, et que tout le village ferait une haie d'honneur pour vous applaudir, sourire, vous jeter des fleurs ? »

Il jeta sa cigarette par terre et l'écrasa. Ses yeux étaient maintenant rouges – de colère ou de tristesse, je l'ignorais.

« Mais dans quel monde est-ce que tu vis ? reprit-il. Qu'est-ce que tu connais de la vraie vie ? »

Je ne savais pas quoi répondre. Si la vraie vie était synonyme de souffrance, alors je la vivais en ce moment même. Karol voûta ses épaules et fit une grimace. Pendant une fraction de seconde, je sentis qu'il contractait ses muscles ; je m'attendais à recevoir son poing en pleine figure. Mais ce furent des larmes qui coulèrent de ses yeux rougis. Derrière lui, Jola s'était enfin retournée pour chercher son mari ; elle ne bougeait pas, un manteau d'enfant dans sa main, et me regardait. J'aurais aimé déceler sur son visage une lueur de plaisir ou de tendresse, voire de peur, le signe qu'elle allait se lever et venir vers moi – retourner à ma maison, rester avec moi pour l'éternité. Mais je n'y vis que de la lassitude. Je compris aussitôt que je représentais pour elle une gêne, un problème. Pas même un crève-cœur, mais une complication, un motif d'exaspération inopiné. J'aurais dû partir à ce moment-là, mais je ne le fis pas. Je contournai Karol en frôlant son épaule. Jola se leva.

« Pourquoi es-tu venu ? » demanda-t-elle d'une voix ferme mais polie, comme si elle s'adressait à un inconnu. Une mèche noire mouillée traînait sur son front, des rides lui creusaient les commissures des yeux. Elle avait l'air de ne pas avoir dormi. Sa question me tarauda le temps d'une annonce tonitruante dans le haut-parleur de la gare.

« Je voulais te ramener avec moi. »

Elle regarda ailleurs. Le bébé était installé sur le banc, aux côtés d'Anna, la petite fille que j'avais sauvée dans la rue quelques mois auparavant. Le petit garçon commençait à pleurer. Jola le souleva et le berça contre sa hanche, ce qui l'apaisa.

« Non, Leszek, dit-elle. Non... Tu ne comprends donc pas ? Rentre chez toi. Vis ta vie.

— Mais pourquoi, Jola ? Pourquoi est-ce que tu fais ça ?

— Il faut qu'on parte d'ici. Ou plutôt que *je* parte d'ici. Si je t'avais rencontré il y a des années de ça, si je n'avais pas eu tout ça... »

Sa fille la tirait par le bas de son manteau.

« Si je n'avais pas eu Karol. Mais voilà, c'est comme ça. Je ne peux pas me défiler encore une fois et fuir en permanence.

— Mais tu *es en train* de fuir. En ce moment même.

— Pas dans ce sens-là. Je suis une nomade, Leszek. Il faut que je parte. Je ne supporte plus ce petit village de merde, le brouillard, la boue, toutes ces têtes de mule, ces ragots. Je ne veux pas vivre à la ferme, Leszek. Je suis peut-être en train de fuir, mais je fuis avec ma famille.

— Pourquoi est-ce que Karol s'en va ? Pourquoi est-ce qu'il veut partir ?

— Tu ne vois pas ?

— Non.

— À cause de toi. De toi et moi.

— C'est tout ?

— Oui, c'est tout. Ça ne te suffit pas ? Je trouve que ça suffit amplement. Je trouve que c'est un bel hommage. »

Anna continuait de tirer sur son manteau. Jola attrapa sa petite main. « Je suis désolée, Leszek. Je suis désolée que tu aies fait tout ce chemin, que tout se soit passé comme ça, que tu te sentes aussi mal. Mais c'est mieux ainsi, crois-moi. » Le haut-parleur retentit d'une nouvelle annonce inintelligible. Les seuls mots que je compris furent : « À destination de Berlin. » Les trains desservaient désormais des villes autrefois interdites ; nous étions maintenant libres de fuir pour des raisons totalement inédites. Et libres de revenir, aussi, même si je savais que Jola ne le ferait jamais.

« Donc tout ça était... » Le mot resta coincé dans ma gorge, mais je finis tout de même par le prononcer.

« Un mensonge ?

– Comment ça, "tout ça" ?

– Tout ce dont on parlait... L'avenir, les projets.

– Une erreur, plutôt. Mais peu importe. Appelle ça comme tu veux. »

Elle fit passer son bébé dans son autre bras. « Rentre chez toi, maintenant, Leszek. Je t'en supplie, rentre chez toi. »

Elle recula vers le banc et, exposant son cou pâle, se pencha pour écouter sa fille. Je me retournai et vis Karol à quelques mètres de là, le dos tourné, les mains au fond des poches de sa veste. Je passai devant lui sans un mot et continuai vers la sortie, à côté des Tsiganes, puis sur le boulevard, et dans les rues noires de monde, jusqu'à ce que je me lasse des gens, du bruit et de la poussière. Je retrouvai mon bus et rentrai à Jadowia à travers la campagne silencieuse.

16

Le père Jerzy nota, non sans une curiosité envieuse, que l'homme était étonnamment jeune pour un prélat. Il aurait même aimé lui demander depuis combien de temps il avait quitté les bancs du séminaire. Le beau visage du prélat, ses cheveux impeccablement coupés et sa mise parfaite empêchaient tout risque de décontraction excessive. Le père Jerzy comprit tout de suite qu'il avait affaire à un homme efficace, un homme qui n'était pas venu pour parler de la pluie et du beau temps.

« Je suis du diocèse, dit le prélat. Asseyez-vous, je vous en prie. »

Là encore, ce renversement du protocole l'inquiéta. Voilà un inconnu qui s'exprimait comme si ce bureau était le sien, l'église de Jadowia, sa propre paroisse, et le père Jerzy, un simple visiteur.

« J'imagine que vous avez dû m'attendre, dit le père Jerzy.

– Une petite heure, répondit le prélat en consultant sa montre.

– Je suis confus. J'étais retenu à une réunion.

– Oui. J'ai cru comprendre que vous êtes assez... occupé... ici.

– C'est exact. »

Le père Jerzy tenta un sourire modeste. Il s'apprêtait à fournir un élément d'explication, quelque chose qui lui permettrait d'illustrer la complexité de la situation. Mais le prélat ne lui en laissa pas le temps.

« Je crains que l'Église n'ait d'autres plans pour vous.

– D'autres plans ?
– Une autre charge, j'entends. »

Le père Jerzy était ravi. Sa réputation commençait déjà à être connue, comme il l'avait pressenti. On avait besoin de son talent, et tout de suite. L'Église allait même jusqu'à lui exposer le grand dessein qu'elle lui réservait. Il y avait encore tant de choses à faire. Il réprima un sourire, malgré toute la fierté qui lui échauffait le visage. Il attrapa un stylo sur le bureau, le tint dans ses deux poings serrés, comme un point d'ancrage, et se pencha vers son interlocuteur.

« C'est une excellente nouvelle, mon père, dit-il. Bien entendu, j'aurai besoin d'un peu de temps pour contrôler pleinement la situation ici avant de passer à la suivante, mais je pense que ça ne mettra pas longtemps.

– J'ai bien peur que l'évêque ait un autre calendrier en tête, insista le prélat en plissant ses lèvres minces. Il souhaiterait une transition plus rapide vers votre nouvelle mission – en accord, naturellement, avec vos forces. »

Il se fendit à son tour d'un petit sourire glacial. Il ouvrit un porte-documents en cuir noir et sortit une feuille de papier qu'il étudia pendant un moment.

« Une aumônerie, reprit-il. Celle de Saint-Joseph. C'est un orphelinat à Zabrze, près de Katowice. Vous le connaissez ?

– Un orphelinat ? fit le père Jerzy, livide.

– Vous le connaissez, mon père ? »

Le père Jerzy eut du mal à parler.

« Non. Un orphelinat ?

– L'évêque pense que vous pourrez y rendre de grands services et qu'en retour l'orphelinat pourra vous être d'une grande utilité. Il m'a demandé d'insister sur ce point. »

Le père Jerzy recula lentement sur son siège. Il était blême. Pétrifié. Comme surgissant sans prévenir de la région de son cerveau où s'établissent les liens de cause à effet, le piège dans lequel il était tombé lui apparut soudain, mais trop tard :

le vieux père Marek. « Jablonski », bredouilla-t-il. Il parlait tout seul.

« Pardon ?

– Rien.

– Comme je vous l'ai dit, cette décision a été prise par l'évêque, répondit sans broncher le prélat avant de refermer son porte-documents.

– Mais pourquoi ?

– Il me semblait avoir été clair. Mais si vous voulez connaître mon humble avis, je crois que l'évêque songe au bien de l'Église et à votre avenir en son sein.

– Je vois. Quand est-ce que...

– Il aimerait vous voir demain. »

Le prélat consulta de nouveau sa montre.

« Même s'il est peut-être trop tard pour attraper la correspondance des bus aujourd'hui, puisque la matinée est bientôt terminée.

– Oui, fit le père Jerzy d'une voix à peine audible. Il faut que je fasse mes affaires.

– Naturellement. Mais un prêtre voyage toujours léger. Vous pourrez faire suivre vos livres et le reste de vos effets personnels un peu plus tard.

– Bien sûr.

– Après votre arrivée, vous aurez droit à un congé d'un mois – si vous le souhaitez, bien entendu. L'évêque a pensé que vous auriez envie de profiter de ce congé pour faire une retraite. Vous savez, c'est parfois une expérience salutaire pour un jeune prêtre après sa première charge. Il m'a parlé du sanctuaire de Jasna Gora.

– Oui, naturellement.

– Bien. Vous êtes donc attendu à Saint-Joseph demain soir. »

Le prélat lui remit la feuille de papier impeccablement dactylographiée et se leva. « Je vous ai apporté vos tickets de bus. »

Il les posa sur le bureau en les faisant claquer, à la manière d'un joueur de cartes, et tendit la main : « Bon voyage, mon père. »

Ce matin-là, le père Tadeusz était parti faire une longue promenade. Il ignorait donc tout de la conversation qui s'était tenue dans le bureau du presbytère en son absence. D'ailleurs, l'évêque ne lui avait absolument rien dit des décisions – si décisions il y avait – que le diocèse entendait prendre. Mais la nuit précédente il avait reçu le coup de téléphone de l'adjoint de l'évêque, monseigneur Orlowski. La conversation avait été brève.

Le père Tadeusz s'assit sur une vieille souche. En vérité, il ne désirait rien d'autre que le calme de la forêt, les oiseaux voletant dans les fourrés, le tapis enchevêtré des feuilles mortes sous les arbres, ces mêmes feuilles qu'il agitait en ce moment avec un bâton. Il déterra un gland fendu par l'humidité, et dont le germe blanc de la racine avait creusé la terre. Il le replaça doucement sur la terre et le recouvrit de feuilles.

L'évêque lui avait fait l'impression d'un homme sévère. Il avait écouté, la tête légèrement inclinée, tapotant sa tempe de ses longs doigts fins. La lumière qui tombait des hautes fenêtres à côté desquelles ils avaient pris place ne faisait que rehausser l'ossature impressionnante de son visage, et les tasses tremblaient un peu sur la table basse chaque fois qu'il versait du thé. Aux yeux du père Tadeusz, il ressemblait à un juge confronté à une affaire sordide. Lorsqu'il lui fit part des accusations posthumes qui visaient feu le père Marek, le martèlement régulier des doigts s'interrompit puis cessa tout à fait. L'évêque lui posa ensuite quelques questions, notamment sur les réactions des paroissiens face aux menées du père Jerzy. Il lui expliqua que l'Église avait déjà été « alertée » à propos de la situation générale, mais sans dire précisément par quel biais. Le père Tadeusz fut étonné. L'Église semblait donc disposer d'un système de renseignement aussi efficace que celui de l'État avec lequel elle avait dû coexister des décennies durant. Sans doute était-ce nécessaire, se dit-il : l'Église formait un gouvernement à elle toute seule. L'évêque croisa les mains sur ses genoux, comme si elles étaient des instruments de décision à part entière, utilisées puis rangées. Il remercia le père Tadeusz pour ce long trajet en voiture, ainsi que pour son travail à Jadowia, s'enquit de sa santé et du climat local.

« Le même qu'ici, j'imagine. Humide.

– Oui, fit l'évêque. J'imagine aussi. »

Il sourit et se leva de son fauteuil. « En tout cas, ç'a l'air de vous réussir. Vous me paraissez en pleine forme. »

Mais en repartant, le père Tadeusz ne se sentait pas en pleine forme. Il aurait aimé que l'évêque lui dise qu'il avait bien fait de venir le voir, mais il ne s'abaissa pas à poser une question aussi humiliante. Du point de vue de l'Église, il était évident qu'il avait bien agi. Ses sentiments, en revanche, étaient plus mitigés. Que le père Jerzy se trompât, il en avait la conviction absolue. Ce qui le troublait, c'était sa propre incapacité – peut-être sa réticence – à détourner le jeune prêtre de sa croisade, mue par la vengeance et la vanité. Le père Jerzy l'exaspérait, certes, mais il soupçonnait qu'une part de cette exaspération n'était en réalité qu'une forme de jalousie face à son énergie, à son engagement. Et cette jalousie-là lui faisait honte. Il avait tenté de se défausser ; maintenant il se sentait souillé.

Ce soir-là, il ne vit pas le père Jerzy. Mais le lendemain matin de bonne heure, lorsqu'il eut terminé la messe et ouvert la porte du bureau du presbytère, il découvrit avec stupeur une pile de bagages – une valise et deux sacs de voyage en nylon – dans le vestibule. Le père Jerzy attendait derrière le bureau, comme s'il l'avait regardé arriver de l'église par le petit chemin.

« Bonjour, mon père, dit-il. Vous avez fait une bonne promenade hier ?

– Oui, je vous remercie. »

Il avisa les bagages.

« De la visite ?

– Non, ce sont les miens. Je pars. J'ai été transféré, comme vous devez sans doute le savoir.

– Aujourd'hui ?

– Oui. Ils disent "transférer", mais "renvoyer" serait plus juste. Pour survivre ici, j'aurais dû suivre votre exemple et passer plus de temps à observer les écureuils dans la forêt. »

Alors que la colère lui montait à la gorge, le père Tadeusz sentit aussi la cuisante sensation de l'échec lui plomber les entrailles. Quelques minutes auparavant, il avait prié pour ça, justement, et demandé à Dieu charité et patience à l'égard du père Jerzy. Mais sa prière ne l'avait pas rapproché du salut.

« Où allez-vous ? demanda-t-il, pris de court.

– Dans un orphelinat. Je vais être aumônier. En charge du développement spirituel des adolescents. Ils me laisseront peut-être entraîner l'équipe de football, histoire que j'apprenne l'art de perdre avec panache. »

Il boutonna son manteau.

« Je suis sûr que vous ferez du bon travail, dit le père Tadeusz.

– Je ne vous demanderai pas quel rôle vous avez joué dans tout ça. »

Le père Tadeusz voulut répondre mais le jeune prêtre ne lui en laissa pas le temps.

« Peu importe. Je veux juste que vous vous souveniez d'une chose.

– Oui ?

– Ce qu'ils ont fait, ce n'était pas de la blague, mon père. Les communistes, je veux dire.

– Non.

– Soyez vigilant. Soyez vigilant, sinon ils reviendront. Ç'a été tout l'objet de ma présence ici. Vos valeurs libérales, pour eux, c'est de la soupe. Vous en êtes bien conscient, n'est-ce pas ? »

Le père Tadeusz regardait par terre.

« Nous sommes des prêtres, mon père. Pas des policiers, ni des procureurs.

— Ils retourneront à leur avantage votre volonté de passer l'éponge. D'aucuns pensent peut-être que vous avez grand cœur. Eux pensent que vous êtes faible. Pour les vaincre, vous devez vous montrer aussi implacable qu'eux. Vous devez les traquer, les chasser. Tout le reste n'est que *faiblesse coupable!* »

Il termina sa phrase en hurlant, la tête toute rouge. Le père Tadeusz ne répondit pas. Dans le silence qui suivit, le jeune prêtre sembla pourtant se calmer. Par la fenêtre, le père Tadeusz pouvait voir des passants dans la rue, de l'agitation. Pâques approchait.

« Mon bus », dit l'autre. Il récupéra ses bagages. Le père Tadeusz lui ouvrit la porte. « Merci », fit le jeune homme avant de s'en aller sans un regard.

*
* *

Le père Tadeusz se fraya un chemin parmi les croix couvertes de givre et les pierres tombales en marbre bien alignées, aussi serrées que les maisons d'une vieille cité. Entre les tombes, les fleurs en plastique fatiguées étaient aussi variées que les vêtements de la foule dans une ville. Pourtant, il n'y avait personne en ce lieu, où seuls se faisaient entendre le vent et les cris des corbeaux en haut des arbres. Sans savoir par où commencer, il essaya de procéder méthodiquement. Les dates qui figuraient sur les tombes remontaient loin en arrière, décennie après décennie, famille après famille. Les concessions des anciens notables se signalaient par des clôtures en métal autour de tombes massives qui remontaient à l'époque des châteaux et des tenanciers, une époque où le seigneur et le manant étaient convoqués ensemble à cette ultime mais inégale répartition des biens terrestres. Il remonta d'abord l'allée centrale jusqu'au fond, où un mur de brique crevassé par l'accumulation de terre séparait le cimetière d'un champ détrempé. Il prit à droite, marcha jusqu'à un croisement, puis commença à chercher, allée après allée, rangée par rangée. En réalité, les allées n'étaient pas rectilignes mais serpentaient, comme sur une empreinte digitale, et plusieurs fois il se retrouva sur l'une de celles qu'il avait croisées dans l'autre sens quelques minutes plus tôt, tout étonné de découvrir ses propres traces de pas sur la boue gelée ou de revoir un nom gravé avec une telle force dans la pierre que sa mémoire en avait conservé le souvenir.

Il vit par hasard la tombe de Tomek Powierza. À côté d'un vase de glaïeuls rabougris, une gerbe de fleurs en plastique blanchie par la lumière s'agitait au vent. Le père Tadeusz avait presque oublié qu'il était venu prier à cet endroit même, quelques mois auparavant, devant les tombes que cachaient les visages endeuillés. Il traversa l'allée centrale et fit le tour jusqu'au côté opposé. À peu près à mi-chemin du mur d'enceinte, il trouva enfin ce qu'il cherchait : une tombe en granit gris, avec une plaque en métal noir toute simple. « Danusia M. Czarnek, 1er août 1891 – 7 mars 1959. » Sur le sommet arrondi de la stèle il y avait une pierre arrachée à la terre et délibérément posée en équilibre. Il jeta un rapide coup d'œil alentour pour confirmer sa première impression : aucune autre tombe ne comportait un ornement similaire.

N'ayant trouvé aucun avis de décès dans les registres, il ne s'attendait pas à découvrir la tombe d'un mari ici. Mais une stèle plus petite, pâle et salie par les éléments, penchait vers l'avant sur l'herbe sèche. En se baissant pour l'inspecter de plus près, il lut : « Czarnek, petite fille Malgorzata, 7 août – 15 septembre 1938. Bénis soient les enfants. »

Il quitta le cimetière et regagna d'un pas alerte le presbytère, plus exactement la réserve du sous-sol, où il localisa les actes de décès, ouvrit le registre de l'année 1938 et parcourut les pages du mois de septembre. Il retrouva l'entrée datée du 17 septembre.

« Petite fille, Malgorzata, âgée de 6 semaines. » La famille la plus proche était représentée par les parents : Danusia M. et Czeslaw Czarnek.

Voilà pourquoi il n'avait pas vu trace de la naissance d'un enfant Czarnek en épluchant les registres de baptême. La petite fille avait dû recevoir le sien et les derniers sacrements en même temps. Sans doute qu'elle était née prématurée, ou malade, et que les parents s'occupèrent des rites religieux lorsque sa mort fut imminente – elle avait dû avoir une santé fragile dès la naissance. Il connaissait aussi le nom du père. Czeslaw. Les archives contenaient donc deux lacunes, deux questions sans réponses : qu'était-il advenu de ce Czeslaw Czarnek, à la fois mari et père ? Et pourquoi n'existait-il aucune trace du baptême de Krzysztof Czarnek, recensé, sur l'acte de décès de Danusia, comme son fils et seul parent survivant ?

Il se pencha de nouveau sur les registres de baptême ; ils ne lui apprirent rien de plus. Le petit garçon avait très bien pu naître ailleurs, et ses parents s'étaient peut-être installés ici après sa naissance. Ou peut-être pas.

Il laissa son regard errer sur les pages. Tous ces noms et ces dates, c'étaient des vies, des parents qui avaient bercé leurs enfants avec amour, émerveillés, animés des plus beaux espoirs, des meilleures intentions. Et ces enfants, ces parents, ces prêtres, le pouce plongé dans le chrême, étaient ressortis de l'église pour trouver un monde qui leur ferait découvrir d'autres merveilles, d'autres chants d'oiseaux, d'autres soleils, mais aussi le froid, la maladie et la peur, la fumée et les bombes, le sang, la mort, les mille nuances entre le courage et la lâcheté, entre le bien et le mal, la lutte pour la survie sur une planète constamment tiraillée par les extrêmes. Les traits de plume et l'encre ne pouvaient rien dévoiler des existences qu'ils étaient censés représenter. Quelque part à Tarnow, son propre baptême était recensé, avec les noms de ses parents soigneusement notés et ses origines bien identifiées – comme un pieu planté en terre.

S'il dévidait un fil entre ce pieu et la tombe qui l'attendait, quel parcours suivrait ce fil ?

Il rangea le registre, ferma à clé la porte de la réserve, quitta le presbytère et se mit en route pour la distillerie.

Même s'il dut demander son chemin pour la dernière partie du trajet, il s'aperçut, en approchant du bâtiment sinistre et de la vieille cheminée noircie, qu'il l'avait déjà vu, mais depuis l'orée de la forêt. Une vieille Skoda était garée juste à côté de la distillerie, et deux bicyclettes tenaient en équilibre contre le mur, tout près de l'entrée. La porte elle-même, d'un bleu vif saugrenu, était entrebâillée. Après une brève hésitation, le père Tadeusz la poussa.

Il entendit des voix mais ne vit personne. La salle était large et peu profonde. Sur sa gauche, un petit escalier montait vers ce qui s'apparentait à un bureau – une table et un téléphone étaient visibles à travers une porte ouverte. La salle était haute, l'équivalent de deux niveaux ; le plafond était rongé de rouille et zébré de tuyaux couverts de toiles d'araignées qui tremblaient comme de la mousse tropicale. L'air dégageait une odeur vaguement médicale, et néanmoins organique, terreuse ; on entendait des bruits de liquides et le sifflement irrégulier d'une pression défectueuse. Dans une armoire en verre, à gauche, un liquide transparent s'écoulait d'un goulot en faisant des bulles. Malgré le bruit de fond, il entendit des voix s'élever, suivies par des pas rapides sur des marches métalliques. Czarnek débarqua au coin, un gros tournevis dans la main. Il passa devant le prêtre sans lui adresser davantage qu'un bref coup d'œil et monta les marches deux par deux jusqu'au bureau. Le prêtre le suivit. Lorsqu'il pénétra dans le bureau, Czarnek, debout sur une chaise, essayait d'atteindre une boîte de raccordement électrique sur le mur. Au moment où il introduisit le tournevis dans la boîte truffée de vieux fusibles en porcelaine, une gerbe d'étincelles fleurit au-dessus de sa tête. Le père Tadeusz recula, par réflexe.

« Salope ! » cria Czarnek avant de descendre de sa chaise et de contourner le père Tadeusz sans même un signe de tête. Le prêtre ne savait pas quoi faire. Il retourna sur le palier et entendit encore des voix derrière le vacarme des machines. L'une de ces voix était celle de Czarnek en train d'aboyer des ordres. Quelqu'un lui répondait, peut-être en haussant le ton aussi. Il décida d'attendre sur place.

Czarnek revint au bout de longues minutes. Toujours avec son tournevis. Cette fois, cependant, il hocha le menton et invita le père Tadeusz à entrer dans le bureau. Il jeta son tournevis sur les documents qui jonchaient la table.

« Le circuit électrique, dit-il. Il remonte à l'époque des tsars. » Il ne proposa pas au père Tadeusz de s'installer sur le siège en face de lui.

« Vous voulez faire affaire avec moi ? finit-il par demander.

– Faire affaire ? Non, je ne suis pas là pour ça. Je voulais discuter avec vous.

– Ah oui ? »

Le père Tadeusz désigna le siège.

« Puis-je ?

– Je suis occupé.

– Oui, je vois ça. Je devrais peut-être repasser une autre fois.

– Maintenant que vous êtes là... De quoi vouliez-vous me parler ? »

Le prêtre, sans s'asseoir, étudia les yeux sombres et méfiants de Czarnek. De toute évidence, il n'avait pas choisi le meilleur moment. « Non, je vous assure, dit-il. Je repasserai plus tard. »

Le visage sévère de Czarnek se dérida un peu. Il jeta un coup d'œil vers la porte, puis reporta son attention sur le père Tadeusz, qui restait là, avec sa casquette à la main, sa mèche blanche en bataille, comme des plumes hérissées.

« Nous avons eu des problèmes mécaniques aujourd'hui. L'électricité. » L'odeur âcre de la fumée électrique planait encore dans l'air.

« Mais nous en avons presque terminé. Si vous m'accordez quelques minutes, mes ouvriers vont bientôt partir.

— Je vous attends. »

Czarnek émit un petit grognement et quitta le bureau. Le père Tadeusz s'assit enfin. Il essaya d'identifier l'odeur prégnante, lui trouva une ressemblance avec celle d'une tranche de pain frais. La levure, bien sûr ! Il était dans une distillerie, après tout. Même dans cette pièce, le sol semblait poisseux. Il y avait des placards métalliques bosselés et des armoires à dossiers en bois ; tout était en désordre, encombré. Des papiers et des formulaires jaunis s'entassaient tant bien que mal dans une corbeille en fer sur le bureau. Enfin, derrière le bureau, sur des étagères, se trouvaient divers outils, des clés Stillson, des maillets, des boîtes de vieux boulons et de joints de tuyauterie, des récipients en plastique, des bouteilles opaques bouchonnées, avec des étiquettes sales, à côté de gros livres qui ressemblaient à des manuels de référence. Un calendrier était accroché au mur et un jeu de clés gros comme un pamplemousse pendait à un clou. Aucune autre décoration, aucune touche personnelle hormis la tasse de café sur le bureau de Czarnek. Le père Tadeusz regarda encore une fois le calendrier et vit que la date du 7 mars était entourée d'un cercle discret.

Il entendit des voix dans la grande pièce derrière lui, une quinte de toux et des rires, puis un coup à la porte et le bruit de ferraille des bicyclettes. Les pas qui remontaient dans l'escalier étaient ceux de Czarnek. Telle une ombre furtive, le chien le précéda et, avec une grâce presque féline, s'assit par terre, à côté du bureau. Tête levée, les yeux presque inquisiteurs, l'animal, dont la lumière du jour rehaussait le poil brillant, regarda le père Tadeusz. Czarnek le contourna et s'assit.

« Un chien remarquable, observa le prêtre.

— Ah oui ?

— Oui. On n'en voit pas beaucoup des comme ça, ici.

— Je ne sais pas.

– La plupart des gens ont des petits chiens. Des bâtards. Courts sur pattes. Ici, les paysans ne dépensent pas d'argent pour les chiens. Ils les gardent enchaînés en permanence. Rares sont ceux qui en font de vrais compagnons.

– Les paysans ne pensent pas beaucoup aux animaux. Pour eux, une bête reste une bête. Mais vous êtes venu jusqu'ici pour me parler de chiens ?

– Il se trouve simplement que j'aime les chiens. En réalité, je suis venu pour comprendre quelque chose. Je pense que vous pouvez peut-être m'aider, si vous en êtes d'accord. »

Czarnek fit reculer son siège de quelques centimètres en en faisant couiner les roues. Il croisa les bras.

« Je ne suis que le gérant de cette usine. Si vous souhaitez consulter les archives, vous devrez vous adresser à la mairie. Ici, il n'y a rien.

– Oh ! non, ce n'est pas ça qui m'intéresse. Je voulais savoir une chose à propos de Jadowia.

– Pourquoi me demander à moi ? Si vous vous intéressez au village, interrogez les responsables. Je n'ai rien à vous dire.

– J'ai pensé que vous saviez certaines choses que les autres ignoraient.

– Je vous répète que je ne suis qu'un employé, ici. »

Czarnek regarda rapidement autour de lui, comme si quelqu'un les écoutait, tapi dans l'ombre.

« Je fais en sorte que cette usine fonctionne. Si vous voulez savoir autre chose, allez plutôt voir la mairie.

– Excusez-moi, monsieur Czarnek. Je crains de m'être mal fait comprendre. Je me moque de la distillerie et l'administration du village ne me concerne pas. Je m'intéresse à d'autres choses. Des choses plus anciennes, des choses que les gens ont oubliées.

– Lesquelles ? demanda Czarnek, méfiant.

– Je vous le répète : des choses que les gens ont oubliées, ou plutôt dont les gens ne veulent pas se souvenir. Le cimetière, par exemple. Là où je vous ai croisé.

– Eh bien ?

– Il m'intéresse. La plupart des gens semblent ignorer jusqu'à son existence.

– Comme vous dites, ils oublient.

– Mais pas vous. »

Le père Tadeusz sentait qu'il se fourvoyait. Il n'avait aucune intention de transformer sa petite visite en interrogatoire, et il savait que Czarnek ne serait pas homme à se livrer facilement. C'était donc à lui de transiger, d'offrir quelque chose en échange.

« Tout le monde dans ce village a la mémoire courte, continua-t-il. Y compris nous. Aujourd'hui, les gens essaient de se rappeler les quarante dernières années. Ou les vingt dernières, disons. Mais il y a d'autres choses, n'est-ce pas ? » Il inspira longuement, espérant voir Czarnek faire de même, ou du moins montrer un signe d'apaisement.

« Certes, je ne suis pas d'ici, reprit-il. J'ai grandi en ville, à Cracovie. Du coup, ce village est une curiosité pour moi, avec tous ses particularismes. Mais d'un autre côté ces... comment dire ? ces phénomènes sont plus ou moins les mêmes partout. Est-ce que vous êtes arrivé ici enfant ?

– Non.

– Vous êtes donc né à Jadowia ? insista le prêtre sur un ton un peu sceptique.

– Oui.

– Dans ce cas vous vous souvenez.

– De quoi ?

– Du village à l'époque. De ceux qui vivaient là. Des gens dans les maisons. Avant la guerre, j'entends.

– C'était il y a longtemps.

– Oui, vous deviez être tout gamin. Peut-être trop jeune pour avoir beaucoup de souvenirs. Quand êtes-vous né ? En quelle année ?

– En 1933.

– Vous savez, je crois que j'ai vu la tombe de votre mère. Au cimetière de l'église. Danuta. C'était bien son nom ?
– Pourquoi avez-vous cherché la tombe de ma mère ? En quoi est-ce que cela vous intéresse ?
– Simple curiosité. Dites-moi, est-ce que vous vous souvenez de Malgorzata ?
– De qui ?
– De votre sœur. »
Le visage de Czarnek trahit un léger doute.
« Non, répondit-il. Elle est morte avant que j'arrive.
– Avant votre naissance, vous voulez dire ?
– Oui.
– Mais elle est morte en 1938. Je crois qu'elle n'a vécu que six semaines. Vous étiez très jeune. J'imagine que personne n'a envie de garder ce genre de souvenirs.
– Pourquoi me posez-vous toutes ces questions ? »
Le père Tadeusz se pencha et, les coudes sur les genoux, serra fort sa casquette. Il voulait dissiper les craintes de Czarnek, lui raconter que, jadis, il avait rêvé d'être un spécialiste de la pensée religieuse, d'établir des liens temporels entre des indices disséminés dans d'obscurs manuscrits, une manière d'éclairer la foi en montrant le chemin pour y parvenir.
« Voyez-vous, quand j'étais jeune, commença-t-il, je voulais étudier l'histoire religieuse, lire et écrire sur cette question en tant qu'érudit. Or je ne l'ai pas fait. Je suis devenu curé. Je n'étais peut-être pas assez armé. Il faut une discipline, sans doute. » Il chercha dans le regard de Czarnek une lueur de compassion mais n'y trouva que de la suspicion et une patience qui s'amenuisait.
« Donc, reprit-il, je n'ai pas suivi cette voie. Et je me suis retrouvé ici. Et ici, j'ai découvert qu'il existait une autre forme d'Histoire.
– Je ne comprends pas de quoi vous me parlez, mon père. Et surtout je ne comprends pas pourquoi vous m'en parlez.

Si vous voulez rencontrer un érudit, vous vous trompez de lieu et de village.

– Oui, il faut croire, en effet... Mais permettez-moi de vous poser une question au sujet du cimetière. Il n'en est fait aucune mention au bureau de la mairie. J'ai demandé : aucun registre qui date d'avant la guerre. Vous le saviez ? J'ai cru comprendre aussi qu'il y avait un autre cimetière autrefois. Je l'ai retrouvé sur une vieille carte, dans les archives, à Siedlce. Il devait être là où se trouve la clinique aujourd'hui. J'imagine que tout est encore là-bas – les tombes, j'entends. Même si les stèles ont disparu. »

Czarnek le dévisagea un long moment, sans rien dire, les bras toujours croisés.

« Est-ce que vous savez pourquoi ? »

Czarnek ne répondit pas.

« Où sont-elles passées ?

– Dans les maisons. Dans les granges. Dans les abris pour les animaux. »

Un nouveau silence s'installa entre eux. Le père Tadeusz scrutait ses propres mains.

« Et le vieux cimetière ?

– Eh bien ?

– Les stèles sont restées ? Intactes ? »

Nouveau silence.

« Pour la plupart, fit Czarnek. Ce cimetière a été oublié. Ou alors il dérangeait. Récemment, certaines pierres ont été enlevées. Quelques-unes.

– Ah oui ? Et pourquoi donc ?

– Je ne sais pas. »

Le père Tadeusz était perplexe.

« Vous voulez dire que les stèles ont été déplacées ?

– Quelques-unes, oui.

– Il n'y a aucune explication ? »

Czarnek haussa les épaules.

― En mémoire de la forêt ―

« Vous pensez que quelqu'un cherche quelque chose ?
— Les gens sont prêts à croire n'importe quoi. Mais il y a des choses qu'ils gobent plus que d'autres. Même si elles sont invraisemblables. »
Le père Tadeusz était d'accord – les rumeurs sur l'or des Juifs. Les légendes et les fables pullulaient dans la région. C'était une forme de loisir. Les gens acceptaient plus facilement l'existence d'une conspiration de fantômes que la boue sous leurs pieds. Il aurait voulu poser une question mais fut incapable de lui faire franchir ses lèvres. D'autant qu'il connaissait déjà la réponse. Il tenta une autre méthode.
« Je trouve remarquable que vous en preniez soin.
— Comment savez-vous ce que je fais ? »
Le père Tadeusz ne put que cligner des yeux. Il ne le savait pas : c'était ça, la réponse. Il avait vu Czarnek là-bas une fois, et il lui avait semblé qu'il accomplissait le travail d'un gardien.
« Après vous avoir vu, il m'est venu une idée. Je me suis dit que, peut-être, puisque vous aviez l'air d'aimer ce lieu, je pouvais faire quelque chose pour vous aider. Une restauration, par exemple. Une rénovation.
— Ne vous mêlez pas de ça, le prévint calmement Czarnek.
— Je vous demande pardon ?
— Laissez-le tranquille. Laissez cet endroit en paix.
— Mais je n'avais pas l'intention de le déranger, rétorqua le prêtre sur un ton un peu sec. Je proposais simplement de vous aider à vous occuper de... »
Il hésita, puis continua, comme si c'était plus fort que lui.
« De votre peuple.
— Ah !... Maintenant je comprends mieux ce que vous êtes venu chercher. »
La tension dans les bras et les épaules de Czarnek – le coton de son bleu de travail était tendu comme de la peau – trahissait moins une menace physique qu'une pression interne sur le point de se déchaîner, ce qui, pensa le père Tadeusz, risquait

d'abîmer non seulement les meubles, mais surtout Czarnek lui-même. Je n'aurais pas dû dire ça, se dit-il.

Czarnek décroisa ses bras, au ralenti, avant de se lever. « Allez-y. Ne tournez pas autour du pot. Posez-moi votre question. »

C'était un homme trapu, plutôt de petite taille. Néanmoins, le père Tadeusz avait l'impression de le voir planer au-dessus de la table tel un nuage au-dessus d'un champ.

« Posez-moi votre question, insista Czarnek.

– Non. Je suis désolé. Désolé d'être venu vous déranger. Ce n'était pas mon intention. »

Se rendant compte de son erreur, il se leva et recula vers la sortie.

« Saviez-vous, mon père, que je priais vos saints quand j'étais petit garçon ? lui lança Czarnek. Vous pensez que j'ai assez prié ?

– Pardon ?

– Vous croyez qu'ils m'ont entendu, vos saints ?

– J'en suis convaincu, répondit le prêtre, toujours en reculant et en boutonnant son manteau. Ils n'exigent rien des enfants.

– Oh ! bien sûr que non. »

Czarnek eut un long rire rauque. « Vous savez qui m'a enseigné ça ? Ma mère polonaise. Oui. Voilà. Vous n'êtes pas surpris, si ? » Il approcha son visage du père Tadeusz, qui buta contre la porte dans son dos. « Ma mère *polonaise*. Elle m'a enseigné à parler aux saints. Elle m'a fait apprendre. Elle me disait que si on leur parlait, les saints nous protégeraient. *Me* protégeraient. Vous pensez qu'elle avait raison ? Vous pensez que je suis protégé ? »

Le père Tadeusz put sentir l'odeur de sueur âcre qui émanait des vêtements de Czarnek et voir la ligne tracée par le rasoir sur ses joues.

« Je crois que nous sommes tous protégés, répondit-il.

– Oh ! c'est sûr, je suis persuadé que mes sœurs et mon petit frère auraient survécu s'ils avaient parlé à vos saints. Vous croyez que s'ils avaient parlé à vos saints, ils seraient aujourd'hui ici pour nous raconter ?

— Qu'est-il arrivé, Czarnek ? Qu'est-il arrivé à votre famille ?

— Ils ont été abattus. S'ils avaient parlé à votre Vierge et à votre Jésus-Christ, ils n'auraient pas été tirés de leurs lits et à moitié affamés. Ils iraient à l'église, se mettraient à genoux et ne verraient rien. Ils seraient comme tous les autres, qui gardaient un visage grave mais voyaient bien les raisons de toutes ces choses.

— Je suis sûr que non.

— Vous dites ça maintenant que tout ça est terminé. Aujourd'hui les preuves ont disparu, comme les souvenirs. Vous pouvez vous montrer bienveillant, et tout le monde peut dire : "Oh! oui, les nazis se sont vraiment mal comportés. Une horreur, oh! oui. C'était une époque terrible et nous avons *tous* souffert. La *Pologne* a souffert – le Christ des nations." Ils se souviennent de leur pauvre grand-mère farfouillant partout pour gratter de quoi manger, les pieds enveloppés de chiffons, comme ils disent. Mais ils ne se souviennent plus de leur oncle qui vendait du pain cinq fois plus cher à des Juifs crevant de faim derrière les barbelés, ou qui prenait leurs enfants pour les faire travailler aux champs et qui expliquait ensuite avoir risqué sa vie pour sauver des petits youpins.

— Mais des gens *ont* risqué leur vie pour sauver les Juifs.

— Des gens les ont vendus, aussi. Pour un morceau de lard ou un verre de schnaps avec l'*Oberführer*.

— C'était la guerre, Czarnek. Vous croyez que les gens l'ont voulu ?

— Voulu ? rigola Czarnek. Même dans leurs pires cauchemars... Mais je crois que ç'a été comme la grosse tempête qui fait tomber l'arbre que vous vouliez abattre. Il tombe sur votre grange, vous n'êtes pas content mais, une fois la tempête passée, la grange est réparée et l'arbre a disparu. Et il ne vous manque pas du tout. Vous êtes heureux de vous en être débarrassé.

Répondez-moi : est-ce que vous avez l'impression qu'ils manquent aux villageois ? Est-ce que vous voyez le moindre signe ne serait-ce que de leur présence ici jadis ? La trace de ceux qui ont construit ces maisons ? Est-ce que vous entendez les vieux parler du *challah* de Klemsztejn, le boulanger ? Du calme des rues les vendredis après-midi ? Est-ce que vous les entendez raconter qu'il y avait autrefois un homme dans le village qui savait réparer les souliers ? Ou raccommoder les manteaux ? Vous avez vu des plaques pour ces gens-là ? Une pierre posée à l'endroit où reposent leurs morts ? Des niches dans l'encadrement des portes de leurs anciennes maisons, là où ils plaçaient les mezouzas ? »

Sur le front de Czarnek, livide, les rides étaient dessinées aussi nettement que les traits de plume sur un parchemin.

« C'était donc vous ? murmura le père Tadeusz. Les portes des maisons. C'était pour les mezouzas ?

– Oui.

– Et les fondations ? demanda-t-il sur un ton indulgent. Pour la même raison ?

– Pour le cimetière. Pour remplacer les stèles qui avaient été enlevées. C'est tout.

– Je vois. »

En effet, le père Tadeusz voyait très bien cet homme puissant se déplacer comme une ombre dans le village, à la nuit tombée, un pied-de-biche à la main.

« Parlez-moi de votre famille, Czarnek. Dites-moi ce qui vous est arrivé.

– Vous n'avez pas besoin d'en savoir davantage.

– Ça pourrait vous faire du bien d'en parler. De raconter à quelqu'un.

– Vous aimeriez, n'est-ce pas ? Vous avez peut-être envie d'entendre une belle confession. On pourrait tous deux parler aux saints. Ma mère polonaise voulait que je leur parle à ses côtés, mais j'ai arrêté de le faire. Elle les gardait pour elle toute seule.

— Mais elle vous a aimé. Elle vous a protégé, non?
— Oui. C'était une femme pauvre, une veuve. Nous étions tous les deux pauvres. Une petite maison, deux vaches. Je me suis caché chez elle. Elle m'a appris à ne pas bouger, elle m'a appris les Sages de Sion, comment le sang des enfants goys était mélangé dans le *matzoh*. Tant de choses que j'ignorais! Elle m'a dit que ce n'était pas ma faute si les Juifs avaient tué le Christ. Elle m'a dit qu'on ne pouvait rien changer à sa naissance, mais que *je ne devais jamais laisser personne savoir*! Elle m'a dit que si je ne faisais pas attention, je risquais d'être emmené. Même des années après. Elle m'a appris qu'il pouvait être extrêmement dangereux de se dévoiler. J'ai fait toute ma scolarité sans jamais montrer ma circoncision. Elle avait raison. Tout ce que j'avais à faire, c'était écouter. Écouter les autres parler à l'école, écouter les professeurs qui expliquaient comment les sales petits Juifs portaient cette marque sur eux. Ils restaient dans leur coin, ils mouraient dans leur coin. C'était leur faute, mon père. Ces petits suceurs de sang.»

Hormis le son lointain d'un écoulement qui semblait provenir d'un ruisseau souterrain, le silence était compact.

« Elle vous a appris à croire tout cela ? »

— Je vous le répète: elle m'a appris à ouvrir les oreilles, répondit Czarnek. C'était une femme de valeur. Elle s'est occupée de moi. J'étais un don du ciel pour elle, une lueur dans la nuit. Elle me tenait dans ses bras quand j'étais malade, elle me nourrissait, m'habillait, me faisait la lecture, me coupait les cheveux.»

La voix de Czarnek flancha. «Elle m'a appris à me défendre.»

Le silence revint. Cette fois, le père Tadeusz sentit sa gorge se nouer.

«Personne n'est au courant?»

Czarnek mit du temps à répondre.

«Qui peut le dire? Quelqu'un doit sans doute le savoir. Il y a des gens qui regardent, non? Comme toujours. Ils passent leur temps à regarder.

– Qui donc ?

– Peu importe. Je m'en moque. Ils sont en train de me chercher, n'importe comment, donc je m'en moque.

– Qui vous cherche ?

– Oubliez. Ça n'a pas d'importance. Ils arrivent trop tard.

– Mais non, Czarnek... Personne ne vous cherche.

– Vous n'en savez rien.

– Si, ça, je le sais.

– Vous ne savez rien. »

Czarnek posa sa main sur la porte ouverte.

« Je veux que vous partiez, maintenant. J'ai des choses à faire.

– Juste une seconde, s'il vous plaît. Une seconde...

– Qu'est-ce qu'il y a ?

– Au sujet du cimetière. Est-ce qu'il n'y a pas quelque chose...

– Quel cimetière ?

– Le vieux. J'ai eu une idée...

– Non ! tonna Czarnek. Non, il n'y a rien. Ne vous en mêlez pas. Vous m'entendez ? Vous n'avez pas de quoi vous occuper tout seul ? Ne vous mêlez pas de ça !

– S'il vous plaît, Czarnek, supplia le père Tadeusz en reculant pas à pas sur le palier. S'il vous plaît.

– Allez-vous-en. Vous avez obtenu ce que vous vouliez. Partez, maintenant. »

Czarnek descendit l'escalier en premier, puis fit volte-face. Le père Tadeusz s'aperçut alors que son regard était ailleurs, muré dans un isolement glacé d'où il pouvait se défendre et repousser toute nouvelle tentative d'approche. Lentement, lourdement, il descendit à son tour et traversa la salle pour rejoindre la sortie. Czarnek lui ouvrit la porte. Le prêtre franchit le seuil.

« J'aimerais discuter encore avec vous, dit-il.

– Non. Je serai occupé. Ne revenez plus. »

La porte se referma et le verrou fut mis.

En mémoire de la forêt

Le cheval et la charrette progressaient avec peine le long du champ. Un brouillard bas écrasait l'horizon. De l'autre côté, vers le village, la brume nimbait les arbres et les rendait indistincts. La campagne était silencieuse. Hormis le cheval, la charrette et son conducteur, rien ne bougeait.

Les roues creusaient des sillons dans la boue. Le grand-père de Leszek faisait avancer la jument à coups de syllabes marmonnées, aussi régulières et familières que les grincements du harnais en cuir. Il savait que l'animal voulait se reposer. « Hue, hue, hue. » Les gros sabots trouvèrent un sol plus ferme et la charrette quitta brusquement la partie la plus boueuse. « Hue, allez ! Bien, ma fille ! » Il donna un petit coup de cravache sur la croupe marron de la jument, pour l'encourager.

Au moment d'arriver à hauteur d'un léger espacement dans l'alignement des arbres, le vieil homme fit tourner la jument à gauche et la fit avancer d'une vingtaine de mètres dans les bois, jusqu'à ce que l'intervalle entre les troncs se réduise et que la forêt s'étoffe d'arbres plus jeunes.

Il fit le tour de la charrette et souleva la bâche grise sale qui recouvrait ses outils : une scie de long, un maillet, un marteau, un sac de gros clous, un couteau au manche en bois, un rouleau de ficelle, une hache, un coin et enfin une pelle. L'ensemble était rangé dans un sac de grosse toile. Il s'en saisit à deux mains et le hissa par-dessus la charrette. Accompagné par le bruit des outils brinquebalés, il s'enfonça dans la forêt en suivant des points de repère familiers.

Parvenu à un endroit où la clairière formait comme une vaste salle dont les branches des grands frênes auraient représenté le toit, et les troncs à l'écorce grise et lisse les piliers, il posa ses outils par terre.

Il retourna à la charrette, sortit de sous le siège une botte de foin et la jeta devant la jument. Il déchargea ensuite quatre pieux en bois de pin brut, chacun mesurant un mètre quatre-vingts et marqué par des encoches. Il les transporta jusqu'à la clairière et, d'un tas de broussailles arrachées, dégagea quatre autres pieux, plus longs. Ceux-ci portaient également tous des encoches, deux entailles bien nettes. Il les traîna jusqu'au sommet de la clairière et balaya du pied un amas de bâtons et de feuilles qui dissimulait quatre trous préalablement creusés. Il enfonça les quatre pieux dans les trous. Avec la pelle, il ramassa du gravier dans un petit tas dissimulé non loin de là et en combla les quatre trous jusqu'à ce que les pieux tiennent bien droit.

Il installa deux entretoises entre les encoches et planta deux clous à chaque extrémité. Il s'arrêta quelques instants pour regarder au loin et tendre l'oreille, comme s'il s'attendait à ce qu'à l'écho du marteau répondent des bruits de pas. Au bout d'un moment, il s'assit sur la toile où gisaient ses outils, le dos contre le tronc du frêne, pour se reposer. Il avait mal aux épaules et à sa main droite percluse d'arthrite. Mais la tâche était loin d'être terminée. Il lui restait encore beaucoup de travail, plus que prévu, et il irait jusqu'au bout – aujourd'hui même.

C'était *le* jour.

Même le ciel était identique.

Il se releva, s'étira, et se remit à l'ouvrage.

Tous les pieux qu'il avait préparés étaient maintenant disposés, mais il lui fallait encore quelques bouts de bois. Il avait repéré le bois dont il avait besoin un peu plus loin dans la forêt. Il abattit de petits arbres avec sa scie de long, les rapporta, y tailla des encoches à l'aide de la hache et du couteau, puis les installa et les cloua fermement.

Il commença par le toit, découpant les petits bouts de bois à la bonne taille et n'utilisant que des branches de frêne dont il avait arraché l'écorce. Une par une, il les installa et les serra avec de la ficelle, de sorte que chacune était attachée aux autres par le même lien, grâce à de multiples nœuds en huit. Au bout du compte, les bouts de bois donnaient l'impression d'avoir été cousus avec de la grosse corde.

La structure avait maintenant une forme, mais ce n'était pas fini. Il s'attaqua à la paroi du fond. Pour les pièces verticales, il choisit des branches d'érable vert bien droites. Une fois l'écorce arrachée, le bois avait une couleur d'or pâle. Il finirait par se patiner mais, à l'abri, il garderait longtemps sa teinte claire. La lumière et les ombres de la clairière se déplaçaient progressivement, ce qui n'empêchait pas le ciel gris et le brouillard bas d'envelopper toute la forêt. Le vieil homme ne s'arrêta pas, préférant manger des bouts de pain et de *kielbasa* pendant qu'il travaillait. Désormais, les deux côtés de la structure étaient en place, constitués de bûches de pin étroites, clouées à la verticale afin de permettre à la lumière, au jour oblique, s'imaginait-il, d'éclairer l'intérieur.

Pour marquer l'entrée, il posa deux petites bûches de pin de chaque côté. Il prit du recul et contempla le résultat – la façade ouverte, le toit large et incliné, l'arrière-plan clair, les côtés barrés.

Ensuite, il regagna la dépression, où il avait entamé son chantier quelques semaines auparavant, et écarta les feuilles humides qui recouvraient la première des pierres. Il avait oublié à quel point elles étaient lourdes, et denses, comme si elles avaient accumulé en elles une masse qui transcendait dimension et volume. La surface fruste était humide, difficile à agripper. Il s'avança péniblement jusqu'au bord du creux, retrouva son équilibre et vacilla sous le poids. Devant sa construction achevée, lorsqu'il fit glisser la pierre de ses mains, il sentit ses genoux craquer. Avec la pelle, il mesura la base de la pierre, lui aménagea son emplacement, puis la posa de manière à ce qu'elle soit bien stable.

Il revint dans le creux, souleva la deuxième plus grosse pierre et l'installa selon le même procédé. Pareil pour les trois autres, plus petites celles-ci : l'une devant les deux premières, entre elles, et les deux qui restaient à côté de la troisième – une disposition symétrique : trois pierres devant et les deux plus grandes derrière.

À quatre pattes, il balaya de ses mains la terre et les feuilles jusqu'à ce que la surface des pierres soit uniforme, régulière. Il utilisa la pelle pour aplanir le chemin.

Il rassembla ses outils et les rangea dans la charrette.

Il en avait terminé. Mais il voulait avoir une vue d'ensemble de l'ouvrage – son accès, sa situation par rapport à ce qui s'était passé, par rapport à ses souvenirs. Il marchait avec effort à présent et, dans son épuisement, il revit la scène comme dans un rêve. Avec le jour qui déclinait, la forêt se refermait sur elle-même et lui permettait de revoir cette nuit sans lune. C'était un mélange entre ce qu'il ne pouvait pas voir dans l'obscurité de minuit et ce qu'il savait être là, grâce à sa connaissance du terrain, celle du partisan qu'il avait été. De même, tous les autres, cette nuit-là, avaient su rebrousser chemin à travers une forêt qui semblait ne posséder ni passages ni sentiers. Ils avaient regagné l'arrière comme sur un chemin aussi éclairé qu'il l'était aujourd'hui, quelque part entre la nuit et la faible perception du jour qui caractérise le partisan.

Les contours de leurs tranchées étaient toujours là, érodés par un demi-siècle d'usure.

Il se posta en bordure de la frênaie et regarda à travers les pins – de vieux arbres épais et énormes, miraculeusement épargnés par la scie des bûcherons. Le spectacle était toujours le même : un champ, boueux, chaumé, coupé de sillons, qui semblait flotter sous le brouillard lent, la lumière captée par les lointains arbres aux alentours. Face à lui, la lumière paraissait remplacée par l'obscurité, et le silence empli par le bruit des hommes marchant à tâtons dans la nuit. Il voulait ressentir ça encore une fois, conserver une nouvelle trace dans sa mémoire. Il retourna à la clairière. Ils avaient dû les traîner jusqu'ici, puis aller chercher le paysan avec sa charrette, son vieux cheval, sa corde. La corde enroulée autour des chevilles sales, les enfants comme les parents, les membres ligotés ensemble.

Devant lui se dressait son projet enfin matérialisé. Le long de la perspective qui coupait à travers les arbres, comme un chemin naturel, l'œil remontait jusqu'à la structure en bois, dont la lumière semblait étouffée par le toit en frêne ; les avant-toits démesurés descendaient vers le sol, pareils à des ailes repliées ou à un manteau, cependant que le sommet au milieu faisait penser à deux mains jointes – supplique ou prière ? –, gracieuses mais dues au seul hasard.

Abritées par le toit, les cinq pierres attendaient, rassemblées dans l'obscurité – deux derrière, trois devant. Sur chacune, l'inscription regardait vers l'extérieur, même si le texte hébraïque gravé dans le roc, abîmé par le gel et les injures du temps, pouvait nommer aussi bien des vieillards que des enfants. Mais la forme et l'emplacement lui parlaient ; ils représentaient ce qu'il savait et ne pourrait jamais oublier. Des visages sur le champ, des visages blêmes, des mains blanches, levées face au faisceau de lumière, face à *son* faisceau de lumière. Des mains levées non pour échapper au massacre ni pour se rendre, mais pour dire : *Nous voilà. Nous sommes venus, comme prévu. Faites-nous signe. Nous sommes prêts.*

Powierza avait mis la caisse qu'il avait subtilisée dans la carrière sur sa charrette ; il ne l'ouvrit pas avant de l'avoir rangée dans sa grange. Il souleva sans peine le couvercle à l'aide d'un pied-de-biche. Le contenu était soigneusement empilé, avec des étiquettes écrites en polonais et clairement identifiées d'après leur usine de fabrication : Panstwowe Zaklady Metalowe Radom, Polska. Des lance-grenades, individuels, tenus à l'épaule, 60 mm. Au nombre de vingt-quatre. Rangés tête-bêche. Il en choisit un et le porta à son épaule. L'arme était plus légère qu'il n'y paraissait, la crosse et le fût étant fabriqués dans un plastique moulé vert militaire.

Powierza, qui avait réussi à échapper au service militaire, était assez ignare en matière d'armes. Il savait toutefois que la technologie militaire avait beaucoup évolué depuis l'époque où il aurait pu avoir l'occasion de les manier. De même, il était mal renseigné sur les régulations nationales concernant l'exportation de munitions. En revanche, il n'ignorait pas que des lois récentes interdisaient l'exportation d'armes vers certains pays, notamment les « pays de l'Est », euphémisme qui ne désignait pas la Chine, mais tout ce qui se trouvait à l'est de la Pologne. Et il y avait fort à parier que ces armes, transbahutées d'un camion à l'autre en pleine nuit, relevaient de la contrebande. Il n'avait pas besoin de connaître la loi dans tous ses détails pour partir de cette hypothèse.

Il pensait aussi que personne n'avait remarqué la disparition de cette caisse. Les hommes qui s'activaient dans la carrière avaient été perturbés par l'arrivée inopinée de Leszek : gelés, mouillés et pressés, ils n'avaient rien vu.

Seul dans sa grange, Powierza réfléchit sur la marche à suivre. Il ne mit pas longtemps à agir.

Il se rendit à la coopérative agricole à pied. Au moment où il franchit la porte d'entrée, la secrétaire de Jablonski se trouvait dans le couloir ; elle s'approcha de lui, une liasse de documents dans une main et une cafetière vide dans l'autre, les coudes écartés comme pour barrer le passage. Powierza ne fut pas impressionné. « Le directeur est là ? » demanda-t-il avant de passer devant la secrétaire qui, malgré sa corpulence, avait la force d'un oreiller en plumes. Il poussa la porte. Derrière son bureau, Jablonski était au téléphone. Voyant Powierza s'avancer vers lui, il dit : « Je vous rappelle », et raccrocha.

« Monsieur le directeur, dit Powierza.

– Powierza... »

Jablonski fit un petit signe à sa secrétaire, qui sortit et referma la porte.

« Que puis-je pour vous ?

– Non, c'est moi qui peux quelque chose pour vous.

« – Parfait. J'adore qu'on me rende service. Ça me changera. Je vous écoute ?
– Je vais vous permettre de ne pas aller en prison.
– Vraiment ?
– Peut-être. À moins que vous préfériez. »

Un petit sourire se forma sur la bouche de Jablonski, mais son expression ne trahissait aucune nervosité. « Vous croyez que c'est à vous d'en décider ? Ou est-ce que nos chevaliers blancs locaux vous auraient nommé officier de justice ? » Il eut un petit rire sec et secoua la tête d'un air amusé. « Dois-je entendre les accusations qu'on porte contre moi tout de suite ou me seront-elles présentées lors du procès ? » Il rit encore. « C'est peut-être le retour du bon vieux temps et de sa justice efficace. C'était autre chose, pas vrai ? Une méthode vérifiée et approuvée. »

Powierza avait l'impression que Jablonski parlait tout seul – ou du moins pas à lui.

« J'ai quelque chose à vous montrer, monsieur le directeur. Venez voir. » Il lui fit signe de le suivre, comme à un petit chiot. Jablonski ne bougea pas d'un pouce. Puis une énorme main s'avança sur son bureau ; il recula.

« Venez, insista Powierza. Mettez votre manteau. On peut prendre votre voiture. » Il fit le tour du bureau mais Jablonski, jugeant qu'un refus n'était pas envisageable, se leva pour le suivre.

Il mit un petit moment à faire démarrer sa Fiat. Pendant qu'il agitait un bout de bois dans le moteur à l'arrière, Powierza attendait devant la portière passager. Lorsque la voiture toussota enfin, Powierza installa sa grande carcasse, faisant couiner les ressorts au-dessous du siège. Au volant, Jablonski lui jetait des regards inquiets. Powierza occupait l'espace comme des sacs de fourrage entassés, la tête calée entre les épaules afin de ne pas heurter le toit.

« J'espère qu'on ne va pas trop loin, fit Jablonski.
– Chez moi. Prenez à gauche. »

Écrasé par la présence de Powierza à ses côtés, Jablonski était réduit au silence. Lui qui avait l'habitude de briller de mille feux sur la scène de son bureau, il se sentait comprimé, étranglé, comme si les soudures de sa petite voiture risquaient d'éclater à tout moment et de l'éjecter sur la route. Il resta muet. Powierza lui fit franchir le portail de sa maison, sur une allée boueuse, jusque dans la cour, où les poulets s'égaillèrent. Jablonski fut frappé par les diverses odeurs : de fumier, de plumes mouillées, de fiente – comme d'immenses latrines animales. Il avait toujours détesté les fermes.

Powierza se glissa hors de la voiture. « Par là. » Il ouvrit la porte de la grange et laissa Jablonski entrer le premier.

La caisse, ouverte, gisait sur un lit de paille, et six des lance-grenades étaient alignés à la verticale contre un de ses côtés. Au-dessus d'eux, une ampoule nue pendait à un fil. Une fourche reposait contre un pilier tout proche, ses dents émoussées luisant dans la pénombre.

« Vos hommes ont oublié quelque chose, hier soir, monsieur le directeur. »

Jablonski fut pris d'une quinte de toux. Powierza, adossé à un pilier, les mains dans ses poches de veste, attendait qu'il parle. Finalement, le directeur de la coopérative agricole parvint à prononcer un mot :

« Oui.

– Oui quoi ?

– Vous avez raison. Ils ont oublié quelque chose. De toute évidence. »

Jablonski promena son regard sur les recoins sombres de la grange. Powierza retourna un seau à grain et lui fit signe de s'asseoir dessus.

« J'en conclus que vous étiez là ? reprit Jablonski. Je crois savoir qu'il y a eu une... un incident. J'imagine que vous en êtes responsable. Vous et Farby, peut-être. Vous êtes en contact avec lui, indéniablement.

— C'est possible.
— Enfin, n'importe comment, ce n'est pas ce que vous croyez, Staszek.
— Vous m'appelez Staszek, maintenant ?
— Monsieur Powierza, si vous préférez. Non, ce n'est pas ce que vous croyez.
— Qu'est-ce que c'est, alors ?
— Pas ce que vous croyez, je vous dis. Mais je me contenterai du réel.
— Excellente idée.
— Car voyez-vous, le réel a sa propre complexité. Le réel oblige à des stratégies difficiles.
— Arrêtez votre charabia.
— Écoutez. Il y a toute une économie en jeu. Des salaires. Des emplois. Pour survivre, il faut faire certaines choses qu'on n'aime pas forcément, mais qui deviennent nécessaires face aux désordres de l'économie nationale ou à l'incurie notoire de ses responsables.
— Donc vous vendez des armes ?
— Oh ! non. Non, non... C'est ce qu'on *pourrait* croire. Mais non, nous ne vendons que du transport. Nous vendions — je préfère en parler au passé — de l'organisation, si je puis dire. Oui, de l'organisation. Du transport. Rien d'autre. Une certaine compétence, en somme. Vous comprenez ?
— Ce sont des armes, monsieur le directeur. Des lance-grenades. C'est écrit.
— Peu importe. En tout cas, ce ne sont pas *mes* armes, monsieur Powierza. Ni les nôtres. Pour les vendre, il faut d'abord les posséder. Ou les fabriquer. Or, nous ne faisons ni l'un ni l'autre. En attendant, si vous avez besoin de couches jetables...
— Est-ce que vous déchargez vos cartons de couches en pleine nuit, à l'insu de tout le monde ? Je crois que ce que vous faites est un crime. C'est illégal.

– Uniquement parce qu'il y a une nouvelle définition de ce qui est illégal.

– Il n'empêche, c'est la loi. Si vous l'enfreignez, vous allez en prison. C'est assez simple, monsieur le directeur. Si je voulais, je n'aurais qu'à emporter cette caisse à Varsovie. Directement au Parlement, même. Je ne la remettrais pas à Krupik car, à mon avis, la police locale serait dépassée. Oui, ce serait un beau coup de tonnerre. »

Ces phrases au conditionnel frappèrent Jablonski comme les rais de lumière qui filtraient par les lézardes au mur de la grange. Il rehaussa ses lunettes. Sa main tremblait légèrement, mais il ne pouvait rien y faire. Il avait soif. « Est-ce que vous auriez par hasard quelque chose... »

Powierza devança ses désirs. Au-dessus de sa tête, une bouteille était posée sur la fourche d'une entretoise du toit. Il donna une tape sur le fond, dévissa le bouchon et la tendit à Jablonski.

« Merci », fit ce dernier avant de boire. Il regarda droit devant lui, vers la caisse et les armes, puis vers Powierza, toujours adossé au pilier.

« Vous avez une autre idée ? demanda-t-il.

– Un marché, peut-être.

– Qu'est-ce que vous voulez ? De l'argent ? J'espère que non, parce qu'il n'y en a pas.

– Non, pas d'argent.

– Quoi, alors ? Qu'est-ce que vous voulez ?

– D'abord un renseignement. Et deux ou trois autres petites choses.

– Et en échange ?

– En échange, je n'utiliserai pas *mes* renseignements pour vous envoyer en prison. »

Il demanda en premier lieu si Jablonski connaissait la vérité sur la mort de son fils. Peut-être la version du Russe transmise par Leszek était-elle vraie, mais il voulait entendre celle de Jablonski. Celui-ci, dans une certaine mesure, fit acte de contrition. Pendant qu'il parlait, Powierza le regarda d'un air à la fois peiné et intrigué, mais qui montrait à son interlocuteur que non seulement il le comprenait, mais surtout le croyait. Pourquoi pas, d'ailleurs ? Tomek trouvait des clients pour la distillerie, des Russes qu'il rencontrait sur les marchés de Praga et de Varsovie, avec qui il discutait autour de quelques verres et de cigarettes. Il s'arrangeait avec eux et les faisait venir à l'heure dite. Mais d'après Jablonski, Tomek avait dû se voir promettre quelque chose directement par les clients – comme une sorte de commission. Ou alors il en avait demandé une, ils avaient refusé, et ensuite... Comment savoir ? Ce jour-là, une fois leurs affaires conclues à la distillerie, ils étaient tous repartis ensemble. Peut-être l'avaient-ils simplement détroussé. Car il avait de l'argent sur lui, les cent dollars que Farby lui avait remis. Tel que le lui avait raconté Krupik, Jablonski savait qu'on n'avait retrouvé aucune somme d'argent sur le cadavre de Tomek ; cette piste-là était donc tout à fait plausible. Ces Russes – en réalité des Géorgiens, avait expliqué Farby – étaient des brutes, des types de la mafia, sans le moindre scrupule. Ils pouvaient vous tuer pour cent dollars. Ou pour une simple insulte.

Le visage de Powierza exprimait une détresse absolue. Jablonski n'ayant jamais eu d'enfant, il pouvait difficilement concevoir l'horreur que représentait la perte d'un fils. Il eut beau essayer de compatir avec Powierza, il ne voyait pas en quoi il était coupable, pas davantage que si Tomek s'était tué en voiture. C'était une tragédie, certes. Mais c'était, hélas, un accident. La grande carcasse de Powierza semblait s'être tout à coup vidée de toute son âme. Jablonski remua son pied sur la paille, ne serait-ce que pour entendre un son dans la grange silencieuse. Il avala une gorgée de vodka et caressa la bouteille entre ses deux mains. C'était terminé. Il n'y avait rien d'autre à dire. Il se demanda s'il ne risquait pas d'être accusé de complicité. Mais comment était-ce possible ? Il n'avait même pas été présent sur les lieux.

Powierza s'exprima au bout de longues minutes, d'une voix éraillée.

« Vous allez partir, dit-il.

– Je vous demande pardon ?

– Vous allez quitter le village. Vous allez ranger vos affaires et vous allez partir. C'est la deuxième condition de notre petit marché.

– Vous vous croyez où ? Dans un western ? En vertu de quelle autorité devrais-je partir ?

– En vertu de *cette* autorité. »

Du bout de sa chaussure, Powierza toucha la caisse. Un des lance-grenades glissa sur le côté et fit tomber tous les autres sur la paille, à la suite.

« Vous avez le choix, monsieur le directeur. Soit vous partez et vous abandonnez la coopérative et tout ce qu'elle contient. Vous démissionnez. Vous faites vos valises, vous prenez vos affaires et votre femme et vous quittez le village. Pour aller ailleurs. Loin d'ici. Soit je charge ces armes dans un camion, je vais à Varsovie et je les dépose aux pieds du nouveau procureur général.

– Vous n'oseriez pas.

– Essayez toujours, Jablonski. »

Celui-ci réfléchit. Il reprit une gorgée, au goulot, abaissa la bouteille, se resservit. Les affaires sont les affaires, pensa-t-il. Il avait un tas de vieux amis ailleurs. Il pourrait toujours se rendre utile. Cela demanderait quelques manœuvres, deux ou trois cajoleries, mais il avait ses réseaux. Un peu à la manière des hommes d'Église ; il trouverait toujours un lit et un repas chaud.

Une autre pensée réconfortante le traversa.

« Vous avez peur de moi, n'est-ce pas ? dit-il. Vous avez tous peur de moi.

– C'est la troisième condition, monsieur le directeur.

– Pardon ?

– Les dossiers.

— Quels dossiers ?
— Les dossiers. Les foutus dossiers. Vous voyez très bien de quoi je veux parler. » Le visage de Powierza avait retrouvé sa rougeur incroyable, comme une pomme trop mûre. Jablonski se sentit plus à l'aise. La compassion le désarmait toujours ; là, en revanche, il était en terrain connu. Il sentit le feu et le soufre de la vodka l'envahir, la chaleur irradiante du nouveau départ.

« Vous protégez votre fils, c'est donc ça ? fit-il avec son petit sourire satisfait. Ou sa mère. Ou vous-même.

— Chacun d'entre nous, Jablonski. Tout le monde. Je n'ai pas envie de voir la pourriture se répandre. Je ne veux rien savoir.

— Je n'avais pas le choix. Vous en êtes conscient, n'est-ce pas ? »

Jablonski souleva la bouteille, mais pour la proposer à son hôte cette fois. Elle était vide aux trois quarts. Powierza déclina. Jablonski continua sur sa lancée.

« Il faut que vous compreniez certaines réalités, Staszek. Dorénavant je vous appellerai Staszek, si ça ne vous dérange pas. Finies les formalités. Je sens bien que vous êtes, d'une certaine façon, un ami. Voyez-vous, j'apprécie l'intelligence. Mais vous n'êtes pas obligé de me parler comme si j'étais une sorte de sorcier malfaisant. Vous comprenez, j'ai continué de faire tourner la machine. Comme un chauffeur de bus. C'était mon boulot. Mon seul boulot.

— Les dossiers, Jablonski.

— J'ai fait fonctionner la machine. Il n'y en a pas beaucoup qui en auraient été capables. Mais moi je l'ai fait. On n'a jamais eu de problèmes, ici. Je vous ai obtenu de quoi manger. Personne n'a souffert. Vous êtes toujours là. Vous mangez encore à votre faim.

— Vous nous avez sauvés du communisme, c'est ça ?

— Certains n'ont pas été sauvés. Vous ne vous rendez pas compte, Staszek. Il y a toujours un prix à payer. Ce prix, c'est la coopération. Sans coopération... »

Il insista sur ce point, convaincu que Powierza le comprenait – et même le *croyait*, car comment nier la force d'un tel raisonnement? Sans coopération, continua-t-il, il n'y avait ni ordre ni progrès. Maintenant qu'il n'y avait plus de coopération, on se retrouvait avec le désordre, le chacun pour soi, les retraités faisant la queue pour acheter du pain ou fouillant dans les poubelles, les prix qui doublaient en l'espace d'un mois. Mais tout ça n'était rien comparé au chaos à venir; le nouveau président se transformerait en dictateur, et la boucle serait bouclée. Tout recommencerait comme avant. Vraiment. Les gens repenseraient au parti avec nostalgie, les banderoles défileraient de nouveau.

« La prochaine fois, ce sera le triomphe d'une intelligence plus haute – j'entends par là une *meilleure* intelligence. Un peu plus de bon sens. » Jablonski eut un sourire caustique.

« Les discours seront moins longs.

– On verra bien, répondit Powierza avant de soulever une des armes et de la remettre dans la caisse. Mais pour le moment, vous foutez le camp.

– Très bien.

– N'oubliez pas. Vos dossiers.

– Ah! les dossiers...

– Oui.

– Les dossiers du vieux Marcin. »

Le visage flétri et les yeux jaunâtres se rappelèrent au bon souvenir de Jablonski.

« Qui donc?

– Les dossiers du *parti*.

– Peu importe. »

Jablonski était immobile, muet.

« On va les brûler, monsieur le directeur. Venez, allons les chercher. Ensemble. Vous et moi. » Il s'éloigna de la caisse.

« Vous êtes prêt? »

Jablonski ne bougea pas d'un iota, sinon pour lever ses yeux vitreux vers la large figure qui le toisait. Les grosses mains de Powierza se saisirent des revers du manteau de Jablonski et soulevèrent le petit homme jusqu'à ce que ses pieds décollent du sol.

« Doucement, gémit Jablonski. Je peux marcher. Je peux toujours marcher. » Il lâcha un petit rot. « Je peux même marcher à travers le feu. »

Ce matin-là, Pawel et Henryk se présentèrent de bonne heure, ainsi que le leur avait demandé Czarnek avec insistance. Cela faisait deux jours qu'il leur mettait la pression afin d'atteindre un niveau de production une fois et demie supérieur à la normale. Ils avaient lambiné, ils s'étaient plaints, comme d'habitude; mais ils savaient que la patience de Czarnek avait ses limites quand il fallait concilier efficacité et urgence tout en évitant la précipitation. Pour faire passer la pilule, Czarnek leur avait promis trois jours de congé d'affilée dès que les huit cuves de fermentation seraient remplies. Demande peu commune, qui signifiait qu'ils allaient, à leur retour, passer toute une journée, pénible et dangereuse, à nettoyer les cuves, à manier le tuyau et la brosse au milieu des vapeurs âcres du dioxyde de carbone, avec les gants, les bottes et les masques à gaz. Mais enfin c'était toujours une corvée reportée, des lamentations remises à plus tard.

Czarnek avait peu discuté avec eux. Pourtant, malgré sa brusquerie, en travaillant à leur côté, il se montra d'une rare gentillesse avec Pawel et Henryk, à la fois concentré sur sa tâche et distant, comme s'il avait la tête à un long voyage imminent.

« Vous partez quelque part ? » osa demander Pawel. C'était le dernier jour de la semaine. Le prêtre était passé la veille, dans l'après-midi, mais Pawel et Henryk ne l'avaient pas vu. Ils venaient de prendre une pause de dix minutes; Czarnek avait sorti trois cannettes de Coca-Cola, une attention aussi singulière que les cylindres étincelants et curieusement flexibles qu'ils tenaient entre leurs mains. Pawel jeta un coup d'œil vers Henryk, qui étudiait le contenu de sa cannette comme s'il craignait de boire du lait tourné.

Czarnek semblait ne pas avoir entendu sa question.

« Vous partez quelque part ?

– Non, fit Czarnek. Où voudriez-vous que j'aille ? »

Ils terminèrent le travail avec diligence, comme si le coup de collier de la semaine les avait incités à affûter leur concentration et à réduire les gestes inutiles. Pawel et Henryk réussirent à accomplir deux ou trois tâches simultanées dans les mêmes délais et avec les mêmes efforts qu'en demandait généralement une seule. Plutôt que de laisser leur désordre habituel derrière eux, ils nettoyèrent, rangèrent les seaux, les brosses et les balais dans le cagibi en un seul voyage au lieu de trois. À la fin de la journée, ils se plantèrent devant la porte, l'air penaud. Czarnek passa devant eux – il était encore pressé – et vit qu'ils le regardaient, dans l'attente de quelque chose. Il s'arrêta, un *clipboard* dans une main, un vase à bec dans l'autre.

« Oui ?

– Les cuves sont remplies, dit Pawel. Les huit. À ras bord.

– Le cuiseur est nettoyé, enchaîna Henryk.

– Oui, fit Czarnek, qui était au courant. Bien.

– En trois jours ! s'écria Pawel, tout fier. C'est pas mal.

– Oui. Merci.

– C'est bon ? fit Pawel, toujours dans l'expectative.

– C'est bon. Oui. Très bien. Beau travail. Merci à vous deux. »

Pawel et Henryk sourirent, semblèrent se détendre et se dirigèrent vers la porte en traînant.

« Mardi, donc. Entendu ?

– Oui.

– Tout va bien ? demanda Pawel avec un sourire interrogateur.

– Mais oui.

– Allez, viens, Pawel », dit Henryk en poussant son collègue vers la sortie.

Dans le calme qui suivit, troublé seulement par le lointain murmure des fluides et des échanges chimiques, Czarnek adopta un autre rythme, plus lent, plus résolu aussi.

Il se lava les mains en les savonnant et en les rinçant à l'eau froide du lavabo derrière son bureau, puis les essuya sur un vieux chiffon trouvé dans un placard en bois. Ses mains étaient ridées ; la peau sur ses doigts, dès qu'il les tendait, se fronçait de petits plis. Il avait vieilli. Comment avait-il fait pour ne pas s'en apercevoir ? Ses mains étaient plus vieilles que ne l'avaient jamais été celles de sa mère. De vingt-sept ans. Il se souvenait de la main de sa mère, un jour, posée sur le dossier d'un fauteuil, détendue, tandis qu'elle était assise devant une table, à discuter : l'odeur de sa peau, alors qu'il se tenait comme caché derrière elle, sa tête à peine à hauteur de l'épaule maternelle. La grosse veine qui remontait du poignet en croisait une autre pour dessiner la forme d'un diamant, puis disparaissait de nouveau entre les jointures. Les minuscules losanges que la lumière – d'une fenêtre ? d'une lanterne ? – traçait sur sa peau, et qu'il toucha du doigt, puis des lèvres, cependant qu'elle restait impassible, écoutant son mari en face d'elle.

« Chaim ! » s'était écrié son père. Sa mère avait alors retiré sa main, la conversation s'était poursuivie. Telle une photographie agrandie, ce souvenir-là lui restait. La main de sa mère, habile mais douce, et les muscles de ses avant-bras qui se bandaient pendant qu'elle pétrissait – était-ce du pain, ou des vêtements lavés qu'elle rinçait ? Czarnek revoyait le savon disparaître dans le siphon, l'eau transparente ruisseler sur ses poignets, les manches serrées autour de son avant-bras.

Des langes, peut-être.

Il se rappelait encore le bruit de la main de sa mère sur le pain, et celui, plus sourd, de la pâte sur la table. Un mélange de farine et d'eau aplati puis enfourné. C'était la pâque.

Aujourd'hui il s'occupait de levure, esclave du travail qu'il était. Des quantités de levure, en train de travailler en ce moment même, une chose vivante, qui respirait, jusqu'à emplir toute la salle, juste derrière ce mur, ne laissant assez d'air que pour lui. La pâque, d'après ses calculs ; le coucher du soleil dans deux heures et des poussières. Il sortit, appela son chien, passa devant sa maison, entra dans la forêt et suivit le berger allemand sur les huit cents mètres du chemin jusqu'au cimetière.

Il s'arrêta devant et ne distingua aucun mouvement à travers la lumière vert pâle. Rien n'avait changé. Les branches des pins planaient toujours au-dessus de son matériel entreposé là – le kérosène, les lampes, les globes de verre rangés dans un carton rembourré de papier, la construction en cuivre et en laiton. Il déballa l'ensemble.

Il remplit d'abord les lampes, faisant couler le kérosène sur ses doigts avec une odeur grasse. Les lampes pouvaient être en étain et en laiton, pour partie fabriquées à partir de vieux bidons de peinture, mais surtout en verre – de couleur verte, translucide, opaline. Toutes comportaient une mèche et un bouchon. Czarnek s'agenouilla pour les remplir l'une après l'autre ; il les posa ensuite sur le sol. Du carton, il sortit les globes ou les verres de lampe et les installa sur chacune des lampes. Il remit le papier froissé dans le carton.

Ensuite, il prit les lampes deux par deux et les disposa fermement à l'ombre des vieilles stèles, dans un ordre aléatoire.

Il regagna le talus en bordure du cimetière, souleva la construction en cuivre et en laiton, l'attacha à la base verticale. Veillant à ne pas perdre l'équilibre, il transporta l'ensemble à l'intérieur du cimetière et le déposa par terre. Il raccorda l'embout au réservoir et le serra à l'aide d'une clé anglaise.

Le jour déclinait, la lumière sous les pins devenait de plus en plus bleu-noir. Avec le restant de kérosène, il remplit le réservoir, vissa le bouchon et le nettoya. Il cala les huit globes au-dessus des huit mèches fixées aux branches en cuivre et en laiton. Ils lui arrivaient à hauteur des épaules.

Lentement, il recula pour avoir une vue d'ensemble. C'était brut, voire grossier, avec une branche légèrement penchée et plus courte que les autres, mais ça tenait debout, c'était solide. Les verres de lampe transparents reflétaient encore le peu de lumière du jour. Il s'approcha de la structure et en inspecta la base. Elle résistait. Le vent ne la ferait pas vaciller.

Pendant quelques minutes, il resta assis avec son chien et attendit que la nuit soit tout à fait tombée. Puis il se redressa, sortit une bougie de sa poche, craqua une allumette, fit le tour du cimetière et alluma toutes les lanternes. Une fois cela fait, il renouvela l'opération avec chacune des mèches posées sur les larges branches en métal, de droite à gauche. Les flammes tremblèrent sous le verre, faiblirent un instant, puis retrouvèrent de la vigueur.

De sa poche, il tira un bout de métal tordu, gros comme le poing – le laiton transparaissait sous les nœuds et les stigmates de la fonte. Cet objet, il l'avait trouvé au milieu des décombres, l'avait conservé dans un chiffon doux et caché tout ce temps-là sur des étagères ou dans des tiroirs à vêtements ; la nature exacte de cet objet, d'abord mystérieuse, était devenue pour Czarnek une certitude, d'année en année, à mesure qu'il en faisait ce que semblaient lui indiquer ses souvenirs, à savoir une couronne de la Torah, exhumée des cendres du temple incendié.

Il l'avait fixé à l'aide d'une tige filetée. Il l'installa à son emplacement, entre les deux rangées de flammes, et serra fort.

Il recula pour admirer le résultat, mais pendant quelques secondes seulement.

Il appela de nouveau son chien. Ce dernier bondit et, ensemble, ils reprirent leur chemin familier, abandonnant la clairière aux lumières vacillantes.

De son coude, il brisa une des vitres de la cage à l'intérieur de laquelle l'alcool jaillissait comme une source intarissable.

Tout près du jet, il plaça un grand verre à eau et le regarda se remplir. Puis il l'avala d'un trait, tellement vite que le liquide sembla tomber directement dans sa gorge. Il fit le tour de la haute salle obscure, où la lampe du plafond projetait des ombres démultipliées sur le sol. Comme une boule de feu à retardement, le liquide toucha son estomac, lui fit venir les larmes aux yeux, l'obligea à pousser un grognement guttural. « Béni sois-Tu, notre Dieu, Roi de l'univers, qui crée le fruit de la vigne. » Puis, avec une autre voix, aiguë et éraillée, qui aurait pu être celle de son père récitant devant la flamme de la bougie, les vieux plats et la table austère de la cuisine : « *Barukh atah Adonai eloheinu melech ha-olam hamotzi lechem min ha-artz.* »

Il était parfaitement immobile, les yeux perdus dans la pénombre de la tuyauterie rouillée, regardant non pas les tuyaux eux-mêmes, mais derrière. Il fut pris d'un tressaillement et prononça de nouveau les paroles antiques : « *Shema Yisroel, Adonai eloheinu, Adonai Echad.* »

Il leva les yeux. Sous la lumière de l'ampoule, son visage était ravagé, creusé de rides. Entends, ô Israël. Entends ma prière du coucher. Ma peur des rues sombres. La voix de mon père. Vois les mains de ma mère, les visages de mes sœurs.

Il retourna vers la source, vit le reflet de son bras tendu sur un bout de vitre brisée et posa le verre contre le jet.

« *Barukh atah Adonai...* » Il but, une fois encore la bouche ouverte, manquant s'étouffer. « Puisse le Miséricordieux nous faire hériter de ce jour qui sera shabbat et repos pour une vie éternelle... » Quelle était la suite ? « Le monde à venir. Le monde sans fin. Le fruit de la vigne. Pour toujours. Maintenant et à l'heure de notre... » Il s'interrompit, secoua la tête. Une fois de plus, il tressaillit. « *Shema.* »

Il sentit du sel dans ses yeux. Ce n'était pas du vin, ni du pain azyme, ce n'était pas la vie, pas la mort. Qu'est-ce que c'était que cette miséricorde ? Pourquoi eux, pourquoi moi ? *Par la volonté de qui, Adonai ?* Il entendit du bruit, comme un océan, comme de la musique. Il rebut à la source claire, en s'appuyant contre son armature. Pour finir, il laissa le verre se briser par terre, monta les six marches qui le séparaient du bureau, trouva une bougie dans l'armoire, s'empara du vieux livre posé sur sa table et ressortit en titubant, la main accrochée à la rampe. « Viens, Moishe. » Le chien le suivit à travers le bureau, puis à l'étage supérieur, dans un petit passage qui se terminait par une grosse porte verrouillée. Lorsque celle-ci s'ouvrit, laissant s'échapper le vacarme et l'odeur âcre de la salle, le chien renâcla. « *Idziemy, Moishe !* » Czarnek l'attrapa par le collier et le tira à l'intérieur. Une fois la porte refermée, la flamme de la bougie se mit à faiblir.

Il repéra la perche posée en équilibre contre le mur. D'un pas lent et traînant, il dévissa ensuite les bouchons des immenses cuves à fermentation. Chacune ajouta sa propre musique aux autres, jusqu'à ce que les huit émettent ensemble un son unique, comme le vent et l'eau, comme le feu. Czarnek retourna de l'autre côté de la salle, près de l'entrée, et s'assit sur un lit de paille clairsemée.

« Assis, Moishe. » Le chien lambina devant la porte ; la truffe par terre, il grattait la surface métallique. « Viens, viens ! » Avec des petits jappements, il finit par obéir à son maître, qui le caressa. Tandis que la flamme de la bougie vacillait, Czarnek sonda l'obscurité au-dessus de lui. « Du calme. »

La paille et le froid. Toujours le froid. « Couché, Moishe. » Couche-toi et ne bouge plus. La bougie... En train de s'éteindre, à présent.

Du calme, Moishe.

En train de s'éteindre.

Éteinte.

« *Shema.* »

Il roula sur le côté, le vieux livre aux pages carbonisées sous sa tête. « *Shema.* » Au bout d'un moment, la flamme sembla se ranimer, douce, chaude, et elle portait en elle le visage de son père, les yeux levés, en train de chercher quelque chose dans le ciel.

*
* *

Andrzej les vit à la tombée de la nuit, alors qu'il suivait la route entre la coopérative agricole et l'ancien siège du parti, au rez-de-chaussée duquel vivait Jablonski. Son œil fut attiré par la flamme lorsque, ayant dépassé le bâtiment, il put porter son attention sur le champ déchaumé et tracé de sillons qui s'étendait au-delà du garage, où un léger nuage de fumée et des vagues de chaleur brassaient l'air du soir.

L'un des deux hommes était Jablonski. Mais Andrzej dut s'attarder un peu pour identifier l'autre, car il était accroupi près du feu, soit pour se réchauffer, soit pour l'entretenir. Il finit par se relever. Andrzej reconnut aussitôt Powierza : qui d'autre possédait cette carcasse et cette tête toute ronde ? Caché derrière une portion miraculeusement épaisse de la haie qui bordait la route, Andrzej observa la scène un long moment. Il ouvrit sa sacoche, comme toujours suspendue à son épaule, avala une gorgée au goulot, ne décela aucun mouvement sur la route, ni à gauche ni à droite, puis s'enfonça dans les fourrés pour jouir d'une meilleure vue.

Trois grosses caisses, ou cartons, étaient posées entre les deux hommes, juste à côté du feu. Régulièrement, ils se baissaient pour alimenter celui-ci avec du papier. Jablonski s'occupait de le rouler et de le déchirer, et Powierza le jetait dans les flammes orange par paquets de plusieurs feuilles. Des étincelles jaillissaient, tournoyaient, s'évanouissaient. Des points de lumière dansaient sur les lunettes de Jablonski. Des bouts incandescents de papier noirci s'envolaient telles des ailes de corbeau brisées, se déchiraient, disparaissaient. Powierza tisonnait les flammes à l'aide d'un bâton, provoquant chaque fois la montée d'un bouquet d'étincelles.

La soirée était calme, et Andrzej trouvait ce feu violemment attirant. Une discussion entre hommes, autour du feu, avec une bonne bouteille – que rêver de mieux ? Il eut envie de sortir des fourrés pour aller les rejoindre, mais se ravisa. Il se sentait un peu en position d'infériorité face à ces deux hommes. Jablonski remit du papier dans les flammes. Powierza tendit la main pour lui passer sa propre bouteille. Andrzej les observa encore quelques instants, plein d'envie, puis finit par rebrousser chemin au milieu des broussailles et par reprendre la route, à contrecœur, en regardant deux ou trois fois, dans son dos, la lueur qui s'éloignait.

17

Leszek

Ce qui suit, je le dis avec le recul non pas de l'éloignement, mais du temps.

J'ignore qui a vu en premier les lumières dans la forêt. Il semblerait que ce détail se soit perdu. Peut-être ont-ils été plusieurs, plus ou moins au même moment. Cependant, le père Tadeusz fut une des premières personnes prévenues, au motif, peut-être, que la présence de lampes allumées dans un cimetière relevait automatiquement du domaine de compétence des prêtres. Il alla vérifier lui-même. C'était un samedi, à la tombée de la nuit, la veille de Pâques.

Je dois préciser ici que j'ai appris à connaître le père Tadeusz au cours des mois qui se sont écoulés depuis – ça fait plus d'un an déjà – et je sais, d'après sa description, qu'il fut profondément affecté par ce qu'il découvrit. Il s'était rendu au cimetière entouré d'un groupe de villageois qui, ayant appris la nouvelle, l'avaient suivi jusque dans la forêt entourant l'ancien cimetière. Avant même de quitter la route, il avait aperçu les lumières qui vacillaient derrière les arbres, ces mêmes illuminations étranges qui avaient attiré les promeneurs. Lorsque la petite troupe – qui comprenait aussi des hommes tout droit sortis en titubant du bar qui venait de fermer – arriva à la clairière, les murmures cessèrent aussitôt.

Le père Tadeusz se souvenait d'avoir été presque paralysé par le spectacle qui s'offrait. Il avait cru se retrouver au seuil d'une salle voûtée dont les colonnes renvoyaient une lumière diffuse et s'élevaient vers des arcades et des plafonds cintrés.

Une cathédrale, disait-il : voilà l'image qui s'était gravée dans son esprit. De l'autre côté, tout au fond, au-dessus d'une gerbe de lumières solitaires, les branches de ce qu'il reconnut être une *menorah* brillaient sous ses flammes tremblantes. Malgré tout, le métal tordu et fruste étincelait comme de l'or fondu. Deux des flammes, il se le rappelle, s'étaient éteintes, mais ces espaces vides ne faisaient qu'ajouter à la puissance du spectacle. Car il comprit tout de suite comment elles avaient été allumées, et par qui, et avec quels efforts. À cet instant-là, c'était la seule chose qu'il savait.

Je le répète, je connais mieux le père Tadeusz aujourd'hui qu'à l'époque. C'est un homme doué de sens moral, bien sûr, mais je ne le qualifierais pas de dévot. Il n'est pas obsédé par la religion, il n'en parle même pas beaucoup. Je n'ai pas une grande expérience des prêtres, en tout cas pas personnelle, étant donné que le seul que j'aie connu dans mon enfance était le vieux père Marek, qui bénissait les fleurs et les enfants et citait la Bible à tout bout de champ. Le père Tadeusz n'appartenait pas à cette catégorie de prêtres, mais cela ne l'empêcha pas d'être profondément, et religieusement, ému par la scène. En revanche, la réaction des personnes présentes à ses côtés ce jour-là fut autrement plus vive, plus méfiante. Il y avait là Janowski, le boulanger, encore en tablier sous son manteau, Kaminski, un routier, les yeux embués par toute la bière avalée au bar, et plusieurs autres. Tous voulaient savoir qui avait fait cela. Ils savaient où ils étaient : dans l'ancien cimetière juif, bien sûr. Mais pourquoi *cette chose* était-elle ici ? Quel en était le *sens* ? Fallait-il y voir la preuve qu'ils revenaient ? Était-ce l'œuvre de proches parents, d'héritiers venus réclamer un héritage supposé ? Ne fallait-il pas agir ? À toutes ces spéculations plus ou moins accusatrices, le père Tadeusz ne répondit pas ; il préféra s'en aller et retourner chez lui bien avant la cohorte désordonnée.

Le lendemain, je me trouvais à l'église avec ma mère. Nous ne savions pas encore pour le cimetière ; nous avions simplement entendu des bribes de conversations au sujet de lanternes ou de bougies – c'était confus. Et pourtant ce matin-là, à l'église, je sentis de façon tangible une réelle attente, une attente de quelque chose d'important, qui dépassait l'habituelle effervescence de Pâques, avec les fleurs blanches, les rubans blancs noués, les corbeilles apportées par les enfants pour la bénédiction, l'odeur de cuir et de suif, celle de la pierre humide et du souffle humain, la fumée qui s'élevait, pareille à une brume huileuse, des flammes rouges des cierges sous la statue de la Vierge. Les vieilles femmes en foulard étaient assises sous l'orgue, le dos voûté, les yeux emplis par la crainte de Dieu et de Ses saints inflexibles, le rosaire enlacé autour de leurs poignets dodus.

Lorsque le moment vint, pour le père Tadeusz, de prendre la parole, il monta en chaire et resta silencieux un long moment.

Il annonça qu'il nous parlerait du passé et du malheur.

Il s'interrompit, comme s'il attendait une objection.

Il précisa que ce n'était pas le sujet qu'on abordait, en général, le jour de Pâques.

Puis il se lança. Je ne puis retranscrire ses paroles avec exactitude, mais elles captivèrent l'ensemble de l'assistance au cours des quelques minutes que dura l'oraison. Nous sommes un peuple, dit-il, hanté par son passé. Pour de bonnes raisons, poursuivit-il, car de tout temps nous avons été coincés entre deux forces opposées et violentes, les peuples germaniques d'un côté, et les plus puissants de tous, les Slaves, de l'autre – ceux-là toujours ambitieux et ceux-ci constamment taraudés par un complexe d'infériorité. La géographie, dit-il sur un ton docte, nous a soumis à leurs manœuvres et à leurs méfaits, à leurs traités, à leurs pactes, à leurs trahisons et, trop souvent, à leurs armées conquérantes. Historiens comme professeurs nous les ont expliquées, ces forces contraires, ils nous ont dit par exemple comment la Pologne – qui forme tout de même dix pour cent du continent européen – avait pu disparaître de la carte pendant tout un siècle. C'étaient de bons professeurs, et nous avons compris cette histoire, et nous la comprenons aujourd'hui.

« Mais il existe une autre histoire, continua-t-il. Et il existe dix autres pour cent. » Sa voix monta d'un cran et se fit plus aiguë.

« Un dixième de notre population. Des gens qui travaillaient, qui vivaient, qui marchaient parmi nous. Vous savez bien de qui je veux parler. Et ces gens-là ont disparu, et c'est aussi l'Histoire. Mais c'est également un malheur. Et ce sont cette Histoire et ce malheur que nous avons plus de mal à assumer. »

Il porta son regard au fond de l'église. « Pensez ! Dix pour cent de la population qui disparaît ! Comme ça ! » Il agita sa main dans le vide.

« Ç'a été une horreur, oui. Mais que signifiait cette disparition soudaine de ces dix pour cent *en particulier* ? Pensez-y et interrogez-vous. C'est comme si ces gens formaient une tribu disparue, sauf qu'ils n'ont pas laissé derrière eux de ruines monumentales. Uniquement une sorte de vide. Une béance. Quelque chose dont on ne discute pas, comme un acte malhonnête. »

L'espace d'un instant, l'église ressembla à un navire secoué par la houle, car une tension se fit nettement entendre sur le bois des vieux bancs, un souffle retenu, une vague de désarroi et de malaise. Et celui qui en était responsable, en ce jour saint, était le plus modéré, le plus réservé des prêtres. « Nous sommes trop nombreux à estimer que ce qui leur est arrivé n'est pas un malheur. Une horreur, mais pas un malheur. Comprenez-vous la différence ? La trace de l'horreur ne remontait pas jusqu'à nous. Nous n'étions pas coupables, et donc, d'une certaine manière, nous pouvions l'accepter. En revanche il nous reviendrait, à nous, d'accepter le malheur. Et pourtant nous le rejetons, car nous avons nos propres problèmes, nos propres croix à porter. Ce que nous disons, en vérité, c'est que ces dix pour cent nous étaient étrangers – ils étaient *parmi* nous, mais non *partie* de nous. Nous disons : Oui, trois millions d'entre eux ont péri sur notre sol, mais trois millions des *nôtres* ont aussi péri dans les mêmes conditions atroces. Et par conséquent, au lieu d'être semblables, nous sommes différents. Il y a les nôtres et *eux*. Les nôtres sont des Polonais. *Eux* sont des Juifs. Nous pleurons les nôtres, comme de juste. Les veuves pleurent leur mari, les mères leur fils. Nous avons notre propre malheur qui nous meurtrit, qui nous occupe, alors il équivaut au leur. Ils s'annulent l'un l'autre. Leur deuil est annulé par notre propre deuil, de même que nous avons effacé l'empreinte de leurs pas, enseveli les signes de leur foi (en un Dieu qui a donné naissance au nôtre), en ne laissant même pas la moindre stèle commémorer leur temple incendié, alors que cette église a été réparée avec tous les soins du monde. Nous avons abandonné leurs tombes, oubliées de tous, pendant que nous nous occupions des "nôtres". Nous arpentons ces rues qu'ils nous ont aidés à construire, nous entrons dans des maisons où ils tenaient jadis boutique, avec des toits sous lesquels leurs familles dormaient en paix. Et ce faisant, nous, les vivants, sommes occupés par les problèmes des vivants et le souvenir de nos propres disparus. Et nous sommes hantés, aussi, ces derniers temps – c'est bien humain –, par la pensée de ceux qui nous ont offensés. Beaucoup de ces pécheurs, nous les remarquons parce que aujourd'hui, dans le climat actuel, il paraît possible d'agir sur les drames qui nous ont frappés récemment. Nous rejetons le malheur et, à la place, nous demandons réparation. Nous avons soif de vengeance, d'une vengeance qui serait assouvie par des châtiments, par des révélations, par le procès en règle de ceux que nous jugeons coupables. Nous avons envie de les voir se flétrir sous nos yeux, se confondre en excuses, nous voulons les entendre avouer ce que nous savons déjà. »

Il inclina sa tête pendant de longues secondes, puis contempla l'assemblée muette.

« Or, mes bien chers frères, mes bien chères sœurs, des questions plus importantes se posent à nous. Nous avons des besoins plus pressants. Nous devons nous rappeler ce que signifie le jour de Pâques. Il signifie le pardon et la générosité, le passé et le présent qui forment un tout. » Sur ce, il replia les feuilles de papier qui se trouvaient devant lui. Je ne m'étais même pas rendu compte que, peut-être, il lisait. « Une fois que la messe sera terminée, je veux que ceux d'entre vous en mesure de le faire m'accompagnent. Je dois vous montrer quelque chose. Quelque chose que nous devons tous voir. »

Ainsi, après la messe, une procession simple et informelle sortit de l'église, passa la grande place et emprunta la route de l'ouest. Quand je dis informelle, j'entends par là qu'il n'y avait ni croix brandie ni décorum religieux – pas d'ostensoir, pas d'encens, pas de cierges, pas de bannières. La troupe était menée par le père Tadeusz, suivi de trois enfants de chœur, dont les épaules, comme les siennes, étaient encore couvertes de tissu blanc. Quant à nous, c'est-à-dire une colonne irrégulière d'environ deux cents personnes, nous leur emboîtions le pas. La journée avait commencé ensoleillée et chaude mais, pendant l'heure qu'avait duré la messe, un tapis de nuages s'était déroulé dans le ciel, menaçant de lâcher une pluie de printemps précoce. Les arbres bourgeonnaient ; les premières fleurs blanches s'accrochaient aux pruniers ; des épis de seigle verts poussaient sur les champs.

À l'endroit où la route oblique vers la droite, le père Tadeusz s'engouffra dans les bois. La foule ralentit et se regroupa devant les fourrés, puis le suivit. Il s'arrêta sur la hauteur qui longeait le cimetière. Les bras en croix, il nous fit signe de nous rassembler devant lui. Si des voix se firent entendre, elles étaient étouffées. On distinguait seulement des bruissements dans les buissons et les branches qui craquaient sous les pieds.

« Mes chers frères, mes chères sœurs, dit le père Tadeusz, regardez. Ceux-là étaient aussi nos frères et sœurs. » Il détourna la tête un instant, puis revint vers nous. Sur les visages qu'il avait devant lui, et que je voyais autour de moi, se lisaient de l'étonnement, de la concentration, de la gêne. « Nous les avons oubliés. Aujourd'hui, quelqu'un veut que nous nous en souvenions. Nous ne savons pas qui est cette personne, mais peu importe. L'essentiel, c'est que l'on s'en souvienne. » Il baissa la tête. « Notre Père... qui êtes aux cieux... »

Les voix s'élevèrent à l'unisson de la sienne. Puis il demeura sans rien dire pendant une longue minute, les yeux rivés sur la lumière bleu-vert et les flammes pâles qui tremblotaient. Nombre d'entre elles s'étaient éteintes, leurs globes de verre carbonisés, mais celles qui brûlaient encore, et le candélabre en métal brut, imposaient le silence, l'immobilité. Sur ce, le père Tadeusz s'en alla en fendant la foule et s'enfonça de nouveau dans les bois avant de regagner la route.

Du temps a passé, mais je crois me rappeler que les choses se sont déroulées ainsi : Pawel et Henryk découvrirent le cadavre de Czarnek le mardi matin, en arrivant au travail.

Pawel n'ayant pas la clé, ils attendirent deux heures. Mais Czarnek était invisible, et personne ne répondait chez lui, si bien que les deux hommes forcèrent une des fenêtres de la distillerie avec un pied-de-biche et entrèrent.

Au moment d'ouvrir la porte de la salle de fermentation, ils furent immédiatement pris à la gorge par le dioxyde de carbone. Le corps de Czarnek était étalé sur un tas de paille, au milieu de son vomi. Son chien mort gisait à ses côtés.

Ce fut Powierza qui découvrit le sanctuaire de mon grand-père. Staszek ne nous dit pas comment il était tombé dessus, bien qu'il possédât un champ non loin de là ; peut-être était-il aussi, comme nous, adepte des marches solitaires et mystérieuses dans la forêt. Mais il semblait savoir qui avait édifié le sanctuaire et il vint m'en parler tout de suite. Je l'accompagnai pour voir de mes yeux. Un cierge funéraire en cire brûlait devant les stèles, et l'abri renfermait une pile de bougies neuves, comme si la flamme ne devait jamais cesser de se consumer.

« Oui », répondit mon grand-père lorsque je lui demandai si c'était lui qui avait fait cela.

« Pour... Pour eux ?

– Oui. Tu comprends. »

Et il n'en dit pas plus.

Je retournai voir le sanctuaire plus tard, seul, et m'y attardai un long moment. Un promeneur pourrait le prendre à première vue pour un de ces centaines de *kapliczki*, ou pardons, qui ornent le bord des routes de campagne. Il n'y avait là ni Vierge drapée de bleu ni crucifix et cependant il en émanait une beauté frappante, étrange. Après m'être accroupi, après avoir passé mes doigts sur les inscriptions hébraïques des stèles, puis levé les yeux vers le toit, ses poutres soigneusement attachées ensemble, sa forme délicate, sa construction minutieuse, je perçus toute la douleur, la demande de pardon que ce monument représentait, imaginant mon grand-père, avec ses jambes torses et sa mâchoire forte, en train d'assembler ces éléments. Je secouai le pieu planté au coin. Il tenait fermement sur sa base, aussi intraitable qu'un demi-siècle d'affliction, et fait pour durer.

Peu de temps après, le père Tadeusz passa chez nous. Il voulait voir grand-père. Quelqu'un – forcément Powierza – lui avait dit. Il demanda à voir « le vieux M. Maleszewski » ; les deux hommes s'entretinrent un long moment, dans l'abri situé entre les deux granges, le prêtre assis sur la souche qui tenait lieu de billot. Ils repartirent ensemble à bord de la charrette.

Ce fut la première d'une longue série de visites.

La nouvelle du décès de Czarnek se répandit seulement un jour ou deux avant que Powierza découvre le sanctuaire érigé par mon grand-père. Ce fut un choc, bien sûr, et de nombreuses rumeurs commencèrent à circuler. On évoqua un règlement de comptes criminel, une surdose d'alcool, un empoisonnement. Puis tout finit par retomber, lentement, comme un tapis de feuilles mortes une fois le vent calmé.

Personne ne fit le lien entre le sanctuaire de mon grand-père et Czarnek. Et les gens ne comprirent pas qui avait déposé les lanternes dans l'ancien cimetière juif. Ce fut le père Tadeusz, bien entendu, qui nous raconta l'histoire. Même s'il ne disposait d'aucune preuve directe de l'implication de Czarnek, il excluait que ce pût être quelqu'un d'autre. Lorsqu'il entendit parler du « mémorial » (comme il l'appelait) construit par mon grand-père dans une forêt à l'autre bout du village, il pensa que ce dernier pourrait lui expliquer la présence des lanternes dans le cimetière. Ce que naturellement mon grand-père fit, mais d'une manière inattendue. Grand-père n'était pas allé à l'église le jour de Pâques – il n'y était pas allé depuis des années – et, jusqu'à ce qu'il rencontre le père Tadeusz et l'accompagne à l'ancien cimetière sur sa charrette, il n'avait pas vu les lumières, les lanternes, la magnifique *menorah* en laiton et en cuivre. Le père Tadeusz avait lui-même fait en sorte de remettre du kérosène dans les lampes, si bien qu'elles brûlaient encore lorsque mon grand-père les découvrit. Le prêtre lui dit que, peut-être, le projet de Czarnek d'illuminer le cimetière, de construire *son* « mémorial », s'était formé dans son esprit, paradoxalement, lorsque mon grand-père avait commencé à retirer les vieilles stèles pour constituer son propre sanctuaire.

Le prêtre avait eu là une belle intuition, car mon grand-père n'avait jamais rien dit sur la provenance de ces pierres. Lorsqu'il dut s'expliquer, il parut sur la défensive, penaud, embarrassé – du moins aux yeux du père Tadeusz. Les stèles, se justifia-t-il, semblaient n'être disposées selon aucun ordre précis, renversées, voire peut-être vandalisées, bien des années plus tôt. Il n'avait certainement pas voulu manquer de respect ; ses intentions étaient louables. « Elles allaient finir au rebut », dit-il. Le père Tadeusz lui répondit que c'était sans doute vrai et qu'il n'avait rien fait de mal, au contraire, puisque ç'avait eu un effet salutaire. « Il fallait que les gens voient et s'en souviennent. »

Toutefois, mon grand-père lui arracha la promesse de ne jamais révéler qu'il était à l'origine du sanctuaire construit dans la forêt, près du champ de Powierza. Oui, dit-il, il avait sans doute souhaité que son monument soit vu, mais surtout qu'il rappelle ce que des innocents avaient connu, tout comme lui, quelque chose qu'il avait fait à cause d'une erreur de jugement et de sa mentalité de soldat à l'époque. Mais il ne voulait pas passer pour un « amoureux des Juifs ».

Le père Tadeusz trouva la formule malheureuse, mais il en comprenait le sens profond. Comment pouvait-il en être autrement ? Les lanternes de Czarnek dans l'ancien cimetière, et son propre sermon, magnifique, n'avaient suscité aucun surcroît de compassion pour les Juifs – ce qui d'ailleurs ne le surprit pas outre mesure. Et n'importe comment, qu'est-ce qu'une telle compassion aurait pu changer ? Tout ce qu'il voulait, c'était rappeler aux habitants de Jadowia qu'il y avait eu jadis un « autre peuple » parmi eux, et que la mémoire de ce peuple devait être honorée. Dans la semaine qui suivit Pâques, ils furent plus nombreux – des gens qui n'avaient pas assisté à la messe du dimanche – à se rendre au cimetière, à pied ou en voiture, pour voir la chose eux-mêmes, après en avoir entendu parler dans la rue ou au marché. La nouvelle se répandit dans d'autres villages, dont certains habitants curieux vinrent jeter un coup d'œil. À la fin de la semaine, des journalistes de Varsovie débarquèrent et rédigèrent un petit article qui parut quelques jours plus tard, accompagné d'une photo.

Ils interrogèrent le père Tadeusz, lequel leur répondit simplement que le « mémorial » – c'était désormais l'expression consacrée – avait été bâti par « un élément » du village (un terme vague qui datait de l'ancien système, tout droit sorti des réunions du

Comité central) qui se moquait bien d'être « reconnu » et préférait garder l'anonymat.

Bien que ne faisant que six paragraphes, l'article du *Życie Warszawy*, avec sa photo, donna au phénomène une sorte de validation, ou de bénédiction, une note positive qui dissipa un peu le sentiment de malaise. Une photocopie de l'article, souillée de manière abominable et adressée au « rabbin de Jadowia », atterrit dans la boîte aux lettres du presbytère. Le père Tadeusz avoua sa surprise de ne pas en avoir reçu d'autres du même acabit. Cependant, son message fut en général bien accepté. Janowski, le boulanger, tellement inquiet d'une éventuelle plainte concernant l'édifice que sa boulangerie occupait, cessa de regarder par la fenêtre, terrorisé, chaque fois que passait une voiture inconnue de lui. Il rangea sa liasse de documents officiels et d'actes notariés et alla voir le père Tadeusz afin de lui proposer la création d'un fonds consacré à l'entretien de l'ancien cimetière. Pour marquer le coup, il versa l'équivalent de cent dollars. Ainsi le fonds fut créé, discrètement, sans difficulté ni sommes supplémentaires, puisque toutes les contributions ultérieures, me confia le père Tadeusz, ne dépassèrent jamais la donation initiale de Janowski.

À la campagne, la machine judiciaire tourne au ralenti. C'était d'autant plus vrai dans une affaire comme la mort de Czarnek qu'il n'y avait pas de famille pour exiger des réponses. Son corps fut envoyé au laboratoire de médecine légale de Wegrow, où il fut conservé à la morgue deux semaines durant. La cause du décès fut attribuée à un « suicide probable », suite à une « asphyxie au dioxyde de carbone ». Le corps fut ensuite confié au père Tadeusz, qui se chargea de l'enterrer dans l'ancien cimetière. Les villageois, d'abord déconcertés, finirent par acquiescer, eu égard à la nature taciturne et solitaire de Czarnek. On l'avait toujours trouvé étrange ; maintenant on savait pourquoi. Le père Tadeusz me dit qu'à son avis Czarnek n'avait pas choisi le gaz comme méthode de suicide uniquement pour des raisons pratiques. « C'est ce qui est arrivé à la plupart des siens, vous savez. À Treblinka. »

Oui, je savais.

Les mois passent ; aujourd'hui Czarnek est oublié. La distillerie a même été fermée pour la première fois en cent vingt ans (si on excepte la guerre, bien sûr). Jusqu'à ce que tombe l'annonce de cette fermeture, personne n'imaginait qu'elle ait pu fonctionner si longtemps. Lorsqu'elle avait produit ses premières gouttes d'alcool, Catherine II était impératrice de Russie et imposait une taxe sur la production, puisqu'elle était suzeraine de cette partie de la Pologne. La Pologne elle-même, nous rappela le père Tadeusz, n'existait en ce temps-là que sous la forme de territoires annexés à la Russie, à l'Allemagne et à l'Autriche. Peut-être même qu'un Juif dirigeait la distillerie à l'époque. C'est plausible : après tout, ils étaient éduqués. Quoi qu'il en soit, sa contribution à la production nationale de vodka ne sera pas regrettée, sauf peut-être dans quelques quartiers mal famés des banlieues de Moscou, qui ont d'ailleurs d'autres problèmes plus pressants à affronter. Pawel et Henryk, les deux employés, déjà payés par la municipalité, furent simplement transférés au service de l'équipement du village. Par beau temps, on peut souvent les voir en train de manier la pelle avec leurs nouveaux collègues. La distillerie abandonnée, avec sa cheminée noire de suie à l'arrêt, attend d'être réhabilitée ou détruite, ce qui n'arrivera sans doute pas avant longtemps. Les mauvaises herbes ont envahi le perron de la maison de Czarnek.

Le père Tadeusz a confié l'entretien du cimetière à mon grand-père, ou plutôt à « M. Maleszewski, vétéran de l'Armée nationale ». Grand-père a accepté cette tâche, fait en sorte que les broussailles soient taillées, planté une palissade sombre tout autour du cimetière, sur l'ancien talus, et ouvert un chemin carrossable entre la route et les pins. Ensemble ils ont envisagé, un temps, de poser un petit panneau, puis se sont ravisés. Le père Tadeusz s'est justifié en disant que cet endroit devait être entretenu, mais pas « embelli ».

Maintenant que mon grand-père est malade, c'est moi qui me charge de l'entretien. Ses poumons sont encrassés, l'arthrite lui tord les mains, et de plus en plus souvent il ne quitte pas la ferme, voire son lit, de la journée. Le remplacer ne me dérange pas. Pour un paysan qui possède moins de terres qu'il ne le voudrait, il y a toujours un matin ou un après-midi de libre, et quand je me retrouve là-bas, je profite généralement de la sérénité du lieu à moi tout seul. Deux ou trois fois, cependant, il m'est arrivé de croiser des instituteurs de l'école qui emmènent leurs élèves ; ils parlent à voix basse, bien sûr, et sont même un peu impressionnés, comme s'ils avaient entrevu un secret qui continuait de vivre en leur sein. Aucun d'entre eux ne sait que le seul nouveau venu ici, c'est Czarnek.

L'unique silhouette solitaire que j'y rencontre est celle du père Tadeusz, qui passe de temps en temps, au cours de ses promenades. Plus d'une fois je l'ai trouvé debout devant la tombe de Czarnek. C'est là que nous avons fait plus ample connaissance. Et nous discutons pendant qu'il me suit et me regarde arracher à la faux les mauvaises herbes autour du cimetière.

C'est également là qu'un jour il m'annonça qu'il quitterait Jadowia. La retraite, dit-il. Ou plutôt une semi-retraite. Il allait travailler dans la librairie-musée d'une église de Cracovie. « Pour vivre au milieu des livres, enfin. » Il aurait pu s'opposer à cette mutation mais, au fond, il se sentait fatigué. Le jeune médecin de la clinique lui avait conseillé d'aller voir un spécialiste et de songer à s'installer dans une ville aux équipements médicaux mieux adaptés. Son intestin lui faisait des misères – ou peut-être était-ce un problème glandulaire. Il ne m'en dit pas davantage. Il allait bien mais il commençait à fatiguer.

Un curé plus jeune prendrait sa place. Pas trop jeune, précisa le père Tadeusz. Un prêtre expérimenté, un homme de valeur.

Je lui dis que son départ me chagrinerait.

Il me répondit qu'il serait triste, lui aussi, et que son séjour à Jadowia lui avait été bénéfique.

Il me dit ensuite une chose étonnante. Il avait appris que Jablonski s'était installé quelque part non loin de Cracovie. Et, poursuivit-il, la perspective de connaître « un peu mieux » Jablonski l'intéressait. Peut-être s'agissait-il d'une simple lubie, mais il s'imaginait en train de se promener et de débattre avec lui dans les parcs. Quoi de plus intéressant, quoi de plus stimulant ? me dit-il, avant d'ajouter : « Je suis polonais. Comment pourrais-je ne pas aimer débattre ? » Dans son esprit, c'était envisageable – un échange entre deux anciens adversaires, réels ou symboliques, au crépuscule de leur existence. La vie qu'il avait toujours espéré vivre en tant que prêtre, à savoir entre les rayons d'une bibliothèque, aussi amusante fût-elle, restait une vie passée au milieu des discussions livresques des savants. Combien d'anges ? Combien de feuilles couvrent les tombes de nos ancêtres ? Combien de documents y a-t-il dans les dossiers des archives du parti ? Quelle importance ? Oui, dit-il, Jablonski devait le savoir ; il pourrait toujours nous le dire un jour. Et Jablonski connaissait un certain passé, expliqua le père Tadeusz. Le passé du village, le passé de Jadowia. Certes il n'était peut-être pas d'une fiabilité absolue quant aux faits, mais il aurait toujours son avis à donner. Il n'en serait jamais à court.

Pour tirée par les cheveux qu'elle fût, l'idée lui arracha un petit rire, et il marcha à côté de moi d'un pas plus léger, la tête levée vers le ciel argenté qui brillait à travers les branches des arbres.

Le père Tadeusz ne s'était pas trompé sur le déménagement de Jablonski. Du moins d'après ce qu'en savait Powierza, qui contacta d'anciens partenaires en affaires de Jablonski, des gens qui achetaient à bon marché et vendaient cher. C'était vraiment la réalité de leur métier. Tels des cafards dans une vieille maison, ils se fixaient aux points de raccord de la tuyauterie nationale et s'y accrochaient.

Farby et Zofia Flak sont partis, également. Ils ont plutôt réussi, surtout grâce au don de Zofia pour les affaires et à la volonté de Farby de ne pas toucher à la comptabilité ni à la caisse. Son amour pour elle est absolu, dévoué. La confiserie qu'ils ont ouverte à Zakopane est colorée et chaleureuse. Farby touille dans les casseroles et verse les feuilles de confiserie avec le ravissement d'un enfant préparant un gâteau au chocolat. Ce ne sont là que des on-dit, provenant sans doute des lettres de Zofia à ses amis, mais qui me paraissent tout à fait plausibles. D'ailleurs, à condition de trouver un remplaçant digne de confiance pour les travaux de la ferme, je compte bien me rendre là-bas un jour, juste pour voir, pour goûter les bonbons et pour visiter les montagnes.

Dorénavant, j'observe mes voisins plus attentivement, non avec suspicion, mais avec une curiosité, un étonnement nouveaux, et avec, je crois, un intérêt pour le tissu conjonctif qui nous relie, parfois au prix d'inflammations bénignes, les uns aux autres.

Powierza est devenu notre nouveau *naczelnik*, même si ce terme, reliquat du passé, n'est plus en vigueur. Notre nouveau maire, disons. Il est bon, me semble-t-il ; il a été élu avec une avance confortable face à l'ignoble Twerpicz, privé, en l'absence du père Jerzy, de son gouvernail comme de son équipage. Powierza a simplifié la gestion de la municipalité – ce qui n'était pas bien difficile, pour être honnête – et son énergie a trouvé là un exutoire aussi naturel que profitable. Les petits projets abondent. Les routes sont meilleures, les lampadaires fonctionnent tous. Une nouvelle halle est en cours de construction. Le terrain recouvert de broussailles où trônait jadis la synagogue a été défriché et nettoyé ; une stèle et une plaque commémorative sont prévues, mais elles n'ont pas encore été posées.

Powierza pleure toujours la mort de son fils. Il reste assis à la table de sa cuisine, devant un verre, et, dès qu'il est un peu ivre, il parle de Tomek au présent, comme s'il était toujours de ce monde. Un jour, alerté par certains propos de Krupik, il est allé en Ukraine pour interroger des trafiquants géorgiens que la police venait d'arrêter. Il en est revenu non seulement déçu, mais résolu à ne pas poursuivre son enquête.

Il a gardé les lance-grenades de Jablonski pendant longtemps mais, ne supportant plus de les voir dans sa grange, m'en a confié la garde. Personne d'autre, à l'exception d'Andrzej, ne connaît leur existence. Aussi sont-ils toujours dans le fenil de ma grange, cachés sous le foin, et maintenant que le printemps approche, ma fourche bute souvent sur eux. De temps à autre, je songe à les enterrer quelque part dans la forêt. Peut-être qu'au siècle prochain, lorsqu'une nouvelle armée envahira la Pologne, des soldats les découvriront en voulant creuser leurs abris dans la terre. Ou alors je me dis que je les chargerai sur la charrette, derrière le tracteur, avant de les balancer dans un fossé, le long d'une route perdue en pleine campagne.

Nous parlons rarement de mon père. Quand ça nous arrive, ce n'est plus à la manière dont le faisait Jablonski.

Néanmoins, Powierza m'a dit une chose à laquelle je repense souvent. Il a en effet découvert, entreposées dans la mairie, des archives municipales très complètes, au vu du désordre ambiant, et pour la plupart insignifiantes. Avec l'aide d'une nouvelle secrétaire, il s'est amusé à en ouvrir quelques-unes. Elles remontaient à plusieurs décennies en arrière. Parmi elles, il a retrouvé les documents qui portaient sur la période où mon père avait fait partie du conseil municipal. Or il se trouve que c'est au cours de cette même période que Czarnek fut nommé à la tête de la distillerie. Il n'y était fait aucune mention de ce que ce dernier faisait auparavant, mais Powierza a pu élucider le mystère : Czarnek gagnait chichement sa vie grâce à des petits boulots, aux quatre vaches et aux trois arpents de terrain qu'il possédait.

Ce fut donc mon père qui lui confia le poste. Plus intéressant encore : un autre candidat avait été proposé, avant cela, par Roman Jablonski, qui était alors le *naczelnik*. Compte tenu des méthodes de l'époque, la validation du candidat personnel du *naczelnik* eût été une simple formalité. En d'autres termes, si le *naczelnik* voulait qu'un certain Lech Kowalski fût nommé à la tête de la distillerie, Lech Kowalski obtenait le poste. Point final. Mais deux réunions plus tard, mon père – Mariusz Maleszewski, camarade conseiller municipal – proposa Krzysztof Czarnek pour le poste et, lors de la réunion suivante, ce dernier fut accepté sans opposition. Quant au candidat de Jablonski, il ne figura plus jamais dans les archives : écarté, retiré ou dégoûté, il disparut de la circulation. Czarnek fut élu à l'unanimité, ce qui signifiait que Jablonski lui-même vota pour lui.

Faut-il y voir le cœur de leur pacte ? Rien ne l'indique de manière explicite. Les archives n'étaient pas complètes *à ce point*, mais Powierza et moi avons pu les consulter. Un accord tacite laisse-t-il des empreintes digitales ? Mon père obtint-il un emploi stable pour Czarnek en échange de certains services rendus à Jablonski ? Je l'ignore, bien sûr. Powierza, intelligemment, ne posa à Jablonski aucune question et n'obtint aucune réponse – sinon les éternels sermons emphatiques. Et peut-être est-il vrai que je ne veux pas en savoir davantage. Je me satisfais de ces faits et j'accepte l'idée qu'il existe des choses qu'on ne peut pas connaître et qu'on ne connaîtra jamais. Mon père a-t-il pu être attiré par les objectifs du parti ? Comme le disait mon grand-père, c'est possible. Y voyait-il la promesse d'une « voie meilleure » ? Oui, c'est possible aussi. Malgré tout ce qu'il avait vu.

Tout cela, je n'en parle plus, avec personne. Je le garde pour moi. Aucun des renseignements fournis par Jablonski n'est sorti au grand jour.

En revanche, je suis allé voir Kowalski pour lui dire, ou lui avouer, au sujet de mon père. Il s'est avéré – évidemment – qu'il était au courant, comme je l'aurais compris si j'avais su en ce temps-là tout ce que je sais aujourd'hui. Le tact et la discrétion de certaines personnes qui seraient pourtant bien en droit de passer outre sont toujours une surprise agréable. J'ai expliqué à Kowalski que j'étais désolé, que je ne savais rien à l'époque où je lui avais parlé. J'ai évité de soulever la question du champ ; il s'en est chargé lui-même. Il m'a expliqué qu'il allait le vendre à un homme d'affaires allemand ayant accepté, après enquête, de l'acheter pour une somme bien plus importante que ce dont Kowalski aurait pu rêver (ou que j'aurais pu rêver d'emprunter) ; il avait accepté l'offre sans hésiter, avec une simple poignée de main.

Le champ jaune appartient donc à quelqu'un d'autre. Il est impressionnant, maintenant : des rangées de serres aussi opaques que du quartz dans la journée, mais qui, la nuit, brillent comme des vaisseaux spatiaux, ou de la glace éclairée de l'intérieur. Les premiers soirs, les gens affluaient de tout le village pour admirer le spectacle depuis la route, comme si une apparition avait débarqué à Jadowia. Même aujourd'hui, on peut voir des touristes ou des personnes venues des villages environnants (ils sont plus nombreux à posséder des voitures) ralentir sur la route juste avant la montée et regarder, non sans fierté, la nouvelle entreprise allemande. On raconte que le nouveau propriétaire est content. Il a choisi le champ pour son orientation, protégé qu'il est contre la lumière du sud ; il a trouvé que la main-d'œuvre était très qualifiée, et les salaires locaux, dérisoires. Ainsi, les serres brillent dans la nuit et, les soirs où les nuages sont bas, je peux voir leur lumière jaune flotter dans l'atmosphère, comme si le ciel nocturne me renvoyait mon rêve ancien d'une moisson d'automne.

En attendant, je lorgne un autre champ, moins bien situé et dont l'une des extrémités est très difficile à drainer. Mais je peux me débrouiller et, peu à peu, lui redonner forme. Sa terre, en réalité, est bonne. Dans quelques mois, je pense être en mesure de faire une offre. J'essaie de ne pas trop prendre mes rêves pour des réalités, mais je m'imagine déjà en train de l'arpenter en tous sens et d'y faire pousser du blé d'hiver. Je ne sais pas si je fais preuve de détermination ou d'un optimisme béat, ni si j'essaie tout simplement de forcer ma chance.

En ce moment, je laboure. L'odeur de la terre retournée se mêle à celles de l'huile de moteur et du pot d'échappement, alors que mon tracteur fait demi-tour et me donne à voir, par-dessus son nez tout plat, un nouveau pan du champ qui attend les lames affûtées que je traîne derrière moi. Le soleil me tape dans le dos. Je suis satisfait de mon choix, heureux de cette matinée et de celle qui viendra demain. Parfois, tard le soir ou debout, seul, à l'orée de la forêt, je me demande à quoi ressemblerait ma vie dans une grande ville ou un lointain pays. Cette question ne me gêne pas. Peut-être mesure-t-on ce que l'on a à l'aune de ce que l'on n'a pas. Je n'ai pas de nouvelles de Jola mais je sais qu'un jour j'en aurai, qu'une carte ou une lettre me parviendra du Danemark ou de Suède, d'Afrique du Sud ou d'Australie. Elle arrivera avec quelques nouvelles, mais sans adresse d'expéditeur. Et ça me va tout aussi bien. Jola était, et reste, un cadeau précieux, et je lui souhaite le meilleur.

J'attends toujours de me marier, mais plus pour très longtemps. Comme l'imaginait ma mère, ma promise vit à la campagne, à deux villages de là. Bien qu'elle n'ait pas grandi dans une ferme, elle ne s'en est jamais éloignée. Elle est institutrice. Elle lit, elle réfléchit. Elle aime parler, et j'aime l'écouter, anticiper ses avis tranchés sur les livres, sur les événements qui font l'actualité ou sur les gens qu'elle connaît. J'aime regarder sa bouche en mouvement, ses sourcils qui dansent, et cette manière qu'elle a de se lover, soudain immobile, au creux de mon épaule. Elle s'appelle Anna, et je suis tombé amoureux d'elle, car elle est cette chose rare, ma chance et mon courage enfin réunis, s'élevant comme le soleil au-dessus des arbres.

Mis en pages par DV Arts Graphiques à La Rochelle.
Imprimé en France par CPI Bussière
à Saint-Amand-Montrond (Cher).
N° d'édition : 069. — N° d'impression : 111396/4.
Dépôt légal : avril 2011.
ISBN 978-2-35584-069-2